Barry Unsworth

Horatios Schatten

BARRY UNSWORTH

Horatios Schatten

Roman

Aus dem Englischen
von Kathrin Razum

MANHATTAN

Die Originalausgabe erschien 1999
unter dem Titel »Losing Nelson«
bei Hamish Hamilton Ltd., London

Umwelthinweis:
Dieses Buch und der Schutzumschlag
wurden auf chlorfrei gebleichtem Papier gedruckt.
Die Einschrumpffolie (zum Schutz vor Verschmutzung)
ist aus umweltschonender und recyclingfähiger PE-Folie.

Manhattan Bücher erscheinen im Wilhelm Goldmann Verlag, München,
einem Unternehmen der Verlagsgruppe Random House GmbH

1. Auflage

Satz: IBV Satz- und Datentechnik GmbH, Berlin
Printed in Germany · Clausen & Bosse, Leck
ISBN 3-442-54510-2
www.manhattan-verlag.de

Für Aira in Liebe

1

Was habe ich für Ängste ausgestanden an jenem Vormittag. Ich wäre an so einem besonderen Tag eigentlich gar nicht aus dem Haus gegangen, hätte nicht der Mann von Seldon's angerufen und von einem Stück erzählt, das mich möglicherweise interessieren könne. Es handelte sich um einen ovalen Teller aus zart cremefarbenem feinem Porzellan mit gewelltem, in sich gebogenem Rand und einem Medaillon in der Mitte, das in Dunkelblau sein Profil zeigte. Um die obere Hälfte des Medaillons zog sich in etwas verblassten Buchstaben derselben Farbe ein geschwungener Schriftzug: *Held vom Nil.* Man hatte das Profil verwendet, das De Vaere im Sommer 1798 für Wedgwood geschaffen hatte. Kein außergewöhnlicher Teller. Aber ich kaufte ihn natürlich trotzdem. Er trug sein Bild. Da konnte ich nur sehr selten widerstehen.

Ich war auf dem Weg nach Hause, zurück nach Belsize Park. Es war ein unfreundlicher Tag, und der Himmel war dunkel verhangen. Trotzdem beschloss ich, bis Knightsbridge zu laufen, um ein bisschen Bewegung zu bekommen. Ich hatte ausreichend Zeit – dachte ich zumindest. Als ich die Pont Street überquerte, begann es zu regnen, wenn auch nicht sehr stark. Auf dem Bahnsteig in der U-Bahn war es voll, und es wurde immer voller, während ich wartete. Die Leute schwiegen – das resignierte Schweigen des Wartens. Ich spürte erste Ansätze von Panik. Aus dem Lautsprecher dröhnte eine asiatisch klingende Stimme: Wegen Sicherheitskontrollen in der Gloucester Road Station komme es auf der Strecke zu Verspätungen.

Es war dreizehn Minuten vor zwölf. Man stelle sich vor, wie mir zu Mute war. Vierzehnter Februar, der zweihundertste Jahrestag der Schlacht von Kap Saint Vincent, Horatios erste große Gehorsamsverweigerung, der Tag, an dem er zum Engel wurde. Um zwölf Uhr fünfzig an diesem Tag – in wenig mehr als einer Stunde – nimmt sein Schiff, die *Captain,* das Nahgefecht auf. Und ich stand hier inmitten dieser stummen Herde, schwitzend trotz der Kälte, gute drei Kilometer von meinem Tisch und meinen Modellen entfernt – die Schiffe waren noch nicht einmal aufgestellt. Dabei war es so wichtig, die Zeiten einzuhalten, genau darauf kam es an, wie sonst sollte ich mein Leben parallel zu seinem halten? Bevor mein Vater gestorben war – er starb letzten April –, hatte ich diese Schlacht ausgefochten, wo es eben ging: auf meinem Bett, auf dem Boden, einmal auch an einem eiskalten Tag im Schuppen hinter dem Haus. Immer waren wir zur Stelle, Jahr für Jahr scherten wir um zehn vor eins aus der Linie aus. Jetzt hatte ich den Keller ganz für mich allein. Der Gedanke, den Termin jetzt womöglich nicht einhalten zu können, war unerträglich, er machte mich regelrecht krank.

Ich durfte keine Zeit verlieren. Ich kämpfte mich durch die Menge zurück nach oben, zusammen mit etlichen anderen, die den gleichen Entschluss gefasst hatten. Inzwischen ging es mir wirklich nicht mehr gut, ich bekam kaum Luft, und in meinen Schläfen staute sich wie üblich das Blut, es trübte meine Sicht, schien mir den Schädel zusammenzupressen. Es regnete nach wie vor, und weder an der U-Bahnstation noch bei Harrods stand ein freies Taxi. Ich musste ein ganzes Stück Richtung Hyde Park Corner laufen, bis ich eins fand, und auch dann war es reines Glück; als ich kam, stieg gerade jemand aus.

Ich nannte die Adresse, lehnte mich zurück und konzentrierte mich darauf, mir nichts anmerken zu lassen und lautlos zu atmen. Die Augen zu schließen hat mir schon immer dabei geholfen, mit Panikattacken fertig zu werden, doch diesmal wartete ich exakt zwei Minuten ab, bevor ich mir diesen Luxus gönnte. Der Sinn für den richtigen Zeitpunkt ist der Schlüssel zur Disziplin, und Disziplin ist der Schlüssel zur Contenance.

Dem Fahrer würde es bei einem Blick in den Rückspiegel seltsam erscheinen, wenn sein Fahrgast zu schnell eingedöst wäre. Mein Vater war ein Muster an Contenance, er wahrte sie so konsequent, dass niemand genau merkte, wann er starb, niemand nahm den exakten Zeitpunkt wahr.

Wir schafften es mit zwölf Minuten Spielraum. Ich war immer noch außer Atem, als ich in den Keller hinunterging. Ich gestattete mir nicht, mich von der Überlegung ablenken zu lassen, wo in all den Regalen und Vitrinen der richtige Platz für meine neue Anschaffung wäre; die Entscheidung würde eine größere Umräumaktion mit sich bringen, die leicht einen ganzen Nachmittag in Anspruch nehmen konnte; ich war in den letzten Monaten zusehends langsamer geworden. Ich legte den Teller in seiner feuchten Verpackung einfach auf den Boden, ging direkt in meinen Kommandoraum und stellte die Schiffe auf, erst die spanischen in zwei losen Gruppen, neun in der Vorhut, achtzehn im Gros, letzteres angeführt von de Córdoba auf seinem mächtigen Flaggschiff, der *Santissima Trinidad* – vier Decks, 136 Geschütze –, das gewaltigste Kriegsschiff, das je aus Holz gebaut wurde. Es war eins der ersten Modelle, die ich angefertigt hatte, ich war damals vierzehn und über die Sommerferien aus dem Internat nach Hause gekommen. Inzwischen geruchlos, schien das Schiff in meinen Händen noch immer die alkoholischen, berauschenden Gerüche zu verströmen, die mit seinem Bau einhergingen: Klebstoff, Farbe, frische Holzspäne. Auch der Schuppen hatte einen eigenen Geruch, nach Staub und heißem Kreosot und dem Unkraut, das draußen an der Bretterwand wucherte. Gerüche wirken intensiver, wenn man allein ist, auch in der Erinnerung, wie jeder einsame Mensch weiß. Geräusche genauso. Aber ich war nicht einsam, ich hatte ja ihn.

Jetzt die englische Flotte, kommandiert von Admiral Sir John Jervis auf der *HMS Victory,* Horatios Todesschiff bei Trafalgar acht Jahre später – acht Jahre, acht Monate und eine Woche. Im Gegensatz zu den ungeordnet segelnden Spaniern laufen unsere Schiffe in mustergültiger Gefechtsordnung: fünfzehn Kriegsschiffe in perfekter Kiellinie, die vom Süden her im rechten Winkel die verhängnisvolle Lücke in der feindlichen Flotte ansteuern, sechzig Zentimeter breit auf meinem Tisch, in Wirklichkeit mehr als sieben Meilen.

Als ich die Schiffe jetzt so vor mir sah, in Gefechtsformation, die Stückpforten geöffnet und die Kanonen ausgerannt, fand ich meine Ruhe wieder. Unter vollem Zeug, mit ihren Flaggen und Wimpeln und bemalten Rümpfen, die Galionsfiguren in Gold und Zinnoberrot hervorgehoben, boten sie einen prächtigen Anblick. Was für eine Sorgfalt und Hingabe hatte ich auf diese Modelle verwandt, auf diese Korvetten, Fregatten und Linienschiffe, wie stolz war ich auf sie. Bevor mein Vater gestorben war, hatte ich sie in meinem Zimmer in Pappschachteln aufbewahren müssen, zusammen mit all den anderen Nelson-Sammelstücken, die ich im Laufe der Jahre zusammengetragen hatte. Mein ganzes Zimmer stand voller Schachteln, man bekam die Tür nur noch halb auf, musste sich durch die schmale Öffnung hineinschieben. Jetzt konnten meine Schiffe für ihre Manöver die gesamte Fläche des Billardtisches nutzen, der schon immer im Keller gestanden hatte. Mein Bruder Monty und ich hatten manchmal darauf gespielt, bevor er auszog. Ich hatte den Tisch mit dunkelblauem Billardtuch beziehen und mit einer exakt abgemessenen Glasplatte bedecken lassen. Im Licht der Deckenlampe – kein Tageslicht drang je in diesen Raum – glitzerte die Oberfläche wie dunkles Wasser und reflektierte die Farben der Schiffe.

Noch acht Minuten. Seit dem ersten Licht laufen diese imposanten, todbringenden Schiffe langsam aufeinander zu, nähern sich scheinbar geruhsam dem Geschützdonner und Gemetzel des Nahgefechts. Völlig unpassend, diese traumhafte Langsamkeit, und zugleich absolut faszinierend. Man denke nur an die immense Feuerkraft dieser Schiffe, an ihr unglaubliches Vernichtungspotenzial, beispiellos auf See wie an Land. Jervis geht mit mehr als tausend Kanonen ins Gefecht. Jetzt befinden sie sich fünfundzwanzig Meilen westlich der portugiesischen Landspitze Saint Vincent, hundertfünfzig Meilen nordwestlich von Cádiz, dem Hafen, auf den die Spanier mit Vorwind zuhalten.

Sie würden das Gefecht am liebsten vermeiden, aber das darf nicht geschehen, sie müssen abgefangen werden. Eine schwere Verantwortung lastet an diesem Tag auf Jervis' Schultern. Der erste Koalitionskrieg ist in eine entscheidende Phase getreten. Die holländische Flotte hat sich in Brest der französischen angeschlossen. In Irland wurde bereits ein Invasionsversuch unternommen. Die Kanalflotte unter Admiral Lord Bridport hat sich wegen des schlechten Wetters gezwungen gesehen, die Blockade von Brest aufzugeben und nach England zurückzukehren. Das schlechte Wetter ist auch der einzige Grund, warum es bislang nicht zu einem Ausbruch des Feindes und einer ungehinderten Landung in Irland gekommen ist. Wenn es den Spaniern gelingt, sich den anderen anzuschließen, hat England keine Chance mehr. Nicht nur hat es sich aus dem Mittelmeer – einem entscheidenden Einflussbereich – zurückziehen müssen, auch das gesamte Festland steht inzwischen unter der Herrschaft der französischen Armeen. Durch die Hilfsgelder ausgeblutet, die nötig waren, um seine Verbündeten bei der Stange zu halten, sein Handelsverkehr behindert, seine Handelsschiffe immer wieder von Freibeutern überfallen, steht England an der Schwelle zum Bankrott. In Irland schwelt die Rebellion. Es gibt Gerüchte über Meutereien auf Schiffen der britischen Kriegsmarine. Es stimmt tatsächlich, was Admiral Jervis sagt, als das Wetter aufklart: »Ein Sieg für England ist jetzt von größter Dringlichkeit.«

Worte, die in Erinnerung bleiben, festgehalten werden, berühmte Worte. Doch das aufklarende Wetter lässt ein beängstigendes Missverhältnis hinsichtlich der Schlagkraft der gegnerischen Flotten zu Tage treten. Jervis hat fünfzehn Linienschiffe. Sechs davon sind Dreidecker, doch von diesen haben nur die *Victory* und die *Britannia* 100 Geschütze. Alle übrigen

Schiffe, das von Horatio eingeschlossen, sind Zweidecker mit 74 Geschützen, damals die Norm bei der britischen Kriegsmarine. Außerdem hat Jervis vier Fregatten, die schneller als die Linienschiffe und zur Aufklärung unerlässlich sind, eine Korvette und einen Kutter – ich stelle sie jetzt in einer Diagonale luvwärts der englischen Linie auf. Dies ist die Streitmacht, mit der Jervis die spanische Armada angreifen will: siebenundzwanzig Linienschiffe, zehn Fregatten und eine Brigg. Sechs der spanischen Dreidecker sind mit je 112 Geschützen bestückt, und dann ist da noch die mächtige *Santissima Trinidad* mit deren 136. Zusammen haben sie die doppelte Feuerkraft der Engländer. Doch es gibt ausgleichende Faktoren. Die Spanier sind in aller Eile in See gestochen, die Schiffe sind zu schwach bemannt, ihre Offiziere sind unerfahren.

Alles ist an Ort und Stelle. Es ist vierzehn vor eins. Eine Stunde und vier Minuten zuvor, als ich in Knightsbridge in Panik geriet, hatte Jervis ein kühnes und unkonventionelles Signal gegeben. In diesem Falle kann er nicht den von der Admiralität in London festgelegten Gefechtsinstruktionen folgen, strengen Regeln, die sich seit hundert Jahren nicht verändert haben: Man geht längsseits, bewahrt strikte Kiellinie und liefert sich ein Breitseitenduell mit dem Gegner, bis dieser kampfunfähig ist, aufgibt oder flieht. Jervis kann so nicht vorgehen, weil seine Streitmacht zu schwach ist, er würde überwältigt werden. Also hat er den Befehl gegeben, jeden Faden Segel zu setzen und durch die Lücke in der feindlichen Formation zu stoßen. Es ist die einzig mögliche Taktik. Sobald die Linie durchstoßen ist, kann die englische Flotte luvwärts angreifen, ihr Feuer auf die achtzehn Schiffe im Gros konzentrieren und sie außer Gefecht setzen, bevor die spanische Vorhut in den Wind drehen und ihnen zu Hilfe kommen kann.

Ein idealer Tag für eine Seeschlacht, ruhig, eine leichte Brise, kein Schlingern, das die Kanoniere bei ihren Schätzungen behindern könnte. Ich überprüfe, ob die Schiffe in der korrekten Reihenfolge durch die feindliche Flotte laufen, Troubridge mit der *Culloden* an der Spitze der Vorhut, Collingwood mit der *Excellent* am Ende der Nachhut. Der Dritte von hinten ist Horatio auf der *Captain,* er führt den Kommodorstander, denn er ist jetzt Kommodore, seit März.

Sie durchlaufen also die Linie. Die spanische Lebensader wird durchtrennt. Doch jetzt macht Jervis einen Fehler. Er kann sich nicht völlig von seiner Konditionierung befreien, kann sich nicht von der strengen Regel der Kiellinienformation lösen. Er hisst sein Signal: Sobald sie westlich der spanischen Flotte sind, sollen die Schiffe der Reihe nach wenden und angreifen. *Der Reihe nach.* Nein, Sir, falsch. Es hätte *gleichzeitig* heißen müssen. Bis fünfzehn Schiffe gewendet haben - eins nach dem anderen, immer erst dann mit dem Manöver beginnend, wenn das vorige Schiff seines beendet hat - und sich schließlich wieder zu einer Linie formiert haben, vergeht zu viel Zeit, der Vorteil wird verschenkt.

Doch natürlich gehorchen sie, sie sind zum Gehorsam erzogen. Hier liegen sie also, ein weit auseinander gezogenes umgedrehtes V, sie beginnen mit ihrem Manöver, immer noch in perfekter Formation, die *Culloden* an der Spitze. Doch die Spanier sind im Vorteil, und de Córdoba hat begriffen, er geht auf nördlichem Kurs an den Wind, um seine Flotte wieder zusammenzuführen. Dann kann er kämpfen oder fliehen, ganz wie er will, und er wird genug Zeit haben, denn bisher haben erst sechs der englischen Schiffe ihr Wendemanöver beendet, und sie haben noch nicht mit den Spaniern aufgeschlossen, sind immer noch außer Schussweite.

Ein Mann bemerkt das, und dieser Mann ist Horatio Nelson. Es ist jetzt zehn vor eins. Ohne eine Sekunde zu zögern und unter Missachtung des Signals seines Kommandanten, dreht er die *Captain* aus dem Wind, *er schert aus.* Diese Kühnheit, diese impulsive Logik! Das Gebot der Stunde zu erkennen und im Moment der Erkenntnis sofort zu handeln. Auch jetzt wieder, als ich die *Captain* hier in diesem stillen Raum ins Gefecht schicke und ihre Farben auf der dunklen Oberfläche funkeln, schnürt es mir die Kehle zu, und mein Herz klopft schneller angesichts dieser Tollkühnheit, dieses Trotzes. Diese Entscheidung hat uns mit einem Schlag am Bug von mindestens sieben spanischen Schiffen vorbeigeführt, darunter die riesige *Santissima Trinidad*, die *San Josef*, die *Salvador del Mundo* und die *San Nicolas;* zu viert haben sie 440 Kanonen gegenüber Horatios 74.

In dem Moment, als er aus dem Wind drehte, aus der Linie ausscherte und damit den Ausgang des Gefechts und seine gesamte Karriere aufs Spiel setzte, in diesem Moment, in seinem neununddreißigsten Lebensjahr, wurde Horatio zum Engel. Er trat in eine andere Sphäre ein. Ich werde erklären, was Engel meiner Meinung nach ausmacht. Sie können dunkel oder strahlend sein, aber sie haben immer die Gabe der Spontaneität, die Fähigkeit, sich selbst neu zu erschaffen. Es ist eine pure Form der Energie, und Horatio war von ihr beflügelt. Dennoch sind Engel allein nicht vollständig, sie brauchen ihr Gegenstück, das Dunkle braucht das Strahlende, das Versteckte braucht das Offene und umgekehrt. Manchmal begegnen und erkennen sie sich. Manchmal, so wie bei Horatio und mir, finden sie über eine zeitliche und räumliche Distanz zusammen. Er wurde am vierzehnten Februar 1797, in der Schlacht von Kap Saint Vincent, zum strahlenden Engel. Und ich wurde am neunten September 1997, als auch ich ausscherte, zu seinem dunklen Zwilling.

Doch davon ahnte ich noch nichts, als ich an jenem Nachmittag im Februar meine Modellschiffe auf ihrem gläsernen Ozean hin und her schob. Seit dem Tod meines Vaters verfiel ich öfters in düstere Stimmung – nicht Trauer – und gelegentlich auch in eine Art nervöse Ruhelosigkeit, die mich richtig zappelig machte. Außerdem befand ich mich mit dem Buch, das ich schrieb, *Das Werden eines Helden,* in einer schwierigen Phase. Ich war bei den Ereignissen in Neapel im Juni 1799 und der Frage nach Horatios Anteil daran stecken geblieben. Das Buch war schon seit über fünf Jahren in Arbeit, seit Dezember

1991. Ich hatte am zweiten Weihnachtsfeiertag damit begonnen, dem Todestag seiner Mutter. Diese Neapel-Geschichte bereitete mir ziemliches Kopfzerbrechen; ich konnte sie nicht einfach überspringen. Ich kam nur langsam voran, in letzter Zeit überhaupt nicht mehr. Ich wich immer wieder aus, überarbeitete Textpassagen zu früheren Lebensabschnitten. Deshalb begann ich mich jetzt, als ich das Gefecht fortführte, auch etwas unwohl zu fühlen. An diesem Punkt nämlich musste ich Troubridge ins Kampfgeschehen einbeziehen, und ich war derzeit nicht sehr erpicht darauf, mich ausgiebiger mit Troubridge zu befassen, Horatios Waffenbruder und Freund, der in diesem Gefecht eng mit ihm zusammenwirkte, ebenso jedoch zwei Jahre später bei dem Vorgehen gegen die jakobinischen Rebellen in Neapel, der Angelegenheit, die mich bei meiner Arbeit am Buch so aufhielt.

Sein Kampfgeist steht natürlich außer Frage. Horatio bleibt nicht lange allein. Troubridge schließt sich ihm mit der *Culloden* an, dem englischen Führerschiff, das die von Jervis befohlene Wende jetzt vollzogen hat und in Schussweite gelangt ist. Fast eine Stunde lang wechseln die beiden Schiffe Breitseiten mit den Spaniern, wobei die bessere Disziplin und Schießkunst ihrer Besatzungen ihre schlechtere Bewaffnung wettmacht.

Jetzt kommt die tapfere *Blenheim* heran und verschafft ihnen eine kleine Verschnaufpause, indem sie zwischen ihre Schiffe und den Gegner läuft und dabei aus allen Rohren feuert. Die *Culloden* ist kampfunfähig, sie sackt achteraus. Collingwood schließt mit der *Excellent* auf, dem letzten Schiff der Linie. Er passiert die *San Nicolas* – 80 Geschütze – in drei Metern Entfernung und bestreicht sie meisterhaft mit zwei Breitseiten hintereinander.

Drei Meter. Die Länge dieses Tischs. Das müsste ungefähr hinkommen. Fast Sprungweite. Diese hoch aufragenden Schiffe, die sich aus nächster Nähe beschießen, kaum mehr als eine Manneslänge zwischen sich, die ihr donnerndes Feuer speien, vom Bug bis zum Heck erbebend vom ständigen Rückstoß der Geschütze – die englischen Geschützmannschaften konnten alle fünfundsiebzig Sekunden eine Breitseite abfeuern. Verstümmelung, Versehrung, fast Leib an Leib. Selbst für einen Zeitgenossen schwer zu ertragen, die Vorstellung solcher Nähe, solch einer wahllosen Intimität der Zerstörung. Wie viel schwerer noch für uns heute, die wir Krieg als ferngesteuertes Auslöschen begreifen – ein Knopfdruck, und eine Figur oder auch tausende auf einem Bildschirm sind getilgt.

Der Nahkampf verschafft Horatio seinen zweiten großen Triumph an diesem Tag. Die *San Nicolas,* die unter Collingwoods Feuer ins Wanken gerät, kollidiert mit ihrer Schwester, der riesigen *San Josef,* drei Decks, 112 Geschütze. Die zwei spanischen Schiffe, beide stark beschädigt, sind hoffnungslos ineinander verkeilt. Ich stelle sie nebeneinander, luvwärts von Horatio. Auch sein Schiff ist inzwischen vollkommen gefechtsunfähig. Es hat seine Vormarsstenge verloren, das Steuerrad ist weggeschossen, weder Segel noch Takelage sind geblieben. Es ist nicht mehr im Stande, in der Schlachtlinie zu kämpfen, nicht mehr im Stande, eine Verfolgung aufzunehmen.

Wieder beweist Horatio die Geistesgegenwart des Genies. Das Genie des Helden liegt in seiner extremen Handlungsbereitschaft – nicht zu verwechseln mit Überstürzung. Er legt sein Schiff an der Steuerbordseite des Hecks der *San Nicolas* längsseits. Sein Sprietsegel streift über die Achterhütte des Spaniers und bleibt in den Besanwanten hängen. Jetzt sind es drei Schiffe, deren Takelagen sich ineinander verfangen haben, hier liegen sie, Seite an Seite. Horatio ruft eine Entermannschaft zusammen. Von kleinem Wuchs – er misst nur einen Meter siebenundsechzig – und schmächtiger Gestalt, das eine Auge mehr oder weniger unbrauchbar nach der Verletzung, die er zweieinhalb Jahre zuvor in dem Gefecht auf Korsika davongetragen hat, ein neugeborener Engel mit glänzendem Degen, so geht er voran, über die Fockrüsten seines eigenen Schiffs auf die Heckgalerie der *San Nicolas*. Im folgenden Schusswechsel wird der spanische Kommandant tödlich verwundet. Die Spanier ergeben sich, doch während Horatio die Degen der Offiziere entgegennimmt, wird seine Entermannschaft beschossen. Sieben englische Seeleute fallen diesem Geschosshagel zum Opfer. Woher kommt er? Von oben und weiter hinten, von der Heckgalerie der *San Josef*, die mit ihrem Tauwerk immer noch hoffnungslos fest hängt. Ohne eine Sekunde zu zögern, befiehlt Horatio seinen Männern, das Feuer zu erwidern, postiert Wachen an der Luke, um den Feind unter Deck zu halten, und stürmt weiter. Vom Deck eines geenterten und eroberten Schiffes aus will er ein weiteres feindliches Schiff entern!

Sein Freund Berry ist zur Stelle, er hilft ihm auf die Großrüsten und bleibt an seiner Seite, während sie in fliegender Hast von einem Schiff aufs andere klettern. Doch an Bord der *San Josef* leistet man ihnen keinen Widerstand. Ein spanischer Offizier signalisiert ihnen vom Achterdeck aus die Übergabe des Schiffs. Der Flaggkapitän übergibt mit gebeugtem Knie seinen Degen. Der verwundete Admiral liegt unter Deck im Sterben. Obwohl sein eigenes Schiff kampfunfähig ist, hat Horatio zwei feindliche Schiffe genommen, beide schwerer bewaffnet als sein eigenes, indem er das eine als Sprungbrett zu dem anderen benutzt hat. Eine Tat, die in der Geschichte der Seefahrt ihresgleichen sucht.

Glück, mag man einwenden – der richtige Mann zur richtigen Zeit am richtigen Ort. Aber Engel sorgen selbst für ihr Glück. Denn wie sonst ließe sich erklären, dass immer er derjenige war, der mit der Tradition brach? Collingwood hätte sich von seiner Position aus genauso gut aus der Linie lösen und den Spaniern vor den Bug werfen können. Es war keine Frage von Mut oder Können, von beidem hatte Collingwood mehr als genug. Doch er hielt Linie.

Später Nachmittag, es beginnt zu dämmern. Jervis hat nur noch zwölf kampffähige Schiffe. Die Spanier sind geschlagen, vier ihrer Schiffe erobert. Es ist Zeit, sich abzusetzen. Nach und nach wird das Feuer eingestellt, die Flotten trennen sich, die Engländer halten auf Lagos zu, die Spanier auf Cádiz. Nach diesem schrecklichen lokalen Sturm, dem stundenlangen Donner und Blutvergießen kehrt Friede ein, die See kommt wieder zu sich, schluckt die Leichen, die treibenden Spieren.

Nach der Schlacht blieb ich noch sitzen. Ich bin noch nie auf See gewesen, außer zweimal auf der Fähre über den Ärmelkanal. Das ist schon lange her, es war vor meiner Krankheit. Nein – ich bin sein Landschatten. Ich bin seit damals nur einmal im Ausland gewesen, ein einziges Mal in zwanzig Jahren. Das war, als ich mit meinem Vater nach Teneriffa fuhr, um mir den Ort anzusehen, wo Horatio seinen rechten Arm verlor.

2

Ich saß eine ganze Weile da, ohne mich zu rühren, und spürte, wie sich jenseits der geschlossenen Läden die winterliche Abenddämmerung niedersenkte, sich sanft über die Straßen legte, so wie sie sich nach jenem erbitterten Kampf auch über die leere See gelegt hatte. Die kurze Dauer dieser Gefechte hatte schon immer meine Fantasie angeregt. Fünfzig oder sechzig Meilen konnten diese Schiffe pro Tag zurücklegen, mehr nicht. Damals gab es erst seit kurzem Instrumente, an denen man ablesen konnte, wo man war. Über Wochen, ja Monate verfolgten die Schiffe einander in der Weite des Ozeans. Dann eines Tages das Segel am Horizont, das langsame Aufschließen, die Routine der Vorbereitungen. Und schließlich der Moment, der dieser mörderischen Geduld ihren Sinn verlieh: der Ruck an der Abzugsschnur, das Krachen der Geschütze.

Unbeschädigt, makellos standen meine Modelle da. Die Decks nicht schlüpfrig vom Blut. Auf der Glasscheibe nichts als die sich spiegelnden Schiffsrümpfe. Keine Teerpfützen, keine Wracktrümmer, keine Haischwärme. Nichts hatte die Stille im Raum gestört. Kein Bleikugelhagel, kein kreischendes Chaos aus Ketten, Nägeln, scharfkantigen Metall- und Holzsplittern, kein Ächzen, keine Schmerzensschreie Verwundeter und Sterbender, kein Jubel, wenn die Geschützführer sahen, dass sie einen Treffer gelandet hatten. Jubel und Schmerzensschreie – die zwei widersprüchlichen menschlichen Laute der Seeschlacht im achtzehnten Jahrhundert.

Ein Gefühl der Verlassenheit überkam mich, wie nach einem Todesfall. Konnte jemand, der das alles nie persönlich erlebt hatte, um den Gefechtsdonner, das heillose Durcheinander, das vergossene Blut trauern? Die Frage, die derart von mir Besitz ergriff, erfüllte mich mit Ruhelosigkeit und zugleich mit einer gewissen Ehrfurcht – ein schwer zu beschreibendes Gefühl, so als würde ich von einem Flügel gestreift, damals noch ungewohnt, auch wenn es später dann häufiger auftauchte. Normalerweise empfand ich Erfüllung, wenn wir diese Schlachten schlugen, ich kam ihm dadurch näher, hatte an seinen Triumphen teil. Heute weiß ich, dass dieser erste Vorgeschmack der Trauer ein Zeichen war. Damals glaubte ich, es sei nicht mehr als eine verzögerte Reaktion auf meine vorherige Panik, die Angst, ihm nicht gerecht werden zu können.

In meiner Ruhelosigkeit begann ich auf und ab zu gehen, durch die Gasse zwischen Tisch und Wand von einem Ende des Zimmers zum anderen, von der Zone des Lichts mit den sich spiegelnden Schiffen zum Zwielicht am hinteren Ende des Zimmers. In der Tasche meines Regenmantels – ich hatte völlig vergessen, den Mantel auszuziehen, so eilig hatte ich es gehabt – fand ich ein Käsebrot mit Kresse, noch in Klarsichtfolie verpackt, das ich am vorigen Tag bei Safeway's gekauft und dann vergessen hatte. Da ich allein lebte und mein Buch mich völlig in Anspruch nahm, vergaß ich oft zu essen und wurde nur durch gelegentliche Schwächeanfälle an diese Notwendigkeit erinnert. Uhrzeiten und Daten allerdings vergaß ich nie. Wie zu Zeiten meines Vaters kam nach wie vor Mrs. Watson, allerdings nur noch zweimal die Woche, vormittags. Ich wollte nicht, dass sie für mich einkaufte oder kochte. Üblicherweise legte ich ihr das Geld für eine Woche in einem Umschlag auf den Küchentisch. Ich blieb meistens unten im Keller, ging ihr aus dem Weg. Sie hatte natürlich keinen Kellerschlüssel, ich hatte das Schloss ausgewechselt.

Ich aß das Brot, während ich hin und her ging. Ich dachte immer noch über die Schlacht und ihre Folgen nach. Es war kein überwältigender Sieg gewesen. Die spanische Flotte war stark in Mitleidenschaft gezogen, aber nicht vernichtet worden. Andererseits hatte der Sieg England gewaltigen moralischen Auftrieb gegeben; außerdem – und das war von entscheidender Bedeutung – stand das Mittelmeer unseren Seestreitkräften jetzt wieder offen. Von diesem Moment an und für die Dauer des gesamten Krieges gegen das revolutionäre Frankreich würden wir uns den Zugang zu diesem Meer nicht mehr verwehren lassen, unsere Schiffe würden frei darauf patrouillieren und uns so in die Lage versetzen, die französischen Invasionspläne zu vereiteln und Napoleons Absichten in Ägypten zu durchkreuzen.

Für Horatio war das natürlich eine wichtige Phase in seiner Karriere, brachte sie ihm doch einen Vorgeschmack auf den Ruhm, nach dem er strebte. Er war kein bescheidener Held, ohnehin ein Widerspruch in sich, nein, er wollte sich im Ruhm verwirklichen, und alle Welt sollte es sehen, sollte ihn sehen in diesem wunderbaren Glanz. Das ist das Wesen des Helden, er nährt sich vom Ruhm.

Nach der Schlacht Hurra-Rufe, wo immer in der Flotte sein Stander gesichtet wurde. Sieggekrönt, von Jubel getragen – wie wundervoll, in diesem Moment Horatio zu sein. Ich spürte, wie sich mein Herz vor Freude weitete. Der Abend bricht herein, die Lichter auf den Schiffen leuchten übers Wasser, Jubel brandet ihm entgegen, so fährt er mit seiner Barkasse zur *Victory*, um dem Admiral seine Aufwartung zu machen.

Wir kennen Horatios Schilderung dieses Treffens, da er seinem Schwager Bolton einige Monate später davon erzählte. Er kam direkt von der Schlacht. Hemd und Rock waren zerfetzt, er hatte seinen Hut verloren, sein Gesicht war mit Schießpulver verschmiert, er blutete aus einer Rückenverletzung, die von einem Granatsplitter stammte. Jervis, der ihm zur Begrüßung beide Hände entgegenstreckte, war tadellos in Silber und Blau gekleidet. Er war gezwungen gewesen, seine Uniform zu wechseln. Während des Kampfes war einem Seesoldaten, der neben ihm auf der Achterhütte stand, der Kopf abgeschossen worden, sodass Blut, Hirnmasse, Gewebefetzen und Knochensplitter über Brust und Gesicht des Admirals gespritzt waren. Ein Offizier, der glaubte, er sei schwer verwundet, eilte an seine Seite. Nein, er sei nicht verletzt, sagte der Admiral ruhig, und dann drehte er sich um und bat einen Midshipman, ihm eine Orange zu bringen. Mitten in der Hitze des Gefechts. Als der Kampf vorbei und der Sieg errungen war, ging er nach unten, wusch dieses Memento der Sterblichkeit ab und zog sich um. *Der Admiral empfing mich auf dem Achterdeck, umarmte mich und sagte dann, er könne mir gar nicht genügend danken.*

Es sollte eine wichtige Freundschaft für Horatio werden. Er hatte eine Gabe für Freundschaft. Während seiner ganzen Karriere wurde ihm gleichermaßen der Respekt von Vorgesetzten wie von Untergebenen zuteil; nicht nur Respekt, auch Zuneigung, alle liebten ihn. Am zwanzigsten Februar wurde Kommodore Nelson ganz regulär gemäß Dienstalter zum Konteradmiral befördert. Später, als die Nachricht vom Sieg nach England gelangt war, verlieh ihm ein dankbarer Souverän den Bath-Orden. Konteradmiral Sir Horatio Nelson, Ritter des Bath-Ordens.

Normalerweise hätte man ihm bestimmt die Baronetswürde verliehen, hätte er nicht in einem Brief an Sir Gilbert Elliot, den Vizekönig von Korsika, der mit Depeschen von der Schlacht nach England zurückkehrte, durchblicken lassen, dass er nur ungern einen erblichen Titel annehmen würde, da er nicht über die entsprechenden finanziellen Mittel verfüge. Natürlich gab es Stimmen – vor Ohrenbläsern und Denunzianten ist man nie gefeit –, die ihm andere Motive unterstellten. An ihrer Spitze stand Sir Gilberts Berater Oberst Drinkwater, der am Morgen nach der Schlacht mit Horatio sprach und später einen Bericht über dieses Gespräch veröffentlichte. Er legt nahe, Horatio habe sich in Wirklichkeit von den auffälligen Attributen der Ritterschaft angezogen gefühlt, berechtigte sie doch unter anderem dazu, einen unübersehbaren glitzernden Stern zu tragen, und habe Armut vorgetäuscht, um dieses Recht zu erlangen.

Der Oberst gibt an, er selbst habe Horatio auf die Möglichkeit seiner Erhebung in den Baronetsstand hingewiesen, sei jedoch von einer Hand auf seinem Arm gebremst worden: »Nein, auf diese Weise soll es nicht geschehen.« »Aha«, erwiderte Drinkwater seinen eigenen Worten zufolge, »Sie möchten lieber Ritter des Bath-Ordens werden?« Darauf Horatio sofort: »Ja, wenn meine Dienste irgendetwas wert waren, dann mögen sie so gewürdigt werden, dass jedermann von mir oder ihnen erfährt.« Was das letzte Personalpronomen betrifft, ist sich Drinkwater nicht ganz sicher, aber an den Rest behauptet er sich zweifelsfrei zu erinnern, und so verkündet er im Brustton der Überzeugung: *Seine Worte ließen keinen Zweifel daran, dass es sein Wunsch war, eine Auszeichnung zu tragen, welche die allgemeine Aufmerksamkeit auf sich ziehen würde ...*

Ich konnte das nicht ernst nehmen. Für mich sprach hier unmissverständlich der Zyniker. Die beiden Männer waren allein, Horatio selbst hat das Gespräch nie erwähnt, anderweitige Belege dafür gibt es nicht, er war tot, als der Bericht veröffentlicht wurde. Hätte Drinkwater, den er kaum kannte, ihn mit solch geradezu unverschämter Direktheit nach seinen Wünschen und Zielen gefragt? Wohl kaum. Ein strahlendes Licht muss Horatio an jenem Morgen umgeben haben, dem Morgen nach einem der größten Tage seines Lebens. Drinkwater versuchte dieses Licht zu trüben, so wie das auch andere immer wieder tun werden.

Es war nicht die Bezichtigung, Horatio sei eitel, an der ich Anstoß nahm. Ich hatte immer gewusst, dass er viel auf den Putz und die Insignien des Ruhms gab. Seine Dekorationen brachten ihm letztlich den Tod, die Sterne an seiner Brust machten ihn zum Ziel eines Scharfschützen bei Trafalgar. Auszeichnungen anzustreben ist der Beruf des Helden, er trägt sie für all jene, die sie nicht tragen können, so wie er auch die Würde der Nation trägt. Nein, es ist die Unterstellung von Ambivalenz, ja Falschheit in Horatios Verhalten, die Behauptung, er habe sich einer Lüge über seine finanziellen Verhältnisse bedient, nur um in den Besitz des glitzernden Sterns zu gelangen.

Dass ich dieser Verleumdung überhaupt genug Raum gab, um sie zurückzuweisen, ihn gar verteidigte, erschien mir wie Verrat, und ich spürte eine Übelkeit in mir aufsteigen, wie sie mich damals zuweilen auch erfasste, wenn ich versuchte, die Ereignisse vom Juni 1799 in Neapel zu begreifen. Ich hatte mich der Darstellung seines Lebens verschrieben, war ihm von Tag zu Tag gefolgt, seinen wie meinen Tagen, auch wenn dieser Weg manchmal unter der Oberfläche verlaufen war. Ich war neun, als das anfing. Es war 1964, das Jahr, in dem meine Mutter uns verließ. Das Schachspiel führte mich zu Horatio – Schach, mein Vater, meine abwesende Mutter und die Tatsache, dass ich eines Tages die Regel brach, nie zu zeigen, was man fühlt.

Ich dachte, meine Mutter wäre gegangen, weil sie Monty und mich nicht genügend liebte. Dass sie meinen Vater nicht liebte, wusste ich vermutlich schon, so wie Kinder solche Dinge eben wissen. Er hatte uns das Ganze – zweifellos in dem Bestreben, ein gutes Vorbild zu sein und seine Gefühle nicht zu zeigen – nie richtig erklärt, weder damals noch später. Er sagte uns nicht, dass sie uns liebte und nur ungern gegangen war. Unsere Mutter sei nach Indien gegangen, so behauptete er, weil die östlichen Religionen sie betört hätten. *Betört.* Ich wusste nicht, was dieses Wort bedeutete, aber ich wusste, dass mein Vater seinen Verlust in Verachtung kleidete.

Mein Klassenlehrer in der Privatschule, die ich damals besuchte, war ein Schachfanatiker. Er erklärte uns die Regeln, er ermunterte uns zu spielen. Er war freundlich zu mir, und ich bewunderte ihn, ja mehr als das: Ich wollte dahin, wo er war. Ich war zu dieser Zeit wohl über das normale Maß hinaus für Freundlichkeit empfänglich. Um ihm zu gefallen, bemühte ich mich, ein guter Schachspieler zu werden, und ich entdeckte, dass ich tatsächlich gut war. Ich sei ein Naturtalent, sagte mein Lehrer. Mr. Lyle hieß er. Heute erinnere mich kaum noch an ihn. Er hatte eine Brille. Ich meine, er hätte die Haare nach hinten gekämmt getragen. Verschwommene Überreste einer einst sehr intensiven Wahrnehmung. Ich trat in den Schachklub der Schule ein. Ich spielte bei Turnieren, tat mich hervor. In wenigen Dingen brillant, war ich für kurze Zeit ein brillanter Schachspieler. Ich sehe sie noch vor mir, die karge Arena des Spielbretts, dieses erbarmungslose Spiel, das auf so paradoxe Weise mit Gefühlen der Liebe verknüpft war.

Ich befasste mich eingehend mit dem Spiel, studierte historische Partien, die Tricks lang verstorbener Meister, und spielte sie alleine nach. Oft verteilte ich die Figuren willkürlich auf dem Brett, schob sie dann allesamt herunter und versuchte sie aus der Erinnerung wieder genauso aufzustellen. Nachts, wenn ich nach meiner Mutter weinte, stellte ich mir das Schachbrett vor, ging die Züge irgendeines legendären Endspiels durch und fand darin Trost.

Eines Sonntagnachmittags war ein Kollege meines Vaters zu Besuch – mein Vater war leitender Beamter im Finanzministerium. »Dein Vater hat erzählt, du seist ein guter Schachspieler.« Ein nachsichtiger Ausdruck auf seinem geröteten Gesicht. »Das behauptet er jedenfalls«, sagte mein Vater. Er schien andeuten zu wollen, ich hätte geprahlt. Vielleicht hatte ich das auch. »Nicht dein Niveau, Henry, noch nicht.« Henry, Harry, Humphrey. Ein Schachspieler von Rang. »Wie wär's mit einem Spielchen, junger Mann?«

Wir spielten, und ich gewann. Er hatte noch die Hälfte seiner Figuren auf dem Brett, als ich ihn matt setzte. Die Freude am Sieg, die Hoffnung auf Lob – Gesicht und Stimme waren wohl noch nicht geübt genug, ich zeigte meine Gefühle zu deutlich. Mein Vater sah mich an, sagte jedoch kein Wort. Er ging hinaus, kehrte mit einem Buch aus seinem Arbeitszimmer zurück, kam zu mir herüber. »Hier«, sagte er, während der Kollege zusah. »Schau dir mal diese Leute an.«

Er hatte das Buch ungefähr in der Mitte aufgeschlagen. Ich sah zwei Gesichter, auf jeder Seite eins: William Pitt der Jüngere und Horatio Nelson. Damals sagte mir keiner der beiden Namen etwas. Später wusste ich natürlich, dass sie Zeitgenossen waren. Horatio war ein Jahr älter und starb drei Monate früher. »Schau genau hin«, sagte mein Vater. »Diese beiden Männer haben unser Land gerettet, sie hatten Grund, stolz auf sich zu sein.«

Er meinte es gut mit mir, zumindest denke ich das gern. Er wollte nicht, dass ich wegen meines Sieges triumphierte, dass ich kleine Errungenschaften überbewertete. Er wollte mir würdige Ambitionen vermitteln. Doch in seinem Verhalten und seinem Ton spürte ich Missbilligung; er freute sich nicht über meinen Erfolg, der seiner Ansicht nach der natürlichen Ordnung zuwiderlief.

Zwei Gesichter nebeneinander, zwei parallele Leben. Ich glaube, schon damals faszinierten mich parallele Verläufe. Beide Abbildungen waren farbig, doch aus irgendeinem Grunde zeigten sie die zwei Männer zu sehr unterschiedlichen Zeiten in ihrem Leben: Pitt im dunklen Anzug, kurz vor seinem Ende, vom Alkohol und der Belastung des Regierens gezeichnet; Horatio als zwanzigjähriger Kapitän, im dunklen Blau und Gold seiner Gala-Uniform, sein jugendliches Gesicht ernst und unerschrocken. Es war kein Vergleich, nicht einmal ansatzweise; den Staatsmann, den Architekten des Sieges, würdigte ich kaum eines Blickes, ich hatte nur Augen für den eindrucksvollen jungen Kämpfer, so schlank und zartgliedrig, von so anderer Statur als ich, auch damals schon. Ich bin eher schwer gebaut, mit dicken Handgelenken und großen Händen. Aber nicht ungeschickt, ich weiß meine Hände zu gebrauchen, bin ein guter Bastler.

Mein Interesse am Schach überlebte diesen Tag letztlich nicht, die Lektion in Bescheidenheit erwies sich als Todesstoß. Ich spielte bis zum Ende des Schuljahrs weiter, aber ich war nicht mehr mit dem Herzen dabei, ich hatte die Lust am Sieg verloren, mein Spiel ließ nach. Im Herbst kamen Monty und ich ins Internat. Ich sah Mr. Lyle nie wieder, und ich spielte nie wieder Schach.

Mit Horatio verhielt es sich anders. Mein Interesse an ihm

schien erloschen, doch es war nur unter die Oberfläche gesunken, wo es auf ein weiteres Zeichen wartete. Dieses Zeichen kam, als ich dreizehn war und während einer Geschichtsstunde entdeckte, dass Horatio Nelson seine Mutter verloren hatte, *als er neun Jahre alt war.*

Es kam mit der Macht einer Offenbarung, gleich einem Ansturm von Licht. Sämtliche Begleitumstände dieses Moments traten klar hervor, wie von einer Leuchtkugel in der Nacht erhellt. Danach senkte sich wieder die gewohnte Dunkelheit herunter, doch das Bild hatte sich unauslöschlich in meine Erinnerung eingebrannt. Meine exakte Position im Klassenzimmer, die von Generationen träger Kritzler verunstaltete Tischplatte, die Tafel, die gestikulierenden Hände des Lehrers. Das alles war mir an diesem Nachmittag im Februar so präsent wie eh und je. Ungebrochen, ungetrübt über all die Jahre, der Glanz der damals wie zufällig entdeckten Verwandtschaft.

Ich verspürte das Bedürfnis, das Porträt von Rigaud wieder zu betrachten, das Gemälde, das mein Vater mir an meinem effektiv letzten Tag als Schachspieler gezeigt und auf dem ich Horatios Gesicht zum ersten Mal gesehen hatte. Ich stand auf und ging ins Nachbarzimmer. Der Teller, den ich morgens gekauft hatte, lag immer noch auf dem Boden, doch ich ließ ihn liegen. Ich ging zu der Wand mit dem Porträt, es hing über einer schmalen Vitrine mit Sammelstücken zum Gedenken an seinen Tod: einem schwarzseidenen Lesezeichen, auf dem das Datum von Trafalgar stand, einer Staffordshire-Keramik, die ihn sterbend in den Armen zweier Offiziere zeigte, einem Modell seines Leichenwagens, das ich selbst gebaut hatte, nach meiner Krankheit, als ich mich wieder für Horatio zu interessieren begann.

Das Original des Porträts hängt natürlich im National Maritime Museum in Greenwich, ein Halbbild in Öl von John Francis Rigaud. Mein Exemplar war eine aufgezogene, gerahmte Fotografie im Posterformat. Horatio war achtzehn Jahre alt und Leutnant, als das Gemälde begonnen wurde. Es war ein Auftrag von William Locker, seinem befehlshabenden Offizier, der Horatios besondere Qualitäten schon in diesem Alter erkannt haben muss. Bevor das Porträt fertig war, musste Horatio zu den Westindischen Inseln segeln. Er kehrte erst 1780 zurück, drei Jahre später, immer noch vom Gelbfieber geplagt, das ihn fast umbrachte und seine jugendliche Blüte für immer zerstörte. Doch Rigaud änderte nichts an dem Gesicht, er ergänzte nur den Hintergrund und fügte die Insignien von Horatios neuem Rang hinzu – er war jetzt Fregattenkapitän, einer der jüngsten der Marine.

Ich stand vor dem Porträt, ohne zu merken, wie die Zeit verging. Der Schatten des Todes hatte ihn gestreift, doch der Maler hatte keine Anzeichen von Vergänglichkeit auf dem Bild zugelassen. Das selbstbewusste Gesicht ist weder von Krankheit noch von Schmerz gezeichnet. Er hat seinen Degen vor sich aufgepflanzt, die Hände auf dem Griff. Der Bildhintergrund, der nach seiner Rückkehr entstand, zeigt eine Ansicht von Fort San Juan in Nicaragua, dem Ziel der so unglücklich verlaufenen Expedition im vorangegangenen Jahr.

Katastrophen, Fieber, die großen Siege und der Heldentod, das alles lag noch ungeahnt vor ihm, als dieses durch nichts erschütterte Gesicht gemalt wurde. Zwanzig Jahre entfernt sein vernichtender Sieg über die Franzosen in der Bucht von Abukir, der triumphale Einzug in Neapel, die Dankbarkeit der Monarchen, die Lieder und Lobpreisungen und die unermessliche Liebe von Emma, Lady Hamilton. Zwanzig Jahre entfernt seine Verstrickung mit den neapolitanischen Jakobinern, die ich jeden Tag aufs Neue bedrückt zu entwirren versuchte.

Der Gedanke an diese Phase in Horatios Leben ließ die übliche vage Gequältheit in mir aufkommen. Ich stand immer noch vor dem Porträt, sah es jedoch nicht mehr an. Mein Blick fiel auf die Pappmaché-Büste von ihm, die nicht weit von mir entfernt stand, ziemlich genau in der Mitte des Raums. Sie war überlebensgroß, einen Meter hoch, und grob bemalt, die Augen pechschwarz und weit aufgerissen, die Wangen gerötet, eine hektische Röte; doch der geschwungene Mund strahlte Kraft und Autorität aus, und das gefiel mir. Ich hatte die Büste im Vorbeigehen inmitten des ganzen Krimskrams in einem Kuriositätenladen in Camden entdeckt, war hineingegangen, um sie zu kaufen, und hatte sie, in braunes Papier eingeschlagen, mit dem Taxi nach Hause transportiert. Ungefähr einen Monat war das erst her – zu Zeiten meines Vaters hätte ich das nicht gemacht. Jetzt stand ich da und sah ihn unverwandt an, die gerade Linie des Dreispitzes, der sein Gesicht beschattete, die grellbunten Sterne und Medaillen an seiner Brust, die goldenen Buchstaben, die sich um den Fuß der Büste zogen. Lesen konnte ich sie aus dieser Entfernung nicht, aber ich wusste, was sie besagten: ENGLAND ERWARTET, DASS JEDERMANN SEINE PFLICHT TUT.

Eine erhabene Botschaft – mit Sicherheit das berühmteste Marinesignal, das je gehisst wurde. Von der gesamten Flotte mit Jubel begrüßt. Und dann das letzte Signal, das er je setzen ließ, sein liebstes, die Nummer sechzehn, das Signal zum Nahgefecht, das an der Bramstenge der *HMS Victory* wehte, bis es weggeschossen wurde …

Die Trance der Bewunderung, in die ich langsam versank, wurde vom Läuten der Türglocke zerrissen. Ich sah auf die Uhr: Es war genau sieben. Ich wusste sofort, dass das Avon Secretarial Services sein musste, in Gestalt von Miss Lily, die zweimal die Woche kam, dienstags und freitags, um mir bei der Arbeit an meinem Manuskript zu helfen – keine geringe Aufgabe, da ich die früheren Abschnitte permanent revidierte. Ich konnte nicht selbst am Computer arbeiten. Meine Krankheit hatte eine bleibende Angst vor Bildschirmen bei mir hinterlassen. Es war zwanzig Jahre her, aber die Angst hatte ich nicht überwinden können. Spiegel oder durchsichtige spiegelnde Flächen waren kein Problem, vor denen hatte ich keine Angst, wohl aber vor opaken elektronischen Bildschirmen, aus denen Gesichter emporsteigen können. Gesichter mit Augen …

Ich hatte natürlich gewusst, dass sie kommen würde. Was mich überraschte, ja beängstigte, war die Feststellung, dass fast drei Stunden vergangen waren, zu denen ich nichts hätte sagen können. Seit während der Schlacht und an diesem Londoner Wintertag die Dämmerung angebrochen war, seit die Flotten sich getrennt hatten, woraufhin ich zunächst noch an meinem Kommandotisch sitzen geblieben war, um mich dann vor das Porträt zu stellen, hatte sich all diese Zeit angestaut und wieder verflüchtigt.

Als ich die Kellertreppe hinaufstieg und durch den Flur zur Haustür ging, spürte ich, wie die Panik vom Vormittag sich wieder meldete. Ansatzweise, mehr nicht. Aber irgendwie war es immer später, als ich dachte, ich war permanent bemüht, nicht zurückzufallen. So viel, so außerordentlich viel hing davon ab, dass ich nicht zurückfiel, dass die Linien weiter parallel verliefen.

3

Miss Lily war immer pünktlich. Ich hatte mir angewöhnt, sie so zu nennen, nicht im direkten Umgang, nur in Gedanken, obwohl sie keine der Eigenschaften hatte, die der Lilie gemeinhin zugeordnet werden, sie hatte nichts Betäubendes, Schweres an sich, keinen ausgeprägten Duft, nichts speziell Jungfräuliches, sie war eine solide Frau Anfang dreißig und hieß Lilian Butler. Sie kam seit drei Monaten und hatte sich noch nie verspätet. Diese Pünktlichkeit war eine der Eigenschaften, die ich besonders an ihr schätzte; ohne präzise Zeiteinteilung ist das Leben eine formlose Masse. Allerdings war Miss Lily neugierig, und das war ein Manko.

Da stand sie also vor der Tür, ihr kleines rotes Auto parkte unten auf der Straße. Sie hatte die Tasche mit Laptop und Drucker über der Schulter. »Sie sind die Treppe zu schnell hochgegangen«, sagte sie, als ich die Tür aufmachte. Obwohl wir uns erst so kurz kannten, erlaubte sie sich schon solche Bemerkungen. Ich atmete wohl schwer, und sie hatte es bemerkt. Wie konnte ich ihr erklären, dass das mit Eile nichts zu tun hatte? Ich konnte nicht offen Angst eingestehen, genauso wenig wie ich offen weinen oder Wut herauslassen konnte. Woher wusste sie überhaupt, dass ich im Keller gewesen war? Nur weil ich schwer atmete? Das war wohl kaum ein ausreichender Anhaltspunkt. Es war, als hätte sie mir nachspioniert. Sie war noch nie unten gewesen, niemand außer mir war je unten gewesen, ich schloss immer ab.

Wir gingen direkt in den Raum, den ich als mein Arbeitszimmer bezeichne, im Erdgeschoss neben dem Wohnzimmer. Das Zimmer, in dem ich schlafe, befindet sich ebenfalls in diesem Stockwerk. Das Haus ist hoch und schmal, spätviktorianisch, genau wie die sechs anderen Häuser in dieser kurzen Straße, die von der England's Lane abgeht. Es hat vier Stockwerke, wenn man den Keller dazuzählt, aber die beiden oberen benutzte ich kaum.

Es war warm im Zimmer, und Miss Lily war für diese Wärme sichtlich dankbar. Ihre Nase glänzte von der kalten Abendluft, und sie rieb sich die Hände, als wären sie kalt, obwohl es nicht mehr als ein paar Minuten her sein konnte, dass sie aus dem Auto gestiegen war. Nicht zum ersten Mal kam mir der Gedanke, dass sie wohl an schlechter Durchblutung litt. »Die Heizung in diesem Auto braucht ewig«, sagte sie, als sie meinen Blick auf sich spürte. »Wenn ich hier ankomme, wird sie gerade erst langsam warm.« Sie kommt bloß aus Camden.

Ich ging in die kleine Diele, um ihren Mantel aufzuhängen. Als ich zurückkehrte, saß sie bereits an dem Tisch, den sie bei unseren Arbeitssitzungen immer benutzt. Computer und Drucker waren vor ihr aufgebaut, der Bildschirm hochgeklappt, die Kabel waren eingesteckt, alles war startklar; die Tasche, in der sie die Geräte transportierte, hatte sie ordentlich hinter sich an die Wand gestellt. Und das alles in der Zeit, die ich benötigt hatte, um ein paar Schritte zu tun und den Mantel an einen der Haken zu hängen! Doch nicht nur das, sie saß auch irgendwie erwartungsvoll da, so als wäre sie schon seit einer ganzen Weile fertig und hätte sich gefragt, wo ich denn blieb. Ich begriff, dass ich irgendwie wieder zurückgefallen war. Was hatte ich in der Zwischenzeit getan? Hatte ich die Haken betrachtet und versucht, zu entscheiden, welcher der richtige für Miss Lilys dunkelbraunen Kunstpelzmantel war? Hatte ich irgendetwas umhängen müssen, um Platz für ihn zu schaffen? Hatte ich den Mantel inspiziert, die Schlaufe am Kragen vielleicht, um einen Hinweis darauf zu finden, an welchem Haken oder auf welche Weise ich ihn am besten aufhängen sollte? Ich konnte mich nicht erinnern. Die Zeit war verloren, sie war mir durch die Finger geglitten.

Um die Verstörung zu verbergen, die diese Gedanken in mir auslösten, begann ich im Zimmer auf und ab zu gehen, so wie ich es ohnehin oft tat, wenn ich Miss Lily Abschnitte aus meinem Buch diktierte. Für ebendiese Diktate hatte ich sie eingestellt. Ich revidierte ständig bereits geschriebene Passagen meines Buches, diejenigen, die sich mit seinem frühen Leben befassen, seiner Ehe und seiner Karriere bis zu dem großen Sieg in der Schlacht am Nil 1798, seiner Ankunft in Neapel im September desselben Jahres, seiner Errettung der königlichen Familie und den Anfängen seiner Liebesbeziehung zu Lady Hamilton, der Frau des Botschafters, im Februar 1799.

Der Revisionsprozess war noch intensiver geworden, seit ich im Juni in diese Sackgasse geraten war. Mein Manuskript war ein wirres Durcheinander aus handgeschriebenen Korrekturen, Einfügungen, Ausstreichungen. Niemand außer mir hätte das noch entziffern können. Miss Lilys Hilfe war von unschätzbarem Wert, sie war geduldig, effizient und gab – bis zu diesem Abend – keine Kommentare ab. Zudem verkörperte sie einen beachtlichen Sieg über mich selbst. Ich hatte mehrere Wochen lang gezögert, bevor ich mich schließlich an Avon Secretarial Services wandte, deren Anzeige ich eines Nachmittags zufällig entdeckt hatte, als ich beim Frisör saß und wartete. Es war ein schwieriger Entschluss. Es widerstrebte mir, meine Gewohnheiten zu ändern, mich an Fremde zu wenden. Aber ich brauchte jemanden, und letztlich hatte ich keine Wahl. Also packte ich irgendwann den Stier bei den Hörnern und rief an. Wie sich zeigte, bestand Avon Secretarial Services aus einer Person, und diese Person war Miss Lily.

Bisher hatte es sich gelohnt, wir hatten gut zusammengearbeitet. Billig war das Ganze nicht, sie verlangte fünfzehn Pfund die Stunde, aber das konnte ich mir leisten, mein Vater hatte Monty und mir genug Geld für ein bequemes Auskommen hinterlassen. Und ich betrachtete es als sinnvolle Ausgabe. Nachdem ich mich mit der Entscheidung, ob ich sie einstellen sollte, so herumgequält hatte, wollte ich auf ihre Dienste jetzt nicht mehr verzichten. Wir würden zusammen weitermachen, zumindest dachte ich das. Mit ihrer Hilfe würde ich Horatio ehrenvoll aus der Schwüle und dem Schrecken Neapels befreien, ich würde ihn durch seine letzten Jahre begleiten, bis zu seinem glorreichen Tod und seinem prunkvollen Begräbnis. Mein Buch würde die beste jemals gedruckte Abhandlung über Horatio werden, eine grundlegende Studie über den Mann und ein bleibender Tribut an den Helden.

An diesem Abend jedoch fand ich den Einstieg nicht. Ich machte keine Anstalten, meine Unterlagen aus der Schreibtischschublade zu nehmen, in der ich sie verwahrte. Von Ruhelosigkeit erfüllt, dem Gefühl, dass mir die Orientierung fehlte, dass die Spuren verwischt waren, die Zeit sich irgendwie verselbstständigt hatte, ging ich im Zimmer umher. Ich stellte fest, dass ich in ungewohnter Weise mit Miss Lily sprach, freier und direkter als je zuvor, auch persönlicher – über Horatio zu reden war so, wie über mich selbst zu reden.

Ich sprach von der Schlacht bei Kap Saint Vincent, die ich gerade nachgestellt hatte, und von der Zeit danach, vor allem von dem Briefwechsel zwischen Horatio und seiner Frau Fanny, nachdem sie die Nachricht vom Sieg erhalten hatte. »Endlich hatte er Ruhm erlangt«, sagte ich. »Im Alter von achtunddreißig Jahren war Horatio zum nationalen Helden geworden, man pries ihn im ganzen Land. Heute kann man sich das nur schwer vorstellen, aber die Leute damals hatten wirklich Angst vor einer französischen Invasion. Überall wurde die Nachricht mit großer Freude empfangen, bloß Fanny hatte nicht viel dazu zu sagen. Sein Vater schrieb ihm voller Stolz, er war zum Überwintern in Bath, als er davon erfuhr, er musste sich in seine Unterkunft zurückziehen, um seine Tränen zu verbergen.«

Als ich den alten Mann erwähnte, stockte ganz unerwartet meine Stimme, und ich spürte ein leichtes Kribbeln hinter den Augen. Ich habe schon immer schnell geweint und mich immer deshalb geschämt, es läuft meiner Erziehung und den Grundsätzen meines Vaters zuwider, aber die Attacke kommt immer, bevor die Schutzwälle hochgezogen sind. Hat man ihn je weinen sehen? Horatio schon, gelegentlich; meinen Vater natürlich nie.

Ich hatte mich von Miss Lilys Blick abgewandt und schwieg eine Weile, während ich mich an entsprechende Gelegenheiten zu erinnern versuchte. Ich hoffte, dass sie nichts bemerkt hatte. Es war eine Schwäche meinerseits, zugegeben, aber mich hatte das bewegt, dieser Stolz auf den Sohn, diese heimlichen Tränen.

»Warum hat er denn in Bath überwintert?«, fragte Miss Lily.

»In seiner Pfarrei in Norfolk war es im Winter eiskalt. Aber der entscheidende Punkt ist, dass alle Leute Horatio priesen, bloß sie nicht. Sie konnte nur von ihrer eigenen Angst und ihren Sorgen reden. Das war nun wirklich nicht die angemessene Tonlage für einen Mann wie ihn.«

»Sie nennen ihn beim Vornamen.«

»Ja, ja. Eine alte Gewohnheit.«

Miss Lily gestattete sich ein Lächeln. Sie hat einen breiten Mund, ziemlich blass und klar konturiert, mit einer ausgeprägten Neigung, sich nach oben zu verziehen. »Irgendwie komisch«, sagte sie, »wenn man bedenkt, dass er schon lange tot ist.«

»Tot?«, sagte ich. »Horatio Nelson ist nicht tot, was für ein absurder Gedanke. Er lebt in der Erinnerung und Dankbarkeit der ganzen Nation fort.«

»Na, ich bin ja nun britisch genug«, sagte Miss Lily, die erste von vielen kryptischen Bemerkungen, die sie im Laufe unserer diversen Unterhaltungen noch machen sollte. Ich war immer noch nicht ganz sicher, was sie damit meinte, als sie fortfuhr: »Aber wenn es nun Angst um ihn war, um ihren Mann?«

»Was hatte er denn von ihrer Angst?« Ich begann es zu bereuen, dass ich mich Miss Lily geöffnet hatte, es war unübersehbar, dass sie keine Ahnung vom Wesen des Heldentums hatte. »Er hat ihr nach der Schlacht in einem Brief erklärt, was er von ihr erwartete«, sagte ich.

»Was er von ihr erwartete?«

»Ja«, sagte ich und zitierte aus seinem Brief – ich kannte einen Großteil von Horatios Korrespondenz auswendig: *Nun endlich widerfährt mir von Seiten aller die, wie ich finde, gebührende Gerechtigkeit. Es wird Dich freuen zu erfahren, welchen Anteil ich daran hatte, diesen Tag zu einem besonders glanzvollen zu machen, dem glanzvollsten, der mir in der Geschichte Englands bekannt.*

Ich machte eine kurze Pause, um das wirken zu lassen. Dann sagte ich: »Bitte, da haben Sie es, das ist doch deutlich, oder?«

»Sehr deutlich«, sagte Miss Lily. »Er wollte, dass sie ihn lobt.«

»Er sagt, dass er erwartet, dass sie sich über seinen Erfolg freut.« Ihre Begriffsstutzigkeit ärgerte mich langsam. »Schauen wir doch mal, wie sie antwortet.«

Ich ging an das Regal, in dem ich die Bände mit seiner Korrespondenz stehen habe, und nahm Geoffrey Rawsons Sammlung von 1949 herunter, die kürzer ist und leichter zu handhaben als die meisten anderen. Ich hatte Fannys Brief schnell gefunden und las ihn Miss Lily vor, wobei ich die Klagen bewusst hervorhob. *Gott sei Dank geht es Dir gut … Meine Angst lässt sich gar nicht in Worte fassen … Alles in allem, mein lieber Gatte, habe ich sehr gelitten …*

Nachdem ich das vorgelesen hatte, sah ich Miss Lily scharf an. »Sie hat einen Helden zum Mann, und so schreibt sie ihm.«

Sie erwiderte meinen Blick unbeirrt, und ich merkte, dass sie nicht überzeugt war, sie stand auf Fannys Seite. Ihre Augen sind braun und sanft, aber sie hat einen sehr festen Blick. Ich spürte, wie sich mein Ärger in Wut verwandelte. »Sie konnte ihm nicht geben, was er brauchte«, sagte ich. »Sie hat ihn hängen lassen.«

»Na ja, schließlich ist sie auf den Westindischen Inseln aufgewachsen. Da haben sie sich doch kennen gelernt, oder?«

»Ja, sie haben sich auf Nevis kennen gelernt. Aber was hat das mit –«

»Sie haben doch selbst gesagt, dass die Pfarrei im Winter eiskalt war.«

»Die Pfarrei?« Später sollte ich mich an Miss Lilys indirekte Denkweise gewöhnen, die in so seltsamem Widerspruch zu ihrem direkten Blick stand. Doch jetzt war ich verwirrt. Und mein Zorn wuchs.

»Sie halten mich wahrscheinlich für anmaßend. Ich habe ja kaum was über ihn gewusst, über Lord Nelson, meine ich, als wir mit der Arbeit angefangen haben. Und Geschichte war ohnehin nie meine Stärke. Ich bin eine ausgezeichnete Sekretärin, aber damit hat sich's auch schon. Der größte Teil meiner Arbeit ist nicht historisch, sondern eher gegenwartsbezogen.«

»Ich weiß nicht, worauf Sie mit der Pfarrei hinauswollen.«

»Sie war doch eine wärmere Umgebung gewohnt. So wie ich das sehe, hat er sie allein gelassen, oder zumindest nur mit ihrem Schwiegervater als Gesellschaft – also, jetzt mal davon abgesehen, dass er ein Held war und so – und zwar in einer eiskalten Pfarrei in Norfolk oder dann in einer Unterkunft an einem Ort, den sie sich nicht selbst ausgesucht hatte. Das waren zugige Kästen, diese alten Häuser.« Ich sah, wie sie die Schultern leicht hochzog und ihre Ellbogen umfasste; sie versetzte sich in Fannys Lage. »Und ich bin immerhin in diesem Land aufgewachsen«, sagte sie. »Er fragt sie nicht, ob ihr auch warm genug ist oder irgendwas in der Richtung. Schließlich war es Mitte Februar. Ihm ging's ja gut, er war da unten im Süden ...«

»Gut? Mein Gott. Er war in der Schlacht durch eine Kartätsche verwundet worden, die ihm die Stirn bis zur Schädeldecke aufgerissen hatte. Er litt an gelegentlicher Atemnot wegen Stress und Übermüdung, er hatte –«

»Sie war allein, sie hatte Angst um ihn. Man sollte doch meinen, dass er wusste, was es heißt, Angst zu haben.«

»Das wusste er auch«, sagte ich. »Er selbst hat nie Angst gezeigt, aber er hat sie bei anderen verstanden, und er ist immer sanft mit denen umgegangen, die –«

»Aber das waren Männer unter sich, stimmt's?«

Ich hatte keine Ahnung, was sie damit meinte, doch ich konnte mich des Gefühls nicht erwehren, dass sie in dieser Diskussion langsam die Oberhand gewann. Und sie wagte es, ihn, Horatio, zu kritisieren. Meine Gesichtshaut spannte regelrecht von der Anstrengung, die es mich kostete, meine Wut nicht zu zeigen. Ich befürchtete, man könne sie mir an den Augen ansehen, in denen sich oft das Blut sammelt, wenn ich mich aufrege. Ich trat hinter sie, auf die andere Seite des Tisches, wo sie mich nur sehen konnte, wenn sie sich mit ihrem Stuhl ganz umdrehte. Ich hatte den Bildschirm nun vor mir, achtete jedoch darauf, ihn nicht anzusehen. Und so betrachtete ich aus ungefähr einem Meter Entfernung Miss Lilys Hinterkopf. Ihr dunkelbraunes Haar war zu einem Pferdeschwanz gebunden, sodass ihr Nacken zu sehen war, nackt, zart cremefarben, erstaunlich stämmig, mit einem feinen, leicht glänzenden Flaum direkt unter dem Haaransatz. Ihre Ohrläppchen sahen aus diesem Blickwinkel pink und wächsern aus, irgendwie unecht; rubinrote gläserne Tropfen baumelten daran, schienen im Licht zu erzittern. Aus dem vorderen Teil dieses Kopfes drangen weiterhin Worte: »Es ist wie bei Scott, dem von der Antarktis, der hat seine Frau auch Monate und Jahre allein gelassen, um den Südpol zu suchen …«

Im einen Moment waren die Worte noch da, hingen vor ihr in der Luft. Dann, ganz plötzlich, wurden sie immer leiser, verhallten. Eine Art pulsierende Stille legte sich über mich, als würde mir etwas auf die Ohren gepresst. Ich blickte immer noch konzentriert auf Miss Lilys schutzlosen Nacken und ihren Schädel, dessen Form sich unter ihrem Haar abzeichnete. Sie drehte sich ein Stückchen mit ihrem Stuhl um, als wollte sie hinter sich sehen. Einen Moment lang schwindelte mir, dann zerriss die Stille, die Geräusche kamen zurück, füllten den ganzen Raum aus. Ich ging wieder auf die andere Seite des Tischs. Ich empfand jetzt überhaupt keinen Zorn mehr, nur noch eine Art Überraschung.

»Ich habe in der Zeitung davon gelesen«, sagte Miss Lily.

»Tut mir Leid«, sagte ich. »Wovon haben Sie gelesen?«

»Von diesem Gerücht, dass sie eine Affäre gehabt hat, während er in der Eiswüste war. Sie haben seinen Sohn danach gefragt, und der hat gesagt, das würde nicht stimmen, das sei eine Verleumdung, die Sorte Frau sei seine Mutter nicht gewesen. Was für eine Sorte Frau hat er gemeint?«

Ihre Stimme war lauter geworden. Ich sah sie an, ihr Gesicht war gerötet. »Was hat er *gemeint*?«

Dieser plötzliche Ärger über etwas so Banales kam mir völlig absurd vor und stellte mein ursprüngliches Gefühl, mich auf einer höheren Ebene zu befinden als Miss Lily, fast vollständig wieder her. Ich verstand gar nicht, wie ich mich so hatte aufregen können. Was konnte man von Avon Secretarial Services schließlich schon erwarten? Sie war Lichtjahre von der Erkenntnis entfernt, dass Lob für einen strahlenden Engel wie Horatio Manna war, unentbehrliche Nahrung, unentbehrliche Energie, er verbrannte sie und erstrahlte in gleißendem Licht wie die Sonne. Zwecklos, ihr das zu erklären, sie redete immer noch von diesem jämmerlichen Entdecker. Was hatte Scott damit zu tun, ein Mann, an den man sich nur wegen der Art, wie er zu Tode gekommen war, erinnerte? Scott war kein Held. Helden sind erfolgreich.

»Er wusste wahrscheinlich selbst nicht, was er meinte«, sagte sie leise. »Ich habe das vor Jahren gelesen, und ich muss immer wieder daran denken.«

Ich beschloss, sie früher gehen zu lassen. Es war zu spät, um noch mit dem Diktieren zu beginnen. Außerdem stimmte das Gefühl nicht. Diesmal blieben die Parallelen bestehen, während ich ihren Mantel holen ging: Als ich zurückkam, war sie immer noch damit beschäftigt, ihre Sachen zusammenzupacken.

Ich wartete, bis wir an der Tür standen. Dann stellte ich meine Frage, ganz beiläufig: »Woher haben Sie eigentlich gewusst, dass ich im Keller war?«

»Im Keller?« Sie sah verwirrt aus, aber das konnte auch aufgesetzt sein.

»Als Sie heute Abend gekommen sind, als ich die Tür aufgemacht habe, da haben Sie gesagt, ich wäre die Treppe zu schnell hochgegangen. Ich frage mich schon die ganze Zeit … woher wussten Sie, dass ich die Treppe hochgekommen war? Nur, weil ich außer Atem war?«

»Ach so«, sagte sie. »Ja, schon, Sie schienen wirklich etwas außer Atem, aber ich hätte es auch so gewusst. Jetzt, wo es abends so früh dunkel ist, machen Sie immer das Licht im Gang an, bevor Sie an die Tür kommen, und wenn man da draußen auf der obersten Stufe steht und auf die Glasscheibe in der Tür guckt, sieht man einen Schatten vorbeiwandern. Wenn der Schatten von rechts kommt – also, von mir aus gesehen rechts –, heißt das, dass Sie aus dem Keller gekommen sein müssen. Wenn er von der anderen Seite kommt, waren Sie in Ihrem Arbeitszimmer oder im Wohnzimmer.«

Sie stand direkt unter mir, auf der ersten Stufe. Aus dem Gang hinter mir fiel Licht auf ihr Gesicht. Sie lächelte, als sie zu mir aufsah. Kein breites Lächeln, nur eine Art Intensivierung ihres üblichen Gesichtsausdrucks. »Ulkig, dass Sie sich daran erinnern«, sagte sie. Aus unerfindlichen Gründen schien sie das zu freuen.

»Sie sind ja ein richtiger Sherlock Holmes«, sagte ich. »Eine weibliche Ausgabe natürlich.« Als ich jetzt zu ihr hinuntersah, wurde mir klar, dass ich Miss Lily in meinem Arbeitszimmer einem Test unterzogen hatte, dass sie bestanden und dass ihr Erfolg unser Verhältnis verändert hatte.

4

Nachdem Miss Lily fort war, ging ich an den Kühlschrank und fand eine zugedeckte Schale mit etwas, das sich bei näherem Hinsehen als Ravioli mit einer Spinat-Frischkäse-Füllung entpuppte; ich hatte sie, wie mir jetzt wieder einfiel, in einem Feinkostladen in der Nähe der Chalk Farm Station gekauft, vor zwei oder vielleicht auch drei Tagen. Ich schnupperte daran, sie schienen noch in Ordnung zu sein. Kalt, direkt aus dem Kühlschrank, schmeckten sie nach nichts. Ich spülte sie mit etwas Bordeaux herunter, ungefähr einer halben Flasche, mehr hatte ich nicht mehr oben.

Nach den diversen Aufregungen dieses Tages war ich erschöpft, aber mir war trotz des Weins nicht nach Schlafen zu Mute. Ich ging wieder in mein Arbeitszimmer, begann die losen Seiten meines Manuskripts durchzublättern und landete schließlich - wie es damals unweigerlich geschah - bei Horatios schicksalhafter Ankunft in Neapel im September 1798 und den nachfolgenden Ereignissen, besonders denen im Juni des nächsten Jahres, vom zehnten bis zum dreißigsten Juni. In diesen zwanzig Sommertagen hatte ich mich wie in einem Netz verfangen.

Die hinführenden Ereignisse stehen nicht in Frage. Ich kannte sie auswendig, ohne auf die vor mir liegenden Seiten schauen zu müssen. Horatio traf am zwanzigsten September in Neapel ein, ungefähr zwei Monate nach seinem triumphalen Sieg über die Franzosen in der Schlacht am Nil. Er wird von König Ferdinand, dem bourbonischen Herrscher beider Sizilien, und Königin Maria Carolina wie ein Held empfangen, sie betrachten ihn als ihren Retter. Sie haben große Angst vor den

Franzosen, und zwar mit gutem Grund – fünf Jahre zuvor war Königin Marie-Antoinette, Maria Carolinas Schwester, in Paris guillotiniert worden. Horatio genießt diesen Empfang zwar sehr, ist jedoch ziemlich angeschlagen. Er leidet immer noch unter der nervösen Anspannung der Schlacht und den Folgen seiner schweren Kopfverletzung. Er braucht Ruhe und Pflege und findet sie bei Lady Hamilton, der Frau von Sir William Hamilton, dem britischen Botschafter in Neapel, einem Sammler und Connaisseur, der fünfunddreißig Jahre älter ist als sie.

Die Gefahr einer französischen Invasion über Land ist noch nicht gebannt, vielmehr wächst sie mit jedem Tag. Die französischen Armeen haben Nord- und Mittelitalien besetzt, sie haben Rom eingenommen, den Papst vertrieben und die Stadt zur Republik erklärt. Es gibt einen Pakt zwischen Frankreich und dem Königreich der beiden Sizilien. Doch Rom und Neapel liegen nur einige Tage Fußmarsch voneinander entfernt, zu nah, um sich in Neapel sicher zu fühlen. Von der Königin unterstützt, drängt Horatio den unentschlossenen Ferdinand, das Kommando über die neapolitanische Armee zu übernehmen und als Verteidiger des Glaubens gegen die atheistischen Franzosen auf Rom zu marschieren. Nach langem Zaudern lässt Ferdinand sich schließlich überreden. An der Spitze von dreißigtausend Soldaten unter der Führung des bayerischen Generals Baron Karl Mack von Leiberich zieht er los.

Was für eine Armee. Von Mack als eine der besten in ganz Europa beschrieben, besteht sie hauptsächlich aus uniformierten Bauern, unter Zugabe einiger Banditen und freigelassener Strafgefangener. Mack selbst erweist sich als stur und zögerlich zugleich, nicht gerade die beste Kombination bei einem General. Der König teilt den ausgeprägten Widerwillen seiner Soldaten, ein persönliches Risiko einzugehen.

Zunächst gibt es Erfolge zu verzeichnen. Die Franzosen ziehen sich zurück, um ihre Streitkräfte zu sammeln. Rom wird zurückerobert, Ferdinand reitet auf einem Schimmel im

Triumph durch die Straßen, begleitet von Dragonern in glitzernden Uniformen. Doch dann erfolgt die Gegenoffensive, und die Neapolitaner nehmen Reißaus, Offiziere und Soldaten gleichermaßen. Mack tritt einen ungeordneten Rückzug an, der König flüchtet als Zivilist verkleidet zurück nach Neapel, angstbebend und seine Berater beschwörend, sie möchten ihn nicht im Stich lassen.

Dein Rat hatte katastrophale Auswirkungen, Horatio, das muss einmal gesagt werden. Der König ist gedemütigt, Neapel steht ohne Verteidigung da, und die Franzosen haben jetzt einen Vorwand, den Pakt zu brechen. Im Königreich beider Sizilien wird es zu einem Bürgerkrieg kommen, die königliche Familie wird sich gezwungen sehen, das Festland zu verlassen und nach Palermo zu fliehen, um nicht den Franzosen in die Hände zu fallen.

Natürlich war das nicht Horatios Schuld. Es war mir wichtig, das in meinem Buch eindeutig klarzustellen. Andere Biografen haben von einem groben Fehler gesprochen, aber das hieße seinen Charakter, sein Temperament vollkommen missverstehen. Das Angreifen lag ihm im Blut, er war ganz Feuer. Wie sollte ein Mann von solch nobler Gesinnung das gemeine Naturell seiner Werkzeuge verstehen, eines Königs, der nichts Königliches an sich hatte, eines Heerführers, der nicht führen konnte, einer Armee, die einfach dahinschmolz?

Nur Horatio steht jetzt noch zwischen der königlichen Familie und den vorrückenden Franzosen. Die Schiffe liegen bereit, um die Monarchen notfalls aufzunehmen. Er hat der Königin bereits den Beistand Englands gelobt, jetzt lässt er sich auch noch das persönliche Versprechen abnehmen, sie nicht zu verlassen. Eine ganz andere Dimension … Ich hatte mir die Belegstelle herausgeschrieben, hier vor mir auf dem Blatt stand es, ein Auszug aus einem Brief an seine Frau Fanny vom elften Dezember 1798: *Die arme Königin hat mir abermals das Versprechen abgenommen, sie und ihre Familie nicht zu verlassen, bis sich erfreulichere Aussichten als die gegenwärtigen abzeichnen.*

Dieses Versprechen machte mir zu schaffen. Warum hast du es gegeben? Warum hast du dich so festgelegt? Von der Admiralität hattest du Befehl, die gesamte adriatische Küste sowie Neapel und Sizilien zu verteidigen und die Blockade von Malta zu überwachen, das damals in französischer Hand war.

Zehn Tage später ist die Situation unhaltbar geworden. Die Franzosen nähern sich Neapel, und dort werden viele sie mit offenen Armen empfangen, die gebildeten Schichten, die liberale Aristokratie, vereint in ihrem Hass auf die grausamen und tyrannischen Bourbonen, beseelt vom Reformgeist und der republikanischen Idee.

Am Abend des 21. Dezember schifft sich die königliche Familie zusammen mit den Hamiltons und diversen neapolitanischen Notabeln ein. Wegen des schlechten Wetters können sie erst am 23. Dezember in See stechen. Am zweiten Weihnachtsfeiertag um zwei Uhr morgens ankern sie in Palermo. Hier werden Emma und Horatio im folgenden Februar zu Liebenden. Und hier erreicht sie auch die Nachricht, dass die französische Armee mithilfe der neapolitanischen Republikaner Neapel eingenommen und einen Aufstand der *lazzaroni,* des Furcht erregenden, dem Königspaar treu ergebenen neapolitanischen Pöbels, zerschlagen hat. Die royalistischen Streitkräfte sind aus den Kastellen Sant'Elmo, Nuovo und dell'Ovo vertrieben worden und eine Republik ist ausgerufen worden, die so genannte Parthenopeische Republik.

Unterdessen tritt in Palermo Kardinal Fabrizio Ruffo an König Ferdinand heran, ein Kriegergeistlicher aus altem Geschlecht, der sich anerbietet, in Kalabrien, wo sich die Ländereien seiner Familie befinden, an den Patriotismus und die Frömmigkeit der Bauern zu appellieren und sie in einen heiligen Krieg zu führen, um Neapel für die Monarchie zurückzugewinnen. Das Angebot wird angenommen, und Ruffo rekrutiert ein mörderisches, undiszipliniertes, beutegieriges Heer aus kalabrischen Freischärlern. Mit dieser Horde, die er allein durch die Kraft seiner Persönlichkeit notdürftig unter Kontrolle hält, marschiert er auf Neapel.

Diese Christliche Armee des Heiligen Glaubens, wie Ruffo sie nennt, kann erstaunlich schnell Erfolge verbuchen. Ende Mai sehen sich die Franzosen zum Rückzug gezwungen, nur im Kastell Sant'Elmo lassen sie eine Garnison zur Unterstützung der republikanischen Miliz von Neapel zurück – nach eigener Auffassung Patrioten, nach Horatios Auffassung Verräter – , die jetzt in den befestigten Kastellen vor der blutrünstigen Vergeltung der *lazzaroni* Schutz sucht.

So weit, so schlecht. Ich griff wieder zu meinen Unterlagen. Wir näherten uns der letzten Juniwoche, den Tagen, die mich in solche Ratlosigkeit stürzten. In Neapel herrscht inzwischen Chaos. Ruffos Truppen sind völlig außer Kontrolle geraten, sie plündern, vergewaltigen, morden ungehindert. Der Pöbel zieht in Scharen durch die Straßen, tötet und verstümmelt jeden, der jakobinischer Neigungen verdächtigt wird, ganz gleich ob Mann oder Frau. Was die Details dieser schrecklichen Periode betraf, stützte ich mich in erster Linie auf die Darstellung von Constance Giglioli, die einen Augenzeugen zitiert, Giuseppe di Lorenzo. In der Stille meines Arbeitszimmers, in der allerdings Miss Lily mit ihrer Streitlust irgendwie noch präsent zu sein schien, überflog ich seine Worte noch einmal. *Köpfe und abgehackte Gliedmaßen lagen auf den Straßen […] Eine große Anzahl von Opfern wurde erschossen, einer nach dem anderen […] Nachdem dies geschehen war, schnitten diese Schlächter ihnen ohne Rücksicht darauf, ob sie tatsächlich tot waren oder nicht, die Köpfe ab und trugen dieselben, an langen Stangen befestigt, im Triumphzug durch die Straßen oder spielten damit, indem sie sie wie Bälle über den Boden rollten.*

Damit dieses Blutvergießen nicht endlos weitergeht, trifft Kardinal Ruffo am dreiundzwanzigsten Juni ein Abkommen mit dem Feind. Er akzeptiert die Kapitulation der französischen Garnison und ihrer neapolitanischen Verbündeten in den Forts der Stadt. Die Franzosen sollen nach Hause geschickt, die Neapolitaner vor die Wahl gestellt werden, sie entweder zu begleiten oder unter einer Generalamnestie in ihre Häuser zurückzukehren. Der Vertrag wird auch im Namen Seiner britannischen Majestät George III. vom ranghöchsten Offizier in Neapel, einem gewissen Kapitän Foote, unterzeichnet, da Horatio an die Westküste Siziliens gesegelt ist, wo er versuchen will, der französischen Flotte den Weg abzuschneiden. Die anderen Mitunterzeichner sind Baillie für Russland und Achmet für die Türkei.

Ein regulärer Vertrag also, von akkreditierten Vertretern aller gegen die Franzosen kämpfenden Mächte unterzeichnet. Horatio, der am 24. Juni davon erfährt, opponiert erbittert – nicht gegen die Bedingungen für die Franzosen, sondern gegen die Amnestie für die neapolitanischen Jakobiner. Es kommt zu hitzigen Diskussionen. Der Kardinal hat sein Wort gegeben, der Vertrag muss eingehalten werden. Für Horatio sind die Republikaner üble Verräter, die einer feindlichen Invasion Vorschub geleistet haben. Sie müssen bedingungslos kapitulieren und sich der königlichen Gnade unterwerfen.

Können sie wirklich auf Gnade gehofft haben? Sie müssen gewusst haben, was sie erwartete. Maria Carolina war voller Angst und Aggression, Ferdinand für seine Rachsucht berüchtigt. Und doch kamen die Rebellen am 26. Juni aus ihren Forts. Wie nicht anders zu erwarten, ereilte sie ein entsetzliches Schicksal.

Warum taten sie es also? In dieser Frage lag die ganze Crux. Und an diesem Februarabend war ich noch genauso ratlos wie drei Monate zuvor, als ich zum ersten Mal auf das Problem gestoßen war. Bevor ich nicht eine Antwort gefunden hatte, und zwar eine *akzeptable* Antwort, konnte ich nicht weitermachen. Ich war die Ereignisse, sofern ich verlässliche Quellen hatte finden können, Stunde für Stunde durchgegangen; besonders die achtundvierzig Stunden zwischen Horatios Ankunft in Neapel und dem Zeitpunkt, wo die Rebellen die Forts verließen. Ich hatte so lange und so angestrengt darüber nachgedacht, dass eine Art geistige Wundstelle entstanden war; selbst wenn ich nur ganz leicht daran rührte, begann sie zu klopfen und zu schmerzen, sodass ich jedes Mal bei den weniger zweifelhaften Triumphen seiner Karriere Zuflucht suchte.

Jetzt fand ich Zuflucht in dem Gedanken an seinen glanzvollen Einzug in die Stadt nur zehn Monate zuvor – der Eroberer, noch ein Geschöpf der See, noch unberührt von diesem korrupten, sinnlichen Ort. Anfang September hat sich vor Stromboli bereits die *Mutine* seinem Geschwader angeschlossen und die ersten schriftlichen Glückwünsche zu seinem Sieg aus Neapel gebracht. Sir John Acton, der Premierminister von Neapel, übermittelt die an den »Retter Europas« adressierten Gratulationen von Ferdinand und Maria Carolina. Sir William Hamilton spricht ihn, auch im Namen seiner Frau Emma, als seinen »Busenfreund« an. *Sie haben sich nun, mein lieber Nelson, unsterblich gemacht.* Dabei waren sie zu dieser Zeit nur oberflächlich miteinander bekannt, sie hatten sich fünf Jahre zuvor einmal kurz getroffen, als Horatio noch ein junger Kapitän war, gesund und unversehrt. Dazwischen lagen Korsika und die Einbuße seines rechten Auges, sein Heldenstück bei Kap Saint Vincent, das Fiasko von Teneriffa und der Verlust seines rechten Arms. Und nun dieser erstaunliche Sieg in der Bucht von Abukir.

Unter den Briefen befinden sich auch zwei von Emma. Ganz Neapel sei verrückt vor Freude, sie gehe wie auf Wolken, weil sie so stolz darauf sei, im selben Land geboren zu sein wie er, sie sei von Kopf bis Fuß *alla Nelson* gekleidet – selbst ihr blauer Schal sei mit goldenen Ankern übersät. Sie drängt ihn, zu schreiben oder bald zu kommen. Er hat bereits geschrieben und seiner Hoffnung Ausdruck verliehen, auch mit seinen Verstümmelungen noch willkommen zu sein.

Die britischen Schiffe werden am frühen Morgen des zweiundzwanzigsten September vor der Insel Capri gesichtet. Ein Samstag. Ich hatte noch nie auf diese berühmteste aller Buchten hinausgeblickt, doch ich hatte es mir oft vorgestellt, das frühmorgendliche Erscheinen des Helden, diese langsame Annäherung an die von Jubel erfüllte Stadt. Ich wusste, wie man es vom Kai aus erlebt hätte, die im Dämmerlicht schemenhaften Segel, mal sichtbar, mal verschwunden, langsam heranschwebend im aufkommenden Licht, Silhouetten vor den goldbraunen Klippen der Insel. Dann der Sonnenaufgang, eine einzelne Flammenspur auf der weiten fahlen Wasserfläche ...

Zehn Uhr. Die Bucht gleicht einem von Sonnenlicht überströmten Silberteller. Hunderte von Vergnügungsbooten sind von der Küste ausgeschwärmt. Ich sehe, wie ihre Segel und Rümpfe sich im Wasser spiegeln, blau, scharlachrot, dunkelorange. Die Boote kräuseln das Wasser, doch in meiner Vorstellung ist kein Streifen Weiß zu sehen, es ist, als hätten die Farben allein die Kraft, das Wasser zu teilen. Ganze Musikkapellen sind hinausgefahren, um die Schiffe zu begrüßen. Das Orchester des Teatro San Carlo spielt auf einer von vorn bis hinten mit rot-weiß-blauen Wimpeln dekorierten Barkasse »God Save the King«, »Rule, Britannia« und »See the Conquering Hero«. Die kriegerischen Klänge hallen durch die Bucht und erreichen die näher kommenden Schiffe. Die *Vanguard* antwortet mit Kanonendonner. Auf den Kais drängen sich jubelnde Menschen. Wir stehen vorne am Bug. Vor uns erheben sich Häuserreihen, hellgelb, rosé, pergament- und terrakottafarben, ziehen sich über dunklere, sonnenverschleierte Hänge, die mit Zypressen und Stechpalmen bewachsen sind. Die Balkons sind mit Fähnchen und Hängekörben voller Nelken und Rosen geschmückt. Die Barkasse des Botschafters kommt uns entgegen und wird mit einem Salut aus dreizehn Rohren begrüßt. Sie legt sich längsseits. Lady Hamilton, ganz *alla Nelson* gekleidet, fliegt das Fallreep hinauf. Eine der schönsten Frauen ihrer Zeit. Sie ruft aus: »Mein Gott, ist es möglich?« Sie wird in meinen Armen bewusstlos und sinkt zu Boden.

Ein linkshändiger Händedruck von dem ältlichen, schmalen, distinguierten Hamilton. Seine Worte sind nicht überliefert. Eine Stunde später ein weiterer Salut, diesmal einundzwanzig Schuss. Ferdinand IV., der Herrscher der zwei Sizilien, nähert sich in seiner scharlachroten und goldenen Staatsbarkasse mit flitterbesetztem Sonnensegel. Noch mehrere Monate bis zum Fiasko seines Feldzugs, seiner schmachvollen Flucht. Schwitzend in schwarzem Samt und goldener Spitze, hält er eine Willkommensrede. Dankbarkeit erfüllt das Gesicht mit der großen Nase, als er seinen »Befreier und Erretter« preist.

Während sich die *Vanguard* majestätisch auf die wartende Stadt zubewegt, lassen wir uns zu einem gepflegten Frühstück nieder. Unter den illustren Gästen befindet sich auch Kommodore Caracciolo, Bailli des Malteserordens, Admiral der neapolitanischen Armee, dem die nautische Ausbildung des neunjährigen Königssohns Leopold obliegt. Nur wenige Monate trennen ihn von seiner Verurteilung durch unser Kriegsgericht und der öffentlichen Erhängung wegen Verrats an seinem König.

Als wir an Land gehen, erfüllt Flügelschlagen die Luft. Hunderte von Fischern haben mit Tauben in Käfigen aus Weidenrohr am Kai gestanden und nur auf diesen Moment gewartet. Jetzt heben sie die Käfige in die Höhe und lassen ihre Gefangenen frei. Die weißen Vögel steigen empor, und ich versuche ihnen mit dem Blick zu folgen, doch der helle Himmel, das staubflirrende Sonnenlicht, der Blütenregen überwältigen meine Augen. Die Musik und das Geschrei der Menschen bringen mich durcheinander. Wir erreichen die wartende Kutsche und klappern über das Pflaster aus schwarzem Lavagestein davon, hinauf zur britischen Botschaft, dem Palazzo Sessa, dessen Fassade mit rot-weiß-blauen Behängen verziert ist.

Irgendetwas riss mich heraus, vielleicht ein Geräusch von draußen. Obwohl ich im ruhigen Licht meines Arbeitszimmers saß, spürte ich diese Benommenheit in den Augen, diesen verwirrenden Ansturm von Sonnenlicht und Bewegung. Fast unwillkürlich schaute ich an die Decke, als wollte ich den schlagenden Flügeln, den schwebenden Blütenblättern folgen. Doch ich sah nur den viktorianischen Stuck, der hier und da etwas abbröckelte. Ist je einem anderen, einem Helden und Eroberer, ein so triumphaler Auftritt in so grandiosem Rahmen vergönnt gewesen?

Ich bezweifle es, ich bezweifle es wirklich. In der Kutsche, die zur Botschaft hinaufrumpelt, wird nicht viel gesprochen. Faszinierend, diese kurze Fahrt. Die ganze Situation, alles, was noch passieren wird, ist bereits darin angelegt, in den Worten und Blicken. Vier Menschen in nächster Nähe: Horatio, Sir William, Lady Hamilton und Miss Cornelia Knight, die Autorin, die die Hamiltons in ihrer Barkasse begleitet hat und die in ihrer Autobiografie die Details dieses historischen Treffens schildern wird. Drei Hauptfiguren also. An erster Stelle – immer an erster Stelle – der Held, noch krank, unter der fortdauernden nervlichen Belastung der langen Verfolgungsjagd und den Strapazen des nächtlichen Kampfes in den gefährlichen Untiefen des Nildeltas leidend, einsam, der Zuwendung bedürftig, der Mutter, die wir so früh verloren; Emma, Tochter eines Schmieds, überschwänglich, schön, nur Flausen im Kopf, voller Bewunderung für ihn, in der Liebe erfahren; schließlich Sir William, aristokratisch, kultiviert, weltmüde, seiner nachlassenden Kräfte gewahr, falls nötig bereit – auch wenn er das im Moment vielleicht noch nicht weiß –, seine Frau auszuleihen oder vielleicht sogar abzutreten, wie sein Neffe sie ihm abgetreten hat.

So klappern wir also in unserer offenen Kutsche den Hügel hinauf, lassen die Vergnügungsboote, die weißen Vögel, das Gedränge auf den Kais hinter uns, fahren hinauf zur Residenz der Hamiltons, die an ihren leuchtend rot-weiß-blauen Behängen schon von ferne leicht zu erkennen ist. Nach der Ankunft ein paar Stunden der Ruhe. Unterdessen wird es dunkel. Die dreitausend Lämpchen, die an der Fassade des Palazzos befestigt worden sind, flammen auf, und die Worte »Nelson vom Nil« erstrahlen über der Stadt.

Wir nehmen am Esstisch Platz. Eine erlesene Gesellschaft. Unter den Trägern blauer Uniformen auch Troubridge und

Ball, ständige Begleiter in jenen Tagen in Neapel. Deine zwei Lieblingskapitäne. Sie waren es auch, die an jenem Junimorgen im darauf folgenden Jahr Ruffo die Note überbrachten, jene Note, die so viel zu versprechen schien und die Jakobiner aus ihren Forts lockte. Deine Note. Ich wollte nicht darüber nachdenken, wollte bei der Szene unseres Triumphes bleiben, der geehrte Gast im Kerzenlicht, vielleicht etwas verunsichert durch die Stabilität seiner Umgebung nach so langer Zeit auf See, vielleicht verwirrt durch die Schönheit der fülligen Emma und ihrer schlankeren Versionen, die in den unterschiedlichsten Kostümierungen und Posen von den Wänden herunterblickten, Kopien, die Sir William erstand, bevor er sich das Original gesichert hatte: eine jugendliche, knospende Emma mit schwarzem Hut und rosafarbenem Seidenkleid; Emma als Bacchantin, in fließende, hauchdünne Stoffe gewandet, die kastanienbraunen Zöpfe kunstvoll zerzaust; Emma als heilige Cäcilia in weißer Tracht, die Handflächen im Gebet aneinander gelegt, den Blick gen Himmel gerichtet.

Deine Augen wurden mit Bildern von Emma bombardiert. Müde Augen, aber nicht zu müde, um sich bezaubern zu lassen. Gab es schon erste Blicke? War da schon etwas, das du unterdrücken oder leugnen wolltest? Sagtest du deshalb, als Heilige gefalle dir Emma am besten? Hobst du deshalb dort am Tisch hervor, dass der glücklichste Tag in deinem Leben nicht etwa der des Sieges am Nil, sondern vielmehr der Tag deiner Vermählung mit Lady Nelson gewesen sei?

Dein Zimmer lag im oberen Stockwerk. Es hatte ein breites halbrundes Fenster, das nach Süden auf die Bucht von Capri hinausging. Die gegenüberliegende Wand hing voller Spiegel. Du konntest die fahle Mondsichel aus dem feurigen Schlund des Vulkans emporsteigen sehen, als würde sie ausgespien. Unten auf dem silbernen Wasser die rötlichen Fackeln der kleinen Boote, die auf Thunfischfang gingen. Und das alles, diese Verbindung von fahl und rot, noch einmal in allen Einzelheiten in dem Spiegelglas an der Wand. In den Tagen deiner

Krankheit, an jenen heißen Septembernachmittagen, als du fiebertest und sie kam, um dich zu pflegen, für dein Wohlergehen zu sorgen, als sie da in der Nähe deines Betts umherging, konntest du die Umrisse ihres Körpers unter den leichten Sommerkleidern sehen. Und jede Bewegung, die Drehung einer Schulter, der Schwung ihrer Hüften, wurde im Spiegel reflektiert. Wiederholte Spiegelungen, wie eine wiederholte Liebkosung. Die Süße der Lenden unter dem Bettzeug …

All dies stand noch bevor. Doch wie seltsam musst du dich gefühlt haben, als du in jener ersten Nacht allein dort lagst, in diesem Zimmer der vielfachen Spiegelungen. Es war das erste Mal in sechs Monaten, dass du nicht an Bord deines Schiffes schliefst.

5

In dieser Nacht störten Träume meinen Schlaf. Wie so oft war er bei mir, und das übliche Gefühl von Trauer oder Wehklage hing in der Luft, Grundstimmung und zugleich geballte Empfindung. Ich sehe sein Gesicht nie richtig. Ich sehe es nur andeutungsweise, im Halbdunkel, ein flüchtiger Eindruck seines Mundes, seiner Brauen, seiner Kinnpartie. Ich spüre ihn immer sehr intensiv – schattenhaft, vage, aber ungeheuer machtvoll. Er weiß, dass ich da bin, er erwartet etwas Bestimmtes von mir, doch ich bin mir nicht sicher, was. Diesmal waren wir zusammen auf dieser unseligen Expedition in Nicaragua, den Flusslauf des San Juan hinauf.

Ich hatte Tom Pococks Darstellung gelesen, die umfassendste, die uns vorliegt. Horatio war an vielen Landgefechten beteiligt, eine Tatsache, die manchmal in Vergessenheit gerät. Im Januar 1780 wurde er als einundzwanzigjähriger Kapitän der *Hinchingbrooke,* einer Fregatte mit 28 Geschützen, von den Westindischen Inseln wegbeordert, um durch die Landung einer Truppe an der Flussmündung des San Juan, der im Nicaraguasee entspringt und ins Karibische Meer fließt, das Heer zu unterstützen. Es war der nautische Teil eines ehrgeizigen Plans, nach dem Truppen den Fluss hinauftransportiert werden sollten, damit sie die spanischen Forts, die den oberen Flusslauf kontrollierten, einnähmen und die Herrschaft über den See gewännen, wodurch das spanische Amerika mit einem Schlag in zwei geteilt würde.

Was das Oberkommando des Heeres dabei kaum, wenn überhaupt, berücksichtigt hatte, war die Frage, wie Soldaten, die keinerlei Erfahrung mit dem tropischen Regenwald hatten, mitsamt ihrer Artillerie und den nötigsten Vorräten die hundert Meilen auf dem Fluss hinter sich bringen sollten. Niemand kannte die genaue Position der feindlichen Stützpunkte. Niemand kannte die Bedingungen im Landesinnern. Man ging davon aus, dass seit der Zeit der Freibeuter im vorigen Jahrhundert außer den einheimischen Indianern niemand mehr den Fluss hinaufgefahren war. Horatios Aufgabe bestand darin, einen Konvoi von Transportschiffen an die Flussmündung zu eskortieren und bis zur Rückkehr der Truppen dort zu wachen.

Doch es gab Probleme. Keiner der rund fünfhundert Offiziere und Soldaten verstand etwas von Flussnavigation; viele von ihnen waren bereits krank und hätten ins Lazarett gehört, statt sich auf einen Einsatz vorzubereiten. Und die Vorbereitungen hatten zu lange gedauert, die Trockenzeit währte schon zwei Monate; der Fluss führte so wenig Wasser, dass die Boote oft entladen und von den Männern watend durch die Untiefen geschleppt werden mussten. Auftritt Horatio. Er glaubt nicht, dass die Soldaten es ohne Beistand schaffen werden. Was also tut er? Wie immer ist er pragmatisch, zögert nicht, reagiert prompt, aber nicht überstürzt. Er bietet an, sein Schiff an der Flussmündung liegen zu lassen und mit zwei Beibooten und fünfzig Mann Besatzung die Führung zu übernehmen. Major Polson, der befehlshabende Offizier, nimmt erfreut an.

Einfach so fünfzig Mann anzubieten, aus freien Stücken! Es beeindruckte mich, als ich zum ersten Mal davon las, und ich habe seither viel darüber nachgedacht. Schon damals in diesem jugendlichen Alter zeigte sich sein engelgleiches Wesen, er missachtete oder ging zumindest über seinen Befehl hinaus, einfach auf die Rückkehr der Truppen zu warten. *Ich biete Ihnen fünfzig Mann und mich.* Für ihn war es das Gleiche wie für sie, versuchte ich Miss Lily zu erklären, als wir diese Passage später überarbeiteten – im Mai war das, glaube ich. Er ging mit, er führte sie an, er nahm die gleichen Risiken auf sich. Den Giftzahn der Mokassinschlange, die Blut saugenden Vampire, die erbarmungslose Sonne am Tag, die ungesunde Feuchte der Nacht. Und dann die Krankheiten, sagte ich, vor allem die Krankheiten – Malaria, blutiger Ausfluss, schwarzes Erbrochenes. Bevor sie den Feind erreichten, bevor sie auch nur wussten, wo der Feind sich befand, lag bereits ein Drittel des Expeditionskorps im Sterben. Miss Lily begriff das nicht – es gibt viel, was sie nicht versteht und auch nie verstehen wird. Es war eben nicht das Gleiche für ihn, sagte sie, es war schließlich seine Idee, nicht ihre. Inzwischen gab sie regelmäßig Kommentare ab, ob erbeten oder nicht. Was hatten die denn schon zu gewinnen?, fragte sie mit diesem sehr klaren, offenen Blick. Was sprang für sie dabei heraus? Eine typische Miss-Lily-Frage, schwer zu beantworten und zugleich völlig an der Sache vorbei. Diese Männer hatten keine Bestimmung, erklärte ich ihr – versuchte ich ihr zu erklären. Horatio dagegen schon. Nur sehr wenige Menschen haben eine Bestimmung.

Fünfzig Meilen den Fluss hinauf, fünfzehn schreckliche Tage, dann das erste Anzeichen des Feindes, ein kleiner Vorposten auf einer Insel mitten im Fluss. Horatios Soldaten nehmen die Batterie im Sturm, von ihm mit nackten Füßen angeführt, da seine Schuhe im Schlamm stecken geblieben sind. Zwei Tage später, kurz vor dem See, treffen sie auf ein mächtiges Fort, das die Spanier Kastell San Juan nennen. Horatio drängt auf einen sofortigen Sturmangriff – wann hat er je zum Aufschub geraten? Doch das Kastell befindet sich in einer starken Verteidigungsposition, oberhalb der reißendsten Stromschnellen. Major Polson wartet mit der Landung seiner Truppen, er wartet mit der Besetzung der umliegenden Höhenzüge und der Positionierung seiner Geschütze, er wartet auf Verstärkung. Und während er wartet, ballen sich die Wolken zusammen und der Regen bricht los. Der Wald dampft, die Männer sterben in Scharen an Malaria.

Nach elftägiger Belagerung kapituliert die Festung. Die überlebenden Spanier sind in noch schlechterer Verfassung als ihre Belagerer; hager, ausgehungert, zerlumpt leben sie in flachen Unterständen aus fauligen Tierhäuten. Der Gestank des Todes hängt über diesem Ort, dieser Stätte, für die so viel gelitten, die so begehrt worden ist. Spanier und Briten sind jetzt in ihrem Elend vereint. Der Regen hat den Fluss zu einem reißenden Strom anschwellen lassen, das Expeditionskorps sitzt im Dschungel fest und kommt nicht zum See durch. Und so sterben sie weiter, im Schlamm des Flussufers oder im feuchten Laub.

Doch wie durch ein Wunder ist Horatio nicht dabei! Er ist nicht dabei, als die Festung mitsamt ihrer krankheitsgeplagten Garnison eingenommen wird. Wäre er geblieben, dann wäre er zweifellos gestorben, an seinem Erbrochenen erstickt wie so viele andere. Er hatte bereits eine akute Vergiftung erlitten, nachdem er aus einem Teich getrunken hatte, dessen Wasser vom Saft des Manzanillabaums verseucht war; er war an Gelbfieber erkrankt, was in den meisten Fällen mit dem Tod endet, und höchstwahrscheinlich hatte er auch die Ruhr. Ja, er wäre gestorben ... Im allerletzten Moment, bevor es unmöglich wurde, mit einem Boot, selbst einem Kanu, gegen den Strom anzukommen, traf eine Botschaft seines Oberbefehlshabers Admiral Parker ein. Horatio wurde zurückbeordert, er sollte sich wieder ans Meer verfügen, die *Hinchingbrooke* seinem Freund Collingwood übergeben, nach Jamaika zurücksegeln und das Kommando auf der *Janus* antreten, einer größeren und besseren Fregatte mit 44 Geschützen. Nicht Glück, sagte ich zu Miss Lily: Bestimmung; doch es war Zeitverschwendung, ihr solche Unterschiede erklären zu wollen. Und die fünfzig Männer, fragte sie, was ist aus denen geworden? Die sind alle gestorben, antwortete ich.

Sich wieder ans Meer verfügen. Von allen Formulierungen in den Befehlen, die er erhalten hatte, war mir diese eine in Erinnerung geblieben. Das Meer war das Leben, das Land war der Tod, auf dieser Parallele baute mein Buch auf. Seine Verstümmelungen erlitt er an Land, was mir höchst symbolisch erschien. Doch nicht deshalb war mir dieser Satz in Erinnerung geblieben. Es war das Datum. Horatio wurde am 28. April Verschonung gewährt, und das war genau das Datum, an dem ich zum ersten Mal zu Penhas ging. Zwar war ich ein Jahr jünger, ich war damals erst zwanzig, doch das ist unwichtig. Das Datum ist das Gleiche, und es bedeutete für uns beide die Rückkehr ins Leben.

Horatio machte sich noch am selben Tag auf den Weg. Er konnte nicht ohne Hilfe gehen, man musste ihm ins Boot helfen. Während die wirbelnde, schlammige Strömung ihn zum Meer hinuntertrug, suchte ich Hilfe bei Penhas, der demselben Londoner Klub angehörte wie mein Vater und Psychiater war. Ich bin mir des Zeitunterschiedes bewusst, in Nicaragua war es natürlich einige Stunden früher als in London. Doch Horatios Fahrt an die Küste dauerte ohnehin vier Tage und vier Nächte; es ist die *Parallele*, auf die es ankommt – der wasserreiche Fluss trug ihn noch über Sandbänke und Untiefen, als ich mein erstes Gespräch mit Penhas begann. Und Penhas brachte mich zu ihm zurück, zu Horatio, dessen ganze Hoffnung das Meer war, so wie meine – von Penhas geleitet – Horatio war.

Natürlich ahnten weder Penhas noch ich das bei unserem ersten Treffen, das zunächst dem Kennenlernen diente. Ich hatte dieses Treffen gefürchtet, so wie ich damals alles fürchtete, was mir nicht völlig vertraut war, letztlich also alles außerhalb meiner eigenen vier Wände.

Es war das Ende meines zweiten Jahrs in Cambridge, wo ich Philosophie studierte. Ich hatte sehr hart gearbeitet. Ich musste mein Zimmer im College aufgeben, mir eine Unterkunft in der Stadt suchen. Denkbare Gründe. Wie kann man es wissen? Es ist schwierig, den Moment zu bestimmen, in dem die Welt anfängt, ihre Gestalt zu verändern. In erster Linie war es überhand nehmendes Misstrauen. Zweiundzwanzig Jahre ist das jetzt her. An das Fortschreiten meiner Krankheit erinnere ich mich nur noch vage, zunächst war es nicht mehr als das täglich wiederkehrende Gefühl, überlebt zu haben, unbeschadet die Schlafenszeit erreicht zu haben – ein Tutorium überstanden, ein zufälliges Treffen in einem Café oder Pub, später auch nur ein Winken von der anderen Straßenseite oder ein Nicken zu irgendeinem Bekannten in der Bibliothek. Die Tage steckten voller Begegnungen, und meine Angst vor ihnen wuchs, erstreckte sich bald auch auf die Blicke Fremder, besonders auf bestimmte Gesichter, bestimmte Augen. Unvorhersagbar, unkontrollierbar, immer gleich um die Ecke, eine Macht, die mein Leben zermalmen konnte. Die Angst vor diesen Augen raubte mir den Schlaf. Und dann, eines Morgens, war ich nicht mehr in der Lage, mein Zimmer zu verlassen. Ich zerrte einen Schrank vor die Tür. Als sie anfingen zu klopfen und zu rufen, das weiß ich noch, presste ich mich mit dem Rücken an die Wand, ganz fest, an die Wand, die am weitesten von der Tür entfernt war – ich weiß noch, wie weh es tat. Sie mussten die Tür aufbrechen, und ich besudelte mich, während sie es taten.

Zu Hause in London, hier in diesem Gebäude, in meinem vertrauten Zimmer, ließ die Angst etwas nach, aber ich wusste, dass sie draußen auf mich wartete. Ich schloss mich immer ein. Monty redete mit mir, mein Vater ebenfalls – von meinem Vater stammte der Vorschlag, zu Penhas zu gehen. Man hatte mich gelehrt, der Meinung meines Vaters zu trauen, und seiner Meinung nach konnte dieses Mitglied seines Klubs mir helfen. Doch es muss mir ohnehin schon wieder etwas besser gegangen sein, sonst hätte ich mich nicht überreden lassen.

Penhas war in seinen Fünfzigern, er hatte ein Habichtsgesicht und einen kurzen Bart, der heller war als sein Kopfhaar, melancholische dunkle Augen und ein beunruhigend charmantes Lächeln. Manche Gesichter verblassen mit den Jahren in der Erinnerung, doch nicht seines, genauso wenig wie seine langsamen, nachdrücklichen Handbewegungen beim Reden. Er redete sehr viel. Ich habe seither oft gehört, dass Psychiater in erster Linie zuhören, aber auf Penhas traf das nicht zu, jedenfalls nicht am Anfang. Er erzählte mir sehr viel über bestimmte Begebenheiten, die ihm in meinem Alter widerfahren waren. Er war ein sephardischer Jude, dessen Eltern vor dem Zweiten Weltkrieg aus Spanien in die Türkei umgesiedelt waren. Sie hatten eine Vertretung für importierte Werkzeugmaschinen in Izmir, die jedoch pleite ging, sodass die Familie verarmte. Penhas wollte nach Spanien zurück und machte sich 1952 fast ohne einen Heller in der Tasche auf den Weg. Er erlebte so manches auf seiner Reise. Er bettelte auf der Straße, klaute Wäsche von der Leine, durchwühlte sogar Mülltonnen. Doch am deutlichsten waren mir die Geschichte seines Fahrraddiebstahls und sein Abenteuer mit der Edelnutte in Erinnerung geblieben, der *poule de luxe*, wie Penhas sie nannte, da er für diese schlüpfrige Episode gern aufs Französische zurückgriff.

Beide Geschichten beinhalteten Penhas zufolge eine moralische Lehre, wobei die der Fahrradgeschichte klarer war. In einer hügeligen Gegend hatte er, die Füße wund, die Taschen leer, vor einem vereinzelten Bauernhaus zwei Fahrräder stehen sehen, ein sehr altes, ramponiertes und ein ziemlich neues. Eins davon habe er gestohlen. Welches wohl? »Das neue«, sagte ich, weil das erwartet wurde, doch er schüttelte den Kopf. Nein, er habe das andere genommen. Und nun folgte die Lehre: Beim Diebstahl, wie bei allem anderen, gab es verschiedene Grade der Erheblichkeit. War dies zunächst offensichtlich, so ergab sich daraus ein viel wichtigerer Punkt: die absolute Notwendigkeit nämlich, Unterscheidungen zu treffen. Geistige Gesundheit, so sagte Penhas gern, basiere auf der Fähigkeit, Unterscheidungen zu treffen. Das Fahrrad, das er genommen habe, sei kurz davor gewesen, sich in seine Einzelteile aufzulösen. Die Wäsche habe er gestohlen, um die Felgen damit zu umwickeln, da die Reifen völlig verrottet gewesen seien. Tausend Kilometer, so erzählte er mir, habe er auf diesem Ding zurückgelegt.

Die Episode mit der *poule de luxe* muss sich früher zugetragen haben. Anscheinend fand die Dame Gefallen an Penhas, ließ ihn in ihr Luxusapartment einziehen, das er allerdings immer räumen musste, wenn Kundschaft kam, und hielt ihn über eine gewisse, nicht näher bestimmte Zeitspanne aus – eine Zeitspanne, die er beendete, indem er sich eines Morgens in aller Frühe mit ihrem Portemonnaie aus dem Staub machte. Die Lehre in diesem Fall war mir, wie gesagt, weniger ersichtlich. Sie hatte etwas mit Klarheit zu tun. Unvereinbare Lebensziele, sagte Penhas. Ihres bestand darin, ihrem Beruf nachzugehen, seines darin, nach Spanien zu gelangen. Geistige Gesundheit basiert auf dem klaren Erkennen von Unvereinbarem.

Penhas' Abenteuer waren interessant, und als ich schließlich selbst zu erzählen begann, ging es weniger darum, irgendetwas einzugestehen, als zu versuchen, mir eine Persönlichkeit zu entwerfen, mit der ich angemessen auf seine vertraulichen Mitteilungen reagieren konnte – die vertraulichen Mitteilungen eines Gleichaltrigen. Heute glaube ich, dass er es genau darauf anlegte. Wie sonst hätte es dazu kommen können, dass ich so viel über die Eskapaden seiner Jugend wusste, doch nichts über sein späteres Leben, seine Metamorphose zum Psychiater mit einer Praxis in der Brook Street, W 1, der ein sehr bewusstes, korrektes Englisch sprach und Mitglied im selben Klub war wie mein Vater, über dessen Leben als Zwanzigjähriger ich wiederum überhaupt nichts wusste? Ich hatte seinen Großtaten keine eigenen entgegenzusetzen, doch die von Horatio boten mehr als eine Entsprechung.

In Gesellschaft dieses gesprächigen Psychiaters also fand ich ihn wieder. Er war die ganze Zeit da gewesen, aber unter der Oberfläche, verdrängt durch den Stress meiner Schulabschlussprüfungen und meines Studiums. Im Laufe der Zeit erzählte ich Penhas dann auch von der Schachpartie, von den beiden nebeneinander abgebildeten Gesichtern in dem Buch meines Vaters, von dem lichtvollen Moment, als ich entdeckte, dass Horatio und ich im gleichen Alter die Mutter verloren hatten. Ich erzählte ihm von meinem Geschichtslehrer, dem

Ehrfurcht erweckenden Grigson. Ich erzählte ihm von meinen Sammelalben und den Modellschiffen.

Als das erst einmal gesagt war, gab es kein Zurück mehr. Penhas nahm den Faden auf. Mit sanften Fragen lenkte er mich. Über Monate war er der Einzige, mit dem ich wirklich sprach. Ich erzählte ihm von meiner früheren Überzeugung, dass es eine innige Verbindung zwischen dem Leben dieses großen Mannes und meinem eigenen gebe. Penhas ermunterte mich. Er reagierte nie direkt. Manches, was ich sagte, hing über mehrere Sitzungen hinweg zwischen uns in der Luft. Unterdessen machte er sich, auch wenn er das nie zugab, selbst kundig. Sein Wissen über die Seeschlacht im achtzehnten Jahrhundert wuchs zusehends. Er begann sogar nautische Begriffe zu verwenden.

»Denk an das Geheimnis dieses Mannes, nutze ihn als Quelle der Inspiration.«

»Was für ein Geheimnis?«

»Das Geheimnis seines Mutes. Stell ihn dir vor, dort auf dem Achterdeck, in der Hitze des Gefechts. Denk an die Angst, die immer wieder in ihm aufgestiegen sein muss. Der Mensch wird leichter von Angst überwältigt, wenn er sich des Risikos, das er eingeht, voll bewusst ist. Die anderen waren alle beschäftigt, sie bedienten die Kanonen und so weiter. Nur die Offiziere auf dem Achterdeck mussten stillhalten und sich beschießen lassen. Stell dir das Achterdeck vor. Am vorderen Ende, das aufs Mitteldeck hinausging, gab es nur eine offene Reling. Dort stand dein Horatio. Stell ihn dir vor, wie er dort steht, tadellos gekleidet, in voller Uniform, Dreispitz, seidene Strümpfe, Schnallenschuhe. Makellos. Unbeschäftigt, sich seiner Gefährdung voll bewusst, inmitten des Gemetzels. Wie ein Fels, Charles, wie ein Fels. Das ist es, daran musst du dich orientieren, Horatio ist deine Lebenslinie, folge ihm, er holt dich wieder ins Leben zurück. Werde Mitglied im Nelson-Klub, es gibt bestimmt einen – in London gibt es für alles und jedes einen Klub, man muss ihn nur finden. Ich werde meine Sekretärin bitten, die Adresse für dich herauszusuchen.«

Das war gegen Ende meiner Behandlung. Ich erinnere mich ziemlich genau daran, es war ein Nachmittag im Spätsommer. Ich erinnere mich daran, wie er beim Sprechen die Hände nach unten bewegte, die Handflächen nach innen, ungefähr einen halben Meter voneinander entfernt, als deute er die Seiten einer Kiste an. Die dunklen Augen mit diesem melancholisch aufrichtigen Ausdruck. Sonnenlicht, durch dünne, weiße oder beigefarbene Gardinen gefiltert. Zwei parallele Linien, die beiden Seiten einer Kiste. *Horatio ist deine Lebenslinie.*

Penhas hatte Recht, es gibt tatsächlich einen Klub. Er nennt sich Nelson-Klub, seine Räumlichkeiten liegen in Bloomsbury. Damals trat ich ihm jedoch noch nicht bei, trotz Penhas' Rat. Ich wurde erst sehr viel später Mitglied. Zu jener Zeit war mir nicht danach, irgendwo Mitglied zu werden. Ich kehrte nicht an die Universität zurück. Eine ganze Weile lang ließ ich mich nur schwer dazu bewegen, überhaupt das Haus zu verlassen. Weder Penhas noch sonst jemand konnte erklären, wie es dazu gekommen, wie ich in diese schreckliche Angst hineingestolpert war. Es hätte genauso gut eine Virusinfektion sein können, so wie Gelbsucht zum Beispiel. Die Symptome sind einem furchtbar vertraut, aber man weiß nicht, warum es passiert ist, warum es gerade einem selbst passiert ist. Doch bei Horatio, der keine Angst kannte, blieb ich, und er blieb bei mir; seit damals sind wir zusammen.

Die fünfzig Männer, die er zur Verfügung gestellt hatte, fanden ein klägliches Ende. Viele tausend weitere sollten ihnen folgen, bevor Dalling, der Gouverneur von Jamaika, und Lord George Germain, der Kolonialminister, den Traum aufgaben, die Kontrolle über den Nicaraguasee zu erlangen und eine Passage zum Pazifik zu öffnen. Mittlerweile gab es kein Expeditionskorps mehr. Seit dem Februar waren zweitausend Soldaten nach Nicaragua geschickt worden, von denen weniger als hundert überlebt hatten, und deren Gesundheit war ruiniert.

Mehr als tausend Seeleute starben auf ihren Schiffen. Diese Details lassen Horatios Entkommen noch wunderbarer erscheinen, und ich halte sie mir gern vor Augen.

Der letzte Akt dieser tragischen Farce war seltsam passend. Als sich die Überlebenden schließlich auf den Rückweg machten (das Boot, mit dem sie den Fluss hinunterfuhren, trug den Namen *Lord Germain,* nach dem Mann, der diese kostspielige Unternehmung im fernen Dunstkreis von Whitehall ersonnen hatte), blieb eine Nachhut von leichten Dragonern mit dem Befehl zurück, beim Verlassen des Forts dessen Basteien zu sprengen. Von diesen Soldaten, die in den Hafenkneipen und Bordellen Jamaikas rekrutiert worden waren, einem bunt zusammengewürfelten Haufen von Portugiesen, Italienern, Negern und einigen Briten, ist weiter nichts bekannt. Vielleicht waren ihre Sprengladungen zu schwach oder die Basteien zu stabil, oder sie wurden von den Spaniern überrascht, bevor sie ihren Auftrag ausführen konnten. Vermutlich starben sie dort. Sicher ist bloß, dass Ende des Jahres wieder die spanische Flagge über dem Kastell von San Juan wehte. Der Dschungel deckte die Leichen zu, so wie das diskrete Schweigen der Regierung die ganze Expedition zudeckte.

Welch ein Segen für Horatio, dass er die letzten Stadien dieses Fiaskos nicht miterlebte. Das, sagte ich zu Miss Lily, ist nun wirklich Glück. Ich versuchte immer noch, ihr den Unterschied begreiflich zu machen. Horatio wurde nicht mit der Niederlage in Verbindung gebracht. Er war schließlich für einen sofortigen Sturmangriff eingetreten, doch Polson hatte es vorgezogen zu warten. Da sich das Warten als katastrophal erwies, stand Horatio gut da, seine Vorgesetzten waren positiv beeindruckt. Hätte man auf den jungen Nelson gehört, so hieß es, dann wären vor Beginn der Regenzeit das Kastell eingenommen, der See erobert und das klimatisch zuträglichere Hochland Nicaraguas besetzt gewesen. Natürlich wurde diese Theorie nie auf die Probe gestellt. Das nennt man Glück, erklärte ich ihr. Dünn wie ein Skelett in seiner blau-weiß-goldenen Kapitänsuniform, doch mit gestiegenem Ansehen, wurde er rasch auf dem Fluss davongetragen, hinunter ans offene Meer. Helden haben beides, sagte ich, eine Bestimmung *und* Glück.

Doch in jener Nacht letzten Februar träumte ich nicht von dem weiten Himmel, dem sonnenbeschienenen Meer und Horatios Rückkehr ins Leben, sondern von dieser albtraumhaften Expedition mit den fünfzig dem Untergang geweihten Männern von der Fregatte *Hinchingbrooke,* von ihrer Fahrt den Fluss hinauf, der immer schmaler wird, während von beiden Seiten der dichte Urwald herandrängt. Es gibt kein Zurück. Horatio am Bug, den schmalen Rücken mir zugekehrt, ich hinter ihm im Boot. Er sieht sich einmal um, sein Gesicht ist ohne Nase, ohne Augen, ohne Mund, nur ein fahles Hautrund unter den scharf umrissenen Flügeln seines Kapitänshutes, doch ich weiß, dass er mich ansieht, gleich wird sich ein grässlicher Anblick vor uns auftun. Von den Ufern auf beiden Seiten ein geballter Klagelaut, Trauer geht wie Regen auf uns nieder. Der Fluss macht eine Biegung, und wir haben das spanische Fort vor uns, Feste der Toten und Sterbenden, offene Tore, herumliegende Leichen, kriechende Überlebende, das schwirrende Glitzern von Fliegen. Das Wehklagen wird wilder, erfüllt die Luft. Plötzlich bin ich allein, er ist nicht mehr bei mir …

Ich wachte schweißgebadet auf. Ich war in diesem Traum nicht Horatio gewesen, er hatte mich verlassen, ich hatte nicht seinen Platz eingenommen. Wie sonst hätte ich von den Belagerten in ihrem grauenhaften Gefängnis träumen können, von etwas, das er nie gesehen hatte? Ein Nachhall des Holocaust, Filmbilder von Leichenbergen, wandelnden Toten, die zentrale Erfahrung unseres Jahrhunderts, ob selbst miterlebt oder nicht, der Abgrund, in den all unsere Albträume münden?

Ich lag lange im Dunkeln wach. Die Intensität meines Traums, diese Mischung aus Trauer und Entsetzen, ließ meine Gedanken ihre düsteren Bahnen weiter verfolgen. Ich musste erneut an die sterbenden Dragoner denken, verloren dort zwischen See und Meer, an ihren stümperhaften Versuch, das Fort in die Luft zu sprengen. Niemand wird je wissen, was aus ihnen geworden ist. Von Jervis' enthauptetem Seesoldaten wissen wir das immerhin. Vielleicht stand er nicht mehr als einen halben Meter entfernt. Die groteske Abruptheit dieses Todes, kein Keuchen, kein Schrei; letztlich geräuschlos im Getöse der Schlacht. Nur das kurze Singen des Geschosses, dann spritzen Blut und Gehirnmasse auf Gesicht und Brust des bärbeißigen alten Admirals. Warum ließ er sich eine Orange bringen? Um Gleichmut zu demonstrieren? Oder hatte er etwas in den Mund bekommen? Gut möglich, ja, wobei sich das natürlich nicht beweisen lässt. Es muss ein Schock gewesen sein. Sicher zog er unwillkürlich die Luft ein, ein überraschtes Keuchen. Selbst ein so erprobter Kämpfer ... Genau: Von den zähflüssigen Todessubstanzen des Seesoldaten war etwas in seinen Mund gedrungen, und er ließ sich eine Orange bringen, um den Geschmack loszuwerden. Natürlich blieb er auf dem Achterdeck stehen, bis der Sieg gesichert war, besudelt mit dem Blut des Seesoldaten, mit Hirnmasse, Knochenmark und den weichen fettigen Substanzen, die die Nervenstränge umhüllen.

Irgendwo ist sicher der Name des Soldaten festgehalten, auch wenn ich ihn nie gefunden habe; ebenso, vielleicht als Detail einer umfassenderen Schilderung, wie er im Moment seines Todes dastand, ob er lud oder feuerte und so weiter. Aber natürlich spielt sein Name keine Rolle, auch was er tat, spielt keine Rolle, er verschaffte seinem Admiral die Gelegenheit, sich mitten im erbittertsten Gefecht eine Orange bringen zu lassen. Jervis erwarb sich einen zusätzlichen Namen, er wurde zum neu geschaffenen Grafen von Saint Vincent. Und aus Horatio, dem Held des Tages, wurde Sir Horatio, Ritter des Bath-Ordens ...

Die Seeschlacht jener Zeit, prädestiniert für Versehrung und Verstümmelung. Ein Hagel von Geschossen. Projektile zischten durch die überfüllten Decks, Schrapnells aus den Kanonen, die rasiermesserscharfen Splitter zerborstener Spanten. Der Tod dabei durchaus wählerisch – kein Schnitter, sondern eine Art Amok laufender Scharfschütze, der hier ein Gesicht abmäht, dort ein Bein wegreißt. Nur selten starben die Männer in Scharen. Manchmal natürlich, wenn ein Schiff von vorn bis hinten bestrichen wurde – die Sorte Beschuss, der Horatio bei Trafalgar ausgesetzt war, als er im rechten Winkel in die französische Linie hineinlief. Doch der Tod im Alltagsgewand war ein Löcherreißer, ein Fleischhauer, Gebieter über aufgeschlitzte Eingeweide, abgehackte Gliedmaßen. Und er, mein Horatio, schreitet auf dem Achterdeck auf und ab, bleibt stehen, um den Verlauf des Gefechts zu verfolgen, Sterne und Bänder deutlich sichtbar auf der Brust, kein Anzeichen von Hast, kein Anzeichen von Furcht, als befände er sich auf seinem sonntäglichen Morgenspaziergang und betrachte durch sein Fernrohr Vögel und Wolken. Welch erhabene Selbstbezwingung er demonstrierte, nicht nur einmal, sondern wieder und wieder, welch herausragende Tapferkeit und befehlshaberische Größe. Stählerne Nerven, ein Mut, der nicht nur mit Zähigkeit gepaart – das allein reicht nicht zum Heldenmut –, sondern auch mit der grimmigen Geduld des Kämpfers, der darauf wartet, den Todesstoß versetzen zu können. *Das Geheimnis seines Muts.* Bewunderung wallte in mir auf, als ich dort lag, die alte Bewunderung. Seit meinen Gesprächen mit Penhas liebte ich Horatio für dieses Umherschlendern inmitten der fürchterlichsten Zerstörung. Der hässliche Traum verblasste, und ich spürte wieder das Kribbeln aufsteigender Tränen, jenes damals wie noch heute so so vertraute Gefühl.

Meine erste eigene Begegnung mit dem Tod fand an einem Sonntagvormittag während eines Spaziergangs auf dem Land statt. Sie erfolgte in Gestalt eines kranken Kaninchens, das mein Vater tottrat. Ich war fünf Jahre alt – es ist eine meiner frühesten Erinnerungen. Mein Bruder Monty war auch dabei, er ist drei Jahre älter als ich. Wir gingen mit meinem Vater spazieren. Es war in Surrey, wo wir damals wohnten; in dieses

Haus hier zogen wir erst zwei Jahre später. Wir liefen auf einem nicht sehr breiten Weg, staubig und lehmfarben – es hatte wohl eine ganze Weile nicht mehr geregnet. Offenes Heideland. Ich habe rekonstruiert, dass es ein Sonntag war; sonntags vormittags ging mein Vater, sofern das Wetter mitspielte, mit uns hinaus, während sich meine Mutter, die an diesem Tag der Woche ohne Hilfe war, um das Mittagessen kümmerte.

Wir trafen auf das Kaninchen, oder vielmehr traf es auf uns – es kam aus der entgegengesetzten Richtung und hoppelte am Wegesrand langsam auf uns zu, unversehrt und unbekümmert, wie es zumindest anfangs schien, allerdings langsamer, als man es von einem Kaninchen in offenem Gelände erwarten würde. Als wir ziemlich nah herangekommen waren, blieb es stehen, und sobald ich die vorquellenden, gummiartigen Augen sah, wusste ich, dass mit diesem Kaninchen etwas grundsätzlich nicht stimmte. Sein Kopf war zu groß. Im allerletzten Moment, wir standen schon fast vor ihm, wurde ihm doch noch angst, und es versuchte zu fliehen, verließ den Weg und hoppelte vielleicht drei Meter weit ins Gras. Dann blieb es wieder stehen. Jetzt sah ich, dass das Kaninchen am ganzen Leibe zitterte. Ich schaute meinen Vater an, weil ich wissen wollte, was wir von der Sache halten sollten, doch seine Miene war völlig ausdruckslos. Ein letzter Blick auf den aufgedunsenen Kopf, die geschwollenen, eiternden Augen. Dann verließ mein Vater ohne ein Wort den Weg, näherte sich dem Kaninchen, zog das rechte Knie bis auf Hüfthöhe an und trat mit aller Kraft zu – eine einzelne, jähe Bewegung. Dann wischte er sich flink, aber gründlich den Schuh im Gras ab.

Eigenartig, wie genau ich mich dieser Handlungen in ihrer exakten Reihenfolge entsann, ohne jedoch eine verlässliche Erinnerung an das tote Kaninchen zu haben, nichts, was mit Sicherheit aus jener Zeit stammte. Ich wurde später nur zu oft von Bildern zerquetschter, zertretener Kaninchen heimgesucht, manchmal werde ich es heute noch, doch ich weiß nie sicher, ob sie echt sind. An das Zutreten und Abwischen dagegen erinnere ich mich genau, an das Hosenbein aus grauem Flanell, fünf oder sechs Zentimeter grünlicher Socke, den derben, kirschbraunen Schuh, der sich damals, zum Tritt erhoben, fast auf Höhe meiner Augen befunden haben muss – mein Vater war ein großer Mann. Er sah uns an, und ich erinnere mich noch an seine Miene. Wir haben das arme Tier aus seinem Elend erlöst, sagte er.

Ich weiß nicht, was ich davon hielt, noch was ich heute davon halten soll. Wir sehnen uns nach einem dominanten Ton, durchforsten unsere Erinnerung nach dem einen Element, dem einen Fleck, der allem Farbe gibt. Doch die Töne verbinden sich nicht, die Farbe will nicht entstehen. Die Balance fehlte. Das traumartige Vorspiel, das hopsende, hoppelnde Kaninchen, die Beiläufigkeit, mit der mein Vater vom Weg trat, die Brutalität des niedersausenden Schuhs, das flinke Abreiben im Gras.

Wir haben das arme Tier aus seinem Elend erlöst. Er schloss Monty und mich in diesen entscheidenden Akt ein. Es stimmte, er hatte etwas Barmherziges getan. Ein zu schwieriges Paradox, als dass ein Kind es hätte begreifen können, Barmherzigkeit, die sich in einer so brutalen Geste äußert. Und dann seine Miene, diese aufmerksame, fast gespannte Miene, mit der er unsere Gesichter musterte, um zu sehen, ob die Lektion angekommen war.

Das ist meine früheste Erinnerung an das Gesicht meines Vaters; die letzte ist sein Gesicht im Tod, die Ruhe, die darin einkehrte, so als hätte er sich seine eigene Frage beantwortet. Doch welche Lektion hatte er uns beibringen wollen? So sieht die Realität aus, das ist die Welt, ein Ort von Schmerz und Leid, in dem man als Mann Entschiedenheit zeigen muss? Etwas wie Freude auf seinem Gesicht, eine Art Glanz; nicht weil er das Kaninchen getötet hatte, ich glaube nicht, dass ihm das irgendeine Freude bereitete, sondern wegen der strengen Botschaft, die darin enthalten war. Er beobachtete die Gesichter seiner Söhne, erteilte ihnen eine moralische Lehre, hinterließ eine nützliche Prägung in Montys und meinem weichen Gemüt. In meiner Erinnerung war alles Brutalität, das Zuschnappen einer Falle an einem stillen Ort; die moralische Seite ist verblasst. In späteren Jahren schien mein Vater oft in dem gleichen nicht mitteilbaren Schmerz gefangen zu sein wie das Kaninchen. Nicht seine Augen allerdings, nicht die Wachsamkeit seines Blicks, die war ungeschmälert …

Ich wollte nicht daran denken. Wie so oft war Horatio meine Zuflucht. Ich hatte das spontane Bedürfnis, das Gesicht seines Vaters zu betrachten. Mehrere Minuten lang lag ich da, nahm meinen ganzen Willen zusammen. Dann stand ich auf, zog meinen dicken Morgenmantel über und ging in die Küche, um mir Tee zu kochen, den ich mit in den Keller nehmen wollte.

6

Es war noch nicht hell und sehr kalt. Ich drehe immer die Heizung ab, bevor ich ins Bett gehe, sonst wird die Luft zu trocken und ich bekomme Kopfschmerzen. Außerdem ist ein kaltes Schlafzimmer männlicher, jedenfalls habe ich das als Kind so gelernt. Von allem anderen einmal abgesehen, ist es eine alte Gewohnheit, und Gewohnheiten sind mir Gesetz, Gewohnheiten bieten Sicherheit; ohne Gewohnheiten wäre das Leben nur ein haltloses Taumeln bis zum Tod. Jetzt drehte ich die Heizung allerdings wieder auf und begann mit dem Teekochen.

Ich brauchte inzwischen sehr lang zum Teekochen. Überhaupt schien alles immer länger zu dauern. Ich wollte unbedingt Edmund Nelsons Gesicht betrachten, doch alles musste in der richtigen Reihenfolge geschehen; ich konnte den Vorgang nicht abkürzen, das wusste ich. Ich hatte das Essenkochen aufgegeben, weil es zu viel Zeit in Anspruch nahm - die ewigen Überlegungen, was man kaufen soll, das Herumirren im Supermarkt. Und dann war auch immer mal wieder ein wichtiger Termin im Horatio-Kalender dazwischengekommen - ich beging alle entscheidenden Ereignisse in seinem Leben. Es hatte mir nichts ausgemacht, das Kochen aufzugeben; es hat keine innere Struktur, keinen geregelten Ablauf, ist eine chaotische, ausufernde Tätigkeit voll hinderlicher Alternativen. Mrs. Watson hätte durchaus für mich gekocht, zumindest an den Tagen, an denen sie ohnehin kam, aber das wollte ich nicht, das hätte zu viel Nähe bedeutet.

Anderthalb Minuten lang das kalte Wasser laufen lassen, um die Leitungen durchzuspülen, den Kessel zu zwei Dritteln füllen, die Kanne vorwärmen, zwei gestrichene Teelöffel Darjeeling, den Kessel in genau dem Moment herunternehmen, bevor das Wasser zu kochen beginnt – es darf auf keinen Fall sprudeln, sonst geht Sauerstoff verloren, und man muss noch einmal von vorne anfangen. Aus zwanzig Zentimetern Höhe eingießen; ich hatte eine Bleistiftmarkierung an der Wand angebracht. Teewärmer. Exakt drei Minuten ziehen lassen. Das Teesieb auf seiner blauen Untertasse in Reichweite. Ich glaube an geregelte Abläufe. Wenn diese Welt eines Tages um uns herum zusammenbricht, wenn dieser Planet an seinen eigenen Abgasen erstickt oder sich selbst den Todesstich versetzt wie ein verrückt gewordener Skorpion, dann wird das daran liegen, dass wir uns nicht mehr an geregelte Abläufe halten. Horatio wusste besser als jeder andere, wie wichtig geregelte Abläufe sind.

Ich habe meinen ganz persönlichen Becher, blau und weiß, mit einer silbernen Linie um den oberen Rand. Er trägt mein Monogramm, zwei verschnörkelte, ineinander verschlungene Cs auf hellblauem Grund: Charles Cleasby. Ich habe ihn von meiner Mutter, er war eins von mehreren Geschenken, die ich als Sechsjähriger bekam, nachdem ich wegen einer Blinddarmoperation im Krankenhaus gewesen war. Damals erschien es mir wie ein Wunder, dass sie einen Becher mit ausgerechnet meinen Initialen gefunden hatte, wo es doch so viele Initialen und so viele Kinder auf dieser Welt gab. Erst Jahre später, als sie schon lange von uns gegangen war, kam mir der Gedanke, dass sie ihn womöglich eigens für mich hatte anfertigen lassen. Seit fünfunddreißig Jahren trank ich meinen Tee jetzt schon aus diesem Becher. Abgesehen von dem Teppich im Wohnzimmer war er das Einzige, was mir von ihr geblieben war.

Keine Milch – ich rühre Milch nicht an. Einen Würfel Kandiszucker. Mit dem Becher in der Hand ging ich in den Keller. Ich ging in das kleine, mittlere Zimmer, zwischen dem Raum mit den Nelson-Sammelstücken und dem Kommandoraum mit den Modellschiffen. Es war meine Gemäldegalerie –

hauptsächlich Reproduktionen, denn Originale sind natürlich schwer zu kriegen, selbst wenn man sie bezahlen kann; allerdings hatte ich ein paar schöne Bilder von Segelschiffen, darunter eins von John Nathan von der Royal Academy: die *HMS Victory* in Spithead, die Segel zum Trocknen gefiert.

Fanny Nelson war da, die betrogene Ehefrau; Emma Hamilton, die angebetete Geliebte; Sir William Hamilton, der konziliante Ehemann; dann Horatios Onkel, Kapitän Maurice Suckling, der ihm seine erste Chance gab; Jervis, der mit der Orange; Collingwood, der Horatio bei der Schlacht von Kap Saint Vincent so treu zur Seite stand; schließlich Hardy, der ihn küsste, als er im Sterben lag. Horatio selbst war an diesen Wänden nicht zu finden. Was ich an Bildnissen von ihm zusammengetragen hatte, hing in dem Raum mit den Sammelstücken; er blickte auf die Vitrinen und Schaukästen hinunter, die dem Gedenken an sein wunderbares Leben gewidmet waren.

Ich stand vor dem Porträt von Edmund Nelson, trank meinen Tee und wärmte mir an dem Becher die Hände. Er war achtundsiebzig, als Beechey dieses Bild von ihm malte. Keine zwei Jahre mehr zu leben. Ein langes, schmales Gesicht mit hoher Stirn, melancholisch, die Haut vom Alter über den Knochen gespannt – resigniert, ja, aber nicht gelassen. Die Farben des Gemäldes sind düster, der schwarze Habit verschmilzt mit dem dunklen Sepia des Hintergrundes, das Beffchen mit den zwei Stoffstreifen reicht direkt bis unter sein knochiges Kinn. Demut im Gesicht, ein Gefühl des Unterdrücktseins, etwas Feminines. Nicht unbedingt das, was man bei einem Pastor aus einer Freisassenfamilie erwarten würde … Das Gesicht meines Vaters war ganz anders, lauter gerade Linien: ein eckiges Kinn, ausgeprägte Geheimratsecken, Augen und Brauen waagerecht, große, gleichmäßige Zähne – auf dem Stiel seiner Pfeife sah man ihre Spuren.

Der Mann, der mich gezeugt hatte, der Mann, der Horatio gezeugt hatte – im Tod waren sie Zeitgenossen geworden, so wie alle Toten. Nichts Engelgleiches in dem Gesicht vor mir, nichts, was auf ein Ausscheren hindeutete.

Pflichterfüllung war ihm oberstes Gebot, genau wie seinem Sohn, doch wie so viele Tugenden, die wir preisen, kann auch diese in einer aktiven und einer passiven Form auftreten. Bei Reverend Nelson war es letztere, sie fand ihren Lohn in Ergebenheit. Ganz anders Horatio, für ihn war Pflichterfüllung ein Streben, das im Ruhm seine Vollendung fand.

Seine Ambitionen waren Ausdruck seines Genies. Sein Vater hatte ihn Pflichtbewusstsein gelehrt: zu tun, was man tun muss. Doch was Horatio daraus machte, war sein eigenes Verdienst. *Gott sei Dank habe ich meine Pflicht getan.* Wahrscheinlich die letzten Worte, die ihn jemand sagen hörte, bei Trafalgar, als er im Dämmerlicht unter Deck im Sterben lag. Der Schiffsarzt, der ihn versorgte und die letzten Stunden seines Lebens dokumentierte, hörte ihn diese Worte murmeln, wenige Minuten bevor er für immer verstummte. Die Pflicht getan, der Sieg errungen – für ihn war es das Gleiche, die Pflichterfüllung bestand im Sieg. Bei mir ist das auch so, ich bin genauso, auch wenn es vielleicht nicht danach aussieht. Meine Zweifel und Ängste waren sein abgeworfener Ballast. Jede Medaille hat zwei Seiten – mein Gesicht war an seiner Brust versteckt.

Während ich immer noch das abgelebte Gesicht vor mir studierte, dachte ich an die Geschichten, die uns aus Horatios Kindheit überliefert sind. Mut, eine Führernatur, ein unbeugsamer Wille, so früh schon ausgeprägt in dem schmächtigen, blassen Jungen. Wie er sich einmal im Winter in Norfolk durch riesige Schneeverwehungen kämpfte, um in die Schule zu gelangen, und seinen zaudernden – dabei viel robusteren – älteren Bruder antrieb, weil sie ihrem Vater versprochen hatten, stets ihr Letztes zu geben. *Denk daran, Bruder, es geht um unsere Ehre.* Wie er in noch zarterem Alter einmal davonwanderte, sich bei Einbruch der Dunkelheit im Wald verirrte und nach langer Suche gefunden wurde, am Ufer eines unpassierbaren Flusses sitzend. *Erstaunlich, dass die Angst dich nicht nach*

Hause getrieben hat, hieß es. *Angst? Das kenne ich nicht, Angst. Was ist das?*

Müßig, im Zwielicht der frühen Kindheit nach klareren Konturen zu suchen. Diese Anekdoten kamen nach seinem glorreichen Tod auf, nachdem er der Retter seines Landes geworden war – in die Legende gewirkte Erinnerungen. Das Leben eines Helden ist wie ein veredelter Baum, in Tatsachen wurzelnd, in Gerüchte verzweigt. Und Horatio Nelson ist der englische Held schlechthin, er hat keinen Rivalen. Auch steht in der Zukunft keiner zu befürchten – dieses Land wird keine Helden mehr hervorbringen.

Ebenso müßig, von Gesichtern auszugehen. Dieser mild dreinblickende Mann, den ich gerade betrachtete, war, einmal in Wut gebracht, im Stande, einen Einbrecher am Kragen zu packen und höchstpersönlich vor die Tür zu setzen. Als Horatio und seine Geschwister alt genug waren, um am Tisch zu sitzen, verbot er ihnen, mit dem Rücken die Stuhllehnen zu berühren. Schlechte Augen waren ihm noch lange kein Grund für eine Brille. Und doch galt er in seiner Gemeinde nicht als Mann von starkem Charakter, hielt er sich selbst für nicht streng genug. »Wegen Nichtigkeiten nervös und schnell aus der Ruhe gebracht«, um seine eigenen Worte zu zitieren. Es ist immer etwas Seltsames an Menschen, die ein Genie hervorbringen ... Selbstverleugnung, einem empfindsamen, gefühlvollen Naturell auferlegt – war das der Schlüssel zum Vater wie zum Sohn? Während ich noch dabei war, die Frage zu formulieren, spürte ich ganz unvermittelt, wie sich hinter meinen Augen wieder Tränen sammelten, bloß kamen sie diesmal drängender; ich müsste bloß zulassen, dass meine Gesichtsmuskeln sich entspannten, das wusste ich, dann würde ich richtig losflennen. Ich machte ein starres Gesicht und wehrte die Tränen ab; ich wusste, wo sie herrührten. Es war die Trauer, nie wirklich begreifen, nie alles wissen zu können. Horatio beherrschte mein Leben, ich wusste mehr über ihn als sonst irgendjemand, denn ich war sein Erbe, sein Wesen war auf mich übergegangen. Diese Überzeugung war in den Jahren seit meinen Plaudereien mit Penhas immer stärker geworden, genährt sowohl von meinen Studien als auch von meiner Intuition. Doch nach wie vor gelang es mir nicht, zum Kern vorzudringen, dem Geheimnis seines Muts.

Damals, in jener Februarnacht, als ich mich an meinem Becher festklammerte und den Tränen widerstand, sah ich mich noch nicht als einen Engel, so wie ihn, als ein Geschöpf von strahlender Gewalt. Das kam erst später. Zu jener Zeit empfand ich mich lediglich als Behältnis seines Seins, als eine Art Gedächtnisurne. Doch ich wusste, dass dieselben Kräfte uns geformt hatten; Gedanken an seine Kindheit führten mich unweigerlich in das Labyrinth meiner eigenen Kindheit zurück. Ihn hatte man Pflichterfüllung gelehrt. Was hatte mein Vater mich gelehrt, welchen Leitsatz hatte er mir mitgegeben? *Erlöse das leidende Geschöpf aus seinem Elend.* Diese wachsame Miene, ein Glanz auf dem Gesicht. Mein Vater war ein Beobachter. Und zwar, so denke ich heute - so erlaube ich mir heute zu denken -, kein sehr wohlwollender. Selektive Wahrnehmung. Vieles bemerkte er nicht, sah es nicht, in einer kalten Trance um sich selbst kreisend, doch er beobachtete unsere Gesichter. Meine Mutter zögerte, wenn sie ihm antwortete, setzte an und besann sich dann noch einmal, und er beobachtete sie mit dem gleichen Gesichtsausdruck, irgendwie erwartungsvoll, auf Unterhaltung hoffend, doch schwang zugleich, wenn ich es mir recht überlege, die ironische Gewissheit mit, enttäuscht zu werden. Später, als sie schon lange nicht mehr bei uns war, ging mir auf, dass sie wohl Angst vor ihm hatte, genau wie Monty und ich, auch wenn ich mich nicht daran erinnern kann, dass er je die Stimme erhoben hätte.

Ich sah auf die Uhr: zehn nach vier, der Morgen nach dem großen Sieg von Kap Saint Vincent. Ob Horatio in diesen Morgenstunden wohl etwas schlafen konnte? Es gibt so viel, was wir nie wissen werden - ob er wachte oder schlief, woran er dachte nach seinem Triumph. In der Nacht vor dem Gefecht hatte er überhaupt nicht geschlafen, und im Kampf trug er dann eine Verletzung durch einen Granatsplitter davon, die ihm, auch wenn er sie als Lappalie bezeichnete, noch einige Tage lang große Schmerzen bereitete und das Schlafen sicher erschwerte. Um zwei Uhr morgens war er noch wach und nahm die Meldung über die Opfer auf seinem Schiff entgegen – sechzig Tote und Verletzte. Wir wissen, dass er später am selben Morgen seinem Freund Collingwood schrieb und ihm für seine Unterstützung in der Schlacht dankte. Vielleicht konnte er dazwischen ja ein paar Stunden schlafen.

Der alte Herr logierte in einer bescheidenen Unterkunft in Bath, als die Nachricht kam. Fanny und er verbrachten den Winter dort; angesichts seines Alters und seiner Gebrechlichkeit war ihm die Pfarrei in Norfolk zu dieser Jahreszeit mittlerweile zu kalt und ungemütlich. Im Februar wurde per Aushang Horatios Beförderung zum Konteradmiral bekannt gegeben, woraufhin der Vater ihm in seiner unschuldigen Freude sofort schrieb: *Mein lieber Konteradmiral.* Dann, keine zwei Wochen später, kam die Nachricht von Kap Saint Vincent. Der Pfarrer war draußen auf der Straße, als er davon hörte, als er hörte, welchen Anteil sein Sohn dabei gehabt hatte. Er sah sich genötigt, eiligst zu seiner Unterkunft zurückzukehren, um seine Tränen zu verbergen. *Solche Ruhmeshöhen, wie Du sie durch Dein soldatisches Urteil, verbunden mit dem richtigen Maß an Tapferkeit, unter dem Schutz der Vorsehung erklommen hast, mein liebes Kind, erreichen nur wenige Söhne, und noch weniger Väter dürfen es miterleben …*

Ich kannte diese Sätze auswendig. Sie klangen mir in den Ohren, als ich dort stand. Bombastisch formuliert, doch der Stolz war unverkennbar. Mein Vater war nie stolz auf mich, zumindest zeigte er es nie. Wahrscheinlich gab ich ihm nie Anlass dazu, ich war nicht in den richtigen Bereichen gut. Ich wusste meine Hände zu gebrauchen, schon als kleiner Junge, war ein guter Bastler. Für kurze Zeit glänzte ich im Schach. Mit fünfzehn entstand dann eine gewisse Ordnung in meinem

Kopf, ich begann Zusammenhänge zu erkennen, wurde gut in der Schule. Doch das war nicht das Richtige. Heute glaube ich, dass es für meinen Vater das Richtige gar nicht gab, doch als Kind versuchte ich herauszufinden, was es war. Ich litt, wenn mir etwas misslang, und das merkte man mir sicher an. Es war besser, sich nichts anmerken zu lassen, die Contenance zu wahren, viel besser – vielleicht hat er mich das gelehrt, vielleicht war dies der Leitsatz, den mein Vater mir mitgegeben hat.

Doch eben weil ich mir etwas anmerken ließ, hatte ich letztlich zu Horatio gefunden; deshalb und weil mein Vater dieses Bedürfnis hatte – ich nehme an, es war ein Bedürfnis –, uns zu dämpfen und klein zu halten. Ich erinnerte mich wieder daran, als ich vor diesem so sanftmütig wirkenden Vater stand, erinnerte mich an die gezwungene Fröhlichkeit des Kollegen vom Finanzministerium, der von einem Kind im Schach geschlagen worden war, erinnerte mich an den seltsamen Unmut meines Vaters und an seine Worte: S*chau dir diese Leute an – die hatten Grund, stolz auf sich zu sein.* Und an die beiden nebeneinander abgebildeten Porträts: der vom Leben gezeichnete Staatsmann im dunklen Anzug und der schneidige Kapitän im Glanz seiner Gala-Uniform. Kein Vergleich, damals wie heute. Doch nun lag ein Schatten auf diesem Glanz, den ich nicht verjagen konnte; er entstand aus den Worten von Kardinal Ruffos Sekretär Sacchinelli, der nach dem Tod seines Brotgebers dessen Biografie geschrieben hatte. *Der Verstoß erfolgte auf See.* Gemeint war der Verstoß gegen den Vertrag mit Neapels Republikanern.

Wie konnte irgendetwas, das Horatio auf See tat, falsch sein? Natürlich war das Jahre später geschrieben worden, dazu in Ruffos Sinne; doch in der Stille jenes frühen Morgens schrillten die Worte in meinen Ohren, gleichsam unanfechtbar, wie eine Alarmglocke in einer bedrohten Stadt. Nein, nicht auf See. In der Stadt war der Plan geschmiedet, das Unrecht begangen worden. Neapel ließ mich unweigerlich an eine

Fleisch fressende Pflanze denken, wie ich sie Jahre zuvor in einer Natursendung im Fernsehen gesehen hatte, damals, als ich noch fernsah, eine rosafarbene Blume mit aufgesperrtem Rachen, wie eine Trompete mit Rüschen, und in der Tiefe des Blütenkelchs eine süße Flüssigkeit, zu der nichts ahnende Fliegen sich hinuntergleiten ließen, nur um darin aufgelöst und verzehrt zu werden. Ganz unerwartet, von einem Tag auf den anderen, so schien es, hatte ich Horatios strahlenden Lebensweg aus den Augen verloren und war in diesen parfümierten, befleckten Pfuhl geglitten – Neapel. Ich befürchtete, mich dort aufzulösen, als winziges Nahrungspartikel dieses monströsen Gewächses zu enden, dieser prunkenden, ordinären, wunderschönen Stadt, die Horatios Leben so verändert hatte.

Ich hätte den Keller verlassen sollen, bevor Sacchinellis Worte ihre giftige Wirkung entfalteten, doch ich wartete lang genug, um zu spüren, wie die Übelkeit wieder in mir aufstieg, das Gefühl, im klebrigen Seim dieser Stadt, die ich nie gesehen hatte, festzuhängen. Die Angst folgte auf dem Fuß, Angst vor meinen Bedürfnissen, meiner Einsamkeit, verschärft noch durch die Weite und Verheißung der Nacht dort draußen, wo ein Vogel in der Dunkelheit sein Lied angestimmt hatte, Angst vor dem Gesicht und den Augen hier vor mir, von denen ich den Blick nicht abwenden konnte. Sie hatten nichts Sanftes mehr, sie beobachteten mich, es waren die Augen meines Vaters.

Der plötzliche Gedanke an Miss Lily rettete mich, ihre Augen waren ruhig und verweilten auf den Dingen, doch sie hatten überhaupt nichts Beobachtendes. Fanny hatte ihr Leid getan, dort in der kalten Pfarrei, wo keiner sie im Arm hielt. *Lieber im warmen Bett …* Die nüchterne Stimme mit der für Essex so typischen abfallenden Sprachmelodie hallte in meinem Kopf nach, als ich jetzt den Keller verließ und in meinen Hausschuhen die Treppe hinauf zu meinem Zimmer schlurfte. Ein Hauch von Protest lag darin, als würden ständig irgendwelche Grenzen verletzt oder überschritten, die anständige

Menschen nicht in Frage stellten. Was für Grenzen? Wieder im Bett, versuchte ich das eine Weile lang zu ergründen. Ein zarter Lichtstreifen kroch jetzt über den Stuck oberhalb des Fensters. Die exzentrischen Vögel der England's Lane hatten mit Anbruch der Dämmerung aufgehört zu singen. Ich sank in den Schlaf, ohne mir darüber schlüssig geworden zu sein, was Miss Lily am Leben nicht behagte.

7

Am darauf folgenden Mittwochabend ging ich in den Nelson-Klub, so wie fast jede Woche. Mittwochs ist Tag der offenen Tür im Klub, meistens hält jemand einen Vortrag, und die Mitglieder dürfen Gäste einladen oder ihre Frauen mitbringen – die Klubmitglieder sind alle männlich, eine Frau war meines Wissens noch nie darunter; allerdings habe ich gehört, dass es einen Emma-Hamilton-Klub mit Sitz in Battersea geben soll, der sich einer großen Anzahl weiblicher Mitglieder rühmt. Einen Fanny-Nelson-Klub gibt es natürlich nicht. Wer würde sich schon gern mit der betrogenen Ehefrau identifizieren?

Ich gehörte dem Klub seit acht Jahren an. Ich hatte äußerste Seelenqualen durchlitten, bevor ich mich entschlossen hatte, Mitglied zu werden, drei Monate schmerzlichen Zauderns verstrichen, bevor ich den Sprung schließlich wagte. Überhaupt waren mein Eintritt in den Nelson-Klub und die Inanspruchnahme von Avon Secretarial Services die zwei bedeutendsten Schritte, die ich seit Jahren unternommen hatte, vielleicht seit dem Entschluss, mich Penhas anzuvertrauen.

Ich ging nicht wegen der Gesellschaft hin, beileibe nicht. Darauf hätte ich gut verzichten können, doch hoffte ich immer, noch etwas Neues über ihn zu erfahren, die kleinste Kleinigkeit kann erhellend sein, wenn sie zu einem Ganzen in Beziehung gesetzt wird. Egal, was es ist. Im Allgemeinen wurde ich natürlich enttäuscht. An diesem Abend sollte ein Mann namens Robbins, ein langjähriges Klubmitglied, einen Vortrag über das von Admiral Sir Home Riggs Popham entwickelte Signalsystem auf der Basis farbiger Flaggen halten, das 1803, kurz vor Trafalgar, bei der britischen Kriegsmarine eingeführt wurde.

Die Räumlichkeiten des Klubs befinden sich im obersten Stockwerk eines hohen, schmalbrüstigen Hauses in einer Seitenstraße der Gray's Inn Road, über einem obskuren Verlag für Erbauungsliteratur. Es gibt keinen Fahrstuhl, die Treppe ist aus nacktem Holz und das Geländer ziemlich wackelig, dafür gibt es eine kleine Bar mit Alkoholausschank, die mittwochs und samstagabends geöffnet ist, einen Leseraum mit den Publikationen der Navy Records Society sowie alten Ausgaben des *Nelson Despatch* und des *Trafalgar Chronicle,* außerdem einen Vortragsraum, der rund siebzig Zuhörern Platz gewährt – so viele kommen allerdings selten.

Die Bar ist ab halb sieben geöffnet. Es war ungefähr zehn vor sieben, als ich kam, und außer Hugo, dem Barkeeper, und einem verdrießlichen, schläfrig wirkenden Mann namens Jimson, der allein am anderen Ende des Tresens saß, war niemand da. Ich war sehr angespannt, da ich mich an diesem und dem vorigen Tag stundenlang damit abgemüht hatte, die Ereignisse in Neapel im Juni 1799 zu entwirren und eine strenge Chronologie aufzustellen, insbesondere für die Zeitspanne vom 24. Juni, dem Tag von Horatios Ankunft in der Stadt am Nachmittag, über den 26., als die Rebellen die Forts verließen, bis zu ihrer Festnahme und Einkerkerung am 28. Juni. Hier, in diesen wenigen schicksalsträchtigen Tagen, lag der Schlüssel. Es musste mir nur gelingen, die zeitlichen Zusammenhänge zu klären, genau herauszufinden, was wann gesagt und getan wurde, dann würde ich ihn bestimmt von jeder Schuld freisprechen können. Wie wunderbar, derjenige zu sein, der ihn von dem Schatten erlöste, der schon so lange auf ihm lag. Fast zweihundert Jahre schon, seit Robert Southeys 1812 ergangenem vernichtenden Urteil. Southeys schreckliche Worte kamen mir derzeit sehr häufig in den Sinn: ... *keine andere Wahl, als die schändliche Episode voll Trauer und Scham festzuhalten ...*

Ich bestellte ein Glas Wein mit dem vagen Hintergedanken, mich zu kräftigen, meine Blutkörperchen aufzufrischen. Der Wein kam aus einer spanischen Flasche und schmeckte ein bisschen säuerlich, aber nicht schlecht. Während ich zahlte, kam ein Ehepaar namens Barber herein und stellte sich neben mich an den Tresen.

»Da wären wir mal wieder«, sagte Barber. »Für mich bitte ein Lager vom Fass, Hugo, und für Barbara eine Bloody Mary. Und? Bereit für Pophams Flaggen?«

Diese Frage galt Jimson, der jedoch nicht antwortete. Barber lächelte mich an und schüttelte den Kopf. Er ist ein ziemlich kleiner, munterer Mann mit schütterem Haar, schmalem Mund und einer schnabelähnlichen Nase und hat die Angewohnheit, mit dem Fuß auf den Boden zu klopfen. Als sein Blick und sein Lächeln mich trafen, schaute ich sofort weg. Ich ertrage Blickkontakt nicht länger als ein paar Sekunden, das ist schon seit Jahren so, und ich empfand die körperliche Nähe der Barbers als ausgesprochen beklemmend, besonders in diesem fast leeren Raum – in einer Menschenmenge kann ich die Nähe anderer viel besser ertragen. Ich blickte starr geradeaus, als er wieder ansetzte.

»Sie sind auch bald dran, stimmt's, alter Junge?«

»Erst in ein paar Wochen«, sagte ich. Ich war mir sicher, dass er das genaue Datum meines Vortrags kannte, Mittwoch, den neunten April. Man hatte mich gebeten, am zweiten April zu sprechen, aber das war der Tag der Schlacht von Kopenhagen, der letzte seiner großen Siege vor Trafalgar, und da wollte ich zu Hause an meinem Tisch sein, ohne jede Ablenkung. »Es steht am schwarzen Brett«, sagte ich. Der Gedanke daran machte mich nervös – es war mein erster Vortrag nach achtjähriger Mitgliedschaft.

»Worüber sprechen Sie noch gleich?«, fragte Mrs. Barber und neigte den Kopf ein wenig, wie eine Drossel auf der Wiese – auch sie ist wie ein Vogel, sie sind beide vogelartige Menschen. Die Frage ärgerte mich, doch ließ ich mir das natürlich nicht anmerken. Sie stellte sie nicht aus Interesse, es war nur eine Art sozialer Reflex, um die Unterhaltung in Gang zu halten.

»›Zwei Episoden im Werden eines Helden‹«, sagte ich.

»Ah!« Mrs. Barber richtete den Kopf übertrieben abrupt aus seiner Seitenlage auf, mit unmissverständlich spöttischer Absicht. Ich fragte mich, nicht zum ersten Mal, warum sie wohl zu diesen Treffen kam. Was für ein Interesse konnte sie an Pophams Marine-Signalsystem haben? Man hätte meinen sollen, sie wäre froh, Barber mal für eine Weile los zu sein. Aber nein, sie kam jedes Mal mit.

Ein kurzes Schweigen folgte ihrem Ausruf. Die beklemmende Wirkung der Nähe der beiden wurde durch ihren Spott noch gesteigert. Ich habe keine Freunde im Klub. Die anderen Mitglieder sind eifersüchtig auf mich, sie beneiden mich um meine intime Kenntnis seines Lebens. Ich prahle nie damit, aber ich kann nicht verhindern, dass sie mich mit einer besonderen Aura umgibt.

»Der Titel gefällt mir nicht«, meinte Jimson, der jetzt zum ersten Mal etwas sagte, als tauche er aus einem unbehaglichen Schlaf empor. »Ein Held kann man nicht werden, zum Helden ist man geboren.«

»Stimmt, da haben Sie Recht«, sagte Barber, der nur zu gern gegen mich Partei ergriff.

»Das könnte man auch von Schwachsinnigen sagen«, sagte ich.

»Wie bitte?« Jimsons Augenlider flatterten, er erreichte ein noch nicht da gewesenes Maß an Wachheit. Ich begriff, dass er mich missverstanden hatte und glaubte, ich bezeichne ihn als Schwachsinnigen. Ich verspürte den Impuls, diesen Eindruck aufrechtzuerhalten.

»Was wollen Sie damit sagen, alter Junge?«, fragte Barber. »Uns geistig Unbedarften muss man alles erklären.«

Was konnten sie schon von Helden wissen? Jimson interessierte sich für die Marinewerften des achtzehnten Jahrhunderts; Barber beschäftigte sich in seiner Freizeit ein bisschen mit Horatios Leben, wie so viele andere auch, aber jede grundlegende Kenntnis Horatios ging ihm ab. Ihre Feindseligkeit war mir jetzt gleichgültig. »Trottel, Kretins, Dummköpfe«, sagte ich und hielt lange genug inne, um die Vermutung nahe zu legen, dass ich nichts anderes als diese Schimpfwörter hatte äußern wollen. Dann fuhr ich fort: »Die sind alle so geboren – so etwas wird man nicht. Dummheit lässt sich nicht veredeln. Der wahre Held dagegen muss durchs Feuer gehen, er muss geläutert werden, sein Silber muss vom Schaum befreit werden.«

Meine Worte bewegten mich, sie kamen meinen Gefühlen für ihn sehr nah, zu nah – ich merkte, dass meine Hände etwas zitterten. Ich legte sie auf den Tresen, ich glaube nicht, dass es jemandem auffiel. Ich warf einen kurzen Blick auf sein Porträt, das an der Wand hinter Hugo hing, hoch über den Gläserregalen und den aufgereihten Flaschen; eins der ersten der zahlreichen Bildnisse, die Lemuel Abbot von ihm gemalt hat.

»Und was ist mit den stillen Helden?«, fragte Hugo hinter dem Tresen. »Den Leuten, von denen man nie erfährt, die aber irgendwas ausgesprochen Tapferes tun?«

Hugo ist um die dreißig und hat ein schmales, sehr sensibles Gesicht mit einer langen Nase. Er trägt einen goldenen Ring im linken Ohrläppchen. Mitglied ist er nicht, zumindest war er es damals nicht, er kam bloß zweimal die Woche als Barkeeper. Was er mit seiner restlichen Zeit anfing, weiß ich nicht.

»Oder was ist mit den Menschen, die ihr Leben anderen widmen?«, sagte er jetzt. »Also, die nichts dafür haben wollen, meine ich, der Geist des Dienens, diese ganze Geschichte.«

»Hört, hört, da ist was dran«, sagte Barber.

»Gegen die habe ich nichts. Bloß sind es keine Helden. Ein stiller Held, das ist ein Widerspruch in sich. Helden sind öffentliche Personen, sie repräsentieren die Nation.«

Jimson begann empört irgendwas von einfachen Gefreiten zu erzählen, denen das Victoriakreuz verliehen wurde, er wollte das Ganze auf die Ebene unbedeutender Menschen herunterholen, aber an diesem Punkt zog ich mich aus der Unterhaltung zurück; ich wandte mich ab, stützte die Ellbogen auf den Tresen und betrachtete das Porträt, eine mir sehr vertraute, ziemlich gute Kopie des berühmten Bildnisses, das von Horatios Freund William Locker in Auftrag gegeben und im Herbst 1797 gemalt worden war, als Horatio sich zur Genesung in Greenwich aufhielt, nachdem man ihm den rechten Arm oberhalb des Ellbogens amputiert hatte. Der Stumpf war noch nicht verheilt und bereitete ihm nach wie vor große Schmerzen.

Zurückgekämmtes, spärliches graues Haar, der Mund die resignierte Hinnahme der Verstümmelung andeutend, das rechte Auge scheinbar kaum beschädigt, tatsächlich jedoch inzwischen, drei Jahre nach der Verletzung auf Korsika, fast gänzlich seiner Sehkraft beraubt. Ein abweisendes Gesicht, von Schmerz und dem Bewusstsein des Ruhms gezeichnet. Ein Jahr später sollte er von einer Stirnwunde aus der Schlacht am Nil noch eine Narbe davontragen, doch abgesehen davon veränderte sich sein Gesicht in den acht Jahren, die ihm noch blieben, nicht mehr. Auf den Porträts von Lemuel Abbot allerdings, der 1803 in geistiger Umnachtung starb, veränderte es sich noch sehr. Abbot porträtierte Horatio mindestens vierzig Mal und verlor unterdessen langsam den Verstand. Während seines langen Verfalls stellte Horatio seine Haupteinnahmequelle dar. Er malte ihn für Lady Nelson, für Collingwood und viele andere. Auf den späteren Abbot-Porträts verliert Horatio den strengen, verhärmten Gesichtsausdruck des Mannes, der viel gelitten und das Leiden bezwungen hat. Er sieht sanfter aus, wohlgelaunter, zunächst wie ein rotwangiger, gutmütiger Bauer, dann allmählich wird das Gesicht fülliger, weicher, ausdrucksloser. Genau wie Abbots Gehirn, fiel mir jetzt auf. Mich haben Parallelen immer fasziniert, und dies war ein fast perfektes Beispiel. Vierzig Porträts insgesamt. Und Horatios Gesicht mit den Jahren immer weicher und kindlicher, genau wie Abbots Gehirn.

Niedergedrückt durch diesen Gedanken, der mir irgendwie illoyal erschien, wandte ich den Blick von dem Gemälde ab. In der Bar war es jetzt voller, dabei hatte ich gar nicht bemerkt, dass jemand hereingekommen war. Ich rechnete damit, Jimson und die Barbers zu sehen, doch keine Spur von ihnen. Neben mir stand jetzt Kismet Walters. Mein Weinglas war immer noch halb voll. Durch die offene Tür sah ich Leute zum Vortragsraum gehen, darunter den Präsidenten des Klubs, einen großen, behäbigen Mann namens Pratt-Smithers. Wieder hatte ich das Gefühl, mir sei die Zeit entglitten, ich sei irgendwie zurückgefallen.

»Heldentum ist eine Form der puren Energie«, sagte ich zu Kismet Walters, der sofort aufs Energischste zustimmte und so heftig nickte, dass ihm sein weißes Haar – es ist noch sehr dicht, obwohl er weit über sechzig ist – in die Stirn fiel. Er ist der Einzige im Klub, der auch nur annähernd meine Gefühle für Horatio teilt, aber er ist ein gefährlicher Verbündeter, da er in sehr einfachen, um nicht zu sagen, primitiven, Bahnen denkt. Sein Spitzname, den niemand je in seinem Beisein verwendet, rührt daher, dass er schon sein Leben lang bestreitet, Horatio habe, als er bei Trafalgar unter Deck im Sterben lag, »Küss mich, Hardy« gesagt. Walters ist der Ansicht, so eine Bitte entspreche nicht dem Charakter eines Helden, sie sei schlichtweg unmännlich. Walters zufolge hat Horatio vielmehr »*Kismet,* Hardy« gesagt, das arabische Wort für »Schicksal«. Von dieser These ausgehend sammelt er seit fünfundzwanzig Jahren Beweismaterial dafür, dass Horatio sich schon früh zum Islam hingezogen fühlte, ja ein heimlicher Konvertit war und bei drei verschiedenen Gelegenheiten inkognito nach Kairo reiste, um sich mit dem Scherifen persönlich zu treffen. Er plant, die Ergebnisse seiner Forschungen eines Tages zu veröffentlichen.

»Vom Glauben gespeist«, sagte er jetzt. »Ein Held muss *glauben.*« Er warf den Kopf in den Nacken und fixierte mich mit seinen kleinen blauen Augen. »Walhalla«, sagte er.

»Nur zu wahr.« Ich leerte meinen Wein mit einem Schluck. »Es ist fast halb acht«, sagte ich. »Wollen wir reingehen und uns anhören, was Robbins zu sagen hat?«

Es waren recht viele Zuhörer da, schätzungsweise fünfunddreißig – nicht übermäßig viele leere Stühle. Robbins hatte eine Tafel aufgestellt, um mit farbiger Kreide zu illustrieren, wie das Signalsystem funktionierte: Für die Zahlen null bis neun wurden dieselben farbigen Flaggen oder Wimpel verwendet wie für die Buchstaben eins bis sechsundzwanzig des Alphabets, außerdem hatte jedes Schiff ein Codebuch mit den gebräuchlichsten Wörtern oder Sätzen, denen Zahlen über sechsundzwanzig zugeordnet waren. Wenn möglich, verwendeten die Schiffe diese standardisierten Formeln; alle anderen Wörter mussten mit einzelnen Flaggen buchstabiert werden. Die Flaggen wurden an den Rahnocken oder den Masttopps gehisst, wo immer sie von den anderen Schiffen am besten gesehen werden konnten.

Robbins hatte seine Schwächen als Referent, er sprach stockend und neigte zu Wiederholungen, trotzdem bekam man einen Eindruck davon, wie phänomenal diese neue Form der Kommunikation war. Er zitierte den jungen Henry Blackwood, den Kommandanten der Führerfregatte *Euryalus,* der im Vorfeld der Schlacht von Trafalgar, vier Meilen vom Feind und fast sechzig von Horatios Flaggschiff entfernt, »mithilfe von Pophams Signalflaggen mit Lord Nelson sprach«, wie er später seiner Frau schrieb. Während dieser langsamen Annäherung, bei der die britische Flotte auf die Franzosen unter Villeneuve zulief, die zunächst versuchten, sich dem Gefecht zu entziehen und durch die Straße von Gibraltar den sicheren Hafen von Toulon zu erreichen, dann stattdessen nach Cádiz flüchteten, waren es die Fregatten, die Horatio auf dem Laufenden hielten – mithilfe von Pophams Signalsystem. Und in jener letzten, berühmtesten Botschaft an die Flotte wurden die Worte »vertraut darauf« durch »erwartet« ersetzt, weil Letzteres im Codebuch verzeichnet war und daher mit einer einzigen statt mit mehreren einzelnen Flaggen übermittelt werden konnte.

Es war halb neun, als der Vortrag zu Ende war. Ich ging weder zurück in die Bar, noch sprach ich mit irgendjemandem, ich holte meinen Mantel und ging direkt hinunter auf die Straße. Es war ein kalter, sehr klarer Abend. Trotz der Straßenbeleuchtung war der Himmel schwarz, und man konnte Sterne sehen. Ich ging über den Mecklenburgh Square und wollte eigentlich bei King's Cross in die U-Bahn steigen und nach Hause fahren. Doch als ich auf die Gray's Inn Road kam, wandte ich mich unwillkürlich nach Süden Richtung Fluss.

Im ersten Moment schien es nicht mehr als eine spontane Regung, wenn auch als solche für mich ungewöhnlich; vielleicht war es einfach nur der Wunsch, den Abend zu verlängern. Doch als ich dann Holborn überquert hatte und die Chancery Lane hinunterging, wusste ich, wohin ich ging und warum. Ich folgte zum ersten Mal bewusst und gezielt seinen Schritten. Es war natürlich falsch, es war die falsche Jahreszeit. Es hätte Dezember sein müssen. Aber ich war bedrückt, dieser hartnäckige Schatten lastete auf unserer Beziehung, ich musste es jetzt tun, ich musste gegen den Kalender verstoßen.

Dezember 1800. Die letzten Wochen des Jahres kündigten das Ende seiner Ehe an. Für Horatio war die Zeit in Neapel vorbei, dieses seltsame Intermezzo in der unwirklichen Stadt, wo im Rhythmus des Festlands, im Laufe prunkvoller Nächte und gemächlicher Vormittage seine Leidenschaft für Emma wuchs und damit auch seine Bindung an die unerbittliche Königin Maria Carolina. Auch für die Hamiltons war die Zeit in Neapel vorbei. Sir Hamilton wurde nach London zurückbeordert, er sollte nicht mehr nach Neapel zurückkehren. Die drei kamen zusammen nach Hause, in enger Freundschaft verbunden, der Ehemann, der Geliebte und die Ehefrau-Geliebte; sie gingen Anfang November in Yarmouth an Land und erreichten drei Tage später London. Die Kunde von der skandalösen

Liaison unter einem Dach mit dem Ehemann und mit dessen offenkundigem Segen war ihnen vorausgeeilt.

In London fand dann auch das historische Treffen zwischen Fanny und Emma statt, bei dem Horatio seine Geliebte seiner Frau vorstellte. Emma war im sechsten Monat von ihm schwanger, doch ihre Körperfülle und die weiten Kleider, die sie trug, verbargen dies womöglich. Fanny, die ländliche Vornehmheit in Person, steif, zurückhaltend und pflichtbewusst; Emma, extravagant und unsicher, auch nach all den Jahren in Neapel noch mit hörbarem Lancashire-Akzent. Zwei Frauen, die durch ihr Temperament und die ihnen aufgezwungenen traditionellen Rollen voneinander getrennt waren. Jede sah in der anderen die Verkörperung ihrer eigenen Ängste und Vorurteile. Unter den Artigkeiten des Moments eine fast greifbare gegenseitige Abscheu, die nie nachlassen sollte.

Er muss sie bemerkt haben, diese unmittelbare und unvermeidliche Antipathie. Kann er auf anderes gehofft haben? Jeglicher Traum von Harmonie, den er womöglich gehegt hatte, die Hoffnung vielleicht, dass die enge Dreierfreundschaft zu einer engen Viererfreundschaft würde, muss sich zerschlagen haben, als er die beiden zusammen sah, während draußen der Wind heulte und der Regen gegen die Fensterscheiben prasselte – es war ein stürmischer, nasser Tag mit regelrechten Orkanböen, die in Kensington Gardens und im St. James Park Bäume entwurzelten. Den Ort des Treffens gibt es schon lang nicht mehr, nichts ist davon geblieben: Nerot's Hotel an der Südseite der King Street, wo später das St. James's Theater stand und heute Bürogebäude ihre gesichtslosen Fassaden emporrecken. James Harrison, einem seiner ersten Biografen, zufolge verließ Horatio ungefähr drei Wochen nach dieser unerfreulichen Begegnung spätabends das gemietete Haus in der Dover Street, wo er mit Fanny wohnte, und lief stundenlang allein durch die Straßen. Er hielt sich nach Osten, ging über Strand und Fleet Street bis zu St. Paul's, dann hinunter zur Blackfriars Bridge und via Embankment und Soho wieder zurück. Schmächtig, verstümmelt, verbraucht, von niemandem erkannt. Ein kilometerlanger Fußmarsch, mitten in der Nacht.

Ich erreichte die Fleet Street und wandte mich nach Osten. Jetzt war ich auf seiner Route. In der Umgebung der City waren die Straßen ruhiger. Ich hatte das Gefühl, im Gleichschritt mit ihm zu gehen, meine schweren Schritte und seine leichten in ein und demselben Rhythmus. Ich wusste mit absoluter Sicherheit, wo er verweilt, wo er sich beeilt hatte. Als ich an der Ecke Pilgrim Street stehen blieb, wusste ich, dass er genau das auch getan hatte, dass er auf die gleichen tristen, unbeleuchteten Gebäude vor dem gleichen schwarzen Himmel geblickt hatte. Ich wusste, was ihn in dieser Nacht beschäftigt hatte – die seltsame Diskrepanz zwischen seinem privaten und seinem öffentlichen Leben ließ ihn nicht los.

Der meistgefeierte Engländer seiner Zeit, Sieger von Kap Saint Vincent und dem Nil, Geißel der verhassten Franzosen, Vereitler von Bonapartes Ägypten- und Indien-Plänen. Ab dem Moment seiner Ankunft in Yarmouth wurde er in der gesamten Grafschaft von Kavallerieschwadronen eskortiert. In Ipswich spannte ihm das Volk die Pferde aus und zog seine Kutsche im Triumph durch die Stadt. In London wurde er bejubelt, wo immer er hinkam, Scharen von Bewunderern folgten ihm auf Schritt und Tritt. Wenn bekannt wurde, dass er ins Theater gehen wollte, war die Vorstellung im Handumdrehen ausverkauft, und wenn er seine Loge betrat, empfing ihn das Theaterorchester mit den Klängen von »See the Conquering Hero«. Tagsüber hatte er in der Admiralität und dem Seeamt zu tun, die Abende waren mit Banketten, Vorführungen, Empfängen zu seinen Ehren ausgefüllt. Er hatte seinen Sitz im Oberhaus eingenommen – er war jetzt Peer, Baron Nelson vom Nil.

Eine solche Verherrlichung ist nur selten einem Sterblichen zuteil geworden. Doch zu Hause in der Dover Street Nummer siebzehn war die Stimmung angespannt und bedrückt. Am Abend unseres einsamen Spaziergangs waren, so glaube ich zumindest, auf sein ausdrückliches Verlangen hin die Hamiltons zum Dinner da gewesen. Horatio konnte Niederlagen nicht ertragen, sie widerstrebten seinem Wesen. Emma war in ihrer Schwangerschaft weit fortgeschritten, was Fanny bekannt gewesen sein mochte oder auch nicht. Während des Essens wurde Emma übel, und sie verließ den Raum. Von Horatio wegen der Vernachlässigung ihres Gasts getadelt, ging Fanny ihr nach. Es folgte eine schmerzliche Parodie auf das gegenseitige Wohlwollen, das er sich wohl nach wie vor erhoffte: Die pflichtbewusste Gattin hielt der schwangeren Geliebten die Schüssel, in die sie sich erbrach.

Hatte er diese Szene miterlebt, bevor er sich auf den Weg machte? Als ich Ludgate Circle überquerte, war ich mir dessen plötzlich sicher. Harrison nennt kein Datum, aber ich bin davon überzeugt, dass es am selben Abend war, nachdem die Hamiltons sich zu ihrem Haus am Grosvenor Square zurückbegeben hatten und Fanny ins Bett gegangen war. Eben diese groteske Episode hatte ihn in Verzweiflung gestürzt, ihn auf die nächtlichen Straßen hinausgetrieben. Er hatte damit gerechnet, dass die Angst und Feindseligkeit der beiden Frauen im warmen Odem seines Elans dahinschmelzen würden, so wie die Widrigkeiten vor Kap Saint Vincent dahingeschmolzen waren und wie sie es auch bei Trafalgar wieder tun würden. Typisches Merkmal des Helden, dieses uneingeschränkte Vertrauen auf die formende Kraft seines Begehrens.

Es war schon nach zehn, und Ludgate Hill war fast menschenleer. Die Banken und Geschäftshäuser wirkten wie dunkle Höhlen unter ihren korinthischen Portiken, wo sie den Ansturm des nächsten Tages erwarteten. Die Füße taten mir weh, ich war es nicht gewohnt, so viel zu laufen, aber ich war froh, ihm in meinem Verständnis und meiner Anteilnahme so nah zu sein. Ich stand da und sah zur Kuppel von St. Paul's hinauf, beobachtete das wirbelnde Weiß der Tauben, die dort oben, von irgendeinem fernen Schrecken erfasst, im milchigen Licht der Scheinwerfer umherflatterten. Kurz schien es mir, als wären sie im Licht gefangen, die Strahlen sahen aus wie Gitterstäbe.

In der Krypta dieser großen Kirche liegt er begraben, hierher brachte man ihn, nachdem er in der Painted Hall in Greenwich aufgebahrt gewesen war und die Nacht vor dem Trauergottesdienst in einem Raum in der Admiralität zugebracht hatte. Ein so prunkvolles Begräbnis hatte in der gesamten Geschichte Englands noch nie jemand erhalten. Als ich daran dachte und an seine Nähe und Ferne, spürte ich, wie um mich herum Trauer die Luft verdichtete, und von der Kathedrale und den Gebäuden ringsum ging es nieder wie Regen, jenes geballte Wehklagen, das ich in meinen Träumen erlebte – wie ein sanfter Regen, nicht wie ein Klang, einhüllend, allgegenwärtig, wie Regen.

Wie lang diese Trauer anhielt, kann ich nicht sagen. Sie wurde von einem Mann durchbrochen, der aus dem Dunkel jenseits des Kirchhofs auftauchte und mich um Geld bat. Er war alt, roch sehr unangenehm und sah mich nicht an. Ich drückte ihm ein Pfund in die Hand und achtete darauf, ihn dabei nicht zu berühren.

Ich lief die ganze Strecke mit Horatio zurück, bis zur Dover Street. So spät am Abend hatte ich Angst auf der Straße, aber ich tat es trotzdem. Als ich den Trafalgar Square erreichte, war ich kurz versucht, abzubrechen und ein Taxi zu nehmen. Ich war erschöpft und hatte, wie gesagt, Angst. Außerdem schien es angemessen, ihn dort bei seinen Tauben und Löwen zurückzulassen, hoch oben auf seiner gigantischen Säule, am äußersten Rande des Lichts, zu weit oben, als dass man ihn vom normalen Niveau aus tatsächlich erkennen könnte, unentwegt die Themse absuchend, Big Ben im Auge. Aber die Parallelen mussten gewahrt werden. Ich ging weiter, ging den ganzen Weg mit ihm zurück.

8

Miss Lilys Verhalten mir gegenüber hatte sich in den zwei Wochen seit unserer Meinungsverschiedenheit wegen Horatios Umgang mit Fanny erheblich gewandelt, und auch ich verhielt mich anders. Sie hatte an diesem Abend etwas durchgestanden und war dadurch in eine privilegierte Zone gelangt. Ich konnte sie nicht mehr einfach nur als jemanden betrachten, den ich angestellt hatte, jedenfalls nicht, nachdem ich mit solch leidenschaftlichem Interesse ihren Hinterkopf betrachtet hatte. Sie bemerkte diese Veränderung natürlich, auch wenn sie wohl kaum den Grund dafür kannte, und wagte sich dementsprechend weiter vor. Sie wurde irgendwie persönlicher, gab ohne Scheu Kommentare ab, sagte ihre Meinung. Zu ihrem gefährlichen detektivischen Spürsinn gesellten sich nun also noch ihre lästigen Werturteile. Am Dienstag, dem 11. März, kam sie mit einer runden, am oberen Rand mit Schottenmuster verzierten Blechdose. Sie wirkte weniger entschieden als sonst. »Die sind für Sie«, sagte sie.

Es war nach wie vor kalt draußen, und Miss Lily bot den vertrauten durchgefrorenen Anblick. Das Datum war Zufall, sie wusste nicht oder hatte vergessen, dass es Horatios Hochzeitstag war. Jedenfalls behauptete sie das später. Ich öffnete die Dose und stellte überrascht fest, dass sie mit Keksen gefüllt war.

»Shortbread«, sagte Miss Lily. »Selbst gebacken.« Sie schaute mich auf eine fast ängstliche Weise an. Miss Lily ist nicht hübsch, aber sie hat ungewöhnliche Augen, von einem tiefen, weichen Braun, sehr direkt, irgendwie schutzlos, wie Kuhaugen – sie scheinen nichts verbergen, sich nicht zurückziehen zu können. Aber nicht schüchtern, beileibe nicht, sie weichen nicht aus. Miss Lily sieht viel. Dieser Blick, hilflos und aufmerksam zugleich, macht es schwer, zu erkennen, ob man ihre verwirrten Gefühle oder die Spiegelung der eigenen verwirrten Gefühle darin sieht.

»Ich habe sie nur deshalb in diese Dose getan«, sagte sie, »damit ich sie transportieren kann. Es hat nichts mit Schottland zu tun.«

Ich war mir inzwischen sicher, dass sie Eindruck schinden wollte, indem sie mir ihre Kekse gezielt an seinem Hochzeitstag schenkte. Ich war drauf und dran, ihr die Dose zurückzugeben und zu erklären, ich äße keine Kekse, was sogar stimmte, da ich nie auf die Idee kam, welche zu kaufen. Ich setzte schon an, hielt mich dann aber im letzten Moment doch zurück. Ich hasse es einfach, wenn man mir Geschenke macht, egal unter welchen Umständen, es ist erniedrigend, erzeugt Abhängigkeit. Das offen zu zeigen wirkt allerdings wie Schwäche. Eine Zwickmühle. Also hielt ich mich zurück, sagte nichts, ich sah sie nur an.

Das ging, weil sie vorübergehend abgelenkt war, sie wühlte in ihrer geräumigen Handtasche, nach einem Taschentuch, wie sich zeigte, was mir eine kurze Frist einräumte, in der ich sie unbemerkt betrachten konnte. An diesem Abend trug sie die Haare offen, und sie hatte einen dunkelblauen Wollpullover zu einem ziemlich engen Rock an, der bis knapp übers Knie reichte. Normalerweise bevorzugte Miss Lily weite, kittelähnliche Oberteile, dieser Pullover jedoch betonte, obwohl er nicht einmal besonders eng war, ihre geraden Schultern und die Form ihrer Brüste. Ihre Bewegungen, als sie in ihrer Tasche kramte, hatten etwas Typisches, wie ich fand, eine Art absolute Zielgerichtetheit, als gäbe es in diesem kurzen Moment nichts anderes auf der Welt. Sie sah auf, und unsere Blicke trafen sich. »Ich habe eine ganze Menge gebacken«, sagte sie, »und da hab ich mir gedacht, na, ich könnte ihm doch welche mitbringen, selbst gebackenes Shortbread kriegt er sicher nicht alle Tage.«

»Ja, das stimmt, das kriegt er nicht«, sagte ich. »Außerdem ist heute der richtige Tag für Geschenke, sein Hochzeitstag nämlich.«

»Ich wusste gar nicht, dass Sie mal verheiratet waren.«

»Heute vor zweihundertundzehn Jahren hat er Frances Nisbet geheiratet, auf der Westindischen Insel Nevis.«

»Ach so, von ihm haben Sie geredet.« Eine kurze Stille folgte, während der Miss Lily anscheinend über etwas nachdachte oder etwas auf sich wirken ließ. Dann sagte sie: »Das wusste ich nicht.«

»Es steht alles in meinem Buch. Sie haben es nach meinem Diktat getippt, und wir haben es mindestens einmal überarbeitet. Vielleicht wussten Sie es in Ihrem Unterbewusstsein?«

Miss Lily war rot geworden, was allerdings auch an der Wärme des Zimmers liegen konnte. »Dieses Wort wird heute ziemlich oft verwendet«, sagte sie. »Meiner Ansicht nach weiß man etwas, oder man weiß es nicht, und ich wusste es nicht. Ich wusste, dass sie auf Nevis geheiratet haben, aber das Datum hatte ich vergessen.«

Falls sie es wirklich nicht gewusst hatte, erhöhte das die Symbolkraft des gewählten Zeitpunkts natürlich noch. Dieses Geschenk an mich, der ich alles mit Horatio teilte … »Daten vergisst man leicht«, sagte ich. »Er hat sie im Mai 1785 kennen gelernt, als Kommandant der mit 28 Geschützen bestückten Fregatte *Boreas*, mit der er auf die Westindischen Inseln abkommandiert wurde.«

Sie war einige Monate älter als er, Witwe eines Wundarztes, hatte einen jungen Sohn namens Josiah. Schlank und zierlich, eine Tochter der Kolonialgesellschaft, der Vater ein hoher Richter auf der Insel, der Onkel Präsident des Rats. Ein Produkt ihrer Zeit und Klasse, sonnenschirmbewehrt, Tee ausschenkend, ungemein sittsam. Weder originell noch energisch noch sehr intelligent, aber loyal und ergeben. Die andere Frau, die kein bisschen sittsam war, wartete schon in den Kulissen.

Dreizehn Jahre lang würde sie, ohne es zu wissen, darauf warten, die Freuden und die Qualen hervorzurufen, die in seiner Ehe fehlten, und an seinem Ruhm teilzuhaben. Sieben Jahre jünger als die leidtragende Ehefrau, von außerordentlicher Schönheit, die Tochter eines analphabetischen Hufschmieds namens Henry Lyon, als Dreizehnjährige Hausmädchen in London, dann ein paar Jahre als Modell und Gelegenheitshure. Mit sechzehn war sie die Mätresse eines reichen jungen Barons, der sie vor die Tür setzte, als sie schwanger wurde. Als Horatio auf Nevis Fanny kennen lernte, wohnte Emma Hart, wie sie sich damals nannte, in einem Haus in der Edgware Road, wo Charles Greville, zweitältester Sohn des Grafen von Warwick und Neffe von Sir William Hamilton, dem britischen Botschafter in Neapel, sie einlogiert hatte. Später gab Greville, der reich heiraten wollte, um sich zu sanieren, Emma an seinen bejahrten Onkel weiter, der sie bei einem Besuch in London gesehen hatte und sofort für sie entflammt war.

Die Kurven dieser verschiedenen Biografien faszinieren mich, die Parallelen, die Annäherungen, die Kollisionen. Im Zentrum die glitzernde Linie von Horatios Leben, darüber und darunter die anderen, mal in sanfter Berührung mit der seinen, mal in kurzem Kontakt, mal in dauerhafter Nähe. In jenem Mai, als Horatio seine künftige Ehefrau kennen lernte, saß Emma Modell für Romney, der sie in einer verblüffenden Vielfalt von Posen malte; Hardy, der dem sterbenden Horatio seinen letzten Kuss geben sollte, war sechzehn Jahre alt und Midshipman bei der Kanalflotte; Arthur Wellesley, der spätere Herzog von Wellington, war gerade wegen hoffnungsloser Dummheit vom Eton College genommen worden; Napoleon Bonaparte war ein mürrischer Kadett an der Militärakademie von Paris.

Ich sagte Miss Lily nichts von diesen Geistern, die über seinem Hochzeitstag schwebten. Überhaupt sprachen wir nur noch kurz von Horatios Hochzeit. Ich erwähnte – nach wie vor die Dose mit dem Schottenmuster in der Hand –, dass »seine

Leute«, die Mannschaft der *Boreas,* ihm eine silberne Uhr schenkten, für die sie zusammengelegt hatten. »Ein sehr großzügiges Geschenk«, sagte ich, »schließlich hatten sie nicht viel Geld. Aber er war halt immer außerordentlich beliebt.«

Miss Lily antwortete nicht. Sie hatte sich von diesem Wesenszug Horatios – heute würden wir von Charisma sprechen – nie sonderlich beeindruckt gezeigt, von seiner Wirkung auf seine Männer, die ihm auf all seinen Schiffen treu ergeben waren, ihm folgten, wohin er sie auch führte, bereit waren, ihr Leben für ihn zu opfern; diese große Gabe – denn anders kann man es nicht nennen –, die ich so bewunderte, die mich so bewegte, schien Miss Lily regelrecht kalt zu lassen. Vielleicht war es eine Frage des Geschlechts. Trotzdem war ich auf eine etwas diffuse Weise enttäuscht. Ich wollte, dass sie begriff, wie wundervoll Horatio war. Sie lächelte jetzt, doch es war ein Lächeln, das nur wenig Raum auf ihrem Gesicht einnahm. »Tja«, sagte sie, »es ist sein Hochzeitstag, nicht Ihrer, silberne Uhren können Sie also nicht erwarten.«

Dazu hätte ich viel sagen können: Nichts, was Horatio widerfuhr, widerfuhr nicht auch mir. Ich hatte an jenem Sonntagmorgen bei ihm gestanden, im großen Salon im Montpelier House, der Residenz des Präsidenten, wo sie getraut wurden, hatte neben Fanny gestanden, die ein Kleid aus irischer Spitze trug. Sie wurde von Prinz William Henry, dem Sohn von König George III., zum Altar geführt, einem guten Freund. Toasts und Ansprachen, auf die wir mit Stil, Esprit und sympathischer Aufrichtigkeit antworteten. Arm in Arm ging es die polierte Teakholztreppe hinunter, hinaus in die strahlende Sonne. Hinter uns das schmucke Haus mit seinen weißen Holzgiebeln und Veranden. Arm in Arm auf den makellosen, von Generationen treuer Schwarzer gehegten und gepflegten Rasen. Wir sammeln uns im Schatten des großen Kapokbaums. Korken knallen. Wir sind von Gratulanten umgeben, alle hell gekleidet, die Männer in Seidenanzügen, die Frauen in Sommerkleidern, lächelnd im sonnenschirmgedämpften Licht.

Jenseits der Gartenterrassen und des Parks, so weit das Auge reicht, das sanfte, endlose Grün der Zuckerrohrfelder …

»Alles verschwunden«, sagte ich, »das erzählte neulich jemand im Klub.«

»Was ist verschwunden?«

»Das Haus, in dem sie getraut wurden; wo Fanny mit ihrem Onkel wohnte. Alles verschwunden, bis auf zwei steinerne Torpfosten. Vielen Dank für die Kekse, die schmecken sicher gut zu meinem Frühstückstee.« Während ich das sagte, beschloss ich, nach einer Möglichkeit zu suchen, wie ich das Geschenk erwidern und damit gegenstandslos machen konnte, irgendetwas von meiner Seite, das stärker war, vornehmer. Im Moment fiel mir allerdings nichts ein.

Ich weiß noch, dass später, während der Arbeit, die Atmosphäre zwischen uns etwas gespannt wurde. Ich spürte, dass Miss Lily unzufrieden oder vielmehr enttäuscht war, weil ich, zumindest vorerst, die Zeit vom September 1798 bis zum Juni 1800, Horatios Aufenthalt in Neapel und Palermo, ausklammern wollte. Ich sagte ihr, ich sei noch nicht so weit, es gebe noch so viel zu ändern und korrigieren, dass ich den Text nicht diktieren könne, ich müsse ihn erst ins Reine schreiben. Der wahre Grund war allerdings, dass mir noch nicht klar war, welche Rolle Horatio bei der Kapitulation der neapolitanischen Republikaner gespielt hatte, ich hatte noch keinen Weg gefunden, ihn aus diesem Sumpf herauszuführen. Ich wusste, dass Miss Lily sich darauf gefreut hatte, diese Phase seines Lebens anzugehen, auch wenn sie das nie zugegeben hätte. Horatios Triumphe auf See, für mich der wichtigste Teil seiner Person, bedeuteten ihr nicht viel, aber sein Leben an Land interessierte sie sehr. Und von all seinen Landaufenthalten war die Zeit im Königreich beider Sizilien bei weitem die bewegteste und dramatischste, umfasste sie doch seinen Heldenempfang in Neapel, die in der Schwüle des bourbonischen Hofs aufblühende Liebschaft mit Emma, die daraus erwachsende *ménage à trois,* die Flucht der königlichen Familie, als die Franzosen anrückten, Horatios Verstrickung mit den republikanischen Rebellen und vieles andere mehr. Und jetzt wollte ich das alles überspringen und erst im Juni 1800 wieder ansetzen, dem Jahr, in dem Horatio nach England zurückgerufen wurde!

Wie gesagt, den wahren Grund konnte ich ihr nicht verraten, ich konnte ihr nicht erklären, wie wichtig es für mich war, seinen guten Namen zu wahren, und dass schon die leiseste Andeutung einer bewussten Täuschung seinerseits mich in Angst und Schrecken versetzte, so als würde meine eigene Existenz dadurch in Frage gestellt, als hinge mein ganzes Dasein von seiner Wahrhaftigkeit ab. Immerhin konnten wir noch seine triumphale Ankunft in Neapel behandeln, eine meiner Lieblingspassagen im Buch.

Er ging am 22. September in der Bucht vor Anker, nur eine Woche vor seinem vierzigsten Geburtstag, nach einer dreizehnhundert Meilen langen Fahrt vom Nildelta aus. Ich hatte beschlossen, Auszüge aus Horatios Brief vom 25. September zu zitieren, in dem er Fanny seine Ankunft und das Zusammentreffen mit den Hamiltons schildert. Dazwischen wollte ich eigene Kommentare einstreuen, sodass ich das Ganze diktieren musste: *Dann kamen meine verehrten Freunde längsseits; es war eine außerordentlich ergreifende Szene, ihre Ladyschaft flog das Fallreep hinauf, rief: »O Gott, ist es möglich?« und sank in meinen Arm, mehr tot als –*

»Haben Sie gerade ›meinen Arm‹ gesagt?«, fragte Miss Lily. »Ach ja, stimmt, er hatte ja nur noch einen.« Sie kicherte. »Tut mir Leid.«

Ich gab keine Antwort, sondern legte eine kurze Pause ein, um mein Missfallen an dieser Unterbrechung kundzutun, bevor ich fortfuhr. *Ich hoffe, dass ich eines Tages das Vergnügen haben werde, Dich Lady Hamilton vorzustellen, sie ist eine der wunderbarsten Frauen auf dieser Welt. Wenige nur hätten so eine Wendung vollziehen können wie sie. Sie ist eine Zierde ihres Geschlechts …*

Ich hielt erneut inne, da ich an dieser Stelle einige Überlegungen zu Fannys Reaktion auf Horatios Worte einfügen wollte, die ich am vorangegangenen Abend geschrieben hatte. Es war typisch für sein direktes und enthusiastisches Wesen, in diesem Ton an seine so konventionelle, so ferne und einsame Frau zu schreiben, die doch gewusst haben muss, dass Emma für ihre Schönheit berühmt war und sich früher als Mätresse reicher Männer hervorgetan hatte.

»Man fragt sich«, begann ich, »was Lady Nelson privat davon gehalten –«

Aber Miss Lily tippte nicht. Sie saß untätig vor der Tastatur. Dann wandte sie sich mit einer verblüfften Miene, die ich sofort als aufgesetzt erkannte, zu mir um. Sie fragte: »Was heißt das, eine Zierde ihres Geschlechts?«

Genau genommen war das aus Miss Lilys Mund keine legitime Frage, sie ergab sich nicht aus irgendeinem Problem bei der Ausführung ihrer Aufgabe, dem Tippen. Dass sie die Frage überhaupt stellte – und noch viel mehr, dass ich versuchte, sie zu beantworten –, war ein deutliches Zeichen unserer veränderten Beziehung und ihres Talents dafür, Terrain zu besetzen.

»Er hat ihr ein Kompliment gemacht«, sagte ich. »Er fand, dass sie ihrem Geschlecht Ehre machte.«

»Nein, ich meine, was *heißt* das?« Sie hatte den gleichen Gesichtsausdruck wie bei ihren Auslassungen über Scott, den von der Antarktis.

Ich versuchte es noch einmal: »Er hielt sie für eine würdige Vertreterin der Weiblichkeit.«

»Und Nelson war dann wohl ein würdiger Vertreter der Männlichkeit?«

Das war eine derart groteske Untertreibung, dass ich fast laut aufgelacht hätte. »Der würdigste, den dieses Land je hervorgebracht hat, auf immer und ewig.«

»Würde man von ihm jemals schreiben, er sei eine Zierde seines Geschlechts?«

Ich überlegte kurz, unter Miss Lilys aufmerksamem Blick. »Na ja, wohl nicht mit diesen Worten …«

»Es geht also um Worte? Könnte es vielleicht bedeuten, dass

er tapfer war oder einen guten Charakter hatte, oder dass er irgendetwas Besonderes an sich hatte, zum Beispiel, dass er sehr kräftig war oder –« Miss Lilys Empörung verlor etwas an Nachdruck. »Irgendwas Körperliches, meine ich«, sagte sie. »Könnte es das heißen?«

»Nein, das glaube ich nicht.« Ich wurde diese Unterhaltung langsam leid, immerhin bezahlte ich fünfzehn Pfund die Stunde dafür.

»Es ist einfach unlogisch, mehr will ich gar nicht sagen«, sagte Miss Lily.

»Horatio bedeutete es etwas, und das ist meiner Meinung nach der entscheidende Punkt. Sie müssen historisch denken.« Das allerdings tat Miss Lily nie, so viel war mir bereits klar. Sie benutzte die Vergangenheitsform, aber sie hatte keinerlei Sinn für die Vergangenheit. Für sie existierte alles und jeder in einer Art ewiger Gegenwart.

Sie sah mich jetzt einen Moment lang schweigend an und presste dabei die Lippen zusammen, als überlege sie, wie sie antworten solle. Dieser Ausdruck verlieh ihrem Gesicht eine ungewohnte Strenge, er ließ die Wangenknochen stärker hervortreten und verschmälerte ihre ziemlich volle Unterlippe. »Na«, sagte sie, »jedenfalls hat sie eine Riesenszene draus gemacht, und das hätte er wirklich merken sollen, anstatt von Zierde ihres Geschlechts und so was zu reden. Wie lang wusste sie denn schon, dass er unterwegs war, doch schon drei oder vier Wochen, oder? Sie hatte wirklich genug Zeit, sich darauf einzustellen.«

»Vielleicht könnten wir weitermachen?« Ich sagte das ziemlich kühl. Es stimmte natürlich, dass Horatio ein schlichter, argloser Mensch war, aber mir gefiel Miss Lilys Ton nicht – sie schien auch Horatios Intelligenz in Zweifel zu ziehen. Von Emma hielt sie nicht viel, das war offensichtlich, aber ich wollte nicht noch mehr Zeit mit Diskussionen verschwenden, ich wollte die zwei Jahre umschiffen und den sicheren Hafen des Juni 1800 anlaufen, die Abreise aus Neapel. Doch wir waren nur unwesentlich vorangekommen, da folgte die nächste Unterbrechung. Ich diktierte gerade eine stark veränderte und überarbeitete Passage, in der ich die Rückkehr Horatios und der Hamiltons nach England beschrieb. Ein seltsames Trio müssen sie in den Augen derer abgegeben haben, die ihnen damals begegneten: Der verhutzelte Admiral, mit Sternen und Medaillen herausgeputzt, vom Volk mit Jubel empfangen, beim Establishment jedoch in Ungnade gefallen; Sir William seinem Ende nicht mehr fern, das Gesicht wie Pergament, die Leber nach sechsunddreißig Jahren am neapolitanischen Hof ruiniert; Emma laut, ausladend, sich zur Schau stellend, korpulenter als früher, aber immer noch schön, eine ungewisse Zukunft in England vor sich, in inniger Beziehung zu Ehemann wie Geliebtem, so wie diese beiden zueinander. *Tria juncta in uno*, nannten sie sich; drei verbunden zu einem. Das Motto des Bath-Ordens, dem beide Männer angehörten. Vielleicht von Emma ins Spiel gebracht. Horatio hätte das nie gesagt, er war mit niemandem verbunden, zu keiner Zeit, er war einzigartig. Er reiste mit ihnen zusammen, gut, das stimmt. Als Trio machten sie keinen guten Eindruck, jedenfalls nicht bei ihren Zeitgenossen. Das musste ich zugeben, auch wenn es mich schmerzte, dass man ihn so verkennen konnte. Es war nicht seine Schuld. Er war an Land – ein Zerrbild seiner selbst. Und man beneidete ihn. Als typisches Beispiel für die Vorurteile gegen ihn wollte ich in meinem Buch einen Abschnitt aus General Sir John Moores Tagebuch zitieren. Im Sommer 1800 notierte Moore in Leghorn: *Sir William und Lady Hamilton waren anwesend und warteten der Königin von Neapel auf. Lord Nelson war anwesend und wartete Lady Hamilton auf. Er ist mit Sternen, Bändern und Medaillen bedeckt, eher wie ein Opernprinz als wie der Sieger vom Nil. Es stimmt wahrlich melancholisch zu sehen, dass ein tapferer und guter Mann, der sich um sein Vaterland verdient gemacht hat, eine so klägliche Figur abgibt.*

Das Seltsamste allerdings kommentiert Moore gar nicht: Konteradmiral Lord Nelson, Baron vom Nil und von Burnham Thorpe, reiste *über Land* nach Hause. Diese Entscheidung hatte ich noch nie verstanden. Ein Admiral, der nach legendären Siegen zurückgerufen wird, dessen Flaggschiff in der Bucht auf ihn wartet ... In meinem Diktat kam ich jetzt zu diesem Punkt:

»In Nelsons Leben gab es, wie in jedem Leben, verschiedene Stränge, parallele Linien, die sich jeweils durch eine ganz eigene Kombination von Eigenschaften auszeichneten – scheinbar unkompliziert in der Benennung, doch komplex und subtil in ihren Auswirkungen. In Nelsons Fall gab es ganz offensichtlich eine breite Kluft zwischen seinem See- und seinem Landleben. Auf See war er er selbst, dort erfüllte er die Aufgabe, zu der er so glorreich befähigt war; an Land ließ er gelegentlich nach, verlor sein Genie, die Gabe, seine Kräfte zu bündeln, die er auf See besaß. Warum also entschloss er sich im Juni 1800, über Land nach Hause zurückzukehren? War es der schwangeren Emma zuliebe, die sich der langen Schiffsreise nicht aussetzen wollte? Hatte Sir William unterwegs irgendwelche Geschäfte zu erledigen? Oder lag Nelson womöglich selbst an einem Aufschub –«

Aber Miss Lily hatte wieder aufgehört zu schreiben. Ohne mich anzusehen – sie schaute auf den Bildschirm – sagte sie: »Ich kann mir gut vorstellen, warum sie über Land gereist sind.«

Mir wurde klar, dass ich Geduld brauchte, und zwar eine ganze Menge. »Ach ja?«

»Es war eigentlich völlig nahe liegend. Ich meine, sie waren doch inzwischen zu einer Art Wanderbühne geworden.«

»Was meinen Sie denn damit?«

»Alle wussten schon im Voraus von ihnen, wohin sie auch kamen. Je mehr Orte sie also besuchten, desto besser, mehr will ich gar nicht sagen. Was das Spektakel angeht, meine ich. Es war wie eine Tournee. Schließlich war es doch riskant, über Land zu reisen. Napoleon hatte gerade in der Schlacht von Marengo die Österreicher besiegt. Er marschierte wieder in

Italien ein. Ihre Kutsche passierte im Abstand von nur einer Meile den französischen Vorposten. Auf See wären sie viel sicherer gewesen, aber dann hätten sie nicht so ein Spektakel aus ihrer Reise machen können. Triest, Slowenien, dann durch die Alpen nach Klagenfurt und Wien, weiter nach Prag und Dresden, schließlich all die kleinen Höfe in Deutschland, bis nach Hamburg hoch. Und überall, wo sie hinkamen, Feuerwerk, Musikkapellen, tausende von Schaulustigen. Es ist doch offensichtlich, oder? Es war eine Tournee, sie waren Stars, mehr will ich gar nicht sagen.«

Als ich sie so über Horatio reden hörte, mir anhören musste, wie sie den größten Mann aller Zeiten mit einem Wanderschauspieler verglich, packte mich eine solche Mischung aus Wut und Verzweiflung, dass ich befürchtete, kreidebleich geworden zu sein. Ich wandte mich von ihr ab und tat so, als schaute ich aufs Bücherregal, als suchte ich nach einem bestimmten Werk. Ich konnte die Titel nicht lesen, vor Aufregung verschwamm mir alles vor den Augen. Aber ich verspürte keinerlei Bedürfnis, mich wieder hinter sie zu stellen, keinen Drang, diese schreckliche Musterung zu wiederholen. Ich wollte bloß meine Gefühle verbergen. Sie war immun, und irgendwie wusste sie das. Ich kann diesen Eindruck nicht besser beschreiben. Es war, als wäre sie hinter meine Deckung gelangt.

Doch dann tauchte ein anderer Gedanke auf, und meine Erregung milderte sich zu einer Art Neugier ab. Das Gesicht immer noch abgewandt, fragte ich: »Wie kommt es, dass Sie so viel über die genaueren Umstände der Reise wissen, also über die Route und so weiter? Das haben wir doch noch gar nicht behandelt.«

»Ich habe mir ein Buch aus der Bibliothek ausgeliehen.«

Jetzt drehte ich mich um und sah sie an. Sie saß ganz gelassen da, ihre Hände ruhten rechts und links der Tastatur. »Was für ein Buch?«, wollte ich wissen.

»Es handelt von den dreien, von Nelson und den Hamiltons. Es ist von einem gewissen Russell.«

»Ich kenne das Buch. Ich habe es hier.« Ich deutete zum Bücherregal hinüber. Es rührte mich, rührte mich über die Maßen, dass Miss Lily solches Interesse zeigte, dass sie sich die Mühe gemacht hatte, dieses Buch aus der Bibliothek auszuleihen. Meine Wut war vergessen. »Es ist nicht schlecht«, sagte ich, »ein bisschen geschwätzig vielleicht.«

»Das gefällt mir gerade daran.« Sie lächelte plötzlich, ihr erstes richtiges Lächeln an diesem Abend. Mir kam jetzt der Gedanke, dass ihr scharfer Ton, ihre häufigen Unterbrechungen, ihre respektlosen Bemerkungen über Horatio möglicherweise die Folge gekränkter Gefühle waren, da ich ihr ja offensichtlich nicht geglaubt hatte, als es um den Hochzeitstag ging. (Wie sich zeigte, lag ich damit falsch. Sie widersprach und unterbrach mich ab jetzt regelmäßig.)

Ich weiß nicht, wie es dazu kam, ein zufälliges Zusammentreffen verschiedener Faktoren, das Lächeln, dieser Moment der Einsicht nach meiner Wut, der Wunsch, ihr Shortbread zu übertreffen – bevor ich mich's versah, fragte ich Miss Lily, ob sie Lust hätte, irgendwann einmal mit nach Portsmouth zu fahren, um die *HMS Victory* zu besichtigen, Horatios Flaggschiff, das dort jetzt dauerhaft am Kai lag.

»Ja, das wäre schön.« Miss Lily sah mich mit strahlendem, hoffnungslos unverwandtem und irgendwie schonungslosem Blick an. »Ein bisschen Seeluft schnappen«, sagte sie. »Es müsste allerdings ein Sonntag sein.«

9

Fast unmittelbar nachdem Miss Lily gegangen war, überfielen mich Zweifel, ob das mit Portsmouth wirklich so eine gute Idee gewesen war. Unsere Arbeitssitzungen waren eins, sie waren zeitlich begrenzt, zweckgebunden und leicht zu kontrollieren – obwohl Miss Lily inzwischen eine beunruhigende Neigung zeigte, sich über Schranken hinwegzusetzen. Doch der Ausflug nach Portsmouth war etwas ganz anderes, da ging es um einen ganzen Tag, an dem wir ständig zusammen sein würden, gezwungen, uns zu unterhalten, uns anzusehen, im Zug, im Café, ohne den Schutz meines Schreibtischs, meiner Bücherregale, meiner Diktierstimme. Die Aussicht darauf machte mich nervös.

Andererseits war es irgendwie auch spannend, und in gewisser Weise war ich sogar stolz auf mich – ich hatte spontan gehandelt, hatte etwas gewagt. Bei längerem Nachdenken gewann dieser Aspekt die Oberhand. Eigentlich, so fand ich, war es doch eine Nelsonsche Geste gewesen, die mich, wenn auch nur kurz, auf eine Ebene mit ihm stellte. Natürlich war er ein Engel, ein Wesen, das frei und ohne Beschränkungen handelte, bei ihm waren Impuls und bewusste Entscheidung eins, vom selben Feuer beseelt. Doch auch bei ihm gab es Phasen der Monotonie, des lähmenden Immergleichen; die Wochen und Monate des Blockadedienstes, die langwierige Verfolgung eines schwer zu fassenden Feindes in der unermesslichen Weite des Ozeans.

Und dann gab es die Zeiten an Land, jenes Zerrbilddasein in Neapel und Palermo, die langen Jahre erzwungener Untätigkeit auf Halbsold in Norfolk. Über diese Jahre in Norfolk dachte ich jetzt nach, immer noch in meinem Arbeitszimmer sitzend, aus dem Miss Lily noch nicht ganz verschwunden schien. Wie du diesen Zustand gehasst haben musst. Achtundzwanzig Jahre alt, frisch verheiratet, auf Stationen in heimischen Gewässern, den Westindischen Inseln und Nordamerika bewährt. Es war bereits klar, dass du ein Kommandant von außergewöhnlichem Rang warst. Tatendurstig, energiegeladen, furchtlos in der Schlacht, ein ausgezeichneter Seemann. Du hattest einflussreiche Gönner – für einen schnellen Aufstieg in der Marine damals unverzichtbar. Und doch fandest du dich nun, auf Halbsold gesetzt, in der Pfarrei deines Vaters bei deiner Frau wieder, in der Norfolker Ortschaft Burnham Thorpe, deinem Geburtsdorf, das du mit zwölf verlassen hattest, um zur See zu fahren. Mehr als fünf Jahre saßest du dort auf dem Trockenen.

Wer dir da eigentlich übel wollte, welcher Art die Feindschaft war – sie war wohl unter den Lords der Admiralität zu suchen –, ist heute kaum mehr auszumachen. Letztlich wird niemand diese Fragen endgültig beantworten können, obwohl auch ich mich in meinem Buch daran versuchte. Natürlich war es eine vergleichsweise friedliche Zeit, die Truppenstärke bei der Kriegsmarine war niedrig. Der amerikanische Unabhängigkeitskrieg war vorbei, die Koalitionskriege hatten noch nicht begonnen. Eine kurze Atempause in den fast nicht abreißenden Kriegshändeln jenes Jahrhunderts. Trotzdem bekamen Geringere als er Schiffskommandos übertragen. Er selbst verstand das Ganze nie. Während seiner Stationierung auf den Leeward Islands hatte er sich Feinde gemacht, er hatte auf der Einhaltung der Navigationsakte bestanden, die amerikanische Schiffe vom Handelsverkehr in den britischen Kolonien ausschloss. Er hatte Befehl gegeben, die Schiffe aufzubringen, die das Embargo zu brechen versuchten, was zu finanziellen Einbußen für eine Reihe einflussreicher Männer und zu Auseinandersetzungen mit dem Gouverneur Sir Thomas Shirley führte. Vielleicht schadete ihm auch die Freundschaft mit

Prinz William, der Feinde in hohen Positionen hatte und auch mit seinem Vater George III. nicht immer auf gutem Fuß stand. Wie dem auch sei, als Horatio, dieser ergebene Diener der Könige, sich um Hilfe an Lord Hood wandte, der ihm seine Protektion zugesagt hatte, bekam er zu hören, dass man bei der Admiralität nicht um ein Schiff für ihn nachsuchen könne, da *der König eine schlechte Meinung von ihm* habe.

Das war 1790, in der Mitte deines Exils. Es muss ein schwerer Schlag für dich gewesen sein, diese königliche Ablehnung. Schlimmeres noch sollte dir zehn Jahre später widerfahren, als du im Anschluss an das, was Miss Lily abwegigerweise als Tournee bezeichnet hatte, nach London zurückkehrtest und vollkommen in Ungnade gefallen warst. Bei einem königlichen Nachmittagsempfang brüskierte dich König George öffentlich, indem er dich ansprach und sich dann, als du zur Antwort ansetztest, wegdrehte. Ironischerweise hattest du dich zu diesem Anlass mit den Geschenken von Königen ausstaffiert, mit der goldenen Medaille für Kap Saint Vincent, dem Stern von Bath, dem sizilianischen Orden, den dir König Ferdinand verliehen hatte, und einer prächtigen Aigrette oder auch Triumphfeder vom türkischen Sultan, die mit dreizehn Diamantenreihen besetzt war – eine für jedes französische Kriegsschiff, das du am Nil erobert oder zerstört hattest – und in deren Mitte ein glänzender Stern saß, der von einem verborgenen Uhrwerk in Drehung versetzt wurde. Diesen glitzernden Kopfschmuck mit seinem kreiselnden Mittelpunkt trugst du am Hut …

Die Unfreundlichkeit von Königen traf dich bis ins Mark. Du brauchtest eine höhere, eine von Gott eingesetzte Macht, die deine Tapferkeit und deine Triumphe sanktionierte, dir die Dekorationen verlieh, die du am Körper trugst, Statussymbole, Zeichen der Gunst. Vielleicht hast du deshalb Rebellen und Revolutionäre so verabscheut – sie verletzten das Prinzip von Autorität und Authentizität, auf dem dein ganzes Leben aufbaute. Wie immer teilte ich deinen Standpunkt, und zwar vorbehaltlos: Ohne anerkannte Autorität ergibt der Begriff des Geheiligten keinen Sinn, kann ein Nelson nicht geboren werden.

Du hast die Franzosen schon gehasst, bevor sie sich erhoben, bevor sie ihren König ermordeten. Das hattest du von deiner Mutter. Catherine Nelson wetterte voll Ingrimm gegen die Franzosen. Deine gesamte Kindheit über waren die beiden Nationen in erbitterte Kämpfe verwickelt, von Quebec bis nach Bengalen. War es die grimmige Mutter, die diesen Glauben an die Rechtmäßigkeit, an gesetzlich legitimierte Macht in dir begründete? Auch ich glaube an diese Dinge, aber meine Mutter war nicht grimmig, sie bewunderte Gandhi, betrieb Yoga, ein Wort, das meine Kindheit mit quälenden, wenn auch nicht beängstigenden Fragen durchwirkte. Sie hatte nichts Beängstigendes, war immer sanft, berührte alles so, als wollte sie dem Berührten nicht wehtun, selbst wenn es fühllose Gegenstände waren. Aber ich kam nicht dahinter, was dieses Yoga war und erlebte sie auch nie dabei, die Tür war immer abgeschlossen. Ich kannte die Matte, die sie dafür benutzte, sie ließ sie auf dem Boden liegen, eine dünne Baumwollmatte mit einem Rankenmuster in Dunkelrosa und Hellblau. Sie nahm sie mit, als sie uns verließ. Heute habe ich diese Matte klarer vor Augen als ihr Gesicht. Es gibt keine Fotos, sie verschwanden über Nacht, mein Vater hat sie alle vernichtet. Ich dachte jahrelang, er hätte sie irgendwo verstaut, doch als ich nach seinem Tod seine Sachen durchging, fand ich kein einziges.

Ein unerschütterlicher Glaube an rechtmäßige Autorität – so hast du dir Feinde gemacht. Du hast das Gesetz angewendet, deine Pflicht getan, wie konntest du im Unrecht sein? Ich hätte genauso gehandelt.

Es war sehr still in meinem Arbeitszimmer, während ich dort saß und diese Gedanken dachte, mit ihm Zwiesprache hielt. Bis zu der Häuserreihe, zu der auch mein Haus gehört, hier in dieser Seitenstraße der England's Lane, dringt der Verkehrslärm kaum durch, es ist weniger ein Geräusch als eine

Art Maserung der Stille, man gewöhnt sich sehr schnell daran. Ich fühlte mich ihm an diesem Abend sehr nah, und ein Gefühl der Bestätigung durchströmte mich, wie pure Energie.

Er war unschuldig und aufrichtig. Miss Lily verstand das nicht, als sie den Brief kritisierte. Nur ein unschuldiger Mann konnte seiner verunsicherten Frau in so einem Ton schreiben, konnte die Tugenden und Reize einer berühmten Schönheit und ehemaligen Kurtisane preisen, die dort war, bei ihm, die in seinen Armen ohnmächtig wurde. Die Ohnmacht war übrigens echt, ich hatte vergessen, Miss Lily das zu sagen, Emma zog sich bei dem Sturz mehrere blaue Flecke zu.

Nein, du wolltest in aller Unschuld das Gesicht deines Triumphes, deiner Glorie schildern ... oder war es dir egal?

Dieser äußerst unangenehme Gedanke durchzuckte mich, bevor ich ihn hätte abwehren können. Natürlich war es ihm nicht egal, darum ging es nicht. Aber *erkannte* er es? Enthusiasmus, Weitherzigkeit im Urteil, das sind nur Begriffe, sie können alles Mögliche bedeuten. Erkannte Horatio vielleicht nicht, dass andere Menschen in einer eigenen Sphäre außerhalb der seinen existierten, konnte er nicht zulassen, dass es unterschiedliche Wahrnehmungen gab? Nicht unterschiedliche Ansichten – Meinungsverschiedenheiten über die Führung einer Schlacht war er gewohnt –, sondern unterschiedliche Empfindsamkeiten, eine andere Art, Dinge zu erleben.

Die Stille in meinem Zimmer hatte ihre Behaglichkeit verloren, sie war abweisend geworden, bot keine Zuflucht mehr. Immer wieder schlichen sich in letzter Zeit – seit dem Tod meines Vaters – solche unwürdigen Gedanken bei mir ein; Beleg nicht etwa für irgendeinen Makel Horatios, sondern für meine eigene Korrumpiertheit. Es war ein Gift, das sich ausbreitete, und sein Ursprung war Neapel. Ich kämpfte jetzt gegen die Dunkelheit an, gegen diesen Wahnsinn des Urteilens, der die tiefe Kluft zwischen uns aufgerissen, den Energiestrom unterbrochen hatte. Ich spürte diese Enge in meinen Atemwegen, dieses Klopfen hinter den Augen, die bei mir mit innerer Erregung einhergehen. Und dann wurde es wieder hell und klar um mich herum. Ich fühlte, wie mein Herz pochte, aber mein Atem ging leichter. Ich hatte meinen Fehler erkannt. Ich hatte mich von unwesentlichen Punkten beirren lassen. Du besaßest alle Tugenden, die sich mit der Mission und Berufung des Helden vereinbaren ließen. Wahrscheinlich hatte ich unbewusst zudem dein tatsächliches eingeschränktes Sehvermögen mit moralischer Blindheit verwechselt, ein grober Fehler – dass deine Sehkraft nachließ stand natürlich außer Frage; schon vor deiner Verletzung, als du noch in Norfolk auf dem Trockenen saßest, begann vom inneren Augenwinkel her eine membranartige Substanz beide Augäpfel zu überziehen. Hättest du ein höheres Alter erreicht, du wärst blind gestorben.

Vom Albdruck meines Zweifels erlöst, richtete ich meine Gedanken auf den Januar 1793, als der Ruf endlich erfolgte. Es war eine meiner Lieblingsepisoden in seiner Laufbahn, ich befasste mich oft damit. Am 26. Januar kommt die Nachricht aus Paris: König Ludwig XVI. ist vor den Augen der jubelnden Massen enthauptet worden. Mit dem Moment, wo das Haupt des Königs in den Korb rollt, ändert sich Horatios Leben, sein langes Exil ist vorüber, seine Tage als unbedeutender Landjunker neigen sich dem Ende zu. Es ist der Beginn jenes zwölfjährigen Ringens mit dem revolutionären Frankreich, in dessen Verlauf er den Gipfel des Erfolgs und der Anerkennung erklimmen wird. Noch am selben Tag trifft eine Depesche der Admiralität bei ihm ein: Man ernennt ihn zum Kommandanten der mit 64 Kanonen bestückten *HMS Agamemnon*. Anfang Februar erklärt Frankreich Großbritannien den Krieg. Vier Tage später reist Horatio nach London ab; er wird nie mehr nach Burnham Thorpe zurückkehren.

Was für eine erstaunliche Schicksalswendung. Noch kennt man seinen Namen nicht. All seine großen Schlachten liegen noch vor ihm. Er ist vierunddreißig Jahre alt, tritt aus dem Schatten hervor mit all seiner Energie, all seinem Ehrgeiz, noch unversehrt, unverstümmelt, auf der Höhe seiner Kräfte, im besten Mannesalter. Auch das Schiff, das man uns gegeben hat, ist im besten Alter – zwölf Jahre zählt es. Es ist mit Kupfer beschlagen, was Muschel- und Algenbewuchs verhindern und so den Wasserwiderstand verringern soll. Inzwischen ist das Standard. Doch die *Agamemnon* ist eins der ersten Schiffe, bei dem man die Kupferplatten, um ihre Zersetzung zu vermeiden, mit Kupfer- statt mit Eisenbolzen verschraubt hat. Technisch betrachtet sind 64 Geschütze zu wenig, um die *Agamemnon* als Linienschiff einzustufen, doch ihre Segeleigenschaften gleichen das spielend aus. Als Horatio in jenem Februar nach Chatham fährt, um sie in Dienst zu stellen, übernimmt er eins der schnellsten und stärksten Kriegsschiffe dieser Größe, das es gibt.

Bei dem Gedanken an dieses gewaltige Potenzial, an die Möglichkeiten des Mannes wie des Schiffs, spürte ich wieder das Kribbeln von Tränen, diesen treuen Begleitern meiner Einsamkeit. Ich war bei ihm, als er nach fünf Jahren zum ersten Mal wieder auf einem Achterdeck stand, von dem Geruch nach Flusswasser, Teer, rohem Hanf und feuchten Planken umgeben, war bei ihm, als er nach unten in seine Kajüte ging und das neue, in schwarzes Leder gebundene Logbuch aufschlug, sah auf den leeren Seiten seine kommenden großen Tage.

Es gibt noch viel zu tun, bevor wir segeln können, die Ladung muss in Trimmlage gebracht, ein neuer Fockmast und ein neuer Bugspriet müssen eingepasst werden, die Vorräte müssen verstaut und Arbeitskleidung und Hängematten an die Mannschaft ausgegeben werden. Mitte April ist das Schiff soweit. Es wartet in der Reede in den Downs auf einen Konvoi, den es durch den Ärmelkanal nach Portsmouth eskortieren soll. Ich sehe es vor mir, schwojend, an Tauen und Anker zerrend – das Schiff so ungeduldig wie sein Kapitän. Jenseits des Kanals der Erbfeind … Es war der Beginn seines wahren Lebens, der Zeit seines Ruhms.

Mit diesem Bild vor Augen – die schlanke Gestalt, die über Deck schreitet und durch den Kanalnebel Witterung von der Schlacht aufnimmt – ging ich ins Bett. Noch ein paar Seiten in John Keegans *Battle at Sea*, dann war ich müde genug. Das Einschlafen bereitete mir in jenen Monaten keine Probleme, doch ich wachte fast immer frühmorgens auf und fand dann keinen Schlaf mehr. Diesmal erwachte ich von einem meiner Trauerträume, wie ich sie nannte. Das Erdgeschoss eines alten Hauses, leer und verfallen, mit Holzböden, auf denen die Schritte hallten. Von oben eine wehklagende Stimme – ein hohes, kehliges Geräusch von überwältigender Einsamkeit und Verlassenheit, als käme es vom Ende der Welt. Wie immer schien die Trauer greifbar, stofflich, wie Regen; und dieser Regen hatte ein eigenes Licht, weißlich und leicht phosphoreszierend. Er ging im Haus nieder, hüllte mich ein, ohne mich jedoch zu berühren. Ich kannte die Stimme, doch ich wehrte mich gegen mein Wissen. Dann lösten sich die Trennwände zwischen den einzelnen Stockwerken auf, und ich sah auf einer Art diagonal stehendem Bild Dachschrägen und eine Gestalt, die auf einem Bett saß und mir den Rücken zukehrte. Ein Mantel mit hohem Kragen, schmale Schultern, die Andeutung einer Perücke. Dann befand ich mich selbst in dem Raum, die Gestalt war verstummt, der Kopf drehte sich langsam in meine Richtung. Ich flüchtete polternd hinunter und hinaus, ein Gefühl, als liefe ich in einem Erdrutsch bergab, Schutt aus Holz oder Metall unter den Füßen. Ich rutschte und krabbelte nach unten, fort von dem sich drehenden Kopf, der furchtbaren Aussicht darauf, seine Augen zu erblicken. Das Gepolter meiner Flucht übertönte alles andere. Doch es war nicht die Angst, verfolgt zu werden, von der ich erwachte, sondern das Qualvolle dieser gellenden Trauer und die darunter liegende Furcht, eine Furcht, die mich erstarren ließ, dort in meinem Bett, als wartete ich auf einen Angriff aus dem Dunkeln – Furcht vor der Trauer an sich, Furcht vor dem vorhergesagten Verlust.

10

Als es hell wurde, schlief ich wieder ein. Doch den ganzen nächsten und übernächsten Tag spürte ich den Schatten dieses Traums auf mir, eine böse Vorahnung und zugleich eine Art Ruhelosigkeit, das Gefühl, dass eine Veränderung bevorstand. Diese Stimmung legte sich am dreizehnten des Monats, als ich – wie immer – das Gefecht beging, das als »Hothams Scharmützel« bekannt ist. März 1795, ein wichtiges Datum, ich hatte es immer berücksichtigt. Obwohl im Vergleich zu seinen späteren großen Schlachten kaum mehr als ein Geplänkel, war es der Anlass, bei dem Horatio die ersten Anzeichen engelgleicher Eingebung zeigte, die Fähigkeit auszubrechen, auszuscheren.

Zwei Jahre und einige Monate sind vergangen, seit Horatio in Chatham über das Deck seines neuen Schiffes schritt, und etwas mehr als acht Monate seit der Verletzung seines rechten Auges in Calvi während des Korsika-Feldzugs. Auf der rechten Seite ist er jetzt praktisch blind – er kann hell und dunkel unterscheiden, aber mehr nicht. Nach wie vor Kommandant der *Agamemnon,* ist er an der Blockade von Toulon durch die Mittelmeerflotte unter Admiral William Hotham beteiligt – man befürchtet einen Ausbruch der Franzosen mit dem Ziel, Korsika zurückzuerobern.

Schwer zu sagen, wann genau eine Seeschlacht beginnt. Da ist das unendlich weite Schlachtfeld, das Aufspüren und Sichten, die Verfolgungsjagd, der erste Schusswechsel. Ich datiere den Auftakt von Hothams Scharmützel auf den 8. März, Sonntagabend, sechs Tage vor Beginn der eigentlichen Kampfhandlung. Horatio liegt mit seinem Schiff in Leghorn vor Anker und schreibt einen Brief an Fanny. Er wird unterbrochen, kann nur noch ein paar hastige Schlusszeilen hinzufügen. *Mir bleibt nur, Gottes Segen für Dich zu erbitten.*

Die Unterbrechung kann nur der Befehl gewesen sein, in See zu stechen. Hotham hatte erfahren, dass der französische Konteradmiral Pierre Martin mit fünfzehn Linienschiffen Toulon verlassen hatte. Ihre Aufgabe: die Deckung eines Truppenkonvois, der zur Invasion von Korsika unterwegs ist. Zwei Tage später, am Morgen des 10. März, werden die französischen Schiffe gesichtet. Hotham, der vierzehn britische und ein neapolitanisches Kriegsschiff befehligt, hisst das Signal zur allgemeinen Verfolgung. Es ist das erste Seegefecht in Horatios Laufbahn, doch auf den ersehnten Kampf muss er noch warten; der Feind entzieht sich, das Wetter ist unbeständig.

Unmöglich natürlich, in dem gleich bleibenden Licht hier auf dem glitzernden Meer meines Tischs, die gespenstischen Wetterverhältnisse zu reproduzieren: Nebel, der sich lichtet und wieder herabsenkt, ersterbende Windböen, wandernde Dunstschleier über einem Horizont von Phantomwolken und Phantomsegeln. Horatio, der darauf brennt, dem Feind zu Leibe zu rücken, fügt seinem Brief ein leidenschaftliches Postskriptum an: *Mein Charakter und mein guter Ruf liegen in meiner eigenen Hand ... Ein Leben in Unehre ist entsetzlich. Ein ehrenvoller Tod zu beneiden.*

Ich zitierte diese Worte eines Abends gegenüber Miss Lily – ich glaube, es war danach. Es waren für mich immer sehr wichtige Worte gewesen. Ich hatte sie zum ersten Mal mit vierzehn von meinem Geschichtslehrer gehört. »Nicht gerade beruhigend für Fanny«, sagte sie. Das war ihr einziger Kommentar. Das Credo des Helden, exakt auf den Punkt gebracht, und das war alles, was ihr dazu einfiel. *Nicht gerade beruhigend für Fanny.* Sie reduzierte das Ganze auf die Reaktion einer beschränkten Person wie Fanny Nelson. Ich versuchte sie damals darauf hinzuweisen, wie absurd das war, aber sie wollte es nicht verstehen. *Wollte* – nicht *konnte.* »Schließlich hat er doch ihr geschrieben, oder?«, sagte sie. »*Ihr*, nicht einem seiner Kumpel. Sie hat sich doch bestimmt ohnehin schon Sorgen gemacht. Musste er da auch noch vom Sterben reden?«

Ich verspürte eine Art Mitleid mit Miss Lily, als ich jetzt die Schiffe aufstellte, denn mit diesen Worten hatte sie gezeigt, dass sie genauso beschränkt war wie Fanny. Doch das war schnell vergessen, als ich mich auf das Gefecht konzentrierte. Es war eher ein kurzes Aufeinandertreffen als eine richtige Schlacht, allerdings hatten die Franzosen hohe Verluste zu beklagen, fast achthundert Tote. Ich stellte nicht die ganze Gefechtslinie auf, nur die direkt beteiligten Schiffe: auf der französischen Seite die *Ça Ira*, die *Censeur,* die *Sans Culotte* und die *Jean Bart*; auf der englischen Seite die Fregatte *Inconstant,* Horatios *Agamemnon* und Hothams Flaggschiff, die *Britannia.*

Sieben Uhr fünfundvierzig nach meiner Uhr. Da ich auf keinen Fall unpünktlich sein wollte, hatte ich den Wecker auf sieben gestellt, doch ich hatte ihn nicht gebraucht, ich war schon seit vier Uhr wach. Es war acht, als Horatio seine Chance erkannte, und damit beginnt für mich das Gefecht. Bei Tagesanbruch war der Feind gesichtet worden, drei oder vier Seemeilen südwestlich, ungefähr ein Meter hier auf meinem Tisch. Die Franzosen verweigern den Kampf, sie laufen vor dem Wind nach Süden, von der englischen Flotte auf parallelem Kurs verfolgt. Auf der *Britannia* signalisiert Hotham mit der roten Flagge Klarschiff zum Gefecht. Auf allen englischen Schiffen ist das Geräusch der Trommeln zu hören, Schotten, Stellwände und lose Möbelstücke werden verstaut, die Feuer in der Kombüse werden ausgemacht, die Batteriedecks mit Wasser besprengt und mit Sand bestreut. Die Männer binden sich Tücher um den Kopf, ziehen die Schuhe aus, entblößen den Oberkörper – so ist es an den Kanonen nicht ganz so heiß, und für die Schiffsärzte ist es einfacher, zu operieren, wenn die Wunden nicht durch schmutzigen Stoff infiziert sind. Die Schiffsärzte selbst warten mit ihren Messern, Sägen und

Schwabbern zum Aufwischen des Bluts im Orlopdeck unterhalb der Wasserlinie, die Ärmel bis über die Ellbogen hochgekrempelt …

Sechs Minuten vom ersten Trommelschlag zur Gefechtsbereitschaft. Jetzt, genau in diesem Moment, um acht Uhr morgens am 13. März, sieht Horatio, der mit der schnellen *Agamemnon* weit voraus ist, wie ein französisches 80-Kanonen-Schiff, das sich als die *Ça Ira* entpuppt, mit einem anderen unklar kommt, er sieht die Schiffe kollidieren, sich wieder voneinander lösen, sieht, dass Vor- und Großmarssegel der *Ça Ira* weggerissen sind – sie hängen über die Steuerbordseite ins Wasser. Das Schiff verliert sofort an Fahrt, fällt vom Gros ab. Hier ist es, hier stelle ich es auf, hinter der französischen Gefechtslinie.

So imposant und stattlich sie unter ihren Segeln auch daherkamen, diese Flotten waren wie wilde, ausgehungerte Meuten. Zurückzubleiben, vom Rudel isoliert zu werden, krank oder behindert zu sein war lebensgefährlich. Das erste Schiff, das auf die *Ça Ira* losgeht, ist die englische Führerfregatte, die an der Spitze der Gefechtslinie laufende *Inconstant*. Doch die *Ça Ira* ist ein schwer gepanzertes Schiff, sie kann zwar nicht mehr fliehen, aber sie kann sich noch wehren. Die Fregatte wird übel zugerichtet, sie schlingert nur noch. Jetzt kommt Horatios Moment. Er schwenkt aus der Linie aus und hält auf das kampfunfähige Schiff zu. Es ist inzwischen von einer Fregatte in Schlepptau genommen worden, die es westwärts zu ziehen versucht. Die *Sans Culotte* und die *Jean Bart* sind gekommen, um die *Ça Ira* zu schützen. Ich stelle die zwei Schiffe an ihrem Luvbug auf, in Schussweite.

Horatio läuft auf die *Ça Ira* zu. Immer noch im Schlepptau, bestreicht sie ihn in Längsrichtung. Er will eigentlich abwarten, bis die Schiffe in nächster Nähe zueinander liegen, bevor er eine Breitseite abschießen lässt, doch das Feuer aus dem Heck der *Ça Ira* ist derart präzise und vernichtend, dass er nicht so lange warten kann. In rund hundert Metern Entfernung, weniger als drei Zentimeter auf meinem Tisch, gibt er seinen Befehl: Das Ruder der *Agamemnon* wird nach Steuerbord gelegt, und während das Schiff abfällt, feuert er eine volle Breitseite auf die *Ça Ira* ab, vom Bug zum Heck, jede Kanone mit doppelter Ladung. Fast jeder Schuss ist ein Treffer. Sobald die Breitseite abgefeuert ist, legt er das Ruder nach Backbord und hält wieder auf die *Ça Ira* zu. Fast zwei Stunden lang wiederholt er dieses Manöver. Er hält auf sie zu, fällt nach Steuerbord ab, bestreicht sie, hält wieder auf sie zu. Das französische Schiff, groß genug, um die *Agamemnon* in seinem Laderaum unterzubringen, ist immer noch im Schlepptau, es kann nicht wenden, um die Breitseiten zu erwidern. Seine Mannschaft entrichtet einen fürchterlichen Blutzoll, Masten und Takelage sind zerstört, aber die meisten Geschütze funktionieren noch.

Jetzt gelingt es der Fregatte, die *Ça Ira* herumzuziehen, die nun wenigstens ihre Breitseite einsetzen und die schwereren Geschütze benutzen kann, um ihrem Peiniger den Garaus zu machen. Aber sie sind falsch ausgerichtet, sie zeigen zu weit nach oben. Horatio läuft weiter auf das Schiff zu, unter dem feindlichen Geschosshagel hindurch. Er ist bereit, die Franzosen Bordwand an Bordwand zu bekämpfen. Und genau jetzt, in diesem entscheidenden Moment, hisst der vorsichtige Hotham das Signal zum Rückzug.

Nichts hätte das unterschiedliche Temperament dieser beiden Kommandanten besser veranschaulichen können: der engelgleiche Radikale und der vorsichtige Kompromissler. Glaub mir, ich weiß, wie du dich an diesem Tag gefühlt hast, ich verstehe deine Frustration.

Am nächsten Tag, dem 14. März, eroberten die Briten nach kurzem, aber heftigem Kampf die wracke *Ça Ira* sowie die *Censeur,* das 74-Kanonen-Schiff, das inzwischen versuchte, die *Ça Ira* in Sicherheit zu schleppen. Sobald die Franzosen die Fahnen strichen, begab sich Horatio – wie immer nahm er seine Chance wahr – an Bord des Flaggschiffs, um beim Admiral auf sofortige Verfolgung zu drängen. Sie könnten ihre Prise unter der Bewachung einiger Fregatten zurücklassen und in kühnem Handstreich die französische Flotte komplett vernichten …

Ich sah sie vor mir an jenem Märzmorgen, wie schon so oft zuvor, im persönlichen Gespräch auf dem Achterdeck der *Britannia,* der gleichmütige Hotham, bar jeder Hitze ungeachtet seines Namens, und der schmale, ungeduldige Horatio mit seinem seltsamen toten Auge – die Pupille des rechten Auges war jetzt stark vergrößert, unbeweglich und konturlos, sie verdeckte fast das Blau der Iris. Wenn ein anderes Leben so eng mit dem eigenen verwoben ist, werden bestimmte Bilder dadurch begünstigt, dass sie einem besonders häufig in den Sinn kommen, auch wenn diese Häufigkeit völlig willkürlich scheint und sich nicht erklären lässt. Seit meiner Kindheit sehe ich die beiden zusammen auf und ab schreiten, während das Geschützfeuer langsam nachlässt und die französischen Schiffe jeden Faden Segel setzen, der ihnen noch geblieben ist, und westwärts auf den schützenden Hafen von Toulon zuhalten. Hotham schaut geradeaus, Horatio gestikuliert und wirft dabei ab und zu einen Blick auf das Gesicht seines Kommandanten. Die verfluchten Franzosen, man könnte ihnen immer noch den Weg abschneiden, sie sind demoralisiert, was für ein Sieg für die Krone. Er spricht mit großem Nachdruck, mit zu großem wahrscheinlich, wenn man den Rangunterschied bedenkt. Die wohl abgewogene Antwort des Admirals: »Wir müssen zufrieden sein, wir haben unsere Sache gut gemacht.«

In gewisser Weise stimmte das. Korsika war vorläufig gerettet, zwei französische Kriegsschiffe waren erobert worden. Aber Horatio brachte seine Gefühle ungefähr zwei Wochen später privat in einem Brief nach Hause zum Ausdruck. *Hätten wir zehn Segelschiffe erobert, schrieb er, und das elfte entkommen lassen, so hätte ich das nie als »gut gemacht« bezeichnet.* Hier haben wir in wenigen Worten die grundlegende These meines Buches, eine prägnante Formel für die Ambitionen des Helden. Das stete Streben nach Höherem, nach glänzenderen Erfolgen, größeren Herausforderungen. Im selben Brief ein Satz, der sich mir vor vielen Jahren unauslöschlich eingeprägt hat: *Laue, langwierige Maßnahmen widerstreben meiner Natur.* Meiner auch. Mochte es auch nicht danach aussehen, mochte mein Leben noch so unbedeutend sein, ich wusste mich eins mit ihm, wir waren wie Kohlenstoff und Diamant.

Nur der Moment zählt, das wusste er, und zwar besser als jeder andere. In dem Geplänkel mit den Franzosen hatten die Umstände ihn begünstigt, sie hatten es ihm ermöglicht, sich hervorzutun, als einziger Kommandant unabhängig vom Flottenverband zu agieren, was in Seegefechten nur äußerst selten vorkam. Noch dazu hatte er ein schnelles Schiff, er lag weit vorn in der Gefechtslinie. Dennoch war er es und kein anderer, der den günstigen Moment wahrnahm, ihn zu seinem Moment machte. Hothams Scharmützel wird dieser Zusammenstoß genannt, doch Horatios Name wird in dieser Benennung immer mitschwingen.

Wieder kamen mir die Worte aus dem Brief in den Sinn, die ich zum ersten Mal von dem Mann gehört hatte, der uns in der fünften Klasse Geschichte gab, dem Mann, von dem ich in meinen Gesprächen mit Penhas erzählt hatte. Grigson hieß er. Er war klein und stämmig und hatte drahtige rötliche Haare, die sich nicht glatt zurückkämmen ließen, sie standen wie Borsten über seiner Stirn in die Höhe. Er trug eine randlose Brille, hinter der seine Augen einen warmen, fast orangefarbenen Ton hatten, wie Marmelade. Ich erinnere mich noch gut an ihn. Auch er war ein Nelson-Verehrer, der Erste, den ich kennen lernte. Außerdem war er ein ausgezeichneter Lehrer. Rotfuchs nannten wir ihn. Er hatte die Angewohnheit zu gestikulieren, machte schnelle, angespannt wirkende Säge- oder Hackbewegungen mit den Händen. Er saß immer vor uns und unterrichtete so – nicht über sein Pult hinweg, er zog den Stuhl nach vorn und setzte sich direkt vor uns, fast zwischen uns. Grigson hatte keine Disziplinprobleme, er hatte eine kräftige Stimme, einen herausfordernden Blick und strahlte eine Art gezügelter Gewalttätigkeit aus, nicht zuletzt durch diese abrupten Handbewegungen. Niemand wagte es, sich auch nur ansatzweise über ihn lustig zu machen, selbst wenn er ins Moralisieren verfiel, wie es recht häufig geschah – was er uns präsentierte, war moralisch aufbereitete Geschichte, Geschichte als eine Folge von Ereignissen, die vom guten oder schlechten Charakter des Handelnden bestimmt wurden. Wenn Napoleon von anderem Schlag gewesen wäre, ein echter Patriot, so wie Horatio Nelson, und nicht nur auf seinen persönlichen Ruhm geschielt hätte, dann hätte er 1798, als der Weg frei war, England ins Herz getroffen, er hätte eine Armee in Irland gelandet, das sich im Aufstand befand und ihn mit offenen Armen empfangen hätte, statt ebendiese Armee seinen grandiosen Eroberungsplänen im Orient zu opfern. Genial – vielleicht. Aber was heißt schon genial bei einem bloßen Abenteurer? Noch dazu war er Korse, was, wie Grigson uns zu verstehen gab, unter moralischen Gesichtspunkten eine extrem schlechte Ausgangsbasis war. Nelson hätte in dieser Situation König und Vaterland vornan gestellt, er hätte zum entscheidenden Schlag angesetzt.

Ich fand damals, dass Grigson Recht hatte, und ich finde es heute noch. Er bewahrte seine Unterlagen in einem roten Ordner im Quartformat auf, den er auf den Knien liegen hatte, wenn er vor uns saß. Er hatte eine bestimmte Geste, bei der er die Hände in ungefähr dreißig Zentimetern Abstand jäh nach unten führte, eine Art doppelte Hackbewegung, die sich auf den roten Ordner in seinem Schoß bezog. *Hier habt ihr alles, was ihr für einen erstklassigen Abschluss in Geschichte braucht.*

Er nährte die Flamme. Ich bastelte damals bereits meine Schiffsmodelle, hatte als Dreizehnjähriger damit angefangen; außerdem führte ich ein Sammelalbum, in dem ich alles aufbewahrte, was ich zu Kriegsschiffen aus der Zeit vor der Dampfkraft finden konnte. Doch durch Grigson wurde meine Leidenschaft für Horatio von erwachsener Seite bestätigt. In gewisser Hinsicht war das Zufall, ein Ergebnis seiner Macht. Wäre es möglich gewesen, Grigson lächerlich zu machen, seinen Unterricht zu stören oder sich ihm gegenüber respektlos zu zeigen, dann hätten sich seine Ansichten über Nelson und der Stellenwert, den er dem Charakter beimaß, mitsamt all seinen anderen Attributen in Rauch aufgelöst. Heute war das natürlich undenkbar, aber damals ... In der Jugend lässt man sich leicht beeinflussen. Wäre Grigson von anderem Schlag gewesen, dann hätte ich Horatio vielleicht verloren. Doch er saß bei uns, lenkte uns, hämmerte uns seine Botschaft ein. *Dieser große Engländer, ich benutze dieses Wort ganz bewusst, Jungs, keine keltische Beimischung, ein altes Geschlecht von Norfolker Freisassen, er war englisch bis ins Mark ...*

Dazu ein messerscharfer Verstand, ein von selbstloser Pflichttreue erfülltes Herz, ein Geist, dem jede Furcht fremd war. Die Verkörperung des Genies seines Landes. Wie begierig ich diese Worte aufsaugte. Grigson war der anregendste und mitreißendste Lehrer, den ich je hatte. Er zitierte aus Horatios Briefen und Depeschen und diktierte uns manchmal kurze Auszüge, die wir uns merken und in unseren Aufsätzen verwenden sollten. *Mein Charakter und mein guter Ruf liegen in meiner eigenen Hand ... Vergesst das nie, Jungs, vergesst das nie.*

Bei den Schlachten war er großartig, er ging sie Schritt für Schritt an der Tafel durch. Aber nichts von alldem, was er gesagt hatte, half mir jetzt in meiner Ratlosigkeit hinsichtlich der Episode in Neapel und der Rolle, die Horation dabei spielte. Grigson erwähnte diese Episode nie, genauso wenig wie Horatios Verhältnis mit Emma Hamilton, die Trennung von Fanny oder überhaupt irgendetwas, das mit seiner häuslichen Situation zu tun hatte. Grigson war durch und durch Nelson-Verehrer, für ihn war Horatio ein ätherisches Wesen, nur Feuer und Luft, keine niederen Regionen.

Ganz plötzlich erfasste mich tiefe Verzweiflung, weil ich schon so lange mit meinem Buch auf der Stelle trat und solche

Schwierigkeiten mit dieser Episode in Neapel hatte. Irgendwo, davon war ich überzeugt, existierte der unanfechtbare Beweis, der alles ins Lot bringen würde. Doch wenn ich ihn nun nicht fand? Wir würden uns beide weiter dort abzappeln, in diesem tiefen Morast. *Laue, langwierige Maßnahmen widerstreben meiner Natur.* Einer spontanen Regung folgend, sprach ich in der Stille meines Kommandoraums – Hothams Scharmützel war vorbei, und es galt nur noch die Leichen wegzuschaffen und das Blut von den Decks zu wischen – Horatios Worte laut aus. Meine Stimme klang hohl, unwirklich. Wie hätte er das gesagt? Ich wusste nichts über seine Stimme, ob sie rau gewesen war oder weich, hoch oder tief. Sicher sprach er mit dem schnarrenden R des ländlichen Norfolk, damals versuchte man Akzente noch nicht zu glätten. Östliches England also, aber weicher als im städtischen Südosten, vielleicht auch ein bisschen langsamer. Ich probierte den Satz noch einmal. Es klang mehr nach Essex als nach Norfolk. Ich brauchte mehr Text, nur durch längeres Lesen würde ich der Sache näher kommen.

Ich ließ meine Schiffe auf dem Tisch stehen und ging ins Arbeitszimmer hinauf. Dort nahm ich J. K. Laughtons Ausgabe der Briefe und Depeschen vom Regal, schlug sie aufs Geratewohl irgendwo auf und begann laut daraus zu lesen.

Was nun meine Meinung zu der grundsätzlichen Frage angeht, wie mit einem Manne zu verfahren sei, der im Gefecht nicht sein Letztes gibt, so halte ich nur eine Strafe für angemessen. Nicht dass ich das Verdienst eines Mannes aus der Zahl seiner Toten und Verletzten ableitete …

Zunächst war ich etwas befangen, doch ich ließ mich nicht beirren. Ich wollte seine Stimme finden. Als ich dann ins Lesen hineinkam, wurde meine Absicht, ihn nachzuahmen, irgendwie entkräftet. Die Klänge, die ich jetzt hervorbrachte, waren nicht die eines Fremden, doch es waren auch nicht meine eigenen. Auch der Akzent des ländlichen Norfolk war es nicht. Die Stimme, die ertönte, war leicht metallisch, mit verwischten Dentalkonsonanten, weil die Zunge zu dicht am Gaumen lag.

Es war nicht seine Stimme, wie hätte sie es sein können? Es war eine äußerst unfreundliche Stimme. Sie machte mir richtig Angst.

11

Nach diesem Erlebnis konnte ich nicht mehr in meinem Arbeitszimmer bleiben. Ich erwog, wieder in den Keller hinunterzugehen und vielleicht die Vitrinen ein wenig umzuräumen, eine sehr beruhigende Tätigkeit. Aber ich fühlte mich plötzlich unendlich müde, so müde, dass ich mich kaum noch auf den Füßen halten konnte. Ich kam während dieser Phase nie auf mehr als vier Stunden Schlaf pro Nacht. Schon seit längerem schlief ich tagsüber zu unregelmäßigen Zeiten, eine völlig neue Angewohnheit.

Ich ging durch den Flur ins Wohnzimmer und setzte mich in den großen alten Armsessel, in dem ich immer sitze, er ist dunkelgrün und sehr geräumig. Ich wickelte mich in die von meiner Mutter gehäkelte Patchworkdecke, die immer über der Rückenlehne des Sessels hängt. Ich habe zugesehen, wie sie diese Decke anfertigte. Ich muss damals drei, vielleicht auch vier Jahre alt gewesen sein. Meine Mutter hatte ein eigenes Zimmer, in dem sie derlei Beschäftigungen nachging, und ich durfte ihr dort Gesellschaft leisten. Sie benutzte verschiedenfarbige Wollreste, um die Quadrate zu häkeln, ganz egal, welcher Farbe, das schien keine Rolle zu spielen. Man muss nur genügend verschiedene Farben verwenden, erklärte sie, dann beißen sie sich nicht. Auf dem Tisch lagen Berge leuchtend bunter Fäden.

Als meine Mutter schon eine Weile weg war, fand ich die Decke. In einen Baumwollsack gepackt, lag sie in der unteren, großen Schublade des Kleiderschranks im Gästezimmer. Mein Vater hatte sie wohl dort verstaut oder von der Haushälterin dort verstauen lassen. Damals hatten wir noch eine Haushälterin, eine gewisse Mrs. Bryce. Ich glaube, ich war elf, als ich die Decke fand, es war irgendwann in den Sommerferien. In jenem August ging ich manchmal nachmittags ins Gästezimmer, holte die Decke heraus und breitete sie auf dem Bett aus. Dann zog ich mich aus: Schuhe, Jacke, Hose, Hemd, Unterwäsche – die Socken aus irgendeinem Grunde immer zuletzt. Es musste jedes Mal dieselbe Reihenfolge sein. Wenn ich nackt war, kroch ich unter die Decke, bis auch mein Kopf darunter lag, doch durfte sie sich dabei an den Seiten und am Fußende nicht bewegen. Tat sie es doch, musste ich sie erneut ausbreiten und es noch einmal probieren. Dann lag ich im Halbdunkel unter der Decke auf dem Rücken und rührte mich nicht. Ich spürte, wie sich die Wärme um mich ausbreitete, und mit der Wärme schien auch der Geruch meiner Mutter zu kommen. Niemand hat je etwas davon erfahren, und nach Beginn des neuen Schuljahrs tat ich es nie wieder. Noch jetzt meinte ich manchmal, in der warmen Decke den Geruch meiner Mutter auszumachen.

Ich schlief lange, vielleicht zwei Stunden. Als ich aufwachte, war der Nachmittag weit fortgeschritten, es dämmerte schon. Ich konnte mich nicht daran erinnern, geträumt zu haben, doch ich war mit einem Gefühl vagen Entsetzens erwacht, das klarer und kälter wurde, je länger ich dort saß, und ich begriff, dass es mit der *Ça Ira* zu tun hatte, die so fürchterlich zugerichtet worden war, schlingernd unter ihrer schweren Kanone, die sie nicht nutzen konnte, ein verkrüppeltes, von der Meute abgeschnittenes Tier, das Horatio von hinten anfiel, bluten ließ, zerfetzte. Bilder von dem Blutbad auf ihren Decks stiegen in mir auf und die dazugehörigen Geräusche, immer die gleichen Geräusche, das Krachen der in die Spanten einschlagenden Geschosse, das Kreischen der Schrappnells, die Schmerzensschreie der Männer auf den bestrichenen Decks, der Jubel unserer englischen Burschen, die den Franzmännern eine ordentliche Abreibung verpassen. Wieder vermischen sich Schmerzensschreie und Jubel …

Ich saß in dem langsam dunkel werdenden Zimmer und versuchte mich von diesen Gedanken zu befreien. Krieg war nun mal Krieg, es war ein Triumph gewesen, Horatio hatte voll Kühnheit und Elan gehandelt. Am nächsten Tag wurde die *Ça Ira* erobert. Sie war zu stark beschädigt, als dass ihre Masten über Nacht für die Flucht hätten instand gesetzt werden können. Sie lag da und blutete ins Meer. Die ganze Nacht hindurch arbeiteten ihre Wundärzte auf dem hinteren Verbandplatz, sägten und schnitten auf dem improvisierten Operationstisch im ständigen Wettlauf mit dem Wundbrand, vom Gestank nach Blut, Sägespänen und Rum umgeben, schweißüberströmt in der drückenden Hitze, neben sich Eimer für die amputierten Gliedmaßen und ein Kohlebecken, über dem die Klingen erwärmt wurden, um den Schock des kalten Stahls abzumildern.

Um fünf nach zehn am nächsten Morgen dann – die Masten der *Ça Ira* waren zerstört und ihre Geschütze größtenteils funktionsunfähig – die Kapitulation. Andrews, so hieß der Leutnant, den Horatio an Bord schickte, um das Schiff in Besitz zu nehmen. Er brauchte einen stabilen Magen für den Gang über diese Decks. Dreihundertfünfzig Tote und Verwundete, fast die Hälfte der Besatzung. Und auf der *Agamemnon* über das gesamte Gefecht hinweg dreizehn leicht Verwundete, kein Toter. Wir hatten Recht, das als Triumph zu feiern, dem Allmächtigen für seine vielfältigen Gunstbezeigungen zu danken, wie wir es am folgenden Sonntag taten, als wir auf den Schiffsdecks Gottesdienste abhielten. Horatio tat seine Pflicht und erwarb sich dabei Ehre. *Gott sei Dank habe ich meine Pflicht getan*. Seine letzten Worte …

Bei diesem Gedanken erinnerte ich mich ungewollt an das Verdikt des damaligen Hofdichters Robert Southey, Horatios berühmtesten Biografen, über die Ereignisse in Neapel im Jahr 1799, den Stolperstein bei der Arbeit an meinem Buch. *Ein Schandfleck auf Nelsons Andenken und auf Englands Ehre.* Ich hatte diesem Urteil nie große Beachtung geschenkt. Southey war von den Anschauungen der Whigs und Charles James Fox' beeinflusst; er hörte auf die gehässigen Einflüsterungen republikanischer Sympathisanten, und er ließ sich tatsächlich zu dem Schluss hinreißen, Horatio habe die neapolitanischen Jakobiner durch die Zusicherung freien Geleits aus ihren Forts herausgelockt, nur um sie dann festnehmen zu lassen und der Vergeltung Ferdinands und Maria Carolinas anheim zu geben.

Horatio hätte sich nie zu so etwas hergegeben, er hatte ein zu vornehmes Naturell, war der Inbegriff der Fairness, dieser so durch und durch britischen Tugend, für die wir auf der ganzen Welt bekannt sind. Doch die Verleumdungen verstummten nicht, sie entwickelten ein bösartiges Eigenleben, trotz seiner vielen Fürsprecher. Irgendwo in diesem Dickicht der Kontroverse – zweihundert Jahre lang wucherte es nun schon – lag das glitzernde Fragment verborgen, das seine Unschuld beweisen würde. Wie glorreich, derjenige zu sein, der es fand, der es wie Gold aus dem Gestrüpp der alten Polemik hervorfunkeln sah. Mein Name würde mit seinem verbunden bleiben, solange man seiner Taten gedachte. Charles Cleasby – Horatio Nelsons Ehrenretter.

Ich stand auf, um die Stehlampe hinter dem Sessel einzuschalten. Doch trotz des hellen Lichts gingen mir Southeys ungerechte Worte nicht aus dem Kopf. Ich beschloss, die Stelle noch einmal zu lesen. Eigentlich überflüssig, ich kannte sie in- und auswendig, doch es gab mir etwas zu tun, und alles war besser als einfach nur dazusitzen, den Verleumdern wehrlos ausgeliefert. Wegen der feindseligen Stimme war mir etwas unwohl bei dem Gedanken, schon jetzt wieder in mein Arbeitszimmer zu gehen. Ich war ziemlich angespannt, als ich das Zimmer betrat, doch alles wirkte ruhig, wie immer. Ich fand die Passage fast augenblicklich: *Es zu beschönigen wäre zwecklos; es zu rechtfertigen sündhaft: Man hat, will man sich nicht selbst schuldig machen, keine andere Wahl, als die schändliche Episode voll Trauer und Scham festzuhalten.*

Starke Worte, und wohlgesetzt, so fehlgeleitet sie auch sein mochten. Die deutlichste Gegenstimme, die ich bislang dazu gefunden hatte, war die von Laughton im Vorwort zu seiner 1886 erschienenen Auswahl von Horatios Briefen und Depeschen: *Southey irrte. Man hat durchaus eine andere Wahl. Wir beschönigen die Episode nicht, noch rechtfertigen wir sie, noch halten wir sie fest; wir bestreiten sie. Es handelt sich um eine gemeine und gehässige Lüge.*

Mir wurde richtig warm ums Herz angesichts des resoluten und patriotischen Widerspruchs Laughtons, der damals Professor für Neuzeitliche Geschichte am King's College in London war. Zu jener Zeit waren die Historiker viel persönlicher, leidenschaftlicher. Ich war mir sicher, dass Laughton Recht hatte, aber dummerweise zitiert er keine Zeugen, er lässt nichts anderes gelten als Horatios eigene Worte, wie sie in dessen Briefen und Depeschen zu finden sind. Daher dreht sich seine Argumentation im Kreis. Wobei dieser Kreisschluss in gewisser Weise natürlich korrekt ist. Schließlich ist Nelson *der* Held und Vertreter unserer Nation schlechthin und stellt somit eine ganz eigene Kategorie dar. Wir Briten preisen nicht Verschlagenheit als Tugend, sondern Mut und Ehre. Horatio ist der Inbegriff der Ehre, er sagt unter allen Umständen die Wahrheit, folglich muss seiner eigenen Schilderung des Vorgangs vorbehaltlos Glauben geschenkt werden, folglich ist Southeys Urteil falsch.

Und natürlich haben wir Horatios Aussagen, in denen er nie schwankte. Da ist zum Beispiel sein Brief an Alex Stephens vom Februar 1803, fast vier Jahre später: *Glücklicherweise kam ich rechtzeitig nach Neapel und verhinderte die Umsetzung eines solch schändlichen Abkommens; und so verließen die Rebellen, als sie sich ergaben, die Kastelle, wie es sich geziemte; ohne kriegerische Ehren, und dem Urteil ihres Souveräns vertrauend.*

Eine klare Aussage, die jedoch ausführlicher sein könnte. Bei dem erwähnten Abkommen handelt es sich um den Vertrag mit den Rebellen, der vor Horatios Ankunft unterzeichnet wurde. Die Crux bei der Sache sind die letzten Worte. Glaubten diese Menschen beim Verlassen ihrer Forts, dass man sie dem Vertrag entsprechend nach Frankreich bringen würde, oder glaubten sie, man würde sie Ihren sizilianischen Majestäten überstellen? Das ist die Streitfrage, um diesen Punkt dreht sich die Diskussion – bloß gab es für mich überhaupt keine Streitfrage: zu glauben, dass sie nicht wussten, was sie erwartete, hieße zu glauben, dass Horatio zunächst an einem Betrug mitwirkte und diesen dann durch Lügen auch noch deckte. Niemand, der ihn so gut kannte wie ich, konnte so etwas glauben. Das Problem war nicht, zu entscheiden, was man glauben sollte, sondern den Beweis für seine Unschuld zu finden.

Es hilft ihm nicht weiter, wenn seine Verteidiger die Episode bemänteln oder gar in ihrem Wohlwollen zu großzügig mit den Fakten umgehen. Carola Oman ist hierfür ein gutes Beispiel. Eigentlich erstaunlich, finde ich, dass eine der besten in diesem Jahrhundert verfassten Biografien Horatios von einer Frau stammt. Ihr 1947 erschienenes Buch, das viel neues Material enthält, ist ein detailliertes, lebendiges Porträt. Doch zu den Vorgängen in Neapel am Morgen des 26. Juni 1799 schreibt sie: *Sir William Hamilton übermittelte dem Kardinal in aller Eile die schriftliche Zusicherung, dass Lord Nelson, solange er keine anderweitigen Anweisungen aus Palermo erhalten habe, nichts unternehmen werde, um den Waffenstillstand zu brechen, eine Aussage, die Nelson [...] später eigenhändig bestätigte.*

Diese eigenhändige Bestätigung Horatios hatte ich bisher nirgends gefunden, und auch sonst niemand, soweit ich wusste. Die Note des Botschafters hingegen existiert tatsächlich: *Lord Nelson hat mich gebeten, Eurer Eminenz zu versichern, dass er fest entschlossen ist, nichts zu tun, was den Waffenstillstand gefährden könnte, den Eure Eminenz den Kastellen von Neapel gewährt haben.*

Das ist der gesamte Text. Kein Wort von irgendwelchen Anweisungen, kein Wort von Palermo. Palermo war der damalige Aufenthaltsort des Königspaars, das vor den heranrückenden Franzosen nach Sizilien geflohen war. Was veranlasste die sonst so gewissenhafte Carola Oman dazu, diesen Nebensatz in ihren Text einzufügen, als wäre er ein Bestandteil von Hamiltons Note gewesen? Sie hatte die Note sicher vor sich liegen, genau wie ich jetzt. Sie muss ganz offensichtlich vorausgesetzt haben, was sie eigentlich erst hätte nachweisen sollen: dass nämlich diese Menschen beim Verlassen der Forts wussten, dass die Erfüllung des Vertrags von dessen Billigung durch ihre gekränkten Souveräne abhing – einer Billigung, die bis dahin nicht erfolgt war.

Ein Wesen von solch purer Ehrlichkeit wie Horatio kann nicht durch billige Tricks verteidigt werden. Und auch durch eklatante Auslassungen nicht. In der neuesten Biografie, die ich gelesen hatte, der von Christopher Hibbert, die 1994 erschienen und fast fünfhundert Seiten lang ist, sind dem 26. Juni 1799 ganze fünf Zeilen gewidmet, obwohl es sich doch zweifellos um einen der wichtigsten Tage in Nelsons Leben handelt. Hibbert bezeichnet die Garnisonen der Rebellen, die unter dem Schutz des Vertrags herauskommen, als Flüchtlinge, was nahe legt, dass sie sich bereits außerhalb der Forts befanden, als der Beschluss gefasst wurde, sie festzunehmen. Das aber wirft die Frage auf, warum sie die Forts überhaupt verließen. Als ich dort saß an jenem Märzabend, während sich über der schwer beschädigten *Ça Ira* die Dunkelheit niedersenkte, packte mich – wieder einmal – das brennende Verlangen, seine Unschuld zu beweisen, ihn ein für alle Mal zu befreien, von der Stümperei seiner Freunde wie von der Bosheit seiner Feinde. Der Schlüssel lag hier, in diesen wenigen Tagen im Juni. Ich musste ihn nur finden. Wieder begann ich, über die Abfolge der Ereignisse nachzugrübeln.

Schon am 25 Juni geraten die Beziehungen zwischen Horatio und Kardinal Ruffo in eine Krise. Stundenlang disputieren die beiden in Horatios Kajüte auf der *Vanguard,* streiten in der Junihitze, der Kardinal auf Französisch, der Admiral auf Englisch, während der Botschafter übersetzt. Im Hintergrund Emma, ganz in Weiß und mit breitkrempigem Hut. Vielleicht wirft sie gelegentlich etwas ein, in ihrer Mischung aus Lancashire-Englisch und Neapolitanisch. Sie späht aus dem Erkerfenster der Kajüte, um zu sehen, ob auf den Vergnügungsbooten draußen in der Bucht jemand ist, den sie kennt.

Die Auseinandersetzung geht weiter. Horatio hasst die Italiener nicht so, wie er die Franzosen hasst, aber er hält sie für unmoralisch und findet, dass es ihnen an militärischen Tugenden mangelt. Er misstraut Ruffo, einem, wie er glaubt, verschlagenen und wahrscheinlich verräterischen Kleriker. Ruffo wiederum findet ihn aufbrausend, anmaßend, ohne wahres Verständnis der Lage in Neapel. Horatio weigert sich, den Vertrag anzuerkennen, den Ruffo als Kommandant der royalistischen Streitkräfte in König Ferdinands Namen unterzeichnet hat. Die Rebellen sind Verräter, sie müssen bedingungslos kapitulieren und der Gerechtigkeit ihres Souveräns überantwortet werden. Ruffo besteht darauf, dass der Vertrag, unter den er seinen Namen gesetzt hat, eingehalten wird. Die Menschen in den Forts sind fehlgeleitete Patrioten. Die Wunden des Bürgerkriegs verheilen am besten, wenn man gegenüber den Besiegten Milde walten lässt.

Der Vertrag, Hauptgegenstand der Auseinandersetzung, ist nicht nur von Ruffo unterzeichnet worden, sondern auch, im Namen seiner Majestät George III., von Kapitän Foote, dem zu diesem Zeitpunkt ranghöchsten britischen Offizier in Neapel, sowie von den Vertretern der russischen und türkischen Abteilungen – mit anderen Worten, von der gesamten alliierten Heeresführung.

Keiner will nachgeben. Horatio bewegt seinen Armstumpf hin und her, wie immer, wenn er ärgerlich oder ungeduldig ist, Ruffo legt eine unglaublich virtuose Gestik an den Tag. Die Stimmen schwellen an, die Gemüter erhitzen sich. Ruffo verlässt empört das Schiff. Horatio verfasst eine »Erklärung«, die am 26. Juni bei Tagesanbruch den Forts übermittelt wird: *Konteradmiral Lord Nelson, Ritter des Bath-Ordens, Befehlshaber der Flotte Seiner britannischen Majestät in der Bucht von Neapel, tut den rebellischen Untertanen Seiner sizilianischen Majestät hiermit kund … dass er es ihnen nicht gestatten wird, sich einzuschiffen oder diese Orte sonstwie zu verlassen. Sie müssen sich Seiner Majestät königlicher Gnade unterwerfen.*

Dies zu tun zeigen die Rebellen allerdings nicht die geringste Neigung. Beachtenswert übrigens, wie das Wort *einschiffen* hier verwendet wird. Es scheint für abreisen zu stehen, absegeln, sich nach Toulon begeben. Später wurde die Bedeutung eingeschränkt.

Inzwischen hat sich die Lage gefährlich zugespitzt. Die englische Flotte liegt in Schlachtlinie in der Bucht, klar zum Bombardement der Forts. Die Geschütze der französischen Garnison im Kastell von Sant'Elmo sind feuerbereit. Den Republikanern in den Forts mangelt es sowohl an Kanonen als auch an Munition, doch sie sind zum Äußersten entschlossen, und in den Magazinen befindet sich so viel Pulver, dass sie sich selbst und die halbe Stadt dazu in die Luft sprengen können. Ruffo hat unmissverständlich klar gemacht, dass er Horatio weder Männer noch Geschütze zur Verfügung stellen wird, wenn dieser den Waffenstillstand bricht. Mehr noch: Er wird seine Truppen von den Stellungen zurückziehen, die sie besetzt haben, sodass die Engländer den Feind aus eigener Kraft überwältigen müssen.

Trotzdem lässt Horatio seine »Erklärung« überbringen. Daraufhin lässt der Kardinal, der glaubt, die Engländer planten einen Sturmangriff, den Garnisonen wiederum die Nachricht überbringen, dass die alliierten Truppen im Begriff sind, sich auf ihre ursprünglichen Stellungen zurückzuziehen. Dieser plötzliche Rückzug versetzt die ganze Stadt in Angst und Schrecken. Die Menschen strömen zu tausenden aus der Stadt, da sie ein groß angelegtes Bombardement befürchten. Man munkelt, dass die belagerten Jakobiner die Pulvermagazine aufgebrochen haben, um im äußersten Notfall eine Lunte hineinwerfen zu können. Was wohl, sofern es tatsächlich stimmte, darauf hinweist, dass sie eine Kapitulation nicht in Betracht zogen, zumindest nicht zu diesem Zeitpunkt.

Und jetzt, in diesem absolut kritischen Moment, trat der plötzliche Wandel in Horatios Haltung ein, für den sich in den uns bekannten Quellen keine Erklärung findet. Um zehn Uhr am Vormittag des 26. Juni hielt Ruffo jene eilig verfasste Note von Sir William Hamilton in den Händen, auf die sich Carola Oman in so missverständlicher Weise bezieht. Zwei von Horatios Kapitänen, Troubridge und Ball, haben sie überbracht. Im Beisein des Kardinals schreiben oder diktieren die beiden nun eine weitere Erklärung: *Die Kapitäne Troubridge und Ball sind von Lord Nelson ermächtigt, Seiner Eminenz zu versichern, dass Seine Lordschaft sich der Einschiffung der Rebellen und derjenigen Personen, die den Garnisonen der Kastelle Nuovo und dell'Ovo angehören, nicht entgegenstellen wird.*

Da ist es wieder: *Einschiffung.* Eingeschifft wurden sie, so viel ist sicher. Noch am selben Nachmittag kamen sie aus den Forts, mitsamt der persönlichen Habe, die sie nach Frankreich mitnehmen wollten. Aber sie segelten nicht ab. Sie warteten dort im Hafen, von den englischen Schiffen bewacht, auf den kleinen Tuppentransportern zusammengedrängt, Männer, Frauen, Kinder – viele der Männer hatten inzwischen ihre Familien bei sich. Dann, am Morgen des 28. Juni, trafen die erwarteten Briefe aus Palermo ein: Horatio bekam offiziell freie Hand erteilt. Die Truppentransporter wurden vor die Geschütze der englischen Schiffe gebracht und die Menschen an Bord zu Gefangenen erklärt.

Du hast die Franzosen verabscheut, das steht außer Zweifel. Ich entsinne mich noch deines ernsten Rats an einen jungen Midshipman: *Du musst den Franzosen hassen wie den Teufel.* Auch Rebellen verabscheutest du, und diese Rebellen waren doppelt verabscheuungswürdig, denn sie hatten sich mit den Franzosen verbündet. Aber du hättest dich dadurch niemals vom Weg der Ehre abbringen lassen. Du, mehr als je ein anderer Engländer, verkörperst unsere große Vergangenheit, du bist der Bannerträger für dieses so viel glanzlosere Zeitalter, du hast dein Leben gegeben, hast die Meere für ein ganzes Jahrhundert von unseren Feinden befreit. Bedeutete Einschiffen und Absegeln für dich etwas Unterschiedliches? Kann es sein, dass du dachtest, diese Menschen würden aus den Forts herauskommen, um sich einzuschiffen, nicht aber abzusegeln? Jene eilig geschriebene Note stammte von Sir William Hamilton, er hatte sie auch an Ruffo geschickt. Sie war in Französisch verfasst, einer Sprache, die du kaum beherrschtest. Kann es sein, dass dieser gerissene Diplomat absichtlich etwas wegließ, das du hattest sagen wollen, irgendetwas, das diesen so wesentlichen Unterschied deutlich machte? Aber wo war dann der Beweis dafür? Und wie ist die nachfolgende Erklärung zu verstehen, die von den Kapitänen Troubridge und Ball in deinem Namen aufgesetzt wurde und in der du das Versprechen wiederholtest, dich der Einschiffung nicht entgegenzustellen? Hätte Ruffo irgendetwas anderes in dem Dokument lesen können als dein Einverständnis, dass der Vertrag in Kraft gesetzt würde?

Ich war am Kern jenes Problems angelangt, das nun schon seit über zwei Monaten meine Arbeit blockierte und mich bis zur geistigen Erschöpfung geplagt hatte. Und ich war der Lösung an diesem Märzabend um keinen Deut näher als am ersten Tag. Ich spürte die vertraute Übelkeit der Niederlage in mir aufsteigen, dieses geistige Erschlaffen, Abgleiten, das sich anfühlt wie ein Vorgeschmack auf den Tod. Jedes Mal schlimmer, durch die vorangegangenen Misserfolge potenziert ... Ganz unvermittelt fiel mir ein, was Miss Lily gesagt hatte: *Es war eine Tournee, sie waren Stars.* Auf geradezu groteske Weise unangemessen, so von Horatio zu sprechen. Aber vielleicht ließ sich ja in Ermangelung anderweitigen Beweismaterials bei den beteiligten Personen ein Hinweis auf die Wahrheit über jene Junitage finden, im Zusammenspiel der Charaktere. Ein sechsköpfiges Ensemble: die zwei Antagonisten, Horatio und Ruffo; der diplomatische Vermittler, Hamilton; die Vertraute und Botin der Königin, Emma; schließlich Ihre sizilianischen Majestäten, Ferdinand IV. und Maria Carolina, in deren Namen diese Schritte unternommen wurden. Ich könnte sie jeweils kurz skizzieren, vielleicht ließ sich irgendetwas daraus ableiten. Statt der Kette der Ereignisse ein Labyrinth der Persönlichkeiten. Zu einem Labyrinth kann es mehr als einen Zugang geben, und wenn man erst einmal drin ist, spielt es keine Rolle mehr, welchen man genommen hat. Ich begann mit dem Diplomaten.

Sir William Hamilton. Zum damaligen Zeitpunkt achtundsechzig Jahre alt, groß und mager, leicht gebeugt, entweder durch sein Gelehrtendasein oder durch die vielen Jahre elaborierter Höflichkeitsbezeigungen am neapolitanischen Hof; Adlernase, vornehmes Erscheinungsbild; ein Mann, der Intelligenz und Kultiviertheit ausstrahlt. Der Sohn Lord Archibald Hamiltons und Enkel des dritten Herzogs von Hamilton; hatte einige Jahre als Offizier in der dritten Gardeinfanterie gedient und war – sehr kurz nur – für Midhurst Abgeordneter des Unterhauses gewesen. Als jüngerer Sohn eines jüngeren Sohns besaß er kein Vermögen, ein Zustand, dem er beikam, indem er 1758 eine reiche Erbin heiratete und so in den Besitz eines Anwesens in Wales gelangte, das rund achttausend Pfund im Jahr abwarf. 1764 schlug er die Diplomatenlaufbahn ein, für die er auf Grund seiner Herkunft und seiner Umgangsformen bestens befähigt war. Angesichts der angegriffenen Gesundheit seiner Frau war Neapel mit seiner Seeluft und seinem warmen Klima eine nahe liegende Wahl. Die Ehe war, nach allem, was man hört, glücklich. Die erste Lady Hamilton starb 1782, und als Hamilton im darauf folgenden Jahr mit ihrem einbalsamierten Leichnam nach England zurückkehrte, um sie begraben zu lassen, lernte er die damalige Mätresse seines Neffen kennen, eine bildschöne junge Frau. Emma Hart, wie sie sich zu jener Zeit nannte, sollte die zweite Lady Hamilton und Horatios große Liebe werden. (Zu meiner Faszination hatte ich festgestellt, dass er sie genau in dem Hotel kennen lernte – Nerot's in St. James's –, in dem achtzehn Jahre später Emma und Fanny bei ihrem ersten Treffen ihre gegenseitige Abneigung ertragen mussten.)

Im September 1798, als Horatio, der Sieger vom Nil, in die Bucht gesegelt kam, war Hamilton seit sechsunddreißig Jahren britischer

Sonderbotschafter und bevollmächtigter Minister am Hof von Neapel. Ein Mann mit geschliffenen Umgangsformen, da waren sich alle einig. Ein leidenschaftlicher Sportsmann, Jagdgefährte von König Ferdinand – gemeinsam metzelten sie tausende von Wachteln und Waldschnepfen. Ein mehr als fähiger Musiker. Er spielte Cello und hatte ein eigenes Ensemble. Er experimentierte mit Elektrizität, hielt einen zahmen Affen und legte auf dem Gelände des königlichen Palastes in Caserta einen englischen Garten an. William Beckford sagte über ihn: »Der Connaisseur par excellence – nicht nur in der Kunst, sondern auch in der Wissenschaft der menschlichen Glückseligkeit.« Der beste Tänzer am neapolitanischen Hof, so hieß es, wobei sich seine Zeit als Tänzer sicher langsam dem Ende zuneigte, sein Alter machte sich bemerkbar, um seine Leber stand es nicht zum Besten. Zu viele Bankette. Jener wilde und sinnliche sizilianische Tanz, der damals in Mode war, die Tarantella, lag vermutlich jenseits seiner Möglichkeiten. Emma, gerade erst einunddreißig, tanzte sie hinreißend ... Ab Februar des darauf folgenden Jahres, des Jahres der Jakobiner, schliefen Horatio und Emma miteinander, so regelmäßig, wie Horatios Verpflichtungen es zuließen.

An dieser Stelle hielt ich inne und begann, im Zimmer auf und ab zu gehen. Wenig aufschlussreich, die schlichten Fakten einer Biografie. Er war ein typisches Produkt seiner Zeit und Klasse. Hatte offenbar keine wirklichen Überzeugungen. Vorurteile, Meinungen, das schon, aber keine festen Prinzipien. Er wollte ein möglichst angenehmes Leben führen. Und doch gab es ein oder zwei Bereiche, in denen er überhaupt nicht typisch war. Was ihn zweifellos auszeichnete, war sein ausgesprochen erlesener Geschmack. Ein Connaisseur, Sammler klassischer Antiquitäten, dazu beschlagener Vulkanologe ... Er besaß eine der bedeutendsten Privatsammlungen antiker Vasen seiner Zeit. Und er war außerordentlich tolerant. Die viktorianischen Biografen behaupten, er habe nichts von dem Ehebruch gewusst, ja es habe gar kein Ehebruch stattgefunden. Doch alles weist darauf hin, dass er sehr wohl stattfand und dass Hamilton es wusste. Es nicht nur wusste, sondern auch rundum akzeptierte, im Wissen darum lebte, wohlwollend und gelassen. Die drei wohnten unter einem Dach, sahen einander jeden Tag. Emma war an ihn weitergereicht worden, vielleicht war er bereit, sie seinerseits weiterzureichen, vielleicht fühlte er sich zu alt, zu müde? Eine Frau, aus welcher Klasse sie auch stammte, war immer ein Gebrauchsgut. Und in den Augen eines Sammlers konnte man alles weitergeben, Menschen wie Gegenstände. Alles nur eine Frage der Umverteilung. Ich erinnere mich, irgendwo gelesen zu haben, dass er bei seiner Rückkehr nach London im Jahr 1800, als seine Zeit im auswärtigen Dienst endgültig vorbei war, ein Haus in Picadilly nahm, dessen Gartenplastiken seinen Geschmack regelrecht beleidigten. Er bekam Kopfschmerzen, wenn er sie nur ansah. Er konnte nicht einziehen, bevor er sie nicht allesamt hatte entfernen und stattdessen eine antike Statue vom Nil hatte aufstellen lassen.

Es gibt keinerlei Hinweis darauf, dass diese ausgeprägte Sensibilität unter seinen sechsunddreißig Jahren am korrupten, intriganten Hof von Neapel gelitten hatte. Wahrscheinlich war da nichts, woran er Anstoß genommen hätte, moralische Empörung war ihm vermutlich wesensfremd. Ein Sammler erwirbt Objekte, kombiniert sie miteinander, arrangiert sie. Mal so, mal so, wie es am besten gefällt – nur eine Frage von Findigkeit und Raffinesse. Ich zitierte in meinem Buch ein paar Zeilen aus einem von Hamiltons Briefen, die sehr gut illustrieren, zu welcher Raffinesse er fähig war. Der Brief war an Sir John Acton gerichtet, der als Premierminister am bourbonischen Hof, als Berater und einstiger Liebhaber der Königin, vielleicht der einflussreichste Mann im ganzen Königreich war: *Nach reiflicher Überlegung jedoch ermächtigte mich Lord Nelson gestern am frühen Morgen, Seiner Eminenz schriftlich zu bestätigen, dass er nichts unternehmen werde, um den Waffenstillstand zu brechen [...] Dies erzielte den bestmöglichen Effekt [...] Wenn man nicht genau das tun kann, was man tun möchte, muss man zum Besten handeln; und ebendas hat Lord Nelson getan; ich hoffe daher, dass das Ergebnis von Ihren sizilianischen Majestäten gutgeheißen wird ...*

Ein raffinierter Brief. Was sagt er aus? Acton wird es gewusst haben. Es war der 17. Juni, die Rebellen hatten sich bereits eingeschifft. *Wenn man nicht genau das tun kann, was man tun möchte, muss man zum Besten handeln.* In welcher Weise hast du zum Besten gehandelt? Was du wolltest, ist völlig klar: Du wolltest die bedingungslose Kapitulation. Und du solltest bis an dein Lebensende darauf beharren, dass genau das stattgefunden hatte. Wovon spricht Hamilton wohl? Die Zusicherung wurde gegeben, in Neapel kehrte wieder Ruhe ein, die Jakobiner kamen heraus und wurden an Bord der Transportschiffe gebracht. Zwei Tage später wurden sie zu Gefangenen erklärt, die Transportschiffe in schwimmende Gefängnisse verwandelt.

Ja, dass Hamilton raffiniert war, steht außer Frage. Ausgesprochen diplomatisch, um es freundlich auszudrücken. In einer späteren Depesche an Lord Grenville vom Außenministerium behauptet er sogar, die Jakobiner hätten sich schon am 14. Juni, also bevor du eintrafst, auf den Transportschiffen befunden und ihre Gefangennahme sei unumgänglich gewesen, da sie im Begriff gewesen seien abzusegeln! Keine Rede davon, dass irgendeine List angewendet wurde, dass man den Garnisonen etwas vortäuschte. Und so war Hamilton der Erste aus jener langen Reihe von Verneblern, die bis in die Gegenwart ihr Unwesen treiben, die dich, der du die Wahrhaftigkeit in Person warst, durch ihren Mangel an Wahrhaftigkeit besudelt haben. Grenville wird Hamilton ohnehin nicht geglaubt haben. Was er von ihm hielt, kommt unmissverständlich in seinem Brief an den neuen Botschafter in Palermo zum Ausdruck, den er bittet, Sir William *ohne falsche Rücksichtnahme* deutlich zu machen, dass seine Rückkehr nach Neapel in einer wie auch immer gearteten offiziellen Funktion vollkommen ausgeschlossen sei. Wobei das unter Umständen natürlich eher auf Grenvilles Missbilligung eines Botschafters zurückzuführen ist, der an einem ausländischen Hof seine Gattin mit einem Admiral teilt.

Unter dem Druck dieser Überlegungen begann ich zwischen

Bücherregal und Wand hin und her zu gehen. Zum Bücherregal, ein Buch auswählen. An diesem Abend war es Harold Actons *The Bourbons of Naples*. Ein Wort aus dem Titel auswählen. Man kann jedes beliebige Wort nehmen, aber wenn man sich für eins entschieden hat, muss man dabei bleiben. Ich entschied mich für *Bourbons*. Mit dem Zeigefinger der rechten Hand das Wort berühren, dann quer durchs Zimmer gehen, sechs Schritte, beide Hände flach gegen die Wand, die Daumen horizontal, doch berühren dürfen sie sich nicht. Dann sechs Schritte zurück zum Regal, wieder das Wort berühren. Sehr beruhigend. Das Einzige, was mir zu Hamilton an diesem Abend sonst noch einfiel, während ich meine Schritte machte, war der schwer wiegende Verlust, den er kürzlich erlitten hatte. Früher im selben Jahr hatte er erfahren, dass die *Colossus,* die mit seiner kompletten Sammlung klassischer Kostbarkeiten, der gehegten Ausbeute einer langen Karriere, nach England unterwegs gewesen war, vor den Scilly-Inseln Schiffbruch erlitten hatte. Die gesamte Ladung ging verloren, bis auf den in Alkohol konservierten Leichnam von Admiral Lord Shouldham. So etwas musste einem alten Ästheten wie ihm doch das Herz brechen: ein toter Admiral sinnlos errettet, die kostbare Sammlung in der Tiefe versunken. Machte er vielleicht die Jakobiner dafür verantwortlich? Womöglich war sein Zynismus, verschärft durch diesen Verlust, in Rachsucht umgeschlagen …

Ich ging wieder an meinen Schreibtisch zurück und setzte mich, um weiterzuschreiben. Wer nun? Natürlich der verhasste Gegner, der Mann hinter dem Vertrag.

Kardinal Fabrizio Ruffo. Zum Zeitpunkt dieser Ereignisse fünfundfünfzig Jahre alt, aktiv und energiegeladen. Mitglied einer alten fürstlichen Familie, Erbe eines weitläufigen Lehens in seiner Geburtsprovinz Kalabrien. In seinen jüngeren Tagen prominentes Mitglied der römischen Highsociety. (Mütterlicherseits stammte er von der römischen Familie Colonna ab.) Eine Weile lang Liebhaber der Marquise Girolama Lepri, die für ihre Promiskuität berüchtigt war. Eine lasterhafte, ausschweifende, durch und durch korrupte Gesellschaft.

Und nach allem, was man liest, fühlte sich Ruffo darin vollkommen zu Hause. Horatio bezeichnet ihn als »aufgeblasenen Priester«, doch er war nie ordiniert worden. Man hatte ihm die Kardinalswürde verliehen, als er vom Amt des Generalschatzmeisters im Vatikan zurücktrat – manche behaupten, man habe ihn auf diese Weise loswerden wollen, nachdem er in den Verdacht der Unterschlagung geraten war. Üble Nachrede, vermutlich, ein Mann wie er hatte sicher viele Feinde … Von all den Adligen und Schmarotzern, die mit Ihren Majestäten nach Palermo flohen, war er der Einzige, der Initiative zeigte. Mit Ferdinands und Maria Carolinas Segen – allerdings ohne ihre materielle Unterstützung – verlässt er Sizilien am 27. Januar 1799, vier Tage nachdem in Neapel die Republik ausgerufen worden ist. Sein erklärtes Ziel: eine Gegenrevolution unter seiner eigenen Führung anzubahnen, die Franzosen zu vertreiben, den Aufstand der Republikaner niederzuschlagen, das Königreich Neapel wieder unter Ferdinands Herrschaft zu bringen.

Anfang Februar landet er mit nur acht Gefolgsleuten in Kalabrien und erklärt einen heiligen Krieg, mit dem er das Königreich von ausländischen Atheisten befreien will. Innerhalb weniger Wochen sind siebzehntausend wilde, undisziplinierte Freischärler unter seiner Standarte zusammengeströmt. Diese Horde, die Christliche Armee des Heiligen Glaubens, wie Ruffo sie nennt, zieht unter der Fahne des Königreichs Sizilien los und verbreitet auf ihrem Weg Angst und Schrecken. Brigantenbanden und einige tausend Strafgefangene, die aus den sizilianischen Gefängnissen befreit werden, verstärken ihre Zahl.

Schnell sind Erfolge zu verzeichnen. Schon Anfang Juni haben sich die Franzosen zurückgezogen, nur im Kastell Sant'Elmo ist noch eine Garnison stationiert. Am 14. Juni lässt Ruffo seine Armee auf Neapel los. Nein, das wird ihm nicht gerecht – er kann sie nicht mehr länger im Zaum halten. Die jakobinische Rebellenmiliz sucht Zuflucht in den beiden Kastellen Nuovo und dell'Ovo. Ruffos Truppen beginnen hemmungslos zu morden und zu plündern. Der Pöbel von Neapel – die so genannten »lazzaroni« – schließt sich ihnen an, eine zerlumpte, viele tausende zählende Armee, die dem König blind ergeben ist. Je-

der, der jakobinischer Neigungen verdächtigt wird – und dazu reicht es, anständig gekleidet zu sein –, wird auf den großen Platz geschleift und auf der Stelle abgeschlachtet.

An dieser Stelle hielt ich inne, um mir die Situation vor Augen zu halten, mit der der siegreiche Ruffo konfrontiert ist. Die Stadt befindet sich im Chaos. Seine Truppen widersetzen sich offen seinen Versuchen, sie zu zügeln. Ein deutscher Schriftsteller, August von Kotzebue, beschreibt in seinem Buch *Erinnerungen von einer Reise aus Liefland nach Rom und Neapel,* wie sich die Neapolitaner noch einige Jahre später an den Schrecken jener Tage erinnerten. Einige kurze Auszüge zitierte ich in meinem Buch: ... *die »lazzaroni« brateten Menschen auf den Straßen, und bettelten dabei von den Vorübergehenden etwas Geld, um Brot zu ihren Braten zu kaufen. Viele trugen abgeschnittene Finger, Ohren und dergleichen in der Tasche, und wenn sie einem Manne begegneten, den sie für einen Patrioten hielten, so zeigten sie ihm triumphirend ihre blutige Beute.* (...) *Wer rundes Haar trug, war ein Kind des Todes. Man legte sich geschwind falsche Zöpfe zu, aber das Volk merkte den Betrug, lief hinter Jedem her, fasste ihn beim Zopf, und riss daran: Blieb der Zopf in der Hand, so war es um seinen Träger geschehen.*

Das Wort berühren, sechs Schritte, Handflächen an die kühle Wand. Neapel im Blutrausch. Menschen werden unter beliebigem oder ohne jeden Vorwand aus ihren Häusern gezerrt – Männer, Frauen, Kinder – und auf der Straße in Stücke gehackt. Das Gemetzel hält die ganze Nacht durch an, im Licht der Flammen aus den Gebäuden, die von den Plünderern oder den Brandgeschossen der in den Forts belagerten Republikaner in Brand gesteckt worden sind.

Was sollte Ruffo tun? Prinzipien belasteten ihn nicht, genauso wenig wie Hamilton – die zwei hatten überhaupt viel gemeinsam. Der Ästhet und der Pragmatiker, beide in ihren Ansichten unbeirrbar. Kein großer Unterschied. Vordringliches Ziel des Kardinals bei der ganzen Aktion war es von Anfang an gewesen, sich die Dankbarkeit der Bourbonen und die erhoffte nachfolgende Belohnung zu sichern. Er war Zyniker, Opportunist, ein totaler Egoist. Seine ganze Laufbahn belegt das. Vor allem aber war er sehr, sehr realistisch und daher alles andere als heldenhaft, Lichtjahre entfernt von einem engelgleichen Wesen wie Horatio.

Dies war der wichtigste Unterschied, aber es gab noch einen anderen. Ich wollte Ruffo gerecht werden, wollte versuchen, die Dinge so zu sehen, wie er sie an diesem Nachmittag gesehen haben muss, als er dort saß und disputierte und der Zorn wuchs. Sonst war es sinnlos, diese Menschen zu versammeln, sonst gab es keinen Ausweg aus diesem Labyrinth, und ich würde nur endlos darin herumirren. Ruffo war Royalist, weil die Monarchie die Macht der alten Familien sicherte. Aber er war weder der bourbonischen noch sonst irgendeiner Sache verpflichtet. Was ihn abhob, war die Tatsache, dass er Italiener war, und zwar Kalabrier, Neapel war seine Stadt. Es war ihm nicht egal, was mit dieser Stadt und ihren Menschen geschah. Ein spanischer König, eine österreichische Königin, ein halb englischer, halb französischer Premierminister, ein britischer Botschafter … Also schließt er den Vertrag ab, im Wissen darum, dass man in Palermo nicht begeistert sein wird, doch zugleich davon überzeugt, dass er als Generalvikar und Ferdinands offizieller Vertreter befugt ist, in eigener Regie zu handeln. Sein Ziel ist erreicht, er sieht keinen Sinn in weiterem Blutvergießen. Nicht so die anderen, sie bestehen auf Bestrafung, besonders die angsterfüllte, rachsüchtige Maria Carolina, von der sich letztlich alle die Tonart aufzwingen lassen. Ja, Horatio, auch du.

Und dann, am Vormittag des 26. Juni nach all den Streitigkeiten die plötzliche Kehrtwendung. Ruffo hält erst Hamiltons eilig geschriebene Zusicherung in den Händen, dann die von den Kapitänen überbrachte Erklärung – die sie allerdings nicht unterschreiben wollen. *Seine Lordschaft wird sich der Einschiffung der Rebellen nicht entgegenstellen.*

Was du auch tatsächlich nicht getan hast. Die Frage ist also:

Wenn irgendjemand Täuschungsabsichten verfolgte, wer war es dann, der getäuscht wurde? War es Ruffo? Domenico Sacchinelli, der Sekretär des Kardinals, berichtet in seiner Darstellung der Geschehnisse jenes Vormittags, sein Brotherr habe geargwöhnt, dass irgendetwas nicht stimme: *Wiewohl der Kardinal verräterische Machenschaften argwöhnte, ergriff er, da er sich nicht mit den beiden Kapitänen anlegen wollte, keine weitergehenden Maßnahmen, sondern beauftragte lediglich den Minister Micheroux, die beiden Kapitäne zu den Kastellen zu begleiten, wo sie sich mit den Anführern der Republikaner über die Umsetzung der Kapitulationsmodalitäten ins Benehmen setzen sollten …*

Warum wohl argwöhnte er verräterische Machenschaften? Sicher nicht, weil die beiden Kapitäne nicht unterschreiben wollten, es gab keinen Grund für sie zu unterschreiben, sie waren die Übermittler, nicht die Autoren der Erklärung. Wahrscheinlich also wegen des zweideutigen Tons. Warum aber bat er dann nicht um Klarstellung? Und warum vor allem schickte er mit den mehrdeutigen Schriftstücken, die er erhalten hatte, einen Brief von eigener Hand an Micheroux, in dem er schrieb, Lord Nelson habe *sich einverstanden erklärt, die Kapitulation entgegenzunehmen,* was über die tatsächliche Aussage der Dokumente fraglos hinausging? Glaubte er, was er schrieb, oder tat er nur so? Vielleicht argwöhnte er ja in Wirklichkeit auch gar nichts? Sacchinelli schrieb viele Jahre später und stützte sich dabei auf Notizen und Erinnerungen. Er bezog eine Pension vom bourbonischen Hof, er wollte die Gräuel, die sich später zutrugen, den Engländern anlasten.

Wo immer man bei dieser Geschichte auch ansetzte, quoll einem der dunkle Sirup des Verrats entgegen. Doch wer beging ihn? Wer heckte ihn aus, wer spann die Fäden? Die Rebellen starben eines entsetzlichen Todes. War es Emma? Der Gedanke trieb mich wieder an den Schreibtisch zurück. Schwierig, knapp über Emma zu schreiben – solch eine Fülle, so viel Firlefanz. Ihre Schönheit, ihre vulgäre Art, ihre ungewöhnliche Rechtschreibung, ihre Fähigkeit, zu schmeicheln und sich schmeicheln zu lassen … Doch ohne sie kein Ensemble, ich musste es versuchen.

Emma, Lady Hamilton. Geboren 1765 auf der Halbinsel Wirral in Cheshire als Tochter eines Zechenschmieds und seiner Frau. Auf den Namen Emy Lyon getauft. Geburtsurkunde bisher nicht gefunden. Vater unterzeichnete seine Heiratsurkunde mit einem Kreuz. Der Weiler, in dem sie geboren wurde, einer der erbärmlichsten und trostlosesten im ganzen Land, eine Ansammlung elender Hütten, wo die Bergleute wohnten, die in der nahe gelegenen Kohlengrube arbeiteten. Üblere und nachteiligere Startbedingungen hätte man sich selbst in jenen Tagen kaum vorstellen können.

Emma war lebhaft und auffallend schön, und sie entkam. Mit zwölf trat sie eine Stelle als niederes Dienstmädchen im Haus eines Wundarztes in Chester an. Ein oder zwei Jahre später fand sie eine Anstellung als Hausmädchen in London. Mit sechzehn brachte sie – von dem jungen Baron, der sie ausgehalten hatte, während der Schwangerschaft verlassen – ein uneheliches Kind zur Welt. Als Nächstes fiel sie dem Ehrenwerten Charles Greville in die Hände und wurde seine Mätresse. Sie liebte und bewunderte diesen jungen Mann mit den kalten Augen, den zweiten Sohn des Grafen von Warwick, und war tief getroffen, als er sie, um reich heiraten zu können, nach Neapel schickte und seinem Onkel, Sir William, überließ.

Sie war gekränkt, ja – sie hatte geglaubt, Greville erwidere ihre Liebe. Aber sie muss gewusst haben, seit ihren ersten Lebensjahren schon gewusst haben, dass sie eine Art Gebrauchsgut darstellte. Und letztlich entpuppte sich das Ganze als glückliche Fügung. In England wäre nicht mehr viel für sie zu holen gewesen, war sie erst einmal dahingewelkt. In Neapel bezauberte sie den ältlichen Botschafter mit ihrer Schönheit und Lebendigkeit und wurde ihm schließlich unverzichtbar. 1791 nahm er sie zur Frau. Wieder war sie entkommen – sie war eine Entflohene. (Mit ihrer dritten großen Flucht, als verarmte Trinkerin in Calais zehn Jahre nach Trafalgar, verließ sie dieses Leben.)

Als Horatios Schiff an jenem Septembertag am Horizont erschien, war er fast vierzig und sie dreiunddreißig. Seit acht Jahren war sie eine gefeierte Persönlichkeit am bourbonischen Hof, Busenfreundin der Königin, Gastgeberin einer reichen und glanzvollen internationalen Gesellschaft.

Hier hielt ich inne. Der Gedanke an Emma erregte mich fast immer. Sie verkleidete sich gern, und in meiner Vorstellung hatte sie schon die unterschiedlichsten Kostüme getragen, oft auch gar keins. Doch an diesem Abend wollte ich jede Regung meiner Lenden unterdrücken. Ich hatte ein klares Ziel – diesmal nicht, ihre Schönheit vor mir erstehen zu lassen durch jene Reihung zarter Pinselstriche, hier einer, da einer, bis nur der letzte, feinste Strich noch fehlt, ein gefährliches, geduldiges, mir sehr vertrautes Gestalten. Nein, mir ging es um die Analyse, ich wollte ein Element in ihr isolieren, das mir helfen konnte zu verstehen, welche Rolle sie in jenen Tagen im Juni gespielt hatte.

Sie hatte gelernt, sich zur Schau zu stellen, groß aufzutreten, besaß sogar eine gewisse Macht, sie konnte vielerlei Gunst gewähren. Doch Not und Erniedrigung erlebt, sich selbst als Gebrauchsgut empfunden zu haben, das sind Erfahrungen, die nie mehr getilgt werden können. Man neigt dazu, Freundlichkeit für Liebe zu halten, verwechselt Liebe mit Dankbarkeit. Ich entsann mich eines ihrer ersten Briefe an ihren Wohltäter Sir William und stand auf, um ihn nachzulesen.

Mein Freund, mein Alles, mein Wohl und trautes Heim; Sie sind mir Speise, Trank und Kleidung, mein Tröster in der Not. Warum also sollte ich Sie nicht lieben?

Diese Zeilen bringen es auf den Punkt. Dies nämlich stand hinter ihrem Hang zur Schmeichelei, der ausgeübten wie der ersehnten: Die gegenseitige Versicherung, geborgen zu sein, gebraucht und bewundert zu werden. Wie bei Zugvögeln, die einander das Gefieder putzen, wenn sie auf ihrer gefahrvollen Wanderung einen geschützten Ort erreicht haben. Richtig wirksam nur dann, wenn es auf Gegenseitigkeit beruht ...

Finger auf die Goldbuchstaben. *Bourbons.* Sechs Schritte, Handflächen an die Wand, Daumen dürfen sich nicht berühren. Einmal daneben, und man muss mit einem anderen Buch wieder von vorn anfangen. Emmas Liebe zu Greville beruhte nicht auf Gegenseitigkeit, auch wenn sie das glaubte. Sir William war freundlicher, aber von der Gesinnung her kaum anders. Außerdem trocknete er langsam aus. Die Königin – sie liebte die Königin, die zwei schrieben sich täglich, selbst wenn sie beide in Neapel waren. Emma schrieb Maria Carolina auch in Momenten des Gefühlsüberschwangs, ohne ihr diese Zeilen tatsächlich schicken zu wollen. Es war eine Form des Gebets. So wie das, was sie auf den Umschlag eines der Briefe von der Königin geschrieben hatte: *Ja, ich werde ihr mit Herz und Seele dienen. Wenn nötig, soll mein Blut für sie fließen. Emma wird Maria Carolina beweisen, dass eine Engländerin von niedriger Geburt einer Königin mit Inbrunst und wahrer Liebe dienen kann, selbst unter Gefahr ihres Lebens.*

Emmas Leben war nie in Gefahr. Sie sah sich immer als Heldin, da hatte Miss Lily schon Recht. Doch auch in diesem Fall glaubte Emma, ihre Liebe beruhe auf Gegenseitigkeit. Worin sie zweifellos irrte. Maria Carolina gehörte der Dynastie der Habsburger an, der Herrscher über Österreich-Ungarn, und war mit fast allen gekrönten Häuptern Europas verwandt oder verschwägert. Die Kunst der Selbsterhaltung und die Ausübung von Macht müssen für sie von Kindesbeinen an eine Selbstverständlichkeit gewesen sein. Monarchen erwidern nur in den seltensten Fällen die Verehrung, die ihnen von Bürgerlichen entgegengebracht wird. Sie betrachten sie als gegeben und nutzen sie für ihre Zwecke. Emma war die Beauftragte, das Sprachrohr dieser Frau, der die Franzosen und jegliche liberale Gesinnung verhasst waren; die um den Thron und um ihr Leben bangte und auf Horatios uneingeschränkte Unterstützung angewiesen war, um die Opposition in Neapel auszuschalten, und die nicht zuletzt wusste, dass Horatio ihre ergebene Botin innigst liebte.

Emma war dabei an jenem Tag in der Kajüte der *Foudroyant*, als Horatio und der Kardinal stritten, die Kluft zwischen ihnen immer tiefer wurde, die gegenseitige Abneigung wuchs. Ich schritt weiter auf und ab, ohne zu zaudern, ohne danebenzufassen, durch die schlichte, aber exakte Wiederholung meiner Gesten und Schritte beruhigt, und sah sie dabei vor mir, jeden an seinem Platz.

Horatio geht hin und her, mit seinem Armstumpf rudernd. Eine seltsame Vorstellung, dass sich solch ein kläglicher Überrest noch bewegen ließ. Der Kardinal sitzt am einen Ende des Tischs, prunkvoll gekleidet und mit schwarzem Samtkäppchen. Er unterbricht, gestikuliert. Der Vertrag muss eingehalten werden. Horatio erhebt die Stimme. Man widerspricht ihm auf seinem eigenen Schiff, in seiner eigenen Kajüte. Er bleibt stehen, um mit der linken Hand auf den Tisch zu hauen. Der Vertrag muss weg. Hamilton steht in enger weißer Hose und Cutaway zwischen den beiden, blickt abschätzig auf sie hinunter, mildert beim Übersetzen den Ton etwas ab. Emma beteiligt sich nicht direkt, aber sie ist sehr präsent, sie ist die Sonderbevollmächtigte der Königin. Sie ist ständig in Bewegung – sie konnte nie lang stillhalten. Sie hört genau zu. Wie sie diesen verschlagenen Pfaffen hasst, der den schändlichen Republikanern auch noch Zugeständnisse machen will. Sie trägt ein weißes Mousselinkleid mit Fransenschärpe. Ihr breitkrempiger Hut, mit roten Bändern und einem Busch Straußenfedern geschmückt, liegt auf dem Tisch.

Durch das große Erkerfenster, das sich über die ganze Breite des Schiffs zieht, können sie die Lichter von Neapel sehen, die Flammen und den Rauch der Ausschreitungen, gelegentlich hören sie Schüsse krachen, vielleicht dringen auch die Schreie der Vergewaltigten und Verstümmelten über die Bucht herüber. Zwischen den Kriegsschiffen die hüpfenden Lichter Dutzender kleiner Boote, die den Matrosen Fisch zum Kauf anbieten. Auf den Barkassen des Adels hat man mit Horatios Ankunft eiligst die Flaggen ausgewechselt. Die Trikolore der Republik ist niedergeholt und durch die weiße Standarte der Bourbonen ersetzt worden. Durch die sanfte Sommerluft wehen die Klänge von »Rule Britannia« von den Barkassen herüber – die Geiger haben es in diesen zwei Tagen so oft gespielt, dass sie es auswendig kennen.

Im Licht der Lampen geht Emma, von ihrem Auftrag und ihrer Wichtigkeit durchdrungen, unablässig umher. Dieser perfekte Schwung von Mund und Brauen. Sie läuft von einer Seite zur anderen, die ganze Fensterwand entlang. Zwischen dem Lampenlicht in der Kajüte und dem dunkelnden Indigoblau des Abends scheinen ihre Glieder unter dem dünnen Stoff des Kleides zu leuchten. Mit jeder Bewegung, jeder noch so kleinen Drehung umschmeichelt der Mousselin ihre Formen – die schönen Schultern, die schweren Brüste, die kräftigen Hüften. Das Kleid hat, der damaligen Mode entsprechend, eine hohe Taille, es betont die langen Schenkel, die Wölbung ihres Leibs über der darunter liegenden, verborgenen Spalte, die hinreißende kleine Mulde in ihrem Kreuz, das üppige Hinterteil. Hin und her, von Wand zu Wand, sie kann nicht stillhalten. Sie beugt sich vor, um aus dem Fenster zu schauen, sie winkt, hat auf einer der vergoldeten Barkassen mit den hohen Schiffsschnäbeln jemanden erkannt. Ihr Kleid löst sich vorn von ihrem Körper, ein klein wenig nur, gerade so, dass man ihre schwellenden Brüste sieht und weiß, dass nichts sie beengt. Unter dem Kleid trägt sie bloß ganz leichte Wäsche. Schnell abgestreift, schnell losgeworden.

Wir wissen es, wissen selbst in unserem Zorn über den Starrsinn des Kardinals, dass sie wartet. Hin und her zwischen dem Licht der Lampen und den Lichtern der mordrasenden Stadt, sie wartet auf uns. Sie ist vollkommen unser, vollkommen bereit. Wenn dieser Disput vorüber ist, wenn er in Frustration und Missstimmung geendet hat, dann wird sie noch da sein, wird unsere Verkrampfung lösen mit ihrer überströmenden Liebe. Was könnte schöner sein als die Gewissheit, von der Liebe erwartet zu werden? Am Fenster vorbei, von Wand zu Wand, ein unentwegtes Versprechen … Später, wenn der gelbgesichtige Sir William sich zurückgezogen hat, wird sie in unser Gemach kommen. Sie wird noch dasselbe Kleid anhaben, sie wird sich hinknien, wird es sich über den Kopf streifen, sie trägt nichts darunter. Sie kniet sich über uns. Sie wird uns in die Hand nehmen, sie wird ihren warmen Mund auf uns herabsenken …

12

Ich schrieb an diesem Abend keine weiteren Charakterskizzen mehr; nach Emmas Besuch fühlte ich mich leer. Dafür schlief ich umso besser. Den nächsten Tag, einen Freitag, verbrachte ich zum größten Teil damit, die Informationen durchzugehen, die ich zu Horatios Gesundheitszustand während der Tage in Neapel besaß. Er hatte in der Bucht von Abukir eine ziemlich schwere Verletzung erlitten, eine Schrapnellkugel hatte ihm die Stirn über dem rechten Auge aufgerissen, sodass er vor lauter Blut nichts mehr sah und die plötzliche Dunkelheit zunächst für einen Vorboten des Todes hielt. Dies geschah nach Wochen größter Unsicherheit und Anspannung, in denen er das Mittelmeer durchkreuzt hatte, um die kleinmütigen Franzosen aufzuspüren und zum Kampf zu zwingen. Nach dem Sieg litt er immer wieder unter Kopfschmerzen und Übelkeit, und er hatte oft das Gefühl, ein Metallreifen lege sich um seine Brust und drücke ihm die Luft ab. Als er in Neapel ankam, war er sechs Monate lang ununterbrochen auf See gewesen.

War vielleicht eine vorübergehende Persönlichkeitsstörung denkbar, irgendein Leiden, das ihn besonders anfällig machte – für Neapel, für Emma? Ein Stoß gegen die Stirn, sicher heftig genug für eine Gehirnerschütterung, konnte ohne weiteres die vorderen Hirnlappen beschädigen, die Urteilskraft beeinträchtigen, Hemmungen aufheben …

Ich versank völlig in diesen Überlegungen und fragte mich erst viel später – der Nachmittag war schon halb vorüber –, was ich da eigentlich gerade betrieb, was ich zu tun versuchte. Im selben Moment überlief es mich heiß vor Scham. Ich hatte gelobt, seine Unschuld zu beweisen, nicht irgendwelche Entschuldigungen für ihn zu finden oder fadenscheinige medizinische Erklärungen zu liefern.

Ich hatte vergessen, zu Mittag zu essen, und jetzt bekam ich Hunger. Doch es war kaum etwas da. Ich hatte beim Einkaufen mittlerweile jedes System verloren. Ich machte mir nicht mehr die Mühe, Einkaufszettel zu schreiben. Manchmal war zu viel da, und die Sachen wurden schlecht, manchmal herrschte gähnende Leere. An diesem Nachmittag fand ich nur Brot und Käse und einen halben Marsriegel. In der Plastikschublade unten im Kühlschrank lag noch ein Blumenkohl, aber der hatte sich schon halb verflüssigt, ich musste ihn wegwerfen. Das Brot musste ich erst im Ofen auftauen. Ich kaufte damals immer aufgeschnittenes Brot, gleich mehrere Laibe auf einmal, die ich dann im Tiefkühlschrank aufbewahrte. Der Käse schmeckte normal, vielleicht ein kleines bisschen ranzig. Aber ich war inzwischen ziemlich deprimiert und von feinschmeckerischen Anwandlungen weit entfernt. Danach versuchte ich, unter der Decke meiner Mutter ein wenig zu schlafen, aber ich war zu angespannt. Mir gingen ständig dieselben Fragen durch den Kopf, durchsetzt von schrecklich vertrauten Zitatfetzen, um die sich sofort die üblichen Zweifel und Befürchtungen ballten, wie Fische, die gierig zusammenströmen, wenn Abfälle ins Meer geworfen werden.

Hinzu kam noch, dass ich langsam ziemlich nervös wurde wegen des Vortrags, den ich am Abend des 9. April im Nelson-Klub halten sollte – dem Tag übrigens, an dem Horatio, noch keine neunzehn Jahre alt, sein Leutnantsexamen bestand und auf die *HMS Lowestoffe* zum Einsatz in Westindien abkommandiert wurde. Ich wollte, dass mein Vortrag ein Erfolg wurde, er sollte Spuren hinterlassen, den Leuten in Erinnerung bleiben, Gesprächsstoff liefern, ein wichtiger Beitrag zum besseren Verständnis von Horatios Leben sein. Ich gedachte, ihn später *Mariner's World* zum Abdruck anzubieten.

Abends um sieben kam Miss Lily, wie immer auf die Minute pünktlich. Sie hatte einen großen Strauß Narzissen dabei.

Im Dämmerlicht des Flurs sahen die großen Blütenkelche und fleischigen Stiele fremd und wild aus.

»Dad hat die Zwiebeln gesetzt, schon vor Jahren«, sagte sie, eine dieser nebensächlichen oder überflüssigen Informationen, die so typisch für sie waren, als wollte sie damit jeden Widerspruch von vornherein entkräften. »Wir haben einen kleinen Garten hinterm Haus, und die kommen jedes Jahr wieder raus – da kann das Unkraut noch so wuchern, die Narzissen kämpfen sich immer durch.«

Sie hielt inne und sah mich über die nickenden Köpfe der Blumen hinweg feierlich an. Ihr Mund sah anders aus. Ich merkte, dass sie Lippenstift trug, was ich bei ihr noch nie gesehen hatte – ohne die Blumen wäre es mir gleich aufgefallen. »Narzissen haben eine unglaubliche Kraft«, sagte sie. »Ich glaube, die würden selbst durch Beton wachsen.«

»Ihr Vater gärtnert also gerne?« Ich fühlte mich genötigt, das Gespräch fortzuführen, da ich nicht wusste, wie ich auf diese grellen Eindringlinge reagieren sollte, und Angst vor einer Pause hatte, in der ich mich dazu äußern müsste. Eine vage Erinnerung an ein ähnliches Geschenk regte sich in meinem Innern, eine Erinnerung an Hilflosigkeit und Bestürzung.

»Dad ist seit acht Jahren tot – genau das meine ich ja eben. Er ist seit acht Jahren tot und hat die Zwiebeln, na ja, vielleicht neun oder zehn Jahre vor seinem Tod gesetzt. Das heißt, die Narzissen wachsen da jetzt seit siebzehn Jahren, und sie haben sich auch noch ausgebreitet, sie sind inzwischen überall. Nein, wir wohnen bei meiner Mutter. Oder besser gesagt, sie wohnt bei uns – das Haus gehört mir.«

Ich hatte das »wir« registriert und fragte mich, nicht zum ersten Mal, ob Miss Lily ihr Bett mit jemandem teilte. Gab es jemanden, der *ihr* zusah, wenn sie umherging, ihr zusah mit jenem unerschütterlichen Vertrauen in ihre Liebe? Sie trug keinen Ring, aber das bedeutete nichts. »Ja, also«, sagte ich, »das ist wirklich sehr nett von Ihnen.«

»Ich hab mir gedacht, die bringen ein bisschen Farbe hier

rein. Wo doch jetzt schönes Wetter ist.« Während ich noch versuchte, mir darauf einen Reim zu machen, sagte sie: »Ich geh mal und hole was, wo ich sie reinstellen kann.«

Sie stellte flugs den Laptop in seiner Tasche an die Wand und lief, ohne mich zu fragen, zielstrebig durch den Flur in die Küche, die sie meines Wissens bis dahin noch nie betreten hatte. Ich blieb in der Diele stehen, zwischen der Tür und der großen orientalischen Vase, in der mein Schirm immer stand.

Ich hatte eigentlich das Gefühl, dass ich ihr in die Küche nachgehen sollte, zögerte aber. Es erschien mir riskant. Zu intim, in diesem kleinen Raum zusammen nach einem Behältnis für die Blumen zu suchen. Ich war immer noch ganz baff, dass sie einfach so in die Wohnung hineinmarschiert war. Ungeachtet meiner Verblüffung war mir jedoch seltsam friedlich zu Mute bei der Vorstellung, mit ihr zusammen in der Küche zu sein. Ich blieb, wo ich war, nicht lang allerdings, vielleicht ein, zwei Minuten. Die Stille war fast greifbar. Ich war mir der Risse an der Wand über der Tür bewusst, die sich wie ein kleines Delta auffächerten, und des schwarzen Schirmgriffs, der aus der Vase herausragte. Dann ging ich langsam durch den Flur. Aus der Küche drangen schwache Hantiergeräusche. Ich näherte mich lautlos, da ich Hausschuhe anhatte, was aber keine Absicht war – ich wollte mich nicht anschleichen. An der Tür blieb ich stehen. Miss Lily hatte sich auf einen Küchenstuhl gestellt und langte gerade mit dem Rücken zu mir in einen der Hängeschränke. Sie wusste nicht, dass ich da war. Ihr schwarzer Rock endete oberhalb ihrer Knie, und als sie in den Schrank griff, hob sich der Saum noch mal um ein paar Zentimeter. Ich sah, dass sie stämmige, aber wohlgeformte Beine hatte, schöne Beine mit vollen Waden und schlanken Knöcheln, und dass sie schwarze Strümpfe mit einer Art Rautenmuster trug und keine Schuhe anhatte – sie hatte sie abgestreift, bevor sie auf den Stuhl gestiegen war –, abgesehen von der dünnen Membran der Strumpfhose war sie barfuß.

Ich blieb nur so lange dort stehen, bis ich diese Eindrücke

in mich aufgenommen hatte. Dann zog ich mich ins Wohnzimmer zurück, wo ich in der Nähe der offenen Tür wartete, damit ich sie bemerkte, wenn sie vorbeikam. Sie sah mich vom Flur aus, blieb einen Moment an der Türschwelle stehen und kam dann herein. Sie hatte die Blumen in eine grüne Glasvase mit gewelltem Rand gestellt, an die ich mich noch aus meiner Kindheit erinnerte, meine Mutter hatte sie oft verwendet. Sie war lange nicht mehr benutzt worden – ich hätte nicht gewusst, wo sie sich befand.

»Ich musste mich auf einen Stuhl stellen«, sagte Miss Lily. Zufrieden lächelnd trug sie die Vase mit den Narzissen in Brusthöhe vor sich her. Sie bewegte sich ganz selbstverständlich durchs Zimmer, als wäre es ihr völlig vertraut. Auf einem kleinen runden Tisch in der Ecke setzte sie die Vase ab. »So«, sagte sie, »das ist doch genau der richtige Platz, oder?« Mir wäre es lieber gewesen, sie hätte sich Gedanken darüber gemacht, wo ihr eigener Platz war.

All dies hatte einige Zeit in Anspruch genommen. »Ja«, sagte ich, »sehr schön. Wie wär's, wenn wir jetzt ins Arbeitszimmer gehen und anfangen würden?« Vielleicht klang meine Stimme ein wenig gereizt, ich weiß es nicht. Dieses Herumgetrödel verstimmte mich plötzlich. Miss Lily sah mich jetzt genauer an. »Sie sind sehr blass«, sagte sie. »Ich finde, Sie sehen gar nicht gut aus. Sie sollten öfter mal rausgehen.«

»Raus?«, sagte ich. »Ich war den ganzen Tag in Neapel.«

Sie lächelte kaum. »Man kann auch zu viel arbeiten«, sagte sie, während wir ins Arbeitszimmer gingen. Sie sah sich zu mir um und nickte ernst. »Ein bisschen frische Luft und ein flotter Spaziergang haben noch keinem geschadet.« Sie klang, als würde sie mir im nächsten Moment eine Mütze auf den Kopf stülpen, einen Schal um den Hals wickeln und mich zum Spielen hinausschicken. Es war wirklich zu viel des Guten. Ich bin kein Kind, hätte ich fast gesagt. Was ich brauche, ist eine Schreibkraft. Aber das hätte sie natürlich gekränkt – kränken wollte ich Miss Lily nicht.

Und so machten wir uns mit einer Viertelstunde Verspätung an unser abendliches Arbeitspensum. Wie ich schon sagte, wurde ich langsam nervös wegen meines Vortrags. Ich hatte beschlossen, mein Buch erst einmal hintanzustellen, um den Vortrag in aller Ruhe vorzubereiten. Ich hasse es, unter Zeitdruck zu arbeiten, irgendetwas Entscheidendes übersieht man immer, außerdem war es in gewisser Weise auch eine Erleichterung, die Arbeit an meinem Buch einmal ruhen zu lassen, die Auseinandersetzung mit Neapel beiseite zu schieben. Ich hatte bereits eine erste Fassung mit Bleistift geschrieben und mit schwarzer Tinte korrigiert – meine übliche Vorgehensweise: Bleistiftfassung, in Schwarz korrigieren, diktieren, getippten Text in Rot korrigieren, diktieren. Schon in diesem frühen Stadium enthielt mein Manuskript eine Unmenge von Änderungen und Zusätzen. Ich wollte Miss Lily den Text unbedingt diktieren, damit ich die getippte Fassung überarbeiten konnte. Das Druckbild lässt uns den Text ganz neu wahrnehmen, es erfrischt die Augen und regt die Kritikfähigkeit an. Wer nicht zuerst handschriftlich arbeitet, dem entgeht dieser belebende Effekt vollkommen.

Ich wollte meinen Vortrag auf zwei Episoden aus Horatios Jugend aufbauen, die meiner Ansicht nach von entscheidender Bedeutung für seine Entwicklung zum Helden waren, zum englischen Helden schlechthin, *nicht die geringste keltische Beimischung, er entstammte einem alten Geschlecht von Norfolker Freisassen.* Die beiden Episoden trugen sich 1771 und 1775 zu. Die frühere betraf die ersten Tage seiner Marinelaufbahn, als er an Bord der *Raisonnable* ging, eines zwölf Jahre zuvor von den Franzosen eroberten französischen 64-Kanonen-Schiffs, das jetzt unter dem Befehl seines Onkels Sir Maurice Suckling stand. Um die Episode so lebendig wie möglich zu gestalten, hatte ich beschlossen, im Präsens zu schreiben. Sobald Miss Lily bereit war, begann ich mit dem Diktat:

»Es ist März 1771. Sein Vater, Reverend Edmund, hat ihn von Norfolk nach London begleitet, zu dem Gasthaus, von dem aus die Kutschen nach Chatham abfahren. Unter weisen Ratschlägen von der einen und ernsthaften Versprechen von der anderen Seite verabschieden sich Vater und Sohn im Hof des Gasthauses. Nun ist der Junge ganz allein. Er ist zwölf Jahre alt, klein für sein Alter, von zarter Gestalt.

Die Kutsche rumpelt los – die Fahrt nach Chatham dauert sechs Stunden, Zeit genug, um über die Zukunft nachzudenken. Vielleicht fragt er sich, ob er nicht doch einen Fehler gemacht hat. Doch eigentlich entsprach es nicht seiner Natur, die Möglichkeit eines Fehlers einzuräumen – es entspricht der Natur des Helden grundsätzlich nicht, der Held weiß, dass er auserwählt ist, dass Fehler entweder vom Feuer seiner Bestimmung verzehrt oder aber den Absichten der Vorsehung anverwandelt werden. In Chatham angekommen, fragt er im Posthof nach dem Weg, aber dort hat niemand auch nur von dem Schiff gehört. So marschiert er mit seinem Gepäck los, durch die gepflasterten Gassen zum Hafen hinunter …«

Durch eine Fügung – von Zufall konnte man in meinen Augen nicht mehr sprechen – ankerte zu dieser Zeit auch die *HMS Victory* auf dem Medway. Auf der Suche nach seinem ersten Schiff kam Horatio fast unmittelbar an seinem letzten vorbei, seinem Todesschiff, das im Jahr seiner Geburt in Dienst gestellt worden war. Ich war versucht, auf diese zeitlichen Zusammenhänge hinzuweisen, in die auch ich als sein Parallelgänger einbezogen war. Doch ich entschied mich dagegen, es wäre nicht in wenigen Worten zu erklären gewesen, hätte das Gleichgewicht gestört.

»Immer noch mit seiner Reisetasche beladen, fragt er ein paar vorbeikommende Matrosen, ob sie wissen, wo die *Raisonnable* liegt. Einer von ihnen zeigt sie ihm. Der Junge strengt seine Augen an. Draußen auf dem grauen, windgepeitschten Wasser des Medway sieht er die *Raisonnable.* Und nun stellt sich die große Frage: Wie kommt er zu ihr hinaus? Boote gibt es nicht. Das Schiff liegt zu weit draußen, als dass er irgendjemanden an Bord auf sich hätte aufmerksam machen können.

Eine Weile lang, ihm kommt es vor wie eine Ewigkeit, wartet er dort im eisigen Wind, hilflos und verlassen.«

An diesem Punkt, mitten im Diktat, überkam mich eine Empfindung, die ich schon kannte, aber noch nie so intensiv erlebt hatte wie an diesem Abend: Ich nahm meine Stimme, ihren Klang, ihre Farbe, deutlicher wahr als die Worte, die sie sagte, den Inhalt, den sie zu vermitteln suchte. Zunächst nur ein dünner Klang, der in Stille eingebettet war, füllte sie bald das ganze Zimmer aus, kannte keine Grenzen mehr, es war nicht mehr meine Stimme, sondern die von jemand anderem, jemandem, dessen Stille andere Grenzen hatte. Ich sah, wie Miss Lilys Hände innehielten, sich von den Tasten entfernten, rechts und links der Tastatur zur Ruhe kamen. Ich betrachtete ihre Hände – an diesem Abend fielen mir alle möglichen Einzelheiten an Miss Lily auf. Kräftige Hände, aber durchaus wohlgeformt. Wie die ganze Person. Beim Anblick ihrer Hände kam ich wieder zu mir, und in diesem schwebenden Moment der Wiederkehr erfasste mich plötzlich tiefes Mitleid mit Horatio und mir selbst und allen verlassenen Kindern. Doch ihn zu bemitleiden war verkehrt, ich hatte es noch nie getan, er war nicht die Sorte Mensch, mit der man Mitleid hatte. In diesem Moment der Einsamkeit unter dem abweisenden Himmel war eine eiserne Entschlossenheit in das Herz des Jungen eingezogen. Es war ein entscheidender Moment in der Laufbahn dieses Helden. Miss Lily hatte nicht aufgeblickt. Mit dem Gefühl, noch einmal unbemerkt davongekommen zu sein, nahm ich das Diktat wieder auf:

»Schließlich erbarmt sich ein vorbeikommender Offizier des Jungen und sorgt dafür, dass ein Boot ihn zum Schiff bringt. Zum ersten Mal, wie später so oft noch, begibt er sich an Bord eines Kriegsschiffs. Stufe um Stufe die Innentreppe hinauf, steigt er in eine völlig neue Welt. Er ist noch ein Kind, und so ist es nur natürlich, dass ihn Furcht ergreift, er weiß nicht, was von ihm erwartet wird. Aber der Kapitän ist ja sein Onkel. Bei Onkel Maurice wird er Rat und Unterstützung finden.

Doch Onkel Maurice ist nicht an Bord, man rechnet erst in ein paar Tagen mit ihm. Niemand hat von dem neuen Midshipman gehört, niemand zeigt das geringste Interesse an ihm. Er wartet darauf, dass ihn jemand zur Kenntnis nimmt, ihm sagt, wo er hingehen soll, was er tun soll. Schließlich schickt man ihn mit seinem Gepäck die beiden steilen Treppen zur Unterkunft der Midshipmen im Orlopdeck hinunter. Sie kommt ihm vor wie ein einziges wüstes Durcheinander. Es ist dunkel hier unten, unterhalb der Wasserlinie, die Deckbalken sind niedrig, und es riecht nach Teer und feuchtem Tauwerk. Irgendjemand zeigt ihm, wie man eine Hängematte aufhängt, wo er seine Sachen verstauen kann.

Die restlichen Stunden dieses Tages und den ganzen nächsten Tag wandert er auf Deck herum. Das Wetter könnte kaum schlechter sein – *kräftige Windböen, stürmisch, Schnee* steht im Logbuch. Niemand beachtet ihn. Er geht auf dem geneigten Deck umher, blickt über das kabbelige Wasser hinaus in die Richtung, in der London liegt und, weit dahinter, Norfolk.

Dann endlich kommt, von feierlichem Salut und dem Schrillen der Bootsmannpfeifen empfangen, Kapitän Suckling an Bord. Mit seinem Auftauchen wird alles anders, das Schiff ist auf einmal von Leben und Geschäftigkeit erfüllt. Er lässt seinen Neffen nach achtern in die große Kajüte kommen. Sie befindet sich auf dem oberen Deck, wo nur der Kapitän seine Unterkunft hat. Hier kann auch der größte Mann aufrecht stehen, und Licht durchflutet den Raum. Die großen, von verschnörkelten Holzrahmen eingefassten Erkerfenster ziehen sich in elegantem Schwung über die gesamte Breite des Schiffs und bieten einen weiten Ausblick über den Fluss. Aus der düsteren, übel riechenden Enge, in der er kaum stehen noch sehen konnte, steigt der Junge hinauf in die Weite und ins Licht …«

Hier hielt ich inne, Miss Lily hielt ebenfalls inne, und eine Weile lang herrschte Stille. Ich war mit der Passage noch nicht zufrieden. Irgendwie wollte ich den Kontrast noch lebendiger gestalten – so lebendig, wie ich ihn selbst vor mir sah. Denn genau in diesem Kontrast lag die entscheidende Bedeutung. Der Chintz und das Mahagoni der geschmackvoll eingerichteten Kajüte, die in maskulinem, aber sehr elegantem Stil möbliert war, das verschwenderische Licht, die Ordnung, die Ruhe. Der seltsam verwandelte Onkel im Glanze seiner blauen, mit goldener Litze besetzten Uniform, Welten entfernt von dem Landjunker, den der Junge kannte. Onkel Maurice war verklärt worden, er war ein Gott, er war an Bord gekommen und hatte dem Schiff Leben eingehaucht, er lebte hier oben im puren Äther. Während der kleine Horatio zuhörte, wie ihm sein Onkel das Schiff erklärte, begriff er, was Macht und Göttlichkeit bedeuteten. Es war die erste Lektion seiner seemännischen Laufbahn, und er sollte sie nie vergessen.

Ich wollte gerade weitermachen, als Miss Lily das Schweigen brach. »Das war wirklich interessant, wenn ich das mal so sagen darf. Ich hab den armen Jungen richtig vor mir gesehen, wie er im kalten Wind herumläuft und nicht weiß, was er mit sich anfangen soll. Mein Bruder hat früher in der Nähe von Gravesend gewohnt, da kann es bitterkalt werden, hoffentlich hatte er einen warmen Mantel an.«

Die dramatische Schilderung des Wetters hatte mal wieder ihre Fantasie in Schwung gebracht. Doch hatte sie auch den wesentlichen Punkt begriffen, den Ruf ins Licht, die wegweisende frühe Erkenntnis, welche Privilegien mit der Führungsrolle einhergehen? Ihr Mitleid mit ihm ärgerte mich – es erinnerte mich an meinen eigenen früheren Moment der Schwäche.

»Damals haben die Leute Entbehrungen besser ertragen«, sagte ich. »Sie waren zäher, härter im Nehmen. Sie erwarteten nicht, dass man sie verhätschelte, so wie das heutzutage üblich ist. Es gab keinen Vater Staat, der von der Wiege bis zum Grab seine schützende Hand über sie hielt.«

»Schützende Hand? Sind Sie in letzter Zeit mal am Südufer der Themse gewesen, in der Gegend um die Waterloo Bridge?

Da sehen Sie nicht viel von Vater Staat, es sei denn, diese Pappkartons kommen von ihm. Na ja, für mich wäre das jedenfalls nichts gewesen, so viel ist mal sicher.« Sie verzog das Gesicht, als sie das sagte, und runzelte die Stirn, ein Zeichen, dass sie es ernst meinte. Ich wusste nicht, ob sie von der ganzen Epoche redete oder nur von Horatios Erfahrung. »Warum hat er sich nicht irgendwo ein Eckchen gesucht, wo er sich hinsetzen konnte?«, fragte sie. »Wo der Wind nicht so blies?«

»Er wollte nicht untätig wirken. Charakter zählte damals noch etwas.«

»Ich seh nicht ein, was es bringen soll, sinnlos zu leiden. Es hätte mich mehr beeindruckt, wenn er aus dem Wind gegangen wäre. Die haben ihm doch richtig was abgeschnitten.«

»Na ja, nach dem misslungenen Landungsangriff auf Teneriffa mussten ihm die Wundärzte den Arm amputieren, und dann war da noch sein Auge, aber das –«

»Ich meine nicht Körperteile. Ihm *als Mensch* was abgeschnitten, meine ich.«

»Ich verstehe nicht, worauf Sie hinauswollen.«

»Er war doch eine Halbwaise, oder? Seine Mutter starb, als er neun war, und als er zur See ging, war er erst zwölf. Beim Abschied damals in London erlebte ihn sein Vater zum letzten Mal als Kind, sie sahen sich erst Jahre später wieder, und bis dahin war er ein Erwachsener. Man kann einen Jungen nicht aus seinem Zuhause herausnehmen, aus dem Umfeld, in dem er aufgewachsen ist, ohne dass er etwas von sich selbst verliert. Vielleicht würde man nicht sagen, dass ihm etwas abgeschnitten wurde, eher, dass er in einen zu engen Rahmen gezwängt wurde, wo er nicht richtig wachsen konnte.«

Miss Lily verstummte. Ich sah, wie ihre Brust sich hob und senkte. Sie war erregt. »Er wurde eingeengt, mehr will ich gar nicht sagen.«

Avon Secretarial Services aus Camden äußerte sich zur Enge von Horatio Nelsons Leben. Es war dermaßen absurd, dass ich nicht einmal böse werden konnte. Ich glaube, ich lächelte sogar. »Ein enger Rahmen, ach ja? Horatio diente fünf Monate als Midshipman auf der *Raisonnable,* dann fuhr er als Kommandantenbursche auf einem Westindienfahrer in die Karibik. Er segelte von Florida und Yucatán nach Venezuela, dann zu den Bahamas und den Antillen. Er sah Paradiesvögel, Korallenschlangen und Gürteltiere. Er sah Palmenwälder. Als er zurückkehrte, gerade mal vierzehn Jahre alt, lotste er ein Großboot auf der Themse, mit dem Vorräte vom Pool zum Delta transportiert wurden, und lernte mit Gegenströmungen und Untiefen umzugehen. Im darauf folgenden Jahr nahm er an einer Expedition in die Arktis teil, wo er Eisbären, riesige Eisfelder und die Mitternachtssonne sah. Dann wechselte er auf die *HMS Seahorse,* mit der er zum Ostindischen Archipel fuhr, von Bengalen bis Buschir. Da war er gerade mal sechzehn. Würden Sie das wirklich ein eingeengtes Leben nennen, Miss Lily?«

Jetzt hatte auch ich mich ereifert, diese unglaublichen Reisen rissen mich immer fort. »Wenn er eingeengt war, was sind wir dann?«

»Wie haben Sie mich gerade genannt?« Miss Lily lächelte schwach, schaute aber zugleich ziemlich verdutzt drein. Mir wurde klar, dass ich einen Lapsus begangen hatte. »Tut mir Leid«, sagte ich, »so nenne ich Sie immer, wenn ich an Sie denke, es ist mir einfach so rausgerutscht.«

»Wenn Sie an mich denken?«

»Na ja, um über jemanden oder etwas nachdenken zu können, gibt man dem Kind doch meistens einen Namen. Ob das nun Sokrates ist oder der dialektische Materialismus oder Manchester United. Im Kopf nenne ich Sie immer Miss Lily.« Während ich das sagte, begriff ich mit einer gewissen Verwirrung, warum ich wollte, dass sie erkannte, was für ein wundervoller Mensch Horatio gewesen war, was für ein großartiges Leben er geführt hatte. Er und ich waren so eng verbunden, dass sie Horatio nicht bewundern konnte, ohne auch mich zu bewundern …

Miss Lilys Gesichtsausdruck veränderte sich, das Lächeln

verschwand. Ich hatte den Eindruck, als spiegelten ihre Augen, die immer noch unverwandt auf mich gerichtet waren, meine Verwirrung wider. Meine, nicht ihre Gefühle. »Na«, sagte sie, »ich werde Sie jedenfalls nicht Mr. Charles nennen.«

»Charles reicht völlig.«

Mein Gesicht fühlte sich heiß an. Ich konnte mich nicht erinnern, wann ich das letzte Mal jemandem angeboten hatte, mich beim Vornamen zu nennen. Miss Lily brachte die Dinge wieder ins Lot. »Er hat schlichtweg kein normales Leben gehabt, mehr will ich gar nicht sagen«, erklärte sie. »Übrigens, was genau ist eigentlich ein Midshipman?«

Ich merkte wohl, dass das eine Art Ablenkungsmanöver war, war ihr aber dankbar dafür. Ich erklärte, Midshipman sei ein niederer Dienstgrad, die meisten Midshipmen seien Offiziersanwärter gewesen; sie hätten auf engstem Raum im Orlopdeck zusammengelebt, und zwar alle Altersstufen, vom zehnjährigen Jungen bis zum ausgewachsenen Mann, das Rohmaterial der Offiziersklasse.

Miss Lily hörte aufmerksam zu, doch ihr Kommentar, als er denn kam, bewies nur einmal mehr, wie hartnäckig sie in Diskussionen war. »Genau das habe ich gemeint«, sagte sie. »Ich meinte nicht eng im räumlichen Sinn, sondern im emotionalen. Er wurde in seinen Gefühlen reduziert. Eigentlich logisch, finden Sie nicht? Wenn man zu früh aus dem Nest gestoßen wird, kann man bestimmte Gefühle nicht mehr gebrauchen, also gehen sie einfach verloren. Das war sicher bei allen so, bei all den Jungs, die Midshipmen wurden, das war einfach nicht normal.«

»Auf diese Weise ist die Kriegsmarine zu ihren Offizieren gekommen, das Schiff war die Schule. Das war das System, und es hat funktioniert – ihm haben wir Camperdown zu verdanken, die Battle of the Saints und den ruhmreichen ersten Juni. Vor allem aber haben wir ihm Trafalgar zu verdanken, unsere Herrschaft über die Meere bis ins zwanzigste Jahrhundert.«

»Das kann schon alles sein«, sagte Miss Lily. »Trotzdem glaube ich, dass es sie irgendwie abgestumpft hat. Ich bin froh, dass mein Bobby da nicht durch muss.«

»Ihr Bobby?«

»Mein kleiner Sohn. Er ist zwölf. Genauso alt wie Nelson, als er zur See gegangen ist.«

»Ich wusste gar nicht, dass Sie ein Kind haben.«

Miss Lily schaute kurz weg, als lenke irgendetwas sie ab. »Das Thema hat sich bisher noch nicht ergeben.«

Ich war richtig perplex, diese Neuigkeit traf mich völlig unerwartet. »Sie müssen sehr jung gewesen sein, als Sie ihn bekommen haben.«

»Ich habe ihn allein großgezogen«, sagte sie, als wäre damit die Frage nach ihrer Jugend erschöpfend beantwortet. »Ich und Mum. Sein Vater hat sich ziemlich früh aus dem Staub gemacht, was letztlich nur gut war – das habe ich sogar damals schon gedacht. Übrigens interessiert sich Bobby sehr für Schiffe und Seeschlachten. Er arbeitet gerade an einem Projekt über Nelson. Als ich ihm erzählt habe, dass wir nach Portsmouth fahren wollen, um die *Victory* zu besichtigen, da hab ich gemerkt, dass er liebend gern mitfahren würde. Er hat nicht viel gesagt, aber ich habe es gespürt. Es wäre so schön für ihn, das alles von einem Mann erklärt zu bekommen …«

Und so ward es denn beschlossen. Immer noch in gelindem Schock angesichts Bobbys bis dahin ungeahnter Existenz, stimmte ich einem Termin für den Ausflug nach Portsmouth zu. Am ersten Sonntag nach meinem Vortrag würden wir fahren, zu dritt.

13

In jenen Jahren begann der April für mich stets mit einer Schlacht - mit dem dritten der vier großartigen Siege, die ich auf meinem Tisch in Szene setzte, der Schlacht von Kopenhagen am 2. April 1801, seinem letzten großen Triumph vor Trafalgar. Horatio war Anfang des Jahres zum stellvertretenden Befehlshaber der Kanalflotte im Rang eines Vizeadmirals ernannt worden. Ein verlockender Gedanke, dass nicht zuletzt menschliche Beweggründe die Lords der Admiralität zu dieser Ernennung veranlasst haben könnten, kürzte sie doch das Elend seiner scheiternden Ehe ab und erlaubte es ihm, sich ohne Gesichtsverlust dem öffentlichen Skandal seiner Liaison mit Emma zu entziehen, den grausamen Karikaturen, mit denen das Trio in den Londoner Zeitungen inzwischen so häufig bedacht wurde: Sir William, der vertrocknete Connaisseur, der die Welt durch seine Lorgnette beäugt; Emma in wogender Körperfülle und dramatischer Pose; Horatio grauhaarig und dünn, mit einem Auge und einem Arm ... Er war grotesk; in dieser Gesellschaft war Horatio grotesk. Ich akzeptierte das, akzeptierte es seit Jahren, es hatte unser Verhältnis nie beeinträchtigt, ich schrieb es der Verstörung seines engelgleichen Wesens an Land zu. Wie anders kann ein Engel, der von mittelmäßigen Menschen außerhalb seines Elements porträtiert wird, wirken, wie anders als grotesk?

Es muss eine große Erleichterung gewesen sein, dem beißenden Spott zu entgehen. Doch es gab Grund genug für die Ernennung, auch ohne dass man wohlwollende Motive dahinter hätte vermuten müssen. England kämpfte inzwischen um sein Leben, um die nackte Existenz. Mit Napoleons Sieg über

Österreich in Marengo war die Allianz gegen Frankreich auseinander gebrochen, wir standen ganz allein, während sich in den Ostseehäfen eine riesige Flotte gegen uns formierte und jenseits des Ärmelkanals eine neue Invasionsarmee zusammengezogen wurde. In einer vergleichbaren Gefahr sollte dieses Land erst 1941 wieder schweben.

Und wieder kommt er zu Hilfe, schmächtig und verstümmelt – wie tief stehen wir in seiner Schuld! Anfang Februar erfährt er, dass er in die Ostsee segeln soll, um zu verhindern, dass die skandinavischen Staaten sich mit Frankreich und Russland verbünden und ihre Häfen für englische Schiffe sperren. Sie sind traditionellerweise eigentlich nicht mit England verfeindet, aber der wahnsinnige Zar Paul, der wenig später ermordet wird, ist regelrecht vernarrt in Napoleon und ist ein Bündnis mit Frankreich eingegangen. Und der schuftige Korse, ein diabolischer schwarzer Mann für Generationen von englischen Kindern, hat einen logischen Schluss gezogen – die verfluchten Franzosen, an Logik mangelt es ihnen nie. England beherrscht die Meere, na schön, dann verhindern wir eben, dass es sie nutzen kann, verschließen wir dem englischen Handel die Ostseehäfen. Getreide und Holz: Ohne das eine kann England seine Menschen nicht ernähren, ohne das andere keine Masten für seine Schiffe bauen.

Unser erster Schritt besteht darin, den Dänen zu drohen. Vielleicht reicht eine Machtdemonstration. Der Oberbefehlshaber, Admiral Sir Hyde Parker, der sein ganzes Leben lang auf Nummer sicher gegangen ist, ist dafür der richtige Mann; doch zum zweiten Befehlshaber haben die Lords Horatio ernannt, denn sie wissen – wie alle in der Marine –, dass da, wo er hinkommt, der Sieg nicht lange auf sich warten lässt. Eine glückliche Wahl, denn die Machtdemonstration reicht nicht aus, die Dänen lehnen unsere Bedingungen ab, sie sind zum Widerstand entschlossen und richten sich darauf ein, ihre Hauptstadt zu verteidigen.

Ich musste recht früh am Morgen anfangen. Die ersten

Schüsse fielen zwar erst um kurz nach zehn, aber das Signal wurde um neun Uhr dreißig gegeben, und die Annäherung begann schon viel früher. Außerdem dauerte es ziemlich lange, diese Schlacht aufzustellen, denn die dänischen Küstenbefestigungen gehörten auch dazu. An diesem Morgen war ich noch langsamer als sonst, da ich den größten Teil der Nacht wach gelegen hatte und erst um fünf eingeschlafen war. Der Wecker klingelte wie üblich, aber ich schaffte es nicht, an die Oberfläche zu tauchen, hing zwischen Wachen und Schlafen, bis es nach acht war und ich plötzlich in Panik geriet, ich könne zu spät zur Schlacht kommen, sodass ich mit der Tasse in der Hand in den Keller hinunterhastete.

Ich hatte alles, was ich brauchte, hatte schon vor Jahren die dänische Küste maßstabsgetreu aus Pappmaché nachgebildet: die Einfahrt zum Hafen von Kopenhagen, die Landzunge mit der Furcht erregenden Trekroner-Batterie, die die Einfahrt verteidigte. Auch die Geschütze an der Küste waren da, kleine, aus Blei gegossene Modelle, die ich bei Wrights in Holborn gekauft hatte. Die Umrisse der dort befindlichen Untiefe, des Mittelgrunds, hatte ich erst abgepaust und dann aus dicker Pappe ausgeschnitten, die ich in ihrem sandfarbenen Ton beließ.

Diese längliche Raute aus sandfarbener Pappe, der Mittelgrund, stellt das größte Problem für die Angreifer dar. Ich richte sie sorgfältig aus. Sie liegt mit dem spitzen Ende nach Süden zwischen der dänischen Küstenbatterie und der schwedischen Küste und teilt die Meerenge in zwei Kanäle, wobei der westliche oder innere Kanal schmaler und seichter ist, massiv verteidigt durch die schwimmenden Batterien, die ich jetzt südlich der Stadt platziere. Da liegen sie, eine neben der anderen, in Linienformation vermurt. Ein gewaltiges Hindernis für eine Annäherung von Süden. Doch durch den äußeren, besser befahrbaren Kanal anzulaufen würde bedeuten, die englischen Schiffe dem vernichtenden Feuer aus der Trekroner-Festung auszusetzen, die über den Hafen wacht.

Horatio brennt darauf anzugreifen, sein Vorgesetzter zögert, macht Ausflüchte – er will die schwereren Schiffe nicht im Flachwasser aufs Spiel setzen. Wieder die klassische Kombination von besonnenem ersten und risikofreudigem zweiten Befehlshaber; erst in Horatios letztem Gefecht wird diese Spannung aufgelöst sein, wird die Befehlsgewalt allein in den Händen des Risikofreudigen liegen. Doch ihn bewegt noch anderes als seine Ungeduld gegenüber Sir Hyde Parker. Er hat Nachricht aus London erhalten, dass Emma von einer Tochter entbunden worden ist, der sie den Namen Horatia geben will. Er ist zum ersten Mal Vater und freut sich unbändig. Gleichzeitig wird er von Eifersucht gequält. Der Prinz von Wales hat Emma bei einem Empfang schöne Augen gemacht, und Horatio befürchtet, dass sie den Verführungskünsten dieses alten Lüstlings erliegen könnte. Er verdächtigt sogar Sir William – seinen treuen Freund –, sich aus lauter Respekt vor der Krone als Kuppler zu betätigen.

Sir Hyde Parker ist weiterhin unentschlossen. Er beruft eine Lagebesprechung nach der anderen ein. Er kann sich nicht entscheiden, ob er kämpfen will oder nicht. Horatio bringt in einem Brief nach Hause seine Gefühle auf den Punkt: *Wenn ein Mann erst überlegt, ob er kämpfen soll oder nicht, wiewohl die Befehlsgewalt allein in seinen Händen liegt, so ist dies ein untrügliches Zeichen dafür, dass er dem Kampfe abgeneigt …*

Schließlich setzt er sich durch: Sie werden von Süden her angreifen, durch den schmaleren Kanal anlaufen, außer Reichweite der Trekroner-Batterie. Er setzt seine Flagge jetzt auf der flacher gehenden *Elephant* und übernimmt das Kommando über rund die Hälfte der Flotte: zwölf flach gehende Linienschiffe, ein Fregattengeschwader, einige Bombardier- und Brandschiffe. Er wird die Stadt direkt angreifen. Hyde Parker bleibt bei seinen schweren Schiffen, hier, sechs Meilen weiter nördlich, ungefähr fünfundvierzig Zentimeter auf meinem Tisch.

Der Wind dreht auf Süd, günstig für sie. An diesem Tag vor einhundertsechsundneunzig Jahren, genau um diese Uhrzeit, wehte das erste Signal am Fall der *Elephant:* Anker lichten, Segel beisetzen. Mit diesem Befehl beginnt das Gefecht. Die englischen Schiffe gleiten unter ihren Marssegeln majestätisch in den Angriff. Ich stelle sie in der richtigen Reihenfolge auf, die *Edgar* an der Spitze. Der Plan ist ganz einfach: Sie werden an der feindlichen Linie vorbeifahren, ihr Feuer konzentrieren und so die Geschütze der vermurten Kanonenboote der Reihe nach zum Verstummen bringen.

Die Anfangsphase verläuft katastrophal. Die *Agamemnon* folgt nicht, wie geplant, der *Edgar,* sie kommt nicht an den Untiefen vorbei; hier liegt sie, an der Einfahrt zum Kanal, und signalisiert, dass sie nicht weiterkommt. Dann läuft östlich des Mittelgrunds die *Bellona* auf. Die *Russell,* die ihr im Qualm der Geschütze versehentlich gefolgt ist, erleidet dasselbe Schicksal. Ich stelle sie in südlicher Richtung hintereinander, sie berühren sich fast. Aus Horatios zwölf Schiffen sind neun geworden. Trotzdem lässt er weiter das Signal zum Vorrücken wehen, die übrig gebliebenen Schiffe nehmen ihre Positionen ein, das Gefecht greift auf alle über. Eine statische, mörderische Schlacht ist jetzt im Gange, eine Reihe donnernder Duelle, halb blind geführt im Abstand einer Kabellänge, mit grässlichen Verlusten auf beiden Seiten. Auf dem Hauptdeck der *Monarch,* direkt vor Horatio, steht über die gesamte Schiffslänge kein einziger Mann mehr. Unsere Geschützmannschaften sind hervorragend ausgebildet und sehr diszipliniert, wie immer, doch wegen der Untiefen sind die leichteren Schiffe im Einsatz, und die schwimmenden Batterien der Dänen sind massiv gebaut und liegen tief, einige ihrer Kanonen sind 44-Pfünder, schwerer als alles, was wir zu bieten haben. Tausend Tote und Verletzte auf englischer Seite innerhalb der ersten drei Stunden des Gefechts.

Meine *Monarch* lag still auf ihrem glitzernden künstlichen Meer, lautlos, reglos, außer wenn ich sie bewegte. Von dem blutigen Inferno auf den Decks so weit entfernt wie mein Körper von der Gefahr der Verletzung …

Genau in diesem Moment, bei diesem Gedanken, hatte ich plötzlich das schreckliche Gefühl, selbst verletzt worden zu sein, unten am Bein oder am Fuß. Ich hatte keine Schmerzen, spürte aber die Nässe des Bluts. Ich wappnete mich innerlich gegen den Schmerz, der jeden Moment folgen musste. Doch die Nässe war kalt, zu kalt für Blut. Als ich hinuntersah, stellte ich fest, dass ich mit dem einen Fuß im Wasser stand, mit dem anderen knapp daneben. In einem über einen halben Meter breiten Bach kam das Wasser unter der Tür durchgeflossen.

Ich war gezwungen, Horatio mitten in der noch nicht entschiedenen Schlacht zu verlassen, was ich noch nie getan hatte. Das Wasser strömte als flaches Rinnsal durch den Kellerflur, breitete sich allerdings glücklicherweise kaum aus, da der Boden zur Fußleiste hin leicht abfiel. Es kam von oben und floss, gleichsam ekstatisch murmelnd und glitzernd, die Treppe hinunter. Als ich hochging, stellte ich fest, dass die ganze Küche unter Wasser stand, es schwappte aus dem überlaufenden Spülbecken auf den Boden. In meiner Müdigkeit und Eile hatte ich vergessen, den Hahn abzudrehen, und irgendwie hatte sich der Abfluss verstopft.

Hausschuhe, Socken und der Saum meiner Hosenbeine waren inzwischen tropfnass. Ich platschte zum Spülbecken, drehte den Hahn zu und kratzte die Pampe aus Brotkrümeln und Kaffeesatz aus dem Abfluss. Da halfen nur Eimer und Mopp. Einige albtraumhafte Momente lang watete ich hin und her und versuchte mich daran zu erinnern, wo Mrs. Watson solche Sachen aufbewahrte. In dem Schrank neben der Speisekammer wurde ich schließlich fündig. Dann begann ich zu wischen – eine Aufgabe, die den gesamten Nachmittag und den größten Teil des Abends in Anspruch nehmen sollte. Wischen, auswringen, wischen, auswringen. Ich stand immer noch in der Küche, als Sir Hyde Parker mittags um eins in Sorge geriet – oder vielmehr, als die Sorge, die ihn von Anfang an erfüllt hatte, überhand nahm – und er sein historisches Rückrufsignal heißte. Durchaus verständlich, in gewisser Hinsicht. Aus sechs Meilen Entfernung konnte er nicht viel sehen, dicke Rauchschwaden hingen über dem Ort der Schlacht. Er hörte den Kanonendonner, der unvermindert schien. Er sah die Notsignale der auf Grund gelaufenen Schiffe. Er war ein alter Mann und hielt sich an die alten Maximen - und eine von ihnen besagte, dass Schiffe gegen Befestigungsanlagen nichts ausrichten können. Im Grunde seines Herzens glaubte er nicht, dass Horatio siegen würde. Und so setzte er das Signal neununddreißig: das Signal, das Gefecht abzubrechen.

In diesem historischen Augenblick, einem der Höhepunkte von Horatios Laufbahn, war ich immer noch kläglich am Wischen und Wringen. Ich war noch nicht einmal bis zur Kellertreppe vorgedrungen. Meine Füße waren klatschnass. Trotzdem richtete ich jetzt all meine Gedanken auf ihn, erwies ihm an diesem Tag des Triumphs die gebührende Ehre. Er sieht das Signal natürlich. Und was ist seine erste Reaktion? Er fragt, ob sein Signal noch weht, das Signal zum Nahgefecht. Man bestätigt es ihm. *Sorgen Sie dafür, dass es so bleibt.* Dann drehte er sich zu Kapitän Foley um, der neben ihm steht - Foley, der herausragende Seemann und Lotse, sein Schlachtgefährte vom Nil. *Wissen Sie, Foley, ich habe nur ein Auge - ich habe das Recht, gelegentlich blind zu sein.* Er hält das Fernrohr vor sein blindes Auge. *Ich sehe das Signal tatsächlich nicht!*

In solchen Momenten werden Legenden geboren. Der Held kennt keinen einfachen Weg; er darf sich von Vorsichtsmaßnahmen nicht hemmen lassen, sein Ziel nicht aus den Augen verlieren; er muss alles daran setzen, Hindernisse zu überwinden und die absolute Freiheit, den vollen Erfolg zu erringen. Die Umstehenden auf dem Schiff sollten diesen Moment nie vergessen: der Leutnant, der ihm die Nachricht von dem Signal überbrachte; Foley, an den er diese Worte richtete; Oberst Stewart, der Kommandant der Marinesoldaten, der sie für die Nachwelt festhielt. Und so sind sie dann an Generationen britischer Schulkinder überliefert worden, wie eben auch an mich. Der Inbegriff der heroischen Gehorsamsverweigerung, die radikale Ablehnung jeglicher Halbheiten. Und er, der Held, verstand den Wert dieser Geste ganz genau, diesen Moment, in dem Rollenspiel und Selbstverwirklichung aufeinander treffen und verschmelzen. Seine eigenen Gebrechen zu nutzen, um seine Position zu stärken! *Ich sehe das Signal tatsächlich nicht.* Wunderbar, einfach wunderbar. Um dreizehn Uhr vierzig, als diese Worte ausgesprochen wurden, stand ich, den Mopp in der Hand, reglos in der Küche und legte eine Schweigeminute ein.

Doch irgendwie drang Angst oder vielleicht eher eine böse Vorahnung in dieses Schweigen, sodass ich es nur noch mit Mühe wahren konnte – ich war nicht richtig präsent gewesen in diesen Momenten des Triumphs, ich hatte in meiner Rolle als Zeuge und Schatten versagt. Ich würde dafür bezahlen müssen. Wieder erfasste mich diese Sehnsucht nach Freiheit. Damals dachte ich, es sei *seine* Freiheit, nach der ich mich sehnte: die Angst überwunden zu haben. Eines Tages, vielleicht schon bald, würde ich mich seiner als würdig erweisen. Ich gelobte es, während ich dort stand. Doch dann begann ich mich wegen meiner nassen Füße zu sorgen; ich fürchtete, mich zu erkälten und meinen Vortrag nicht halten zu können, von dem mich jetzt nur noch eine Woche trennte. Der Küchenboden war nach wie vor feucht, schwamm aber nicht mehr. Ich ging ins Schlafzimmer und wechselte die Socken. Ich hatte keine Ahnung, welche meiner Schuhe, wenn überhaupt, wasserdicht waren, zog aber für alle Fälle die robustesten an, die ich hatte. Dann wischte ich weiter auf.

Es war fast acht, bis ich alles wieder einigermaßen in Ordnung gebracht hatte, und ich war todmüde. Vor lauter Aufregung wegen der Überschwemmung hatte ich völlig vergessen, etwas zu essen. Die Pizzeria am Haverstock Hill hatte einen Heimservice, und ich bestellte telefonisch eine Pizza Margherita, die im Nu da war – es vergingen genau zweiundzwanzig Minuten zwischen meinem Anruf und dem Klingeln an der

Tür. Ich trank ein Glas Rotwein dazu. Als ich danach wieder in meinem Arbeitszimmer saß, fühlte ich mich einigermaßen ruhig, zumindest anfangs.

Ich dachte darüber nach, wie sich das Gefecht nach Horatios intuitivem Ungehorsam weiterentwickelt hatte. Etwa eine Stunde später hatte das Feuer langsam nachgelassen. Nachmittags um vier waren die meisten dänischen Kanonenboote nur noch qualmende Wracks. Die Dänen hatten über zweitausend Tote und Verwundete zu beklagen. Doch nach wie vor kapitulierten sie nicht, beschossen weiter sporadisch unsere Schiffe. Und nun zeigte Horatio das andere Wesensmerkmal des fessellosen Engels – zu Mut und Elan gesellt sich unbarmherziger Siegeswille. Er ließ sich Schreibmaterial bringen. Auf dem hölzernen Gehäuse über dem Ruderkopf schrieb er eine Botschaft an den Kronprinzen Frederick. Wenn die Dänen ihren Widerstand aufgäben, so würde er sie verschonen, würden sie jedoch weiter Widerstand leisten, so sähe er sich gezwungen, sämtliche eroberten schwimmenden Batterien in Brand zu setzen, *ohne in der Lage zu sein, die Männer zu retten, die sie verteidigten.*

Und das hätte er wirklich getan. Er hätte seine Brandschiffe zwischen die wehrlosen Hulke geschickt und die gesamte Linie niedergebrannt, Männer und Schiffe. Und wenn das nicht gereicht hätte, um einen Waffenstillstand zu erwirken, dann hätte er das ganze schöne Kopenhagen, dessen steile Dächer und kupfergrüne Turmspitzen er gut sehen konnte, in Trümmer geschossen.

Die Dänen wussten, dass er nicht bluffte; ihre restlichen Kanonen verstummten. Nach einwöchigen Verhandlungen wurde ein Waffenstillstand unterzeichnet, Dänemark schied aus der Koalition mit Russland aus. Durch eine Ironie der Geschichte allerdings, eine jener Parallelitäten, die mich immer so faszinierten, wäre nichts von alledem nötig gewesen, keiner der vielen tausend Toten und Verstümmelten hätte auch nur einen Kratzer davontragen müssen. Ohne dass die Engländer und

Dänen davon wussten, hatte sich nämlich etwas ereignet, das sowohl das Blutvergießen als auch die Verhandlungen überflüssig machte. Eine Woche vor der Schlacht hatte sich eine Gruppe russischer Offiziere, die ein bisschen zu üppig getafelt hatten, zum Michailowski-Palast aufgemacht, den geisteskranken Zaren Paul erdrosselt und damit zugleich der Nordischen Koalition den Garaus gemacht.

Doch in gewisser Hinsicht war das irrelevant. Horatio hätte es getan, er hätte Kopenhagen niedergebrannt, wenn es nötig gewesen wäre. Ich kannte nur ein einziges Porträt von ihm, das diese Bereitschaft zum Äußersten widerspiegelte: das von Heinrich Füger, dem österreichischen Hofmaler. Sowohl Emma als auch Horatio hatten ihm in seinem Atelier in Wien Modell gesessen, als sie 1800 von Neapel nach England zurückreisten. Füger war eigentlich Miniaturenmaler, war jedoch auf Grund seiner nachlassenden Sehkraft notgedrungen zu größeren Formaten übergegangen.

Ich verspürte das Bedürfnis, dieses Porträt jetzt zu betrachten. Es lag mir nur in Form einer Farbtafel in *The Nelson Companion* vor. Das Buch stand im Regal, ich nahm es herunter und ging damit an meinen Tisch. Er war von einem Berg Blätter bedeckt – Notizen zu Horatios Aufenthalt in Neapel 1799, Stichpunkte zu meinem bevorstehenden Vortrag im Klub. Ich schob sie unwillig zur Seite, wollte nicht an meine Mühen erinnert werden. Wieder verspürte ich diese Sehnsucht nach Freiheit, nach der Beseitigung all meiner Zweifel. Sein Chronist zu sein war nicht genug, war nie genug gewesen …

Ich fand das Porträt und zog die Lampe tiefer herunter. Er trägt seine Gala-Uniform und ist reich mit Silber und Gold dekoriert: goldener Kragen, goldene Aufschläge und Epauletten, links an der Brust die silbernen Strahlen und goldenen Sonnen seiner drei Orden – Bath-Orden, St. Ferdinand-Orden und der türkische Halbmond –, in der Mitte übereinander die drei goldenen Ehrenzeichen der Kriegsmarine.

Ich starrte auf sein hell beleuchtetes Gesicht. Füger hatte etwas eingefangen, das kein anderer Künstler eingefangen hatte, vielleicht weil er von der Miniaturenmalerei kam, einer Technik, die einen sehr scharfen Blick erforderte. Nein, nicht eingefangen, entdeckt: eine Unbarmherzigkeit, die Fähigkeit zu intensivster Konzentration. Doch es war ein geliehenes Gesicht, es war nicht sein eigenes … Grünlich braune Augen, die Miene kalt, mitleidlos, aber nicht wirklich zu ihm gehörig, als wäre sie von außen auferlegt. Die Grausamkeit war etwas, was er ergeben hinnahm, so wie er seine ganze Rolle hinnahm. Das war nicht mehr der über Land reisende »Star«. Das war Horatio in der Rolle des Mörders.

Es ist nie gut, Dinge zu lange zu betrachten. Schon in meiner Kindheit hatte ich das gewusst. Während meiner Krankheit war es eine Art angstbeladenes Spiel gewesen. Jeder Gegenstand kann gefährlich werden, wenn er durch die Gewalt des Blicks aus der Welt herausgelöst wird. Ein Bleistift, ein Gummiband, ein Lichtschalter. Um wie viel mehr erst das Abbild eines menschlichen Gesichts – schon gar des seinen! Ich betrachtete es zu lange, dieses Gesicht eines Mörders aus Notwendigkeit, und ich spürte, wie mein Ich sich in seinem stärkeren Ich auflöste, spürte diese Notwendigkeit in ihrem ganzen Schrecken, Schwärze kroch von den Rändern in mein Blickfeld. Ich hob die Hand ans Gesicht, doch ich fühlte nichts, was dieses Gesicht zu meinem eigenen gemacht hätte. Ich schloss die Augen, umklammerte meine Jackettaufschläge, fühlte den rauen Tweed, wusste, dass er mir gehörte. Ich klappte das Buch zu, ohne noch einmal auf das Bild zu schauen. Ich blieb dort am Tisch stehen, nicht lang, wie es schien, aber vielleicht doch, und versuchte, meinen Blick nicht zu fixieren. Ganz allmählich kam ich wieder zu mir, ein klammes Gefühl: Ich war schweißnass, am ganzen Körper, und der Schweiß war kalt.

14

Miss Lily hatte, wie schon gesagt, eine Zone der Immunität erreicht, sie hatte die Linie durchbrochen. Ich empfand immer noch eine gewisse Feindseligkeit, wenn sie etwas gegen Horatio sagte, aber jener erste, gewaltgeladene Impuls hatte sich nicht wiederholt. Auch hatte sie sich im Laufe dieser paar Monate verändert. Sie hatte begonnen, über ihn zu lesen, sie sagte ihre Meinung, sie blieb länger als die vereinbarten zwei Stunden, ohne mir die Zeit in Rechnung zu stellen. Ihre Haare waren gewachsen, sie trug jetzt eine weichere Frisur mit einem Pony. Seit es draußen milder geworden war, glänzte ihr Gesicht nicht mehr so, und ihre Haut wirkte heller. Ich freute mich mittlerweile auf die Abende, an denen sie kam. Ich freute mich sogar darauf, ihre Sicht der Dinge zu hören, wenn diese auch grundsätzlich beschränkt war. Ich achtete damals kaum mehr auf mein Äußeres, doch dienstags und freitags, wenn ich wusste, dass sie abends kommen würde, wusch und rasierte ich mich sorgfältig und säuberte meine Nägel.

An besagtem Freitag allerdings, zwei Tage nach Kopenhagen, brachte sie mich mit einen Kommentar über sein Verhalten wirklich in Harnisch. Ich hatte gerade noch einmal erzählt, wie er das Fernrohr an sein blindes Auge hielt. Einer der großen Momente unserer Geschichte. Diese Impulsivität, diese Improvisationsfähigkeit –

»Also«, sagte sie, »einige Leute behaupten ja, dass die Bedeutung dieser Episode stark überschätzt wird.«

»Überschätzt? Wie kann diese Episode überschätzt werden?« Sie klang, als hätte sie das direkt aus einem Buch, es war nicht ihre eigene Sprache.

»Es gibt offenbar Grund zu der Annahme, dass dieser Parker vertraulich mit Nelson vereinbart hatte, dass das Signal ab einem gewissen Punkt nicht zwingend war.«

»Wollen Sie behaupten, das wäre alles abgesprochen gewesen?«

»Ich behaupte gar nichts, ich gebe es nur wieder.«

»Und Foley und die anderen?«

»Die wussten alle Bescheid.«

Inzwischen hatten sich die üblichen Wutsymptome bei mir eingestellt: die Beeinträchtigung meines Sehvermögens, das Gefühl, meine Gesichtshaut spanne über den Knochen. Das Ungewöhnliche, ja Überraschende dabei war allerdings, dass ich nicht versuchte, es vor Miss Lily zu verstecken: Ich drehte mich nicht weg, veranstaltete keine Ablenkungsmanöver. An diesem Abend mit Miss Lily brach ich mit meiner lebenslangen Gewohnheit, die Contenance zu wahren.

»Und das Fernrohr?«, sagte ich. »Was ist mit dem Fernrohr, das er an sein blindes Auge hielt? Reine Effekthascherei, Ihnen zufolge.«

Ich sah, wie ihre Augen größer wurden, ihr Blick wurde aufmerksamer, wacher. Doch sie schaute mich weiterhin unverwandt an.

»Nicht mir zufolge. Das kann man nachlesen – dass er es vorher schon wusste.«

Bei diesen Worten muss endgültig jede Farbe aus meinem Gesicht gewichen sein. »Nachlesen? *Nachlesen?* Wie können Sie solche Lügen wiederholen? Ist Ihnen klar, was Sie da tun? Sie schließen sich den Verleumdungen über ihn an, Sie reihen sich ein –«

Ich hielt inne, um meine Stimme wieder unter Kontrolle zu bringen. Mein Blickfeld hatte sich auf ihr Gesicht verengt, auf das dunkle Haar über ihren Brauen, die sanften, wehrlos anmutenden, hartnäckigen Augen, den breiten Mund mit den spitzen Mundwinkeln.

»Sie schließen sich der Verschwörung gegen ihn an«, sagte

ich, zu laut für das kleine Zimmer. »Seit zweihundert Jahren läuft das jetzt schon. Das sind dieselben Leute, die sich auch über sein Verhalten in Neapel 1799 auslassen, die versuchen, ihn als Betrüger hinzustellen.«

»Was für Leute sind das?«

Ihr Ton hatte sich nicht verändert, sie sah mich immer noch mit stetem Blick an. Diese Stetigkeit wirkte mäßigend auf mich, und ich hatte meine Stimme wieder besser unter Kontrolle, als ich ihr antwortete. »Die Leute, die die Vorstellung nicht ertragen können, dass so ein einzigartiger Mensch existieren konnte, die seinen Ruf untergraben müssen, die alles, was er je getan hat, in den Schmutz ziehen müssen. Dieser Mann, der unser Land vor den schändlichen Franzosen errettet hat, dessen schwächlicher Körper das Herz eines Löwen barg …«

Meine Stimme begann leicht zu beben, während ich ihn pries. Ich wandte mich von Miss Lily ab und fing an, mit den Blättern auf meinem Schreibtisch zu hantieren, hörte jedoch sofort wieder damit auf, da meine Hände zitterten.

Einen Moment lang war es still, dann sagte sie: »Sie nennen die Franzosen doch nur deshalb schändlich, weil Sie wissen, dass er sie nicht mochte. Ich weiß, dass er Ihnen viel bedeutet, Charles, und es ist ja auch gut, ein Hobby zu haben, aber er war auch nur ein Mensch, mehr will ich gar nicht sagen. Nehmen Sie's mir nicht übel, aber ich finde, dass Sie ihn ein bisschen zu wichtig nehmen. So wie ich das sehe, weiß keiner, wie das mit diesem Fernrohr wirklich war, und man wird es auch nie wissen. Man kann der einen oder der anderen Meinung sein. So was gibt es doch immer wieder. Ich weiß, dass es mir eigentlich nicht zusteht, das zu sagen, aber Sie bräuchten wirklich ein bisschen mehr Abwechslung in Ihrem Leben.«

Abwechslung, wo ich sein ganzes Leben hatte!

»Ich weiß, wir machen am Sonntag unseren Ausflug«, sagte sie. »Aber da geht es doch auch wieder um Nelson.«

Als ich mich jetzt zu ihr umwandte, sah ich, dass sie mich

mit unverkennbarer, ernsthafter Besorgnis musterte. Mir war schon vorher gelegentlich aufgefallen, dass sie sich auf ihre Weise um mich sorgte. Völlig unangebracht, natürlich, ich kam schon zurecht. Aber jetzt begriff ich zum ersten Mal, dass ihre Herabsetzung Horatios ein Ausdruck dieser Sorge war. Sie wollte, dass er in meiner Wertschätzung sank, und doch gesellte sie sich dadurch nicht zu seinen Verleumdern, denn sie tat es für mich. In diesem kurzen Moment der Demut erkannte, nein, ahnte ich, dass Miss Lily viel weniger selbstsüchtig war als ich, der ich mir gewünscht hatte, sie möge Horatio bewundern, aber nicht in ihrem, sondern in meinem eigenen Interesse, damit ich an dieser Bewunderung teilhaben, mich auch darin sonnen konnte …

Diese Stimmung hielt, wie gesagt, nicht lange an, aber sie brachte eine gewisse, wenn auch vage Aussicht auf Veränderung mit sich, und mein Ärger verpuffte endgültig. Und dann verletzte ich meinen zweiten Grundsatz, ich erzählte ihr eine mir selbst abträgliche Geschichte, erzählte von meinem panischen Aufwischen, während vor den Toren Kopenhagens Horatios Kanonen donnerten, und sie lachte. Auch ich lachte – ich weiß noch, dass ich auch lachte.

Die Schlachten interessierten sie kaum, nicht einmal Trafalgar. Sie schien nicht mehr darin zu sehen als eine perverse Vergeudung von Menschenleben; der Mut, der Patriotismus, der Kampfgeist, das alles galt ihr nichts, oder aber sie stellte es als etwas Bemitleidenswertes hin. Wie ich schon sagte, ihre Sicht der Dinge war beschränkt. Mit Idealismus war sie nicht gerade gesegnet. Aber sie interessierte sich sehr für Horatios Privatleben, besonders für sein Verhältnis zu Emma Hamilton, der sie allerdings nicht viel abgewinnen konnte.

»Diese Frau«, sagte sie, »die hat doch seine Eifersucht voll ausgenutzt. Dass er im Begriff war, das Leben so vieler Männer zu riskieren, das war ihr völlig schnuppe.«

Ich musste lächeln, als ich das hörte. Ich hatte ihr von Horatios Gemütszustand am Vorabend von Kopenhagen erzählt, dieser seltsamen Mischung von Gefühlen, der Ungeduld vor der Schlacht, der Freude über seine Vaterschaft, den Qualen der Eifersucht. »Die Gefahr für das Leben seiner Männer war nicht von vorrangiger Bedeutung«, sagte ich.

»Das hätte sie aber sein sollen. Was hatten sie schließlich schon zu gewinnen?«

»Horatio hat nie von ihnen verlangt, ein Risiko einzugehen, das er nicht auch selbst einzugehen bereit war.«

»Diese Unterhaltung hatten wir doch schon mal. Gut, er ging das gleiche Risiko ein. Aber die gleiche Belohnung gab es nicht. Wenn *er* überlebte, war er hinterher reicher und berühmter. Wenn sie überlebten, änderte sich gar nichts für sie.«

Ich merkte, dass mir das Lächeln auf den Lippen erstarb. Es war immer das Gleiche mit ihr, sie vereinfachte die Dinge in einem derart absurden Ausmaß, dass es unmöglich war, ihr irgendetwas zu erklären.

»Sie werden wohl kaum behaupten, dass das kein Unterschied ist«, sagte sie. »Jedenfalls hat sie seine Liebe ausgenutzt – diese Frau, die er für eine Zierde ihres Geschlechts hielt.«

Woher wusste sie das? Wir waren in meinem Buch noch nicht so weit gekommen. Aber ich konnte mir die Frage sparen – ich wusste inzwischen, dass mein Buch nicht mehr ihre einzige Informationsquelle war.

»Ich habe ihren Briefwechsel gelesen«, sagte sie, als hätte ich meine Frage doch gestellt. »Sie gehen auf einen Empfang in London, zu dritt, die Hamiltons und er. Der Prinz von Wales ist auch da, er sieht Emma und findet Gefallen an ihr, er hat schon immer ein Faible für etwas üppigere Formen gehabt. Also macht er ihr schöne Augen. Nelson bemerkt das und bringt es hinterher zur Sprache. Sie sagt, dass da nichts ist, dass sie schließlich nichts dafür kann, wenn sie dem Prinzen gefällt, und dass nicht mehr dahinter steckt.«

Ihr Gesicht nahm jetzt diesen sturen und zugleich euphorischen Ausdruck an, den es immer hatte, wenn sie ihr Missfallen zum Ausdruck brachte.

»Eine seltsame Vorstellung«, sagte ich, »dass auch William Pitt der Jüngere dort war, und mit ihm fast sein gesamtes Kabinett. Horatio stand ihm an diesem Abend direkt gegenüber.«

Das war ein Versuch, Miss Lily abzulenken, der aber natürlich fehlschlug, da sie keine Ahnung hatte, welchen Stellenwert diese Begegnung für mich hatte, sie kannte die Geschichte von dem Schachspiel und den beiden nebeneinander abgebildeten Männern im Buch meines Vaters nicht. Mit der Macht eines aufregenden, unzulässigen Impulses schoss mir plötzlich der Gedanke durch den Kopf, dass ich Miss Lily diese Geschichte erzählen könnte, so wie ich sie einst Penhas erzählt hatte, ich könnte versuchen, ihr zu erklären, wie wichtig das für mich gewesen war, diese Wunde, die ich im Moment des Sieges zugefügt bekommen hatte, die Entscheidung zwischen dem Staatsmann und dem Seefahrer, diese frühe Lektion in Contenance. Ich zögerte, und der Moment verstrich, doch ist eine Versuchung erst einmal eingestanden, so ist man nicht mehr derselbe; dieses Verlangen, mich ihr anzuvertrauen, das sich wie etwas Sündiges in mir geregt hatte, sollte mir in Erinnerung bleiben. Vorerst allerdings begnügte ich mich mit einer sachlichen Anmerkung: »Es war kein richtiger Empfang. Es war ein Abendessen im großen Stil bei Alexander Davison am St. James Square.«

»Wer war denn das?«

»Das war Horatios Prisenagent.«

»Und was ist ein Prisenagent?«

»Das war der Mann, der das Prisengeld an die Männer verteilte, die in einem Gefecht mitgekämpft hatten. Manchmal hatten die eroberten Schiffe wertvolle Ladung an Bord. Manchmal sogar außerordentlich wertvolle. Es gab eine Prisenordnung, jedem stand ein genau festgelegter Anteil vom Gesamtwert zu. Der Kommandant des Schiffs bekam ein Viertel, die Leutnants ein Achtel und so weiter.«

»Das heißt, die haben ihre Beute einfach verteilt?«

»So könnte man es wohl auch ausdrücken.«

»Und wie viel bekamen die Männer, die einfachen Seeleute?«

»Das kommt darauf an, wie viele es davon gab. Es blieb immer ein Viertel zurück, wenn alles andere verteilt war.«

»Für mich klingt das wie Blutgeld.«

»Horatio hat nicht für Geld gekämpft. Er kämpfte für sein Land.«

»So oder so, es hat seinen Sold sicher hübsch ergänzt, mehr will ich gar nicht sagen. Na egal, wo das Essen stattfand tut nichts zur Sache. Der Prinz von Wales findet also Gefallen an ihr, und sie sorgt dafür, dass ihr Geliebter das weiß. Kaum ist er wieder auf See, fängt sie an, ihn zu quälen. Der Prinz taucht immer wieder in ihren Briefen auf. Sie meidet den Prinzen, so gut es geht. Der Prinz setzt alles daran, sie zu verführen, doch bisher hat sie sich seinen Annäherungen entziehen können. Doch dann lädt Sir William ihn gegen ihren Willen ein. Sie hat ihre Pflichten als Gastgeberin, was soll sie tun? Und so weiter. In einem Brief nach dem anderen. Dieser Empfang, dieses Abendessen, oder was es eben war, fand im November statt, und im März berichtete sie immer noch davon. Und er hockt auf seinem Boot, was weiß ich wo, und leidet Höllenqualen.«

»Schiff, nicht Boot.«

»Diese Frau ist ein offenes Buch für mich.«

»Na ja, sie war auch nicht mehr die Jüngste, ihre Schönheit welkte dahin, sie machte sich Sorgen um ihre Zukunft.«

»Wer tut das nicht? Wenn wir damit alles entschuldigen wollten …«

Miss Lily war offensichtlich nicht zur welkenden Schönheit bestimmt, und ich hatte den Verdacht, dass sie deshalb so wenig für Emma übrig hatte, doch das sagte ich natürlich nicht. Stattdessen schlug ich vor, wieder an die Arbeit zu gehen.

Bis zu meinem Vortrag waren es nur noch fünf Tage, und ich war immer noch nicht zufrieden mit dem, was ich geschrieben hatte. Ich strich aus, schrieb um, strich wieder aus, ein Prozess, der überhaupt kein Ende zu nehmen schien. Alles dauerte länger als erwartet. Miss Lily wurde die ständigen Korrekturen irgendwann leid. »Ich weiß, dass Sie ein Perfektionist sind«, sagte sie, »aber alles hat seine Grenzen.«

Doch genau diese Grenzen erreichte ich nie, gab es doch nahezu unbegrenzte Möglichkeiten, Wörter miteinander zu kombinieren. Unter der vielfältigen Belastung hatte sich ein alter nervöser Tick von mir wieder eingestellt, eine leichte und, wie ich hoffte, unauffällige Neigung, gelegentlich unwillkürlich zu schlucken, wobei die Zähne mit einem leisen Klicken aufeinander trafen, das, glaube ich, nur ich selbst hören konnte. Es war eine seltsame, reflexartige Bewegung in der Kehle, die womöglich noch aus der fernen diluvialen Vergangenheit unserer Spezies stammte, so als würde ich nach einem zu nahe gekommenen Insekt schnappen.

Ich hatte einen Teil der zweiten Episode aus *Das Werden eines Helden* überarbeitet, derjenigen, die sich 1775 zutrug, als Horatio siebzehn war, und die das Ende seiner Jugend markierte. Er war als Midshipman an Bord der *Seahorse* zum Ostindischen Archipel gesegelt, eine Fahrt voller Wunder – sie hatten das Kap umrundet, waren nördlich der Roaring Forties – einem sturmgepeitschten Stück Ozean – entlanggelaufen, waren dann nach Norden abgedreht und hatten Kurs auf Madras und Kalkutta genommen, um schließlich durch den Persischen Golf nach Basra und zurück nach Trincomalee auf Ceylon zu segeln.

Schon in meiner Kindheit, als mein Interesse an Horatio gerade erwacht war, hatte ich diese Fahrt in meinem Schulatlas nachvollzogen, Meile für Meile, hatte mir das gleißende Licht vorgestellt, das Meer, das einem gierigen Mond zustrebte, rote Sandwüsten, angeschwollene Ströme, storchbeinige Menschen, die in überfluteten Gegenden lebten, feurige Tiger, Krokodile wie treibende Baumstämme. All die wirren Fragmente meiner Lektüre und meiner Fantasie fanden in der Fahrt der *Seahorse* zusammen. Und auch Gedanken an meine Mutter spielten hinein. Sie war nach Indien gegangen, als sie uns verließ. Irgendwo auf diesem Kontinent ist oder war sie. So wie ich über diese große Zeitspanne hinweg Horatios Zeuge und Schatten war, mochte es auch umgekehrt geschehen sein. Vielleicht hatte Horatio auf den Stufen eines Tempels jenseits eines schlammigen Flusses eine Frau im blauen Gewand gesehen, vor der bleiernen Weiße des Himmels …

Auch war in dieser Fahrt alles enthalten, was ich als Kind von Brutalität wusste. Horatio war in der Arktis und in den Tropen gewesen, doch dies war seine erste Fahrt auf einem Kriegsschiff im aktiven Dienst, und der Kapitän, George Farmer, war dafür bekannt, dass er eiserne Disziplin hielt. In dreihundert Fällen, von denen man jeden Einzelnen gewissenhaft im Logbuch verzeichnete, wurde ein Mann mit nacktem Oberkörper an die Gräting gebunden und mit der so genannten neunschwänzigen Katze, einer Peitsche mit neun Riemen, ausgepeitscht. Zwei- oder dreimal die Woche. Man kann davon ausgehen, dass Horatio diese Auspeitschungen miterlebte.

Die Fahrt endete für ihn im Dezember 1775 irgendwo südlich von Bombay mit einem Malariaanfall. Es war sein erster, und der Junge ging fast daran zu Grunde. Man überführte ihn auf die *Dolphin,* das einzige verfügbare Schiff, das ihn nach Hause bringen konnte – man glaubte, er könne nur in England genesen. Allerdings segelte die *Dolphin* erst im darauf folgenden März ab, und da war Horatio immer noch an die Hängematte gefesselt, stand immer noch an der Schwelle zum Tod.

»Sein berühmtes Glück«, sagte ich zu Miss Lily. Doch Glück war das falsche Wort, das wusste ich, auch wenn sie es nicht wusste. »Wären sie sofort abgesegelt, wäre er gestorben, die Fahrt hätte fünf oder sechs Monate gedauert, und das hätte er nicht überlebt.«

Was ihn rettete, war ein Sturm. Die ersten Tage waren ruhig, das Schiff machte langsame Fahrt, die Segel von einer leichten Brise gebauscht. Ich wollte diese Ruhe vermitteln, das langsame Wogen der See, die sanft schaukelnde Hängematte des kranken Horatio, die sich mit dem schaukelnden Schiff bewegt, das Ächzen und Klagen der Spanten, die wandernden Schatten der Takelage, der Schatten des Todes, der auf dem Jungen liegt. Ein berühmtes Schiff, die *Dolphin,* wobei ihm das damals vermutlich egal war – das erste Schiff, das zweimal die Erde umrundet hatte.

Und dann, Anfang April, schlug mit aller Gewalt der Sturm zu, drückte die Wellen gegen die Speigatts, sodass die Decks überflutet wurden, zerriss die Segel, trug die leichteren Rahen fort und riss die schwereren aus ihren Stropps. Krank und geschwächt, völlig hilflos in diesem albtraumhaften Chaos, entgeht der junge Horatio nur um Haaresbreite dem Tod. Denn gerade noch rechtzeitig kommt über das tobende Wasser hinweg der Tafelberg in Sicht, sie erreichen den Schutz des Kaps, und die *Dolphin* geht in Simonstown vor Anker, damit das Schiff instand gesetzt werden kann. Die Reparaturen nehmen einen Monat in Anspruch, was für Horatio einen Monat lang frische Luft und gutes Essen nach der drückenden Schwüle an der indischen Küste bedeutet – ein Monat, der ihm das Leben rettete.

Ich wollte diese ganze Vorgeschichte einbeziehen, denn sie war unerlässlich, um die nötige Spannung aufzubauen. Die prägende Erfahrung allerdings erfolgte später, auf der Heimfahrt, irgendwo auf dem Atlantik. Horatio war auf dem Weg der Genesung, aber immer noch sehr schwach und antriebslos. Er dachte viel über seine Zukunft nach, und in seiner trüben Stimmung schienen ihm die Aussichten düster.

»Ich habe beschlossen, das Ganze in der ersten Person zu erzählen«, sagte ich zu Miss Lily. »Ich möchte so weit wie möglich seine eigenen Worte verwenden – ich weiß gar nicht, wieso ich nicht früher darauf gekommen bin.«

Miss Lily wandte sich mit besorgter Miene zu mir um. »Sie ändern es schon wieder, zum x-ten Mal. Sie machen sich richtig fertig. Irgendwann muss man mal einen Schlussstrich ziehen, irgendwann muss man sich einfach sagen, so, besser geht's nicht.«

»Ich muss dem Ereignis gerecht werden. Ich muss ihn persönlich zitieren. Es war eine richtige Bekehrung, der Moment, in dem der Ruf der Vorsehung an ihn erging.« Ich schluckte unwillkürlich, neigte schnell den Kopf, um es zu verbergen, und hörte das leise Klicken meiner Zähne. »Da steht er also«, sagte ich, »auf Deck oder vielleicht unten in der Kajüte. Er hat das Tal des Todes durchschritten. Dann die lange Genesungszeit, der Körper erholt sich, doch in der Seele herrscht noch immer Finsternis. Sein Leben scheint ohne Perspektive. Wie drückt er es aus? *Ich sah keine Möglichkeit, das Ziel meines Strebens zu erreichen* ... Und dann die Erlösung, die Vision: Er sieht eine glänzende goldene Weltkugel vor sich in der Luft schweben, ganz konkret und greifbar. In diesem Moment erkennt er seine Berufung, er ist kein Junge mehr. Ich möchte es mit seinen eigenen Worten sagen: *Ein leidenschaftlicher Patriotismus glühte in mir auf, und ich erkannte in König und Vaterland meinen Patron. Ein erhabenes Gefühl bemächtigte sich meiner. So sei es, rief ich aus, ich werde ein Held! Im Vertrauen auf die Vorsehung will ich jeder Gefahr die Stirn bieten.*«

Ich hielt inne. Auch mich erfüllte plötzlich ein erhabenes Gefühl. Es schien mir, als hinge ein Abglanz dieses Leuchtens, ein schwacher Widerschein dieser glänzenden Weltkugel, zwischen Miss Lily und mir. »Bitte«, sagte ich, »da hören Sie's. Die Berufung zum Helden, feierlich gelobt und angenommen. Diese strahlende Vision begleitete ihn sein Leben lang, ich muss sie in meinem Vortrag besonders hervorheben.«

Doch auf Miss Lilys Gesicht war von erhabenen Gefühlen keine Spur. »Ich glaube nicht an diese Kugel«, sagte sie. »Er hat das viel später geschrieben, vielleicht zwanzig Jahre danach oder so. Man schmückt seine Erinnerungen doch immer etwas aus, oder? Außerdem kann man nicht sein Vaterland als Patron haben, das muss ein Mensch sein. König George III. hatte den Verstand verloren, und der Prinz von Wales entpuppte sich als purer Playboy, noch dazu als übergewichtiger. Nelson dachte, er wäre hinter Emma her, aber wahrscheinlich war er das gar nicht. *Gott schlage ihn mit Blindheit, wenn er dich ansieht,* schrieb Nelson ihr.«

Es war das erste Mal, dass sie mir gegenüber seine Worte zitierte. Natürlich hätte ich wissen müssen, dass sie nicht in der Lage war, die Bedeutung dieses Moments der Transzendenz in Horatios Leben zu erkennen; des Moments, in dem dieser Sohn eines Geistlichen den Patriotismus als religiöse Offenbarung erfuhr.

Sie war außer Stande, von ihrem ganzen Wesen her außer Stande, den Schritt vom Konkreten zum Abstrakten zu machen, war außer Stande zu erkennen, dass es nicht auf diese oder jene Verkörperung des Königtums ankam, sondern auf die Hingabe an ein Ideal des Dienens. Eigentlich war es so offensichtlich, dass es sich gar nicht lohnte, darüber zu streiten. Ich sagte: »Ich möchte ein paar allgemeine Anmerkungen zur Symbolik der Weltkugel anschließen. In der Hand des Monarchen versinnbildlicht sie dessen Herrschaft über die Welt. Die römischen Kaiser waren die Ersten, die sie verwendeten. In der religiösen Kunst hält Christus, der Salvator mundi, der Retter der Welt, sie in der Hand.«

»Er muss ganz schön einsam gewesen sein, kann ich da nur sagen.«

»Was?« Ihr Einwurf verwirrte mich, er schien in keinerlei Zusammenhang zu meinen Äußerungen zu stehen. »Meinen Sie Christus?«

»Nein, Nelson. Er muss furchtbar einsam gewesen sein, das war doch nicht normal.«

Ihre Stimme klang mitleidig – sie maßte sich an, ihn zu bemitleiden. Ja schlimmer noch, als ich ihr kurz ins Gesicht sah, hatte ich den Eindruck, diese unerträgliche Gefühlszuwendung gelte auch mir.

15

In der Nacht vor meinem Vortrag schlief ich kaum. Ich lag stundenlang im Dunkeln wach und dachte über die Apriltode nach. In unserem Kalender, Horatios und meinem, ist der April der Monat des Todes. Im April 1802 starb Horatios Vater, der Reverend Edmund Nelson, dessen Stolz auf den Erfolg seines Sohnes durch den Kummer über dessen ruinierte Ehe, Fannys Gram und den Skandal um die Affäre mit Emma gedämpft wurde. Ein Jahr später, wiederum im April, tat Sir William Hamilton, traurig und vertrocknet, in seinem Haus in Piccadilly den letzten Atemzug. In Emmas Armen liegend, Horatios Hand in der seinen, erlosch er *wie ein Kerzenstumpf.* Das Trio löste sich auf und mit ihm die Fiktion von Horatio als einer Art Dauergast; jetzt waren nur noch die zwei Liebenden da, die nach Hamiltons Tod nicht mehr unter einem Dach wohnen konnten. Auch Horatios Ende war nicht mehr fern; zwei Jahre später im April brach er zu seiner Todeshatz auf, der Verfolgung der französischen Flotte, die in der Schlacht von Trafalgar ihren Höhepunkt finden sollte.

Im April starb auch mein Vater, letzten April, ein Jahr ist es her. In einem Krankenhausbett im Einzelzimmer verblutete er langsam. Es war ein Vorgang, den er als unlogisch verurteilt hätte, wäre er noch dazu im Stande gewesen; der Tumor an sich war nicht tödlich, er wurde es erst dadurch, dass man ihn entfernte.

Wo floss all das Blut hin? Äußerlich war nichts davon zu sehen, kein Tropfen, nicht die geringste Spur. Wieder einmal stieg diese Frage in mir auf, als ich dort im Dunkeln lag, und ich empfand das gleiche fassungslose Entsetzen bei dem Gedanken an das Blut, das sich allmählich in diesem mürben Gefäß, dem Körper meines Vaters, sammelte. Und wieder dachte ich, um das Entsetzen abzuwehren, an das Licht an jenem Nachmittag im April, an dem er starb. Es war jenes neutrale, nuancenlose Licht, das sich an diesigen oder bedeckten Tagen, durch dünne Gardinen gefiltert, über alles legt. Wieder versuchte ich mich daran zu erinnern, wo im Zimmer die Fenster gewesen waren, wo das Bett gestanden hatte; und wieder erschien es mir seltsam und in gewisser Weise auch schockierend, dass ich die Details einer Szene, die doch in ihrer Essenz so fest in meinem Gedächtnis verankert war, nicht mehr abrufen konnte. Vielleicht lag es ja nur an der Trübung meines Erinnerungsvermögens, dass mir das Licht an jenem Nachmittag im Rückblick so trübe und nuancenlos erschien. Über der Tür ein fächerförmiges Fenster, Milchglas …

In periodischen Abständen öffneten sich die Augen meines Vaters, und seine Hände zupften an der Decke herum, einer weißen Decke, genau. Vielleicht eine halbe Minute lang ging das so. Dann schlossen sich die Augen wieder, und seine Hände regten sich nicht mehr, als wären sie durch eine plötzlich aufgetauchte Überlegung zum Stillstand gebracht worden, durch irgendetwas, das sich hinter der Maske seines Gesichts abspielte, das ungestört vollzogen werden musste, in völliger Stille und Ausdruckslosigkeit. Zu welchen Schlussfolgerungen er dabei auch gelangen mochte, meinen Bruder Monty und mich, die wir rechts und links seines Bettes saßen, ließ er nicht daran teilhaben. Stühle mit Chromgestell, genau, der Glanz des Metalls durch dieses Licht gedämpft. Nach ein paar Minuten öffneten sich die Augen wieder und starrten nach oben, die blutleeren Hände nahmen ihre kurzen fahrigen Bewegungen wieder auf, als suchten sie nach Stoff für weitere Überlegungen.

Es war eigenartig – ich war versucht, Monty hinterher darauf anzusprechen, tat es dann aber doch nicht –, dass in diesen Perioden mehrdeutiger Stille, die wie tiefes Nachdenken wirkten, doch womöglich auch etwas ganz anderes waren, auf jeden Fall aber Vorboten seines Todes, dass also in diesen Schwellenphasen also mein Vater am ehesten er selbst zu sein, sich in der Hand zu haben schien. Er hatte uns immer beherrscht, indem er nichts von sich zeigte, und das behielt er bis zum Schluss bei, fast bis zum Schluss. Doch über so etwas hätten Monty und ich nie reden können.

Monty schlägt äußerlich nach unserem Vater, das gleiche lange Gesicht mit dem markanten, eckigen Kinn, die gleichen geraden Brauen, die Augen dunkel und ziemlich tief liegend. Vielleicht war er deshalb der Bevorzugte, ein zweifelhafter Segen – man erwartete mehr von ihm. Diese Ähnlichkeit ist ein guter Anfang, mag Vater gemeint haben, ein Junge, der so aussieht, kann es zu etwas bringen. Monty galt in der Schule nicht als kluger Kopf, doch er arbeitet hart und versteht etwas vom Geld – auch da ganz wie Vater. Er ist im Börsenviertel als Anlageberater für japanische Firmen tätig und verdient damit nicht schlecht. Er mag Männer. Ich sehe anders aus, bin blond und habe blaue Augen, eher wie meine Mutter, zumindest soweit ich mich erinnere. Ich habe keine Fotos von ihr, sämtliche Bilder von ihr verschwanden, über Nacht, wie es schien, nachdem sie gegangen war.

Rechts und links von ihm auf unseren Stuhlkanten sitzend, sahen wir im matten Licht jenes Nachmittags zu, wie er starb. Niemand sagte uns, dass er im Sterben lag, keiner dort im Krankenhaus informierte uns. Ab und zu kam eine geschäftige irische Krankenschwester herein und überprüfte den Tropf. Sie muss gewusst haben, sie alle müssen gewusst haben, dass sein Leben verrann.

Nicht lange bevor er starb, trat für ein paar Minuten eine Veränderung ein. Er bekam etwas Fiebriges, eine gewisse Wärme – nicht Farbe – stieg ihm in die Wangen. Er stimmte eine Art Gemurmel an, das von tastenden Bewegungen der einen Hand begleitet wurde, der rechten, genau, er wollte in die Luft vor sich deuten oder auf die gegenüberliegende Wand. Er zeigte auf etwas oder bat um etwas, aber zunächst verstanden wir nicht, um was es ging. Er versuchte mühsam, sich aufzurichten, und wir halfen ihm. Seine Augen waren aufgerissen, sein Blick drängend. Er starrte geradeaus, auf die von einem Vorhang verdeckte Nische in der weißen Wand. »Meine Hose«, sagte er mit einer Stimme, die durchaus klar, aber kaum als die seine zu erkennen war. »Holt sie mir.«

Er verstummte, immer noch nach vorne deutend. Dann hob er die Hand in einer verschwörerischen, warnenden Geste ans Gesicht. »Sagt *ihr* nichts davon«, sagte er. »Sie wird das nicht verstehen. Los jetzt, holt mir meine Hose.«

Er wollte seinem Tod entfliehen, was er ohne Hose nicht angehen wollte. Er hatte uns nie zuvor um Hilfe gebeten; völlig passend, dass er es jetzt in Form eines Befehls tat. Mein Bruder und ich schickten uns beide an, ihm zu gehorchen. Selbst jetzt, in seiner Schwäche und seinem Fieberwahn, war seine Wahrnehmung der Realität mächtiger als unsere; seine Vision seiner selbst als eines behosten Ausbrechers übertrug sich auf uns. »Schnell«, sagte er mit dieser fremden Stimme, »ihr müsst schnell machen.«

Wir sprangen auf, alle beide, für den Augenblick bereit, die Instrumente seiner Flucht zu sein. Und da, in diesem Bruchteil eines Moments, bevor ich mir der Grenzen seiner Macht wieder bewusst wurde, geschah es, da drängte sich mir die Frage auf: Wollte ich wirklich, dass er wieder seine Hose anhatte, wieder zu Hause war, neben dem Billardtisch, den ich bereits unter der glitzernden Abdeckung aus Billardfries und Glas als unseren – Horatios und meinen – Ozean vor mir sah?

Dieses plötzliche Zaudern war schrecklich, der Moment verfolgt mich seither. Wollte ich, dass er starb? Ich sah, wie Monty sich wieder setzte, und fragte mich, ob auch er von diesem Zweifel heimgesucht worden war. Ich frage mich das heute noch.

Als wir keine Anstalten machten, seine Hose zu holen, wurde seine Miene erst bekümmert, dann ausdruckslos. Er ließ sich ins Kissen sinken, und wenig später starb er. Der konkrete Zeitpunkt war nicht wahrnehmbar. Wir betrachteten schon ein paar Minuten lang das leblose Gesicht, als eine Krankenschwester hereinkam, ihn anfasste, wieder hinausging und mit einem Arzt zurückkam, der uns sagte, er sei entschlafen.

Dieser Befehl meines Vaters, ihn aus dem Krankenhaus zu befreien, enthielt ein seltsames Element der Umkehrung. Eine weit zurückliegende Zeit klang darin an, als mein Vater einmal ins Krankenhaus gekommen war, um mich zu befreien. Am Nachmittag seines Todes fiel mir diese Verbindung nicht auf, doch in den darauf folgenden Monaten kam sie mir sehr oft in den Sinn, so auch in dieser Nacht wieder, als ich schlaflos in einem Dunkel lag, das sich langsam mit Stimmen füllte.

Ich war sechs Jahre alt. Es war vor meiner Schachzeit, vor den Abbildungen in dem Buch, lang bevor ich wusste, dass Horatio und ich im gleichen Alter die Mutter verloren hatten. Ich lag seit zwei Wochen im Krankenhaus, hatte den Blinddarm herausgenommen bekommen. Ich fand das Krankenhaus schrecklich und wollte unbedingt nach Hause. Schon damals auf Contenance bedacht, hatte ich das jedoch niemanden dort merken lassen, weder die Krankenschwestern noch die anderen Kinder auf der Station. Ich war gewaschen, gekämmt und startbereit, hatte aber keine Straßenkleidung anziehen dürfen, ich wartete in Schlafanzug und Morgenmantel auf ihn – ein neuer, schicker Morgenmantel, ich erinnere mich noch an ihn. Mit anderen Worten, ich hatte keine Hosen an. Wahrscheinlich wegen des Autos, so denke ich heute, ich sollte im Auto nach Hause gebracht werden. Doch damals kam mir dieser Gedanke nicht. Die Tatsache, dass ich immer noch Krankenhauskleidung trug, weckte den Verdacht in mir, dass man mich in Wirklichkeit nicht gehen lassen wollte.

Er erschien mir wie aus einer anderen Welt, als er mich abholen kam, wie ein Gott. An diesem Ort der hellen Wände und Böden, blitzblank in meiner Erinnerung, wirkte er fremd und finster mit seinen dunklen Haaren und Augen, seinem marineblauen langen Mantel, seinem rotbraunen Schal. Die Kleider, die er an jenem Tag trug, hinterließen einen unauslöschlichen Eindruck bei mir. Damals trug er noch die Kommandierhosen. Auf dem langen Gesicht mit dem breiten Kinn ein großmütiges Lächeln.

Ein paar Worte zu den Krankenschwestern, während ich dastand und wartete. Sie waren beeindruckt – er erregte lebhaftes Interesse. Dann sah er mich an. »Fertig?«

An meine Reaktion erinnere ich mich nicht mehr. Ein bloßes Nicken womöglich, irgendeine schüchterne Bestätigung – ich wurde immer schüchtern, wenn ich in Anwesenheit anderer mit ihm zusammen war. Auf jeden Fall reichte es, um ihm Aufschluss über meine Gemütslage zu geben. Er hatte ein sicheres Gespür für Kummer.

»Vielleicht würdest du ja lieber hier bleiben?« Er sah die Krankenschwestern an. »Sie würden ihn doch bestimmt hier behalten, oder?«

»Nur zu gerne. Ein richtiger kleiner Charmeur ist das. Hat alle für sich eingenommen. Na, wär' das was?«

Ich wusste nicht – war zu jung, um es zu verstehen, oder verstand es vielleicht deshalb nicht, weil ich schon früh überall Verrat witterte –, dass das nicht ernst gemeint war, dass Erwachsene Kinder mit vorgeblichen Scherzen quälen, mit Worten, die sie in Wirklichkeit gar nicht an das Kind richten, sondern an sich selbst, aneinander, um ihre Überlegenheit und Weltklugheit zu demonstrieren. Ich dachte, sie meinten es ernst. Ich dachte, er würde ohne mich wieder fortgehen, mich an diesem grässlichen Ort zurücklassen. Ich wusste nicht, wie ich ihn davon abhalten konnte, ohne zugleich meine Furcht zu offenbaren und ohne die Gefühle der Krankenschwestern zu verletzen. Auf dem Gesicht meines Vaters, der mich jetzt ansah, war wieder dieser Ausdruck, den ich schon kannte, nicht amüsiert, ich habe ihn nie amüsiert gesehen, sondern wachsam, interessiert – er *studierte* mich. Vielleicht ist sie damals entstanden, meine Angst vor Augen ...

Nur einen kurzen Moment wohl stand ich so da, sprachlos und verloren, in meinem neuen Morgenmantel, er war dunkelblau mit silbernen Ziernähten um die Taschen und einer silbernen Kordel als Gürtel. Dann veränderte sich der Ton des Gelächters, mein Vater hob mich hoch und trug mich im Triumph zum Auto hinaus – sein Triumph, nicht meiner. Und sechsunddreißig Jahre später liegt er murmelnd und gestikulierend im neutralen Licht eines Krankenhauszimmers und sehnt sich nach seiner Hose.

Mein Bruder und ich haben uns seit der Beerdigung nur einmal getroffen, und zwar um ein paar Angelegenheiten im Zusammenhang mit unserer Einigung zu regeln, dass ich ihm seinen Anteil am Haus auszahlen würde. Ich wollte dazu einen Teil meiner Hälfte des Geldes verwenden, das unser Großvater mütterlicherseits, der gestorben war, als ich zehn und Monty dreizehn war, für uns in Treuhand gegeben hatte. Mir würde immer noch genug, mehr als genug, Kapital bleiben, von dem ich leben konnte.

Er kam an einem Samstagnachmittag, am 18. Mai. Ich war unten im Keller, als er klingelte, und räumte bei einem Glas Rotwein meine Vitrinen um. Ich hatte unverzüglich passende Vitrinen für die Stücke anfertigen lassen, die mir am kostbarsten waren, die Stutzuhr aus dem neunzehnten Jahrhundert, auf deren Zifferblatt die *HMS Victory* abgebildet war; der 1905 zum hundertsten Jahrestag von Trafalgar angefertigte Satz Wedgwood-Vasen, Jasperware; eine Suppenterrine aus cremefarbenem Liverpooler Steingut mit Medaillons, die farbige Porträts von ihm zeigten. Die anderen Stücke bewahrte ich in offenen Regalen auf, die ringsum an der Wand standen. Was für ein Vergnügen es gewesen war, diese Gegenstände endlich aus den Kisten zu holen, in denen sie so lange gelegen hatten, und sie richtig aufzustellen.

Ich erinnere mich noch genau an das Datum von Montys Besuch – am 18. Mai 1803 nämlich heißte Horatio, der gerade zum Oberbefehlshaber der Mittelmeerflotte ernannt worden war, seine Flagge auf der *Victory.* Ich trank zur Feier des Tages unten im Keller ein Glas Bordeaux. Mein Vater hatte einen ganzen Vorrat davon zurücklassen müssen, den ich jetzt langsam abbaute.

Ich erschrak fürchterlich, als ich die Tür aufmachte. Ich dachte einen Augenblick lang, es sei mein Vater, der da hereinkam, er sei zurückgekehrt, um wieder hier zu wohnen, den Keller zu übernehmen. Monty hatte sich einen schmalen Schnurrbart wachsen lassen, der exakt wie der von Vater aussah, und trug das Haar so wie er, nah der Mitte gescheitelt. Er hatte einen altmodischen braunen Tweedanzug mit breiten Aufschlägen an, der, wie ich erkannte, Vater gehört hatte. Auch das Hemd sah altmodisch aus. Monty hatte Vaters komplette Garderobe aufgehoben, so schwante mir jetzt, inklusive der Socken und der Unterwäsche, und in einem letzten Werben um Anerkennung kleidete er sich nun in Vaters Sachen.

Das Allerseltsamste aber war, dass ich nichts dazu sagte, und er auch nicht. Wir hatten kein vertrautes Verhältnis, schon seit einigen Jahren nicht mehr, seit meiner Krankheit. Als ich sah, dass er in die Rolle unseres Vaters geschlüpft war, zweifelte ich ernsthaft an seiner geistigen Gesundheit. Sicher niemand, dem man seine Nelson-Sammlung zeigen würde. Ich hatte sie ohnehin noch nie jemandem gezeigt. Ich schloss den Keller immer zweimal ab.

Überraschenderweise kam auch Penhas zur Beerdigung – er hatte keine persönliche Einladung erhalten. Wir hatten eine Todesanzeige an den Klub meines Vaters geschickt, den Athenaeum Klub, dem Penhas ja ebenfalls angehörte, vielleicht hatte er sie gesehen oder man hatte ihm davon erzählt – er nahm am Klubleben nicht mehr teil, was mir allerdings erst klar wurde, als wir uns unterhielten.

Er saß im hinteren Bereich der Kirche, neben sich eine Frau mit einem steif aussehenden schwarzen Hut. Nach dem ersten Moment der Überraschung schien es nahe liegend, dass er gekommen war. Ich hatte ihn in den Jahren seit meiner Krankheit nicht mehr gesehen, aber ich hatte ihn immer eher meinem Leben als dem meines Vaters zugeordnet; ich glaube nicht, dass sie sich je besonders nahe gestanden hatten. Für mich als Zwanzigjährigen war er eine Weile lang wenn auch kein Freund, so doch in gewisser Weise ein Altersgenosse gewesen. Um mir zu helfen, hatte er mir Geschichten aus seiner Jugend erzählt, sich auf eine Altersstufe mit mir gestellt. Er war derjenige, der mich wieder ins Leben zurückgeholt, der mir meine Lebenslinie vorgegeben hatte: Horatio. Ich war davon überzeugt, dass er meinetwegen zur Beerdigung gekommen war, aus beruflichem Interesse, um zu sehen, wie ich zurechtkam.

Dieses Gefühl bestätigte sich später, als der Leichnam meines Vaters den Flammen übergeben worden war und ich die beiden draußen in der unbeständigen Frühlingssonne warten sah, die Frau nach wie vor neben ihm, größer als er, mit kerzengerader Haltung. Wir gaben uns die Hand. Er stellte mir die Frau nicht vor, sie übernahm das selbst – sie hieß Elizabeth White. Sie, nicht er, kondolierte. Noch bevor er den Mund aufmachte, war klar, dass Penhas sich sehr verändert hatte. Den kurzen, inzwischen ergrauten Knebelbart hatte er immer noch. Die Augen waren so, wie ich sie in Erinnerung hatte, dunkel und grundlos – die ersten Augen, denen ich standhalten konnte, als ich zu genesen begann. Doch der Rest seines Gesichts hatte sich von der Düsterkeit seiner Augen entfernt. Die Gesichtszüge waren entspannt und seltsam aufgedunsen, der Mund sah weicher und dicker aus und war zu einem kleinen, einer Beerdigung nicht angemessenen Lächeln verzogen. Das ganze Gesicht wirkte irgendwie verwischt, als wäre jemand mit dem Schwamm darüber gefahren.

»Er wollte unbedingt kommen«, sagte Mrs. White. »Er war nicht davon abzubringen.«

»Nun, nichts währt ewig«, sagte Penhas. Er hatte immer noch die sorgfältige Aussprache eines Menschen mit anderer Muttersprache, doch seine Stimme war belegt und schwerfälliger, als ich sie in Erinnerung hatte. »Die *poule de luxe*, weißt du noch? Leben auf Kosten einer Highball-Lady. *Geboren, verloren.* Sie hat uns bei Kasse gehalten, fast ... Wie lang?« Blitzschnell und geübt, fast unmerklich, zwinkerte er mir zu. »Ein erstaunliches Repertoire hat sie, diese Frau, eine wahre Artistin, wie aus Gummi. *Flummi.* Gott, was die sich so alles einfallen lässt.«

»Na, na, keine Anzüglichkeiten bitte«, sagte Mrs. White. Mit eiserner Geduld im Blick sah sie mich an. Einen verwirrenden Moment lang hatte ich die Vermutung, er rede von ihr, obwohl ihr Äußeres eindeutig dagegen sprach. Dann begriff ich, dass sie eine Krankenschwester war oder eine Pflegerin oder so was.

»Das war in Stralsburg«, sagte Penhas. »Nein, Moment mal ...« Das Lächeln verschwand, und sein Gesicht nahm einen ängstlichen, angestrengten Ausdruck an. »*Salzburg, Stralsburg, Straßburg* ...«

Es waren noch andere Leute da, mit denen ich ein paar Worte wechseln musste; Monty war schon nach Hause gegangen, um die Verwandten und näheren Bekannten meines Vaters in Empfang zu nehmen, die sich dort noch treffen sollten. Ich bedankte mich, wollte mich verabschieden, doch Penhas – der, glaube ich, nicht ganz begriff, wo er eigentlich war – begann mir jetzt die Geschichte von den Fahrrädern zu erzählen; wie er auf seinem Weg nach Spanien irgendwo in einer hügeligen Gegend nördlich von Bolzero oder Bulzano, die Füße wund und die Taschen leer, vor einem vereinzelten Bauernhaus zwei Fahrräder hatte stehen sehen, ein sehr altes, ramponiertes und ein nagelneues. Eins davon habe er gestohlen. Welches wohl?

»Keine Ahnung«, sagte ich. Ich wollte kein Spielverderber sein.

»Ich habe das alte genommen. Kein erheblicher Diebstahl also. *Erheblich, vergeblich.*«

»Geistige Gesundheit basiert auf der Fähigkeit, Unterscheidungen zu treffen«, sagte ich – ich konnte nicht anders.

Penhas nickte, sein Lächeln wurde breiter, und in seinen

Mundwinkeln spannten sich kleine Speichelfäden. Er versuchte offenbar, seinem schwammigen Gesicht den gleichen ironisch-verschlagenen Ausdruck zu geben, mit dem er mir zwanzig Jahre zuvor die Geschichte von den Fahrrädern erzählt hatte.

Ganz spontan – was bei mir äußerst selten vorkam – sagte ich: »Sie sind kein Mensch, der stiehlt, Mr. Penhas, Sie sind einer, der gibt, Sie haben mir Horatio gegeben, Sie haben mich ins normale Leben zurückgeführt.«

»Horatio?«

»Horatio Nelson.«

Auf seinem Gesicht zeichnete sich nicht einmal der Anflug einer Erinnerung ab. Er hatte nicht die geringste Ahnung, wovon ich sprach. Was ihn auch hergebracht haben mochte, es war nicht das berufliche Interesse an der Entwicklung eines faszinierenden Falls. Ich glaubte jetzt zu wissen, was es war. Er war nicht meinetwegen hergekommen, sondern um seiner selbst willen, um in dem Nebel, der sich langsam über ihn senkte, nach dem Ich zu tasten, das er gewesen war, als er mir diese Geschichten erzählt hatte, von einem Mut und einer Abenteuerlust erfüllt, wie ich sie nie besessen hatte, unterwegs nach Spanien, in die Welt hinaus.

»Horatio?«, sagte er. »Wie manieriert. Warum nicht Horace?«

Mrs. White nahm ihn am Arm. »Wir sollten langsam gehen.« Sie lächelte zum ersten Mal, ein unangebracht fröhliches Lächeln. »Ab nach Hause.«

Penhas warf mir einen Blick zu, der verschwörerisch gemeint sein mochte, und seine unergründlichen Augen schienen das Trümmerfeld seines Gesichts und seines Geistes mit Trauer zu überziehen. Dann ließ er sich gehorsam wegführen, ohne sich zu verabschieden. Ich sah ihnen nach, als sie zum Friedhofstor gingen. Er hatte einen watschelnden und zugleich flinken Gang. Mrs. White hielt sich dicht neben ihm, einen ganzen Kopf größer als er, soldatisch wirkend mit ihrem schwarzen Hut.

Ich blieb mit der Erinnerung an seine Geschichte zurück – wie er die Hemden und Unterhosen von der Wäscheleine geklaut, die nackten Felgen damit umwickelt, eine ganze Odyssee auf diesem klappernden Streitross hinter sich gebracht hatte. Irgendwo südlich von Avignon, in schwierigem Gelände gab das Rad dann schließlich seinen Geist auf.

Vielleicht hatte ich mich ja geirrt, dachte ich jetzt, vielleicht hatte Penhas diese Geschichte inzwischen dutzenden von anderen Leuten erzählt … All diese Fragen gingen mir durch den Kopf, während ich die nächtlichen Stunden durchwachte und an die Apriltode dachte, die tatsächlichen und diejenigen, die ihre Schatten vorauswarfen. Als der Morgen dämmerte, hörte ich, wie die Amsel in dem regennassen kleinen Garten hinterm Haus ihr Lied anstimmte. Sie sang von den Gesichtern, dem von Penhas, schwammig und verschlagen, dem meines Vaters, verwandelt von dem sehnsüchtigen Wunsch nach seiner Hose, dem Horatios, blass und vornehm wie auf dem allegorischen Gemälde von Benjamin West, auf dem der tote Held, sein Leichnam frei von Blut und Wunden, von Neptun und Victoria der trauernden Britannia in die Arme gelegt wird.

Andere Vögel schlossen sich an, und die Stimmen vereinten sich zu einem Klagegesang ähnlich der Trauer, die in meinen Träumen wie Regen niederging und die sowohl Klang als auch Berührung war. Ich spürte Ansätze der bleiernen Schwermut, die sich beim Erwachen aus solchen Träumen einstellt, und dann erfasste mich wieder diese fürchterliche, quälende Ruhelosigkeit, die mich durch den Frühling und Sommer jenes Jahres begleitete, das Gefühl, dass mein Leben sich veränderte, dass etwas von mir erwartet wurde. Ich war am ganzen Körper angespannt – aus Widerstand, aus Hinnahme, aus einer Art Furcht. Und dann kam mir, ganz beiläufig und mit typischer Unaufgeregtheit, Miss Lily in den Sinn, und ich erinnerte mich daran, wie wir uns einmal über den April unterhalten hatten und ich ihr die Verse von T. S. Eliot vorgetragen hatte, in denen er vom April als dem grausamsten Monat spricht. Miss

Lily ein Gedicht vorzutragen! Drei Monate vorher wäre mir das im Traum nicht eingefallen. Ich dachte auch jetzt wieder über diese Verse nach; sie stehen passenderweise am Anfang von »Das Begräbnis der Toten« in *Das Wüste Land.*

April ist der grausamste Monat, er treibt
Flieder aus toter Erde, er mischt
Erinnern und Begehren …

Berühmte Zeilen. Miss Lily überlegte damals eine Weile mit zusammengepressten Lippen und leicht geneigtem Kopf, wie immer, wenn ihr etwas zweifelhaft erschien. Dann ruckte sie kurz und entschieden mit den Schultern. »Nein«, sagte sie, »da liegt er falsch. Ich weiß, Dichter müssen ihrer Inspiration folgen, aber wenn er erst mal darüber nachgedacht hätte, dann hätte er erkannt, dass der grausamste Monat der November ist, denn da weiß man, dass der Winter vor der Tür steht.«

Den nüchternsten, rationalsten aller Dichter der Unüberlegtheit und Hast zu bezichtigen! Ihre ganze Abneigung gegen die Kälte steckte in diesen Worten, und noch etwas: eine Wörtlichkeit im Denken, die mir jetzt, als ich im Dunkeln daran dachte und ihr überzeugtes Gesicht vor mir sah, ein breites Lächeln entlockte. Arme Miss Lily.

16

Den folgenden Tag verbrachte ich größtenteils damit, meinen Vortrag durchzugehen, wobei ich der Versuchung widerstand, weitere Änderungen vorzunehmen – dafür war es jetzt zu spät. Morgens war das Wetter noch schön, aber nachmittags zog es sich zu, und gegen fünf begann es zu regnen, kein strömender Regen, aber weit mehr als ein Nieseln, stetig und unbarmherzig.

Als ich das Haus verließ, regnete es immer noch mit derselben Stetigkeit. Ich erwog, ein Taxi zu nehmen, doch meine Sparsamkeit behielt die Oberhand. Mit Regenmantel und Schirm gerüstet lief ich zur Haltestelle Belsize Park, nahm die U-Bahn bis zum Russell Square und lief an St. Pancras vorbei zum Klub.

Um ja nicht zu spät zu kommen, war ich früher als nötig zu Hause aufgebrochen, und es war noch nicht ganz sieben, als ich ankam, noch eine gute halbe Stunde bis zum Beginn des Vortrags. Ausreichend Zeit für einen Drink, ein Glas Rotwein, um mich zu beruhigen, um meinen Körper ins Gleichgewicht zu bringen und meiner Stimme ein schönes Timbre zu verleihen. Aber nur ein Glas, mehr nicht …

Hugo war da, wie immer, und begrüßte mich mit seiner dünnen, nasalen Stimme. Es ist ihm, glaube ich, bewusst, dass es seiner Stimme an natürlicher Liebenswürdigkeit fehlt, und er versucht das zu kompensieren und Wärme hineinzulegen, indem er die Vokale zieht, was ihn gelegentlich, zumindest in meinen Ohren, ziemlich theatralisch klingen lässt.

Es waren nur drei Leute in der Bar, aber ich dachte mir zunächst nichts dabei, schöpfte keinen Verdacht. Schließlich war es noch früh. Später fiel mir dann auf, dass ich eigentlich gleich hätte misstrauisch werden müssen, wobei es weniger relevant war, wie viele, als welche Leute gekommen waren. Kismet Walters war da, Robbins, der Fachmann für Marinesignale im Zeitalter der Segelschifffahrt, schließlich ein farbloser Mann namens Summerfield, ein großer Bewunderer von Admiral Cornwallis, dem Befehlshaber der Kanalflotte zur Zeit von Trafalgar. Diese drei Männer hatten zwar sehr unterschiedliche Persönlichkeiten und Ansichten, aber sie waren alle Stammgäste, es waren Männer, die wahrscheinlich den größten Teil ihrer Freizeit im Klub verbrachten, die bei jedem Vortrag, jeder Diashow anwesend waren, sich stundenlang im Leseraum die Zeit vertrieben oder die Sammelwerke der Naval Records Society und alte Nummern des *Mariner's Mirror* durchblätterten. Kurz, es waren Leute, die in jedem Fall da gewesen wären.

Wie gesagt – was das bedeutete, war mir zunächst nicht klar. Nachdem ich mich schon im Voraus gegen ein zweites Glas entschieden hatte, trank ich das eine in aller Ruhe. Ich durfte mir den Verstand nicht vernebeln, brauchte einen klaren Kopf für die vielen Fragen, die mein Vortrag zweifellos herausfordern würde. Mein Blick fiel auf Horatio, der von dem Abbot-Porträt an der Wand hinterm Tresen zu mir heruntersah, auf dieses Gesicht voll unterdrücktem Schmerz. Da war etwas an den Augen, das mir nie zuvor aufgefallen war, sie schienen nach innen zu sehen, als suchten sie nach einem Ich, das im Begriff war, sich zu entziehen, ihn im Stich zu lassen, ihn dem Schmerz seiner Wunden und der Einsamkeit der Sterne auf seiner Brust anheim zu geben. *Die haben ihm doch richtig was abgeschnitten.*

Solche negativen Gedanken über ihn hatte ich nur, weil ich wegen meines bevorstehenden Vortrags nervös war, ich wusste, dass ein strahlender Engel nie in sich hineinsieht, auch wenn dunkle Engel das vielleicht tun. Selbstbetrachtung führt zu Wankelmut und Skrupulosität. Nein, Beständigkeit in Wort und Tat, Großherzigkeit, Furchtlosigkeit, Selbstbeherrschung, das sind die Tugenden des Helden. Ehrenhaftigkeit, mit einem Wort … Ein quälender Schmerz durchzuckte mich. Neapel, 1799. Nur eine Woche, von deiner Ankunft in der Stadt bis zur Einschiffung der Rebellen. Nur eine Woche eines ganzen Lebens. *Der Verstoß erfolgte auf See.* Natürlich war Sacchinelli voreingenommen, Ruffo war sein Brotherr, er wollte ihn in einem günstigen Licht darstellen …

Ich merkte, dass meine Hände schweißnass waren. Ich hatte den Ordner mit den Unterlagen für meinen Vortrag fest unter den Arm geklemmt. In dem Spiegel hinter der Bar sah ich einen zweiten Hugo hantieren. Er fing meinen Blick auf und erwiderte ihn mit seinem kaninchenhaften Lächeln.

Es war zwanzig nach sieben. Wieder schien es mir, als hätte die Zeit sich irgendwie beschleunigt, mich überholt. Diese Gedanken, die mir so flüchtig vorgekommen waren, hatten zwanzig Minuten in Anspruch genommen. Neapel, es war Neapel, das mich aufgehalten hatte … Inzwischen waren sechs Leute in der Bar. Summerfield kam zu mir herüber und sagte, er sei gespannt auf meinen Vortrag, doch das war nur ein Einstieg, ein Vorwand, er wollte mir von dem Vortrag erzählen, den er selbst halten würde, über Cornwallis natürlich, wen sonst.

»Der springende Punkt nämlich«, sagte er, »und das kann man gar nicht oft genug wiederholen, der springende Punkt ist, dass Nelsons Siege ohne Cornwallis nicht möglich gewesen wären. Das ganze Verdienst wird immer Nelson angerechnet, niemand preist Cornwallis, er ist der unbesungene Held. Aber ohne die Blockade von Brest 1803 und 1805 hätte Napoleon in Kent Truppen gelandet, lange bevor Nelson bei Trafalgar Villeneuve zu Leibe rückte.« Summerfields fahle, ja nahezu farblose Augen waren in aufrichtigem Ernst geweitet. »In meinem Vortrag werde ich für klare Verhältnisse sorgen«, sagte er.

Wie immer sprang ich Horatio bei. »Einen Krieg gewinnt man, indem man Siege erringt.«

»Also hören Sie mal – was war denn ab 1803 das Ziel der

Kriegsmarine? Grundsätzlich, meine ich – was war unser grundsätzliches Ziel?«

»Die französische Flotte zu vernichten, die französische Seemacht zu zerschlagen, die Franzosen von den Meeren zu vertreiben.«

Summerfield schüttelte den Kopf. »Sie denken in Nelsonschen Kategorien. Sie sind konditioniert, so wie alle hier im Klub. Unser Ziel war es, eine französische Invasion zu verhindern. Und deshalb ist der wahre Held von Trafalgar Cornwallis, denn er hat die Franzosen fast zwei Jahre lang in der Bretagne festgehalten.«

Selbst in meiner wachsenden Unruhe wegen der geringen Besucherzahl kam ich nicht umhin zu denken, wie seltsam es doch war, dass jemand dem Nelson-Klub beitrat und jede Menge Zeit dort verbrachte, wenn sein Hauptinteresse gar nicht Nelson, sondern einem unbedeutenden Admiral namens Cornwallis galt, der zweifellos ein fähiger Blockadekommandant gewesen war, aber mehr auch nicht – er hatte keinerlei Ausstrahlung, nichts Engelgleiches. Nicht zum ersten Mal dachte ich, dass dieser Klub zu viele Sonderlinge zu seinen Mitgliedern zählte. »Na«, sagte ich, »dann wäre der nahe liegende Schritt ja wohl, einen Cornwallis-Klub zu gründen.«

Pratt-Smithers, der Präsident des Klubs, kam jetzt in Begleitung eines Mannes mit kurzem weißem Bart herein, der sich etwas zerstreut umsah, als wäre er sich nicht ganz sicher, ob er hier richtig war. Es war der Gast des heutigen Abends. Die Mitglieder durften selbst Gäste zu den Vorträgen mitbringen, doch oft wurde auch jemand im Namen des ganzen Klubs eingeladen, und Pratt-Smithers, der nicht viel über Horatio wusste, aber gerne das Heft in die Hand nahm, versuchte immer, Leute einzuladen, die vielleicht ein bisschen Reklame für uns machen oder neue Mitglieder werben würden. Dieser Mann hier war dem Vernehmen nach Schriftsteller und hatte gerade einen langen Roman über den afrikanischen Sklavenhandel im achtzehnten Jahrhundert veröffentlicht. Ich hatte das Buch nicht gelesen. Bis zu diesem Moment hatte ich nicht einmal davon gehört, auch von ihm nicht – ich bin kein Romanleser.

»Schlichtweg monumental«, sagte Pratt-Smithers gerade, womit er offenbar das Buch meinte.

Der Romanautor hatte ein schiefes Lächeln und große graue Augen hinter einer dünnrandigen Brille. Die Augen waren traurig, trotz seines Lächelns, und die Brille war sehr alt – das Metallgestell war hier und da grün angelaufen. Mir war der Mann nicht sehr sympathisch, er sah nicht aus wie jemand, den die großartige Vergangenheit unseres Landes mit Stolz erfüllte, und ich unterscheide da strikt in zwei Kategorien: die Menschen, die zum Patriotismus fähig sind, und die anderen, die es nicht sind.

»Einen Scotch bitte, ohne Eis, ohne alles«, sagte er mit leicht nordostenglischem Einschlag zu Hugo. Während er wartete, ließ er den Blick ziellos durch die Bar schweifen. »Sind das alle?« Nicht gerade übermäßig taktvoll. Mir schien, dass das nicht sein erster Drink an diesem Abend war.

»Es sind sicher noch mehr da«, sagte Pratt-Smithers. »Nicht alle kommen in die Bar, wissen Sie, manche warten auch im Auditorium.« Er lächelte mich an, und ich wusste, was dieses Lächeln bedeutete. *Das ist der am schlechtesten besuchte Vortrag seit Bestehen des Klubs.* »Und es ist scheußliches Wetter heute Abend«, sagte er, »das schreckt die Leute ab, manche jedenfalls.«

»Auditorium?« Summerfield sah verwirrt aus. »Wir haben uns gerade über Cornwallis unterhalten.«

»Ein Freund von Ihnen?«, fragte der Romanautor. Summerfield ist ein einsamer Mensch, der sich leicht verunsichern lässt. Erst das unbekannte Wort und jetzt auch noch diese entsetzliche Unwissenheit. Noch bleicher als sonst, sofern das überhaupt möglich war, drehte er den Kopf abrupt zur Seite und dann gleich wieder nach vorn. Der Romanautor folgte dieser ruckartigen Bewegung mit dem Blick. Summerfield schien auf den Bereich hinter der Bar gedeutet zu haben.

»Der da?« Der Romanautor schaute auf das Gemälde von Abbot. »Ein Mann der Marine, wie ich sehe.«

»Großer Gott«, sagte ich, »das ist Nelson.« Ich hatte Mühe, nicht mit zittriger Stimme zu sprechen. Ich konnte immer noch nicht glauben, nicht ganz, dass tatsächlich der gesamte Klub meinen Vortrag boykottierte. Ich wusste es, aber ich wehrte mich gegen das Wissen. Vielleicht hatte ich irgendwie wieder die Parallele verloren, war zu weit voraus geraten ... Die Geräusche in der Bar schienen zu verebben, und eine Art tönende Stille erfüllte meine Ohren. Ich hielt immer noch meinen Ordner unter dem linken Arm, presste ihn fest an den Oberkörper. Der Druck der harten Kanten wurde allmählich schmerzhaft.

»Wir sollten wohl langsam mal reingehen«, sagte Pratt-Smithers. »Ach so, Sie trinken noch einen.«

Das war an den Romanautor gerichtet, der offenbar um einen weiteren Whisky gebeten hatte und diesen eben von Hugo gereicht bekam. Er leerte das Glas zügig, doch bis wir schließlich in den Vortragsraum gingen, war es zwanzig vor acht.

Erst als ich dort am Tisch saß, vor einem Publikum von sieben vereinzelten Gestalten in einem Raum, der siebzig Personen Platz bot, die Wasserkaraffe und das saubere Glas vor mir, Pratt-Smithers' einleitende Worte in den Ohren, erst da akzeptierte ich es endgültig: Sie waren absichtlich weggeblieben. Es lag nicht am Regen, auch wenn sie das natürlich behaupten würden.

In diesem Moment, während ich noch meine Unterlagen vor mir ausbreitete, fügten sich die Mosaiksteinchen zusammen, und alles ergab einen Sinn. Ich wusste jetzt, dass es eine gezielte Aktion gegen mich war. Sie hatten mehrere Wochen lang gewartet – bis zu meinem Vortrag –, um mir diesen Schlag zu versetzen. Meine Erkenntnis war von leichter Übelkeit begleitet, doch sie überraschte mich nicht. Schon seit ich dem Klub beigetreten war, wusste ich, dass meine bessere Kenntnis Horatios den gemeinen Mitgliedern ein Dorn im Auge war. Kleingeister reagieren allergisch auf jede Art von Brillanz. Horatio erging es genauso. Als er bei Kap Saint Vincent aus der Linie ausgeschert war und dadurch den Sieg gesichert hatte, gab es Leute, die Jervis drängten, ihn wegen Gehorsamsverweigerung zur Verantwortung zu ziehen.

Wenn es eine Verschwörung gegen mich gab, und dessen war ich mir jetzt sicher, dann waren die Leute, die gekommen waren, natürlich auch verdächtig; es musste Spione unter ihnen geben, die nur zu dem Zweck hier waren, meine Reaktion zu beobachten und Bericht zu erstatten. Denn woraus sollte sich sonst die Genugtuung speisen? Ich fasste auf der Stelle meinen Beschluss - einen Beschluss, der seiner würdig gewesen wäre: Ich würde mir keinerlei Enttäuschung anmerken lassen, ich würde meinen Vortrag halten, ihn mit Klarheit und Nachdruck darbieten, ich würde zu dieser kleinen, von Spionen durchsetzten Gruppe so sprechen, wie ich vor einem überfüllten Saal gesprochen hätte. Ich war es ihm schuldig, ich war es mir selbst schuldig. *Zeig nie deine Gefühle.* Die Lektion meines Vaters.

Und ich hielt mich daran. Ich rettete die Situation für uns beide, wendete sie zu meinen und seinen Gunsten. Ich lockerte meine Schultern, entspannte meinen Blick. Ich hörte, wie meine Stimme in diesem fast leeren Raum die Sätze vorlas, die ich mit solcher Mühe und Sorgfalt erarbeitet hatte. Die zwei wesentlichen Elemente, Vision und Bekehrung. Der einsame Junge am Pier, seine Vision des Göttlichen in Gestalt seines verwandelten Onkels in der hellen, geräumigen Kajüte seines ersten Kriegsschiffs; dann die Bekehrung, die glänzende Weltkugel, der Satz, in dem alles kulminierte: *So sei es, ich werde ein Held!*

Während ich sprach, betrachtete ich die Gesichter und fragte mich, wer wohl die Spione waren. Ich konnte es bei keinem ausschließen, bei dem Präsidenten und seinem Gast nicht, auch bei Hugo nicht, der die Bar verlassen und sich hinten in den Raum gesetzt hatte, ja nicht einmal bei Summerfield oder

Kismet Walters. Jeder von ihnen konnte dem feindlichen Lager angehören, oder auch sie alle. Aber ich wankte nicht. Ich verteidigte ihn ebenso wie mich, wahrte nicht nur meine, sondern auch seine Würde. Der Held ist der Bannerträger der menschlichen Würde für all jene, denen sie fehlt. Horatios Rolle und auch meine – ich fühlte mich ihm so nah an diesem Abend wie wohl noch nie zuvor.

Natürlich fordern derlei Kraftakte ihren Preis. Als ich mich wieder an den Tisch setzte und nach dem Glas griff, merkte ich, dass meine Hand zitterte, was jedem auffallen musste, der mir zusah, während ich zu trinken versuchte. Ich zog die Hand gewollt langsam zurück, als hätte ich es mir anders überlegt.

Pratt-Smithers war aufgestanden und bat um Fragen. Kurzes Schweigen, dann hob der Schriftstellergast die Hand. »Es würde mich interessieren«, sagte er, »ob Nelson je eine schwarze Frau gehabt hat?«

Dies war die Sorte Frage, dies das Maß an Interesse, das mein Vortrag hervorgerufen hatte. Meine Verachtung für Frage wie Fragesteller ließ mich ruhiger werden, das Zittern hörte auf. Ich gestattete mir die Andeutung eines Lächelns. »Sozusagen als dritte Stufe im Werden eines Helden?«

»Nein, nein.« Es klang defensiv – ich hatte einen Treffer gelandet mit meiner Gegenfrage. »Nein, aber er war doch als junger Mann längere Zeit in Westindien. Ich weiß, er war ein Held und so, aber als Jugendlicher schlägt man doch schon mal über die Stränge – er war ja erst um die zwanzig. Das Klima begünstigte es, es gab Sklavinnen in Hülle und Fülle, allein auf Jamaika um die hunderttausend, er hatte freie Auswahl …«

Jetzt erinnerte ich mich wieder, in seinem Roman ging es um Sklavenhandel. Ein Besessener, keine Frage. »Es gibt keinerlei Indizien in dieser Richtung«, sagte ich. »Spekulieren kann man natürlich immer, wenn einem das Spaß macht.« Noch während ich das sagte, stieg mit der Bestimmtheit einer bereits gefällten Entscheidung der Gedanke in mir auf, dass ich aus dem Klub austreten würde.

Es gab keine weiteren Fragen.

Pratt-Smithers bedankte sich kurz, dann wurde ich von meiner Pflicht entbunden. Ich steuerte gleich auf die Tür zu, allerdings weder abrupt noch hastig. Der Schein musste gewahrt werden. Pratt-Smithers fragte, ob ich noch Lust auf ein Gläschen mit ihm und dem Gast hätte, der anscheinend der Frage von Horatios sexuellen Aktivitäten auf Jamaika weiter nachgehen wollte. Das hätte ich unmöglich ertragen, und so lehnte ich ab, wenn auch durchaus höflich, wie ich hoffe und glaube. Natürlich sagte ich nichts von meinem Entschluss, auszutreten, denn das hätte nach akuter Kränkung ausgesehen statt nach der Reaktion auf eine tödliche Beleidigung. Ich wollte so schnell wie möglich fort. Kismet Walters kam auf mich zu, zweifellos um mir von seinen neuesten Erkenntnissen über Horatios geheime Verbindung zur Welt des Islam zu berichten.

»Ich fand Ihren Vortrag ausgezeichnet, wirklich erstklassig«, sagte Hugo zu mir, als ich in den Korridor hinausging, der zum Treppenhaus führte. An der Tür mussten wir dicht aneinander vorbei. Er zog seine schmalen Schultern ein, als fühlte er sich in der Enge nicht wohl. Seine feuchtblauen Augen, die von Anteilnahme erfüllt schienen, waren direkt vor meinen. »Schade, dass so wenige Leute gekommen sind«, sagte er. »Dass es auch so regnen muss.«

Da ich mir nicht sicher sein konnte, ob das ernst gemeint war, sagte ich nichts, sondern nickte nur. Im nächsten Moment war ich auch schon draußen und ging die Treppe hinunter auf die Straße. Doch kaum stand ich dort, im Schutz der Dunkelheit und Anonymität, war meine Fassung dahin. Es war ein bisschen so, wie wenn man zu viel getrunken hat und gezwungen ist, es zu verbergen, sich nichts anmerken zu lassen; ist man dann schließlich allein, an der frischen Luft, fängt man prompt an zu torkeln.

So ging mir das jetzt innerlich, und zwar derart extrem, dass ich in die falsche Richtung lief, ich bog nach links in die

Doughty Street ein. Bald war ich, ohne recht zu wissen, wie, in der mir unbekannten Gegend südlich von St. Pancras gelandet. Es hatte aufgehört zu regnen, aber die Bürgersteige waren noch nass und glänzten im Licht der Scheinwerfer und Straßenlampen. Ich muss fast eine Stunde dort herumgeirrt sein, doch ich merkte kaum, wie die Zeit verging. Irgendwann stand ich dann wieder auf dem Mecklenburgh Square, der wie leer gefegt war.

Ich wusste jetzt, wo ich entlanggehen musste, aber ich wollte noch nicht nach Hause. Dort erwartete mich nichts als der Schlusspunkt des Abends, das endgültige Eingeständnis meines Fehlschlags, meines schmählichen Fiaskos. Ich umrundete den kleinen Platz mehrmals, vorbei an den verschlossenen Toren, dem schmiedeeisernen Zaun. Aus der Dunkelheit zu meiner Linken, jenseits des Zauns, drang der Geruch nach feuchtem Laub und Moder, dazwischen schwacher Blumenduft. Doch die Bäume und Büsche verschmolzen im Dunkeln zu einer formlosen Masse. Wie so oft nachts in London in diesen Vierteln mit ihren stillen Plätzen, hatte ich das Gefühl, am äußersten Saum des Lichts entlangzugehen, so als befände ich mich am hellen Rand einer dunklen Mulde und das Licht diene allein der eigentlichen Dunkelheit, mache sie dichter, weniger zugänglich, schaffe einen Bereich, der so abgeschieden und ausgedehnt ist – so scheint es zumindest nachts –, dass man ihr darin zum Raub fallen oder ganz darin verschwinden kann.

Ich verspürte den Impuls, über den Zaun zu steigen, irgendwie in die Dunkelheit dahinter zu gelangen, mich hineinzubegeben in diese Dunkelheit und für immer dort zu bleiben, aufgesaugt, ausgelöscht, ungesehen und selbst nicht sehend, im dichtesten Gebüsch. All meinen Peinigern könnte ich auf diese Weise entkommen, meinen Problemen mit Horatio in jener albtraumhaften Stadt. Ja selbst Horatio würde vergehen, er würde in der Dunkelheit jenseits des Zauns mit mir zusammen sterben. Einen schrecklichen Moment lang wollte ich das, wollte hineinklettern und uns beiden ein Ende setzen. Dann fuhr ein Auto um den Platz, und ich hörte das sanfte Zischen der Reifen auf der nassen Straße, ein leises Geräusch nur, doch es erschreckte mich, wie eine Mahnung oder Warnung. Ich drehte um und lief zurück Richtung Guilford Street. Als ich mich langsam beruhigte, wurde ich mir wieder meiner Isoliertheit bewusst. Während ich weiterging, stiegen mir ab und zu Tränen in die Augen.

Ich hörte jemanden meinen Namen rufen, und als ich stehen blieb und mich umdrehte, erkannte ich, allerdings nicht auf Anhieb, dass es Hugo war, ganz ungewohnt in einem Regenmantel. Ich hatte ihn immer nur in den Kleidern gesehen, die er trug, wenn er hinterm Tresen stand, enge Westen, Hemden mit eng anliegenden Kragen, solche Sachen. Wir waren offenbar aneinander vorbeigegangen, und er hatte mich im letzten Moment erkannt und mir nachgerufen.

»Sie gehen doch normalerweise nicht hier entlang«, sagte er.

»Eigentlich nicht. Mir war nach ein bisschen Bewegung, und da habe ich mir gedacht, ich drehe ein oder zwei Runden um den Platz, bevor ich nach Hause gehe.«

Wir standen einen Augenblick lang da, ohne etwas zu sagen, und ich wollte mich eben auf den Weg machen, bevor sich das Schweigen zu sehr in die Länge zog, hatte vielleicht sogar schon ein oder zwei Schritte getan, woraufhin ich Hugo fröhlich gute Nacht wünschen wollte, da sagte er: »Ich wohne ganz in der Nähe, gleich um die Ecke. Hätten Sie vielleicht Lust auf einen Kaffee oder so was?«

Ich war, glaube ich, tatsächlich schon dabei, dieses Angebot auszuschlagen, als irgendetwas – vielleicht bloß der erneute Wunsch, meine einsame Heimkehr nach erlittener Niederlage hinauszuschieben – mich veranlasste, meinem Satz mittendrin eine andere Wendung zu geben, ihn zu einer holprigen Zustimmung umzuformulieren. Also gingen wir zusammen wieder zum Platz zurück und dann an dessen westlicher Seite entlang.

»Ausgesprochen praktisch, so nah beim Klub zu wohnen«, sagte Hugo, während wir nebeneinander herliefen. »Ich gehe aus dem Haus, und zehn Minuten später stehe ich schon hinterm Tresen.«

Er wohnte in einer Souterrainwohnung in der Nähe der Great Ormond Street, nicht weit vom Krankenhaus entfernt. Er nahm mir Mantel und Schirm ab und hängte beides in dem engen Flur auf. Ich saß auf einem rosa-weiß gestreiften Sofa, während Hugo den Kaffee zubereitete, ein Vorgang, den ich Schritt für Schritt verfolgen konnte, denn die winzige Küche war integriert und nur durch eine Frühstückstheke von dem Zimmer getrennt, in dem ich saß. Hugos untere Hälfte wurde von der Theke verdeckt, Kopf und Schultern waren mal sichtbar, mal nicht, je nachdem ob er aufrecht dastand oder sich nach etwas bückte.

Von Staunen erfüllt saß ich da, machte etwas Smalltalk, sah Hugo portionsweise, seinen glitzernden Ohrring, sein wie Fell aussehendes Haar – er trug es kurz geschoren –, seinen rostfarbenen Pullover, knapp wie offenbar all seine Kleider.

»Es ist ein Jammer, dass so wenige Leute zu Ihrem Vortrag gekommen sind«, sagte er, während er die Sachen für den Kaffee auf die Frühstückstheke stellte. »Die haben wirklich was verpasst – es war ein echtes Erlebnis.«

Es ärgerte mich, dass er noch einmal auf das Fiasko meines Vortrags zu sprechen kam; meine früheren Zweifel bezüglich Hugos Position in dieser Sache meldeten sich wieder. Stocherte er in meiner Wunde, um mich zusammenzucken und leiden zu sehen, sodass er hinterher etwas zu erzählen hatte? Es war wichtig, mir keine Blöße zu geben.

»Na ja, es hat ganz schön geregnet«, sagte ich. »Außerdem ist der Vortrag, was er ist, will sagen, er ist so gut oder schlecht wie er war, bevor ich ihn gehalten habe, unabhängig vom Publikum.«

Ich war mir nicht ganz sicher, was ich damit meinte, aber Hugo sah mich mit großen Augen an und nickte ernst. Er saß mir gegenüber, auf einem Sessel, der mit einem samtigen roten Stoff bezogen war – es gab viel Rot in diesem Zimmer. Ein schwacher süßlicher Geruch erfüllte den Raum, wie Weihrauch, und an der Wand hinter Hugo hing ein Poster, das einen Mann mit fein geschnittenen, androgyn wirkenden Zügen zeigte. Er hatte eine Art silbrigen Staub in den Haaren, und sein Anzug war von glitzerndem Flitter überzogen, der wie grober Zucker aussah. Hinter ihm ein dunkler, sternenübersäter Himmel.

»Alle Achtung«, sagte Hugo. »Das nenne ich eine reife Einstellung.«

Außerhalb des gedämpften Lichts der Bar sah Hugo älter aus, eher in meinem Alter als Mitte zwanzig, wie ich bis dahin gedacht hatte. Der Ohrring, die kurzen Haare und die Kleider, die aussahen wie die eines zu schnell wachsenden Jugendlichen, hatten zu diesem Eindruck beigetragen, genau wie seine Gewohnheit, ab und zu mit den Schultern zu zucken, als empfände er Ungeduld mit seinem eigenen Körper.

»Ziehen Sie ruhig Ihr Jackett aus, wenn Ihnen zu warm ist«, sagte er jetzt. »Ich habe die Heizung immer voll aufgedreht, das ist der einzige Luxus, den ich mir gönne.«

»Nein, es geht schon«, sagte ich. Es war wirklich sehr warm im Zimmer, und durch das viele Rot schien es noch wärmer. Ich sehnte mich plötzlich nach dem kalten Lufthauch, der durch den Zaun auf dem Platz zu mir herübergeweht war, nach dieser Verheißung vollständigen Verschwindens.

»Ich liebe die Wärme«, sagte Hugo. »Ich hätte in den Tropen zur Welt kommen sollen. Ich habe am liebsten nur leichte Sachen an. Oder auch gar keine, das mache ich im Sommer manchmal. In dieser Wohnung geht das gut, hier kann keiner reingucken.«

Ich sagte nichts. Hugo wartete ein Weilchen, dann sagte er: »Sich darüber erheben, das ist es, das sollte man tun. Genau wie er.«

»Wer?«

»Na, Lord Nelson.«

Das fand ich eine sehr seltsame Aussage über Horatio, der sich doch über gar nichts erheben musste, da er bereits über allem stand. Was meinte Hugo wohl, worauf bezog er sich? Ich wollte ihn gerade danach fragen, da redete er weiter.

»Sich darüber erheben, das ist die einzige Möglichkeit. So wie bei mir zum Beispiel – ich habe die zwei Abende in der Bar, und dann arbeite ich noch samstags und sonntags nachmittags in einem Buchladen in Covent Garden. Davon muss ich leben, zumindest momentan. Ich hatte eigentlich einen Mitbewohner, aber der ist vor zwei Wochen abgehauen. Er ist einfach gegangen, ohne ein Wort, und hat auch noch einen Spiegel mitgenommen, der früher meiner Großmutter gehörte, mit einem Rahmen aus Silber und Perlmutt, ein Familienstück, sozusagen.«

»Können Sie sich das denn nicht wieder zurückholen?«

»Er war leider nicht so freundlich, mir seine Adresse zu hinterlassen ...« Hugo zuckte mit der rechten Schulter. »So ein mieser Charakter«, sagte er. »Nach über zwei Jahren. Ich weiß gar nicht, warum ich Ihnen das erzähle, Sie wirken einfach sehr verständnisvoll.«

Er hielt inne und schien wieder zu warten. Das Schweigen dehnte sich im Zimmer aus. Meine Augen waren irritiert von der Wärme, dem rosafarbenen Schimmer des Sofas, der Flittergestalt an der Wand. Der leere Fernsehbildschirm zu meiner Rechten beunruhigte mich, er war wie ein lauerndes Wesen, dessen Blick ich nur entgehen konnte, indem ich es tunlichst vermied, in seine Richtung zu sehen.

Hugo rutschte in seinem Sessel herum. »Na egal«, sagte er, »man hat schließlich seinen Wert als Mensch, den kann einem keiner nehmen, stimmt's? Ich bin so 'ne Art Hobbypsychologe, wissen Sie, und hinterm Tresen kann man das gut ausleben. Man braucht natürlich Intuition. Ich täusche mich selten in den Menschen. Bei Ihnen habe ich gleich gemerkt, dass Sie ein unabhängiger Geist sind. Als ich Sie das erste Mal gesehen habe, hab ich mir gedacht, der Mann kennt sich aus, der hat was erlebt, der ist nicht nur die ausgetretenen Pfade gegangenen. Den schockiert so leicht nichts. Ein Mann von Welt, im wahrsten Sinne des Wortes. Bei einigen von den anderen könnte man doch meinen, sie hätten ihr ganzes Leben nur in Gesellschaft von Nelson verbracht.«

Ich merkte, dass ich Kopfweh bekam. »Wer ist dieser Kerl mit den silbernen Haaren und dem Flitter?«, fragte ich.

»Wer?«

»Der hinter Ihnen an der Wand.«

Hugo lächelte flüchtig, als hielte er das für einen Witz. Dann sah er mich an, und sein Gesicht verlor jeden Ausdruck. »Sie wissen nicht, wer das ist?«

»Keine Ahnung, tut mir Leid.«

»Das ist David Bowie.«

»Ein Popstar, nicht wahr?«

Hugo schüttelte den Kopf ganz leicht, als wollte er irgendetwas darin Festhängendes lösen. »Ich fasse es nicht«, sagte er. »David Bowie ist weit mehr als ein Popstar, er ist ein großartiger Schauspieler und ein überragender Sänger, er ist der Medienstar unserer Zeit, er ist der Mensch, der ich am liebsten selbst wäre. Er ist genau wie ich, hat die gleichen Ansichten wie ich, er ist gegen Gewalt und glaubt an kosmische Harmonie und an die Rechte der Tiere.«

»Man erkennt gar nicht richtig, ob es ein Mann oder eine Frau ist. Warum hat er dieses zuckerige, glitzernde Zeug auf sich?«

»Das ist Sternenstaub, David Bowie ist ein Sternenwesen.«

Schon die Worte an sich mussten einen ja abstoßen, doch darüber hinaus schwang in seinem Tonfall etwas mit, das meinen ursprünglichen Verdacht wieder erweckte. Ich ließ rasch noch einmal Revue passieren, was er bisher alles gesagt hatte, und mir schien jetzt, als könnte ich ein Muster darin erkennen. Was hatte er damit gemeint, dass Horatio sich darüber erheben müsse? *Über was erheben?*

»Ich habe alles von ihm.« Hugo deutete auf einen niedrigen, türlosen Schrank an der Wand neben dem Sofa, auf dem ich saß. »Möchten Sie was hören?«

»Wollen Sie mich missionieren?«

Hugo schien das nicht gehört zu haben. Er stand auf, kam auf meine Seite herüber und hockte sich vor den Schrank. »Was nehmen wir denn am besten?«, sagte er, während er in nächster Nähe meines Sofas kauerte und mit vorgerecktem, geneigtem Kopf den Blick über die CDs wandern ließ. Sein Pullover war ihm über die schmale Taille hochgerutscht und gab einen Streifen dunkelrotes Hemd frei. Seine Augen konnte ich nicht sehen. Ich sah seinen Hinterkopf, seine sauberen Ohren, das linke mit dem goldenen Ring, seinen blassen, wehrlosen Nacken. Weiter oben am Wirbel ein zartrosa Schimmer unter dem spärlichen Haar. Hugo bekam eine Glatze.

Mein Mitleid angesichts seiner vorzeitigen Glatze und der kläglichen Unzulänglichkeit seiner sternenstaubübersäten Ikone machte diese prüfende Betrachtung noch schrecklicher, noch monströser. Er war zu dicht vor meinen Augen. Gefühltes, Gehörtes, die warmen Farben des Zimmers, der aufdringliche Geruch der Räucherstäbchen, das alles verschmolz in meiner hilflosen Musterung seines fragilen Schädels. Ich war gleichsam auf meinem eigenen Blick aufgespießt, meine Augen erfassten nur noch einen Punkt, den kleinen Höcker über dem Haaransatz, direkt unter der ausgeprägteren Wölbung des Hinterkopfs. Eher ein Wulst als ein Höcker. Unter den Haaren hatte er den matten Glanz einer Eierschale …

Dann richtete Hugo sich auf, trat zurück. »Mit irgendwas muss man wohl anfangen«, sagte er. »Probieren wir mal das hier.« Er legte die CD ein und wandte sich zu mir um. Er lächelte, wohl in Erwartung der Musik. Doch mir schien, als veränderte sich sein Gesicht, als unsere Blicke sich trafen. Im nächsten Moment erfüllte ein Klagelaut das Zimmer, eine bebend absinkende Stimme, die nachhallte, als wäre die Aufnahme in einer weit entfernten, großen Höhle gemacht worden, dem menschlichen Blick entrückt. Ein Klang wie die Trauer in meinen Träumen. Ich schwitzte stark, und mir war schwindlig. Ich sprach gegen die Musik an, erklärte Hugo, dass es spät sei, dass ich gehen müsse. Er schien mich nicht zu verstehen. Ich ging eilig in den Flur, ergriff Mantel und Regenschirm und flüchtete die Treppe hinauf auf die Straße.

17

Am Freitagabend kam wie üblich Miss Lily. Sie war kaum durch die Tür, da fragte sie mich schon nach dem Vortrag. »Ich habe an Sie gedacht«, sagte sie. »Wie ist es gelaufen?«

»Ausgezeichnet.«

»Ich habe gesehen, dass es regnet, und noch überlegt, ob das die Leute wohl abschreckt.«

»Nein, nein, sie sind trotzdem gekommen.« Ein bescheidenes Lächeln. »Es war gerüttelt voll.«

»Sind gute Fragen gestellt worden?«

Ich hatte kurz die erhobene Hand des Romanschriftstellers vor Augen. »Ja, die eine oder andere. Es war gemischt. Aber die Leute waren ziemlich interessiert, das kann man wohl sagen.«

»Das ist auch nicht mehr als recht und billig.«

Miss Lily sagte das mit einigem Nachdruck. Ich schaute sie an, nicht lang – ich schaue nie lang in Gesichter –, aber lang genug, um zu sehen, dass sie es ernst meinte, dass der Gedanke an meinen Erfolg sie wirklich freute. Sie strahlte richtig. Und ich dachte mir, wenn sie sich den Vortrag als Erfolg vorstellt, dann auch mich, und dann hat sich die ganze Arbeit gelohnt – allein für diesen Gesichtsausdruck. Ich hatte das Gefühl, als hätte ich etwas im Hals, und schluckte, was jedoch nichts nützte. Ich hantierte einen Moment lang mit meinen Unterlagen. Dann sagte ich: »Ohne Ihre Hilfe hätte ich das nicht so hingekriegt.«

Es kostete mich einige Anstrengung, diese Worte zu sagen, das Demütigende der Dankbarkeit zu überwinden. Als ich wieder zu Miss Lily hinübersah, war ihre Miene immer noch freudig, doch auf andere Weise, ernsthafter, ihr Gesichtsausdruck hatte an Tiefe gewonnen, wie ich es auch vorher schon beobachtet hatte. Eigentlich, so merkte ich jetzt, hatte sie ein schönes Gesicht, ja mehr noch, sie besaß, ohne sich darum bemühen zu müssen, jene Würde, die ich bei Horatio und mir selbst zu wahren bestrebt war. Es war beunruhigend festzustellen, dass ich etwas, was er besaß, zu wahren bestrebt war, damit ich es auch besitzen konnte. Mir kam Hugos Gesicht in den Sinn, das irgendwie an das eines Kaninchens erinnerte, mit diesen weit auseinander stehenden, vorquellenden Augen. Seine Miene, die sich veränderte, als die Musik einsetzte. *Man muss sich darüber erheben*. Es war erst am vorigen Abend gewesen, doch es lag bereits in weiter Ferne, als gehörte es zum Leben eines anderen.

»Wir sollten anfangen«, sagte ich. Ich versuchte immer noch, die Klippe von Neapel 1799 wenigstens vorläufig zu umschiffen, indem ich im darauf folgenden Jahr ansetzte, als Horatio und die Hamiltons nach ihrer langen Heimreise mit all den Vergnügungsfahrten, dem Modellsitzen, den Aufenthalten an ausländischen Höfen - ihrer »Tournee«, wie Miss Lily es beharrlich nannte - schließlich in London eintrafen.

In gewisser Hinsicht hatte sie Recht, das musste ich zugeben. Sie waren Darsteller, ob sie es wollten oder nicht. Selbst in England ging das Spektakel weiter – es musste weitergehen, denn immer waren Zuschauer da, das Theater war stets bis auf den letzten Platz besetzt. Der verstümmelte Admiral, der altmodische Botschafter, das schöne korpulente Weib, das sie sich teilten, die leidende, harmlose Fanny: Ruhm und Skandal machten sie zu Schauspielern. Berichterstatter folgten ihnen auf Schritt und Tritt, die Tagespresse hielt jede noch so kleine Regung fest.

Die Kluft zwischen Fanny und Horatio war inzwischen unüberbrückbar geworden, doch die beiden traten immer noch zusammen in der Öffentlichkeit auf. Ich wollte die Ereignisse jener Zeit nicht einfach nur auflisten, sondern in ihrem Wesen erfassen, die Höhepunkte und Tiefpunkte aufzeigen. Vordringlich an diesem Abend war allerdings die Korrektur eines Fehlers, der mir unterlaufen war, ich hatte zwei Theaterbesuche von Nelson und seiner Entourage, beide in derselben Woche, durcheinander gebracht. Über Horatios Aktivitäten zu dieser Zeit ließ sich überhaupt nur schwer Sicheres sagen. Viele der Zeitungsberichte über seine Teilnahme an öffentlichen Veranstaltungen waren fragwürdig, denn die Direktoren sämtlicher Bühnen vom Pidcocks Zoo bis zum Sans Souci am Leicester Square hatten inzwischen herausgefunden, dass sie die Zuschauerränge in null Komma nichts füllen konnten, wenn sie das Gerücht streuten, dass Lord Nelson abends anwesend sein würde.

Die erste Vorstellung fand am 18. November im Covent Garden Theatre statt, wo die Komödie *Life* gezeigt wurde, gefolgt von dem Stück *The Mouth of the Nile,* das Horatios Sieg feierte. Das Haus war zum Bersten voll, und als Horatio in seiner Loge erschien, wurde er mit lang anhaltendem Applaus begrüßt. Er musste sich mehrmals verbeugen, bevor der Vorhang hochgehen konnte. Die Truppe sang »Rule, Britannia«; Reverend Edmund, Horatios Vater, brach in Tränen aus; dann ließ der Held sich nieder, Emma zu seiner Rechten, Fanny zu seiner Linken, und die Aufführung begann.

»Rechts die Bewährte, links die Begehrte, sozusagen«, sagte ich zum Scherz, aber Miss Lily fand das nicht sehr lustig. »Was für ein Getue, dieses ganze Aufspringen und Verbeugen«, sagte sie. »Die arme Fanny, kann ich da nur sagen. Das hätte er ihr doch wirklich ersparen können.«

Ich reagierte nicht auf diesen klassischen Fall von Scheuklappenblick; wenn wir jetzt anfingen zu diskutieren, würden wir die Korrektur an diesem Abend nie zu Wege kriegen. Ich hatte dem zweiten Theaterbesuch die Kleider zugeordnet, die die Damen beim ersten getragen hatten. Ich wollte das richtig stellen, die Beschreibung selbst aber beibehalten, denn meines Erachtens kamen darin die unterschiedlichen Temperamente und Lebenslagen sehr gut zum Ausdruck: Emma bombastisch im blauen Seidenkleid, das durch die modisch hohe Taille ihre Schwangerschaft verbarg, auf dem Kopf einen ausladenden Blumenputz; Fanny in schlichtem Weiß und violettem Turban mit einer einzelnen kleinen Feder.

Zwischen den beiden Stücken trat Munden vor und sang ein eigens für Horatio geschriebenes Lied:

Auf dass Friede krön' unsern bitteren Strauß
für die Freiheit, den König und den Zugang zum Meer
Wir reichen die Hand, und schlägt man sie aus
folgt der tapfere Nelson gleich hinterher!

Lang anhaltender, tosender Applaus. Horatio springt wieder auf, um sich zum Dank zu verbeugen. Erst nach zwei weiteren Refrains von »Rule, Britannia« kehrt die nötige Ruhe für den Beginn des nächsten Stücks ein, das natürlich, da es ein Tribut an Horatio ist, das Publikum abermals klatschend und jubelnd von den Sitzen reißt.

Kurz, der Abend war ein voller Erfolg. Von dem zweiten Theaterbesuch sechs Tage später konnte man das nicht behaupten. Schauplatz war das Theatre Royal in der Drury Lane; es war der letzte Anlass, bei dem sich Fanny und Horatio zusammen in der Öffentlichkeit zeigten. Man spielte *Pizarro,* eine von Sheridan bearbeitete Fassung von Kotzebues *Die Spanier von Peru oder Rollas Tod*, mit dem gefeierten John Kemble als Rolla. Die Aufführung hatte Furore gemacht. Eine ganze Saison lang waren Pizarro-Hüte der letzte Schrei. Bei den Nelsons in der Loge saßen außerdem Emma und Sir William, Reverend Edmund sowie eine gewisse Prinzessin Castelcicala. Die Gesellschaft wurde mit lauten Hurra-Rufen des gesamten Hauses und einem leidenschaftlichen »Rule, Britannia« begrüßt. Emma war enttäuscht, als sie erfuhr, dass die Elvira nicht von Mrs. Siddons gespielt wurde, doch Mrs. Powell war ein großer Erfolg in der Rolle. Horatio schien das Stück sehr zu gefallen, während der ersten beiden Akte applaudierte er begeistert.

»Wie hat er denn applaudiert?«, fragte Miss Lily und kicherte ein bisschen. »Klatschen konnte er ja wohl kaum, oder?«

»Keine Ahnung. Wahrscheinlich mit Beifallrufen oder Jubel.« Ich sagte das ziemlich steif; ich hasste es, wenn man sich über ihn lustig machte.

»Vielleicht hat er ja einfach mit seinen Medaillen geklimpert. Tut mir Leid, das hätte ich wohl nicht sagen sollen. Ich muss zugeben, dass er meine schlechteste Seite hervorbringt.«

Ich sah sie bass erstaunt an. Der Mann, dem Großbritannien seine Vorherrschaft auf See während des gesamten folgenden Jahrhunderts verdankte, der uns die Teeplantagen Indiens und die Zuckerinseln der Karibik sicherte, einer der Gründerväter des größten Seereichs, das die Welt je gesehen hat, der Mann, der dieses Land zu Ruhm und Ehre führte und ihm schließlich sein Leben opferte – dieser Mann brachte Miss Lilys schlechteste Seite hervor! Ich konnte sie bloß anstarren – ja, anstarren, ich vergaß sogar meinen Widerwillen gegen direkten Blickkontakt. Ihr Gesicht trug noch die Spuren ihres Lachens. »Tut mir Leid«, sagte sie. »Ab jetzt unterbreche ich nicht mehr.«

Ich holte tief Luft und fuhr fort: »Am Ende des dritten Akts stößt Elvira, deren Flehen vom kalten und unmenschlichen Pizarro nicht erhört wird, ihren leidenschaftlichen Racheschwur aus: *Zu welcher Liebe eine Frau fähig ist, hast du erfahren, Pizarro. Zu welchem Hass sie fähig ist, wirst du erst noch erleben.* Elvira steht allein auf der Bühne. Das Publikum ist gebannt. Sie erhebt die Stimme. *Du, der du auf Panamas Stirn … Schwinge dein glitzerndes Schwert … Komm, du Furchtloser … Stelle dich der letzten und grausamsten Gefahr deines Lebens, stelle dich, und überstehe – den Zorn einer gekränkten Frau.*

Ein gellender Schrei aus der Loge. Lady Nelson ist bewusstlos geworden. Sie muss nach Hause gebracht werden. Der Vorhang senkt sich, doch der Applaus ist gedämpft. Alle Blicke sind auf die Loge gerichtet, auf den Admiral, der regungslos dasitzt …«

»Wollen Sie damit sagen«, fragte Miss Lily, »dass er einfach da sitzen geblieben ist, nachdem seine Frau – immerhin war sie doch seine Frau, oder? – einen Schrei ausgestoßen hat und in Ohnmacht gefallen ist? Er war ja wohl noch Herr über seinen Körper, würde ich meinen – also, so weit vorhanden. Er wäre doch im Nu auf den Beinen gewesen und hätte seine paar Verbeugungen gemacht.«

»Das Problem bei Ihnen, Miss Lily«, sagte ich – sie zwang mich zur Offenheit – »das Problem bei Ihnen ist, dass Sie keinen, aber auch nicht den allergeringsten, Sinn für Geschichte haben. Für Sie findet alles in einer Art ewiger Gegenwart statt. Horatio war ein Held, eine Figur des öffentlichen Lebens. In seinem Zeitalter legte man Wert auf Etikette. Er musste immer darauf achten, was für eine Figur er abgab.«

»Genau, und er gab eine ausgesprochen schlechte Figur ab, mehr will ich gar nicht sagen.«

»Es gibt ein französisches Wort, das damals in der Oberschicht sehr gebräuchlich war, *bienséance,* Schicklichkeit. Es galt, den Schein zu wahren.«

»Genau, alles Schein, aber nichts dahinter. Außerdem finde ich, dass Sie in der anderen Richtung zu weit gehen.«

»Wie meinen Sie das?«

»Also diesen Sinn für Geschichte, den haben Sie ja nun gewiss, aber Sie stellen keine Verbindung zwischen Vergangenheit und Gegenwart her. Und wir leben ja wohl in der Gegenwart, oder? Wenn Sie diese Verbindung herstellen würden, dann würden Sie feststellen, dass Nelson einer von den Menschen war, die meinen, dass sie über allem stehen. Dass alles, was sie tun, okay ist, weil sie so beliebt sind. So wie die Fußballer, die in der Nationalmannschaft spielen, oder diese Punkband, die ihr Hotel zu Kleinholz verarbeitet hat, die Sex Pistols, inzwischen sind sie ja Gott sei Dank von der Bildfläche verschwunden, oder so jemand wie Woody Allen, der hergeht und seine Adoptivtochter heiratet, obwohl er ihr Großvater sein könnte, und das auch noch während eines Filmfestivals. Und dann beschwert er sich, dass ihn die Journalisten nicht in Ruhe lassen. Wenn genügend Leute einen bewundern, kann man tun, was man will, aber das macht einen noch lange nicht zu einem besseren Menschen.«

Diese Vergleiche waren dermaßen absurd, dass ich nur mit Mühe ein Lachen unterdrücken konnte. »Wir befinden uns in der Nelson-Dekade«, sagte ich. »In ein paar Jahren werden wir den großen Sieg von Trafalgar begehen. Die ganze Nation wird in tiefer Dankbarkeit Horatios gedenken. In Plymouth wird man wahrscheinlich zwei Schweigeminuten für ihn einlegen. Glauben Sie im Ernst, dass die Nation in zweihundert Jahren dankbar der Tore irgendwelcher Fußballer oder der Filme von Woody Allen gedenken wird?«

»Man wird wahrscheinlich irgendjemand anderem zujubeln. Manche halten sich länger als andere, aber letzten Endes kommt es auf dasselbe heraus. Auf jeden Fall stimmte was mit ihm nicht. Er muss gewusst haben, dass es eine Demütigung für Fanny war, er war doch nicht blöd. Und trotzdem besteht er darauf, dass sie mitkommt, setzt sich zwischen die beiden. Es ist ja wohl ziemlich offensichtlich, warum sie in Ohnmacht gefallen ist, oder?«

»Na ja, sie war gekränkt, aber –«

»Und genau das konnte er ihr nicht verzeihen«, sagte sie triumphierend. »Sie hat ihn ins Unrecht gesetzt, und er konnte einfach nicht im Unrecht sein, stimmt's? Deshalb war er so grausam zu ihr. Überlegen Sie doch nur mal, wie sie sich im Theater gefühlt haben muss. Was ist passiert, nachdem sie bewusstlos geworden ist?«

»Die Hamiltons und der alte Mr. Nelson haben sie hinausgeleitet.«

»Sind sie zurückgekommen?«

»Nein, offenbar nicht.«

»Das heißt, er ist bis zum Ende der Aufführung da sitzen geblieben? Charles, Sie finden doch nicht allen Ernstes, dass das recht war?«

»Doch, das finde ich sehr wohl. Sie lassen sich nicht davon abbringen, ihn wie irgendeinen x-beliebigen Menschen zu behandeln. Er war das Idol des Volkes. Meinen Sie denn, das Scheitern seiner Ehe wäre sein einziges Problem gewesen? Er hatte auch finanzielle Schwierigkeiten. Er hatte in Neapel deutlich über seine Verhältnisse gelebt. Als er zurückkam, musste er die Hälfte seiner Staatspapiere verkaufen, um seine Schulden zu bezahlen. Dadurch verlor er natürlich auch die Hälfte der Zinsen. Außerdem war er in einen Prozess gegen Lord Saint Vincent verwickelt. Wissen Sie noch, wer das war?«

»Na, den vergess ich nicht so schnell. Das war doch der, der sich mitten im Gefecht eine Orange hat bringen lassen, als sie dem Soldaten neben ihm gerade den Kopf abgeschossen hatten.«

»Genau der. Im Jahr zuvor waren zwei spanische Fregatten erobert worden, und das Prisengeld war an Lord Saint Vincent gegangen, vierzehntausend Pfund, das war damals viel Geld. Horatio fand, dass das Geld eigentlich ihm zustand, denn er war zu der Zeit der rangälteste Offizier der Mittelmeerflotte – Saint Vincent war in London. Sie sehen also, ihn beschäftigte noch so einiges andere neben Fanny.«

»Wir haben alle unser Päckchen zu tragen«, sagte Miss Lily. »Trotzdem muss man versuchen, das Richtige zu tun.«

»Er war nun mal in dieser Situation, er hätte nichts anderes tun können.«

Miss Lily schaute auf die Uhr, was sie so offen nur tat, wenn sie beschlossen hatte, dass die Sitzung zu Ende war. »Das ist ja das Schlimme«, sagte sie. »Deshalb musste er ja auch ständig diese Gefechte und Metzeleien veranstalten, stimmt's? Wegen so was kriegen Leute den Kopf abgeschossen.«

Das war wieder ihre typische verquere Logik, doch ich hatte nicht mehr genug Energie, um darauf einzugehen. Nachdem sie fort war, blieb ich noch im Arbeitszimmer sitzen und dachte über unser Gespräch nach. Es war nach demselben Muster abgelaufen wie fast all unsere Unterhaltungen über Horatio. Miss Lily begann meistens mit einer scherzhaften Bemerkung, steigerte sich in einen Zustand der Empörung und endete dann wieder in einem milderen, wohlwollenderen Ton, in dem aber noch Anklänge von etwas Dunklerem mitschwangen. Ich wiederum versuchte nachsichtig zu sein, zu berücksichtigen, dass sie ganz offensichtlich nicht in der Lage war, Horatios Genie zu würdigen. Mein besseres Verständnis machte mich – genau wie ihn – immun gegen die Art von Kritik, die sie äußerte. Trotzdem lag etwas Beunruhigendes in dem mitleidigen Ton, den sie in letzter Zeit so oft anschlug. Und genauso beunruhigend, wenn nicht noch mehr, war die Tatsache, dass ich mich auf die Dienstage und Freitage freute, mich darauf freute, die Luft zu atmen, die Miss Lily mitbrachte …

Ich suchte Zuflucht vor diesen Gedanken, indem ich mich wieder Horatio zuwandte, der im Dezember desselben Jahres mit den Hamiltons bei William Beckford auf dessen Anwesen in Wiltshire zu Gast war. Seltsame Gäste, und ein seltsamer Gastgeber – die Ungereimtheiten dieses Besuchs faszinierten mich schon seit Jahren, seit ich zum ersten Mal davon gelesen hatte. Beckford hatte von seinem Vater, einem Kaufmann, große Reichtümer geerbt, um die sechzig Millionen Pfund nach heutiger Rechnung. Als Fünfjähriger hatte er von dem damals achtjährigen Wunderkind Mozart Klavierunterricht bekommen. Er war der Autor des gefeierten *Vathek*, eines Klassikers unter den Schauerromanen, einer Erzählung von düsterer Brillanz und bizarrer Vorstellungskraft. Exzentrisch, romantisch, in zunehmendem Maße einsiedlerisch, verwendete er den größten Teil seiner Energie – sowie astronomische Geldsummen – darauf, auf seinem Anwesen eine »gotische Abtei« zu errichten, eine Ansammlung von Türmchen und Zinnen mit einem achteckigen Turm in der Mitte, der zum Schluss eine Höhe von fast neunzig Metern erreichte.

Er lud sie ein, weil sie Berühmtheiten waren – man kann sich kaum vorstellen, was sie sonst verbunden haben sollte. In

Salisbury wurden sie von einer Kavallerieeskorte abgeholt. Während sie die Auffahrt zu Beckfords Herrenhaus hinauffuhren, spielte ein dreißigköpfiges Orchester »Rule, Britannia«. Beckford erwartete sie auf der Treppe in Gesellschaft seines zahmen Affens und eines Zwergs, den er in Portugal erstanden hatte.

Höhepunkt des Aufenthalts war ein Besuch der Abtei, der am 23. Dezember nach dem Mittagessen stattfand. Mit von der Partie waren die Opernsängerin Madame Banti, der amerikanische Maler Benjamin West, John Wolcott, Verfasser satirischer Verse, sowie ein Architekt namens James Wyatt, der Beckford bei der Konstruktion seines erstaunlichen Fantasiebauwerks zur Seite stand. Es dämmerte schon, als sie in ihre Kutschen stiegen, um durch die düsteren Alleen des Parks zur Abtei zu fahren. In den Bäumen aufgehängte Laternen zeigten ihnen den Weg. Als sie in Sichtweite des gewaltigen Gebäudes gelangten, stimmte ein verborgenes Orchester einen getragenen Marsch an. Über ihnen erhoben sich die wuchtigen Mauern; der riesige Turm, noch unvollendet, verlor sich zur Hälfte in der Dunkelheit.

Wir schreiten durch das Portal, durchqueren die Eingangshalle, die so hoch ist, dass das Licht der Wandleuchter nicht bis an die Decke reicht, und betreten das mit purpurnem Damast ausgekleidete Kardinalsgemach, wo uns Kapuzen tragende Diener wortlos die Mäntel und Hüte abnehmen. Wir lassen uns zum Essen an einem riesigen Refektoriumstisch nieder, auf dem goldene Körbchen mit Zuckerwerk und bauchige Flaschen mit gewürztem Wein stehen. Aus der Galerie erklingt getragene Musik. Doch wo ist Emma? Sie ist nicht an unserer Seite.

Ein Moment der Aufregung – ihre Anwesenheit ist notwendig, unverzichtbar. Doch Sir William scheint nicht beunruhigt. Dann am anderen Ende des langen, halbdunklen Raums ein zunächst kaum wahrnehmbarer Schimmer; in ein schlichtes weißes Gewand gehüllt, kommt sie näher, Schritt für Schritt.

Sie trägt eine goldene Urne. Sir William, kultiviert und kenntnisreich, flüstert hinter vorgehaltener Hand: »Agrippina mit der Asche des Germanicus.« Wir nicken, wohl vertraut mit dieser Episode aus der römischen Geschichte.

Emma wechselt vom Ergreifenden zum Erhabenen, von Verzweiflung zu Verachtung, von Zorn zu Triumph, und peitscht so die Römer auf, damit sie den Tod ihres Mannes rächen. Es ist eine ihrer erfolgreichsten und denkwürdigsten Verkörperungen. Die anderen Gäste, die ihr in diesem seltsamen Raum mit seinen gelben Wandbehängen, seinen von Kerzen beleuchteten Statuen und Reliquienschreinen zusehen, sind zu Tränen gerührt. Über ihnen im Dunkeln erhebt sich der gewaltige Turm. Er steht kurz vor seiner Vollendung – er wird die erstaunliche Höhe von dreiundachtzig Metern erreichen. Sieben Jahre später wird er zusammenbrechen und dabei den größten Teil des Gebäudes zerstören.

Gelehrte, Dichterlinge, Opernsängerinnen, Journalisten – du warst ein Fremdkörper in dieser Gesellschaft, so wie in jeder Gesellschaft an Land. Sir William war ein Sammler und Büchernarr. Das Gotische entsprach nicht seinem Geschmack, doch sonst hatte er viel mit Beckford gemeinsam. Emma war eine geborene Schauspielerin und begabte Sängerin, sie erntete Beifall mit ihren Verkörperungen, sang Duette mit Madame Banti. Aber du? Sieger vom Nil, Retter deines Vaterlandes – dein Glanz konnte in dieser Gesellschaft nicht aufstrahlen. Und es war besser so, es war besser, dass du gedämpft wurdest. Als Engel hättest du diese Situation nicht ertragen. Sie ähnelte derjenigen, die du gerade hinter dir gelassen hattest, in Neapel. *Ein Land der Tagdiebe und Poeten, der Huren und Gauner.* So hast du Neapel am Morgen deines vierzigsten Geburtstages beschrieben. Das war ganz am Anfang, bevor du dich im klebrigen Netz dieser Stadt verfingst.

Wie immer war ich in Neapel angelangt. Egal, wo ich ansetzte, ich landete immer dort. Es hatte mich kein bisschen weitergebracht, mit Horatio ein Londoner Theater oder ein pseudogotisches Fantasiebauwerk zu besuchen. Die Zweifel hielten Schritt, soweit ich in seinem Leben auch vorgreifen mochte – und ihm blieben jetzt nur noch fünf Jahre. Er nahm die Stadt mit, wohin er auch ging, genau wie ich, und so würde es bleiben, bis ich seine Unschuld beweisen konnte.

18

Vielleicht war die Angst, im Blütengift Neapels zu versinken, der Auslöser für meinen Traum in dieser Nacht. Angst war, in der einen oder anderen Form, meine ständige Begleiterin – und es gibt sie in vielen Formen.

Eine dominierende Figur in meinem Traum war eine Frau namens Pat, die ich zwar nie sah, von der ich aber wusste, dass sie nach einer unglücklichen Liebesbeziehung mit dem ebenfalls unsichtbaren Präsidenten in tiefster Trostlosigkeit lebte. Ich näherte mich der Ruine von Pats Cottage, die, wie ich im Traum wusste, ihr ruiniertes Leben symbolisierte. Im verwilderten Garten stand ein Morris Minor, zur Hälfte im Wasser versunken. Der ganze Garten hatte sich abgesenkt und war überflutet, und ich stellte fest, dass ich bis zur Brust in lauwarmem schwarzem Wasser stand, was nicht unangenehm war. Eine Frau, die nicht Pat war, erschien neben mir und forderte mich auf, mir meine Beine anzusehen. Irgendwie gelang es mir, ein Bein aus dem Wasser zu ziehen. Es war nackt und von schwarzen Flecken bedeckt, die wie Tausendfüßler aussahen. Ich war entsetzt und angewidert und begriff, dass ich zu lange im Wasser gestanden hatte. Vor mir erhob sich eine Art steinerne Säule, nicht besonders hoch. Wenn ich es schaffte hinaufzuklettern, würde ich aus dem Wasser herauskommen. Aber die Steine waren lose, sie zerbröckelten in meinen Händen, ich rutschte immer wieder ab. Oberhalb der Säule, am Himmel aufragend, die Umrisse einer Gestalt, die sich zu mir herunterbeugt, ein helles Schimmern auf der Brust. Er beugt sich zu mir herunter, doch er bietet mir nicht seine Hilfe an. Er beugt sich herunter, um mich zu beobachten, nicht um mir zu helfen. Er ist gesichtslos, eine Ahnung von dünnem Haar. Er hat denselben Dreispitz auf, und ich empfinde dasselbe Entsetzen, als er sein Gesicht zu mir herunterneigt.

Ich erwachte schweißgebadet und lag noch einige Zeit ächzend im Dunkeln. Mein toter Vater kam mir in den Sinn, und das Gefühl eines schrecklichen Verlusts erfüllte mich, als wäre mir etwas ungeheuer Wertvolles, Unersetzliches aus der Hand geglitten und in tausend Stücke zersprungen. Ich selbst, was ich ihm hätte sein können, war der Gegenstand meiner Trauer, so viel war mir inzwischen, glaube ich, klar – es war dieselbe Trauer, die meine Träume durchzog, allgegenwärtig, zu beherrschend, um sich eingrenzen zu lassen, wie eine Erscheinungsform des Wetters, wie Nebel oder Tau.

Erinnerungen stellen sich ungebeten ein, ohne Vorwarnung, Erinnerungen an Nahes und Fernes, Wahres und Erfundenes, alles Gewächse im selben Garten. Es gab keinen klaren Moment des Übergangs, keinen Moment, in dem man ihn die Schwelle zum Tod überschreiten sah. Es sollte einen solchen Moment geben, es muss ihn geben. Die einzige erkennbare Veränderung fand statt, als dieses grausame prüfende Interesse aus seinem Gesicht verschwand. Da starb er.

Es gibt so viel, was man zu spät erkennt, zu lange danach erst begreift. Ich hatte immer gedacht, es gehe ihm um die Wahrheit. Ein Nachmittag im Mai, Ende Mai, ich war sieben – es war das Jahr nach meinem Krankenhausaufenthalt. Wieder einer unserer Spaziergänge auf dem Land, doch diesmal war meine Mutter dabei, wir waren in Cambridgeshire, wo ihre Eltern wohnten.

Kindheitserinnerungen, wie leicht werden sie Opfer der Fälschung. Wie schwer, nicht den Meißel oder den Pinsel anzusetzen. Verlässlich bloß die Erinnerung, dass die Sonne schien, dass wir zunächst auf der Höhe liefen, dann unten zwischen den Weißdornbüschen, meine Mutter in einem leichten hellblauen Sommermantel, ohne Hut, das Haar offen, ab und zu blies der Wind es ihr ins Gesicht. Bestimmt haben sich spätere Tage mit ähnlichem Wetter in diese Erinnerung gemischt, aber für mich verkörpert dieser Nachmittag den Mai schlechthin, der Wechsel von Wolken und gedämpftem Sonnenlicht, das silberne Leuchten der Birken, die üppige Blütenpracht des Weißdorns, die in bräutlicher Verschwendung rosa und weiß unseren Weg säumte.

Wir waren zum Devil's Dyke hinausgefahren, an die Stelle in den Newmarket Downs, wo die Straße den Deich überquert, nicht weit von der Pferderennbahn. Der Weg führte oben auf dem Deich entlang, zunächst in einiger Höhe, man konnte auf beiden Seiten das Hügelland überblicken. Für Londoner Kinder hatte diese Offenheit etwas Berauschendes, die weiten Ausblicke, der endlose Himmel, an dem singende Lerchen Zickzackmuster flogen. Die Lerchen flicken den Himmel zusammen, sagte meine Mutter an jenem Tag oder an irgendeinem anderen. Und wer hat ihn zerrissen? Ein Riese, spekulierte ich. Ich bin mir nicht sicher, sagte sie, vielleicht zerreißt er sich selbst. Aber die Lerchen flicken ihn emsig zusammen. Lächelnd, die Wangen sonnengerötet, ab und zu eine rotbraune Strähne im Gesicht. Blaue Augen, so wie meine.

Dann senkte sich der Deich zu einem von Wasserrinnen durchzogenen lichten Wald aus Erlen und Strauchweiden ab. Namen, die nicht in jene Zeit gehören, die später erlernt wurden. Der Weg war jetzt gewundener, weniger klar abgegrenzt, man konnte Abstecher machen, Abkürzungen nehmen. Mein Vater veranstaltete mit Monty und mir ein selbst erfundenes Spiel, das im Rückblick absolut typisch für ihn war, ein Spiel, in dem es um Beobachtung, Konkurrenz und Berichterstattung ging. Vielleicht hatte er gemerkt, dass unsere Kräfte allmählich erlahmten. Jedenfalls war es eine gute Methode, uns für eine Weile loszuwerden. Wir sollten vorauslaufen, uns genau einprägen, was wir sahen, und mit einem vollständigen Bericht zurückkommen.

Es war verlockend, ein Entdecker zu sein, vor den Erwachsenen neuen Boden zu betreten, ihnen ausnahmsweise einmal etwas erzählen zu können, was sie noch nicht wussten. Ich weiß noch, wie aufregend es war vorauszugehen. Ich hielt mich zunächst in Montys Nähe, da ich dachte, wenn ich in die gleiche Richtung sähe wie er, würde ich dieselben Dinge sehen, eine völlig verfehlte Strategie - ich konnte nicht wissen, was für Signale er empfing, und da er mich ausstechen wollte, ließ er sich nichts anmerken.

Also entwickelte ich eigene Ambitionen, und die waren von Anfang an gewaltig. Ich wollte etwas Außergewöhnliches berichten können. Ich wollte einen anderen Weg finden, einen, den niemand kannte, so was wie eine geheime Alternative zu dem Weg, auf dem wir gingen. Trat er hier zum ersten Mal in Erscheinung, der Reiz der Parallelität, des ganz eigenen Zugangs, eines anderen Lebens, das entlang meines eigenen verlief?

Hinunter in die baumbestandenen Senken, Hals über Kopf, auf der Suche nach der großen Sensation. Ein grundlegender Fehler, nach dem zu suchen, was man finden will, statt zu sehen, was vor einem liegt. Mein Vater hätte diesen Fehler nicht gemacht, und Monty machte ihn auch nicht. Ich verzettelte mich in Einzelheiten, wusste nicht, wie die Dinge hießen, die ich sah. Blumen, Vogelgezwitscher, vereinzelte Sonnenstrahlen.

Unterdessen führte mein drei Jahre älterer Bruder, der nicht von hehren Zielen abgelenkt war, nüchtern und methodisch seine Beobachtungen durch. Als ich ihn zurückrennen sah, rannte ich ihm nach, weil ich auch gelobt werden wollte, doch dann hatte ich nichts zu berichten, stand stumm unter dem weiten Himmel. Monty hatte gesehen: die Spuren eines Hundes, und zwar eines großen, an einer Stelle, wo der Boden aufgeweicht war; eine Ameisenkolonie in einem abgestorbenen Baum; wilde Rosen in der Hecke. Er brachte mit, versteckt bis zum Moment des Vorführens, die Schwanzfeder eines Fasans sowie ein Bruchstück von dem Kalkstein, auf dem sich die Hügel erhoben. *Gute Arbeit, Monty. Versuch's noch mal, Charles -*

benutz deine Augen, Junge, du musst lernen, deine Augen zu benutzen ....

Doch meine Augen waren durch den Misserfolg stumpf geworden. Meine Mutter lächelte, aber sie wusste, wie es mir ging, sie kannte meine Not. Kannte ich auch ihre? Schwierig, sie über dieses Meer der Zeit hinweg zu sehen, schwierig, es zu wissen. Sie redete leise mit mir, ein bisschen abseits von den anderen. Vielleicht siehst du ein paar von den hohen Schlüsselblumen. Diese gelben Blumen, die Blätter wie Primeln haben. Nicht zwischen den Bäumen, sie wachsen an den Böschungen. Sie mögen den Kalk, weißt du. Mein Vater hörte uns nicht, aber er sah uns, und er zählte zwei und zwei zusammen. *Keine Sonderbehandlung, Dorothy. Der Junge muss lernen, seine Augen zu benutzen.* Aber mit meinen Augen konnte ich keinen Sieg erringen, das wusste ich.

Ich wusste, dass es eine Tierart gab, die Maulwurf hieß, und diese Tiere faszinierten mich, weil sie schwarz und blind waren und ein geheimnisvolles unterirdisches Leben führten. Was wäre ein größerer Triumph, als so eins am helllichten Tag zu sehen? Ich berichtete, ich hätte einen Maulwurf gesehen.

Sofort erschien ein gewisser Schimmer auf dem Gesicht meines Vaters. Ich glaube, ihm war von Anfang an klar, dass ich das erfunden hatte, aber er sagte es nicht, zeigte nicht einmal Ansätze von Zweifel, bot mir nicht scherzend einen Ausweg an. Das war nicht seine Art. Nein, er ermunterte mich mit Fragen, mit freundlichen Fragen, weiterzusprechen.

Einen Maulwurf, meine Güte. Hast du das gehört, Dorothy? Wie sah er denn aus?

Ich sagte, er sei klein gewesen, samtig schwarz, und habe die Schnauze beim Laufen dicht am Boden gehabt, er könne nämlich, so erklärte ich, nicht gut sehen.

Was hat er getan, als du ihn gesehen hast?

Ich sagte, er sei einfach nur herumgelaufen und habe die Sonne genossen, nach der Dunkelheit in seinem unterirdischen Bau.

Mehr hat er nicht gemacht, er ist nur herumgelaufen?

Ein Anflug von Enttäuschung in seiner Stimme. Mein Bericht war nicht dramatisch genug. Ich sagte, ich hätte gesehen, wie er etwas fraß.

Tatsächlich? Das ist ja interessant. Und was hat er gefressen?

Ich sagte, er habe ein Stückchen Brot gegessen. Es schien mir plausibel – ich hatte Reste von früheren Picknicks herumliegen sehen.

Die Falle war zugeschnappt. Das Lächeln verschwand von seinem Gesicht. *Maulwürfe fressen kein Brot. Sieh mir in die Augen, Charles. Du hast überhaupt keinen Maulwurf gesehen, stimmt's?*

Ich habe jedenfalls keinen Maulwurf gesehen, sagte Monty. Ich war genau da, wo er auch war, und ich habe keinen Maulwurf gesehen.

Du weißt doch, wie fantasievoll er ist. Sei nicht so hart zu ihm, er hat sich halt hinreißen lassen.

Du hast uns bewusst angelogen, stimmt's? Das war alles gelogen.

Immer noch dieser wachsame Schimmer auf seinem Gesicht. Kein Ärger, kein Vorwurf. Er war *interessiert,* er wartete auf mein Geständnis. Dann der Moment der Eingebung. Nein, sagte ich, es war nicht gelogen, es war ein Trick. Sein Gesichtsausdruck veränderte sich, als ich das sagte. Damit hatte er nicht gerechnet, es gehörte nicht zum Programm.

Na komm, du musst lernen, für dein Verhalten geradezustehen. Gib zu, dass es gelogen war, und wir reden nicht mehr darüber.

Nein, es war nicht gelogen, es war ein Trick, ein TRICK.

Ich hatte Angst vor ihm, egal in welcher Stimmung er war, doch an jenem Nachmittag hatte ich noch größere Angst davor, gedemütigt zu werden. Diese Angst machte mich halsstarrig, sie verschaffte mir einen der wenigen Triumphe meiner Kindheit. Denn ich machte keinen Rückzieher.

Er war wütend. Er war bereit gewesen, das Kaninchen von seinem Elend zu erlösen, aber wenn ich nicht zugab, dass ich gelogen hatte, wo war dann das Kaninchen? Ich musste auf dem Heimweg allein laufen, hinter den anderen, in Ungnade. *Bis du es zugibst; bis du gelernt hast, Verantwortung für dein Verhalten zu übernehmen*. Aber ich habe es nicht zugegeben.

Nicht dass ich gedacht hätte, er wäre im Unrecht oder ich im Recht. Damals glaubte ich, sein Ärger beruhe darauf, dass ich Prinzipien verletzt hätte, keine Verantwortung übernähme und so weiter. Erst viel später verstand ich, was mein eigentliches Vergehen gewesen war: Ich hatte ihm das Spiel verdorben. Doch schon damals, während ich hinter den anderen hertrottete, ein einsamer, aber reueloser Trickser, schon damals wusste ich, dass ich einem wesentlich mächtigeren Gegner auf seinem eigenen Terrain die Stirn geboten hatte – und zwar indem ich nicht nachgegeben, nicht gestanden, *indem ich nichts gezeigt hatte.* Damals begann ich meine Lektion zu lernen: Offenbare dich, und du bist verloren, man wird dich vernichten. Nur wenn wir die Contenance wahren, entgehen wir dem Schicksal des Kaninchens unter dem Stiefel.

19

Am nächsten Sonntag sollte unser Ausflug nach Portsmouth stattfinden, eine Aussicht, die mich immer wieder in Unruhe versetzt hatte, seit Miss Lily und ich diese Verabredung einige Wochen zuvor getroffen hatten. Das Ganze war dadurch noch komplizierter geworden, dass auch ihr Sohn mitkommen sollte, dieser Bobby, von dessen Existenz ich nichts geahnt hatte, als ich den Ausflug vorschlug.

Als ich mich morgens fertig machte, stieg das gleiche Gefühl in mir auf wie früher vor dem ersten Schultag, am Ende der Ferien. Damals hatte ich für diese Tage ein spezielles System, nach dem ich mich anzog. Alles musste auf eine ganz bestimmte Weise geschehen - um meine Einsamkeit zu kompensieren, um Drohungen zu entkräften, um sicherzustellen, dass alles gut gehen würde. Das Grundprinzip bestand darin, alles anders zu machen als sonst, erst die rechte Socke, erst den linken Ärmel, den linken Schnürsenkel über den rechten. Je mehr Gewohnheiten ich missachtete, desto sicherer würde ich sein. Auch in den vergangenen Jahren habe ich auf diese Weise manchmal meine Ängste und Zweifel mildern können. Jetzt machte ich es wieder so, die Socken vor der Hose, die Hose vor dem Hemd, erst die linke Hand in den Ärmel.

Ich stand zehn Minuten zu früh unter der großen Uhr an der Waterloo Station. Punkt elf sah ich sie auf mich zukommen, Miss Lily mit dunkelbrauner Baskenmütze und langem Wildledermantel, der Junge in einem Steppanorak mit mehreren Aufnähern, eine rote Mütze mit langem Schirm auf dem Kopf. Sie lächelte, als sie mich sah, schien fast erleichtert. Zunächst kam sie mir richtig ungewohnt vor, wie eine Fremde, und dann wurde mir klar, dass ich sie noch nie draußen gesehen hatte – die Treppe vor meiner Tür konnte man wohl kaum als »draußen« bezeichnen. Dies war eine Welt, in der Menschen Züge nahmen, zusammen etwas trinken gingen, Schaufenster betrachteten. »Das ist Bobby«, sagte sie. »Bobby, das ist Mr. Cleasby.«

»Charles«, sagte ich.

Ein blasser Junge, ziemlich groß, mit knochigem Gesicht. Er hatte den breiten Mund seiner Mutter und den gleichen Blick wie sie, sehr klar und fest, aber seine Augen waren heller, eine ungewöhnliche Farbe, irgendwo zwischen grün und haselnussbraun.

»Schön, dass du mitkommen kannst«, sagte ich. Ich lächelte ihn an. Eigentlich bewältigte ich dieses Treffen ziemlich gut.

»Sie haben ja gar keinen Mantel an«, sagte Miss Lily zu mir, eine Bemerkung, die zweifellos zu der neuen, der Außenwelt-Person gehörte, die sie jetzt war, und nicht zu Avon Secretarial Services. »Nicht mal einen Schal«, fügte sie in geradezu bestürztem Ton hinzu.

»Ich trage keine Schals, ich besitze gar keinen«, sagte ich, um zunächst das geringere Problem abzuhandeln. Ich hatte es tatsächlich versäumt, einen Mantel mitzunehmen, trug jedoch einen Wollpullover, ein Tweedjackett und Flanellhosen. Außerdem war mir der Morgen recht mild vorgekommen. »Das geht schon so«, sagte ich.

Miss Lily schien da ihre Zweifel zu haben – sie spitzte den Mund ein wenig. »Sie sorgen wirklich nicht gut für sich. Da unten am Meer ist es vielleicht kalt. Schließlich haben wir gerade mal April.«

Das war ja nun ziemlich absurd. Horatio war bei jedem Wetter auf Deck, ertrug jede nur denkbare Heimsuchung durch die Elemente, in den Tropen wie am Nordpol, und wir diskutierten hier über die Gefahren eines Apriltags in Portsmouth! Ich zog eine Grimasse und sah Bobby an. »Erzählt deine Mutter dir auch immer, wie wichtig Schals sind?«

»Klar. Und Mäntel und Mützen. Sie meint immer, bloß weil ihr kalt ist, müssten alle anderen auch frieren.«

Er redete, als wäre er in meinem Alter, oder ich in seinem.

»Sei nicht so frech«, sagte Miss Lily. Sie lächelte ihn an, er lächelte zurück, und ich merkte, dass diese beiden Menschen sehr gut miteinander auskamen.

»Na, da sind wir aus anderem Holz geschnitzt, was?«, sagte ich zu ihm, von Mann zu Mann. Ich sah jetzt, dass er einen Schal trug, einen blau-weißen, der in den Kragen seines Anoraks gesteckt war.

Während ich um Fahrkarten anstand, begann ich darüber nachzudenken, was dieser Ausdruck eigentlich bedeutete, gut für sich sorgen. Miss Lily hatte natürlich gemeint, ordentlich essen und sich warm anziehen. Aber das betraf nur das körperliche Wohl; die Seele erleidet Schaden, ohne dass wir eingreifen können; und danach haben wir nur noch begrenzte Handlungsfreiheit. Genau deshalb hatte mich der arme Penhas zu Horatio zurückgelotst, damit ich wieder selbst für mich sorgen konnte.

Als ich mich jetzt den beiden zuwandte, kam es mir vor, als sähe ich Miss Lily mit ganz neuen Augen. In der seltsam trostlosen Lichtfülle dieses riesigen, an eine gläserne Flugzeughalle erinnernden Bahnhofs mit seiner militärisch anmutenden Hintergrundmusik wirkte Miss Lily mit ihrer feschen Baskenmütze putzmunter und beschwingt. Die anderen Menschen, die in dieser lichtdurchfluteten Halle unterwegs waren, erschienen mir matt und gräulich, jeder Farbe beraubt, sie dagegen gewann an Farbe. Bobby stand dicht neben ihr, ernst und still. Aus unerfindlichem Grunde hatte er seine Mütze verkehrt herum auf – der Schirm hing ihm über den Nacken. Er beobachtete eine zerzauste Taube, die irgendwie hereingefunden hatte und jetzt zwischen den Füßen der Leute umherstolzierte.

Im Zug redeten wir nicht viel. Wir waren nicht allein im Abteil, und die Gegenwart fremder Menschen machte uns befangen, schließlich waren wir einander selbst fast noch fremd. Sie saß mir gegenüber, und gelegentlich trafen sich unsere Blicke. Bobby zog ein zusammengefaltetes Heftchen aus seiner Anoraktasche. Auf dem Titelblatt war ein Dinosaurier abgebildet, das ganze Heft schien hauptsächlich aus Bildern zu bestehen. Als der Mann mit der Minibar vorbeikam, kauften wir belegte Brote und Tee und für Bobby eine Cola.

In Portsmouth war es ausgesprochen frisch. Als wir aus dem Bahnhof traten, empfing uns ein kalter Wind vom Meer, gegen den mein Jackett und Pullover kaum Schutz boten. Meine Augen tränten. Natürlich leugnete ich jedes Unbehagen, als Miss Lily – wie nicht anders zu erwarten – eine Bemerkung zu diesem scheußlichen Wind machte und mich fragte, ob mir nicht entsetzlich kalt sei. Nein, nein, tut gut, sehr belebend. Als wir uns dem Hafen näherten, wurde es noch kälter; Miss Lily vergrub das Kinn im Mantelkragen; Bobby rannte ein paar Schritte vor und wieder zurück, als versuche er eine Witterung aufzunehmen. Er hatte seine Mütze immer noch verkehrt herum auf.

Man kann nicht einfach an Bord der *HMS Victory* gehen und nach Lust und Laune dort herumspazieren, man muss sich einer geführten Gruppe anschließen; die Führungen finden den ganzen Tag in regelmäßigen Abständen statt. Es dauerte noch eine Stunde bis zur nächsten Führung, und so schlug ich einen Besuch im Marinemuseum am Pier vor. Hier kann man sich die gesamte ruhmreiche Geschichte unserer Seekriege vor Augen führen, von den Spanten der *Grace Dieu*, dem Flaggschiff Heinrich des V., bis hin zu Seekarten der Marineeinsätze im Golfkrieg. Doch angesichts der begrenzten Zeit steuerten wir natürlich direkt die Nelson-Ausstellung an.

Hier drinnen war es wärmer, aber das Licht vom Meer folgte uns, es drang durch die Glaswände, von denen der Ausstellungsraum auf drei Seiten umgeben ist – das gleiche unwirtliche Licht, das er an so vielen Tagen gesehen haben muss, das Licht, das an jenem Märztag in Chatham um ihn war, als er darauf wartete, an Bord seines ersten Schiffs zu gehen. Wir stiegen zur oberen Galerie hinauf, wo die Galionsfiguren, Stander und Kanonen ausgestellt sind. Ich zeigte Miss Lily und Bobby die einzelnen Hoheitszeichen und Flaggen, die dort hingen, und erklärte, was sie bedeuteten und wem sie gehört hatten. Sie wühlten mich immer auf, regten meine Fantasie an, nicht nur die Marinestandarten, jegliche Flaggen, ja jegliche Insignien des Krieges, die zerfetzten Banner obskurer Regimenter, die in Dorfkirchen verstaubten, die Mahnmale für die Gefallenen auf stillen öffentlichen Plätzen mit ihren in Stein gehauenen Schriftrollen, Symbole von schmerzlicher Eindringlichkeit, von Aufopferung und Trauer umkränzt.

Über uns und an den Wänden hingen reglos die Hoheitszeichen. Ich deutete auf die weißen und roten Marineflaggen an ihren Stöcken, einige mit dem Union Jack in der linken oberen Ecke, andere ohne. »Weißt du, warum das so ist?«, fragte ich Bobby. Er schüttelte den Kopf. Seine Augen sahen wie betäubt aus, vielleicht von dem Licht, das ringsum durch die riesigen Fensterflächen fiel. »Der Union Jack erschien ab 1707 auf den Flaggen«, sagte ich. »Das war das Jahr der Union von England und Schottland.«

Ich fühlte mich fröhlich und zufrieden, während ich diese Dinge erklärte. Die Galerie war leer, momentan hatten wir sie ganz für uns. Die Gefühle, die mich in der letzten Zeit gequält hatten, meine Ruhelosigkeit, meine bösen Vorahnungen, meine bisherige Unfähigkeit, ihn zu befreien, ihn aus dem Sumpf von Neapel 1799 zu ziehen, all das war verblasst, und ich wurde ruhig. Außerdem hatte sich das Licht verändert, eine fahle Sonne drang durch die Wolkendecke, schien durch die Glaswände, fiel hier und da auf die ausgestellten Objekte. Zwar war das Licht selbst matt und kraftlos, doch es hob die bemalten Galionsfiguren hervor, die zerfressenen Kanonenmündungen, die rosagesichtigen uniformierten Puppen, die die Galeriewände säumten. Ich wies auf den Breitwimpel, den auch Horatio in der Schlacht bei Kap Saint Vincent als Kommandant eines Geschwaders geführt haben musste, und auf die beiden übereinander hängenden Flaggen, die zusammen sein Lieblingssignal ergaben – die eine mit vertikalen Streifen, rot, weiß und blau, die andere mit einem blauen Kreuz auf weißem Grund: *Ran an den Feind.*

»Er war ein großer Anhänger des Nahgefechts.« Ich sah Miss Lily an, während ich das sagte, denn ich wollte, dass Horatios ungestüme Genialität und die heroischen Szenen, die sich unter diesen bunten Flaggen abgespielt hatten, sie genauso bewegten wie mich. Doch sie zeigte nicht mehr als höfliches Interesse. Als ich einen Blick auf Bobby warf, merkte ich, wo mein Publikum zu finden war. Er kaute jetzt irgendetwas, ganz langsam. Sein Interesse an den Flaggen war unübersehbar. Die grünlichen Augen in seinem blassen Gesicht, in dem sich die schmalen Schläfen- und Wangenknochen abzeichneten, blickten ernst und konzentriert. »Wie nah konnten sie heran?«

»Sie konnten noch Breitseiten abfeuern, wenn sich die Schiffe schon fast berührten.«

»Aber am besten ist es, gar nicht erst zu kämpfen«, sagte Miss Lily. »Mit ein bisschen gesundem Menschenverstand kann man eigentlich alles regeln, ohne dass jemand verletzt wird.«

»Napoleon hätten wir mit der größten Portion gesundem Menschenverstand nicht zur Räson gebracht.«

»Irgendjemand muss doch immer zur Räson gebracht werden. Das wird sich nie ändern. Ob das nun die Franzosen sind oder der Mann von nebenan. Das ist das Beduinensyndrom.«

»Was soll denn das sein?«

»Ich gegen meinen Bruder, ich und mein Bruder gegen unseren Cousin, meine Familie gegen des Rest des Stammes, mein Stamm gegen alle, die keine Beduinen sind. Für mich bringt es das genau auf den Punkt, das mit den Flaggen und dem ganzen Kram.«

»Gesunder Menschenverstand ist etwas für normale Menschen«, sagte ich, »und das ist Horatio Nelson nun ganz gewiss nicht gewesen.« Ich ärgerte mich ziemlich über Miss Lily, weil sie hier zwischen den Hoheitszeichen und dem Kriegsgerät solche unangemessenen Bemerkungen machen musste. »Wo haben Sie das mit den Beduinen her?«, fragte ich sie.

»Hab ich im Radio gehört. Schon vor Jahren.« Sie schaute von Bobby zu mir, mit dieser sanften Hartnäckigkeit, die so typisch für sie war. »Es ist hängen geblieben«, sagte sie, »denn es stimmt einfach.«

»Wir hatten einen anderen Gefechtsstil«, sagte ich zu Bobby. »Die französischen Geschützführer kämpften lieber aus größerer Entfernung, sie fällten unsere Masten, zerschossen die Takelage und machten so unsere Schiffe kampfunfähig. Unsere Taktik bestand darin, möglichst dicht heranzusegeln; wir setzten uns zunächst dem feindlichen Beschuss aus, und wenn wir nah genug waren, schlugen wir erbarmungslos zu. *Gehen wir dicht genug an den Franzosen heran, dann werden wir ihn besiegen.* Einer unserer Lieblingssätze. Und er stimmt bei Gott. Ich habe ihn von Locker.«

Bobby kaute nach wie vor, inzwischen sogar noch langsamer. »Wer ist das?«

Ich sah lächelnd Miss Lily an, da ich damit rechnete, dass sie antworten würde. Aber sie sagte kein Wort. Sie hatte die Stirn leicht gerunzelt, als wäre sie wegen irgendetwas irritiert. Ich fand ihr Schweigen ausgesprochen eigenartig. Sie musste doch wissen, wer Locker war, ich hatte ihn in den früheren Kapiteln meines Buchs öfters erwähnt. In diesem Moment der Unsicherheit fiel mir wieder das Sonnenlicht auf, doch diesmal empfand ich es als verwirrend, in meiner Wahrnehmung vermischten sich Lebendiges und Künstliches, die starr dreinblickenden Galionsfiguren, die reglosen Midshipmen und Seesoldaten, die Frau und der Junge vor mir. Ich wusste, dass ich meine Antwort mit Bedacht formulieren musste. »Horatios Freund und Mentor«, sagte ich. »Er war Kapitän auf der Fregatte *Lowestoffe,* zweiunddreißig Geschütze, auf der Horatio im April 1777 als achtzehnjähriger Leutnant seinen Dienst antrat.

Locker war damals sechsundvierzig, sie wurden Freunde und blieben es bis an ihr Lebensende. Horatio besaß eine große Gabe für die Freundschaft.« Ich war mir des Unterschiedes wohl bewusst, während ich das sagte; ich hatte überhaupt keine Freunde. Aber das war nun mal der Preis dafür, Schatten zu sein.

Der Zeitpunkt unseres Besuchs auf der *Victory* rückte näher. Wir verließen das Museum, liefen am Kai entlang zurück und gesellten uns zu der Gruppe, die schon darauf wartete, an Bord gehen zu dürfen, ungefähr ein dutzend Leute, die im Schatten des mächtigen Rumpfs herumstanden. Ein Führer war bisher nicht in Sicht.

Da ragte sie über uns empor, frisch gestrichen in Schwarz und einem blassen Gold, aufgetakelt, aber ohne Segel, am Bug den Union Jack, am Heck die weiße Flagge der Kriegsmarine. Ich hatte die *Victory* über die Jahre des Öfteren besichtigt, doch ihr Anblick begeisterte mich auch jetzt wieder, die exakten Abstände zwischen den Stückpforten, das Scharlachrot und Gold der Galionsfigur, die verzierten Fensterrahmen der Kapitänskajüte – seiner, Horatios Kajüte. Mit diesem imposanten Schiff huldigt die Nation jener unwiederbringlich vergangenen Zeit der Größe, als England die Meere beherrschte; und sie huldigt ihrem größten Helden, einem Mann, der zum Heldentum geschaffen, so wie dieses riesige von Geschützen starrende Holzschiff zur Zerstörung geschaffen war. Beide waren sie Werkzeuge ... *Die haben ihm richtig was abgeschnitten, stimmt's?* Miss Lilys Frage sprang mich wieder an, ungebeten, höchst unwillkommen. Ich wandte mich gerade zu ihr um, vielleicht in der vagen Vorstellung, ich könnte das Ärgernis durch den Anblick seiner Urheberin tilgen, da tauchte oben am Niedergang der Führer auf – er hatte die ganze Zeit drinnen gelauert –, winkte uns heran und mahnte uns zur Vorsicht beim Hinaufsteigen.

Wir waren ein bunt gemischter Haufen, wie sich jetzt zeigte, als wir uns an der Treppe versammelten und ich genauer hinsehen konnte. Zwei Paare, die verheiratet aussahen; ein jüngeres Paar, das verheiratet sein konnte oder auch nicht; zwei stämmige ältere Damen mit identisch aussehender grauer Dauerwellenfrisur, von einem jüngeren, redseligen Mann begleitet, vielleicht einem Sohn oder Neffen; eine kleine Frau mit flaumigen Wangen, die Block und Bleistift schon gezückt hatte; schließlich ein stiller großer Mann, der nichts und niemanden dabei hatte. In Anoraks und Mänteln, Mützen und Schals waren sie an diesem kalten Tag hier zusammengekommen, um Horatio ihre Reverenz zu erweisen. Doch die Zusammensetzung der Gruppe war nicht günstig, das spürte ich gleich.

»Hoch mit euch«, sagte der Sohn oder Neffe in jovialem Tonfall zu den Damen, die er eskortierte. Er schaute hinter sich und zwinkerte uns anderen zu. Ich hasse diese selbst ernannten Spaßmacher, diese professionellen Gute-Laune-Verbreiter. Unter seinen ermunternden Worten begannen die beiden schwerfälligen Damen die Treppe hinaufzusteigen. Sie bewegten sich mit qualvoller Langsamkeit, sodass wir alle warten mussten. Oben in der Enge des oberen Batteriedecks bildeten wir einen Kreis um unseren Führer. Einige aus der Gruppe ließen ein übertriebenes angestrengtes Keuchen hören, besonders eins der älteren Paare, das bereits von dem Spaßmacher angesteckt worden war. »Pass auf deinen Kopf auf, Liebes«, sagte der Mann, während wir geduckt unter den Balken standen. »Vielleicht brauchst du ihn noch mal.« Es ist immer das Gleiche: Mit einem Hanswurst geht es los, dann erwacht bei den anderen der Ehrgeiz, und zum Schluss ist es eine ganze Hand voll.

Der Führer, ein rotblonder Mann mit eckigem Gesicht, trug einen bis oben zugeknöpften zweireihigen Blazer, auf dessen Brusttasche in blau und rot Schild und Krone gestickt waren. »So, wir sind hier also auf der *HMS Victory,* dem Flaggschiff von Lord Nelson«, sagte er. »Wenn alle einverstanden sind, werde ich die Führung auf Englisch abhalten.«

»Wir hatten ja eigentlich gehofft, Sie würden Französisch

sprechen«, sagte eine der Dauerwellen. Alle lachten, außer mir und dem ernsten Bobby sowie der Frau mit dem Block. Miss Lily lachte mit den anderen, was ich sehr bedauerte.

Mit diesem allgemeinen Gelächter, an dem auch sie teilhatte, begann mein Martyrium an diesem Tag, denn als wir ins Schiffsinnere hinunterstiegen und dabei die Köpfe immer tiefer beugten, je niedriger die Räume wurden, zeigte sich, dass auch unser Führer ein Komiker war; seine Erklärungen waren eine schale Mischung aus Gewitzel und Theatralik, die zweifellos aus hunderten von früheren Führungen hervorgegangen war. Das Gewitzel war Blasphemie, die Theatralik überflüssig. Auf diesem Schiff, auf dem Horatio seine letzte Schlacht geschlagen und seinen letzten Atemzug getan hatte, reichten zur Anregung der Fantasie die schlichten Tatsachen.

Was diese betraf, war der Führer kompetent, aber nicht hundertprozentig zuverlässig. Er sagte, Horatio sei »kurz nach seinem zwölften Geburtstag« als Midshipman an Bord der *Raisonnable* gegangen, obwohl er tatsächlich zwölf Jahre und drei Monate alt war, als er in die Musterrolle eingetragen wurde, und fast zwölfeinhalb, als er schließlich an Bord ging. Als Nächstes erzählte er uns, die Feuergeschwindigkeit auf der *Victory* habe einen Schuss pro Minute betragen, obwohl unsere Geschützmannschaften bestenfalls alle fünfundsiebzig Sekunden eine Breitseite abfeuern konnten, wobei die Franzosen dazu fast doppelt so lange brauchten, was entscheidend dazu beitrug, dass letztlich wir den Sieg errangen.

Auch gelang es ihm nicht besonders gut, seinem an Zentralheizung, gekühlte Lebensmittel und abschließbare Badezimmer gewöhnten Publikum ein Gefühl für den Alltag an Bord eines Schiffes wie der *Victory* zu vermitteln, das drangvolle Durcheinander im unteren Batteriedeck, wo mehrere hundert Männer, darunter nicht wenige Gewalttätige und geistig Gestörte, in einer Enge zusammenlebten, aus der es kein Entkommen gab; hier unten schliefen sie in Hängematten, die an den Deckbalken befestigt waren, hier aßen sie an Tischen zwischen den Kanonen. Auf See bei geschlossenen Stückpforten war es dunkel und heiß, die Luft war stickig und vom Gestank ungewaschener Menschen erfüllt. Und die Abtritte, von denen es nur sechs Stück gab, befanden sich draußen im Freien am Bug, sechs Mannschaftsaborte für fünfhundert oder mehr Männer …

Trotz seiner Unzulänglichkeiten unterbrach ich den Führer nicht, sah allerdings ab und zu kopfschüttelnd zu Miss Lily hinüber. Irgendwann war meine Geduld so strapaziert, dass ich Miss Lily und Bobby auf die Seite zog, zwischen die Kanonen, wo es etwas dunkler war, und anfing, ihnen murmelnd die wichtigsten Fakten mitzuteilen. Aber Miss Lily hörte nur mit halbem Ohr zu, sie versuchte gleichzeitig, den Worten des Führers zu folgen. Er erklärte gerade, wie auf See Bestattungen vorgenommen wurden.

»Erst werden zwei Kanonenkugeln an den Füßen der Leiche befestigt, um sie zu beschweren. Dann wird der Segelmacher geholt, der die Leiche in die Hängematte einnäht, und zwar von unten nach oben. Wenn er beim Gesicht angekommen ist –«

»Entschuldigen Sie, wie viele Kanonen gab es auf dem Schiff?« Das war die Frau mit dem Notizblock, die sich in einer ganz eigenen Welt befand. Es war schon das dritte Mal, dass sie den Führer mit irgendeiner konkreten Sachfrage unterbrach, die in keinerlei Zusammenhang zu dem stand, was er gerade sagte, und die sie zielsicher genau dann vorbrachte, wenn er einen dramatischen Höhepunkt in seinem Vortrag erreicht hatte.

»Einhundertundvier, gnädige Frau. Die *Victory* war ein Schiff erster Klasse, und ein Linienschiff erster Klasse musste mindestens hundert Kanonen haben.«

Sie schrieb sich das auf, äugte im Licht der offenen Stückpforte angestrengt auf ihren Block hinunter, wie sie es auch kurz zuvor schon getan hatte, als sie sich notierte, was der Bau des Schiffes gekostet hatte. Dreiundsechzigtausend Pfund nach damaligem Wert, was heute ungefähr fünfzig Millionen

Pfund entsprach. Wozu sie das wohl wissen wollte? Sie trug eine Brille mit dicken Gläsern, und an ihrem Kiefer schimmerten feine Härchen. Ein Bild des Jammers.

Ich fing wieder an zu murmeln und versuchte, Miss Lilys Interesse auf mich zu ziehen, sie von dem Führer abzulenken. »Dieses Tauende da drüben, das an einem Ende schwarz ist, das hat man in Teer getunkt, um es härter zu machen.«

»Und wozu?«, fragte Bobby. Ich sah im schummrigen Licht, dass sein Blick auf mich gerichtet war. Miss Lily hatte sich ein paar Schritte entfernt. Sie hörte dem Führer zu, der sich immer noch über die Bestattung auf See ausließ: »Wenn er am Kopf angelangt ist, sticht er mit der Nadel durch die Nase, bevor er das Segeltuch über dem Gesicht zunäht, um ganz sicherzugehen, dass der Mann wirklich tot ist. Wenn das Gesicht zuckt oder die Augen tränen … Ich kann ihnen das gerne mal vorführen, wenn Sie wollen. Die Hängematte haben wir hier, ich übernehme den Part des Segelmachers. Wer meldet sich freiwillig?«

Gelächter. Wieder sehe ich Miss Lily mit den anderen lachen. Sie läuft mit der Herde … Das Gelächter wird, diesmal verdienstvollerweise, von der Frau mit dem Notizblock unterbrochen. »Wie viel Leinwand wurde insgesamt für die Segel verwendet?«

»Für die Segel der *Victory* wurden über sechzehntausend Quadratmeter Leinwand verarbeitet, gnädige Frau.«

Allgemeines Staunen. Bobby stand immer noch in meiner Nähe, und er sah mich an, nicht den Führer. Einem Impuls folgend, den ich damals wohl kaum begriff, zog ich ihn noch etwas weiter von der Gruppe weg, aus dem Licht, das durch die Stückpforte hereinfiel. Ich begann ihm leise den Ladevorgang zu beschreiben, wobei ich ihm im Halbdunkel mit Gesten veranschaulichte, wie die Ladung ins Rohr geschoben und festgerammt wurde, wie man dann einen steifen Draht in das Zündloch und durch die Flanellkartusche stieß, die Zündmasse einführte und schließlich die Kanone abfeuerte.

Es war eigenartig, ich vergaß mich völlig, während ich Bobby das vorspielte. Ich erklärte mit gedämpfter Stimme, wie das Steinschloss funktionierte, wie durch einen Funken die Ladung entzündet wurde.

»Steinschloss.« Er ließ das Wort nachwirken. Im Halbdunkel sah ich seine leuchtenden Augen. Er hatte seine Mütze immer noch auf diese alberne Weise auf dem Kopf, mit dem Schirm nach hinten. »Hat der Feuerstein immer Funken geschlagen? Was ist passiert, wenn er keinen Funken geschlagen hat?«

»Man hat ein Stück Hanf als Lunte benutzt. Da drüben ist so eins.«

Wir gingen noch ein paar Schritte weiter weg. Wir standen dicht beieinander und sprachen ganz leise, um die anderen nicht zu stören. Sein Gesicht war zu mir hochgewandt, es war sehr blass und schimmerte leicht. Er schaute in die Quelle des Lichts, die offene Stückpforte mit dem 32-Pfünder, der schwer auf seinen blockierten Rädern ruhte. Mir kam es plötzlich so vor, als kennte ich Bobbys Gesicht irgendwoher, aus einer lang vergangenen Zeit, es war das Gesicht von jemandem, den ich einst gut gekannt hatte. Ich merkte, dass mein inneres Gleichgewicht bedroht war, während ich dort auf dem unbewegten Deck stand, und dann spürte ich noch mehr, ein Drängen, den Impuls, meine Stimme zu erheben, eine Warnung auszustoßen. Ich musste weiterreden, ich konnte den Blick nicht von seinem Gesicht abwenden.

»Heute ist das hier nur noch so etwas wie ein Schrein. Du musst versuchen, dir vorzustellen, wie es hier zuging, wenn das Schiff im Einsatz war, die Hitze, den Lärm, das schwankende Deck, die donnernden Geschütze, die Männer an den Geschützen, die barfuß liefen, um auf dem Blut nicht auszurutschen, und die Männer für die Munition, die mit den Kartuschen aus der Pulverkammer hochgerannt kamen.«

»Das waren Jungs, stimmt's?«

»So wie du. Sogar noch jünger als du. Sie mussten klein und

leicht sein, damit sie die Treppen schnell hoch und runter kamen. Die Männer und die Jungen trugen Tücher um den Kopf, um den Schweiß –«

»Um ihre Ohren zu schützen.«

»Was?«

»Das habe ich in meine Projektarbeit aufgenommen. Unser Lehrer hat uns das erklärt. Sie haben Tücher über die Ohren gezogen, an Stelle von Ohrenstöpseln.«

»Ganz recht, dein Lehrer hat Recht. Nicht dass Baumwolltücher viel genützt hätten, die Männer bluteten nach dem Gefecht aus den Ohren, und zwar sehr stark, das Blut strömte geradezu, hat euch das euer Lehrer auch erzählt? Nein? Na, da kannst du etwas in dein Projekt aufnehmen, was er nicht weiß oder zumindest nicht sagt.«

»Er meint, wir hätten die besten Matrosen auf der ganzen Welt gehabt, und die besseren Offiziere.«

Ich konnte mich nicht erinnern, wann ich das letzte Mal einem anderen Menschen so lange ins Gesicht gesehen hatte wie jetzt diesem Jungen. Wieder verspürte ich einen Impuls der Warnung, und wieder unterdrückte ich ihn, wehrte ihn ab, indem ich redete, aber mit einer Stimme, die nicht wie meine eigene klang.

»Und dann gibt es die verschiedenen Sorten von Geschossen: Kanonenkugeln, um den Schiffskörper zu beschädigen, Ketten, um die Takelage zu zerfetzen, Kartätschen, um die Männer zu töten …«

Ich spürte, wie mein Kehlkopf arbeitete, wie meine Lippen sich dehnten und zusammenzogen, doch es war, als hörte ich über eine schlechte Verbindung jemand anderen sprechen. Dann redete ich wohl nicht mehr, denn eine Art tönende Stille trat ein, schwach und beständig, wie fernes Meeresrauschen.

Sie wurde von der Stimme des Führers durchbrochen, die jetzt hinter mir erklang. Ich riss meinen Blick von dem Gesicht des Jungen los, schaute wieder auf das geteerte Tauende, auf die hanfene Zündschnur, auf die Kartätschen in ihren

Stoffsäcken, die, Hoden seltsam ähnlich, auf ihren Gestellen hinter der vorragenden schwarzen Kanonenmündung lagen: Gegenstände, die zum Zwecke der Betrachtung und Bewunderung hier ausgestellt wurden. Es stimmte, was ich in meiner Erregung zu Bobby gesagt hatte. Dieses Schiff war ein Schrein, ein Denkmal zu Ehren einer längst überholten Form der Kriegsführung. Hier, im stillen Herzen des Schiffs, erkannte man das. Die *Victory,* so schön angestrichen und auf Hochglanz poliert, so sorgfältig instand gehalten, war tot.

»Drei Tonnen Metall auf Rädern«, sagte der Führer hinter mir. »Stellen Sie sich diesen Rückstoß vor, stellen Sie sich vor, was mit den Männern passierte, die im Weg standen, wenn sich die Kanone mal losriss.«

Ich hatte keine Ahnung, wie viel Zeit seit meiner Unterhaltung mit Bobby vergangen war – nicht viel, vermutlich, denn niemand beachtete uns, als wir uns wieder der Gruppe anschlossen. Miss Lily warf uns einen Blick zu und lächelte. Nach ein paar Minuten gingen wir hinunter ins Cockpit im Orlopdeck, wo man den sterbenden Horatio hingebracht hatte. Und jetzt endlich herrschte Einigkeit unter uns, ein Gleichklang der Gefühle, keiner gab sich mehr dieser primitiven menschlichen Neigung hin, alles schlecht zu machen, es auf unser mittelmäßiges Niveau herunterzuholen. Keiner war so grenzenlos unsensibel, hier unten Witze zu reißen, nicht einmal dieser Clown von einem Neffen oder Sohn.

Hier hinunter hatte man ihn getragen, hier sollte er zwischen den anderen Sterbenden sterben. In einer Ecke wurde Platz für ihn geschaffen. Das Lager, auf dem er starb, ist noch da, daneben brennt eine Lampe auf kleiner Flamme. Zum Zeitpunkt seiner Verwundung war die Schlacht noch nicht entschieden, doch er lebte noch, als man ihm die Nachricht vom Sieg brachte, dem größten Sieg der britischen Seekriegsgeschichte, der Vernichtung des Feindes, die er erhofft und um die er gebetet hatte. Einige Worte aus jenem letzten Gebet, das er vor der Schlacht niedergeschrieben hatte, gingen mir jetzt durch den Kopf: *Möge der allmächtige Gott, den ich verehre, meinem Land, nicht zuletzt zum Wohle ganz Europas, einen großen, glorreichen Sieg bescheren …*

Das Gebet wurde erhört. Die französisch-spanische Flotte wurde vernichtet, die Anzahl ihrer Toten und Verwundeten überstieg die der unseren um ein Fünffaches – die Franzosen hatten allein durch Ertrinken doppelt so hohe Verluste wie wir in der gesamten Schlacht. Ein Triumph, der die Schmerzen seiner Verletzung, das Nahen des Todes erträglicher machte. *Gott sei Dank habe ich meine Pflicht getan.* Während wir schweigend dastanden, versank ich in tiefe Andacht, wie es an diesem Ort bisher immer geschehen war, und die Verstörung, die ich empfunden hatte, als ich im dunklen Batteriedeck mit Bobby geflüstert hatte, legte sich endlich. In diesem Moment wusste ich, dass es dumm und verkehrt gewesen war zu glauben, dieses großartige Schiff sei tot. Unsere kleine Gruppe, die in befangenem Schweigen an der Stelle stand, wo der Held gestorben war, war Teil eines nicht abreißenden gewaltigen Pilgerstroms. Millionen von Menschen hatten schon da gestanden, wo wir jetzt standen, in dieser finsteren Ecke tief unter der Wasserlinie. Millionen … Da konnte man wohl kaum von Tod sprechen. Er war nicht tot, wird nie tot sein, jedenfalls nicht, solange man sich noch der ruhmreichen Vergangenheit unseres Landes erinnert.

Die Führung endete auf dem Achterdeck, an der Stelle, wo er verwundet worden war. Wie unermesslich weit die Welt nach der Enge und Dunkelheit unter Deck schien – wie unermesslich weit muss sie ihnen erschienen sein, an jenem Morgen von Trafalgar, als sie sich aufs Gefecht vorbereiteten. Wir standen um die glänzende Messingtafel herum, die genau an der Stelle ins Deck eingelassen war, wo er von der Kugel getroffen wurde.

»Kapitän Hardy ging neben ihm«, sagte der Führer. »Hardy war ein stattlicher Mann, mehr als einen Kopf größer als Nelson. Ein viel besseres Ziel, sollte man meinen. Aber man hat's nun mal nicht in der Hand. Sie gingen nebeneinander, hier auf dem Achterdeck. Zehn Schritte vor, zehn Schritte zurück.«

Er machte ein paar steife Schritte, um seine Schilderung dramatischer zu gestalten.

»Hier an der Niedergangsluke drehten sie um. Sie gingen wieder in Richtung Heck …«

Jetzt öffnete er abrupt die Hand und zeigte uns, was er darin verborgen hatte: Eine Bleikugel, die eigentlich zu klein aussah, um ernsthaften Schaden anzurichten, wie eine Murmel, ein Kinderspielzeug.

»Von so einer wurde der Admiral getroffen.«

Ich fand, dass das eine ziemlich billige Nummer war, doch die anderen waren unverkennbar beeindruckt, außer der Frau mit dem Notizblock, die sich, wie gesagt, in einer eigenen Welt befand und dies auch gleich wieder beweisen sollte. Meine Feindseligkeit gegenüber dem Führer erwachte von neuem, als ich sah, dass ihm alle gebannt zuhörten, auch Miss Lily. Trotz seines Bauchs, seines farblosen Äußeren und seiner begrenzten Verlässlichkeit hinsichtlich der Fakten zog er die Aufmerksamkeit auf sich, stand im Mittelpunkt. Er hatte Miss Lily von mir weggelockt. Aber nicht Bobby …

»Sie drang durch die linke Schulter ein«, sagte der Führer. Er präsentierte immer noch die Kugel auf seinem Handteller. »Wanderte durch den einen Lungenflügel und blieb –«

»Entschuldigen Sie«, sagte die Frau mit dem Notizblock, »wie viel Tau umfasst das Takelwerk insgesamt?«

Ein unterdrückter Ausruf von irgendjemandem, dem großen, einsamen Mann, glaube ich, angesichts dieser empörend unzeitigen Frage. Der Blick des Führers wurde leicht glasig, als hätte man ihm einen Schlag versetzt. Doch er verhielt sich korrekt, das musste ich ihm lassen. Sein großer Moment war ruiniert, doch er zeigte nicht mehr als eine etwas angestrengte Höflichkeit.

»Das Takelwerk der *HMS Victory* umfasst siebenundzwanzig

Meilen Tau, gnädige Frau. Sie blieb im Rückgrat des Admirals stecken.«

Mit diesem enttäuschenden Ausklang und einem vielstimmigen Dankeschön endete die Führung. Viel mehr habe ich von dem Tag nicht in Erinnerung. Bobby wollte einen Hamburger, und so gingen wir zu McDonald's und aßen alle einen. Es schmeckte mir, aber ich sagte kaum etwas. Ich fühlte mich unwohl, exponiert zwischen all den glänzenden Oberflächen und leuchtenden Farben. Miss Lily war in Plauderstimmung – sie hatte sich offenbar gut unterhalten. Doch sie redete hauptsächlich über die anderen aus der Gruppe, nicht über Horatio; ihr war alles Mögliche an den Leuten aufgefallen, was mir entgangen war, und sie hatte klare Vorstellungen über ihre Berufe, finanzielle Lage, Charakter und persönliches Lebensglück entwickelt. Bobby aß mit Appetit, das weiß ich noch, sein blasses Gesicht über dem Teller war konzentriert, die Mütze hatte er nach wie vor verkehrt herum auf dem Kopf.

Auf der Heimfahrt hatten wir das Abteil für uns. Miss Lily war immer noch ziemlich gesprächig. Die dramatischen letzten Momente in Horatios Leben waren ihr durchaus nahe gegangen, doch war es weniger die heroische Aufopferung, die sie bewegte, als das traurige Ende einer viel versprechenden Liebesbeziehung.

»Sie hätten noch zwanzig Jahre miteinander verbringen können«, sagte sie. »Er wäre in den Ruhestand gegangen, ein Haus auf dem Land hatten sie sich ja schon gekauft. Nicht dass ich viel für Emma Hamilton übrig hätte, sie ist einfach nicht mein Typ, sie ist mir zu angeberisch. Aber stellen Sie sich nur mal vor, wie sie sich nach dieser Nachricht gefühlt haben muss. Sie hatte keine Freunde in England, kein sicheres Einkommen, und sie hatte ein kleines Kind, das sie allein großziehen musste.«

Ihr Mund war vor Eindringlichkeit ganz schmal geworden, während sie das sagte. Ich merkte, dass sie gewisse Gemeinsamkeiten zwischen sich und Emma zu erkennen glaubte. Ich persönlich fand ja, dass ihre Situationen sich grundsätzlich unterschieden, aber es war nicht der passende Moment, so etwas zu sagen, nicht während Bobby danebensaß.

»Wenn die wirklich so viel von ihm gehalten hätten«, sagte Miss Lily, »dann hätten sie seinen letzten Wunsch bezüglich Emma respektiert. Ich habe das alles nachgelesen, bevor wir losgefahren sind. Eine der letzten Sachen, die er gesagt hat, war, dass Lady Hamilton und ihre gemeinsame Tochter sein Vermächtnis an sein Vaterland wären. Mit seinem letzten Atemzug hat er das gesagt. Es war das Einzige, worum er gebeten hat. Und was ist passiert? Sie haben sie in der Fremde sterben lassen, bettelarm.«

»Sie war eine extravagante Frau«, sagte ich. »Das Leben in Neapel hatte sie nicht gerade Zurückhaltung gelehrt. Sie war eine Spielerin und hatte in ihren späteren Jahren das, was man heute ein Alkoholproblem nennen würde.«

»Und?« Miss Lily war leicht errötet und sah mich mit dieser Standhaftigkeit an, die ich bei ihr inzwischen als Vorstufe zur Empörung erkannte.

»Na ja«, sagte ich, »dieser Frau war nicht so leicht zu helfen.«

»Nehmen Sie mir's nicht übel, Charles, aber in Diskussionen gehen Sie manchmal wirklich krumme Wege. Was ist denn das für ein Argument, dass ihr nicht leicht zu helfen war, wo Sie doch genau wissen, dass nie auch nur der Versuch gemacht wurde, ihr zu helfen? Es war sein innigster Wunsch, aber man hat sie einfach vor die Hunde gehen lassen, und das Kind mit ihr. Die hatten keine Probleme damit, ihm ein aufwändiges Begräbnis zu bereiten und überall Statuen von ihm aufzustellen, aber sie waren nicht bereit, die Frau anzuerkennen, die er liebte, die Mutter seines Kindes. Es war genau wie zu seinen Lebzeiten. Die haben ihm einfach was abgeschnitten. Das war doch nicht recht, oder?«

An mein Gefühl für Recht und Unrecht zu appellieren war eine von Miss Lilys bevorzugten Strategien in unseren Streitgesprächen, der ich mich normalerweise schon aus Prinzip widersetzte. Doch hier im begrenzten Raum des Abteils, wo ich ihr ernstes Gesicht so dicht vor mir hatte, fiel mir das schwerer als sonst. Sie hatte in den letzten Monaten Fortschritte gemacht, das musste ich zugeben; sie war eine ernst zu nehmende Diskussionspartnerin geworden.

»Nein wirklich, finden Sie nicht auch?«, sagte sie jetzt. »Die wollten ihn als Mann einfach nicht würdigen, mehr will ich gar nicht sagen. Sie durfte ja nicht mal zu seinem Begräbnis kommen.«

Bobby war meine Rettung, er ersparte mir die fällige Antwort, indem er wieder diese Hochachtung vor Fakten – im Gegensatz zu Gefühlen – demonstrierte, die ich bereits vorher an ihm beobachtet hatte.

»Was haben sie mit ihm gemacht?«, fragte er.

»Mit ihm gemacht?«

»Wie haben sie ihn zurücktransportiert? Die *Victory* hat doch ganz schön lange gebraucht, um zurückzukommen, oder? Haben sie ihn in einen Sarg gelegt?«

»Sie mussten seinen Leichnam konservieren«, sagte ich. »Deswegen haben sie ihn ausgezogen und in Alkohol gelegt.«

»In was für Alkohol?«

»Ich glaube, es war Branntwein.«

Auf Miss Lilys Gesicht war ein Lächeln erschienen, dieses fröhliche Lächeln, das ich so mochte, die Lippen gerade so weit geöffnet, dass man das Weiß der Zähne sah. Ihre Empörung war vergessen.

»Cognac«, sagte sie. »Bestimmt französischer. Wenn das mal keine Überraschung ist. Da hat er die Franzosen so gehasst, und dann wird er in französischen Branntwein eingelegt nach Hause transportiert.«

Als ich abends wieder allein in meiner Wohnung war, kam mir Bobbys Blick in den Sinn, von ungebrochenem Ernst auch nach den Albereien seiner Mutter. Für diesen Jungen zählten die Fakten. Es gab ein Faktum, das die Frau mit dem Block nicht erfragt und das der Führer uns mitzuteilen versäumt hatte, für mich das allererstaunlichste: dass nämlich der Schiffsrumpf aus mehr als zweitausend Eichen gebaut worden war – die *Victory* war ein schwimmender Wald. So betrachtet muss die britische Flotte in der Schlacht von Trafalgar ungefähr fünfzigtausend Eichen entsprochen haben, rund zwei Millionen Jahren Eichenleben. Bobby war zwölf, sein Sinn für Mengen und Zahlen war sicher ausreichend entwickelt. Ich beschloss, ihm diese Fakten mitzuteilen, wenn wir uns das nächste Mal sahen, damit er sie in sein Projekt aufnehmen konnte.

Mein Entschluss rief mir wieder sein Gesicht ins Gedächtnis, besonders seine Augen, seine Ehrfurcht dort im Halbdunkel, mein Gefühl, jemanden in ihm wiederzuerkennen, diese seltsame Lähmung meiner Sinne. Ich hatte das Rad weiterdrehen, eine Warnung ausstoßen wollen. Die jetzige Erinnerung daran war jedoch entspannt und ruhig, als entsänne ich mich irgendeiner Anekdote. Miss Lily hatte uns einen Blick zugeworfen, als wir uns wieder der Gruppe anschlossen, den ich nur schwer hatte deuten können, vielleicht hatte er Wohlwollen ausgedrückt: Die beiden Männer finden zusammen. Vielleicht auch etwas völlig anderes.

Die Gesichter von Mutter und Sohn verflüchtigten sich, und zurück blieb das Bild dieser drögen, disparaten Gruppe, die sich um die Gedenktafel scharte. Diese Leute sahen Horatio als jemanden, der ihrem eigenen Menschsein, ihrem eigenen Sinnen und Trachten Ausdruck verlieh. Was natürlich völlig falsch war. Er war kein normaler Mensch, der auf Grund bestimmter Umstände Größe erlangte; er war ein strahlender Engel. Die Maßstäbe derer, die sich am Ort seines Todes versammelten, eigneten sich nicht, um ihn zu erklären, ihn einzuschätzen – das konnte nur ich, ich allein.

Am 21. Oktober 1805 um dreizehn Uhr fünfundzwanzig zielte ein französischer Scharfschütze, der auf der Marsstenge der *Redoutable* hockte, auf deine von Sternen und Medaillen bedeckte Brust. Die Kugel traf dich, als du gerade den dritten Schritt vom Niedergang zum Heck machen wolltest. Sie durchbohrte deine Lunge, brach dir das Rückgrat, und du fielst stumm aufs Deck. Ringsum auf dem Oberdeck und unten in den Batteriedecks schrien und starben genau in diesem Moment andere Männer. Nur eine halbe Stunde zuvor war dein Sekretär John Scott von einer Kanonenkugel entzwei gerissen worden. Doch dein Tod ist es, an den wir uns erinnern, es gibt nur eine Gedenktafel. Gekreuzigt wurden viele, doch es gibt nur ein Kreuz.

20

Ich ließ sechs Wochen verstreichen, bevor ich aus dem Klub austrat, Zeit genug, so dachte ich, um die Entscheidung wohl überlegt und besonnen erscheinen zu lassen. Es waren Wochen des Wartens; worauf, wusste ich selbst nicht - gewiss nicht auf den Moment, in dem ich Pratt-Smithers schriftlich davon unterrichten würde, dass ich meine Mitgliedschaft kündigte. Dieses Vorhaben, das in seiner Unverbrüchlichkeit Horatios würdig war, hatte ich in dem Moment gefasst, als ich begriff, was die leeren Sitzreihen zu bedeuten hatten.

In der Zwischenzeit ging ich nicht in den Klub, ich wollte niemanden dort wiedersehen, schon gar nicht Hugo - diese Bekanntschaft wollte ich nicht vertiefen. Ein Mann, der im Nelson-Klub hinter der Bar arbeiten, an zwei Abenden pro Woche permanent Horatios Bild vor Augen haben und dann zu Hause ein Poster von einem verweichlichten Popstar an die Wand hängen konnte! Er und ich hatten diesen Abend heil überstanden. Das reichte.

Nein, das Warten ging weiter, es dauerte auch nach meinem Austritt fort, nahm dann allerdings eine zusätzliche Qualität an, eine Qualität des Schreckens, die eher meine Nächte als meine Tage störte - letztere widmete ich nach wie vor der intensiven Beschäftigung mit jener Woche in Neapel im Juni 1799. Ich hatte die Hoffnung noch nicht aufgegeben, derjenige zu sein, der seine Unschuld bewies. Ich las gerade A.T. Mahans Darstellung jener Tage in seiner Nelson-Biografie aus dem Jahr 1897 sowie in den danach in der *English Historical Review* erschienenen Artikeln, in denen er Horatio gegen den Vorwurf der arglistigen Täuschung verteidigt. Mahan ist der große Vorkämpfer für Horatios Ehrenhaftigkeit, und er vertritt seine Sache kraftvoll und energisch. Sein größter zeitgenössischer Widersacher ist F. P. Badham, ein reizbarer, scharf argumentierender Logiker, gefährlich präzise, was Daten und Zeiten betrifft. Diese beiden mit ihren so ähnlich klingenden Namen, der ungestüme und patriotische Mahan und der messerscharf denkende, zynische Badham, kamen mir inzwischen vor wie allegorische Figuren, wie Personifizierungen von Tugend und Laster.

Ich war also, wie gesagt, vollauf beschäftigt. Mein Vortrag war ein Reinfall gewesen, aus dem Klub war ich ausgetreten, doch ich hatte immer noch mein Buch. Miss Lily kam wie üblich dienstags- und freitagsabends. Eine Woche nach unserem Ausflug nach Portsmouth brachte sie mir einen burgunderroten Wollschal mit, den sie selbst gestrickt hatte. »Ich hatte noch einen Haufen Wolle übrig«, sagte sie, »die hat bloß rumgelegen und Platz weggenommen.« Tonnenweise Wolle, so klang es. All ihre Geschenke waren das Ergebnis irgendeines Überschusses, zumindest behauptete sie das jedes Mal, und zwar stets auf die gleiche Weise, hastig, aber nicht schüchtern – sie sah mich beim Sprechen immer direkt an, und ich stellte fest, dass ich mit der Zeit besser in der Lage war, ihrem Blick standzuhalten, ihn zu erwidern. Mittlerweile sahen wir uns richtig an, wenn wir miteinander redeten.

»Sie haben doch gesagt, Sie hätten keinen.«

Wie immer fand ich es schwierig, mich zu bedanken. Außerdem gab es einen Teil in mir, der ihr diese Versuche, meine Gewohnheiten zu ändern, übel nahm. Eigentlich hatte ich nämlich gesagt, dass ich grundsätzlich keine Schals trug. Der Schal blieb bis zum nächsten Montag über einer Stuhllehne hängen. Dann fiel er mir wieder ins Auge, und einer spontanen Regung folgend, nahm ich ihn und hielt ihn mir ans Gesicht.

Ich trug mich zu dieser Zeit mit dem Gedanken, ihr vorzuschlagen, an irgendeinem Sonntagnachmittag einmal zum Maritime Museum in Greenwich zu fahren. Es gibt dort eine ganze Abteilung, die nur Horatio gewidmet ist. Es wäre ein schöner Ausflug, jetzt, wo es draußen wärmer wurde. Wir könnten einen Spaziergang durch den Park oder am Fluss entlang machen und irgendwo in Greenwich einen Tee trinken gehen. Sie könnte auch Bobby wieder mitbringen, da der Präzedenzfall ja nun einmal geschaffen war. Zudem dachte ich nach jenen verbindenden Momenten im unteren Batteriedeck mit einer gewissen Zärtlichkeit an ihn. Doch die Tage vergingen, und ich fragte sie nicht, fand immer einen Grund, es aufzuschieben. Statt den Sprung zu wagen, machte ich immer ausgefeiltere Pläne für eine Zeit, in der ich den Sprung gewagt haben würde. Wir könnten nach Burnham Thorpe in Norfolk fahren, Horatios Geburtsort, und im Dorfgasthaus, dem Nelson Arms, übernachten. In diesem Fall könnte Bobby bei seiner Großmutter bleiben. So hätten wir ein ganzes Wochenende zusammen …

All diese Überlegungen nahmen mich so in Anspruch, dass die Parlamentswahlen und der überwältigende Sieg der Labour Party völlig an mir vorübergingen. Ich erfuhr erst am Freitagabend davon, als Miss Lily es mir erzählte. Ich hatte ganz vergessen, dass Wahlen waren; im Spannungsfeld zwischen Mahan und Badham versuchte ich, zu meiner eigenen Zufriedenheit zu klären, ob Kardinal Ruffo tatsächlich am Morgen des 26. Juni 1799 die russischen Truppen von ihren vorgeschobenen Stellungen zurückbeordert hatte, wie es der gallige Badham behauptete, ob Ruffo es nur angedroht hatte oder ob, wie es der großzügige Mahan nahe legte, weder die Tat noch die Drohung existiert hatten. Das war ein entscheidender Punkt: Wenn keine Drohung existiert hatte, dann hatte Horatio nicht unter Druck gestanden, hätte also nicht seine Absichten verschleiern, nicht die Rebellen mit einer List zur Kapitulation bewegen müssen, um sie dann ihrem bourbonischen König auszuliefern.

Miss Lily war in Hochstimmung wegen des Wahlergebnisses, aber ich wollte nicht darüber reden, ich fand das uninteressant. Ich hatte nicht einmal eine Vorstellung davon, wie diese Leute aussahen. Ich hatte immer noch diese panische Angst vor leeren Bildschirmen, die mich seit meiner Krankheit begleitete, daher gab es im ganzen Haus keinen Fernseher, und seit einigen Monaten las ich auch keine Zeitung mehr. Miss Lily konnte sich einen Kommentar natürlich nicht verkneifen.

»Also, ein bisschen seltsam sind Sie schon, Charles, das muss ich doch sagen. Wenn Sie Tony Blair auf der Straße begegnen würden, würden Sie ihn nicht erkennen, aber einen Admiral, der vor zweihundert Jahren ins Gras gebissen hat, den würden Sie sofort erkennen.«

»Er hat nirgendwo reingebissen, er ist unsterblich«, sagte ich, aber das hätte ich mir genauso gut sparen können. Sie benutzte die gängigen Redewendungen, ohne groß darüber nachzudenken; sie kam gar nicht auf den Gedanken, dass sie von Horatio redete, als wäre er ein Schaf.

Das war mehr oder weniger das Fazit unserer politischen Diskussion. Danach nahmen wir die Arbeit wieder auf. Aber das Buch machte mir keinen rechten Spaß mehr. Um diese Zeit begann wohl jene tiefe Unzufriedenheit, die letztlich dazu führen sollte, dass ich die Arbeit an meinem Buch ganz aufgab. Je weiter ich in seinem Leben fortschritt, desto stärker belastete mich meine Unfähigkeit, die Neapel-Episode aufzuklären. Im Mai 1803, am 16., um genau zu sein, begann der Krieg zwischen Frankreich und England, nach einer kurzen Phase des Friedens, die durch den im März 1802 unterzeichneten Vertrag von Amiens gewährleistet wurde. Zwei Tage später heißte Horatio als Oberbefehlshaber der Mittelmeerflotte seine Flagge auf der *HMS Victory,* und es begann, was in der Schlacht von Trafalgar enden sollte. Wie konnte ich ihn durch diese Tage beispiellosen Ruhms geleiten, wenn wir immer noch die ungelöste Frage seines Verhaltens in Neapel im Schlepptau hatten? Es ging hier ja nicht um irgendeinen gewalttätigen Exzess oder eine stürmische Liebesaffäre, so etwas ließ sich mit dem Leben eines Helden durchaus vereinbaren. Es ging um kaltblütige Täuschung, um List und Tücke. Und das war für uns Briten unannehmbar. Zu den Griechen mag ein hinterlistiger Held passen, aber wir sind ein aufrichtiges Volk, wir verabscheuen Falschheit in jeder Form. Nein, er musste rein gewaschen werden.

Während die Wochen verstrichen und der Jahrestag der Ereignisse immer näher rückte, rannte ich etliche Male gegen diese Mauer aus Wahrheit, Lügen und nicht belegten Behauptungen und holte mir jedes Mal eine blutige Nase. Mahan und Badham, die allegorischen Zwillinge, schlichen gestikulierend und lautlos Worte mit den Lippen formend durch meine Tage und Nächte.

Ob Ruffo die Truppen tatsächlich verlegt hatte, war in gewisser Weise irrelevant; es reichte, wenn Horatio glaubte, Ruffo habe es vor. Der Rückzug wäre sogar angezeigt gewesen, falls Horatio sich tatsächlich anschickte, den Vertrag zu brechen, denn auf ihre vorteilhafte Stellung waren die Truppen am 23. auf ausdrückliche Bitte der Rebellen verlegt worden, damit sie diese beim Verlassen der Forts vor der Rache der Bevölkerung schützten – die brutalen *lazzaroni,* König Ferdinand leidenschaftlich ergeben und von Mordlust gegenüber seinen republikanischen Feinden erfüllt, waren einer der blutdürstigsten Pöbelhaufen der Geschichte. Nahe liegend und ehrenhaft also, im Falle der Aufhebung des Vertrags den *status quo ante* wiederherzustellen. Und Horatio drohte ja tatsächlich, den Vertrag aufzuheben. Wir haben seine eigenhändig unterzeichnete »Erklärung«, die er am Morgen des 25. den Forts überbringen lässt und in der er den Rebellen mitteilt, dass er ihnen nicht gestatten wird, sich einzuschiffen oder diese Orte sonst wie zu verlassen, und dass sie sich der königlichen Gnade Seiner Majestät unterwerfen müssen.

Am nächsten Morgen schickte der Kardinal sein Ultimatum an Horatio, in dem er erklärte, er werde die russischen Truppen zurückziehen, die Engländer müssten den Feind aus eigener Kraft überwältigen. Das behauptet zumindest Badham – Mahan bestreitet es. An diesem 26., einem Donnerstag, erwachte ich bei Tagesanbruch, und wieder überfielen mich dieselben Fragen, summten mir wie Fliegen in den Ohren. Warum hätte Ruffo so etwas schreiben sollen, wenn er nicht glaubte, dass Horatio im Begriff war, den Vertrag zu brechen? Selbst wenn es dieses Dokument, wie Mahan behauptet, gar nicht gab, selbst wenn kein anderer Beleg existierte als die im Nachhinein von Sacchinelli, dem Sekretär des Kardinals, verfasste Schilderung von Ruffos Absichten – hätte Horatio nicht trotz alledem unter einem gewissen Druck gestanden, nach einer weniger direkten Möglichkeit zu suchen, die Forts wieder in Besitz zu nehmen?

Dass seine Haltung sich zwischen dem 25. und 26. veränderte, ist unbestritten. Am 26. sicherte er Ruffo zu, dass er sich der Einschiffung der Rebellen nicht entgegenstellen würde. Dieses Dokument existiert. Nach Badhams Meinung kam es der Anerkennung des Vertrages als Ganzem gleich, zumindest hätten die Rebellen es so verstanden – sie hätten geglaubt, dass man sie nach Frankreich segeln lassen würde. Nach Mahans Meinung bezog sich das Dokument nur auf die Einschiffung und sonst nichts, was die Rebellen genau gewusst hätten. Dies war der springende Punkt. *Was gab man ihnen zu verstehen?* Wären sie herausgekommen, bloß um in den überfüllten Transportschiffen zu sitzen und zu warten? Auf was zu warten?

Seiner Majestät königliche Gnade … Mir fiel jetzt auf, dass ich noch gar nicht das ganze Ensemble skizziert hatte. Das Königspaar war noch übrig, Ferdinand und Maria Carolina. Die Aussicht darauf, etwas tun zu können, war eine richtige Erleichterung. Ich stand auf, zog mich im Halbdunkel an und ging in die Küche, wo ich unter sorgfältiger Beachtung der einzelnen Schritte meinen Tee kochte.

Ich nahm die Teekanne und meinen Becher mit dem zweifachen C mit ins Arbeitszimmer. Weißes Blatt, sorgfältig gespitzter Bleistift.

Ferdinand IV., König von Neapel und beider Sizilien. Geboren 1751 als dritter Sohn des spanischen Königs Karl III. Der älteste Sohn war wahnsinnig – er belästigte jede Frau, die ihm über den Weg lief, wenn man ihn nicht zurückhielt; der zweite war imbezil und nicht in der Lage zu regieren; Ferdinand war zwar nicht wahnsinnig, aber man hatte seit seiner Kindheit dafür gesorgt, dass er unwissend und einfältig blieb, damit Neapel weiterhin von Spanien aus von den Ministern Karls III. regiert werden konnte. Er wuchs auf, ohne dass je auch nur die geringsten Anforderungen an seinen Verstand oder seine Urteilskraft gestellt wurden, seine Gefährten waren von niedrigster Herkunft, er sprach wie sie, den Straßendialekt von Neapel. Mit siebzehn Jahren heiratete er Maria Carolina von Österreich, eine Frau, die weitaus intelligenter und stärker war als er.

Er war kräftig und aktiv, und seine aufgestauten Energien entluden sich in rauen Spielen, in Streichen, vor allem aber beim Jagen und Fischen. Die Jagd war seine große Leidenschaft, aber es war eine Jagd ohne Risiko. Er schleppte seine Minister mit und veranstaltete wahre Metzeleien, die von morgens bis abends andauerten. In einer Jagdhütte aus Backstein stehend, wartete er darauf, dass seine Jagdhüter ihm das Wild zutrieben. Er war ein ausgezeichneter Schütze – von hundert Schüssen des Königs, so hielt ein ausländischer Diplomat einmal fest, ging nur einer daneben. Er war ein erfahrener Fischer und Segler und liebte es, auf dem Golf mit anderen um die Wette zu segeln. Manchmal verkaufte er als Fischer verkleidet seinen Fang auf dem Markt und feilschte dabei im neapolitanischen Dialekt um den Preis. Die einfachen Leute liebten ihn, sie betrachteten ihn als einen der ihren. Sein Äußeres war wenig einnehmend, niedrige Stirn, riesige Nase, hängende Unterlippe.

Er war von einer derben Fröhlichkeit, solange alles glatt lief, doch er hasste es, wenn irgendetwas von ihm erwartet wurde, wenn er auf Widerstand oder Schwierigkeiten traf, wenn ihm irgendeine geistige Anstrengung abverlangt wurde. Er entzog sich der lästigen Pflicht, Dokumente zu unterzeichnen, indem er einem seiner Minister, dem Marquese Tannucci, einen Stempel mit seiner Unterschrift gab. Frei von jeglichen Obliegenheiten, konnte er sich allein seinem Vergnügen widmen. Seine Manieren waren abstoßend, selbst für damalige Verhältnisse. Sir William Hamilton, der dem König häufig aufwartete, berichtet in einem Brief, dass Ferdinand sich nach einer herzhaften Mahlzeit die Hand auf den Bauch zu legen und zu erklären pflegte, nachdem er so gut gegessen habe, müsse er sich jetzt ausgiebig erleichtern. Dann wählte er ein paar der Umstehenden aus, deren Privileg es nun war, ihm bei dieser Verrichtung Gesellschaft zu leisten. Infantil und feige, nachtragend, wenn man ihm in die Quere kam, durch und durch gewissenlos …

Von Ruhelosigkeit erfasst, stand ich auf und begann in bewährter Manier zwischen Bücherregal und Wand hin und her zu gehen. Das Buch war diesmal *The Wooden World* von N. A. M. Rodger, und das Wort war *Wooden*. Finger auf die Buchstaben, sechs Schritte, Handflächen an die Wand, Daumen dürfen sich nicht berühren. Dieser Mann war der König von Neapel und Sizilien, dieser Mann war es, der an jenem Septembertag 1798 auf der königlichen Barkasse in die Bucht hinaussegelte, schweißgebadet in schwarzem Samt und goldener Spitze, um seinem einarmigen, einäugigen Retter, dem Held vom Nil, zu danken, während die Musikkapellen aufspielten und die weißen Vögel in den Himmel stiegen. Infantil. Das war das Schlüsselwort. Ein verdorbenes Kind kletterte da an Bord deines Schiffes, um dir seine Willkommens- und Dankesrede zu halten. Einem verdorbenen Kind liefertest du die neapolitanischen Jakobiner aus. Die Geschichte ist voll von verdorbenen Kindern. *Seiner Majestät königliche Gnade …* Aber auch das stimmte nicht: Letztlich wurden sie nicht ihm, sondern der Königin ausgeliefert. Jetzt war sie dran, das letzte Mitglied des Ensembles:

Maria Carolina. Geboren 1752, Tochter der österreichischen Königin Maria Theresia. Als Sechzehnjährige wurde sie mit Ferdinand vermählt, der ein Jahr älter war als sie. Sie gebar ihm achtzehn Kinder, von denen acht überlebten. Ihre Schwester Marie Antoinette heiratete Ludwig XVI. von Frankreich und wurde einige Monate nach ihm, im Oktober 1793, guillotiniert, was Maria Carolina in ihren Angst- und Hassgefühlen gegenüber dem Republikanismus und jegli-

cher Form von liberalem Gedankengut bestätigte, besonders wenn es französisch geprägt war. Das hatten sie gemeinsam, sie und Horatio …

Fromm und abergläubisch – sie schrieb Gebete auf Zettel, die sie in ihr Korsett steckte oder manchmal auch hinunterschluckte. In deutlichem Gegensatz zu Ferdinand besaß sie königliche Manieren, einen Sinn für die europäische Politik und einen ausgeprägten Herrschaftswillen. Mit der Geburt ihres ersten Sohnes 1775 nahm sie ihr Recht in Anspruch, im Staatsrat zu sitzen, und innerhalb weniger Monate war sie zur eigentlichen Herrscherin über das Königreich geworden. Sie neigte zu heftigen Gefühlsschwankungen. Die wenigen Male, da Ferdinand versuchte, sich ihrem Willen zu widersetzen, schrie und tobte sie und trieb ihn in die Flucht. Am Tag deiner triumphalen Ankunft in der Bucht von Neapel war sie fünfundvierzig Jahre alt. Sie hatte nie als Schönheit gegolten. Glasiger Blick, starrer Gesichtsausdruck, der lange Kiefer der Habsburger, eine zugleich wuchtige und hagere Gestalt. Doch ihr Auftreten hatte Grandezza. Sie beeindruckte dich, ihre Würde bewegte dich, auch ihre Besorgnis angesichts der Gefahr, die von Frankreich drohte, dem gemeinsamen Feind. Ganz die Tochter von Maria Theresia, sagtest du. Was hast du damit gemeint? Du warst gerührt, weil sie auf dich vertraute, auf den einen Mann, der ihr Königreich und ihre Person retten konnte. Und sie, wie sah sie dich, wie sah sie dich wirklich?

Diese Frage gab mir zu denken. Man konnte es nicht wissen. Sie brauchte die Schiffe und die Kanonen, die Unterstützung Großbritanniens. Horatio war ein Held, sie schmeichelte ihm – er war für Schmeicheleien empfänglich, das muss sie gewusst haben. Und noch etwas anderes muss sie gewusst haben in jenen Junitagen des folgenden Jahres, die mir so viel Kopfzerbrechen bereiteten. Der Admiral war bis über beide Ohren in die Gattin des Botschafters verliebt, die auch ihre private Botschafterin war – auch sie eine Schmeichlerin und Franzosenhasserin. Liebe, Vertrauen, Schmeichelei – nicht einfach, die Erwartungen zweier solcher Frauen zu enttäuschen; nicht, wenn man auch ihre Hassgefühle teilt.

Ganz die Tochter von Maria Theresia. Irgendwo in meinen Unterlagen hatte ich einen Auszug aus einem Brief Hamiltons, in dem er von diesem Erbe spricht. Nach ein paar Minuten hatte ich ihn gefunden: *Man darf getrost einräumen, und in der Tat hat Kaiser Joseph es mir selbst gesagt, als er in Neapel weilte, dass alle Töchter von Maria Theresia empfindsame Herzen haben, die für plötzliche und heftige Eindrücke höchst empfänglich sind.*

Eine Hysterikerin, die zu früh mit einem verdorbenen Kind verheiratet wurde, schlicht ausgedrückt. Dies war das Königspaar, das deine Dienste in Anspruch nahm und deine Zuneigung gewann; ihrer Gnade wurden die Rebellen anheim gegeben. Mögen auch die Umstände, unter denen die Rebellen zur Kapitulation bewegt wurden, im Dunkeln liegen, was jedoch danach mit ihnen geschah, steht zweifelsfrei fest. Sie wurden auf die Transportschiffe gebracht und in der Bucht festgehalten. Am 28. Juni trafen die Schreiben vom Hof in Palermo ein, auf die Horatio gewartet hatte und die ihn mit umfassenden Machtbefugnissen ausstatteten. Wer hatte diese Machtbefugnisse vorher? Eine von Badham aufgeworfene Frage. Vermutlich war es Ruffo.

Dein erster Schritt bestand darin, die Boote mit den Rebellen an Bord vor die Geschütze der Kriegsschiffe schleppen zu lassen. Einige der Anführer wurden von Bord geholt und in Eisen gelegt. Die Menschen, die während des Waffenstillstands die Forts verlassen hatten, wurden unter Androhung der Todesstrafe aufgefordert, sich zu ergeben. Ruffo protestierte, gab dann aber nach, womit für die Rebellen jede Hoffnung verloren war.

Der König kam am 10. Juli per Schiff mit seinem Gefolge, um auf deinem Flaggschiff, der *Foudroyant*, Hof zu halten. Er veranstaltete Empfänge auf dem Achterdeck und vergnügte sich damit, auf vorbeifliegende Seemöwen zu schießen. An den milden Abenden kostümierte sich Emma als Britannia und stellte sich aufs Poopdeck, um vor der versammelten Gesellschaft zu singen, als erstes natürlich »Rule, Britannia«.

Unwiderstehlich stieg dieses Bild jetzt in mir auf. Die Wärme des Abends, die aromatisch duftenden Hügel und die stinkende Stadt, deren Gerüche sich vermischten und übers Wasser herüberwehten; die wabernden Spiegelungen im Wasser, auf dem hier und da, Beleg der königlichen Schießkunst, tote Möwen trieben; auf dem Poopdeck Emma in voller Pracht, mit Helm und Dreizack und wallendem Gewand.

When Britain first, at Heaven's command,
Arose from out the azure main,
This was the charter of the land,
And guardian angels sung this strain …

Die anschwellende Melodie muss die Herzen der Menschen an Bord bewegt haben – sicher trug sie weit über die Bucht hinaus, zu den britischen Seeleuten in ihren Hängematten, den Republikanern in ihren engen und unhygienischen Gefängnisschiffen, in denen sie seit zwei Wochen festgehalten wurden, vielleicht sogar bis in die Stadt, wo die treuen *lazzaroni* weiterhin mutmaßliche Anhänger Frankreichs zerstückelten, rösteten und aufaßen.

Wenig später begann die königliche Gerechtigkeit zu wirken. Die Hinrichtungen zogen sich durch den ganzen Sommer. Einige der Rebellen endeten auf dem Richtblock; andere, Frauen wie Männer, wurden erhängt. Das öffentliche Erhängen war besonders gefürchtet, weil es auf eine so barbarische Weise durchgeführt wurde. Der Gedanke daran war faszinierend und abstoßend zugleich, ich konnte nicht ruhig sitzen bleiben, musste aufstehen und meine Schritte wieder aufnehmen. Das Buch war Keegans *Battle at Sea* und das ausgewählte Wort das erste, *Battle.* Doch ich stellte fest, dass ich diesmal, ganz von selbst und ohne bewusste Entscheidung, den Ablauf variierte, ich berührte das Wort jetzt mit dem Zeigefinger der *linken* Hand.

Die meisten Hinrichtungen fanden auf der Piazza Mercato

statt, die ich zwar nie gesehen hatte, mir jedoch als einen öden Platz von gewaltigen Dimensionen vorstellte – ungefähr der Art und Anzahl der Tötungen entsprechend. Der Galgen war ein hoher Pfosten mit einem Querbalken, den man über eine Leiter erreichte. Der Henker fesselte dem Gefangenen die Hände, verband ihm die Augen und legte ihm die Schlinge um den Hals. Dann stieg er als Erster die Leiter hinauf und führte den Gefangenen am Seil hinter sich her. Blind, das raue Hanfseil um den Hals, Sprosse für Sprosse hochgezerrt, in den Himmel hinauf, die schrecklichen Schreie des Pöbels im Ohr. *Battle.* Weißes Wort auf schwarzem Rücken. Linker Zeigefinger, sechs Schritte, Handflächen an die Wand, Daumen dürfen sich nicht berühren ... Sprosse für Sprosse die Leiter hinauf. Direkt dahinter, als Nachhut, der flinke Gehilfe des Henkers, der so genannte *tirapiedi,* Füßezieher. Der Henker klettert auf den Querbalken und befestigt das Seil. Dann gibt er seinem Gehilfen ein Zeichen, woraufhin dieser den Gefangenen von der Leiter stößt, ihn im Fall geschickt bei den Füßen packt und mit ihm durch die Luft schwingt. Zugleich lässt sich der Henker vom Querbalken herunter und hockt sich auf die Schultern des Gefangenen, sodass die drei wie ein Artistentrio hin und her pendeln, von der Menge bejubelt. Vor und zurück, vor und zurück. Daumen dürfen sich nicht berühren. Diesmal allerdings bleibe ich stehen, beuge mich vor, lege die Stirn an die kühle Wand, schließe die Augen. Im Kopf das Bild dieses baumelnden dreiköpfigen Untiers, ein einziges Gezappel. Einer sitzt oben, einer hängt unten, einer in der Mitte, der allmählich erstickt. Die Dichterin Eleonora Pimentel Fonseca starb so, der Biologe Domenico Cirillo, Mitglied der Royal Society, Michele Natale, der Bischof von Vico, der Philosoph Mario Pagano.

Du wanktest nie in deiner Überzeugung, dass du gerecht gehandelt hattest, dass die Strafe verdient war. Zumindest behauptetest du das immer, ohne zu wanken, und bei dir konnte es zwischen Behauptung und Überzeugung keine Diskrepanz geben. Du kannst nicht, nein, kannst unmöglich das Gefühl gehabt haben, dass diejenigen, die in den Tod gingen, getäuscht oder verraten worden waren. Sechsmal vor und zurück, dann durfte ich wieder an den Schreibtisch zurück. Ich wollte mir den Brief noch einmal ansehen, den du damals im Juli an Lord Spencer schriebst und in dem du zusammenfasstest, was du deiner Meinung nach in Neapel erreicht hattest: *Es wird mir ein Trost sein, dass ich einem Königreich von Nutzen war, einem getreuen Verbündeten Seiner Majestät zu einem festen Thron verholfen und das Glück von Millionen wiederhergestellt habe …*

Ferdinand war zweifellos dankbar. Am 13. August überbrachte dir der Herzog von Ascoli, einer der königlichen Kammerherren, ein wahrhaft königliches Geschenk: das Schwert des Königs. Es war aus Gold und an Heft und Klinge mit Diamanten besetzt; das Schwert, das Ferdinand von seinem Vater, Karl III., als Symbol seiner Pflicht, das Königreich zu verteidigen, erhalten hatte; dasselbe Schwert, das Ludwig XIV. seinem Enkelsohn Philipp V. gab, als dieser die spanische Thronfolge antrat. Am selben Tag unterrichtet uns Fürst Lucci schriftlich davon, dass uns der Titel Herzog von Bronte verliehen und ein dazugehöriges Gut am Fuße des Ätna zugesprochen worden ist, das dreitausend Pfund im Jahr abwirft. Jetzt können wir mit Nelson und Bronte unterschreiben.

Nur wenig später wird am Hof von Palermo die *fête champêtre* veranstaltet – zur Feier des einjährigen Jubiläums jenes Tages, an dem die Nachricht von dem großen Sieg, den wir am 3. September am Nil errungen haben, in Neapel eingetroffen ist. Es ist die letzte und glanzvollste Huldigung des Hofes an uns.

Es ist Abend, der Garten des königlichen Palastes ist von bunten Lichtern erleuchtet, eine exklusive Gesellschaft aus Höflingen, Außenministern samt Gefolge, Offizieren der verbündeten Seestreitkräfte, der britischen, türkischen und russischen. Wir werden vom Königspaar und dem jungen Prinz

Leopold in seiner Midshipmansuniform begrüßt. Ich trage das neue Schwert; Emma das weiße Kleid mit Aigrette, dazu diamantbesetzte Ohrringe und ein ebensolches Armband, einfach atemberaubend.

Wir beginnen mit einem großartigen, der Schlacht am Nil nachempfundenen Feuerwerk, das in der Explosion des französischen Flaggschiffs *Orient* und der rituellen Verbrennung der Trikolore gipfelt. Wir verfolgen es vom Balkon aus, Emma zu meiner einen, Königin Maria Carolina zu meiner anderen Seite. Auch der türkische und der russische Admiral sind zugegen. Zu Ersterem, Cadir Bey, sagt die Königin ein paar Worte, sie erklärt ihm, dass ich durch diesen glorreichen Sieg sein Land und ihres, ja ganz Europa errettet habe. Cadir Bey lächelt und verbeugt sich. Dann folgt eine eigens für diesen Anlass komponierte Kantate.

Lang lebe der britische Held!
Lang lebe der große Nelson!
Heil ihm, der uns aus der Bedrängnis errettet.
Heil ihm, der unsren schweren Herzen Frieden gebracht.

Bescheidene Gelassenheit wahrend, verbeuge ich mich. Dann kommen die Erfrischungen, Eis und Süßigkeiten. Wir flanieren über die von Laternen erleuchteten Gartenwege, Maria Carolina an meinem Arm. Nun kommt der Höhepunkt des Abends. Wir gehen zwischen eleganten Pavillons hindurch. Vor uns erhebt sich ein prachtvoll erleuchteter griechischer Tempel. Eine Treppe führt zu einem Portikus hinauf. Drinnen stehen in strahlend hellem Licht drei lebensgroße Wachsfiguren: Sir William, Emma und ich. Ich trage meine Gala-Uniform, der Botschafter die Windsor-Uniform, Emma ist ganz in Weiß mit einem blauen Schal, auf den die Namen aller Kapitäne gestickt sind, die mit mir am Gefecht teilgenommen haben. Dahinter, im Innern des eigentlichen Tempels, befindet sich ein Altar, der von einer allegorischen Darstellung des Ruhms gekrönt ist. Davor, im Mittelpunkt des Gebäudes, die Figur von König Ferdinand, aufrecht in einem goldenen Triumphwagen stehend. Oberhalb der Säulen zieht sich ein Schriftzug aus Lampen die Wände entlang: BRITANNIA RULES THE WAVES – Britannien beherrscht die See.

Das Orchester spielt »God Save the King«. Der kleine Prinz Leopold legt einen Lorbeerkranz um mein Wachsfigurenhaupt. Er muss sich dazu auf die Zehenspitzen stellen. Ich eile die Treppe hinauf. Ich knie mich hin und küsse die Hand des Prinzen. Der Junge wirft die Arme um meinen Hals, er umarmt mich. Ich sehe ihm ins Gesicht, es ist ein Gesicht, das ich kenne, ein Gesicht, das ich irgendwo schon einmal gesehen habe, vor langer Zeit. Ich versuche eine Warnung auszustoßen, doch ich bringe keinen Ton heraus ...

Der Schock dieses vagen Wiedererkennens holte mich von dem spektakulären Abend zurück in mein taghelles Zimmer, an meinen unordentlichen Schreibtisch. Warum hat er das getan? Es war nicht Teil des Programms, es war spontan, keiner hatte damit gerechnet. Die Leute jubelten und weinten, als sie den verstümmelten Helden, so zart gebaut, so hager, vor dem Jungen knien sahen. Es war ein Anblick, den keiner dort je vergessen sollte – der Mann, der das Königreich errettet hatte, auf den Knien.

Kein Wort davon im Bericht der *Times*. Vom Feuerwerk, ja, von den Lobgesängen, den Wachsfiguren, von Ferdinand in seinem Triumphwagen. Alles in diesem Ton feierlicher Satire, den die Zeitung sich zu Eigen gemacht hatte: der mit Ordensbändern geschmückte Admiral zwischen den Wachsfiguren im Ruhmestempel. Doch nicht der kleinste Hinweis auf diese eine, einzige Tat, die Wärme und Spontaneität in den Pomp der Veranstaltung brachte und mit dem Muster brach. Das war es, du warfst das Programm über den Haufen, fandest die Inspiration wieder, die dich bei Kap Saint Vincent erfüllt hatte, *du schertest aus.*

Leopold trug die Uniform eines Midshipmans. Hast du in

dem Kind vielleicht dich selbst gesehen? An jenem kalten Märztag in Chatham, als du an der Mole standest und über das graue Wasser auf dein erstes Schiff blicktest?

Zu jung. Das hast du vier Jahre später selbst eingeräumt, bei einem Dinner an Bord der *Victory* zur Feier des Jahrestages der Schlacht von Kap Saint Vincent. Den Platz zur Rechten des welken Admirals hat man, als jüngstem Anwesenden, einem jungen Midshipman namens Parsons zugewiesen. Er wird später darüber schreiben: über die vom südlichen Licht durchflutete Offizierskajüte, das glänzende Silber auf dem Tisch, seine Ehrfurcht angesichts der Nähe seines berühmten Befehlshabers. Er ist zu schüchtern, um während des Essens aufzublicken, doch als der Tisch abgedeckt ist, wendest du dich ihm zu, wie es die Tradition verlangt. »Auf ein Glas Wein, Mr. Parsons.« Du eröffnest das Gespräch mit einem Kommentar zu seiner Jugend: »Sie haben den Dienst wohl sehr jung angetreten, wenn Sie beim Gefecht vor Kap Saint Vincent dabei waren?« Jetzt sagt Parsons zum ersten Mal etwas: »Mit elf, Mylord.« Er sieht, wie das Lächeln vom Gesicht des Admirals verschwindet, und hört ihn murmeln: »Zu jung, viel zu jung.«

An jenem Abend im September, als man mit Jubel und Tränen auf dein Niederknien reagierte, stieg in Neapel eine andere Art von Applaus gen Himmel. Dort auf dem Platz im Laternenlicht wurde das dreiköpfige Untier gefeiert, das unter dem Querbalken des Galgens hin und her baumelte. Einer nach dem anderen, Tag für Tag, Woche für Woche, die Republikaner einer kurzlebigen Republik.

Du hast nie daran gezweifelt, dass du das Recht auf deiner Seite hattest. Vielleicht manchmal im Stillen? Wie können wir das wissen? Öffentlich hast du dich stets unbeirrt gezeigt. *Und so verließen die Rebellen, als sie sich ergaben, die Kastelle, wie es sich gehörte, ohne kriegerische Ehren, und dem Urteil ihrer Souveräne vertrauend.* Das schriebst du 1803, vier Jahre später. Ich weiß, was Miss Lily sagen würde, sie würde sagen, dass du ihnen nicht verzeihen konntest, dass du mit ihnen genauso umgingst wie mit Fanny, dass du immer noch reglos dort oben in deiner Theaterloge saßest, während sie litt und die Republikaner starben. *Er konnte einfach nicht im Unrecht sein, stimmt's?* Seltsam, wie mir ihre Kommentare, die ich anfangs meist für flapsig oder unkundig gehalten hatte, im Gedächtnis hängen blieben, dort verharrten, stärker wurden, bestimmend, so wie auch sie selbst, ihre ganze Person, in meinen Gedanken bestimmend geworden war.

21

Ich rang weiter mit den Fakten zu den Tagen in Neapel, oder vielmehr mit den verschiedenen Versionen dieser Fakten, doch meine Mühsal war von wachsendem Widerwillen begleitet, Widerwillen angesichts des vorausgeahnten Wissens, der vorausgeahnten Niederlage. Schon damals, als der Juni sich seinem Ende zuneigte und sommerliches Grün die Hecken verdichtete, muss ich im Grunde meines Herzens gewusst haben, dass diese Episode nicht zu den Siegen zählen würde, weder für Horatio noch für mich. Ich bemühte mich, ihn im sicheren Hafen des rauen, aber herzlichen Mahan zu verankern, außer Reichweite des gehässigen Badham, der das Vorwort zu seinem *Nelson and Ruffo* im Oktober 1904 im Reform-Klub in der Pall Mall verfasst hatte, eines Individuums, dem wenig daran gelegen war, Horatios Ehre zu wahren.

Als Miss Lily am Freitagabend kam (es war der 27. Juni, der Tag, an dem Ruffo in der irrigen Annahme oder unter der Vorspiegelung, dass der Vertrag erfüllt würde, in der Kirche Santa Maria del Carmine in Neapel seinen Dankgottesdienst feierte), war ich von all diesen Spekulationen völlig ausgelaugt. Noch dazu hatte ich den ganzen Tag nichts gegessen, hatte mich allerdings, da ich ja wusste, dass sie kam, rasiert und einigermaßen zurechtgemacht. Das Haus war in ziemlich verlottertem Zustand. Mrs. Watson, die womöglich demoralisiert war, weil ich ausschließlich über Zettel mit ihr kommunizierte, arbeitete nicht mehr so gründlich wie zu Zeiten meines Vaters, die Wohnung war staubig und unaufgeräumt, was Miss Lily bestimmt auffiel, auch wenn sie bisher nichts dazu gesagt hatte.

An diesem Abend warf sie bloß einen kurzen Blick auf mich und fragte sofort, ob es mir nicht gut gehe. »Sie sehen richtig erschöpft aus«, sagte sie.

»Nein, es ist alles in Ordnung.« Doch dann stand ich zu schnell auf, als ich ein paar Blätter holen wollte. Mir wurde schwarz vor Augen, ich taumelte leicht und stützte mich mit der einen Hand an der Wand ab. Ich spürte ihre Hand unter meinem Arm, fühlte mich sicher gehalten.

»Was ist denn?«, fragte sie. Ihre Stimme klang beunruhigt.

»Mir war nur kurz schwindlig. Es geht schon wieder.«

»Sind Sie sicher?« Ihre Hand war immer noch unter meinem Arm, ich spürte ihre Wärme. »Setzen Sie sich doch einen Augenblick hin.«

»Nein, nein, es geht schon wieder.« Ihre Hand war fort, doch die Wärme spürte ich immer noch. »Können wir weitermachen?«, sagte ich.

Aber natürlich hatte ich ihre Hartnäckigkeit außer Betracht gelassen. »Ich finde wirklich, Sie sollten sich mal ein Weilchen hinsetzen und entspannen. Ohne die Wand und mich wären Sie doch eben gestürzt.«

Hat man sich erst einmal schwach gezeigt, dann ist es sehr schwierig, sich derartigen Ratschlägen zu widersetzen; man hat eine Art psychologisches Gewicht gegen sich. Sie versuchte, Macht über mich zu gewinnen, das war mir klar. Dennoch kapitulierte ich; ich ging zum Sessel und setzte mich hin. Sie blieb mit inquisitorischer Miene vor mir stehen.

»Haben Sie das öfter, solche Schwindelanfälle? Ich hatte einen Moment lang richtig Angst, ich dachte, Sie fallen.«

»Ab und zu mal, aber erst in letzter Zeit.«

Schwarze Punkte vor den Augen, zunächst vereinzelt, die sich rasch zu jener Dunkelheit verdichten, die mein Gleichgewicht gefährdete. Miss Lily gegenüber erwähnte ich diese Details nicht – je weniger man von sich preisgibt, desto besser. Doch über Horatios Unpässlichkeiten konnte ich sprechen.

»Er hatte so was Ähnliches«, sagte ich, »in Neapel und in

Palermo, nach der Schlacht am Nil. Schwindelanfälle. Außerdem Herzklopfen und gelegentliche Atemnot. Als würde ihm die Brust mit einem Gurt zusammengeschnürt, so hat er es beschrieben. Alles Symptome des Da-Costa-Syndroms.«

»Was ist denn das?« Miss Lily fragte in dem Ton, den sie für Abstraktes reserviert hatte.

»Das sind funktionelle Herzbeschwerden. Auch ›Soldatenherz‹ genannt, weil sie im Ersten Weltkrieg so verbreitet waren.«

»Wollen Sie mir sagen, dass Sie herzkrank sind?« Ihre Stimme war scharf geworden, es klang wie ein Vorwurf, was ich als seltsam tröstlich empfand.

»Nein, nein. Horatio befürchtete damals, es sei eine Herzkrankheit, aber nach modernen medizinischen Erkenntnissen handelt es sich um funktionelle Beschwerden, die auf anhaltende psychische Anspannung und körperliche Überlastung zurückzuführen sind. Sie dürfen nicht vergessen, dass die Schlacht am Nil gerade erst fünf Monate zurücklag. Es war zwar ein großer Sieg, aber es hatte Wochen gedauert, die Franzosen aufzuspüren und zum Gefecht zu zwingen. Er schlief während dieser Zeit nur sehr wenig. In der Schlacht erlitt er eine schwere Kopfverletzung, er dachte zuerst, sein Ende sei gekommen. Dann war da noch seine Affäre mit Emma, er lebte immer noch unter einem Dach mit den Hamiltons, schrieb immer noch nach Hause an Fanny, bestimmt hatte er starke Schuldgefühle. Und denken Sie nur an die Verantwortung, die er trug. Er war der befehlshabende Offizier. Napoleon befand sich bereits mit einer Armee in Ägypten, war auf dem Weg nach Indien. Das Schicksal des Empires stand auf der Kippe, und alles hing an diesem einen Mann, so schmal, so schmächtig, schon verstümmelt im Dienst des –«

»Er war das Essen wahrscheinlich nicht gewohnt«, sagte Miss Lily. »Da unten in Süditalien, meine ich. Die essen dort ziemlich fett, oder? Besonders damals. Da wusste noch keiner, wie gefährlich tierische Fette sind. Was ich nicht weiß, macht mich nicht heiß, könnte man sagen, aber gesund war das bestimmt nicht.«

»Großer Gott«, sagte ich, »wir reden von seinem Herz und seinem Geist, nicht von seinem Magen.«

»Das hängt alles zusammen. Sie können jedenfalls dieses Da-Costa-Dingsda nicht haben, schließlich waren Sie nicht im Krieg. Und mit Botschaftergattinnen haben Sie vermutlich auch eher selten zu tun.«

Bei diesen Worten schaute mich Miss Lily mit neckendem Blick an, wie sie es in letzter Zeit immer häufiger tat. Ich war im Nachteil, dort in meinem Sessel, ich wusste nicht, wie ich antworten sollte. Ihre Worte waren ein weiterer Beleg – wenn denn noch einer nötig gewesen wäre – für ihre prosaische Sicht der Dinge. Hatte ich Horatio nicht Schritt für Schritt auf seinem Weg begleitet? Ich hatte seine Pein angesichts der feigen Taktik der Franzosen verspürt. Ich hatte seine Kopfverletzung erlitten, hatte das warme Blut gefühlt, das über meine Augen strömte und mich blendete. Ich hatte seinen Heldenempfang, die Rettung des Königspaars, die Liebe des mutterlosen Knaben für die sinnliche, üppige Frau durchlebt. Und erfuhr ich nicht dieser Tage auch die furchtbare Versuchung der Macht, in seinen Verhandlungen mit Ruffo und den neapolitanischen Jakobinern?

»Wahrscheinlich haben Sie auch nicht ordentlich gegessen«, sagte Miss Lily jetzt. »Oder was gab's bei Ihnen heute?«

Ich wollte nicht antworten, da ich fand, dass sie das nichts anging, aber sie hatte den Blick auf mich geheftet und wartete. Erst da fiel mir auf, dass ich den ganzen Tag nichts gegessen hatte.

»Ein Brot«, sagte ich. »Ein Käsebrot.« Es war das erstbeste, was mir einfiel, und ich fühlte mich sofort wieder in die Zeit zurückversetzt, als meine Mutter noch da war – jener ferne Nachmittag im Mai, der Spaziergang auf dem Damm, die verschwenderische Blütenpracht des Weißdorns. *Maulwürfe fressen kein Brot. Sieh mir in die Augen, Charles …*

Doch vor Miss Lilys Augen hatte ich keine Angst. »Ein Käsebrot mit Kresse«, sagte ich.

»So gedankenverloren, wie Sie immer sind, kann das ebenso gut gestern gewesen sein oder letzte Woche. Bobby hat das auch manchmal, solche Schwindelanfälle, wenn er das Mittagessen in der Schule ausfallen lässt, aber er wächst schließlich noch, und das kann man von Ihnen ja wohl nicht behaupten, oder? Na, schauen wir einfach mal nach, was da ist.«

Ihr Gesicht war sanfter geworden, als sie von Bobby sprach, aber ich sah, dass sie irgendetwas vorhatte. »Wie meinen Sie das?«, fragte ich.

Sie nickte ein paar Mal energisch. »Ich geh mal nachsehen.«

Ich fragte sie, wo sie hinwolle, aber sie ging hinaus, ohne zu antworten. Ein paar Minuten später war sie wieder da.

»Also, wenn überhaupt, dann war das wohl ein gekauftes Käsebrot, ich habe jedenfalls nirgends einen Krümel Brot entdeckt und Käse auch nicht. Nach Kresse habe ich gar nicht erst geguckt.«

»Ja, genau, es war ein gekauftes.«

Sie schaute mich mit unverhohlener Skepsis an. »Das Einzige, was ich an Essbarem gefunden habe, sind vier lose Eier, von denen wir nicht wissen, wie alt sie sind, ein Blumenkohl, der schon bessere Zeiten erlebt hat, und ein Netz mit ein paar Kartoffeln. Ach ja, und etwas Margarine.«

Sie hielt inne. Ich begriff jetzt, dass sie mit diesen kärglichen Resten irgendetwas anfangen wollte. Sie wartete auf meine Zustimmung oder Ablehnung oder vielleicht sogar darauf, dass ich vorschlug, lieber essen zu gehen. Aber ich wollte keine anderen Leute um mich haben, ich wollte in Ruhe mit ihr zusammen sein, zu zweit. Die Vorstellung erschien mir plötzlich so verlockend, dass ich mich nicht traute, etwas zu sagen, da ich fürchtete, mich zu verraten. Aber mein Schweigen war wohl genauso verräterisch, oder es war irgendwas an meinem Gesicht. Im nächsten Moment sagte sie jedenfalls: »Na ja, irgendwas kriegen wir damit schon zu Stande.«

Es lief darauf hinaus, dass wir an diesem Abend überhaupt nicht mehr am Buch weiterarbeiteten, sondern in der Küche zusammen aßen. Die Eier waren noch in Ordnung. Miss Lily schlug sie sicherheitshalber einzeln in eine Tasse. Das Innere des Blumenkohls war noch essbar, und die Kartoffeln waren wie neu, wir aßen sie gedämpft. Die Margarine reichte genau für ein Omelette. Ich hatte immer noch einen Vorrat an Bordeaux und holte eine Flasche aus dem Kellerflur, wo ich ihn lagerte.

Sie saß mir am Küchentisch gegenüber. Ich fühlte mich regelrecht erleichtert, während wir aßen und tranken, war froh, mal für eine Weile von dem Buch befreit zu sein. Es war wie eine Art Urlaub, und der wäre mir allein, ohne sie, nie möglich gewesen, das wusste ich. Sonst gab es niemanden. Monty fiel aus, wir hatten schon seit Jahren kein enges Verhältnis mehr, eigentlich seit unserer Kindheit. Und jetzt, wo er die Kleider unseres toten Vaters trug... Irgendetwas stimmte mit ihm nicht, ihm fehlte ein richtiger Inhalt in seinem Leben.

Nein, sonst gab es niemanden. Mir war bewusst, dass die Dankbarkeit, die ich empfand, in gewisser Weise unlogisch war. Miss Lily war durchaus liebenswürdig, aber es war eine grundsätzliche Liebenswürdigkeit, die nicht nur mir galt. Sie war einfach sie selbst, sie war, wie sie war. Ich schaute über den Tisch zu ihr hinüber; es gelang mir, wenn auch nur kurz, ihr in die Augen zu sehen. Durch das Juniwetter hatten ihr Gesicht und ihr Hals einen olivfarbenen Schimmer bekommen – nicht dass es so sonnig gewesen wäre, aber sie gehörte zu den Menschen, deren Gesichtsfarbe bei warmem Wetter kräftiger wird. Sie trug eine weiße Bluse, die am Hals offen war. In diesem Moment war sie für mich die Summe all der Momente ihres Seins, die ich nach und nach erlebt und die sich zusammengefügt hatten, seit sie das erste Mal vor der Tür gestanden hatte, Avon Secretarial Services in Person. Ihre Scherze, ihre Wut, der immer währende Überfluss, aus dem sie ihre Geschenke schöpfte, ihre begrenzten Sympathien für Horatio, die einem wirklichen Verständnis im Wege standen, ihre Parteinahme für die blasse Fanny, ihr unerschütterlicher Glaube an den Wert warmer Kleidung …

Während wir aßen und allmählich den Wein leerten, erzählte sie von ihren Lebensumständen, was sie vorher nur selten, und wenn, dann nur kurz, getan hatte. Ich war es nicht mehr gewohnt, mich zu unterhalten, und mir erschien alles, was sie sagte, von außerordentlicher Unmittelbarkeit – es waren die Dinge, die sie akut beschäftigten, mit denen sie sich in ihrem täglichen Leben auseinander setzte. Man habe ihr für eine Autoreparatur zu viel Geld berechnet, aber sie werde das nicht hinnehmen, die dächten wohl, Frauen verstünden nichts von Motoren, aber da würden sie noch staunen, sie habe mal einen Abendkurs »Autoreparatur« besucht. Bobby habe in der Schule gewisse Probleme, nicht dass er ungezogen wäre, nein, er sei ein Träumer, sei oft ganz woanders mit seinen Gedanken, manchmal würden seine Lehrer böse, wenn er eine andere Frage als die eigentlich gestellte beantwortete, sie dachten, er wolle sich lustig machen. Sie sei schon in der Schule gewesen, sein Klassenlehrer habe gemeint, das sei nur eine Phase. Er könne sehr gut zeichnen, woher er das habe, wisse sie nicht, sie sei da völlig unbegabt.

»Von seinem Vater vielleicht?«, sagte ich, ein gewagter Vorstoß, aber ich war einfach neugierig.

Miss Lily wirkte nicht verärgert. »Von dem bestimmt nicht«, sagte sie. »Der hat höchstens Männchen auf Bierdeckel gemalt. Wobei er Bier eigentlich kaum getrunken hat, wenn ich mich recht erinnere. Whisky war wohl eher sein Ding, Malt natürlich, und zum Essen eine Auswahl an Weinen. Er hatte einen Haufen Geld. Das klingt jetzt vielleicht komisch, aber er war der ideale Mann für mich. Eine Zeit lang.«

»Wieso?«

»Er war fünfzehn Jahre älter, geschieden, sah ziemlich gut aus. Er war es gewohnt, den Ton anzugeben. Wie gesagt, an Geld hat's ihm nie gefehlt. Er hatte eine eigene Firma mit ziemlich vielen Angestellten. Wahrscheinlich hat er mir mal gesagt, wie viele es waren, so was erzählte er gern, aber ich weiß es nicht mehr. Mein damaliger Freund arbeitete für ihn, so habe ich ihn kennen gelernt – ich stand vor dem Büro und wartete auf meinen Freund. Ich war gerade achtzehn geworden. Ich habe früher immer diese Vorabendserien angeguckt, besonders die, in denen die Welt nur aus reichen Leuten zu bestehen scheint. Lauter exklusive Menschen, die alle ein furchtbar aufregendes Leben führen. Ich habe diese Serien geliebt, habe keine Folge ausgelassen. Es gab eine Serie namens *Der Denver-Clan,* die hat mir besonders gut gefallen. Mein eigenes Leben war weder exklusiv noch aufregend, ich habe in einem Büro gearbeitet und Rechnungen getippt. Und als ich dann diesen Mann kennen lernte, kam es mir vor, als stammte er aus dieser anderen Welt. Nicht dass ich den *Denver-Clan* für das wahre Leben gehalten hätte, aber ich dachte, dass es im wahren Leben so was wie den *Denver-Clan* gibt. Verstehen Sie?«

»Ich glaube schon.«

»Er hieß Alex. Passt doch genau, oder? Ich war nie eine Schönheit, aber ich war durchaus attraktiv – damals habe ich mehr Zeit auf mein Äußeres verwendet als heute. Und lebhaft war ich. Er schickte mir ständig Blumen. Er hatte einen Porsche. Hat mich in teure Lokale ausgeführt. Für mich war er ein richtiger Held.«

»Ein Märchenprinz, sozusagen.«

»Eher ein Armani-Prinz. Ich dachte damals, das ist es, hier spielt die Musik, das ist das Leben, für das ich geschaffen bin. Als ich dann schwanger wurde, kamen keine Blumen mehr. Er wollte, dass ich abtreibe. Er hat gesagt, wenn ich es nicht tun würde, müsste ich die Sache allein durchfechten, er würde mir nicht helfen. Eine Abtreibung wäre wirklich das Verünftigste gewesen, aber ich habe es einfach nicht über mich gebracht. Also, wäre damals das Vernünftigste gewesen, meine ich. Wenn ich heute meinen Bobby anschaue, erscheint es mir völlig undenkbar. Ich habe die Schwangerschaft allein durchgestanden – meine Eltern haben mich unterstützt, die waren wirklich toll. Und als Bobby dann auf der Welt war, hat dieser Mann es sich plötzlich anders überlegt. Er wäre bereit, mir zu helfen, wenn ich offiziell seine Vaterschaft anerkennen würde. Er würde mir die Miete bezahlen. Er war richtig euphorisch und voller Vaterstolz – weil es ein Junge war. Er würde ein fabelhafter Vater sein. ›Ich werde ihm ein Rennboot kaufen‹, hat er zu mir gesagt. Da war's endgültig aus bei mir. Ein Rennboot! So ein winziges Ding, ein Säugling, der so viel Zuwendung und Liebe braucht, und dieser Trottel von Vater erzählt was von Rennbooten. Verstehen Sie, was ich meine? Genau so was hätte auch jemand aus dem *Denver-Clan* sagen können. Aber jetzt lagen die Dinge etwas anders. Dieses Baby war echt, und ich war eine echte Mutter. Ich hab ihm gesagt, er soll Leine ziehen. Ich habe nie einen Pfennig Geld von ihm angenommen, und ich habe auch nie mehr den *Denver-Clan* angeguckt. Ich schaue mir überhaupt keine Serien mehr an, außer *Coronation Street.*«

Ich hörte gebannt zu, während Miss Lily diese Geschichte erzählte, ganz ohne Groll oder Bitterkeit. Von einem Mann in ihrem derzeitigen Leben sagte sie nichts, aber vielleicht gab es trotzdem einen. Ich wollte nicht darüber nachdenken. Sie lebte in einer anderen Welt als ich, die zwar nicht unbedingt aufregender war als meine – immerhin hatte ich ja Horatio –, aber irgendwie weitläufiger und gefährlicher. Ich wollte mich erkenntlich zeigen, etwas aus meinem eigenen Erfahrungsschatz beisteuern, das sie vielleicht interessieren könnte. Es dauerte eine Weile, aber dann fiel mir etwas ein.

»Es ist wirklich erstaunlich«, sagte ich, »wie sich im Laufe dieses Jahrhunderts der Ton der Nelson-Biografien verändert hat. Bis in die Dreißigerjahre war es seinen Biografen ein Anliegen, ihn als das darzustellen, was er war, als einen noblen Charakter. Natürlich galt das nicht für alle Autoren« – ich dachte an den galligen Badham – »aber für fast alle.«

»Wie meinen Sie das?«

»Na ja, man wollte ihn als *guten* Menschen darstellen. Nicht nur als mutig, als einen genialen Flottenkommandanten, sondern auch als tugendhaft. Die Viktorianer haben seinen Ehebruch mit Emma geleugnet, weil sie meinten, das sei kein schickliches Verhalten für den Helden von Trafalgar. Das ging natürlich einen Schritt zu weit, wir sind da heute nicht mehr so zimperlich, aber ich persönlich vertrete auch die altmodische Sichtweise. Seinen modernen Biografen scheint das alles egal zu sein. Es geht um unseren Nationalhelden, doch die Frage, ob er gut war oder nicht – also, gut im Sinne von aufrichtig und ehrenhaft – ignorieren sie einfach. Es scheint ihnen wirklich egal zu sein.«

»Na ja, wir sind eben nicht mehr, was wir mal waren. Und für Nelson gilt das wohl genauso. Wir halten uns nicht mehr für so bedeutend, und da müssen wir auch ihn nicht mehr als so bedeutend hinstellen.«

»Aber das ist doch furchtbar – ein richtiger moralischer Abstieg.« Ich empfand die übliche Bedrückung angesichts dieser Herabsetzung Horatios, dieser erbärmlichen Preisgabe unserer glorreichen Vergangenheit.

»Man sollte doch meinen, dass es andersrum läuft«, sagte ich. »Ein solcher Mann sollte uns stolz darauf machen, Briten zu sein. Wo ist dieser Stolz bloß geblieben?«

»Nirgends, jedenfalls was mich betrifft. Ich bin genauso wenig stolz darauf, Britin zu sein, wie ich stolz darauf wäre, Hottentottin zu sein. Man kann mehr oder weniger Glück haben, das ist sicher richtig, die Hottentotten haben wahrscheinlich schlechtere Chancen, an eine höhere Schulbildung ranzukommen oder an Sozialhilfe. Aber was das mit Stolz zu tun haben soll, ist mir, ehrlich gesagt, schleierhaft. Wie kann man stolz auf einen Zufall sein?«

Das war so widersinnig, so absurd, dass mir zunächst einmal die Worte fehlten. »Wo man geboren ist, ist Glückssache«, sagte ich schließlich, »das wird keiner abstreiten, aber von diesem Moment an sammelt man Eindrücke, entwickelt Bindungen, man wird mit bestimmten Denk- und Sprechweisen vertraut, mit bestimmten bedeutenden Ereignissen in der Geschichte des eigenen Volkes. Und in unserer Vergangenheit spielt eben Horatio Nelson eine große Rolle, er hat für die Dauer eines ganzen Jahrhunderts unsere Vorherrschaft auf See gesichert, hat uns vor den schändlichen Franzosen gerettet. Stellen Sie sich nur vor, was passiert wäre, wenn die Schlacht von Trafalgar andersrum ausgegangen und dieses Gesindel die Themse hochgesegelt wäre. Das habe ich gemeint, als ich sagte, er sollte uns stolz darauf machen, Briten zu sein.«

Miss Lily schwieg einen Moment, dann sagte sie: »Charles, ich weiß, Sie hätten gern, dass ich ihn auch so bewundere wie Sie, und ich betrachte das durchaus als Kompliment, aber ich kann es einfach nicht. Ich will Ihnen nichts vormachen. Ich sehe schon, dass er seine guten Seiten hatte, aber ich fände es nicht gut, wenn mein Bobby so werden würde wie er, bloß auf einen einzigen Lebensinhalt zugeschnitten. Das Leben besteht einfach nicht nur daraus, Breitseiten auf die Franzosen abzufeuern, mehr will ich gar nicht sagen. So wie ich das sehe, haben die ihn als Zwölfjährigen aus seinem Leben rausgerissen und nach ihren Vorstellungen zurechtgebogen. Diese ganze Geschichte mit den Midshipmen diente doch nur dazu, Menschen zurechtzubiegen. Und wenn ich das recht sehe, machen sie das heute mit ihm noch genauso. Warum konnten sie nicht einfach sagen, ja, klar, er war ein großer Admiral und ein sehr mutiger Mann, er war großzügig und warmherzig, und er hat einen überwältigenden Sieg errungen, als sein Land in großer Bedrängnis war, aber er war auch engstirnig und furchtbar eitel und konnte nicht eingestehen, dass er auch mal im Unrecht war. Mit anderen Worten, er war ein Mensch wie Sie und ich. Aber nein, man musste einen ›großen Mann‹ aus ihm machen.«

»Sie können nicht von ihm reden, als wäre er ein normaler Mensch gewesen. Er war kein normaler Mensch. Er war ein großer Held. Und ich finde auch nicht, dass man ihn zurechtgebogen hat. Sie sehen das alles aus der heutigen Perspektive. Wie immer. Sie lassen die gesellschaftlichen Zustände im achtzehnten Jahrhundert völlig außer Acht. Sie reden so, als hätte er jede Menge Möglichkeiten gehabt. Auf mütterlicher Seite hatte er gute Verbindungen, aber viel Hilfe konnte er von dort nicht erwarten – jedenfalls nicht an Land. Er erbte kein Vermögen. Er war kein Bücherwurm, er wollte nicht Pfarrer werden wie sein Vater. Eine Stufe weiter nach unten, und er wäre ein niederer Beamter geworden oder Gutsverwalter oder so was.«

»Aber genau darum geht es ja. Das hat es ihnen leichter gemacht.«

»Wie meinen Sie das?«

»Je weniger Möglichkeiten er hatte, desto leichter konnten sie ihn einer Gehirnwäsche unterziehen.«

»Wer sind eigentlich diese ›sie‹, von denen Sie dauernd reden?«

»Diejenigen, die was davon hatten. Na, egal, wir haben übers Stolzsein geredet, und mich macht er wirklich kein bisschen stolz. Stolz zu sein bedeutet, sich nicht zu erniedrigen. Und das gilt für alle, für Sie, für mich, für Nelson, egal für wen. Ich habe plötzlich allein dagesessen, als Bobby kam, aber ich habe Haltung bewahrt. Ich musste ihn allein aufziehen, musste mich nach der Decke strecken, musste freiberuflich arbeiten, damit ich zu Hause sein konnte, wenn er von der Schule kam. Wenn ein anständiger Kerl aus ihm wird, kann ich darauf vielleicht stolz sein. Nein, tut mir Leid, ich habe es ja schon mal gesagt, aber er macht mich richtig wütend, Nelson, meine ich, er war so schnell bereit, Menschen in den Tod zu schicken. In gewisser Hinsicht war er eine Art Massenmörder. Ich mag Männer, die sanft und liebenswürdig sind und versuchen, niemandem wehzutun. Frauen genauso, übrigens.«

Sie schwieg wieder, dann sagte sie mit tieferer Stimme: »So wie Sie, Charles. Sie können es auf den Wein schieben, wenn

Sie wollen, aber es gibt da etwas, was ich Ihnen schon lange mal sagen wollte. Also, ich weiß, dass er Sie völlig ausfüllt, und es ist ja auch gut, ein Hobby zu haben, aber Sie unterscheiden sich von Admiral Lord Horatio Nelson so grundlegend, wie man sich nur von einem anderen Menschen unterscheiden kann.«

Darauf war ich nun überhaupt nicht gefasst. Sie sagte das mit einer solchen Überzeugung, dass es fast wie ein Schlag wirkte. Mein erster Impuls war, aufzustehen und irgendwohin zu gehen, wo sie mich nicht sehen konnte. Was sie gesagt hatte, stimmte natürlich nicht, ich war Horatios zweites Ich, seine Schattenseite, die Kehrseite der Medaille, ich konnte ihn nicht verlieren, ohne mich selbst zu verlieren. Aber sie sagte auch, dass sie mich mochte, dass zu den Menschen, die sie mochte, auch ich gehörte. In meiner Verwirrung kam mir der Gedanke, dass das vielleicht nur ein scheinbarer Widerspruch war. Schließlich hatte Miss Lily ja auch nicht eben viel mit der theatralischen, schönen, zur Selbsttäuschung neigenden Emma gemein, doch in meinen Gedanken und Träumen verschmolzen die Körper der beiden manchmal …

Ich saß schweigend da, ohne sie anzusehen. Ich wollte sagen, dass ich sie auch mochte – wie sie war, wie sie aussah und wie sie mit mir redete, selbst dann, wenn es mich aufbrachte. Aber ich konnte das nicht in Worte fassen.

In das Schweigen drangen jetzt Worte von ihr, Worte, die mich in meiner Gefühlsverwirrung zunächst kaum erreichten. Sie habe es mir eigentlich gleich sagen wollen, aber dann sei dies und das gewesen und ich auch noch in diesem komischen Zustand … wie aus heiterem Himmel sei das Angebot gekommen, Bobby werde wohl zunächst bei seiner Großmutter bleiben müssen, sie könne ihn ja nicht aus der Schule nehmen.

Ihre Miene war die eines Menschen in einer ernsthaften Diskussion, voll Überzeugungswillen. »Ich hoffe, er darf über die Ferien bei mir wohnen, es würde ihm so gut tun, mal aus London rauszukommen.«

Ich hatte das seltsame, vertraute Gefühl, alles Blut weiche aus meinem Gesicht. »Sie können nicht weg, wir arbeiten doch an dem Buch«, sagte ich, als hätte sie das übersehen.

»Es sind doch nur zehn Wochen«, sagte sie.

»Aber es geht nicht.« Sogar ich selbst fand, dass ich wie ein Kind klang.

»Ich habe mir schon Gedanken darüber gemacht. Wenn Sie wollen, besorge ich Ihnen eine Vertretung, solange ich weg bin.«

»Nein«, sagte ich. »Jemand anderen will ich nicht.«

»Ich muss mich nun mal allein durchschlagen, Charles. Musste ich schon immer. Ich kann es mir nicht leisten, so was abzulehnen, es ist sehr gut bezahlt, plus freie Kost und Logis.«

»Wann fahren Sie?«

»Am 7. Juli, Montag in einer Woche. Es ist ein Kurs in Betriebswirtschaft in Matlock, in Derbyshire. Ich übernehme das Sekretariat – man hat mich empfohlen. Wenn Sie wollen, komme ich nächste Woche noch wie üblich.«

»Nein, Sie haben sicher genug zu tun, müssen Reisevorbereitungen treffen und so weiter. Wir sagen lieber heute Abend Lebewohl.«

Ich hatte das ganz spontan gesagt, aber ich wusste, dass es so am besten war. Die Vorstellung, noch eine ganze Woche lang den Schatten ihrer bevorstehenden Abreise auf mir zu spüren, war mir unerträglich. Sie zu sehen, mit ihr zu reden, und es die ganze Zeit zu wissen …

»Es ist doch kein Lebewohl«, sagte sie.

»Ich bezahle Sie natürlich für nächste Woche.«

»Darum geht es mir nicht.«

»Es ist nicht mehr als recht und billig – schließlich habe ich ja gesagt, dass Sie nicht zu kommen brauchen.«

Die Woche, um die es ging, war die erste Juliwoche, und da ich monatlich zahlte, musste ich ihr einen Scheck ausstellen. Das gab mir Zeit, mich zu sammeln. Ich hatte akzeptiert, dass sie wegfahren würde; jetzt musste ich ein sicheres Mittel finden, sie zum Wiederkommen zu bewegen.

»Es hat mir unheimlich viel Spaß gemacht«, sagte sie, »zusammen mit Ihnen an dem Buch zu arbeiten. Es ist einer der interessantesten Jobs, die ich je hatte, ich habe dadurch angefangen, über ihn und diese ganze Epoche zu lesen – ich hätte nie gedacht, dass ich mich mal so für Geschichte interessieren würde, in der Schule konnte ich nämlich nicht viel damit anfangen. Und das liegt nur daran, dass Sie mit mir geredet haben, Charles, Sie waren nicht einfach nur mein Arbeitgeber, Sie haben mich nach meiner Meinung gefragt.«

Ich konnte mich nicht daran erinnern, sie besonders oft nach ihrer Meinung gefragt zu haben; meistens war das gar nicht nötig gewesen. Es musste eine Möglichkeit geben, dafür zu sorgen, dass sie zurückkam, irgendetwas, womit ich sie verlocken konnte. Dann hatte ich eine Eingebung: *Francesco Caracciolo.*

»Wir müssen uns als Nächstes mit Caracciolo befassen«, sagte ich. »Wenn Sie zurück sind, meine ich. Ich glaube inzwischen, dass bei ihm wertvolle Hinweise auf Horatios Verhalten gegenüber den neapolitanischen Jakobinern im Jahr 1799 zu finden sind.«

Das war darauf angelegt, sie zu erfreuen. Horatios Tun und Treiben in dieser anrüchigen Stadt hatte sie immer mehr interessiert als jede andere Phase in seinem Leben, und sie war sichtlich verstimmt gewesen, als wir diesen Zeitabschnitt übersprungen hatten.

»Ich glaube, der ist in unserem Buch bisher noch nicht aufgetaucht«, sagte sie.

»Nein.« Ich hatte seine Erwähnung vor mir hergeschoben, denn die Episode um Caracciolo warf, wie manche – besonders Badham – fanden, ein schlechtes Licht auf Horatio.

»Wer war das?«

»Ein Admiral der neapolitanischen Marine, der zu den Jakobinern überlief und sich an der Rebellion gegen König Ferdinand beteiligte. Damals wurde die so genannte Parthenopeische Republik ausgerufen, eine sehr kurzlebige Republik allerdings, zwischen ihrer Geburt und ihrem Ende 1799 lagen nur wenige Monate. Sie entstand, als der König und die Königin nach Sizilien flohen, und wurde von den Franzosen, die Neapel ein paar Wochen lang besetzt hielten, gestützt. Als die Franzosen sich zurückzogen, brach die Republik zusammen. Wir haben uns mit dieser Periode bisher nicht befasst, weil ich mir noch nicht richtig darüber klar geworden bin. Horatio spielte eine entscheidende Rolle bei den Verhandlungen über die Kapitulation der Rebellen, aber dieser Caracciolo war nicht unter ihnen, als sie aus den Forts kamen. Er hielt sich auf dem Gut seines Onkels versteckt. Er wurde festgenommen und in Handschellen auf die *Foudroyant* gebracht, Horatios Flaggschiff.«

»Was genau hatte er denn getan? Ich mache schnell den Abwasch, während Sie erzählen. Nein, bleiben Sie sitzen, es sind ja nur ein paar Teller.«

Ich blieb also am Tisch sitzen, sah ihr beim Geschirrspülen zu und erzählte von Francesco Caracciolo, mit leicht erhobener Stimme, um gegen das Geklapper anzukommen.

»Was er getan hatte? Was hatte er nicht getan? Er hatte sich gegen seinen rechtmäßigen Herrscher aufgelehnt und das Kommando über eine Rebellenflotte übernommen. Er hatte mit Kanonenbooten britische und neapolitanische Schiffe angegriffen. Er hatte die Fregatte *Minerva* beschossen und beschädigt. Die *Minerva* war früher sein eigenes Flaggschiff gewesen, er schoss auf seine eigene Flagge, das allein galt schon als Kapitalverbrechen.«

»Und was haben sie mit ihm gemacht?«

Sie stand mit dem Rücken zu mir am Spülbecken und langte nach oben, um das Geschirr auf das Regal an der Wand zu stellen. Ich sah, wie ihr Rücken sich wölbte. Ein Zipfel ihrer Bluse war aus dem Hosenbund gerutscht. Einige Strähnen ihres aufgesteckten dunkelbraunen Haars hatten sich gelöst und schimmerten kupfern im Licht. Sie würde fortgehen. Trauer erfüllte mich wie eine langsam steigende Flut. Ich glaubte nicht, dass sie wiederkommen würde.

»Ruffos Männer nahmen ihn fest und übergaben ihn Horatio, der noch am selben Morgen ein Kriegsgericht einberief. Es dauerte zwei Stunden, dann war mit einer Mehrheit von vier zu zwei das Todesurteil ergangen. Horatio wurde von dem Urteil in Kenntnis gesetzt, er ordnete an, dass die Hinrichtung nachmittags um fünf stattfinden sollte. Caracciolo wurde für die ganze Flotte sichtbar an der Rahnock der *Minerva* erhängt, deren Kommandant er früher selbst gewesen war. Er blieb bis zum Sonnenuntergang dort hängen. Dann kappte man das Seil und ließ ihn in die Bucht fallen.«

Miss Lily drehte sich zu mir um. »Und wer hat das angeordnet?«

»Horatio. Bei der Gerichtsverhandlung war er allerdings nicht dabei.«

»Brauchte er ja wohl auch nicht, oder? Wollen Sie wirklich sagen, dass er diesen Mann innerhalb von ein paar Stunden vor Gericht stellen, verurteilen und hinrichten ließ?«

»Meiner Ansicht nach hatte er völlig Recht. In Neapel herrschte immer noch Aufruhr. Er wollte ein Exempel statuieren.«

»Na, das hat er zweifellos getan. Bloß, ein Exempel wofür? Dass man Menschen in Windeseile erhängen kann? Angeblich glaubte er doch an Gott, oder?«

Dies war einer der relativ häufigen Fälle, in denen mir der genaue Gehalt von Miss Lilys Worten verborgen blieb. Aber sie schien keine Antwort auf ihre Frage zu erwarten. Vielleicht war es mir gelungen, ihr Interesse an Caracciolo zu wecken, ich war mir nicht ganz sicher, aber es war offensichtlich, dass sie von Horatio keine bessere Meinung hatte als zuvor.

Nach der Küchenuhr war es fast elf. Sie machte sich fertig, um zu gehen. Mir fiel nichts mehr ein, womit ich ihr Gehen hinauszögern könnte. Schweigend folgte ich ihr ins Arbeitszimmer, sah zu, wie sie nach der Tasche mit dem Laptop griff, begleitete sie an die Tür.

Sie stand lächelnd auf der unteren Treppenstufe, wie schon

so oft. »Das war ein schöner Abend«, sagte sie. »Arbeiten Sie nicht so viel und machen Sie sich keine Sorgen. Nehmen Sie sich mal frei im Sommer, fahren Sie irgendwohin. Wir holen die Arbeit am Buch nach, wenn ich zurück bin.«

»Ich habe mir überlegt, dass wir doch mal zum Maritime Museum in Greenwich fahren könnten, wenn Sie wieder da sind«, sagte ich. »Da gibt es eine ganze Abteilung, die nur Horatio gewidmet ist. Wir könnten einen Spaziergang durch den Park machen und irgendwo in Greenwich einen Tee trinken gehen. Bobby könnte auch mitkommen, wenn er Lust hat.«

»Ja, das wäre schön«, sagte sie. Sie klang, als meinte sie es ernst. Sie würde wegfahren, und ich spürte, dass ich ihr Leid tat, dass es ihr Leid tat, mich allein im Haus zurückzulassen. Ich hatte flüchtig das freudlose Gefühl, im Vorteil zu sein. Es war ein guter Zeitpunkt, um den Ausflug nach Burnham Thorpe, Horatios Geburtsort, ins Spiel zu bringen, ein gemeinsames Wochenende, an dem Bobby zu Hause bleiben würde. Doch bevor ich etwas sagen konnte, bevor ich all meinen Mut zusammengenommen hatte, tat Miss Lily etwas, was sie noch nie getan hatte: Sie kam dic Treppe wieder hoch und küsste mich auf die Wange, auf die rechte Wange. Ich spürte kurz die Wärme ihrer Lippen, die Wärme ihres Gesichts an meinem.

22

Ich versuchte eine Zeit lang, mit dem Buch weiterzumachen, doch nachdem sie gegangen war, fügte ich nichts Wesentliches mehr hinzu. Unsere Arbeitssitzungen waren wichtiger für mich geworden, als ich geahnt hatte, und zwar nicht nur wegen ihrer tätigen Unterstützung: Ihr Interesse, auch wenn es sich im Allgemeinen in Unterbrechungen ausdrückte, war mir zum Maßstab dafür geworden, wie interessant das Buch war. Ohne sie begann ich fast umgehend zu zaudern, ich verlor das Selbstvertrauen. Miss Lily war ganz unmerklich, ohne dass es mir bewusst gewesen wäre, in Substanz und Struktur meiner Arbeit eingedrungen, ihre Person, ihre Stimme waren überall zu spüren, sie durchwoben und durchwirkten das ganze Buch. Mitte Juli wusste ich schließlich, dass ich nicht weiterschreiben konnte, bis sie zurück war. Ich hoffte immer noch, dass sie zurückkommen würde.

Ich verbrachte die Tage damit, immer und immer wieder die widerstreitenden Darstellungen von Horatios Verhalten in Neapel 1799 zu lesen. Wie ich schon zu Miss Lily gesagt hatte, stammten die entschiedensten Stellungnahmen aus der spätviktorianischen Periode; in unserem zynischen Zeitalter war das Interesse an der Frage seiner Ehrenhaftigkeit mehr oder weniger auf den Nullpunkt gesunken. Auf Seiten der Verteidiger gab es eine Phalanx kerniger, sonorer männlicher Stimmen: A. T. Mahan, Marinehistoriker, vierzig Jahre Dienst bei der amerikanischen Marine; sein treuer Anhänger Professor J. K. Laughton von der London University; schließlich H. C. Gutteridge, zuletzt Gelehrter am King's College in Cambridge, ein eher jesuitischer Typ. Die Vertreter der anderen Seite dagegen hatten etwas Katzenhaftes: F. P. Badham, von dem ich bloß wusste, dass er seine Vorworte im Reform Klub in der Pall Mall abfasste; Constance Giglioli, geborene Stocker, die, mit einem italienischen Botaniker verheiratet, jahrelang in Italien gelebt hatte; außerdem gab es noch diverse italienische Quellen, die nicht übersetzt und mir daher nicht zugänglich waren – ebenso wenig, wie sie offenbar Mahan, Laughton und Gutteridge zugänglich gewesen waren.

Die Kontroverse, leidenschaftlich und entlegen zugleich, war wie ein Labyrinth, das ich nach dem Ritual des Teekochens jeden Tag aufs Neue betrat und durchwanderte. Ich goss den Tee in der Küche in meinen Monogrammbecher und trug ihn dann wie immer auf dem rot-schwarzen Japanlacktablett in mein Arbeitszimmer hinüber, dazu gab es sechs Kekse, immer genau sechs – ich kaufte neuerdings so genannte ballaststoffreiche Vollkornkekse, eine sehr praktische Nahrung, wie ich fand, außerdem ließen sie sich gut in den Tee tunken.

Ich wurde langsamer und langsamer. Alles nahm mehr Zeit in Anspruch. Ich sah mich oft genötigt, das Lesen zu unterbrechen und oben auf der Seite oder am Kapitelanfang noch einmal neu zu beginnen. Irgendwo in den Texten, die ich da las, lag das glitzernde Goldstück verborgen, das seine Unschuld beweisen und ihn für immer der Niedertracht seiner Angreifer entrücken würde. Ich war von der panischen Angst besessen, es irgendwie zu übersehen, darüber hinwegzulesen. Stunden verstrichen, während ich über einem einzelnen Abschnitt, manchmal sogar nur einem Satz, brütete. Der folgende Satz von Gutteridge aus seiner Einführung zu *Nelson and the Neapolitan Jacobins* beschäftigte mich einen ganzen Vormittag lang: *Ziel des vorliegenden Bandes ist es nicht, die Kontroverse fortzusetzen, sondern vielmehr, die Masse an Belegmaterial zu diesem Thema zusammenzufassen und auf das Wesentliche zu reduzieren, um es so dem englischen Leser zu erschließen, der die Widerlegung der Vorwürfe darin finden möge.*

Auch ich strebte diese Widerlegung an, doch der Satz hatte,

egal aus welchem Blickwinkel ich ihn betrachtete, etwas seltsam Undurchsichtiges, fast Mystisches. Der gesamte Bestand, die Masse an Belegmaterial, ließ sich offenbar nicht in einem einzigen Buch unterbringen; er war einfach zu umfangreich. Also musste er zunächst reduziert werden. Woher sollte ich wissen, auf welche Weise das geschehen war? Durch Kürzung, Zusammenfassung, Exzerpierung, Streichung? Und welche besonderen Merkmale musste eine wie auch immer reduzierte Form aufweisen, um sich speziell dem englischen im Gegensatz zu einem, sagen wir, chinesischen Leser zu erschließen? Gutteridge schrieb natürlich auf Englisch, aber das meinte er wohl kaum. Wollte er sagen, dass die Engländer verstandesmäßige Kompetenzen besaßen, an denen es anderen mangelte? Oder wollte er im Gegenteil sagen, dass die Engländer so schwer von Begriff waren, dass Texte sich ihnen nur in vereinfachter Form erschlossen? Bezog er sich einfach nur auf verbreitete Vorurteile? Konnte er wirklich hoffen, der Kontroverse auf diese Weise ein Ende zu setzen? Was, kurzum, *meinte* H. C. Gutteridge?

Er bereitete mir Kopfschmerzen, aber er war nur ein Trabant. Es waren die beiden Wortführer, Mahan und Badham, die durch meine Tage und Nächte pirschten. Mittlerweile besaßen sie konkrete körperliche Eigenschaften. Detail um Detail hatten diese beiden lang verstorbenen Nelson-Gelehrten, so gegensätzlich in Ton und Ansichten, in meiner Vorstellung Gestalt angenommen. Mahan war der raue, aber herzliche Typ, kräftig gebaut, blaue Augen; er hatte rotblonde, an den Schläfen buschige Haare und um die Augen die Fältchen jener, die es gewohnt sind, den Blick auf ferne Horizonte zu richten. Er hatte einen leicht watscheligen, unbekümmerten Gang und streckte im Sitzen die Beine breit von sich. Er war mitteilsam und freigebig, immer der Erste, der eine Runde spendierte. Badham war dünn, asketisch, gelblich, er trug eine randlose Brille mit spiegelnden Gläsern; sein Mund sah aus wie ein Einschnitt in einer Zitrone, und sein Adamsapfel stand vor;

seine Bewegungen waren exakt und abgezirkelt, er ging mit schnellem Schritt, sprach Italienisch und trug dünne schwarze Lederhandschuhe. Auch ihre Stimmen waren sehr unterschiedlich. Die von Mahan klang männlich und energisch und ging oft in unbeschwertes Gelächter über; die von Badham hatte einen metallischen, leicht nasalen Klang, und wenn er auch gelegentlich eine gewisse boshafte Freude an den Tag legte, so lachte er doch nie.

Mahans Sicht der Neapel-Episode entsprach ganz und gar seinem großzügigen Wesen. Im Prinzip nahm er Horatio beim Wort. Selbst nicht zu Verrat und Betrug in der Lage, konnte er das von einem Mann, den er so bewunderte, erst recht nicht glauben, genauso wenig wie ich. Er akzeptierte Horatios Erklärung, dass die Rebellen im Wissen um die Aufhebung des Vertrags herausgekommen seien. Badham hingegen unterzog Horatios Zusicherung, er werde sich der Einschiffung der Rebellen nicht widersetzen, einer scharfen Analyse – er war überhaupt ein unangenehm analytischer Mensch – und behauptete, dass man ihnen den Unterschied zwischen Einschiffen und Absegeln nie deutlich gemacht habe, was eine bewusste Täuschung von Seiten Horatios gewesen sei, um sie herauszulocken.

Der ganze moralische Kosmos tat sich hier auf, im Widerstreit dieser beiden beispielhaften Exponenten jener Polarität, die unser Leben bestimmt. Tag für Tag trugen in jenem Juli in der Stille meines Arbeitszimmers Gut und Böse ihren Kampf aus. Gut war beständiger, weniger stringent; Böse war flatterhafter, klarsichtiger. Damals dachte ich, sie kämpften um Horatio …

Auch in Bezug auf Caracciolo waren sie verschiedener Meinung – natürlich, sie waren immer verschiedener Meinung. Mahan zufolge hatte Caracciolo seinen König auf besonders schamlose Weise verraten und sein Schicksal mehr als verdient. Badham, sekundiert von Constance Giglioli, wies auf die unziemliche Eile und auf Verfahrensmängel bei der Verhandlung hin; so seien keine Zeugen für die Verteidigung gehört worden. Ein absurder Einwand, findet der wackere Laughton: wozu Zeugen, wenn Caracciolos Schuld doch klar auf der Hand lag?

Ich hatte Miss Lily nichts von dem grässlichen Nachspiel zu Caracciolos Erhängung erzählt, ob zu ihrer oder meiner eigenen Schonung, wusste ich nicht. Seit meinem vierzehnten Lebensjahr schon verfolgte mich diese grausige Episode. Bei Sonnenuntergang schnitt man das Seil durch und ließ die Leiche ins Wasser fallen. Zwei Tage danach kehrte Ferdinand nach Neapel zurück, doch da die Stadt immer noch in Aufruhr war, richtete er sich auf Horatios Flaggschiff ein und vergnügte sich damit, auf Seemöwen zu schießen. Eines frühen Morgens berichtete ein Fischer, Fürst Caracciolo sei aus dem Wasser aufgestiegen und komme heim nach Neapel. Der König ging an Deck und suchte mit dem Fernrohr den Horizont ab. Midshipman Parsons, der in seiner Nähe stand, verfolgte, wie er bleich wurde, das Fernrohr fallen ließ, einen Entsetzensschrei ausstieß. Als Parsons in dieselbe Richtung blickte, sah er Caracciolos Leiche aufrecht aus dem Wasser ragen. Das Gesicht war ihnen zugewandt, aufgedunsen und verfärbt, die Augen waren durch das Strangulieren aus den Höhlen getreten. Er hüpfte mit der Strömung auf und ab und schien auf die Küste zuzuhalten. Einer aus dem Gefolge von Priestern an Bord bewies besondere Geistesgegenwart und sagte, Admiral Caracciolo wisse, dass er den König beleidigt habe, daher finde er keine Ruhe. Das half Ferdinand, über seine Angst hinwegzukommen, und nach einer Weile begann er zu scherzen und verkündete, der Leichnam sei gekommen, um seine Vergebung zu erbitten.

Ob der glotzende, hüpfende, widerlich aufgeblähte Leichnam dem König oder auch Horatio noch lang im Gedächtnis blieb, weiß keiner. Mir jedenfalls war er im Gedächtnis geblieben, über all die Jahre hinweg, und meine Erinnerung machte sich an einer einzigen, verblüffenden Tatsache fest: Der Admiral stieg auf und trieb auf dem Wasser, obwohl er ein zweihundertfünfzig Pfund schweres Gewicht an den Füßen hatte. Das steht zweifelsfrei fest. Man setzte ein Boot aus, das den Leichnam ans Ufer schleppte, wo er im Sand ein flaches Grab fand. Das Boot brachte die Kanonenkugeln zurück, mit denen man ihn beschwert hatte, und Kapitän Hardy wog sie. An den Seilen, mit denen man sie festgebunden hatte, hingen noch Hautfetzen des Admirals.

Vielleicht neigte ich zu dieser Zeit mehr als sonst dazu, mich derartigen Gedanken hinzugeben. Der Juli ist der Monat der Verstümmelungen und Verkrüppelungen. Am 12. Juli 1794, im Alter von fünfunddreißig Jahren, hatte Horatio seine Augenverletzung erlitten. Um sieben Uhr morgens. Ich achtete immer darauf, am 12. schon rechtzeitig auf den Beinen zu sein, damit ich ihm das gebührende stille Gedenken erweisen konnte, bevor ich meinen Tee kochte.

Ich setzte mich an den Schreibtisch und bildete mit der linken Hand die Insel nach – es half mir, mich zu konzentrieren. Korsika hat die Form einer deutenden Hand, das war mir zum ersten Mal in meinem Schulatlas aufgefallen. Der Zeigefinger ist die nach Norden gehende Halbinsel Cap Corse. An der Wurzel des Zeigefingers liegen, rechts und links des Knöchels, Bastia im Osten und Saint Florent im Westen, zwölf Meilen voneinander entfernt. Und dreißig Meilen weiter, ungefähr auf Höhe des zweiten Glieds des kleinen Fingers, liegt Calvi. Unter der Seeblockade der Briten und den ständigen Attacken der Korsen zu Land hatten sich die französischen Besatzungstruppen auf diese drei Stützpunkte zurückgezogen.

Man entschied sich für einen kombinierten Land- und Seeangriff. Da wir Toulon verloren hatten, benötigten wir eine andere Basis, und Korsika entsprach den Erfordernissen. Bastia besaß einen guten Hafen, der für Angriffe auf französische Schiffe und die Verteidigung Italiens günstig gelegen war. Doch zuerst musste Saint Florent eingenommen werden. Eines Nachts im Februar sahst du, vor Bastia liegend, die Berge hinter der Stadt in rotem Widerschein aufleuchten, und da wusstest du, dass man Saint Florent eingenommen und die Schiffe im Hafen in Brand gesteckt hatte. Du hattest noch beide Augen, als du diese ersten Siegesfeuer sahst …

Wie immer drängte es dich zum Angriff. Du warst entschlossen, Bastia im Sturm einzunehmen. Doch General Dundas, der Kommandant der Landstreitkräfte, wollte dir keine Truppen geben. Als verstiegen und überstürzt bezeichnete er das Vorhaben. Wieder einmal standen sich Vorsicht und Wagemut gegenüber. Und so gingst du mit zweihundertfünfzig Mann deiner treuen Besatzung von der *Agamemnon* an Land; sie bugsierten 24-Pfünder auf die Felsgrate oberhalb der Zitadelle, hievten sie mithilfe einer vom Schiff mitgebrachten Talje von Fels zu Fels, ein schwieriges Unterfangen, das fast übermenschliche Anstrengung kostete. Für keinen anderen als dich hätten sich die Männer so abgeplagt.

Wir hatten das zusammen behandelt, Miss Lily und ich, es stand alles im Buch. Mit der Hand immer noch die Insel nachbildend, erinnerte ich mich an ihre Stimme, ihr Gesicht. Ich hatte damit gerechnet, dass sie von der Aufopferung der Männer beeindruckt sein würde. Es war ein Treue-, ja Liebesbeweis, die schweren Kanonen mit kräftigen, an den Felsen befestigten Gurten hochzuwuchten. Doch sie sah das nicht so. Sie sah keinen Sinn darin. Was hatten sie denn davon?, fragte sie. Außer Knochenbrüchen. Die Kameradschaft, den Stolz auf die vollbrachte Leistung, das alles sah sie nicht. Mahan äußert tiefe Bewunderung, er zitiert Horatios eigene Worte: *Eine Aufgabe von höchster Schwierigkeit, die nach meinem Dafürhalten nur von britischen Seeleuten vollbracht werden konnte.*

Auch ich schloss diese Worte in mein Diktat ein; sein Stolz auf seine Männer war wichtig, um ihn wirklich zu verstehen. Aber sie blieb ungerührt. Eine ihrer ersten Unterbrechungen. Damals war ich überrascht – heute wäre ich es wohl nicht mehr. Sie sah keinen Sinn darin. *Wozu* das Ganze? In der Stille meines Zimmers hörte ich ihre Stimme, mit diesem ungeduldigen, leicht verärgerten Unterton, den sie immer hatte, wenn ihr etwas sinnlos erschien. *Wenn es darum gegangen wäre, jemandem zu helfen – jemanden zu retten, meine ich, und wenn es nur eine Katze gewesen wäre. Aber einfach nur so Kanonen auf einen Felsgrat hochzuschleppen …*

Die Stimme drang von den Wänden zu mir, wie oft auch andere Stimmen. Gesichter nicht, zu dieser Zeit nicht. Mahans Antwort folgte prompt, jovial und gelassen. Mit einer Dame wolle er doch nicht streiten. *Um Männer zu so einer Leistung zu bewegen, brauchte man außerordentliche Führungsqualitäten, und die würde man ja wohl kaum zur Rettung einer Katze einsetzen, oder?*

Eine andere Stimme, eine andere Richtung. *Was hatten sie denn davon?* Nasal, metallischer Klang – es war Badham. Und die Antwort: *Ein Schulterklopfen und einen Knochenbruch.* Aber das war nicht Badhams Stimme, sie hatte sich in die von Miss Lily verwandelt. Ein fürchterlicher Verdacht stieg in mir auf: Standen Miss Lily und Badham auf einer Seite, hatten sie sich verbündet? *Hier geht es um Inspiration,* sagte Mahan, aber niemand beachtete ihn. Und die Stimme von Badham war mir vertraut, ich erkannte sie jetzt, es war die Stimme, die mir in den Ohren klang, wenn ich laut aus Horatios Depeschen las.

Mir wurde Angst. Ich musste aufstehen, meine Schritte tun. Diesmal entschied ich mich für *Trafalgar* von Alan Schom. Bloß ein Wort im Titel, keine Entscheidungsprobleme. Zeigefinger treffsicher auf den mittleren Buchstaben. Sechs Schritte zu der zum Schweigen gebrachten Wand. Die Stimmen hatten meine Konzentration gestört, hatten mich abgelenkt von Horatio und dem Morgen, an dem er sein Auge verlor. Es ging auf sieben Uhr zu.

Bastia wurde im Mai eingenommen, dank Horatio und seinen Getreuen von der *Agamemnon.* Blieb noch die dritte Zitadelle, Calvi, die schwer zugänglich war, es gab keinen Anlegeplatz, der weniger als vier Meilen entfernt gewesen wäre. Wieder mussten Kanonen hochgehievt werden, diesmal arbeiteten Soldaten und Matrosen zusammen. Am 12. Mai bei Tagesanbruch eröffnete der Feind das Feuer aus allen Rohren. Du beobachtetest das Ganze von einem Felsplateau aus, das freie Sicht auf das belagerte Fort gewährte, als auf einem Sandsack der Brustwehr eine Granate explodierte und ein Regen aus Steinsplittern und Sand niederging, der dir Schnittwunden und Prellungen in der rechten Gesichtshälfte zufügte.

Zunächst spieltest du die Verletzung herunter. In einem Brief an Fanny schriebst du, es sei nur ein Kratzer. Doch wie sich zeigte, war es ernster. Während ich weiter hin und her schritt, das »a« berührte, meine Finger an der Wand spreizte, sah ich dich vor mir, allein in deiner Kajüte auf der *Agamemnon*. Einen Monat liegt die Kapitulation Calvis, die Vertreibung der Franzosen inzwischen zurück. Ihr seid auf dem Weg nach Leghorn, um das Schiff instand setzen zu lassen. Du bist immer noch schwach und zittrig, nachdem in der unbarmherzigen korsischen Sommerhitze deine Malaria wieder ausgebrochen ist. Du schaust in den Spiegel, hältst die Hand erst über das linke, dann über das rechte Auge. Du kannst dir nichts mehr vormachen: Dein rechtes Auge ist unbrauchbar geworden, wird es immer bleiben. Die Pupille ist ungleichmäßig, starr, sie hat sich fast über die komplette Iris ausgebreitet, kann nur noch Hell und Dunkel unterscheiden, mehr nicht.

Wieder war ich gerührt von dieser kindlichen, einsamen Prüfung. Ich ging eben links an dem Bücherschrank mit den Glastüren vorbei, in dem ich die Bücher aufbewahre, die mir besonders teuer sind, Nicolas' monumentale Edition der Briefe und Depeschen, einige der frühen Biografien. Das Licht spiegelte sich in den Glastüren. Einer spontanen Regung folgend, unterbrach ich meine Schritte, hielt das Gesicht vor die Scheibe und legte die Hand über mein linkes Auge. Das Auge, das mich betrachtete, schien vom Glanz der Scheibe geblendet, wie gelähmt, doch ich sah sein Spiegelbild: undeutlich, trüb, seltsam formlos, amorph. Es war nicht mein Auge, und ich schauderte davor zurück, von solcher Angst gepackt, dass einen Moment lang mein Herz aussetzte.

Ich blieb an diesem Tag nicht mehr länger in meinem Arbeitszimmer. Ich weiß noch, dass sich eine enorme Müdigkeit auf mich senkte, meine Glieder fühlten sich bleischwer an, und ich fand es anstrengend, auch nur den Kopf aufrecht zu halten. Ich ging zu dem großen Sessel im Wohnzimmer, schlüpfte unter die Decke meiner Mutter und verbrachte den restlichen Vormittag dösend.

Dieses anfallartige Einschlafen am helllichten Tag erlebte ich jetzt immer häufiger. Ich glaube, es war eine Art Selbstüberlistung, eine Methode, Mahan/Badham zu entfliehen, vielleicht auch der Versuch, die Zeit bis zu Miss Lilys Rückkehr zu verkürzen. Zehn Wochen, hatte sie gesagt. Das bedeutete, Montag, den 15. September. Ich hatte beschlossen, an diesem Tag Avon Secretarial Services anzurufen, um festzustellen, ob sie zurück war.

Bei alledem vernachlässigte ich Horatios Kalender nicht. Ich war schon beizeiten gerüstet, um seiner zweiten Verstümmelung zu gedenken, die drei Jahre später, am frühen Morgen des 25. Juli 1797 erfolgte. Er war mit drei Linienschiffen und einer Fregatte von Lissabon nach Nordafrika gesegelt, in der Hoffnung, die Götter würden ihm ihre Gunst erweisen und ihn die legendären spanischen Goldschiffe auf ihrem Rückweg von Südamerika sichten lassen. Dann erreichte ihn das Gerücht, die Schiffe seien, mit Goldbarren beladen, in den Hafen der Kanarischen Insel Teneriffa eingelaufen. Was für eine Prise!

Grigson vermittelte das Gefecht von Teneriffa sehr gut. Ich habe seinen Unterricht nie vergessen. Die glänzende und nach heißem Klebstoff riechende große Landkarte, die vor der Tafel hing, Grigson stämmig und behänd, ein Geschöpf des Feuers mit seinem roten Haar und in der schimmernden Haut seiner Sportjacke, ein Billard-Queue schwingend, sein eigenes, mit dem er die Routen und die Entfernungen aufzeigte. *Hier habt ihr alles, was ihr für einen erstklassigen Abschluss in Geschichte braucht.* Der Zeigestock schwebend, verfolgend, innehaltend, herabstoßend, stets im Rhythmus seiner Rede, seiner Bewegungen dort vor uns. *Wir standen allein da, Jungs, Frankreichs Bevölkerung war doppelt so groß wie unsere …*

Von Cádiz nach Teneriffa, tausend Meilen. Nach Kundschafterberichten hatte Santa Cruz de Tenerife keine nennenswerten Verteidigungsanlagen. Auch lagen angeblich spanische Handelsschiffe im Hafen. Tausend Meilen, sechs Tage Segeln vor dem Wind, während die Mannschaft sich an den Kanonen übte und die Zimmermänner Sturmleitern für den Angriff bauten. Und dann ein schwacher Umriss am südwestlichen Himmel, die Vulkangipfel von Teneriffa, hier kam Grigsons Queue zum Stillstand.

Die Kundschafterberichte waren falsch, die Befestigungen waren gewaltig. Das Küstenvorfeld unterhalb der Stadt wurde von mächtigen Batterien beherrscht. Hätten sie überhaupt angreifen sollen? *Jungs, ihr müsst versuchen, euch vorzustellen, in was für einer Zeit sie lebten, was für Männer das waren. Wir standen 1779 allein da, genau wie 1940. Jeder noch so kleine Schritt, jede noch so geringe Aussicht auf Erfolg, alles, was die Verbündeten der Franzosen irgendwie zwingen konnte, aus dem Krieg auszuscheiden …* Grigson hatte einen Sinn für die Vergangenheit – er hätte mal mit Miss Lily reden sollen.

Der Plan setzte einzig und allein auf den Überraschungseffekt. Im Schutze der Dunkelheit sollte eine kombinierte Streitkraft aus Seeleuten und Seesoldaten mit umwickelten Riemen an Land rudern. Ohne Vorwarnung würden sie die Batterien auf der Anhöhe nördlich der Stadt überfallen. An diesem Punkt rollte Grigson die Landkarte zusammen und machte mit bunter Kreide an der Tafel weiter. Rot für die französischen Batterien, blau für unsere Schiffe, weiße Punkte für die geplante Angriffslinie. Hier ist das Bombardierschiff, bereit, das Feuer auf die Stadt zu eröffnen; hier, außer Schussweite verankert, sind unsere drei Linienschiffe. Im Morgengrauen werden sie heransegeln, um die Stadt zu bombardieren. Doch das wird gar nicht notwendig sein. Nachdem die Geschütze im

Sturm genommen sind und der Stadt die Zerstörung droht, wird der Gouverneur kapitulieren, und das ganze Gold, der ganze Schatz der Spanier wird in unsere Hände fallen.

Doch es soll nicht sein. Grigson schüttelt den Kopf, das Queue ruht auf dem Boden, die blauen Schiffe bleiben, wo sie sind. Starke ablandige Strömungen machen es den Männern unmöglich, von den Fregatten an Land zu gehen, und in ihrem Kampf mit der Tide werden sie vom Feind gesichtet, der Vorteil des Überraschungseffekts geht verloren. Der Angriff ist gescheitert. Aber wann hättest du je eine Niederlage akzeptiert? Was sagtest du? *Nachdem mein ursprünglicher Plan also vereitelt war, schien es mir um der Ehre unseres Königs und Vaterlandes willen geboten, den Versuch fortzusetzen.*

Durch Grigsons drahtige rötliche Haare schien Hitze aufzusteigen, die die Luft um ihn herum erwärmte. Mit der freien Hand machte er kurze, energische Gesten, Säge- oder Hackbewegungen. Niemand konnte seinem Blick lange standhalten. Er hieß deine Worte gut, wir erkannten es an dem Ton, in dem er sie zitierte – ich glaube, es war das erste Mal, dass ich deine Worte laut ausgesprochen hörte. Jetzt, an diesem Juliabend, während ich wartete, hörte ich sie wieder, von Grigson gesprochen. Es war spät, fast Mitternacht. Ich wartete darauf, dass es ein Uhr wurde, der Zeitpunkt deiner Verwundung.

Wände und Decke meines Arbeitszimmers lagen im Dunkeln. Das einzige Licht im Raum kam von meiner Schreibtischlampe. Deine Worte, so wie Grigson sie intoniert hatte, klangen mir in den Ohren. Und dann geschah etwas Erstaunliches. Nach all den Jahren, in denen ich der Verwundung gedacht und mich an Grigson mit seinem Billardstock und seiner bunten Kreide erinnert hatte, fiel mir plötzlich ein, dass es einen Jungen in der Klasse gegeben hatte, der sich von uns anderen unterschied. Eigenartig, dass er mir nicht schon früher wieder eingefallen war. Ganz allmählich entstand sein Bild vor meinem inneren Auge, Detail für Detail. Es war so, wie wenn man etwas zu erkennen versucht, das im aufgewühlten

Wasser liegt, wenn man darauf wartet, dass die Oberfläche sich glättet. Ein bleicher Junge, groß, aber nicht athletisch. Dicke Brauen. Die Nase meist verstopft. Auch die Art seiner Fragen kam mir nach und nach wieder in Erinnerung. Eine nasale Stimme. Ich glaube, er trug eine randlose Brille. Damals, als Grigson von Ehre sprach, fragte dieser Junge doch tatsächlich, ob es nicht verkehrt gewesen sei, dass Nelson es noch einmal versucht habe. Dies gegenüber Grigson, dessen borstiges Haar Funken zu sprühen schien und der die Frage womöglich missverstand, da er sich nicht vorstellen konnte, dass es einem Jungen derart an Korpsgeist mangeln könne. Nun ja, es sei sicher verkehrt gewesen, dass er diesen zweiten Angriff persönlich angeführt habe, schließlich sei er Konteradmiral gewesen, Kommandant des gesamten Geschwaders, er hätte nicht sein Leben aufs Spiel setzen sollen, doch zugleich war es natürlich sehr tapfer …

Aber nein, das hatte der Junge nicht gemeint. Ich konnte mich nicht an seinen Namen erinnern. Was war mit den tausend Männern und Offizieren, die Nelson mitnahm und von denen nur die Hälfte zurückkehrte? Der Junge hatte andere Texte als die gelesen, die wir von Grigson bekommen hatten. Wir waren alle gegen ihn, wir teilten die Verachtung unseres Lehrers für diesen Außenseiter mit seinen Unterstellungen.

Doch er ließ sich nicht zum Schweigen bringen. Die See war rau, auf den Anhöhen über der Küste standen mächtige Batterien, die Erfolgsaussichten waren gleich null. War das mit Ehre gemeint? War es die Hoffnung auf spanisches Gold, die dich dazu brachte, all diese Menschenleben einfach wegzuwerfen? *Eine Art Massenmörder.* Nein, das kam nicht von ihm, nicht von diesem Badham-Jungen, das kam von Miss Lily. Die Existenz dieses Jungen war begrenzt. Warum fiel mir sein Name nicht ein? Warum konnte ich mich nicht daran erinnern, dass er in irgendeiner anderen Stunde, bei einem anderen Lehrer, Fragen gestellt hätte?

Wie weggewischt, all die Jahre. Ich versuchte, nicht mehr an ihn, sondern nur noch an diesen zum Scheitern verurteilten, tapferen zweiten Versuch zu denken. Viertel vor eins, noch fünfzehn Minuten, ihr pullt schon auf die Küste zu, du und die tausend anderen. Kurz zuvor hast du noch einen hastigen Brief an Sir John Jervis geschrieben. *Morgen wird mein Haupt wahrscheinlich entweder vom Lorbeer oder von Zypresse umkränzt sein.*

Auch dies hatte Grigson gutgeheißen, doch ich war jetzt nicht mehr in seinem Unterricht, ich war allein in meinem Arbeitszimmer, der Rest der Klasse war verschwunden, auch der Junge war verschwunden, und wer weiß, wo Grigson war? Als der Moment der Verwundung näher rückte, war ich ganz allein. Lorbeer oder Zypresse. Du wusstest, musst gewusst haben, wie viele Leben es kosten würde, wie gering die Aussicht auf Erfolg war. Allein unter solchem Beschuss an Land zu gehen, vom Stürmen der Anhöhen ganz zu schweigen. Tausend Mann, die alle zu überleben hofften, und du schriebst an Jervis, als sei es nur ein einziger. Wozu das Ganze? Miss Lilys Lieblingsfrage. Als Basis nicht zu gebrauchen, zu entlegen, entscheidend war der Mittelmeerraum. Es ging um den Schatz. Du warst der Kommandant des Geschwaders, dir stand ein Viertel zu. *Nein, Jungs, mit persönlicher Habgier hatte das nichts zu tun, Ziel der Aktion war es, die Spanier kampfunfähig zu machen, indem man ihnen die finanziellen Mittel zur Fortsetzung des Krieges nahm.* Ja, er hatte Recht, es waren harte Zeiten, die Spanier ließen sich auf ein Gefecht nicht ein, es war die einzige Möglichkeit. *Denkt daran, in was für einer Zeit sie lebten, denkt daran, was für Männer das waren.*

Drei Minuten vor eins. Schwerer Seegang. Die Boote sind zu voll, viele erreichen die Küste gar nicht erst, sie kentern, und die Männer ertrinken. Die Spanier haben uns gesehen, die Küstenbatterien eröffnen das Feuer, als die Boote noch ein paar hundert Meter vom Ufer entfernt sind. Doch du erreichst die Hafenmole, du ziehst deinen Degen, machst dich bereit, an Land zu springen. Genau in dem Moment, als du deinen Degen erhebst, zerschmettert dir eine Kartätsche den rechten Arm. Du versuchst, den Degen in die linke Hand zu nehmen und weiterzugehen, doch deine Kräfte verlassen dich, du stürzt. Stark blutend wirst du von deinen Männern ins Boot gelegt, sie rudern los, wollen dich zu den Schiffen zurückbringen. Doch du lässt nicht zu, dass sie mit einem leeren Boot zurückfahren. Halb bewusstlos gebietest du ihnen Einhalt, befiehlst ihnen, erst so viele Männer wie möglich aus dem Wasser ins Boot zu ziehen.

Bei diesem Gedanken spürte ich das vertraute Brennen aufsteigender Tränen. Tränen bestärkten mich immer in meinen Gefühlen für ihn. Dieser Stoizismus, diese Nachsicht, diese Sorge um andere. Das war derselbe Mann, der auch den Brief an Jervis geschrieben hatte ...

Das erste Schiff, das sie erreichen, ist die *Seahorse,* die unter dem Kommando deines Freundes Fremantle steht, doch der ist noch irgendwo da draußen in der Nacht, bei der katastrophalen Landung. Dafür ist seine Frau Betsy an Bord – eine Sondererlaubnis hat es ihr ermöglicht, ihren Mann zu begleiten. Inzwischen quillt das Blut trotz Aderpresse stoßweise aus deinem Arm, doch du weigerst dich, das Boot zu verlassen. *Lieber falle ich dem Tod anheim, als Mrs. Freemantle durch meinen Anblick in Angst zu versetzen, da ich ihr doch keinerlei Kunde von ihrem Mann überbringen kann.*

Du befiehlst ihnen weiterzurudern, dein eigenes Schiff zu suchen, die *Theseus.* Schließlich finden sie es, doch du lässt dir nicht an Bord helfen. *Lasst mich. Ich habe immer noch meine Beine und einen Arm. Sagt dem Wundarzt, er möge sich beeilen und seine Instrumente bereithalten.*

Du warst großartig. Und diese Stärke wollen die späten Nachkommen Badhams allen Ernstes mit der Schockwirkung erklären! Ich kann mich nicht erinnern, dass das schwarze Schaf in unserer Klasse es gewagt hätte, irgendetwas dazu zu sagen. Grigson hätte ihm die Hölle heiß gemacht. *Wir standen allein gegen einen mächtigen Angreifer vom Festland. Für die nach*

1940 geborenen Generationen ist diese Situation nur schwer vorstellbar.

Viel später einmal stieß ich, als ich in einem Buchladen in Greenwich ganz oben auf einer Leiter hockte, um an das verstaubte oberste Regalbrett zu gelangen, auf eine Monografie: *Eyewitness Accounts of Nelson's Battles* von H. C. Grigson, M. A. (Leeds). Es war derselbe Grigson. Ich kaufte das Buch und habe es heute noch. Auf der Rückseite steht eine kurze biografische Notiz. Grigson wurde 1927 geboren. Er war demnach erst zwölf, als der Krieg ausbrach, wird also nicht an Kampfhandlungen teilgenommen haben. Diesen unglaublichen Sinn für krisenhafte Zuspitzung, für die Isolation des Helden müssen ihm andere vermittelt haben – Eltern vielleicht oder Lehrer ...

Der Arm wurde ganz oben abgenommen, nah der Schulter. Er wurde über Bord geworfen, auf deine Anweisung. Noch schlimmer als der eigentliche Amputationsschmerz, oder vielleicht drückte sich dieser Schmerz eben darin aus, war die eisige Kälte des chirurgischen Instruments. Auf all deinen späteren Schiffen sorgtest du dafür, dass die Wundärzte ihre Instrumente vor den Operationen grundsätzlich erwärmten. Sie brauchten eine halbe Stunde, um den Arm abzutrennen und den Stumpf abzubinden. Dann – erst dann – gaben sie dir Opium zur Linderung der entsetzlichen Schmerzen.

An einer Wand meines Arbeitszimmers hängt ein aufs Doppelte vergrößertes gerahmtes Faksimile des ersten Briefes, den er mit der linken Hand schrieb. Es war zwei Tage nach dem Verlust seines Arms. Ich stand auf, um ihn mir noch einmal anzusehen, wobei ich es vermied, auf den verglasten Bücherschrank zu schauen, der mich jetzt etwas nervös machte. Wacklig, die Buchstaben in Größe und Neigung sehr unterschiedlich, trotzdem kein schlechter erster Versuch, wenn man bedenkt, dass er noch geschwächt war, leidend, von tiefster Mutlosigkeit erfüllt. *Ich bin eine Last für meine Freunde geworden und meinem Vaterlande nicht mehr dienlich.*

Und das am Vorabend des großen Sieges in der Bucht von Abukir, dem die Triumphe von Kopenhagen und Trafalgar folgen sollten! Er erhob sich aus der Asche wie jener sagenhafte Vogel. Auch ich konnte das, so beschloss ich jetzt. Ich würde mich mit ihm erheben, über Versagen und Entmutigung, über meine psychische Verstümmelung. Ich würde weiterkämpfen. Meine Schlacht sollte Neapel 1799 sein, und ich würde sie für ihn gewinnen. Im Fieber meiner Entschlossenheit zog ich ein neues Schreibheft aus der Schublade, eins meiner besonderen, mit festem Umschlag und gutem, glattem Papier. Es sollte mein linkshändiges Tagebuch werden. Doch noch würde ich nicht damit beginnen, ich würde zum gleichen Zeitpunkt beginnen wie er, zwei Tage nach der Verwundung.

23

Auf den Juli der Versehrungen und Verstümmelungen folgt der glorreiche August, die Schlacht am Nil am ersten Tag des Monats im Jahr 1798. Von all seinen Schlachten vor Trafalgar freute ich mich auf diese immer am meisten.

Ein Nachtgefecht, sein einziges. Um fünf Uhr nachmittags stand ich am Tisch in meinem Kommandoraum und stellte die Schiffe auf, eine geöffnete Flasche vom Bordeaux meines Vaters in Reichweite. Vor den Schlachten trank ich nie, immer erst, wenn er das Signal zum Nahgefecht gesetzt hatte.

Noch vierzig Minuten. Das lang erhoffte, lang gesuchte Gefecht steht bevor. Seit April hat Horatio auf der Suche nach der französischen Flotte das Mittelmeer durchkreuzt. Sein Geschwader ist verstärkt worden und umfasst jetzt zwölf 74-Kanonen-Schiffe und drei Fregatten. Die Lage ist verzweifelt. Wir haben keine Basis östlich von Gibraltar, das Mittelmeer ist Feindgebiet. An Land dominieren überall die Franzosen. Wir wissen, dass sie im Begriff sind, mit einer Flotte von Transport- und Kriegsschiffen, die von Bonaparte höchstpersönlich kommandiert wird, Toulon zu verlassen. Aber wir wissen nicht, wo er zuschlagen will. Die gesamte Region kommt in Betracht. Ein Angriff auf Portugal von Osten her, durch Spanien? Ein Durchbruch zum Atlantik, um von dort aus in Lissabon einzufallen? Eine Landung in Irland, das sich mittlerweile in offener Rebellion gegen uns befindet?

Es ist unsere Aufgabe, das herauszufinden. Eine schwere Verantwortung auf diesem ausgedehnten Seegebiet, mit diesen langsamen Schiffen. Im Mai bringen wir eine französische Korvette auf und erfahren so, dass der Verband im Begriff ist,

Segel zu setzen. Fünfzehn feindliche Linienschiffe und zwölftausend bereits eingeschiffte Soldaten. Die Kriegsschiffe stehen unter dem Kommando von Vizeadmiral François de Brueys, sein Flaggschiff ist die gewaltige *Orient* mit 120 Kanonen.

Nach wie vor weiß keiner, wohin sie unterwegs sind. Sie werden nördlich von Korsika gesichtet, auf südöstlichem Kurs. Ein Angriff auf die beiden Sizilien? Das wäre zu Lande einfacher zu bewerkstelligen. Oder auf Malta, das im Zentrum des Mittelmeers liegt? Aber dafür wären keine fünfunddreißigtausend Mann nötig, auf diese Stärke wird Napoleons Streitmacht inzwischen geschätzt. Es musste ein viel ehrgeizigeres Ziel sein …

Ende Juli erfahren wir von der Besatzung einer genuesischen Brigg, die wir vor Kap Passero anrufen, dass die Franzosen in Malta gewesen sind, die Johanniter sich ergeben haben, die Armee ihre Truhen mit den Schätzen aus den Kirchen gefüllt hat – und dass sie dann wieder abgesegelt sind, mit unbekanntem Ziel.

In der Einsamkeit der großen Kajüte unseres Flaggschiffs, der *Vanguard,* die Seekarten vor uns auf dem Tisch ausgebreitet, versuchen wir das Rätsel zu lösen, uns in die Gedanken des Feindes hineinzuversetzen. Es ist unwahrscheinlich, dass sie nach Westen gelaufen sind, bei den zu dieser Jahreszeit vorherrschenden Winden wäre das mit Transportschiffen schwierig. Also Osten. Korfu? Konstantinopel, wo das Osmanische Reich mitten ins Herz getroffen werden könnte? Aber Bonapartes großer Feind ist jetzt England, und die britischen Interessen sind am stärksten weiter im Osten gefährdet. Wir besitzen inzwischen detaillierte Informationen über die französische Streitmacht; außer Truppen und Artillerie gehören ihr auch Naturforscher, Astronomen und Mathematiker an. Was könnte ein Ziel für solche Spezialisten sein? Eigentlich nur Länder mit alten, esoterischen Kulturen. Ägypten, die Häfen des Roten Meers. Dann Indien und ein vernichtender Schlag gegen die wichtigste unserer Kolonien. Das muss es sein.

Wir nehmen Kurs auf Alexandria. Aber wenn wir nun irren? Was ist, wenn die gerissenen Franzmänner hinter unserem Rücken kehrtgemacht und Sizilien eingenommen haben? Das wäre der totale Fehlschlag. Kein tapferer Fehlschlag, als der der Angriff auf Teneriffa betrachtet wurde, sondern ein Fehlurteil mit katastrophalen Folgen für die gesamte weitere Kriegsführung. Solche Fehler werden nie vergessen, nie vergeben. Wenn wir irren, ist unsere Laufbahn am Ende. Und wir sind behindert, sind auch im metaphorischen Sinne halb blind, denn wir haben nur drei Fregatten, nur drei Schiffe, die schnell genug sind, um zur Aufklärung eingesetzt werden zu können. Wir irren nicht, aber ein paar schreckliche Tage lang sieht es danach aus. Keine Spur ist von ihnen zu sehen, als wir in Alexandria einlaufen; sie sind noch unterwegs, wir haben sie überholt, aber das wissen wir zu diesem Zeitpunkt natürlich nicht. Zurück nach Sizilien, auch dort keine Spur. Wieder nach Ägypten, doch jetzt besteht kein Zweifel mehr: Die Franzosen sind in Griechenland gesichtet worden, mit südöstlichem Kurs auf Ägypten.

Vier Tage später, am 1. August um zehn Uhr vormittags, sichten wir erneut die Leuchttürme und Minarette von Alexandria. Der Hafen ist voller Schiffe, doch es sind nur leere Transporter und keine Kriegsschiffe. Napoleon ist angelandet. Er ist unterwegs, um die Mamelucken in der Schlacht bei den Pyramiden zu schlagen und Kairo zu erobern.

Ein Moment furchtbarer Enttäuschung. Dann geben wir den Befehl, entlang der Küste nach Osten zu laufen, Richtung Nildelta. Um zwei Uhr nachmittags, vor ungefähr dreieinhalb Stunden, sehen wir schließlich mit freudiger Erleichterung die Masten und Rahen der vor Anker liegenden französischen Flotte. An den Fallen der *Zealous,* des zweiten Schiffs der britischen Linie, wird das Signal geheißt: *Feind in Sicht.*

Da wusstest du, dass der entscheidende Kampf stattfinden würde. *Morgen um diese Zeit werde ich mir die Peerswürde oder einen Platz in der Westminster Abbey verdient haben.* Das sagtest du.

Warum stört mich das jetzt so, nach all den Jahren? Ist es ihretwegen? So wie die Bemerkung mit dem Lorbeer- oder Zypressenkranz vor dem Angriff auf Teneriffa. Das entsprach der Tradition, Tod oder Ehre, der wahre heldische Impuls. Aber diesmal ... Die vielen Männer, das viele Blut, das zerfetzte Fleisch, nur noch ein paar Stunden entfernt. Die Peerswürde oder ein Staatsbegräbnis. Im Gespräch mit Miss Lily hätte ich deine Bemerkung nicht erwähnt, sie hätte sie ungeheuerlich gefunden. Immer noch Theater, hätte sie gesagt, jetzt allerdings ein Soloauftritt, zu dem die anderen auf den Decks die Beine hochwerfen, deine Tanztruppe. Warum hatte ich überhaupt angefangen, dich ihrer Meinung auszusetzen – es war mir ein Rätsel. Sie war meilenweit entfernt, in Derbyshire, warum gab ich ihr solch ein Mitspracherecht? Wie konnte ich erwarten, dass Avon Secretarial Services deinen heldenhaften Sinn für deine Bestimmung, deine patriotische Gleichsetzung der britischen Interessen mit deinen eigenen verstehen würde? Ihr Gesicht mit dieser leicht gerunzelten Stirn, die zarte Röte, die ihr in die Wangen stieg, wenn sie sich über irgendetwas empörte.

Die französischen Schiffe sind jetzt aufgestellt, alle dreizehn, in ihrer leicht gebogenen Linie. Ihr Kommandant, Admiral de Brueys, der den nächsten Tag nicht mehr erleben wird, ist ein erfahrener Seemann, ein ehemaliger Royalist, der von Napoleon wieder in Amt und Würden gesetzt worden ist. Er hat schon früher gegen die Briten gekämpft, während des amerikanischen Unabhängigkeitskriegs. Er hat drei 80-Kanonen-Schiffe, die *Tonnant*, die *Franklin* und die *Guillaume Tell*, und eins mit 120 Kanonen, die *Orient*. Für Schiffe dieser Größe ist der Hafen von Alexandria zu eng, de Brueys befürchtet, sie könnten in der Hafeneinfahrt stecken bleiben. Also hat er seine Schiffe nach Osten geführt, nach Abukir, und sie hier in einer geschlossenen Verteidigungslinie ankern lassen, die zusätzlich durch die dahinter liegenden Untiefen und Sandbänke geschützt ist.

Ich benutzte immer die obere linke Ecke meines Tischs für diese Schlacht, ein Dreieck, das fast die Hälfte der gesamten Oberfläche einnahm. Der von den beiden Kanten gebildete rechte Winkel verkörperte die beiden Arme der Bucht mit der Halbinsel von Abukir im Norden und dem Nildelta im Süden. Die französische Linie ist leicht nach außen gebogen, zum offenen Meer hin, mit der *Guerrier* als Vorhut, der *Timoléon* als Nachhut und der mächtigen *Orient* genau in der Mitte. Sie sind verankert, *aber nur am Bug*, sie schwojen in der Strömung, sodass breite Lücken entstehen. Ein Fehler von de Brueys, sicher, aber wer hätte schon vermutet, dass Horatio versuchen würde, die Linie zu passieren, dass er das Risiko der berüchtigten, unberechenbaren Untiefen im Innern der Bucht auf sich nehmen würde? Und das auch noch nachts, im Dunkeln, ohne Karten!

Der französische Admiral hat noch mehr Fehler gemacht, alle aufgrund der Annahme, von hinten drohe keine Gefahr. Da er glaubt, der Angriff werde vom Meer her erfolgen, hat er seine stärksten Schiffe ins Zentrum gestellt, die schwächsten und ältesten in die Nachhut. Außerdem hat er nicht dafür gesorgt, dass sein Führerschiff, die *Guerrier,* direkt an den Sandbänken verankert wird, um zu verhindern, dass die feindlichen Schiffe zwischen seine Linie und die Küste laufen können. Siebzehn Uhr zweiundzwanzig nach meiner Uhr. Seit wir die Franzosen gesichtet haben, ist mehr als genug Zeit vergangen, um die Schiffe gefechtsklar zu machen. Diese gemächlichen Vorbereitungen auf die höchste Todesgefahr – wie immer beunruhigten und erregten sie mich zugleich, während ich jetzt die britischen Schiffe seewärts in ihrer losen Gruppierung aufstellte. Nur selten wohl haben sich Männer mit größerer Bedachtsamkeit, mit größerer Gewissheit im Herzen darauf vorbereitet, dem Tod ins Gesicht zu blicken. Die Stückpforten werden geöffnet und die Kanonen ausgerannt; die Hängematten werden zusammengerollt und, in Netze verpackt, als Schutz gegen Splitter und Musketenkugeln am Schanzkleid befestigt; die aufgetuchten Segel werden nass gemacht, um das Brandrisiko zu vermindern; der feuchte Sand wird auf den Batteriedecks ausgestreut, damit man barfuß nicht auf dem Blut ausrutscht. Die Geschützmannschaften stehen mit nacktem Oberkörper an den Kanonen, die Wundärzte warten am Verbandsplatz, die Seesoldaten marschieren in voller Uniform mit ihren Musketen auf das obere Deck, von ihren Leutnants mit gezogenem Degen überwacht.

Unsere Schiffe haben günstigen Wind; ein kräftiger Nordwester füllt ihre Segel, als sie von Norden loslaufen. Im Näherkommen formieren sie sich zur Gefechtslinie gemäß deinem allgemeinen Signal, der Nummer einunddreißig: *Nach eigenem Gutdünken Gefechtslinie vor und hinter dem Flaggschiff bilden.*

Aus der Distanz, vom offenen Meer her, sieht die französische Linie unüberwindlich aus, eine vor den Sandbänken liegende, nach vorn gebogene Kurve, hinter der die Wellen sich weiß brodelnd an den Sandbänken brechen. Die zehn britischen 74er laufen schon in flacherem Wasser, hart am Wind, ständig die Tiefe lotend, fünfzehn Faden, dreizehn, elf, neun ... Eins ist bereits kampfunfähig, Troubridge ist mit der *Culloden* aufgelaufen. Hier ist er, in seiner Ohnmacht tobend, an der Spitze der Sandbank, die sich östlich der Bucht erstreckt. Ich versuche, nicht weiter an Troubridge zu denken, der Gedanke an ihn quält mich, lässt erneut diese beklemmenden Zweifel in mir aufsteigen, völlig unpassend am Abend eines so glorreichen Sieges. Troubridge war einer der beiden Kapitäne – Ball war der andere –, die du im folgenden Juli in Neapel zu Kardinal Ruffo schicktest, mit deiner Zusicherung, dass du dich der Einschiffung der Rebellen nicht entgegenstellen würdest ...

Doch noch bist du unschuldig, du musterst die französische Linie mit dem prüfenden Blick eines Befehlshabers, der zum sofortigen Angriff entschlossen ist. Dahinter, landeinwärts, geht nun am grandiosen, staubglühenden Sommerhimmel der Levante die Sonne unter. Die Masten und Rahen flammen auf, die Schiffe liegen auf einem geschmolzenen Meer. Mit ihrer

Schönheit nimmst du zugleich auch ihre Schwäche wahr. Du wirst deine geballte Kraft auf die Vorhut richten und sie zerschmettern, bevor ihr die anderen zu Hilfe kommen können. Aber die Untiefen sind gefährlich nahe. Die *Zealous* läuft immer noch an der Spitze, unter ständigem Loten, acht Faden, sieben ...

Der Moment der Entscheidung naht. Du kannst außerhalb der Linie bleiben, kannst deinen Kapitänen befehlen, paarweise vor den feindlichen Schiffen zu ankern. Das entspräche de Brueys' Erwartungen. Und du kannst durch die Lücken in der französischen Formation brechen und von innen angreifen. Aber woher sollst du wissen, ob das Wasser tief genug ist?

Es ist genau siebzehn Uhr vierzig. Du setzt das Signal »Ran an den Feind«. Ich gieße mir mein erstes Glas ein. Hier ist er, der Moment der absoluten, der vollkommenen Gelegenheit. Können wir die Franzosen umgehen, indem wir um die Linie herumsegeln und von innen angreifen? Von unserem Flaggschiff hier in der Mitte der Linie rufen wir zu Hood auf der *Zealous* hinüber. Kann er mit seinem Schiff das Ende der feindlichen Linie umsegeln? Hood ruft zurück, dass er es versuchen wird. So fällt der *Zealous* die Ehre zu, als Erste die Untiefe zu passieren. Aber ich war zu schnell, es ist erst sechs Minuten vor sechs, ich muss noch sechs Minuten warten, bevor ich sie herumführe. Auch mit dem Wein war ich in meiner Aufregung etwas zu schnell, das Glas ist fast leer, und ein zweites darf ich erst um achtzehn Uhr achtundzwanzig trinken, wenn das Gefecht beginnt.

Es sind die letzten Minuten des Tages, bevor sich mit der Jähe des Südens die Nacht herabsenkt. Ich habe das Deckenlicht ausgeschaltet und nur die Lampen am Ende des Tischs angelassen. Dies ist der kritische Moment, alles steht auf dem Spiel, wir laufen nachts in eine unbekannte Bucht, ohne Lotsen, ohne verlässliche Karten, segeln in schmalen Fahrrinnen zwischen unsichtbaren Sandbänken und Riffs. Die *Zealous* kommt wegen des permanenten Lotens nur langsam voran.

Sie wird jetzt von Kapitän Foley mit der *Goliath* überholt. Foley hat eine logische Folgerung gezogen und handelt mit einer Kühnheit danach, die seines großen Befehlshabers würdig ist. Wenn die Franzosen ihre Schiffe nur am Bug verankert haben, muss das Wasser tief genug zum Schwojen sein. Und wenn das Wasser tief genug zum Schwojen ist, dann muss es auch tief genug für ein innen vorbeilaufendes Schiff sein.

Einwandfrei kombiniert. Die *Goliath* zieht an die Spitze. Hier ist sie. Es ist achtzehn Uhr achtundzwanzig, Zeit für ein zweites Glas. Die feindlichen Schiffe haben ihre Flaggen geheißt und das Feuer eröffnet. Foley ist quer vor dem Bug der *Guerrier* vorbeigelaufen und hat sie dabei mit einer Breitseite bestrichen, um dann an der Innenseite der *Conquerant,* des zweiten Schiffs der französischen Linie, zu ankern. Hood geht gegenüber der *Guerrier* auf Position. Unsere Schiffe folgen in der richtigen Reihenfolge, die *Orion*, die *Theseus,* die *Audacious*. Als die flammende Sonne im Meer erloschen ist, liegen die fünf führenden britischen Schiffe alle auf der Innenseite der französischen Linie und decken die Vorhut aus nächster Nähe mit ihrem Feuer ein, das umso mörderischer ist, als die Franzosen nicht angemessen darauf reagieren können. Ihre Geschütze auf der landzugewandten Seite sind nicht gefechtsklar, sie sind durch Tauwerk und Möbelstücke aus der Messe blockiert – eine weitere verhängnisvolle Folge der Annahme, dass der Angriff vom offenen Meer erfolgen müsse.

Unser Flaggschiff, die *Vanguard,* ist das sechste Schiff, das ins Gefecht eintritt, das erste, das auf der meerzugewandten Seite ankert. Hier ist sie, Bord an Bord mit der *Spartiate,* nur einen Pistolenschuss entfernt. Jetzt gerät sie in Bedrängnis, wird sowohl von der *Spartiate* als auch von der *Aquilon* beschossen, dem nächsten Schiff in der französischen Linie. Die *Minotaur* unter Kapitän Louis kommt uns zu Hilfe, sie läuft heran und zieht das Feuer der *Aquilon* auf sich.

Neunzehn Uhr. Unter dem Donner der Kanonen ist die Nacht hereingebrochen. In einer gewaltigen, nur vom Feuer der Geschütze erhellten Qualmwolke werden die fünf 74er der französischen Vorhut, unterbemannt und nur auf der Steuerbordseite zum Feuern in der Lage, von acht unserer Schiffe unter vernichtenden Beschuss genommen. Meine Lampen können das Glimmen und Flackern des Geschützfeuers und das gespenstische Aufleuchten der Rauchschwaden nicht vermitteln, und in meinem Zimmer herrscht Stille, bis auf das leise Geräusch der Miniaturrümpfe, die übers Glas kratzen; aber mein Tisch ist wunderschön, die dunkle Oberfläche glitzert und spiegelt und verändert sich mit den Bewegungen meiner Hände und Arme, wenn ich die Schiffe führe.

Das achte und neunte Schiff aus unserer Linie, die vor dem Zentrum der feindlichen Linie Stellung beziehen, werden am schwersten beschädigt. In dem rauchverhangenen Durcheinander verfehlt die *Bellerophon* ihren gesuchten Gegner, die *Franklin,* das Erste der französischen 80-Kanonen-Schiffe – von einer unserer Fregatten, der *Leander* mit fünfzig Kanonen, gerade wacker attackiert –, und findet sich auf Höhe der mächtigen *Orient* wieder, die doppelt so viele Geschütze hat wie sie. Innerhalb von fünfzehn Minuten werden ihr sämtliche Masten abgeschossen. Außer Gefecht gesetzt, verlässt sie die Linie. Ich lasse sie hier stehen, auf der Leeseite der Bucht. Auch die *Majestic* erleidet schwere Verluste, ihr Kapitän, Westcott, wird von einer Musketenkugel tödlich in den Hals getroffen.

Doch langsam gewinnen wir die Oberhand. Unsere Schiffe sind wie ein Insektenschwarm – es ist, als labten sie sich an Kadavern. Nein, nicht an Kadavern, an noch zuckenden Leibern. Immer dieselbe Taktik: an der Linie entlanglaufen, auf beiden Seiten sammeln, konzentriertes Feuer.

Jetzt, wo die Schlacht in vollem Gange ist, erfolgt die Verwundung. Du stehst auf dem Achterdeck, Berry an deiner Seite, da reißt dir ein Eisensplitter die Stirn bis zum Knochen auf. Ein Hautlappen fällt über dein gesundes Auge, und ein Schwall Blut nimmt dir die Sicht. Berry fängt dich auf, als du fällst. *Es ist aus*, hört er dich sagen. *Grüßen Sie meine Frau.*

Ich sehe dich, wie du ins Verbandsdeck hinuntergetragen wirst, sehe die Lampen dort unten, die vom Rollen des Schiffs und dem Rumpeln der Geschützlafetten hin und her schwingen. Ungefähr siebzig Männer warten bereits dort in der bebenden Hitze, viele von ihnen schwer verwundet. Du lässt nicht zu, dass man die Wundärzte von deiner Anwesenheit unterrichtet. Immer noch blind, dein Gesicht eine Maske aus Blut, wartest du, bist du an der Reihe bist.

Der Arzt untersucht die Verletzung und erklärt, dass sie nicht gravierend ist – zumindest äußerlich. Du bist von völliger Dunkelheit umgeben, lässt den Geistlichen kommen und diktierst ihm einen Brief an Lady Nelson und einen an Louis, den Kapitän der *Minotaur,* der dein Flaggschiff von dem doppelten feindlichen Beschuss erlöst hat. *Ihre Unterstützung hat mich davor bewahrt, aus der Linie laufen zu müssen.* Zu diesem Zeitpunkt war deine Wunde noch nicht verbunden, du lagst noch da und wartetest darauf, verbunden zu werden. Dass du in so einem Moment an Fanny dachtest, war normal. Aber eine Dankesbotschaft an einen deiner Kapitäne …

Wieder spürte ich bei der Vorstellung, wie du dort lagst, das vertraute Kribbeln von Tränen in meinen Augen. Wie ließe sich dein Verhalten angemessen benennen? Es war mehr als Mut oder Durchhaltevermögen. Es war *Edelmut,* und er entspross dem harten Boden der Pflicht wie eine Blume.

Immer noch blind, hörst du von oben Hurra-Geschrei. Der jugendliche Berry kommt mit einer, wie er es nennt, »angenehmen Nachricht« herein, was wohl als eine der größten Untertreibungen der Geschichte gelten muss, wenn man bedenkt, dass er die Nachricht vom bedeutendsten britischen Seesieg seit der Vernichtung der spanischen Armada bringt. Die französische Flotte ist am Ende. Die *Spartiate* hat das Feuer ganz eingestellt, die *Aquilon* und die *Peuple Souverain* haben die Flaggen gestrichen, die *Orient,* die *Tonnant* und die *Heureux* sind zwar noch nicht genommen, können unseren Beschuss aber nicht mehr ernsthaft erwidern.

Eine Neuigkeit, die deine Lebensgeister wieder weckt. Zeit für mein drittes Glas. Mit genähter und bandagierter Stirn wirst du in den unterhalb der Wasserlinie liegenden Brotraum gebracht, so weit wie möglich vom Kampfeslärm entfernt. Du lässt den Sekretär kommen, um ihm eine Depesche an Graf Spencer, den Ersten Lord der Admiralität zu diktieren. Aber der Sekretär ist ein nervliches Wrack, und als er dich jetzt sieht, mit bandagierten Augen und vor Ungeduld mit dem Armstumpf rudernd, verliert er endgültig die Nerven, er kann nicht mehr schreiben. Ich entlasse ihn auf der Stelle. Ich schiebe den Verband hoch und nehme die Feder selbst zur Hand. *Mein Lord, Gott der Allmächtige hat den Waffen Seiner Majestät in der jüngsten Schlacht seinen Segen geschenkt …*

Ich werde wieder von Berry unterbrochen, der diesmal berichtet, dass die *Orient* in Flammen steht. Der Wundarzt hat mir Ruhe verordnet, doch in meinem üblichen Ungehorsam verlange ich, dass man mir an Deck hilft. Die Nacht ist schwülwarm und von dichtem Rauch verhangen. Ein rötliches Leuchten breitet sich langsam über der Bucht aus. Mein Kopf pocht und schmerzt, und vom angestrengten Spähen tut mein Auge weh, doch als das Leuchten intensiver wird, kann ich die Flaggen der Schiffe erkennen, den Stand der Schlacht ausmachen, die lodernden Flammen auf dem Achterdeck des französischen Flaggschiffs sehen. Ich sage Berry, dass er alles versuchen soll, um möglichst viele der Männer zu retten. Zugleich gebe ich den Befehl, unser Feuer auf das Flammenmeer zu konzentrieren, um den Feind daran zu hindern, es unter Kontrolle zu bringen. Viele der Kanonen auf der *Orient* sind inzwischen nicht mehr einsatzfähig, aber auf dem unteren Batteriedeck wird noch aus einigen Rohren geschossen, die Geschützmannschaften bedienen sie, bis die näher rückenden Flammen sie vertreiben. Ich sehe die Flammen an der geteerten Takelage hinaufschießen, an den frisch gestrichenen Bordwänden blau aufzüngeln. Ich weiß, dass sie sich einen Weg nach unten suchen werden, zum Pulvermagazin.

Was ich nicht sehe – was keiner aus der britischen Flotte sieht –, ist das schreckliche Schicksal, das die französischen Verwundeten erleiden, die zusammen mit den Schiffsärzten in den unteren Decks eingeschlossen sind und bei lebendigem Leibe verbrennen. Oder Admiral de Brueys, der von lauter falschen Voraussetzungen ausgegangen ist und jetzt, beide Beine abgeschossen und die Stümpfe mit Aderpressen abgeschnürt, auf dem lodernden Deck auf einem Stuhl sitzt und weiterhin seinen Peinigern die Stirn bietet, weiterhin brüllend befiehlt, das Feuer aufrechtzuerhalten, bis ihn schließlich ein weiterer Schuss entzweireißt und von seinem Elend erlöst.

Ein kompetenter Befehlshaber, aber kein brillanter, nicht wie du. Sein Ende begleitet mich seit meinem vierzehnten Lebensjahr als immer wiederkehrender Albtraum. Der Gedanke daran riss mich jetzt aus der Schlacht. Ich war hier, saß in meinem Keller, griff gerade nach meinem Glas. Du warst dort auf dem Deck der *Vanguard* und schobst deinen Verband hoch, um deinen herrlichen, fürchterlichen Sieg in Augenschein zu nehmen.

Die Kanonade geht weiter. Unsere Schiffe richten ihre Geschütze auf das Zentrum des Flammenmeers. Funkenregen gehen über dem Wasser und den ankernden Schiffen nieder. Die Kapitäne der näher an den Flammen liegenden britischen Schiffe lassen die Ankertrossen kappen, um sich weiter zu entfernen. Um fünf nach zehn, genau jetzt, explodiert unter ohrenbetäubendem Krachen und mit einer hoch aufschießenden Lichtgarbe das Pulvermagazin der *Orient*, brennende Trümmer werden in den Nachthimmel geschleudert, schweben dort einen Moment lang in ihrem eigenen Licht, dann geht ein Hagel von Maststücken, Rahen, rot glühenden Geschossen, verkohlten Leichenteilen nieder, die auf den Decks der umliegenden Schiffe aufschlagen oder in einem zischenden Gewölk von Dampf und Rauch ins Wasser fallen.

Die gewaltige Detonation ist bis ins fünfzehn Meilen entfernte Alexandria zu hören. Danach herrscht ein paar Minuten lang vollkommene Stille in der Bucht. Und dann gehen abermals die Kanonen los. Die französische Vorhut und das Gros sind vernichtet, jetzt ist die Nachhut an der Reihe. Bei Sonnenaufgang wird das ganze Ausmaß unseres Sieges ersichtlich. Von den dreizehn französischen Kriegsschiffen, die tags zuvor in der Bucht ankerten, sind zehn erobert, eins ist in die Luft gejagt worden und zwei sind entkommen. Die Bucht von Abukir bietet ein Bild der Verwüstung, schlagseitige, qualmende Schiffe, versengte Leichen, die im flachen Wasser treiben. Wie du ganz richtig sagtest: *Sieg ist kein hinreichend starker Ausdruck für diese Szenerie.* Jetzt beherrschen wir wieder die Meere, liegt die Kontrolle über das Mittelmeer wieder in unserer Hand. Bonaparte sitzt an Land fest, die Gefahr für Indien ist gebannt, die Franzosen haben sechsmal so hohe Verluste erlitten wie wir. Die Überreste der *Orient* liegen auf dem Grund der Bucht, samt dem hingemetzelten Admiral und dem mitgeführten Schatz – der enormen Summe von sechshunderttausend Pfund in Goldbarren und Diamanten, die man der Helvetischen und der Römischen Republik zur Finanzierung von Bonapartes Orientfeldzug abgepresst hat, sowie den unersetzlichen Schätzen des Johanniterordens.

Ein großartiges Gefecht, das einmal mehr die Richtigkeit dessen belegte, was Grigson vor so langer Zeit und Bobbys Lehrer erst kürzlich gesagt hatte. Der Junge war jetzt wohl bei seiner Mutter in Derbyshire. Ich dachte an seinen Gesichtsausdruck, als er mich im trüben Licht des Batteriedecks auf der *Victory* mit festem Blick angesehen hatte, einem Licht, das dem in meinem Kommandoraum ähnelte, wo jenseits der Arena meines Tisches alles im Halbdunkel lag. *Er meint, wir hätten die besten Matrosen auf der ganzen Welt gehabt, und die besseren Offiziere.* Ganz richtig, mein Junge, ganz richtig. Es waren nicht die Schiffe, es waren die Männer. Sie waren besser ausgebildet, disziplinierter, hatten eine überragende Kampfmoral. Sie brachen in Hurra-Geschrei aus, als sie die *Orient* in Flammen aufgehen sahen. Was würde Miss Lily wohl dazu sagen? Sie würde daran vorbeilavieren, würde irgendeine Frage finden, auf die es keine Antwort gab. Irgendetwas, das nicht dokumentiert war. Hat auch nur einer von ihnen, ob Offizier oder einfacher Seemann, damals oder später Mitleid mit der Mannschaft der *Orient* bekundet? Soweit wir wissen, nicht. Die Männer jubelten. Die Offiziere jubelten natürlich nicht, aber sie taten nichts, um die Männer davon abzuhalten.

Ich konnte mir nicht helfen. Da feierte ich nun seit Jahren die Schlacht am Nil, und jetzt musste ich mir die Fragen von Avon Secretarial Services anhören, musste versuchen zu begreifen, was für Gedankenverbindungen diese Frau herstellte. Sie hatte mir seinen großen Sieg mit ihrem Gerede über Mitleid völlig verdorben. Und jetzt musste ich ihretwegen daran denken, wie er ein paar Monate später in Palermo selbst über die Schlacht gesprochen hatte, dem Bericht von Captain Gordon zufolge, einem Schotten, der als Privatlehrer des gebrechlichen Lord Montgomerie in Palermo war. Ich konnte mich nicht mehr im Einzelnen an die Worte erinnern, aber ich hatte Gordons Memoiren da, sie standen oben in meinem Arbeitszimmer auf dem Regal. Es war erst zwanzig vor elf, viel zu früh, um ins Bett zu gehen. Ich schlief nachts ohnehin schlecht und war von der Schlacht und dem Wein ziemlich aufgekratzt. Ich beschloss, hinaufzugehen und die Stelle nachzulesen.

Ich ging in Richtung Wand, zum Lichtschalter. Ich glaube, ich hatte den Arm schon gehoben, sogar ausgestreckt. Ich blickte kurz zur Seite – irgendwie war mir plötzlich, als würde ich beobachtet, als verfolge und registriere jemand meine Bewegungen. Ich schaute nach rechts, wo dieses Interesse meinem Gefühl nach herkam, schaute durch die offene Tür des Kommandoraums in das größere Zimmer dahinter, den Ausstellungsraum meiner im Laufe der Jahre mit so viel Liebe zusammengetragenen Nelsoniana.

Das einzige Licht im Raum kam von den Lampen an den beiden Enden meines Tisches. Die hintere warf einen weißen, vom Muster des Bastlampenschirms fransigen Lichtkegel über die Türschwelle. Die fransigen Ränder schienen sich zu bewegen, ganz leicht zu vibrieren, wie von einer fernen Turbulenz in Unruhe versetzt. Hinter der Tür liefen sie zu einem schmalen, zitternden Lichtstreifen zusammen, der sich ins nächste Zimmer erstreckte, die senkrechte Außenwand des porzellanenen Bierkrugs berührte und sich um die Wölbung des Copeland-Umtrunkbechers mit dem handgemalten En-face-Bild von ihm schmiegte.

Im Halbdunkel am Ende dieser schwachen Lichtbahn, mitten im Zimmer, stand seine riesige, ungefähr doppelt lebensgroße Pappmaché-Büste. Das Gesicht war mir direkt zugewandt. Trotz des Halbdunkels war ich der Züge gewahr, wusste allerdings nicht, ob ich sie tatsächlich sah oder mich daran erinnerte, an die gelbliche Hautfarbe, das feuchte Aussehen des aufgeweichten, geölten Papiers, den plumpen Schwung des Dreispitzes, die grellen, auf seine Brust gemalten Embleme. Ob ich es nun sah oder mich daran erinnerte, heute Abend hatte er ein anderes, ein grausameres Gesicht. Diese demonstrativ gekräuselten Lippen … Er sah aus wie ein opfergesättigter Gott. Die Augen waren nicht zu sehen, sie waren vom Hut überschattet, wie in meinen Träumen, aber ich wusste, dass sie bald auf mich gerichtet sein würden, und sie würden einen tödlichen Vorwurf enthalten. *Du hast mich im Stich gelassen,* würden die Augen sagen, *du hast es nicht geschafft, meine Unschuld zu beweisen.* Der Unmut eines Engels ist außerordentlich gefährlich. Ich wusste, dass ich hier rausmusste, bevor er seine Augen zeigte.

Ich schaltete das Licht an, und das half. Mein Herz pochte heftig, und mein Atem stockte, als ich an ihm vorbeiging. Ich spürte eine fiebrige Hitze in den Lymphknoten an meinem Hals. Aber ich sah nicht zu ihm hin. Oben auf der Treppe fiel mir ein, dass ich das Licht im Kommandoraum angelassen hatte, aber ich konnte nicht zurückschauen, geschweige denn noch einmal hinuntergehen.

24

Das Licht im Keller brannte drei Tage lang, bis ich mich dazu überwinden konnte, hinunterzugehen, um es auszuschalten. Und dann tat ich es im Laufschritt und ohne ihn anzusehen, weder seine Büste noch die Porträts an der Wand. Wäre Miss Lily da gewesen, dann hätte ich irgendeinen Vorwand gesucht und sie gebeten, es zu tun. Sie hätte keine Angst gehabt.

Ich sagte mir, dass ich einfach noch etwas Zeit brauchte. Aber die Zeit kam nicht. Der Keller blieb verschlossen. Jene wenigen Stunden am Tisch, in denen ich meine Schiffe herumgeschoben, unseren Sieg gefeiert und auf das Verderben der verfluchten Franzosen getrunken hatte, bevor ich dann seinen Blick auf mir spürte, jene Stunden waren das Letzte, woran ich mich noch mit einem angenehmen Gefühl erinnerte, und sie hatten mir nur böse Träume beschert. Geräuschlos ging abermals die *Orient* in die Luft. Brennende Bruchstücke regneten durch meine Nächte. Eine gesichtslose Gestalt mit Dreispitz hüpfte auf den Wellen, tauchte unter, tollte wie ein Delphin zwischen den Spieren und den Leichen herum, immer mit dem Hut auf dem Kopf. De Brueys saß kerzengerade auf seinem flammenumtosten Stuhl, die Beinstümpfe nach vorne gestreckt. Sein Gesicht schmolz in der Hitze ... Wenn ich aufwachte, war mein ganzer Köper angespannt, als erwartete ich einen Schlag.

Doch Gewohnheiten sind mächtig, sie können einem in Furcht und Schrecken Halt geben, zumindest eine Weile lang, sie können parallel laufen, eine parallele Bahn bilden. In dieser Zeit der Albträume fuhr ich wieder einmal zu Seldon's in der Sloane Street, um ein Staffordshire-Figurenensemble zu kaufen, das den Moment der tödlichen Verwundung darstellte. Undatiert, aber typisch für die Mitte des neunzehnten Jahrhunderts. Horatio liegt am Boden, die Lunge durchbohrt, das Rückgrat gebrochen. Er wird von Dr. Scott, dem Kaplan, und Hardy gehalten, die beide knallrosa Gesichter haben, um die Blässe des verwundeten Admirals hervorzuheben. Eine Kuriosität von geringem Wert, grob gearbeitet, außerdem trägt Horatio eine Augenklappe, was er in Wirklichkeit nie tat. Aber ich hatte im Keller eine offene Vitrine mit einer kleinen Sammlung ähnlicher Stücke, und da wollte ich auch dieses hineinstellen.

Es war seltsam – als ich das Ensemble kaufte und während ich es nach Hause brachte, hatte ich mein Ziel klar vor Augen: Ich würde das Stück zu den anderen in die Vitrine stellen. Die vielen Jahre beglückender Anschaffungen und die Aussicht auf jene heilsame Ruhe, die mich immer erfüllte, wenn ich mich dort unten zwischen meinen Ausstellungsstücken aufhielt, gaben mir Rückhalt.

Erst als ich zu Hause war und das Stück auf meinem Schreibtisch stand, meldeten sich gewisse Zweifel. Trotzdem versuchte ich es. Ich versuchte so zu tun als ob, versuchte mich selbst zu überlisten. Ich nahm das Stück in die Hand und ging zur Kellertreppe. Ich ging die Stufen zur Hälfte hinunter, mehr als zur Hälfte. Da war die Tür, unendlich vertraut, braun lackiert, mit ihrem Messingknauf und der länglichen kleinen Öffnung des Türschlosses, die auf meinen Schlüssel wartete. Doch schon jetzt schluckte ich, zitterte. Ich spürte wieder diese Hitze an den Seiten meines Halses. Und eh ich mich's versah, stand ich wieder oben auf der Treppe.

Ich versuchte es nicht noch einmal. Ich weiß noch, dass ich danach, wieder in meinem Arbeitszimmer, lange dasaß und den blassen Horatio mit seiner Augenklappe und seine rosigen Begleiter in ihren engen Hosen betrachtete. Hier machte er mir keine Angst, er hatte nicht diesen starren Blick. Doch dort unten im Keller ... Du, der du mich von der Angst erlöst hast!

Und so sah ich mich in den Tagen nach der Schlacht am Nil mit der unabwendbaren Erkenntnis konfrontiert, dass der Keller Sperrgebiet für mich war, dass mir Gemäldegalerie, Vitrinen, Kommandoraum verschlossen waren. Mir blieben nur das Schlafzimmer, der Sessel im Wohnzimmer mit der Decke meiner Mutter, der Schreibtisch und die Wände meines Arbeitszimmers. Hinzu kam noch, dass ich nicht mit dem Buch weitermachen und auch nicht glauben konnte, dass Miss Lily zurückkommen würde.

Es war eine schreckliche Zeit. Ich aß nicht mehr. Ich wusch mich nicht mehr. Ich legte Mrs. Watson einen Zettel hin, dass sie nicht mehr kommen solle, und fügte einen Scheck über das Geld für einen Monat hinzu. Ohne ihre Dienste gediehen die Spinnen, die Möbel verstaubten, das Spülbecken verstopfte, und im Flur bildeten sich Staubflusen.

Es gab nur eine Hoffnung, und die trug mich von einer Stunde zur nächsten. Wenn ich das Problem von Neapel 1799 lösen könnte, wenn ich beweisen könnte, wie sehr all jene im Unrecht waren, die dich des Verrats und der Falschheit anklagten, dann käme alles wieder ins Lot, würde alles wieder zusammenpassen. Du würdest mich wieder freundlich anblicken, und wir zwei wären wieder vereint, so wie früher, der Strahlende und der Dunkle. Miss Lily würde zurückkommen, wir würden am Buch arbeiten, würden Ausflüge machen, zum Maritime Museum in Greenwich und weiter weg, in dein Geburtsdorf Burnham Thorpe, vielleicht eines Tages sogar ins Ausland, nach Palermo, wo ihr, du und Emma, zu Liebenden wurdet. Es würde mir nichts ausmachen, unter lauter Fremden zu sein, sie würde alles sicher in ihrer Handtasche verwahren.

Ich versuchte, meine Gedanken in dem linkshändigen Tagebuch niederzuschreiben. Meine Schrift war besser geworden, nicht mehr so wackelig. Doch mir kamen nie eigene Gedanken, wenn ich den Füller in die linke Hand nahm. Die Seiten waren mit deinen, nicht mit meinen Worten gefüllt, mit Fragmenten aus den Briefen und Depeschen, die zu verschiedenen

Zeiten und unter verschiedenen Umständen entstanden waren. Sie kamen mir ganz von selbst in den Sinn, ohne dass ich mich bewusst darum bemüht hätte. Mit leeren Sinnen, den Füller in der Hand, ließ ich den Blick darüber wandern, die Gedanken schweifen.

Es war mein Glück, einige der erfahrensten Offiziere der englischen Kriegsmarine unter meinem Befehl zu haben, deren berufliches Können durch die Unerschrockenheit und den Mut der britischen Seeleute ergänzt wurde. ... Ich bin mit Treue und Ehrenhaftigkeit im Herzen heimgekehrt ... Ich werde, so Gott will, als Sieger zurückkehren, und es wird mein Bestreben sein, einen unbefleckten Namen weiterzugeben ...

Ein unbefleckter Name – das war sein Wunsch, sein größter Wunsch. Tränen stiegen mir in die Augen, weil es so einfach war, und weil ich es bisher nicht vermocht hatte, ihm diesen Wunsch zu erfüllen. Ich hatte mich in den letzten paar Tagen an die Theorie vom verhängnisvollen Missverständnis geklammert, die im Laufe der Jahre von diversen seiner Biografen vertreten worden war. Ihr zufolge unterlagen am Vormittag jenes 26. Juni beide Parteien einem Irrtum: Die Rebellen glaubten an die Gültigkeit des Vertrags, als sie herauskamen; Horatio glaubte, sie hätten begriffen, dass der Vertrag nicht mehr galt. War das möglich? Das Problem an dieser Theorie ist, dass es nur für die Sichtweise der Rebellen Indizien gibt. Sie kamen mit ihrer gesamten Habe heraus, mit Büchern, Wäsche, Geschirr. Sie schifften sich ein. Das bedeutet doch sicher, dass sie an die Gültigkeit des Vertrages glaubten. Was Horatio glaubte, lässt sich allein seinen eigenen Äußerungen entnehmen, und die sind manchmal widersprüchlich. Da ist zum Beispiel sein rund zwei Wochen später geschriebener Brief an Lord Spencer: *Die Rebellen kamen in diesem Wissen aus dem Fort, ohne kriegerische Ehren, und die Anführer der Rebellen wurden festgenommen und an Bord der Schiffe unseres Geschwaders gebracht.*

Im Wissen darum, dass sie bedingungslos kapitulierten, meintest du. Aber deine Worte erwecken den Eindruck, als wäre die Festnahme direkt nach der Kapitulation erfolgt, wohingegen die Rebellen sich tatsächlich einschiffen durften, bevor die Rädelsführer festgenommen wurden. Ein Flüchtigkeitsfehler? Nachlässigkeit? Wie konnte man es wissen? Ich jagte Bedeutungen und Motiven hinterher, die unwiederbringlich zerrannen, fischte in der Vergangenheit mit Netzen, die zu grobmaschig waren für die geschmeidigen Fische, auf die ich es abgesehen hatte, sodass ich immer nur ein flüchtiges Aufblitzen sah – wie auf einem Ozean, auf den ich Tag für Tag mit meiner primitiven Ausrüstung hinausfuhr. Ruffo und Hamilton, der raffinierte Priester und der gerissene Diplomat – hatten sie sich womöglich darauf verständigt, dich in Unwissenheit zu halten? Aber es muss dir doch seltsam erschienen sein. Du sahst, wie die Rebellen herauskamen. Sahst vom Deck der *Vanguard* aus durch dein Fernrohr, wie sie aus den meerzugewandten Toren der Forts kamen. Du musst es doch eigenartig gefunden haben, dass Menschen, die wussten, dass sie festgenommen, in Eisen gelegt und der liebevollen Fürsorge von Ferdinand und Maria Carolina anvertraut würden, sich *mit ihrem gesamten Gepäck* einschifften. Der wahre Haken an der Theorie vom verhängnisvollen Missverständnis war, dass sie dich als unglaublich einfältig dastehen ließ.

Mahan ließ sich von solchen Problemen natürlich nicht irritieren. Er betrachtete sie überhaupt nicht als Probleme. Seine Sicht der Dinge war bewundernswert eindeutig. Ruffo war der Betrüger, er hatte die Schlichtheit des Seemannes ausgenutzt. Ein von Grund auf ehrlicher und ehrenhafter Mann wie Nelson rechnet nicht mit Doppelzüngigkeit bei anderen. Er hatte versprochen, die Einschiffung nicht zu verhindern, und daran hielt er sich auch; doch er blieb unbeugsam in seiner Weigerung, den Vertrag anzuerkennen. Er würde nicht tatenlos zusehen, wie diese Schurken ungestraft davonkamen. Sie waren Verräter, Freunde der verfluchten Franzosen, Wirrköpfe voller luftiger Ideen, ein saft- und kraftloses Pack.

Ein leichter irischer Akzent, durchaus angenehm. Ein sympathischer Kerl, dieser Mahan, rau aber herzlich. Streckt im

Sitzen seine langen Beine von sich. Nichts Gemeines oder Verkrampftes an ihm. Lachfältchen auf dem wettergegerbten Gesicht. Ein offener und vielseitiger Gesprächspartner, der keine Forderungen stellt. Ein Mann, auf den man sich verlassen kann, mit dem man gerne einen trinken geht.

Jetzt kommt Badham in Sicht, schmalschultrig und im dunklen Anzug schleicht er heran. Ein bitteres, ungläubiges Lächeln. *So dumm war Nelson nicht, kein Mensch hätte so dumm sein können.* Die widersprüchlichen Signale, die ganze Verwirrung, das alles kam ihm entgegen. Waffenstillstand und Vertrag, einschiffen und absegeln, das sind Worte, mit denen wir spielen, wenn uns eine gewisse Vagheit gut ins Konzept passt. Er wollte, dass sie aus den Forts herauskamen, er wollte, dass sie gehängt wurden, sollten sie doch denken, was sie wollten. Badhams Brillengläser blitzen, er trägt einen Vatermörder, hebt eine böse, schwarz behandschuhte Hand. Ich warte darauf, dass Mahan aufsteht und ihm eine rechte Gerade aufs Kinn verpasst, aber er scheint nichts gehört zu haben. Wenn ich auf die andere Seite hinübergelangen könnte, in Reichweite des schmalen Schädels … Ich stellte fest, dass ich dabei war, mich im Zimmer nach einer Waffe umzusehen. Und genau im Moment dieses verzweifelten Impulses kam mir die Idee, wie eine Art Ruf. Sie war von Anfang an mit dem Namen eines Mannes verbunden, den ich nie kennen gelernt, dessen fünf Jahre alten Briefbogen ich jedoch aufbewahrt hatte, eines Mannes namens E. L. Sims, der in Neapel wohnte.

Es war erschreckend, aber nicht zu leugnen. Hier konnte ich nichts mehr ausrichten. Wenn ich Horatio bei mir behalten wollte, würde ich persönlich in diese Stadt fahren müssen. In Neapel müsste er immer noch zu finden sein, er und die Wahrheit über jene Junitage. Die Zimmer, in denen er aß und schlief, die Straßen und Gebäude, die er kannte, sie waren alle noch da. Fahren Sie mal weg, hatte Miss Lily gesagt – ein Rat, den ich nie zu befolgen gedacht hatte. Furcht stieg in mir auf. Ich würde ihn befolgen.

25

Sims war in zweierlei Hinsicht von Interesse: zum einen war er Ehrenmitglied des Nelson-Klubs, zum anderen lebte er seit vielen Jahren in Neapel, sodass er die Stadt bestimmt gut kannte. Er wäre genau der Richtige, um mir ein paar Tipps zu geben, mich auf die richtige Spur zu setzen. Dass er Ehrenmitglied war, ging in erster Linie auf mich zurück, sodass ich mich in gewisser Weise anspruchsberechtigt fühlte. Fünf Jahre zuvor hatte ich in der *Historical Review* einen Aufsatz von ihm mit dem Titel »Vier Tage in Neapel« gelesen, in dem es um Horatios ersten kurzen Besuch in der Stadt im September 1793 ging; er war damals vierunddreißig Jahre alt, noch ein einfacher Kapitän und treuer Ehemann, hatte noch beide Augen und sämtliche Gliedmaßen und war stolzer Kommandant eines prächtigen neuen Schiffs, seiner *Agamemnon*.

Mich hatte Sims' penible Wissenschaftlichkeit sehr beeindruckt, die Detailliertheit, mit der er Horatios Weg nachzeichnete: die Begegnungen mit den Hamiltons und dem Premierminister Sir John Acton, das Diner im königlichen Palast, bei dem er zur Rechten des Königs saß, das Frühstück an Bord seines Schiffes am Sonntagvormittag, als er Gastgeber einer exklusiven Gesellschaft war, zu der auch Lord Grandison sowie der Bischof von Winchester mit Familie zählten, dann um kurz vor elf die plötzliche Bitte, seine Gäste möchten das Schiff verlassen, da vor Sardinien ein französisches Kriegsschiff gesichtet worden sei und er sofort unter Segel gehen wolle, um es aufzuhalten.

Das war alles nichts Neues, doch indem Sims so viel Gewicht auf die zeitlichen Zusammenhänge gelegt und die einzelnen Ereignisse immer wieder zueinander in Beziehung gesetzt hatte, war es ihm auf sehr geschickte Weise gelungen, die Bewegtheit von Horatios Leben zu jener Zeit zu vermitteln, das glanzvolle Treiben der Highsociety, die politischen Manöver, den drohenden tödlichen Kampf gegen Frankreich um die Vorherrschaft auf See, der erst zwölf Jahre später in Trafalgar enden sollte. Sims war ein Mann mit einem Gespür für Zeit, so viel war klar, ein Mann mit einem Sinn für Parallelen. Nach mehreren Wochen schmerzlicher Unentschlossenheit hatte ich ihm geschrieben, und er hatte einen höflichen, wenn auch kurzen Dankesbrief zurückgeschrieben. Woraufhin ich dem Komitee vorgeschlagen hatte, Sims die Auslands-Ehrenmitgliedschaft anzutragen. Er hatte angenommen und daraufhin nichts mehr von sich hören lassen, doch irgendwo hatte ich noch den einzelnen Briefbogen, auf dessen Kopf seine Adresse in Neapel und – zumindest hoffte ich das – seine Telefonnummer standen.

Natürlich konnte es gut sein, dass er in der Zwischenzeit umgezogen war. Den Impuls, gegen Badham handgreiflich zu werden, hatte ich am Freitagnachmittag, dem fünften September. Ich wusste, dass ich nicht lange zögern oder mich auf eine Debatte mit mir selbst einlassen durfte, wenn ich den Anruf wirklich tätigen wollte. Wie unter dem Zwang eines Traumes stehend öffnete ich Schubladen, wühlte in Papieren herum, fand schließlich Sims' Antwort. Im Briefkopf stand eine Telefonnummer. Dann fiel mir ein, dass mein Pass womöglich gar nicht mehr gültig war. Ich hatte das Land seit meiner Teneriffareise mit meinem Vater nicht mehr verlassen. Nach einigen weiteren Minuten der Suche fand ich ihn, er galt noch sieben Monate. Ich wusste die Vorwahl von Italien nicht, ich musste sie im Telefonbuch nachsehen.

Im Laufe dieser aufreibenden Vorbereitungen ließ das schützende Traumgefühl nach, und meine Hände wurden zittrig. Doch ich wagte nicht innezuhalten. Das Klingelzeichen hatte etwas Verdrießliches, Giftiges, es klang fremd und weit entfernt. Konnte er dort sein, hinter einem solchen Klang? Fünf Jahre … Dann eine Stimme, ohne erkennbaren Akzent, aber irgendwie vertraut.

»Sims.«

Die Zischlaute seines Namens schienen zwischen uns in der Luft zu hängen. Ich spürte, wie es in meiner Kehle arbeitete, unterdrückte das Gefühl jedoch. Ich erklärte ihm, wer ich war.

»Ja«, sagte er nach einer ziemlich langen Pause, »ich erinnere mich, Sie haben mir geschrieben. Vor ein paar Jahren, genau. Wo sind Sie jetzt? Sind Sie in Italien?«

»Nein«, sagte ich. »Nein, ich bin hier.«

Eine Art dünnes Räuspern war am anderen Ende der Leitung zu hören. »Hier ist immer da, wo wir gerade sind«, sagte die Stimme.

»Hier in London«, sagte ich. »Ich habe vor, nach Italien zu fahren, nach Neapel, um genau zu sein, und ich dachte, wir könnten vielleicht … Es würde mich sehr freuen, wenn Sie etwas Zeit für mich erübrigen könnten, wir könnten vielleicht etwas trinken gehen. Uns austauschen.«

»Austauschen?«

»Wie Sie wissen, habe ich Ihren Artikel über Horatios ersten Besuch in der Stadt sehr bewundert.«

Wieder eine Pause, diesmal deutlich kürzer. »Horatio, ja«, sagte Sims. »Tja, Mr. Cleasby, es wäre mir ein Vergnügen, aber ich fahre demnächst weg und werde erst Ende des Jahres wieder in Neapel sein, ich fürchte also …«

Ich legte eine Geistesgegenwart an den Tag, die ich bis dahin nicht bei mir vermutet hatte. »Wann denn?«, fragte ich. »Wann fahren Sie weg?«

»Ende nächster Woche.«

»Ich wollte eigentlich mehr oder weniger umgehend losfahren. Sind Sie Anfang der Woche noch da?«

In einem Ton, der wohl Resignation ausdrückte, sagte er: »Ja, sicher, Anfang der Woche bin ich noch da.«

Und so machten wir alles genau aus. Ich würde Sims am

Abend meiner Ankunft von meinem Hotel aus anrufen. Wir würden uns treffen und zusammen etwas trinken gehen.

Mein Körper reagierte sofort. Als ich vom Telefon wegging, war mir einen Moment lang schwindlig, und dann spürte ich eine Art Zucken in den Kniekehlen, das ausgesprochen beunruhigend war. Vielleicht war es ein indirektes Hungersymptom, denn seit dem Tee und den Vollkornkeksen am Morgen hatte ich nichts mehr zu mir genommen. Ungeachtet dieses Schwächezustands war ich sehr zufrieden mit mir. Ich hatte voller Entschlusskraft gehandelt, hatte mich nicht abspeisen lassen. Es war ein bisschen wie bei Hothams Scharmützel, als wir uns die *Ça Ira* schnappten. Ich beschloss, mir zur Feier des Tages beim Homeservice eine Pizza zu bestellen.

Doch über alldem lag ein Schatten, der dunkler wurde, während ich auf meine Pizza wartete. Ich würde nicht da sein, wenn Miss Lily zurückkam. Ihre Rückkehr war für Ende nächster Woche vorgesehen – ich hatte die Tage im Kalender abgehakt. Nachdem ich so lange gewartet hatte, würde ich sie jetzt nicht sehen, bevor ich fuhr. Es ging nicht anders, das wusste ich. Bei Sims fand sich womöglich der entscheidende Hinweis, vielleicht sogar ohne dass er selbst davon wusste. Mit diesem Fund gerüstet, würde ich zurückkommen, Miss Lily würde meine Tatkraft loben, wir würden das Buch abschließen, es würde die Nelson-Forschung revolutionieren ... Trotzdem wurde mir das Herz schwer, wenn ich daran dachte, dass ich sie verpassen würde, und als die Pizza kam, hatte ich keine Lust mehr darauf. Ich trank stattdessen etwas Rotwein.

Es folgten einige bange Tage. Da ich im Reisen unerfahren war, gab es so manches, was ich nicht vorausgesehen hatte. Ich war spät dran für Anfang September, denn es war noch Saison. Es gelang mir, einen Flug nach Rom für den folgenden Montagnachmittag zu bekommen, doch ein Anschlussflug nach Neapel war nicht mehr zu kriegen. Ich würde mit dem Zug fahren müssen. Ich hätte mir die Zugfahrkarte auch übers Reisebüro besorgen lassen können, aber darauf kam ich nicht.

Das ganze Unternehmen starrte von Schwierigkeiten. Was sollte ich einpacken, was auf der Reise anziehen? Ich schlurfte seit Monaten nur noch in alten Kleidern herum, die ich nur selten wechselte. Meine Hemden hatten zu lange zusammengefaltet im Schrank gelegen, sie waren an den Faltkanten schmuddelig geworden. Meine Hosen hatten tiefe Kniffe von den Bügeln. Bevor ich meine Reise antreten, bevor ich mich Sims zeigen konnte, musste ich mich erst einmal auf Vordermann bringen, musste zum Friseur gehen, mir neue Socken kaufen.

Ich verlor beinahe die Fassung, als ich die Haustür abschloss, mich ausschloss, meinen Koffer zu dem wartenden Taxi schleppte. Doch meine nervöse Erregung legte sich, wurde von einer anderen Art von Stress ausgeblendet, als ich mich in Heathrow zurechtfinden musste. Im Großen und Ganzen machte ich meine Sache wohl gut. Ich verlor ein paar Minuten, als ich in der falschen Schlange anstand, bei den Reisenden, die Business Class flogen, aber ich bemerkte meinen Fehler bald und wechselte zum richtigen Schalter.

Die Zugfahrt vom Flughafen in Rom zum Hauptbahnhof klappte wie am Schnürchen, aber im Bahnhof selbst kam ich überhaupt nicht zurecht. Die vielen Leute, das Gerempel und Gedränge, das ständige Ausweichenmüssen irritierten mich. Mehrmals fragten mich wenig Vertrauen erweckende Gestalten, die weiße Mützen mit Plastikschirmen trugen, ob ich ein Hotel suchte. Doch ich fand schließlich den Fahrkartenschalter, stellte mich an. Als ich ganz vorne stand und die dunklen, gleichgültigen Augen des Beamten auf mir spürte – Augen, die schon so viele andere Augen aus nächster Nähe gesehen hatten, ein furchtbarer Gedanke –, in diesem letzten Moment verlangte ich plötzlich eine Einzel- statt einer Rückfahrkarte, verlangte sie auf Englisch und mit unvermutetem, lautstarkem Nachdruck, als könnte sie mir womöglich verweigert werden.

Was natürlich nicht geschah; die Miene des Schalterbeamten zeigte nicht die geringste Regung. Als ich versuchte, nach den Abfahrtszeiten zu fragen, schüttelte er den Kopf und hob die Hand, eine Geste, die den ganzen Bahnhof zu umfassen schien. Informationen gab es irgendwo da draußen, er war für den Verkauf der Fahrkarten zuständig.

Ich ging weg, das rosafarbene, rechteckige Kärtchen fest in der Hand. Ich hatte das berauschende und zugleich beängstigende Gefühl, alle Brücken hinter mir abzubrechen. Diese Einzelfahrkarte war ein Zeichen meiner Entschlossenheit, meines Engagements. Ich würde nicht ohne die Wahrheit zurückkehren. Doch zunächst musste ich nach Neapel gelangen. Ich wusste immer noch keine Abfahrtszeit. In der Information warteten jede Menge Leute, und es war nur eine einzige Frau da, um die Fragen zu beantworten. In der Bahnhofshalle standen hier und da Großbildschirme, die jedoch nicht die Ankunfts- und Abfahrtszeiten zeigten, wie ich erwartet hatte, sondern nur eine Folge schnell wechselnder, sehr unterschiedlicher Bilder ohne Ton: eine Frau, die sich entkleidete, taumelnde Herbstblätter, merkwürdig verzerrte Gesichter.

Unvermutet hatte mich eine tiefe Beklemmung beschlichen. Ich merkte, dass ich mit offenem Mund atmete, als wäre ich gerannt. Es war Viertel nach zwei. Die draußen herrschende Hitze hatte sich in der Bahnhofshalle ausgebreitet, drang durch die Dachkonstruktion hoch über mir. Sie drückte mir auf den Schädel. Ich schleppte immer noch meinen Koffer mit mir herum. Ich überlegte, ob ich nach einer Gepäckaufbewahrung suchen sollte, aber wenn ich dann in aller Eile aufbrechen müsste? Es gab keine einladende Cafeteria, wo man in völliger Anonymität eine Tasse Tee und einen Marmeladendoughnut hätte bekommen können, nur eine Art verglastes Café, in dem Kellner herumwuselten. Dort müsste ich mich hinsetzen, einen Kellner auf mich aufmerksam machen, mich mühevoll zu verständigen versuchen, mir über die Höhe des Trinkgelds den Kopf zerbrechen. Ich konnte mich den Gefahren eines solchen Ortes nicht aussetzen, bevor ich nicht meine Abfahrtszeit wusste, und selbst dann ging es wahrscheinlich nicht.

Ich war kurz davor, in regelrechte Angststarre zu verfallen, als ich am hinteren Ende des Bahnhofs einen Aushang entdeckte, auf dem Intercity-Verbindungen aufgelistet waren. Um vierzehn Uhr sechsundvierzig fuhr ein Zug nach Neapel. Die Uhrzeit war mit einem Sternchen versehen, und unten auf dem Aushang stand, dass es sich um einen »Eurostar« handelte, der durch einen Zusatz in Italienisch und Englisch – *Alta velocità, High speed* – als Hochgeschwindigkeitszug gekennzeichnet war. Für einen solchen Zug war mit Sicherheit ein Zuschlag fällig. Auf meiner Uhr war es jetzt vierzehn Uhr siebenundzwanzig. Ein Mann in Bahnuniform ging an mir vorbei. Meinen schweren Koffer schwingend, stellte ich mich ihm in den Weg. »Eurostar Ticket?«, sagte ich laut. Er sah mich mit fast ausdrucksloser, aber nicht unfreundlicher Miene an. Ich versuchte es noch einmal. »Eurostar Ticket?«

Er hob einen Zeigefinger, wie um den Wind zu prüfen. »Uno«, sagte er. »Binario uno.«

Gleis eins. Im Moment standen wir an Gleis zweiundzwanzig. In aller Eile quer durch den ganzen Bahnhof zurück, und das mit dem schweren Koffer. Richtig, da war er, der Eurostar-Schalter, deutlich als solcher gekennzeichnet. Eine rote Digitalanzeige über dem Schalter informierte darüber, dass Platzreservierungen obligatorisch waren. Fünf oder sechs Leute standen bereits an. Es war vierzehn Uhr fünfunddreißig. Die Minuten verstrichen. Ich schwitzte stark, konnte mein Keuchen nicht unterdrücken. Schon seit meiner Kindheit praktiziere ich das Atmen mit offenem Mund zur Entspannung in jeglicher Stresssituation, und inzwischen passiert es ganz von selbst. Ich merkte, dass die Leute mich ansahen, aber ich erwiderte ihre Blicke nicht. Es war plötzlich von immenser, ja symbolischer Bedeutung, dass ich diesen besonderen, diesen Hochgeschwindigkeitszug nicht verpasste. Ich begriff jetzt, dass der Zug selbst Teil des Plans war, dass ich auf die Probe gestellt wurde. Wenn ich an diesem Punkt versagte, konnte das meine ganze Unternehmung gefährden.

Endlich kam ich an die Reihe. Ich zahlte den Zuschlag, erhielt eine weiße Karte als Beleg für meine Reservierung. Wo fuhr der Zug ab? Gleis zweiundzwanzig natürlich. Es war jetzt genau vierzehn Uhr dreiundvierzig. Ich hatte drei Minuten Zeit, um abermals den gesamten Bahnhof zu durchqueren. In panischer Eile stürzte ich los. Das Blut klopfte in meinen Schläfen, mein Blick war getrübt, ich hörte mein Keuchen, als ich mich durch die Menge schob. Ich schaffte es mit einer halben Minute Spielraum. Da stand er, ein nagelneuer Zug, ragte hoch über mir auf im Schimmer der unmittelbar bevorstehenden Abfahrt. Ich fand meinen Platz, ließ mich darauf plumpsen, wartete auf den Moment, wo es losging.

Wir blieben ohne jede Erklärung die nächsten siebzehn Minuten dort stehen, während meine Atmung sich langsam wieder normalisierte, mein Herzschlag sich beruhigte, der Schweiß auf meinem Körper abkühlte. Ich verstand jetzt alles: Es hatte gar keinen Grund zur Eile gegeben, keinen Grund zur Angst, eine Phase des Irrens war zugestanden gewesen, *die Wartezeit des Zuges war vorgesehen gewesen*. Allerdings brachte mir das keine Erleichterung, es steigerte nur mein Verantwortungsgefühl. Mit meiner wiedergewonnenen Ruhe senkte sich wie mit sanftem Flügelschlag die Erkenntnis auf mich herab, dass mich letztlich gar nicht die Angst, den Zug zu verpassen, so aufgewühlt hatte, sondern die Angst vor dem, was ich tat, vor der Mission an sich, eine Angst, die zweifellos durch die gerade erlittene Drangsal noch gesteigert worden, die aber vorher schon vorhanden gewesen war – ich hatte sie von Belsize Park mitgebracht. Miss Lilys Gesicht kam mir in den Sinn, ihre geröteten Wangen, ihre Empörung, wenn ihr etwas gegen den gesunden Menschenverstand zu verstoßen schien. Ich war mir plötzlich ihrer Abwesenheit schmerzlich bewusst, und ich meinte sie sagen zu hören: »Aber was bedeutet das, Charles, was *bedeutet* das?«

Ihr Lächeln, als sie von dem Branntwein hörte. Irgendwie hatte es mir nichts ausgemacht. Und Bobbys ernster Blick …

Der Zug fuhr sehr ruhig, fast geräuschlos. Ich fühlte mich matt, aber im Moment erst einmal wohl aufgehoben, richtig entspannt. Die Landschaft südlich von Rom flog unbeachtet an mir vorbei. Träge ließ ich meine Gedanken wieder zu jener letzten Fahrt auf dem übel zugerichteten Kriegsschiff schweifen, deiner langen Heimreise zu Dankbarkeit und Trauer. Sie taten alles, um dich frisch zu halten, ließen den Alkohol mehrmals ablaufen und füllten von oben neuen nach. Trotzdem bekam eines Morgens der Mann, der gerade neben deinem Fass Wache stand, einen mächtigen Schreck: Er sah, wie sich der Deckel hob, und schlug Alarm. Nichts Übernatürliches an der Sache – dein Leichnam hatte den größten Teil des Branntweins aufgesaugt, und Gasdruck war entstanden.

Anfang Dezember trafst du in Spithead ein, zwei Wochen später tratest du den Weg zur Nore an. Als man dich aus dem Holzfass nahm und untersuchte, zeigte sich, dass du perfekt erhalten warst. Eine Autopsie ergab, dass Herz, Leber und Lunge keinerlei Anzeichen von Krankheit aufwiesen; deine lebenswichtigen Organe waren kerngesund. Nach Meinung der Ärzte hättest du sehr alt werden können. Dein verbliebenes Auge allerdings hätte nicht mehr lang durchgehalten, ein paar Jahre später wärst du vollkommen blind gewesen.

Man legte dich in einen schlichten Sarg, der schon seit 1798 auf dich wartete, er bestand aus den Spanten der *Orient*, des in der Schlacht von Abukir besiegten französischen Flaggschiffes. Er wurde mit Blei umkleidet und dann in einen größeren Sarg gelegt, der mit heraldischen Motiven, deinem Wappen, deinen Ordenssternen und einem Krokodil verziert war, das die Schlacht am Nil verkörperte. In diesem Sarg wurdest du in der Painted Hall in Greenwich feierlich aufgebahrt. Hierher kam der Prinz von Wales, um dir allein seine Hochachtung zu erweisen, derselbe Prinz, der dir einmal solche Eifersuchtsqualen bereitet hatte. Am nächsten Tag wurden die Tore dem Volk geöffnet, das in solchen Mengen kam, dass der Direktor des Hospitals in Panik geriet und zusätzliche Truppen anforderte.

Sie wurden jedoch nicht gebraucht, es gab keine Störungen, die Trauer machte die Menschen gefügig.

Drei Tage später erfolgte die große Flussprozession von Greenwich nach London: die Prunkbarkassen der City mit dem Schwarzgold ihrer Kajüten und den bestickten Livreen der Ruderer, deine hoch aufragende Leichenbarkasse mit dem riesigen Baldachin und den Federbüschen aus gefärbten Straußenfedern, an denen der Wind vom Fluss zerrte, die schweigende Menschenmenge entlang der Ufer. Es gab einen Moment, der mir immer sehr bedeutsam erschienen war, schon seit ich zum ersten Mal davon gelesen hatte – wann, wusste ich nicht mehr, vielleicht zu Grigsons Zeiten. Als deine Barkasse an der Treppe von Whitehall anlegte, verdunkelte sich der Himmel, und ein heftiger Wolkenbruch ging nieder, es prasselte auf die Träger herunter, während sie mühevoll den Sarg hochhoben und ihn auf den wartenden Leichenwagen stellten. Von dieser himmlischen Einmischung sprach man noch lange, diesem Moment der Verfinsterung, als du für immer das Element verließest, auf dem du deine Triumphe errungen hattest.

Man hatte ein gewaltiges Geleit zusammengestellt, das deinen Leichnam zur St. Paul's-Kathedrale eskortieren sollte, doch es waren zu viele Soldaten darunter, die Prozession glich einem Fluss von Rot, in dem die blauen Marine-Uniformen fast untergingen. Nur achtundvierzig Mann, Seeleute und Seesoldaten von der *HMS Victory*. Die Menge bedachte sie mit tosendem Beifall, ließ sie immer wieder hochleben, als sie vorbeimarschierten und dabei stolz die Flaggen ihres Schiffs präsentierten, zwei riesige, vom feindlichen Beschuss gezeichnete Union Jacks und die zerrissene, zerfetzte St. Georgs-Flagge, bei deren Anblick die Menschen schluchzten und applaudierten. Doch als der Leichenwagen nahte, wurde es still. Mit seinem auf vier hohen Pfosten thronenden Baldachin und seinen wippenden Federbüschen passierte er die Menge, und als der goldene Sarg hoch über den Köpfen der Menschen vorbeizog, hörte man ein lautes Rauschen wie von brandenden Wellen, da tausende männlicher Zuschauer zugleich den Hut abnahmen.

Die Trauerfeier fand nach dem Abendgottesdienst statt. Zu den schwermütigen Klängen von William Crofts »Burial Sentences« wurde der Sarg langsam durch den Gang nach vorne getragen: *Ich bin die Auferstehung und das Leben, spricht der Herr.* Das Musikstück jedoch, das den Leuten in Erinnerung blieb, über das sie hinterher noch redeten, wurde am Ende des Gottesdienstes gespielt, kurz bevor man den Sarg in seine endgültige Ruhestätte in der Krypta hinunterließ; es war das Stück, das Händel 1737 für das Begräbnis von Königin Caroline komponiert hatte, mit der laut schallenden Beteuerung: *Doch sein Name wird leben immerdar!*

Genau dreiunddreißigeinhalb Minuten nach fünf wurde der Sarg in sein Grab hinabgelassen und entschwand aus dem Blick der Öffentlichkeit. Der erste Wappenherold – ich versuchte mich an seinen Namen zu erinnern, doch es gelang mir nicht – verkündete feierlich Namen und Titel des toten Lords: *Also hat es Gott dem Allmächtigen in seiner Barmherzigkeit gefallen, ihn aus diesem vergänglichen Leben zu nehmen: den Erlauchten Lord Horatio Nelson, Viscount und Baron Nelson vom Nil und von Burnham Thorpe in der Grafschaft Norfolk, Ritter des Ehrenwerten Bath-Ordens, Vizeadmiral der weißen Flagge …*

Ich nickte ein, bevor ich ans Ende der Liste gelangt war. Als der Kontrolleur kam, raffte ich mich hoch, um meine Fahrkarte vorzuzeigen, doch den größten Teil der Reise verbrachte ich im Dämmerzustand. Ich schenkte der Umgebung kaum Aufmerksamkeit, bis wir uns Neapel näherten und ich den gelbbraunen, zerfurchten Gipfel des Vesuv sah, den ich von hunderten von Illustrationen kannte. Hier und da erhaschte ich einen Blick auf die Küste, sah glitzerndes Wasser, einen hellen Sandstreifen, eine bunte Ansammlung von Sonnenschirmen, die jedoch fast umgehend von den hässlichen, wahllos zusammengewürfelten Gebäuden verschluckt wurden, die sich die Küste hinaufzogen. Auf der anderen Seite, zu meiner Linken, die leicht geschwungene Silhouette einer Gebirgskette, Reihe um Reihe kahler, im Nachmittagslicht bläulicher Berge.

Ich nahm ein Taxi vom Bahnhof zu meinem Hotel, dem Santa Lucia, wobei ich die Augen angesichts der anarchischen Verkehrsverhältnisse geschlossen hielt. Es wurde etwas besser, als wir die breite Uferstraße erreichten, an der auch das Hotel lag. Dennoch war ich froh, als ich im gleißenden Seelicht der Bucht aus dem Taxi aussteigen konnte, war froh, das Englisch des Fahrers zu verstehen, mit den Lire zurechtzukommen, ihm ein vertretbar scheinendes Trinkgeld geben zu können. Kurz, ich war froh, bisher alles heil überstanden zu haben. Schon jetzt entpuppte sich mein Besuch in dieser Stadt als das, was er bis fast zum Schluss für mich bleiben sollte: ein Überstehen von Begegnungen, von dem steten Gefühl begleitet, entkommen zu sein – gerade noch. Horatio war in dieser Stadt. Ich musste durchhalten, bis ich ihn gefunden hatte. Mehr noch: Ich musste wachsam bleiben, musste mit geöffneten Sinnen bereit für die Wahrheit sein. Ich hielt durch, ich war vorsichtig – bis fast zum Schluss.

Sämtliche Einzelheiten meiner Ankunft im Hotel waren von diesem Gefühl durchdrungen, wieder ein Hindernis überwunden zu haben: mich anzumelden, mit dem Aufzug nach oben zu fahren, dem Gepäckträger durch den stillen Korridor zu folgen, schließlich allein und wohlbehalten in meinem ausgesprochen hübschen Zimmer zu sitzen – man hatte mir eins mit Blick auf die Bucht gegeben.

Erst jetzt, als ich das erste Mal hier in Neapel allein war und gerade nach dem Telefonhörer greifen wollte, erst jetzt registrierte ich die Adresse meines Hotels – es war so bekannt, dass ich die Straße gar nicht hatte angeben müssen. Doch auf dem Prospekt neben dem Telefon stand sie: Via Partenope, 46. Die Parthenopeische Straße. Sie war nach jener kurzlebigen Republik benannt, deren Schicksal mich seit Monaten peinigte, nach den neapolitanischen Jakobinern, die von Ruffo und seinen kalabresischen Freischärlern besiegt und in ihre Forts getrieben worden waren, denen man freies Geleit versprochen, aber nicht gewährt hatte, die schließlich herausgekommen waren, um sich – so behauptetest du – der Gnade ihrer bekanntermaßen gnadenlosen Souveräne anheim zu geben. Glaubtest du das? Glaubtest du das wirklich? Jener stümperhafte Versuch, die Freiheit zu erlangen, jene grässlichen Tode – das war es, woran dieser Straßenname erinnerte, nicht an deine treue Unterstützung des bourbonischen Königs ... Ein Frösteln überkam mich, wie eine Art Vorahnung, als ich jetzt meine Brieftasche zückte, die Karte herausnahm, auf die ich Sims' Telefonnummer geschrieben hatte, und anrief.

»Ah, Sie sind's«, sagte er mit gleichgültiger Stimme. »Sie sind also angekommen.«

»Vor ein paar Minuten«, sagte ich. »Ich wollte sofort anrufen.«

»Was Sie ja hiermit getan haben.«

»Ich freue mich sehr auf –«

»Hatten Sie eine gute Reise?«

Die konventionelle Höflichkeit dieser Frage nahm mir erst einmal den Wind aus den Segeln. Die Reise war völlig irrelevant – ich befand mich auf einer Mission. »Ja«, sagte ich. »Nicht sehr aufregend.«

»Das ist immer gut«, sagte Sims. »Besonders wenn man fliegt.«

»Ich dachte, wir könnten uns vielleicht morgen treffen ...«

»Tagsüber habe ich leider ziemlich viel zu tun. Ich muss mich noch um eine Menge Dinge kümmern, bevor ich fahre. Aber am späten Nachmittag hätte ich etwas Zeit, wenn Ihnen das passt. Oder wäre Ihnen übermorgen lieber?«

»Nein«, sagte ich. »Morgen geht in Ordnung.«

Und so verabredeten wir uns. Sims würde um halb sechs ins Santa Lucia kommen, und wir würden in der Hotelbar etwas trinken gehen. Ich war ausgesprochen erleichtert, dass unser

Treffen jetzt feststand. Sims wohnte in dieser Stadt, er konnte zweifellos Italienisch, er war ein kluger, gelehrter Mann, er würde mir vielleicht irgendeinen Tipp geben, neues Material, einen Ansatzpunkt. Ich würde sehr wachsam sein müssen, es konnte eine Kleinigkeit sein, etwas, das Sims selbst gar nicht wichtig erschien. Etwas, das deinen guten Namen für immer verbürgen und meinen mit ihm verknüpfen würde. Untrennbar miteinander verflochten, der Verteidigte und der Verteidiger, der Strahlende und der Dunkle.

Von diesen Gedanken in hoffnungsvolle Stimmung versetzt, ging ich ans Fenster und sah auf die Bucht hinaus. Du hattest den gleichen Blick, wenn du vom Balkon deines Zimmers im Palazzo Sessa, dem Wohnsitz der Hamiltons, hinunterschautest. Vielleicht nicht auf das Stück direkt unter mir, den kleinen Hafen mit seinen Segelyachten und Motorbooten, in dem das Wasser durch die Boote, die sich darin spiegelten, in warmem Ockergelb und Blassorange schimmerte. Du hättest den weiten Ausblick gehabt, auf das offene Meer, die Insel Capri mit ihrem gezackten Kopf und ihrem langen Kiefer. Wie ein Drache aus irgendeiner Sage. Vielleicht ging auch dir dieser Vergleich durch den Kopf, als du im September bei deinem zweiten Besuch aus dem Fenster deines Zimmers sahst, damals, als du dich in Emma Hamilton verliebtest. Ein warmer Abend wie dieser. Du warst matt und fiebrig nach deinem großen Sieg am Nil, littest noch unter den Nachwirkungen der Strapazen, unter dem Schock deiner Verwundung. Sie geht leise hinter dir durchs Zimmer, richtet irgendetwas für dein Wohl. Was du zu deinem Wohl am nötigsten brauchst, ist das Gefühl, von ihren herrlichen Schenkeln umschlossen zu werden, doch das wirst du erst fünf Monate später erleben, an einem kalten Februartag in Palermo. Kaum Heizmöglichkeiten in diesen sizilianischen Palästen, kühler Marmor allenthalben, Miss Lily hätte sich nicht wohl gefühlt, sie spürt die Kälte immer sehr. Das Zeltdach der Bettdecke eine warme Zuflucht, Atemzüge verschmelzen.

Ein weißer Passagierdampfer durchquerte die Bucht von rechts nach links in Richtung Sorrent. Direkt unter mir regelte ein Polizist mit weißer Mütze und hellblauer Uniform den Verkehr. Im Norden, keine hundert Meter hinter dem Yachthafen, lag das Kastell dell'Ovo, das Ei-Kastell, von dem aus einige der Jakobiner mitsamt ihrem Gepäck, das sie nicht mehr benötigen würden, auf die Transporter eingeschifft wurden. Ein wuchtiges, gedrungen wirkendes Gebäude mit geradem Dach, zum Land hin fensterlos. An der Fassade entdeckte ich ein buntes Plakat mit einer Figur, die wie Donald Duck aussah, aber das konnte natürlich nicht sein. Das Kastell lag so nah, nur wenige Minuten von hier entfernt, dass ich es mir bis zum Schluss aufheben konnte.

Es war nach sieben. Schon jetzt lag eine Ahnung von Dunkelheit in der Luft; vor den Cafés und entlang der Hafenmole hatte man, während ich aus dem Fenster blickte, bunte Lichterketten entzündet. Nach den Anstrengungen des Tages war ich müde. Ich würde im Hotel essen und früh zu Bett gehen. An diesem neuen Ort würden mich meine Albträume vielleicht einmal verschonen. Am nächsten Tag würde ich erfrischt aufwachen, bereit, die Suche nach ihm anzutreten, bereit für die Begegnung mit Sims. Ich setzte große Hoffnungen auf Sims.

26

Ich schlief unruhig, aber besser als sonst. Ich hatte einen merkwürdigen Traum, der sich von all meinen bisherigen Träumen unterschied. Ich ging auf glattem, feucht glitzerndem Sand, der unter meinem Gewicht etwas nachgab. Ich suchte etwas, eine bestimmte Art von Steinen, die möglicherweise im Sand verborgen lagen, doch ich fand nichts. Der Sand wurde glänzender und weicher, meine Füße hinterließen ölige Wirbel, wie wenn sich Öl auf einer nassen Folie ausbreitet. Eine weiße Ziege näherte sich mir sehr vorsichtig. Ich versuchte, sie herzulocken, und schließlich kam sie auch. Ich wollte sie streicheln, stellte dann aber fest, dass sie sich umgedreht hatte und mir jetzt das Hinterteil zuwandte. Ich spürte, dass meine Hand von etwas Warmem, Trockenem fest umschlossen wurde. Zuerst dachte ich, es sei der Schließmuskel der Ziege, doch dann sah ich, dass sie einen sehr langen Schwanz mit einem dicken, fleischigen Knubbel am Ende hatte, wie eine Binse, und in diesem Knubbel saß eine Art Maul, in dem meine Hand feststeckte. Ich versuchte sie herauszuziehen, nicht mit Gewalt, sondern ganz unauffällig. Ich verspürte Ekel, Angst, vor allem aber hoffte ich, dass mich niemand in dieser entwürdigenden Lage sah. Was auch nicht geschah. Während ich mich immer noch dezent zu befreien suchte, tauchte ich aus dem Schlaf ins fahle Morgenlicht auf. Die Aura von Geheimnis, Schönheit und Degout, die dem Traum angehaftet hatte, verblasste langsam und wich einer unangenehmen Frage: Warum wurde in meinem Reiseführer, der doch sonst so reich an Informationen war, der Palazzo Sessa mit keinem Wort erwähnt? Warum war er auf keiner Karte verzeichnet?

Auch später, als ich mich, mit Kaffee und Gebäckstücken gestärkt, auf den Weg machte, plagte mich diese Frage noch. Ich wusste natürlich, wo ich hinmusste. In Gedanken hatte ich sie schon tausendmal nachvollzogen, deine triumphale Kutschfahrt vom Hafenviertel zum Palazzo, nach erfolgtem Salut, nach Emmas Ohnmacht, nach der Willkommensrede von König Ferdinand, der in seinem Samtanzug so schwitzte.

Ich erinnere mich noch an jede Einzelheit meines Spaziergangs an diesem Tag. Die weite, glitzernde Bucht, der im frühen Sonnenlicht sanft wirkende Vesuv, die deutlich sichtbaren Aschespuren seiner Eruptionen, eine Gruppe Polizisten mit glänzenden Pistolenhalftern, die scherzend und lachend an einer Straßenecke standen. Über die breite Via Marina, zum Largo di Castello hinauf, dann den steilen Pizzofalcone-Hügel hoch. Ich hatte keine gute Kondition und musste langsam machen. Die Straßen waren schmal, mit dunklen Steinen gepflastert, die Häuser hoch und dicht gedrängt. Das volle Tageslicht war noch nicht bis hierher durchgedrungen, ein Rest Dunkelheit hing zwischen den Häusern. Eine kurze Gasse führte zu einem gepflasterten Platz mit einer kleinen Kirche auf der einen und einem überwölbten Durchgang auf der anderen Seite, durch den man in den Innenhof des Palazzo Sessa gelangte.

Da war er, der Palazzo: die offizielle Residenz des britischen Botschafters, vom Marchese di Sessa für hundertfünfzig Pfund im Jahr gemietet, ein stolzer Preis für damalige Verhältnisse; davor rund sieben Jahrhunderte lang Heimstatt verschiedener Mönchsorden. Hier traf Emma an ihrem einundzwanzigsten Geburtstag in der vollen Blüte ihrer Schönheit ein, von Sir Williams Neffen verstoßen – auch wenn sie das damals noch nicht wusste –, bald darauf Geliebte, dann Gattin von dessen altem Onkel. Hierher brachte man den erschöpften Horatio nach seinem großen Sieg am Nil, hier wurde er von Emma gepflegt, hier lag er und betrachtete sie, während sie durchs Zimmer ging, ihre üppige Figur nur von leichter Kleidung verhüllt. Hier nahm ihre gefeierte Liebe ihren Anfang.

Ich suchte die Fassade ab, zentimeterweise. Ich inspizierte das bogenförmige Portal. Es war nicht zu fassen: Nirgends auch nur der kleinste Hinweis darauf, dass der größte Held in der Geschichte unseres Landes zu einer absolut entscheidenden Zeit, als das Schicksal der Stadt auf dem Spiel stand, Monate seines Lebens hier verbracht hatte. Ich stand dort auf dem dunklen Pflaster des Hofes und schaute zum ersten Stock hinauf, wo dein Zimmer war. Eine volle Wäscheleine verdeckte die hohen Fenster. Eine weitere war quer durch den ganzen Hof gespannt. Irgendwo im Haus schrie ein Baby in beharrlichem, blindem Kummer, kaum je Atem schöpfend. Mir gegenüber, am Fuß der steinernen Treppe, die du hinaufgestiegen sein musst, um zu deinen Gemächern zu gelangen, standen zwei Frauen zusammen. Sie hatten sich unterhalten, waren aber verstummt, als ich kam, und musterten mich nun. Das Haus war an mehrere Parteien vermietet. Es gab keine Möglichkeit hineinzugehen, das Zimmer deines Fieberns, deiner aufkeimenden Begierde aufzusuchen, das Zimmer, das ich mit dir geteilt hatte, wie ich auch deine Gedanken an Emmas Körper geteilt hatte. Verstört hob ich das Gesicht zum hellen Blau des Himmels über mir, an dem gemächliche Wolken dahinzogen und hoch oben Mauersegler kreisten. Eine plötzliche Stille trat ein, zumindest kam es mir so vor, und ich meinte, trotz der großen Entfernung die dünnen Schreie der Mauersegler zu hören, die mir irgendetwas Wichtiges mitteilen wollten. Doch es war der Klang der Trauer, sie fiel auf mein nach oben gewandtes Gesicht, traf es wie Regen. Seine Worte, in mein Gedächtnis eingegraben, sein Mut, der meinen Mangel daran ausglich ... Der Himmel war leer, die Vögel waren stumm. Ich nahm wieder das Geplärre des Babys wahr, die Blicke der Frauen, die Wäscheleinen. Irgendwo hinter mir erklang Radiomusik, dünne, leicht verzerrte Klänge.

Ich wandte mich ab, ging wieder durch den überwölbten Durchgang, an der Kirche vorbei, zurück ans Wasser. Alles, was ich betrachtete, erschien mir unglaubwürdig, unwirklich.

Du hattest Ihre bourbonischen Majestäten gerettet, hattest Neapel von den verfluchten Franzosen erlöst ... Vielleicht würde ich in den beiden Forts, in denen die Jakobiner sich gegen dich behauptet hatten, ja irgendetwas entdecken, wodurch sich der Tag noch zum Guten wandte.

Kastell Nuovo war das nähere, es lag gegenüber dem königlichen Palast, auf der Meerseite. Ich brauchte eine knappe halbe Stunde, um hinzulaufen. Runde, zinnenbewehrte Türme aus dunklem Stein, ein überhaupt nicht dazu passender Triumphbogen aus weißem Marmor, der anlässlich der Eroberung der Stadt durch Alfons I. von Aragon errichtet worden war. In einem kleinen, an den Hof angrenzenden Kabuff kaufte ich mir eine Eintrittskarte. Irgendwo hier drin hatten die Rebellen, die gegen Ende in Panik gerieten, mehrere royalistische Geiseln erschossen. Vielleicht hatten sie es dort drüben vor der Treppe getan, wo jetzt eine Gruppe schwatzender Schulkinder zusammenstand. Oder vor der Mauer unterhalb der Kapelle – Massenerschießungen schienen im Allgemeinen vor irgendetwas stattzufinden. War es diese Bluttat, die dich dazu bewog, so grausam mit den Rebellen umzuspringen, sie als Freiwild zu betrachten, als Menschen, denen gegenüber man Versprechen nicht einhalten musste? Ich versuchte immer noch, irgendeine plausible Erklärung zu finden. Doch ihr Vergehen war gering im Vergleich zu dem, was der royalistische Mob draußen auf der Straße veranstaltete. Nein, du warst von Anfang an gegen sie, du verabscheutest ihr libertäres Gerede, leere Phrasen, die sie den bombastischen, barbarischen Franzosen doch nur blind nachplapperten.

Ich musste ganz nach oben, an die Brustwehr des Kastells, damit ich über den meerzugewandten Toren, aus denen die Rebellen gekommen waren, in die Ferne schauen konnte und den gleichen Blick in Richtung Sorrent hatte, den auch sie an ihrem letzten Tag in Freiheit gehabt haben mussten, bevor man sie auf die Transporter einschiffte, die zu ihren schwimmenden Gefängnissen wurden.

Eine steinerne Treppe führte nach oben. Ich ging eilig hinauf, von einer gewissen Aufregung erfüllt, dem Gefühl, dort oben in der Höhe womöglich eine Offenbarung zu erleben. Ich würde sehen, an welcher Stelle die Rebellen an die Kaimauer gekommen waren, würde sie mit etwas Fantasie so sehen, wie er sie gesehen hatte, als er auf seinem draußen in der Bucht ankernden Flaggschiff wartete und, das Fernrohr am Auge, befriedigt feststellte, dass ihnen keine kriegerischen Ehren erwiesen wurden. Vielleicht würde mir ja durch diese Verletzung der Parallelität, dieses Spleißen der Blickwinkel irgendeine entscheidende Erkenntnis zuteil...

Doch auf dem breiten Treppenabsatz im zweiten Stock wurde mir der Weg von zwei Wärtern versperrt, die mir warnend die Arme entgegenstreckten und etwas sagten, das ich nicht verstand. Ich hörte schwere Türen zuschlagen. Offenbar sollte ich wieder in den Hof hinuntergehen. Was war passiert? Dass sie bereits schlossen, konnte nicht sein, es war noch nicht einmal elf. Die Wärter riefen sich untereinander etwas zu. Von draußen drang eine andere Art von Rufen herein, ein schwerfälliges, unablässiges Skandieren. Und von ganz oben, ich sah nicht wo, andere Stimmen, wegen der Entfernung nur schwach zu hören.

Der Mann an der Kasse konnte etwas Englisch. So erfuhr ich schließlich, was los war. Draußen fand eine Massendemonstration der Arbeitslosen von Neapel statt, einige der Demonstranten hatten sich ins Fort eingeschmuggelt und die Bollwerke besetzt, ihre Stimmen waren es gewesen, die ich von oben hatte herunterrufen hören. Sie seien mit Knüppeln bewaffnet, sagte der Mann – Furcht erregende Exemplare, wie er mir mit Gesten verdeutlichte. Sein Gesicht nahm einen Ausdruck schmerzhafter Aufrichtigkeit an. Es seien üble Gesellen, sagte er, gar keine echten Arbeitslosen. Man fürchte um die Sicherheit der Gemäldegalerie, der Fresken in der Kapelle. Alles müsse verriegelt und versperrt werden.

Es schien wenig sinnvoll, hier zu bleiben und zu warten. Es

konnte lange dauern, bis diese Eindringlinge vertrieben waren. Wahrscheinlich würde die Bereitschaftspolizei gerufen werden. Ich machte mich auf den Weg zum Ausgang, stellte aber fest, dass das Tor ebenfalls verriegelt war. Zwei Wärter in knallblauen Uniformen, auf jeder Seite einer. Bitte öffnen Sie das Tor. Ich deutete mit den Händen das Entriegeln und Öffnen des Tors an. Die Wärter schüttelten den Kopf und gaben mir durch Gesten zu verstehen, draußen vor der Tür stünden noch mehr Leute mit Knüppeln, die nur darauf warteten, eindringen zu können. Wie lange wird das alles dauern?, fragte ich, indem ich mit hochgezogenen Augenbrauen auf meine Uhr klopfte. Allseitiges Achselzucken, das wusste keiner. Ich war eingeschlossen, saß fest zwischen besetzten Bollwerken und verriegelten Toren.

Es war heiß, selbst im Schatten der Hofmauer. Nach wie vor waren in der Ferne die flammenden Reden der Männer oben an der Brustwehr zu hören. Ich starrte angestrengt ins grelle Licht und konnte zwei gestikulierende Gestalten ausmachen. Einer hob und schwenkte etwas, das wie ein Stock oder eine kurze Stange aussah, das eine Ende dicker als das andere. Belagerer oder Belagerte? Der Himmel hinter ihnen war glasig weiß, schmerzte in den Augen. Mir wurde plötzlich schwindlig, und ich befürchtete zu fallen. Ich trat einen Schritt zurück, fasste nach der stützenden Wand und erinnerte mich, während meine Benommenheit langsam nachließ, wie Miss Lily mich an jenem Abend gehalten hatte, als ich getaumelt war, erinnerte mich an die Wärme ihrer Hand unter meinem Arm.

Es waren noch andere Besucher da, die im Hof umherwanderten oder im Eingangsraum bei der Kasse standen. Ein hageres amerikanisches Paar; eine italienische Familie, Mann und Frau mit zwei zänkischen kleinen Mädchen; eine Gruppe junger Leute, wahrscheinlich Studenten. Allesamt Geiseln, Opfer der Umstände, vermieden wir es, uns anzusehen. Nach etwas mehr als einer Stunde wurde das Tor entriegelt, und wir durften gehen. Es waren keine Demonstranten mehr draußen auf der Straße, dafür eine beträchtliche Anzahl behelmter Polizisten, die in Gruppen stumm neben den Mannschaftswagen standen, mit denen sie gekommen waren.

Es war Viertel nach zwölf, als ich herauskam. Die Sonne stach herunter, als hätte sie eigens auf mich gelauert. Nichts sah mehr aus wie vorher. Die Straße kam mir breiter vor, ein wahrer Strom von Autos; auf die andere Seite zu schauen war, als würde man angestrengt nach einer fernen Küste spähen. Zu weit weg, das Licht zu grell. Ich spürte die Blicke der Polizisten auf mir.

Es war Zeit fürs Mittagessen, aber ich hatte nicht den geringsten Appetit. Ich lief los, hielt mich immer links vom Wasser, blieb ab und zu stehen, um einen Blick auf meine Karte zu werfen. Es dauerte fast vierzig Minuten, bis ich die Kirche Santa Maria del Carmine vor mir sah. Ich musste die Straße überqueren, ein gefährliches Unterfangen, da sie mehrspurig war und kein Mensch die Ampeln beachtete. Ich spurtete hinüber und wäre um ein Haar überfahren worden. Das Blut pochte mir in den Schläfen, und ich verspürte erste Anzeichen von Kopfweh; ein dumpfer, beständiger Schmerz hinter den Augenbrauen. Doch im Innern der Kirche, einem harmonischen Ensemble aus verschiedenfarbigem Marmor, war es kühl, das Licht gedämpft. Niemand anders war da. Ich blieb eine Weile reglos stehen und ließ alles auf mich wirken, die friedliche Stille, die mit Einlegearbeiten verzierten, in gleichmäßigen Abständen aufeinander folgenden Pilaster, die steinernen Engelsköpfe auf den Rundbögen. Es hatte sich nicht viel verändert seit Ruffos Zeiten, seit jenem Morgen des 27. Juni 1799, als der Kardinal hier mit großem Pomp einen Dankgottesdienst anlässlich des positiven Ausgangs der Vertragsverhandlungen gefeiert hatte.

Er war bester Laune an jenem Tag – zumindest behauptete er das. *Voller Befriedigung, dass die Engländer den Vertrag nicht nur anerkannt, sondern auch selbst in die Tat umgesetzt hatten.* So wiederum Sacchinelli, der gewissenhafte Sekretär, nach dem Tode seines Brotherrn. Wie in einer Grotte hallten die Worte in meinem Kopf wider, hier in dieser prächtigen, höhlenartigen Kirche. Woran dachte der Kardinal, als er an jenem Tag das »Te Deum« anstimmte, die Hostie hochhielt? Die Rebellen hatten die Forts bereits verlassen, waren von Horatios Seesoldaten auf die Transportschiffe getrieben worden. Was wusste Ruffo, was ahnte er? Glaubte er wirklich, man würde die Jakobiner nach Frankreich segeln lassen? Oder war die Messe ein prunkvoller und feierlicher Akt der Heuchelei, der ihn exkulpieren und die Briten in den Ruch des Verrats bringen sollte?

Dieselben Fragen. Ich war den Antworten hier um keinen Deut näher als in meinem Keller in Belsize Park. Als ich dort stand, diesen Reif dumpfen Schmerzes um die Stirn, spürte ich die gleiche Trauer, die gleiche Hilflosigkeit, die ich auch zu Hause in meinem Arbeitszimmer so oft verspürt hatte. Wie man die Dokumente auch interpretieren mochte, die Wahrheit lag unerreichbar in der Vergangenheit, lag in den Blicken, die ausgetauscht, dem Tonfall, in dem gesprochen worden war – und Augen und Stimmen hatten keine Spuren hinterlassen.

Wieder hinaus in die stechende Sonne. Ein fünfminütiger Spaziergang brachte mich vom Ort der Danksagung, ob sie nun realer Empfindung entsprungen war oder nicht, zum Schauplatz der unleugbar realen Erhängungen, die kurz darauf begannen. Die Piazza Mercato – hier hatten die Hinrichtungen stattgefunden, hier waren schon seit hunderten von Jahren öffentliche Hinrichtungen vollzogen worden. Ein weitläufiger, öder Platz zwischen dem Hafen und dem Viertel Forcella, von ein paar undefinierbaren Buden gesäumt. An der Ostseite ein Markt, auf dem billige Freizeitartikel verkauft wurden: Gartenstühle aus Plastik, Schlauchboote, Gummi-Enten, aufblasbare Plantschbecken, leuchtend bunte Sonnenschirme, alles auf dem Pflaster zur Schau gestellt. Weiter hinten ein paar kleine Jungen, die lustlos einen Ball herumkickten. Eine Barockkirche mit bleifarbener Kuppel und verwitterten Heiligen an der Fassade.

Irgendwo hier, in der Mitte … Der Frage von Recht und Unrecht, von gebrochenen oder gehaltenen Versprechen ungeachtet, endete hier, auf diesem Platz, das Leben der Anführer jener kurzlebigen Revolution. Tag für Tag wurden sie in jenen Sommermonaten im Jahr 1799 in Gruppen hierher gebracht, um mit dem Henker und dem Fußezieher zu jenem dreiköpfigen, baumelnden Untier vereinigt zu werden, das mich schon so lange verfolgte.

Ich schaute mit zusammengekniffenen Augen über den schattenlosen Platz. Ich sehnte mich nach der Kühle der Nacht, nach der Dunkelheit, wie auch sie es wohl getan hatten, als man sie ihrem Tod entgegenführte. Dann würde die Qual vorbei sein, sie würden ihre eigene Dunkelheit gefunden haben. Die Truppen zogen sich bei Einbruch der Nacht zurück, sie hatten nur für den Vollzug der Hinrichtungen zu sorgen. Der Henker entkleidete die Leichen und ließ sie hängen, damit der Pöbel sich mit ihnen vergnügen konnte. Waren es keine Bürger von Neapel, erklärte sich niemand für sie zuständig, und sie blieben einfach hängen. Die *lazzaroni* schubsten und zogen sie hin und her. Wie alle anderen Herzensregungen braucht auch die Grausamkeit Zeit, um sich zu entfalten. Irgendwann folgten auf Spott und Hohn die Messer, man stach in die Leichen, schnitt ihnen Ohren, Nase, Hoden ab, hackte die Rippen entzwei. Und dann kam der Festschmaus. Die Lebern der Erhängten wurden gegrillt und gegessen, hier auf dem Platz, vielleicht genau da, wo ich jetzt stand. Es wird berichtet, dass ein Passant, der sich weigerte, an dieser Mahlzeit teilzunehmen, auf der Stelle getötet wurde.

Du sahst nichts von alledem, sahst die Hinrichtungen nicht, kamst nicht in Berührung mit dem verderblichen Einfluss dieses Mobs. Du warst … woanders. An Bord deines Schiffs oder in Sizilien oder im Palazzo Sessa, wo du die heißen Nachmittage verdöstest. Du hörtest es, musst es gehört haben, niemand in Neapel kam daran vorbei, an jenem laut aufbrausenden Jubel, wenn das Opfer in die Leere gestoßen wurde.

Die Kuppel der Kirche war bis ins kleinste Detail zu erkennen. Ich hatte den Eindruck, als erzittere, als bebe die Luft ganz leicht, wie durch den einfachen Ausschlag eines Pendels. Dann war der Platz wieder tot; staubig, trist und nichts sagend, wie erdrückt von dem monotonen Licht. Die grell bunten Strandartikel, die gelegentlich ertönenden Kinderstimmen, die gedrungene kleine Kirche ... Diese unglaubliche Konzentration von Schmerz und Entsetzen – irgendwie hatte ich erwartet, sie hier widergespiegelt zu sehen, doch da war nichts als die trostlose Hässlichkeit der Gegenwart.

Es kostete mich erstaunlich große Anstrengung, mich abzuwenden und den Platz zu verlassen. Reine Müdigkeit, wahrscheinlich, aber ich hatte das Gefühl, dass ich noch sehr lange völlig reglos dort hätte stehen können, Teil der verfallenen Kulisse dieses Platzes. Es war jetzt zwanzig nach zwei, und Sims kam um halb sechs ins Hotel, es blieb mir also noch genügend Zeit, um das andere Fort, Kastell dell'Ovo, zu besichtigen, allerdings hatte ich vergessen, in Erfahrung zu bringen, ob es auch nachmittags geöffnet hatte. Wahrscheinlich nicht. Aber es lag ohnehin in der Nähe des Hotels. Ich war erschöpft, kam jedoch nicht auf den Gedanken, eine Pause zu machen oder etwas essen zu gehen. Ich wollte kein Taxi nehmen, scheute vor dem Kontakt mit einem anderen Menschen zurück. Bloß Sims wollte ich sehen; ich setzte einige Hoffnung auf Sims.

Ich ging jetzt langsamer; ich brauchte über eine Stunde, um zum Fort zu gelangen. Zu meiner Erleichterung war das Tor offen; doch als ich näher kam, stellte ich überrascht fest, dass die Figur auf dem Plakat über dem Eingang, die ich von meinem Hotelfenster aus gesehen und die mich aus der Entfernung an Donald Duck erinnert hatte, tatsächlich Donald Duck war, inklusive flottem Matrosenhütchen, Grinseschnabel und platschigen Füßen mit Schwimmhäuten. Über seinem Kopf stand in leuchtend roten Buchstaben *Il Mondo dei Paperi*. Lichtflecken rieselten über das Plakat, vom glitzernden Wasser im Hafen reflektiert. *Mondo* bedeutete Welt – die Welt des Donald Duck. Nach einem Moment des Unglaubens begriff ich: In diesem altehrwürdigen Gebäude fand eine Donald-Duck-Ausstellung statt.

Vielleicht war es ja möglich, Donald zu umgehen, eine Eintrittskarte nur für das Fort zu kaufen. Ich ging durch den überwölbten Eingang und sprach den Mann in der verglasten Kasse an. Ich sprach deutlich, direkt durch die Sprechöffnung. Nicht Donald, bitte. Aber das eine ging nicht ohne das andere. Die Augen des Mannes gefielen mir nicht, sie waren klein und schwarz, und genauso wenig gefiel mir, wie er mich durch seine Glaswand hindurch anstarrte, als stimmte etwas mit mir nicht, als wäre es seltsam, Donald auslassen zu wollen. Mir fiel jetzt ein, dass ich die Ausstellung ja einfach ignorieren und direkt hochgehen konnte. Ich würde daran vorbeigehen, zu den sonnenbeschienenen Bollwerken hinaufsteigen, die Kanonen inspizieren, die immer noch an ihren Plätzen standen, von der Höhe auf das Wasser hinausblicken, wo deine Schiffe vor Anker lagen.

Doch am Eingang der Ausstellung standen zwei junge Leute, ein Mädchen und ein Junge in Donald-Duck-T-Shirts, und sie hatten bereits das bunte Ticket in meiner Hand erspäht, auf dem ebenfalls Donald Duck abgebildet war. Sie begrüßten mich mit einem Lächeln, hielten mir einen Prospekt hin, dachten, ich wäre seinetwegen gekommen. Ich war zu müde, zu verwirrt, konnte unmöglich dieses Lächeln und diese T-Shirts enttäuschen, konnte mich nicht einfach an ihnen vorbeidrücken, mit gesenktem Kopf, um nicht zu sehen, wie ihr Gesichtsausdruck sich veränderte. Ich versuchte zu lächeln, versuchte, wie jemand auszusehen, der sich auf etwas ganz Besonderes freut, und ging hinein.

Einmal drin, war es unmöglich, schnell wieder hinauszukommen. Es war ein Einbahn-System, in dem man mit Pfeilen von einem Raum in den nächsten geleitet wurde. Die Ausstellung war gigantisch, sie erstreckte sich über drei Stockwerke, die alle auf eigenartige Weise von Stimmen erfüllt waren. Höhlenartige Räume voll Stimmen und dem Echo von Stimmen; aber keine menschlichen Gesichter, zumindest kann ich mich an keins erinnern, so schrecklich war die Wirkung der Gesichter an der Wand. Donalds gesamte Verwandtschaft war da, starrte in grotesker Vergrößerung auf einen herunter. Wohin ich auch blickte, sah ich ihre Augen, riesengroß, wimpernlos, entsetzlich durchdringend. Die Primärfarben gellten von den Wänden. Die Lymphknoten an meinem Hals fühlten sich heiß an, ich spürte, wie mir der Schweiß über Brust und Rücken rann. Ich versuchte zweimal umzudrehen, so zurückzugehen, wie ich gekommen war, doch weitere junge Leute in Donald-Duck-T-Shirts versperrten mir den Weg. Sie deuteten lächelnd auf die Pfeile, ich solle den Pfeilen folgen. Im zweiten Stock war es noch schlimmer als im ersten, hier war der schottische Zweig der Familie ausgestellt, die Namen in grellen Großbuchstaben darunter: Emil Erpel, Sir Gregor Gründel und Sir Donnerbold Duck, letzterer in Furcht erregender Größe mit Zylinder und Gamaschen. Es gab keinen Punkt im ganzen Raum, wo ich hätte hinschauen können, wo meine Augen Zuflucht vor ihnen gefunden hätten. Der Moment kam, wo ich mich nicht mehr in der Lage sah, den Raum zu durchqueren, mich dem Kreuzfeuer dieser Blicke auszusetzen, die Treppe zum dritten und letzten Stock, den einzigen Ausweg, zu erreichen. Ich wollte mich verstecken, mich mit dem Rücken an die Tür pressen. Ich war mir meiner lauten Atemzüge bewusst. Ich rettete mich an einen der Fensterschlitze, sah hinaus auf ein unverhofftes, glitzerndes Stück Meer, den zackigen Rand des Vesuv, die Mole des Forts, die die Jakobiner auf dem Weg zu ihrer Einschiffung entlanggegangen waren. Dies war der Ausblick, den ich die ganze Zeit gesucht hatte. Als ich mich wieder umwandte, fuhr ich unwillkürlich zurück, zu Tode erschrocken vor den riesigen bösen Augen von Onkel Dagobert und dem kollektiven Blick eines Boots voll Panzerknacker in Piratenkostümen.

Wie lange ich dort blieb, wie ich die Kraft fand hinauszugehen, ich weiß es nicht mehr. Irgendwann zwang ich mich, mit gesenktem Blick zum Fuß der Treppe zu laufen und hinaufzugehen. Im dritten Stock war es nicht mehr so schlimm. Es gab keine auf monströse Ausmaße vergrößerten bösartigen Enten mehr, nur ein paar von Donalds sanftäugigeren Cousins und Cousinen, Sonja Schnabel, Peter Perlhuhn, Arnfried Gans.

Diese letzte Galerie war anders als die anderen, hier hingen Kopien bekannter Gemälde, absolut detailgetreu bis auf die Tatsache, dass Disneyfiguren die Menschen ersetzten. Ich blieb eine ganze Weile dort, wartete, bis sich mein Atem beruhigt, meine Panik gelegt hatte – Angst äußerte sich bei mir als eine Art Fieber, nicht als Frösteln; das Frösteln begann jetzt, als der Schweiß auf meinem Körper abkühlte. Ich sah Jan van Eycks Porträt der Arnolfinis, auf dem das Paar von Rudi Ross und Klarabella Kuh verkörpert wurde, und Caravaggios berühmtes Bild »Der Lautenspieler«, auf dem Minnie Maus die Saiten zupfte.

Als ich in jener innerlichen Leere, die immer auf die Angst folgte, vor diesen Zerrbildern stand, spürte ich trotz meiner Müdigkeit, meines Kopfwehs, meiner angestrengten Augen, wie sich die vage Hoffnung auf Offenbarung in mir regte. Diese Bilder, die über andere Bilder gelegt waren, die albern lächelnde Minnie, Klarabella und Rudi mit ihren riesigen Gebissen – vielleicht lag hier das Geheimnis, der Schlüssel, nach dem ich suchte, nicht draußen auf dem sonnenbeschienenen Meer. Dieser Vermeer hier, ein schürzentragendes Schneewittchen in der Küche, inmitten von abhängendem Geflügel und den Küchengeräten einer fremden Kultur ... Wenn man doch die einzelnen Schichten abtragen, die Wahrheit unter dem Bild finden könnte, bevor der erste Maler sie fand, noch vor den ersten, verfälschenden Pinselstrichen. Mir fielen wieder jene bunten Bildchen ein, die ich als kleines Kind so geliebt hatte, Abziehbilder, ungefähr so groß wie eine Streichholzschachtel und hinten von einer dünnen Folie bedeckt. Man zog die Folie ab, drückte das Bild auf ein weißes Blatt Papier, und da war es, perfekt abgedruckt. Engelhaie, Flamingos, ein Boot auf einem blauen Meer, ein Jäger im roten Rock. Es funktionierte auch auf der Haut, besonders da, wo die Haut blass und unbehaart war, am Innenarm zum Beispiel. Abziehbilder konnte man nur einmal verwenden, aber man konnte mehrere übereinander abziehen, was immer wieder reizvoll schien und stets mit einer Enttäuschung endete, da nur verzerrte Formen und verlaufene Farben dabei herauskamen. Vielleicht das erste Mal, dass ich Trauer empfand; das Bedauern, das ursprüngliche Bild zunichte gemacht zu haben, das Wissen darum, es nicht wiederherstellen zu können.

Eine Gruppe plappernder Kinder unter der Obhut einer älteren Dame, die wohl ihre Lehrerin war, schlug mich in die Flucht. Schließlich und endlich tat sich ein Ausweg auf - eine Steintreppe, die hinunter und hinaus führte. Es war zu spät, um mir noch das Fort anzusehen, ich war um halb sechs mit Sims im Hotel verabredet. Wenn ich vor ihm da sein wollte, reichte die Zeit gerade noch, um hier hinauszufinden, an dem kleinen Yachthafen vorbei zurückzugehen und die breite Uferstraße zu überqueren.

Ich erreichte den sicheren Hafen der klimatisierten Bar mit sechs Minuten Vorsprung. Ich fühlte mich klebrig und wenig präsentabel, aber zum Duschen war nicht genug Zeit, wenn ich als Erster da sein wollte. Die Bar war lang und von dunklem Glanz erfüllt. Hinter dem Tresen brannte schon schwaches Licht, obwohl auf die Korbstühle und die Glasplatten der Tische am vorderen Ende noch gedämpft die Sonne fiel. Auf den Barhockern zusammenzusitzen kam nicht in Frage, ich kannte meine Unzulänglichkeiten, wollte Sims nicht so nah sein, wäre nicht in der Lage, mit ihm zu reden oder seinen Blick zu erwidern. Ich ging an den Tresen und bestellte einen Rotwein. Mit dem Glas in der Hand ging ich zu dem Ecktisch hinüber, der am weitesten vom Tresen entfernt war, und setzte mich mit dem Rücken zur Wand, damit ich den Eingang im Blick hatte. Zu dieser frühen Stunde saß ich allein dort zwischen all den

Tischen. Ich trank etwas von dem Wein, der gut war, vollmundig, von einem dunklen Rubinrot – ein sardischer Wein, hatte der Barmann gesagt. Schon nach dem ersten Schluck ließ fast augenblicklich mein Kopfweh nach, meine Müdigkeit verschwand, und ich fühlte mich vollkommen wach.

Er kam um dreiundzwanzig Minuten vor sechs. Ich erkannte ihn sofort, noch bevor er am Tisch stand, bevor dieses Lächeln auf seinen Lippen erschien, Zeichen der Ungewissheit und vorweggenommene Entschuldigung für den Fall einer Verwechslung. Ich hatte ihn noch nie gesehen, und doch durchzuckte mich das Gefühl freudigen Wiedererkennens. Diese kräftige, großgliedrige Gestalt, der unbekümmerte, leicht watschelnde Gang, das blonde Haar, das gebräunte Gesicht, diese Fältchen um die Augen, die vom häufigen Blick auf ferne Horizonte stammen – es war Mahan, wie er leibte und lebte.

Als er näher kam und ich aufstand, um sein Lächeln zu erwidern, wurde dieser Eindruck immer stärker. Jedes Detail stimmte. So sehr, dass ich, als er die Hand ausstreckte und sagte: »Sims, Ernesto Sims«, einen Moment lang überhaupt nicht wusste, was er meinte.

»Charles Cleasby«, sagte ich. »Es ist sehr nett, dass Sie sich Zeit für mich nehmen.« Irgendwann zwischen Anfang und Ende dieses Satzes fiel mir auf, wie fremd und unstimmig sein Vorname klang. Er setzte sich mir gegenüber, so weit wie möglich von mir entfernt, was mir gefiel, ich empfand es als eine taktvolle Geste. Ich fragte ihn, was er trinken wolle – an seiner Seite war ein Kellner aufgetaucht. Er bestellte ein Getränk namens *carpano*, von dem ich noch nie gehört hatte, das ich aber für eine Art Aperitif hielt. Auch dies eine kleine Unstimmigkeit – für mich war Mahan ein Whisky-Soda-Trinker, ob auf fremden Veranden oder am heimischen Herd. Ich bestellte noch ein Glas sardischen Wein. »Zu freundlich, dass Sie mir Ihre Zeit opfern.« Aus lauter Befangenheit wiederholte ich mich.

»Ich bitte Sie. Es ist schön, mal ein anderes Mitglied des Nelson-Klubs kennen zu lernen.«

Irgendetwas an seinem Ton ließ mich einen kurzen Blick auf sein Gesicht werfen. Doch es war nichts darin zu sehen. Wusste er, dass ich kein Mitglied mehr war? Warum hatte ich geglaubt, er habe blaue Augen? Sie waren dunkel, fast schwarz. Aber seine langen Beine hatte er von sich gestreckt, lässig gespreizt, so wie damals in meinem Arbeitszimmer. Er hatte ein ziemlich zerknittertes Leinenjackett an. Ein dunkelblaues Taschentuch hing lose gefaltet aus seiner Brusttasche.

»Wie gefällt Ihnen Neapel?«, fragte er.

Eine seltsame Frage, dachte ich. Wie konnte ich ihm erklären, dass Horatios und mein Neapel eine tückische Falle, ein klebriges Spinnennetz war? Er lebte in Neapel. Ich konnte es nicht riskieren, ihn zu verärgern, sonst verweigerte er mir womöglich noch seine Hilfe.

»Na ja«, sagte ich, »ich bin eigentlich nicht als Tourist hier, wissen Sie. Ich bin hierher gekommen, um seinen Spuren nachzugehen.«

»Wessen Spuren, wenn ich fragen darf?«

»Na seinen, Nelsons Spuren. Bislang bin ich allerdings nicht fündig geworden.«

Ich ahnte nichts. In meinem ersten, vertrauensvollen Überschwang begann ich ihm von meinem Buch zu erzählen, von dem Problem, mit dem ich mich herumschlug. »Ich dachte, Sie hätten vielleicht einen Tipp für mich.«

Ich hatte in unbeschwertem Ton gesprochen, denn Mahan sollte nicht denken, ich sei mit meinem Latein am Ende – nur, dass ich mich ein wenig umhörte. Er beugte sich auf seinem Stuhl nach vorn. Das rotbraune Zeug in seinem Glas hatte er kaum angerührt.

»Was haben Sie denn erwartet?«, fragte er. »Eine Gedenktafel am Palazzo Sessa zu Nelsons Ehren? Eine von diesen blauen womöglich, wie sie in London an den Häusern hängen?«

Mit diesem Tonfall hatte ich nicht gerechnet; etwas Schroffes, Spöttisches schwang darin mit und trieb mich in die Defensive. »Na ja, vielleicht keine Gedenktafel«, sagte ich, »aber zumindest irgendeinen Hinweis darauf, dass er dort war.« *Ernesto.* Und diese Augen, dunkel, unergründlich …

Er sah kurz zu Boden, und seine Schultern sanken herab, als er langsam die Luft ausstieß. »Guter Mann«, sagte er, »Sie haben einen enttäuschenden Tag hinter sich, aber Sie könnten ein ganzes Jahr lang durch diese Stadt laufen und würden nirgends auch nur den kleinsten Hinweis auf Nelson finden, nichts, keine Silbe, keinen Ton. Der Palazzo Sessa geht auf die Piazza dei Martiri hinaus. Haben Sie sich das Denkmal dort mal angeschaut?«

»Nein.«

»Die Märtyrer, um die es geht, sind die neapolitanischen Jakobiner, die 1799 im Namen der Freiheit aufs Schafott geführt wurden, dank der freundlichen Vermittlung von Lord Nelson. Die Straße, in der dieses Hotel hier liegt, ist nach der Republik benannt, an deren Niederwerfung Nelson beteiligt war.«

»Ja, das weiß ich.«

»Und wissen Sie auch, dass Sie, wenn Sie hier rausgehen und sich rechts halten, ziemlich bald auf die Via Caracciolo treffen, einen breiten, sehr schönen Boulevard, der am Meer entlang nach Vomero führt? Oder dass Sie nur ein Stückchen die Via Santa Lucia hinaufgehen müssen, hier direkt hinter dem Hotel, um zu der kleinen Kirche Santa Maria in Catena zu gelangen, in der sich Caracciolos Grab befindet? Genau der Caracciolo, der neapolitanische Admiral, den Nelson auf sehr zweifelhafter Rechtsgrundlage innerhalb weniger Stunden vor ein Kriegsgericht stellen, als Verräter verurteilen und erhängen ließ. Caracciolo war der, dessen Leichnam auf dem Wasser trieb, erinnern Sie sich? Na sicher, Sie haben bestimmt Parsons' Darstellung gelesen. Die Fischer bargen seinen Leichnam aus der Kuhle im Sand, wo die Briten ihn hingelegt hatten, ohne ihn auch nur vor den Hunden zu schützen. Jetzt hat er hier eine würdige Grabstätte gefunden, einer von Italiens meistgeehrten Söhnen.«

Er hielt inne und nahm einen Schluck von der sirupartigen

Flüssigkeit in seinem Glas. Er war sehr umsichtig gewesen, aber mit der Bestellung dieses Drinks hatte er einen Fehler gemacht. Ich wusste jetzt, dass er nicht war, was er zu sein schien. Ich wusste, dass ich sehr vorsichtig sein musste.

»Sie sind wegen des falschen Helden hier«, sagte er. »Hier ist Caracciolo der Held. Helden werden nicht importiert.«

Ich sah, wie er ironisch den Mund verzog, als er das sagte. Ein dünnlippiger Mund. Es war klar, dass Helden ihm nicht viel bedeuteten, ganz gleich ob englische oder italienische. Mahan hätte so etwas nie gesagt. Dieser Mann hatte keine Ideale. Eine Verwandlung war mit ihm vorgegangen, während er sprach. Er wirkte irgendwie schmaler dort auf seinem Stuhl, sogar sein Gesicht wirkte schmaler und die Stirn höher. Er war ein Imitator, und zwar ein gefährlich guter. Doch seine Maske bekam Risse.

»Schließlich«, sagte er, »würden die Leute hier wohl kaum das Andenken eines Mannes ehren, der ihrer Meinung nach für die Zerstörung einer der kultiviertesten Gesellschaften in ganz Europa verantwortlich war. Zwischen Ferdinands Rückkehr im Juli und dem darauf folgenden März wurden in Neapel und auf den Inseln hundertzwanzig Menschen umgebracht und zweihundertzweiundzwanzig zu lebenslangem Kerker verurteilt. Ganz zu schweigen von den hunderten, die zu kürzeren Haftstrafen verurteilt wurden und in Ferdinands schmutzigen Gefängnissen starben. Nur sehr wenige von ihnen waren Leute aus dem Volk, zwei oder drei vielleicht. Alle anderen waren Adlige, Offiziere, Rechtsanwälte, Doktoren, Professoren, Wissenschaftler und Literaten. In Ausübung seiner königlichen Gnade hat Ferdinand die gesamte neapolitanische Intelligenz erhängt, geköpft oder eingekerkert. Ist Ihnen klar, was für ein schwer wiegender Verlust das war? Man schnitt den Kopf ab und überließ den Rumpf dem Pöbel, der Kirche und der Tyrannei der Bourbonen. Ganz Süditalien leidet bis heute unter den Folgen.« Er schüttelte den Kopf. »Und Sie kommen hierher, um nach Nelson zu suchen.«

»Er war nicht dafür verantwortlich«, sagte ich. »Woher hätte er wissen sollen, was mit ihnen geschehen würde?«

Meine Worte dienten nur dazu, meinem Gegenüber mehr Macht zu verleihen, das wusste ich. Ich hatte Angst vor ihm, aber zugleich konnte ich nicht anders, als weiteres Unheil heraufzubeschwören, meinen Kopf selbst in die Schlinge zu stecken. Genau zu diesem Zweck hatte ich unser Treffen arrangiert, das begriff ich jetzt. Ich schaute weg und nahm all meine Willenskraft zusammen. An der Bar standen inzwischen ein paar Leute, und an einem der Tische saßen drei Geschäftsleute im Anzug, zu weit entfernt allerdings, um uns zu verstehen. Durch die Schwingtür, die auf die Straße führte, gingen Leute ein und aus. Die Bewegung der Tür ließ Lichtflecken durch den Raum sausen, wirbelnde, sich wandelnde Formen, die schon wieder verschwunden waren, kaum dass man sie wahrgenommen hatte. Das Licht hatte einen Stich ins Rötliche – die Markise vor dem Hotel war rot, wie mir plötzlich wieder einfiel. Die Rezeption lag jenseits der Tür, jenseits der vorbeigehenden Menschen und der tanzenden Lichtflecken. Sie erschien mir seltsam weit entfernt, und es sah aus, als wäre die Luft dort dicker, trüb und unbewegt, wie abgestandenes Wasser in einem Aquarium. Mir war plötzlich klar, dass ich gar nicht hergekommen war, um Horatio zu finden: Ich hatte ihn mitgebracht, damit er hier umgebracht würde, und ich mit ihm. »Ich habe vor, seine Unschuld zu beweisen«, sagte ich.

»Seine Unschuld zu beweisen?« Selbst seine Stimme klang jetzt anders, dünner, nasaler. Ich überwand mich und blickte in seine dunklen Augen. Er lächelte, das gleiche ungewisse Lächeln, mit dem er auch auf mich zugekommen war, so als wäre er sich nicht ganz sicher, wer ich war. »Haben Sie die italienischen Quellen gelesen?«

»Die, von denen es Übersetzungen gibt.«

»Die meisten sind nie übersetzt worden. Ich arbeite in der Nationalbibliothek hier in Neapel, wissen Sie. Es ist eine der besten Bibliotheken in ganz Italien – wir halten sie eigentlich für die beste. Ich leite die Abteilung für europäische Geschichte. Sie enthält die umfassendste Sammlung von Materialien hier aus der Gegend, die es überhaupt gibt – Chroniken, Tagebücher, Augenzeugenberichte. Diese Quellen lassen nicht den geringsten Zweifel daran, was die Rebellen glaubten. Noch Anfang Juli, als sie schon eine Woche lang eingeschifft waren, glaubten sie, dass sie nach Frankreich segeln würden. Gaetano Rodinò berichtet in seinen *Racconti Storici,* dass Mario Pagano, der später hingerichtet wurde, noch am 5. Juli davon sprach, dass er in Toulouse eine Fechtschule eröffnen wolle. Rodinò befand sich mit ihm zusammen als Gefangener auf einem der Transportschiffe, wie Sie sicher wissen.«

»Es geht nicht darum, was sie glaubten. Horatio handelte ohne Arglist, er muss gar nicht gewusst haben, was sie glaubten. Wie kann man ihn für das verantwortlich machen, was in ihren Köpfen vorging?« Es war mein letzter Versuch, Widerstand zu leisten. Ich richtete mich auf, sah dem Mann ins Gesicht. »Es gibt keine Beweise«, sagte ich. »Keinen einzigen.« Es ist schrecklich, in der Konfrontation mit einem Zyniker alle Hoffnung auf eine Negation setzen zu müssen. »Nichts«, sagte ich und presste die Lippen zusammen, damit sie nicht zitterten.

Ich hatte den Blick abgewandt, doch seine Stimme drang zu mir herüber, ganz entspannt, jetzt unverkennbar nasal und mit leicht metallischem Klang: »Dies ist einer der Fälle, in denen die Suche nach Beweisen bloß alles verkompliziert und die Wahrheit verschleiert, wie es ja nun schon seit zweihundert Jahren geschieht. Sie sagen, es gibt keine Beweise, also können wir es nicht wissen. Aber diese Argumentation ist falsch, Mr. Cleasby. Wir sollten immer von dem ausgehen, was wir bereits wissen, denn oft erübrigt sich dann die Suche nach Beweisen. Wenn wir das Werk eines Malers kennen, brauchen wir nicht unbedingt seine Signatur auf dem Gemälde, meinen Sie nicht auch?«

»Wenn wir etwas beweisen wollen, brauchen wir sie schon.«

»Aber wir sprechen hier von Wissen, nicht von Beweisen. Was wissen wir über Horatio Nelson? Er war ein begabter Flottenkommandant, keine Frage, aber das hilft uns kaum weiter. Ein Held, ja sicher. Helden geben keine Fehler zu und Schandtaten schon gar nicht. Helden müssen glorreich triumphieren, das ist obligatorisch, zumindest bis zum Moment ihres glorreichen Todes, und dieser Moment war für ihn noch nicht gekommen. Wir wissen, dass er übermäßig eitel war und von Schmeicheleien gar nicht genug kriegen konnte, wir wissen, dass er den Hass auf die Franzosen mit der Muttermilch eingesogen hatte, wir wissen, dass er ein lebenslanger treuer Diener der Monarchie war, wir wissen, dass er in Emma Hamilton vernarrt war, die in Königin Maria Carolina vernarrt war, die wiederum in überhaupt niemanden vernarrt war, aber ein lebhaftes Interesse daran hatte, ihr Königreich vor den Franzosen zu schützen und selbst dem Schicksal ihrer Schwester Marie Antoinette zu entgehen. Sie war genauso siegesversessen wie der Admiral, aber sehr viel anpassungsfähiger. Oder vielleicht meine ich auch, intelligenter. Mein Retter, sagte sie zu ihm. Die ergebene Lady Hamilton sagte das Gleiche. Die Königin und die Geliebte. Sehen Sie denn nicht, worauf das alles hinausläuft, was die unweigerliche Schlussfolgerung ist? Schauen Sie sich das Bild doch an. Brauchen Sie wirklich noch eine Signatur?«

Ich konnte nicht antworten. Seine Eloquenz verblüffte mich; er sprach überlegt, unbeirrt, immer mit einem leicht boshaften Unterton. Diese Fältchen um die Augen, die ich dem Blick auf ferne Horizonte zugeschrieben hatte, stammten in Wirklichkeit vom angestrengten Lesen in der Bibliothek. Er war natürlich kurzsichtig. Sicher hatte er seine Brille in einem Etui in einer seiner Jackentaschen stecken. Eine randlose Brille.

»Um seinen Hunger nach Triumph zu stillen, um diejenigen nicht zu enttäuschen, die ihn als ihren Retter priesen, um die zu bestrafen, die es gewagt hatten, eine Republik nach französischem Vorbild anzustreben … Verstehen Sie denn nicht? Er durfte in keinem Punkt hinter den Erwartungen zurückbleiben. Und dabei waren ihm nun ein paar hundert Männer und Frauen hinderlich, die sich durch den Vertrag geschützt glaubten, und ein halsstarriger Kriegergeistlicher namens Ruffo, der den Vertrag mit ihnen geschlossen hatte und nicht das Gesicht verlieren wollte. Also fand man einen Weg, eine passende Formulierung. Der Anschein eines Handelns ohne Arglist wurde gewahrt. Und siehe da, die Rebellen kamen heraus und marschierten den britischen Seesoldaten direkt in die Arme.«

Bis hierher hätte ich mich noch zur Wehr setzen können, immerhin bewegten wir uns noch auf dem Feld der Argumentation. Aber er hatte alles vorausgesehen, selbst dieses letzte bisschen Gegenwehr. Es war alles vorausgeplant. Er hatte sich den Todesstoß für den Schluss aufgespart.

»Und was spielt es denn überhaupt für eine Rolle?«, meinte er. »Warum sollte es irgendeine Rolle spielen?« Dieses dünne Lächeln war wieder auf seinem Gesicht erschienen. »Er saß in der Klemme. Wir befanden uns im Krieg mit Frankreich, es war ein Kampf ums Überleben, in dem sehr viel auf dem Spiel stand. Ein winziger Betrug, ein paar hundert entbehrliche Menschen, und danach das obligate Unter-den-Teppich-kehren. Für heutige Verhältnisse eigentlich völlig normal, finden Sie nicht? Auch früher schon, genau genommen. Schauen Sie sich doch unser Jahrhundert nur mal an, was da alles stattgefunden hat. Churchill hat sich auf weitaus Zweifelhafteres eingelassen, und er gilt als großer Brite, was immer das auch bedeuten mag.«

»Er war Politiker.«

Er beugte sich vor – er hatte mich nicht verstanden. »Wie bitte?«

»Churchill war kein Held.«

»Ah, verstehe. Weil Nelson ein Held war, hat man so lange versucht, ihn vor dem Ruch der Falschheit zu bewahren. Deshalb durfte er nichts Hinterlistiges tun. Ja, Helden sind nützlich, keine Frage. Nelson war damals nützlich, und er ist es bis heute geblieben. Am Tag der Schlacht von Trafalgar legt die Kriegsmarine eine Gedenkminute für ihn ein, und die Flaggen werden auf Halbmast gesetzt, stimmt's? Sehr anrührend, besonders heute, wo von Ruhm und Ehre nicht mehr viel übrig ist.«

»Er war auch ein Rebell. Er ist ausgeschert …«

Wieder war meine Stimme kaum mehr als ein Flüstern. Er schien mich nicht gehört zu haben. »Ist es denn noch nicht bis zu Ihnen durchgedrungen?«, fragte er. »Helden werden in der nationalen Traumfabrik erschaffen. Helden sind keine echten Menschen.«

Er sah mich an, während er redete, doch ich konnte seinen Blick nicht erwidern. Ich sah auf seine Hände hinunter. Die eine lag flach auf dem Tisch, mit der anderen umfasste er locker sein fast leeres Glas. Seine Nägel waren sehr gepflegt. Die Haut auf den Knöcheln sah weich aus.

»Sie wissen schon«, sagte er, »*dulce et decorum,* süß und ehrenvoll. Nicht unbedingt, für sein Vaterland zu sterben, so weit muss es nicht gehen, aber davon zu träumen und stolz darauf zu sein. Den eigenen Ängsten mit Träumen begegnen. Es gibt keine Helden im wahren Leben, Mr. Cleasby, es gibt nur Ängste und Träume und das Erschaffen von Mythen.«

Er kannte mich, irgendwoher kannte er mich. Ich betrachtete immer noch seine Hände.

»Helden gibt es nicht«, sagte er. »Das wissen Sie doch sicher, oder?«

Weiche Schreibtischhände. Die Handrücken fast haarlos. *Natürlich.* Weil er immer Handschuhe trug, Glacéhandschuhe, schwarze … Warum hatte ich es vorher nicht bemerkt? Er war Badham.

Ich stand abrupt auf. »Noch etwas zu trinken?«

Er machte Anstalten, ebenfalls aufzustehen. Er wollte nicht, dass ich ihm entwischte. »Nein«, sagte ich, »das geht auf mich.«

»Der Kellner kommt sicher gleich«, sagte er, aber ich gab

keine Antwort, ich drehte mich um und ging zur Bar. Es waren jetzt mehr Leute da, und jemand bestellte gerade etwas, sodass ich warten musste, was gut war, da es mir Gelegenheit gab, mich zu sammeln. Ich musste einen Plan entwickeln. Er durfte nicht merken, dass ich seine wahre Identität kannte.

Ich schaute zu ihm hinüber. Er saß immer noch genauso da, mit dem Rücken zur Bar. Über die paar Meter, die zwischen uns lagen, nahm ich jede Einzelheit seines Äußeren in mich auf, so wie ich es von hinten sah: die leicht abgestoßene Kante seines Jackettkragens, den Hemdstreifen darüber, hellgelb oder cremefarben. Der Kragen war offenbar zu eng, er drückte ihm seitlich in den Hals, sodass die Haut in einem Wulst darüber hing. Das Haar über seinem Nacken war fein und gelockt, wie zarte Hobelspäne eines hellen Holzes. Um mich herum in der Bar war es still geworden, meine intensive Betrachtung hatte alle Geräusche verdrängt. Doch ich muss wohl meine Position verändert haben, etwas näher an die Bar getreten sein. Ich begegnete Badhams Blick! In der Ecke hinter meinem Stuhl hing ein schmaler Spiegel, und darin beobachtete er mein Gesicht. Seine Miene veränderte sich, als unsere Blicke sich trafen – er hatte also gemerkt, dass ich ihm auf die Schliche gekommen war.

Ich durfte keine Zeit verlieren. Auf dieser Seite des Hotels gab es keinen Aufzug, sodass ich meinen ersten Fluchtplan, nämlich in den ersten Stock hochzufahren, um dann über die Treppe hinter der Rezeption wieder hinunter und hinauszugehen, nicht umsetzen konnte. Ich würde an ihm vorbeilaufen müssen, anders ging es nicht. Das Herz hämmerte mir in der Brust, und ich hatte eine trockene Kehle. Er würde annehmen, dass ich auf die Toilette ging, zumindest hoffte ich das. Als ich auf Höhe der Schwingtür war, spurtete ich los, stieß dabei mit einem Gepäckträger zusammen und knallte mit dem Schienbein gegen einen der Koffer auf dem Wagen. So gelangte ich auf die Straße hinaus.

Die Sonne stand jetzt tief über dem Meer, aber sie hatte immer noch Kraft; ich spürte ihre Wärme, als ich aus dem Schatten der Markise trat. Ich muss wohl direkt die Straße überquert und die Treppe hinuntergegangen sein, denn ich stand plötzlich in dem kleinen Yachthafen, wo die weißen Boote an ihren Liegeplätzen lagen, eins neben dem anderen. Die Boote bewegten sich nicht, doch über die Wasseroberfläche lief ein Zittern, was seltsam war, unerklärlich, Masten und Halteleinen waren völlig regungslos, während ihre Spiegelungen sich wanden wie Schlangen, und dazwischen Blut, ein waberndes Rot, als bluteten die Schlangen, während sie sich krümmten. Ich musste wieder daran denken, wie grausam Badham mich behandelt hatte. Ich hatte einen Kloß im Hals, und meine Augen füllten sich mit Tränen. Die Wasseroberfläche glitzerte und verschwamm, und es kam mir vor, als vermehre sich das Blut, als breite es sich wellenförmig aus, bis es den ganzen Hafen einnahm. Ich musste hier weg. Ich ging wieder hoch auf den Bürgersteig. Die weißen Felsen am Ufer unter mir gleißten in der Sonne. Vor mir die funkelnde weite Bucht, dahinter die sanft leuchtenden Berggipfel des Vorgebirges. In diesem lichtvollen Moment in der Milde des Abends durchzuckte mich plötzlich wie ein Pulsschlag die Botschaft: *Villa Emma.* Das Häuschen, das Hamilton ihr in Posillipo hatte bauen lassen. Wo wir hinfuhren, um der Fäulnis der Stadt zu entfliehen, wo wir Hand in Hand durch die Gärten über dem Meer spazierten. Dort würde ich hinfahren, jetzt sofort. Sie würde mich erwarten. Ich würde ein Taxi oder den Bus nehmen.

Ich ging los. Ich war immer noch auf Höhe des Hotels. Ich sah, wie Badham durch die Schwingtür kam, unter der Markise hindurchging, auf dem Bürgersteig stehen blieb. Ich sah, wie er zögerte, sich umsah. Mir schien, er werde die Straße womöglich in meine Richtung überqueren. Ich lief schnell wieder die Treppe hinunter. Eines der Boote hatte einen Ruckdämpfer aus schwarzem Gummi am Bug, der sich im Wasser dehnte und zusammenzog wie eine Lunge. Ich wartete ein paar Minuten, dann ging ich wieder hinauf, bereit, wenn nötig sofort die

Flucht zu ergreifen. Auf dem Bürgersteig gegenüber war nichts von ihm zu sehen, doch das hieß noch gar nichts, er konnte sich irgendwo versteckt halten.

Ein Mann mit dunklem Anzug und Aktentasche kam mir entgegen. Ich stellte mich ihm in den Weg. »Villa Emma«, sagte ich. Er hob fragend die Augenbrauen und drehte den Kopf ein wenig zur Seite. Er hatte mich nicht verstanden, zumindest dachte ich das in diesem Moment. »Villa Emma, Posillipo«, sagte ich. Jetzt lächelte er und machte eine Geste über die Schulter. Nicht weit hinter ihm, vielleicht zwanzig Meter entfernt, lag eine Bushaltestelle, auf die schien er zu deuten. Er wollte wohl noch etwas sagen, doch dann veränderte sich sein Gesichtsausdruck vollkommen, als aus seiner Herzgegend ein Piepsen zu hören war. Er schob die Hand in sein Jackett, zog das piepsende Ding heraus und sprach damit, als wollte er so das Alarmsignal beruhigen. In diesem Moment hielt ein Bus an der Haltestelle, und ein paar Leute stiegen aus. Ich befürchtete immer noch, dass Badham womöglich irgendwo in der Nähe war. Auf unsicheren Beinen rannte ich zum Bus und kletterte hinein.

Sobald ich eingestiegen war, fuhr der Fahrer los. Er sah mich weder an, noch wollte er Geld von mir. Am Anfang musste ich stehen, denn der Bus war voll. Er ruckelte und bebte, und in den Kurven schwankte er stark. Ich hielt mich an einer Stange neben der Tür fest. Ich konnte nicht sehen, wo wir hinfuhren. Es war sehr heiß im Bus; ich spürte, wie sich auf meiner Kopfhaut und in allen Höhlungen meines Körpers der Schweiß sammelte. Einige der Leute im Bus kämpften sich zu einem gelben Kasten durch, der an der Stange neben der Einstiegstür hing. Sie steckten weiße Papierstreifen hinein, woraufhin ein Klingeln ertönte. Ich begriff, dass sie Fahrscheine abstempelten, die sie wohl mitgebracht hatten.

Ab und zu stiegen Leute ein und aus, und nach einer Weile fand ich einen Sitzplatz. Wir hatten das Meer hinter uns gelassen und fuhren ins Landesinnere – ich bemerkte das erst jetzt.

Die Straße stieg steil an, der Motor röchelte und keuchte. Beim nächsten Halt stiegen die beiden zu, eine Frau und ein Mädchen, die Frau massig und matronenhaft, eine rote Einkaufstasche aus Segeltuch in der Hand, das Mädchen mit einem Gesicht wie aus dem Bestiarium eines Albtraums, keilförmig und mit einer unnatürlich langen Nase, die aussah wie der Rüssel eines Ameisenbärs.

Zunächst schöpfte ich keinen Verdacht. Ich empfand nur ein vages Grauen. Die Sitze in diesem Bus waren nicht alle gleich ausgerichtet, sie standen in zwei Reihen rechts und links eines Gangs, und die vorderen vier Plätze waren den anderen zugewandt. Ich saß auf einem dieser vier Plätze. Momentan saß mir niemand gegenüber. Doch was ich befürchtet hatte, geschah: Die beiden setzten sich direkt vor mich, Seite an Seite, die breitgesichtige Matrone, ihre Einkaufstasche auf den Knien, und das monströse Mädchen mit den stieren grünen Augen, dem biegsamen Maul, dem zurückweichenden Kinn. Beide sahen mich mit starrem Blick an.

Es war dieser starre Blick, der mich alarmierte. Ich spürte ihn ständig auf mir. Langsam fügten sich die Mosaiksteinchen zusammen. Badham, der aus dem Hotel kam und sich umsah – das war das Signal gewesen. Der Mann, der über sein Telefon Anweisungen erhielt. Der Bus, der genau im passenden Moment vorbeikam, der Fahrer, der keinen Fahrschein sehen wollte. Und jetzt diese beiden, die mich observierten.

Sie waren gerissen; immer wenn ich zu ihnen hinübersah, schauten sie woanders hin. Das Mädchen saß nach vorne gekrümmt da. Sie rümpfte unentwegt die schlaffe Haut an ihrer Nase und öffnete immer wieder höhnisch den Mund. Sie trug ein weißes T-Shirt mit einem Schriftzug auf der Brust: »Louisiana Country Club«. Was bedeutete das? Möglicherweise hatte man sie davon unterrichtet, dass ich in diesem Bus saß, aber woher konnte Badham gewusst haben, dass ich überhaupt einsteigen würde? Hatte er mich beobachtet? Ich hatte ihn schließlich nicht weggehen sehen.

Das Mädchen guckte herum, immer noch die Nase rümpfend und höhnisch grinsend. Sie betrachtete die anderen Leute im Bus. Plötzlich wurde mir klar, dass sie einen Ausflug machte, sie amüsierte sich, sie hatte ihr bestes T-Shirt an. Sie war geistig zurückgeblieben, um es vorsichtig auszudrücken, und die Frau beaufsichtigte sie. Ich musterte verstohlen das Gesicht der Frau. Breite Wangen, kleine, tief liegende Augen, eine Miene milder Ergebung. Nicht die Mutter – eine Pflegerin, die Betreuerin des Mädchens ... Sie hatte sich einige Mühe gegeben, ihr Äußeres zu verändern, aber ich erkannte sie jetzt, ich wusste, wer sie war, das letzte Mal, als ich sie gesehen hatte, hatte sie den armen Penhas weggeführt, auf der Beerdigung meines Vaters. Sie hatte nichts mit Badham zu tun. Sie hieß Mrs. White. Eine Welle der Erleichterung durchlief mich. Ich sah sie an und nickte leicht, um ihr zu zeigen, dass ich begriffen hatte, und sie zwinkerte mir zweimal zu.

Wir befanden uns jetzt auf ebenem Gelände, hoch über dem Meer, fuhren zwischen großen Gebäuden mit identischen Balkons hindurch. Die Straßen waren hier breiter, da und dort eine Grünanlage, Baumgruppen, bunt blühende Sträucher. Es waren nicht mehr viele Leute im Bus, aber auf der anderen Seite des Gangs, mir schräg gegenüber, saß noch ein Mann. Ich beugte mich vor und fragte in Richtung seines abgewandten Gesichts: »Posillipo?« Er wandte sich um und schaute mich einen Moment lang schweigend an. Dann schüttelte er den Kopf und deutete in die Richtung, aus der der Bus gekommen war. Er rief etwas nach vorne zum Fahrer, der jedoch nur die Achseln zuckte. Ein paar Minuten später hielt der Bus an. »*Capolinea*«, sagte der Mann. Er zeigte noch einmal hinter sich, in die Richtung, aus der wir gekommen waren. Der Fahrer war aufgestanden und kam auf uns zu. »*Capolinea*«, wiederholte er.

Alle stiegen aus, wir waren an der Endstation angelangt. Jetzt begriff ich. Sie hatten mich um jeden Preis von der Villa Emma fern halten wollen. Von dem Mann mit dem Telefon in die Irre geführt, war ich auf der falschen Straßenseite in den Bus gestiegen. Posillipo lag in der anderen Richtung. Der Fahrer hielt mir seine Uhr hin und beschrieb mit dem Zeigefinger einen Kreis um das Zifferblatt. Eine Stunde. Ich musste eine Stunde warten, bis wieder ein Bus zurückfuhr. Der Fahrer lächelte, sein Schnurrbart hob sich. Er zeigte mit einer hackenden Handbewegung in die Richtung, aus der wir gekommen waren. »Posillipo.« Er gehörte natürlich dazu.

Alle anderen waren inzwischen ausgestiegen. Ich folgte ihnen. Der Fahrer setzte sich wieder auf seinen Platz, der Bus fuhr an, beschleunigte, verschwand. Wenn hier die Endstation war, wo fuhr er dann hin? Ich meinte die Antwort zu kennen. Mrs. White und ihr Schützling waren mit den anderen ausgestiegen. Sie waren schon ein Stück entfernt, liefen am Straßenrand nebeneinander her. Ich hatte keine Ahnung, wo ich war oder was ich tun sollte. Es war zehn vor sieben. Über dem Meer, das ich von hier aus nicht sah, ging zwischen silbernen Wolken die Sonne unter. Ich hatte nicht vor, auf diesem leeren Platz zu bleiben, allein und exponiert, ohne jede Deckung. So dumm war ich nicht. Während ich noch zögerte, kam das Zeichen. Mrs. White blickte kurz über die Schulter. Ich ging den beiden sofort nach, wobei ich immer darauf achtete, einen gewissen Abstand zu halten.

Die Straße machte eine Kurve, sodass die zwei aus meinem Blickfeld verschwanden. Hinter der Biegung konnte ich sie nirgends mehr entdecken. Doch rechter Hand ging eine unbefestigte Straße ab, auf der einen Seite von Häusern, auf der anderen von einer Steinmauer gesäumt, hinter der wohl ein Privatgrundstück lag. Nach einer Weile verschmälerte sich die Straße, und die Häuser wurden weniger. Eigentlich war es nur noch ein Fußweg. Keine Spur von Mrs. White oder dem Mädchen. Irgendetwas hatte ich falsch gemacht, ich hatte das Zeichen missverstanden. Ich blieb am Wegrand stehen, verharrte regungslos. Kaum bewegte ich mich nicht mehr, spürte ich, dass ich beobachtet wurde. Ich saß in der Falle. Ich konnte nicht wieder so zurückgehen, wie ich gekommen war, das war zu gefährlich, es war genau das, was sie erwarteten. Dann sah ich, dass sich in der Mauer gegenüber ein Tor befand, etwas weiter vorn, ein grün gestrichenes Metalltor.

Das Tor war nicht mit einem Vorhängeschloss, sondern nur mit einem einfachen Riegel verschlossen. Es ließ sich problemlos öffnen. Ich wollte einen kleinen Schlenker machen und ein Stück im Schutz der Mauer weiterlaufen, um dann an einer Stelle, wo die große Straße nicht mehr fern war, auf den Weg zurückzukehren, mich irgendwo zu verstecken und auf den Bus zu warten. Doch meine Angst vor dem offenen Gelände war zu groß, ich hielt mich zu lange im Schutz der Mauer. Als ich die Mauer schließlich erklomm und mich auf der anderen Seite herunterfallen ließ – der Schmerz des Aufpralls schoss mir in die Beine, und ich schürfte mir die Ellbogen auf –, war weit und breit keine Straße zu sehen. Ich stand auf einem Grundstück, das wohl zu einer großen Villa, vielleicht auch einem Hotel gehörte. Vor mir zog sich ein Kiesweg durch dichtes Buschwerk. Mir blieb nichts anderes übrig, als ihm zu folgen, ich hatte jede Orientierung verloren.

Der Weg endete an einer asphaltierten Auffahrt neben einem leeren Parkplatz mit weißen Markierungen. Auf der anderen Seite des Parkplatzes standen mehrere einstöckige Backsteinhäuser, die wie Bürogebäude aussahen, sowie ein großes weißes Haus mit Balkons vor den Fenstern. Ich überquerte den Parkplatz, ging um das näher gelegene Backsteingebäude herum. Durch ein Fenster sah ich, wie sich zwei Männer in weißen Kitteln unterhielten. Sie starrten mich an, als ich vorbeiging.

Ich beschleunigte meinen Schritt. Die Straße, die jetzt einen Bürgersteig hatte, führte zu dem weißen Haus. Aus einem Seitenweg kam plötzlich ein Mann, er ging mir entgegen. Er fuhr sich in schneller, sich ständig wiederholender Bewegung mit der Hand vor dem Gesicht auf und ab. Als ich fast vor ihm stand, hörte er damit auf, ließ die Hand jedoch vor der Nase in der Luft schweben und linste mich darüber hinweg an.

Irgendjemand rief etwas, vielleicht einen Gruß, jemand, der von dem Gebäude verdeckt wurde. Aus einem Zimmer im oberen Stockwerk hörte ich das Lachen einer Frau, seltsam anhaltend, so als lache sie auch beim Einatmen. Eine Krankenschwester in Schwesterntracht kam mit einem sehr alten Mann im Rollstuhl um die Ecke des Gebäudes. Er hatte den Kopf in den Nacken gelegt und die Augen geschlossen, seine spitze Nase zeigte in den Himmel. Am Gestell seines Rollstuhls baumelten ein Teddybär und ein schwarzer Affe mit Glasaugen. Der Bär und der Affe zuckten und tanzten – sie hingen an Gummibändern. Doch die Augen des alten Mannes waren gar nicht geschlossen, es waren weiße Schlitze, er beobachtete mich. Die Krankenschwester sagte ein paar Worte, die ich nicht verstand. Sie ließ den Rollstuhl stehen und kam auf mich zu.

Jetzt begriff ich alles. Mrs. White und das Mädchen gehörten auch dazu, sie hatten mich hierhergeführt. Die Männer in den weißen Kitteln, die Handzeichen, das Lachen ... Sie hatten alles vorhergesehen. Ich durfte keine Zeit mehr verlieren. Ich sprang über die niedrige Hecke neben dem Bürgersteig, rannte über den Parkplatz zurück und schlug mich ins Gebüsch. Am Anfang war mein Rennen von ungeheurer Kraft und Freiheit. Ich beschrieb einen großen Bogen, durchbrach eine weitere Hecke, kletterte über einen Holzzaun und fand mich hinter dem Haus auf ansteigendem Gelände wieder, wo sich Büsche, nackte Erde und verdorrte Grasflächen miteinander abwechselten.

Das Gefühl von Freiheit hielt nicht lange an. Heiser keuchend, mit offenem Mund und schmerzenden Lungen, kraxelte ich den Hang hinauf. Eine dünne Wand aus Bäumen, von Efeu überwuchert. Ich bahnte mir einen Weg zwischen den Bäumen hindurch, nur um auf der anderen Seite eine Böschung halb hinunterzustolpern, halb zu fallen, und in einem tiefen Durchstich zu landen, dessen Grund so breit und flach war, dass man darauf entlanggehen konnte – es sah aus, als wäre hier früher ein einspuriges Bahngleis verlaufen. An der Seite lagen in regelmäßigen Abständen grasbewachsene Steinhaufen.

Hier unten zwischen den Böschungen machte sich schon die Dunkelheit breit, die Nacht war auf dem Vormarsch. Nach einer Weile blieb ich stehen und lauschte, doch ich hörte keine Verfolger. Als ich mich in sicherer Entfernung glaubte, kletterte ich auf der anderen Seite die Böschung hinauf. Ich musste Hände und Füße benutzen und blieb immer wieder in Brombeerranken und dornigem Gestrüpp hängen. Doch als ich oben angekommen war, vergaß ich alle Beschwerden. Ich blickte hinunter auf die fernen Lichter der Stadt, auf das Blinken und Leuchten des Verkehrs, und weiter hinaus auf die schimmernde, glänzende Bucht. Die Sonne war untergegangen, doch das Meer bewahrte noch einen Rest von Licht, wie leuchtendes, flüssiges Silber.

Hier hinauf stiegst du als Junge, fort vom behüteten Pfarrland, von den Wiesen am Fluss, wo das Pfarrhaus stand, du stiegst den Saumpfad zur Anhöhe über dem Dorf hinauf, ganz nach oben, zwischen die Rücken der Hügel, von wo aus wir über Sand und Salzsumpf blickten, Bahnen aus Gold und Streifen flachen Wassers, und am Rand das Meer, diese gewaltige Masse, versilbert oder weiß gesäumt. Hinter uns helle Wolkenberge, der sanfte Glanz der Sonne auf Schlamm und feuchtem, welligem Sand, das Glitzern getrockneter Kiesel am Strand. Pfeifende Brachvögel über dem Sumpf, die Seeschwalben mit ihren Sturzflügen und wilden Schreien.

Wie oft hatten wir das alles zusammen gesehen. Doch nun war ich allein, und das Licht schwand dahin, und ich wusste, dass ich nur aus diesem Grunde hierher gebracht worden war, nur um das Meer am Horizont zu sehen, so wie du es als Zwölfjähriger an jenem Märzabend sahst, an dem Tag, bevor du von zu Hause fortgingst. Es war die einzige Stelle in der gesamten Umgebung, von der aus man das Meer sehen konnte. Du kamst im schwindenden Licht hierher und blicktest auf das Meer, und du gingst fort, um dein Leben dem Meer zu widmen, und als du gingst, nahmst du mein Leben mit.

Was ich getan hätte, wie lange ich dort stehen geblieben wäre, ich weiß es nicht. Ich dachte, alles wäre zu Ende. Doch dann geschah das Wunder, der Junge tauchte auf. Einen Moment lang konnte ich es nicht fassen. Zunächst nur ein dunkler Umriss unter dem fahlen Schimmer des Gesichts. Dort unten im schwindenden Licht kam er des Weges, zwischen dem Kamm der Böschung, auf der ich kauerte, und den Lichtern der Häuser weiter unten, weder langsam noch schnell – der Weg war ihm vertraut. Auf seinem Rücken eine Art Höcker, in dem ich einen kleinen Rucksack erkannte. Natürlich, da hatte er seinen Proviant drin, seinen Reiseproviant. Er ging nicht nach Hause in die Pfarrei, er ging fort, ging weg, um sein Leben dem Meer zu widmen, und mein Leben nahm er mit.

Wieder den Abhang hinunter, durch Dornen und Gestrüpp. Ich fand einen Stein, der groß genug war, aber nicht zu groß. Keuchend vor Angst, zu spät zu kommen, lief ich im Durchstich weiter, außer Sicht- und Hörweite. Als ich mich wieder die Böschung hinaufkämpfte, war er immer noch unter mir – eine winzige Gestalt –, er ging im gleichen Tempo, schaute geradeaus. Und jetzt, als ich von hinten an ihn herankommen musste, fing er an zu singen!

Unverständliche Worte in einer hohen Kinderstimme – du hattest den Stimmbruch noch vor dir. Ein Schnitzer sondersgleichen, dein Singen, so hörtest du mich nicht, als ich von hinten zu dir aufschloss, mit unsicheren Schritten in diesem schwierigen Licht. Vielleicht hast du im letzten Moment etwas gehört oder gespürt. Doch es war zu spät, zu spät, um mich dem Schrecken deiner Augen auszusetzen. Ich ließ den Stein auf den kleinen Kopf herabsausen, einmal, zweimal. Die Gestalt ging in die Knie, halb zu mir gewandt, einen Arm in der Luft. Sie gab einen Laut von sich, leise nur, wie ein Schluchzen, aber fließender – als wäre etwas Flüssiges in der Kehle. Ich schlug noch einmal zu, und er fiel vornüber. Ich hörte ihn dumpf auf dem Boden aufschlagen.

Dann ging ich weiter, setzte den Weg des Jungen fort, die Lichter stets unter mir. Es gab keinen Grund mehr zur Eile. Ich hatte nichts mehr zu befürchten. Ich hatte es getan, ich war ausgeschert. Dunkle und strahlende Engel treffen im Zwielicht aufeinander, es ist die einzig mögliche Zeit. Und wenn sie aufeinander treffen, verbinden sie sich. Jetzt können wir uns nie mehr verlieren.